Wie immer freuen wir uns über Ihre Meinung zu diesem Buch. Bitte schreiben Sie an Susanne Bühler *(sb@diogenes.ch)*, gern mit Ihrem vollen Namen und der Adresse Ihrer Buchhandlung.

Herzlichen Dank!

Erscheint im **September** 2007

**Sperrfrist:** Bitte nicht vor dem 28.8.2007 besprechen

Meir Shalev

# *Der Junge und die Taube*

*Roman*
*Aus dem Hebräischen von*
*Ruth Achlama*

Diogenes

Titel der 2006 bei Am Oved Publishers Ltd., Tel Aviv,
erschienenen Originalausgabe:
›Jona we-Na'ar‹
Umschlagillustration:
Pablo Picasso,
›L'enfant au pigeon‹, 1901


*Für Zohar und Michael*


www.diogenes.ch
70/07/8/1
ISBN 978 3 257 86164 8

## *Erstes Kapitel*

I

»Und auf einmal«, sagte der alte Amerikaner im weißen Hemd, »auf einmal flog über diese ganze Hölle hinweg eine Taube.«

Stille trat ein. Sein unerwartetes Hebräisch, die Taube, die seinem Mund entflogen war, überraschte alle Anwesenden. Auch die, die nicht verstanden, wovon er redete.

»Eine Taube? Was für eine Taube denn?«

Der Mann, großgewachsen und sonngebräunt wie nur Amerikaner bräunen und wachsen können, mit Mokassins an den Füßen und einer weißen Löwenmähne auf dem Kopf, deutete auf den Klosterturm. Es sei lange her, aber ein paar Dinge erinnere er noch von dem furchtbaren Gefecht, das hier stattgefunden habe. »Und die werde ich nie mehr vergessen«, verkündete er. Nicht nur die Müdigkeit und das Grauen, nicht nur den Sieg – »ein Sieg, der beide Seiten überraschte«, bemerkte er –, sondern auch die Details, deren Bedeutung erst hinterher zutage trat: Zum Beispiel, daß gelegentlich eine verirrte oder vielleicht auch gezielte Kugel die Klosterglocke traf – »genau diese Glocke da« – und die Glocke dann immer wieder zu läuten begann, mit einem scharfen, merkwürdigen Klang, der verebbte und verwehte, aber im Dunkeln noch lange nachhallte.

»Und die Taube?«

»Ein seltsamer Klang, erst hoch und scharf, als wäre auch die Glocke überrascht, dann immer schwächer, weh, aber nicht tot, bis zum nächsten Einschlag. Und einer unserer Verwundeten sagte: ›Glocken sind gewohnt, die Schläge von innen zu bekommen, nicht von außen.‹«

Und er lächelte vor sich hin, als verstehe er erst jetzt, entblößte die Zähne, die wiederum so weiß waren, wie nur die Zähne alter Amerikaner weiß strahlen können.

»Aber was ist mit der Taube? Was war das für eine?«

»Eine *homing pidgeon.* Neunundneunzigprozentig. Eine Brieftaube der Palmach. Die ganze Nacht dauerte unser Kampf, und am Morgen, zwei, drei Stunden nach Sonnenaufgang, sahen wir sie plötzlich auf- und davonfliegen.«

Das Hebräisch, das er ohne Vorwarnung verwendete, war gut, trotz des Akzents, aber der englische Begriff *homing pidgeon* klang schöner und richtiger als der hebräische Ausdruck ›Brieftaube‹, selbst wenn sie zur Palmach gehörte.

»Woran habt ihr das erkannt?«

»Man hatte uns einen Taubenzüchter mitgeschickt. So was gab es '48 noch beim Militär. Einen Fachmann für Tauben mit einem kleinen Taubenschlag auf dem Rücken. Vielleicht hat er sie gerade noch fliegen lassen können, ehe er sein Leben aushauchte, oder vielleicht ist der Schlag zerbrochen, und sie hat die Flucht ergriffen.«

»Er ist umgekommen? Wie denn?«

»Fehlte es hier etwa an möglichen Todesursachen? Man brauchte es sich bloß auszusuchen: durch eine Kugel, durch Granatsplitter – an den Kopf, in den Bauch, in die große Schlagader am Oberschenkel. Manchmal sofort und manchmal ganz langsam, Stunden, nachdem man was abbekommen hatte.«

Seine honigfarbenen Augen fixierten mich. Er kicherte: »Stellen Sie sich das mal vor, wir sind mit Brieftauben ins Gefecht gezogen, wie im antiken Griechenland.«

## 2

Und auf einmal, über jener ganzen Hölle, sahen die Kämpfer eine Taube. Aus den Rauchschwaden geboren, den Staubschleiern entflohen, schwang sie sich himmelwärts. Hinweg über Röcheln und Schreie, über das Sirren der Splitter in der kühlen Luft, über die heimlichen Wege der Kugeln, über Granatenknall und Maschinengewehrbellen und Kanonendonner.

Dem Anschein nach eine einfache Taube. Blaugrau mit karmesinroten Beinen, zwei dunkle Tallitstreifen zierten die Schwingen. Eine Taube wie alle anderen, ähnlich wie tausend ihrer Artgenossinnen. Nur das Ohr des Fachmanns hörte den kräftigen Flügelschlag, doppelt so stark wie der einer gewöhnlichen Taube. Nur seine Augen erkannten die breite, tiefe Brust, den Schnabel, der die Stirnschrägung in gerader Linie fortsetzte, die typische helle Wachshaut an der Oberschnabelbasis. Nur das Herz des Liebhabers konnte ermessen und erfassen, welch angestaute Sehnsüchte ihr die Richtung wiesen und Kräfte verliehen. Aber seine Augen waren bereits erloschen, seine Ohren taub geworden, sein Herz entleert und still. Es blieben nur sie, ihr Heimweh, sein letzter Wunsch.

Aufwärts. Hinweg über Blut, Feuer und Rauch. Über die Verwundeten, deren Körper durchlöchert, verstümmelt, versengt, gelähmt war. Über die, die ihren Leib gerettet hatten, aber deren Seele erlöschen würde. Über die, die tot waren und Jahre später, beim Tod derer, die sich an sie erinnerten, ein zweites Mal sterben würden.

Aufwärts. Hoch und höher. Weit weg von hier. Bis die Schüsse zum schwachen Tackern abflauen und die Schreie verstummen und der Geruch verweht und der Rauch sich legt und die Toten einander gleich werden, und die Lebenden von ihnen scheiden und ihrer Wege gehen, rätselnd: Was war ihr Verdienst? Und ihre Kameraden, die vor ihnen lagen, wessen waren sie angeklagt? Und dann – ein rascher Blick ringsum und heimwärts. Geradeaus, wie Brieftauben heimkehren. Nach Hause. Pochenden, aber mutigen Herzens. Die erschrockenen, jedoch weit offenen goldenen Augen übersehen kein hilfreiches Landschaftsdetail. Durchsichtige Zweitlider schützen sie gegen Blendung und Staub. Den kurzen gerundeten Schwanz ziert ein weiterer schmaler Streifen, der auf alten Damaszener Adel verweist. Der kleine, runde Kopf steckt voll Sehnsucht und Erinnerungen: Schlag, Zelle, das Gurren des Partners, warmer Nest- und Brutgeruch. Die Hand einer jungen Frau fährt über die Futterkrippe, das Rasseln ihrer Körnerdose ruft sie, ihr Blick sucht den Himmel ab, erwartet sie, ihre Worte – »kommkomm-komm« – laden ein und geben Landehilfe.

»Nicht nur ich. Wir alle haben sie gesehen«, sagte der alte Amerikaner, »und anscheinend auch die von der anderen Seite. Denn einen Moment verstummten alle Waffen, unsere wie ihre. Kein Lauf ballerte, keine Granate krachte, alle

Münder hörten auf zu schreien, und es war dermaßen still, daß wir ihre Flügel in der Luft schlagen hörten. Und einen Moment begleiteten sie aller Augen und Zeigefinger bei dem, was wir alle gern getan hätten: heimkehren. Nach Hause.«

Jetzt war er schon sehr erregt. Ging auf und ab. Fuhr sich mit gespreizten Fingern durch die wallende weiße Mähne: »Genau das ist sie doch. Eine *homing pidgeon.* Das ist alles, was sie will, und alles, was sie kann. Sie startete, verzichtete auf den Bogen, den Brieftauben, laut den einschlägigen Büchern, oft beschreiben, um die richtige Richtung anzupeilen, und flog ohne Zögern los. Pfeilgerade, Richtung Nordwest, wenn ich mich nicht täusche, ja, der Uhr und der Sonne nach, irre ich mich nicht. Geradewegs dorthin, und Sie werden nicht glauben, wie schnell sie verschwunden war.«

In Sekunden, von Sehnsucht zur Höchstgeschwindigkeit angetrieben, auf und davon. Die geöffnete Hand sank nieder, der Blick begleitete, die Glocke vibrierte noch, wollte nicht ersterben. Ihre, der Glocke, letzten Klänge verrannen ins ferne Meer der Stille, und ihr, der Taube, Graublau verschwamm im gleichfarbigen Horizont, und schon war sie weg. Und drunten legten sich die Finger wieder an die Abzüge und die Augen an die Visiere, begannen die Gewehrläufe erneut zu donnern und die Münder zu stöhnen und aufzuklappen und nach Luft zu schnappen, zu schreien und ihre letzten Züge zu tun.

Nun wendete sich der Mann an seine Gefährten. Ging wieder zu amerikanischem Englisch über, schilderte, erklärte, zeigte »ungefähr dort, hinter den Kiefern« und »genau da«. Erzählte von einem irakischen Panzerwagen, der »hier rumkurvte, als wäre er hier der Hausherr, mit Maschinengewehr und Geschütz.« Deutete mit der Geste eines jovialen Gastgebers: »Auf der Dachecke da habe ich mit dem Maschinengewehr gelegen. Aber in dem Haus dort drüben saß ein Scharfschütze, und der hat mir eine Kugel verpaßt.«

Und schon bückte er sich mit für sein Alter beachtlicher Geschmeidigkeit, krempelte ein Hosenbein hoch, zeigte zwei helle Narben zwischen Knie und Knöchel: »Hier, da. Die kleine ist das Eintritts-, die große das Austrittsloch. Und unser Sprengstoffpionier hat mich auf dem Rücken runtergetragen, ist wieder aufs Dach gestiegen, um mich abzulösen, und hat eine Mörsergranate abgekriegt.« Und zum Hebräischen zurückkehrend, das nur ich verstand: »Er war ein noch größerer und robusterer Kerl als ich. Ein wahrer Hüne, der Ärmste. Es hat ihn in zwei Stücke gerissen, und innerhalb einer Sekunde war er tot.«

Er erzählte und erzählte, ließ die Erinnerungen frei, die so lange in seinem Innern festgesessen hatten. Sollten sie ein wenig Luft schöpfen und die Knochen strecken, ihren Entstehungsort erblicken, debattieren und vergleichen: Welche war verwandelt? Welche nie gewesen? Welche lohnte es sich zu bewahren und welche nicht mehr?

»Und der junge Mann, der die Tauben mitgebracht hatte?« beharrte ich. »Der Taubenzüchter, den Sie erwähnten? Sie sagten, er sei umgekommen. Haben Sie gesehen, wo genau?«

Die Augen blickten mich wieder an, gelbe Löwenaugen. Eine große, sonnengebräunte Hand landete auf meiner

Schulter, eine weitere große, sonnengebräunte Hand fuhr deutend in die Höhe: Altersflecken auf dem Rücken, manikürte Nägel, eine schmucke silberne Seemannsuhr am Handgelenk, der gebügelte weiße Hemdsärmel aufgekrempelt. Eine Hand, die man sich gut an einem Gewehrkolben, aber auch auf dem Kopf eines Enkels vorstellen kann, eine, die auf den Tisch zu hauen vermag und sich mit Taille und Schenkel auskennt.

»Da.«

Eine gute und wohltuende Kraft durchströmte mich unverhofft, als seien es Vateraugen, die den Sohn anschauen, als sei es eine Vaterhand, die vom Kopf zur Schulter streicht – leitet, Stütze und Kraft verleiht.

»Wo da? Zeigen Sie's mir genau.«

Er beugte sein weißes Haupt zu mir nieder, wie alle Großen meines Lebens es tun, wenn sie mit Kleinen reden: »Dort. Zwischen dem Rasenrand und den Kindern auf den Schaukeln, sehen Sie? Dort stand ein steinernes Häuschen, zwei mal zwei Meter, nicht mehr, ein Geräteschuppen des Gärtners. Wir hatten uns alle im Innenhof und in den Räumen des Klosters konzentriert, die vom zweiten Bataillon Übriggebliebenen lagen in dem Gebäude da über der Gasse verschanzt, und der Panzerwagen knallte jeden ab, der auch nur die Nasenspitze rausstreckte. Aber dieser Taubenzüchter kam raus, weiß der Teufel, wie und warum, und gelangte irgendwie dorthin, und da fanden wir ihn auch, als alles vorüber war.«

## 3

Ich hielt es dort nicht mehr aus, führte sie hastig zurück zu ›Nilpferd‹ – so nennt meine Frau den großen Chevrolet Suburban, den sie mir gekauft hat –, und wir fuhren hinunter zur Deutschen Kolonie.

Jetzt spürte ich meine Müdigkeit. Eine kleine Gruppe kann mehr nerven und fordern als eine ganze Busfuhre Touristen. Unser Tag hatte in Tel Aviv angefangen, war in Kibbuz Hulda mit der Geschichte des nach ihm benannten Konvois weitergegangen, hatte bei einem leichten Sandwich-Imbiß am Wachturm Har'el angehalten und war dann auf und ab über den Jeep-Weg und die Burma-Straße zum ›Kamm‹ und zu den befestigten Stellungen am Scha'ar Hagai fortgeschritten, zu noch mehr Erläuterungen und noch mehr Ausblicken.

Von dort hatte ich sie zum Friedhof in Kirjat Anavim geführt, und weiter ging es hinauf nach Jerusalem, zu dem Kloster und der überraschenden Tatsache, daß der älteste der sechs Amerikaner, die ich fuhr und führte – ein Senator, sein Sekretär, sein Berater und drei Geschäftsleute, allesamt Gäste des Außenministeriums – einst in der Palmach gedient und an eben dem Gefecht teilgenommen hatte, das ich ihnen zu schildern suchte, und weiter zu der noch größeren Überraschung: zu der Brieftaube, die unversehens den Schlägen seines Gedächtnisses entflogen war.

»Haben Sie ihn gekannt?« fragte ich.

»Wen?«

»Diesen Taubenzüchter, von dem Sie vorhin erzählten.«

Sein Gesicht füllte ›Nilpferds‹ Innenspiegel. »Nicht wirklich, er gehörte nicht zu den kämpfenden Kameraden. Er war zu uns gestoßen, um den Taubenschlag der Brigade einzurichten. Es hieß, er sei ein erstklassiger Fachmann, habe sich von Kind auf mit Tauben beschäftigt.«

Seine Augen ließen nicht locker, krallten sich an mir fest wie Kapernwurzeln. »Auch seinen Namen habe ich nicht in Erinnerung. Es sind damals noch mehr Kameraden gefallen, und es ist viele Jahre her.«

An der Ampel am Friedhof der Deutschen Kolonie bog ich links ab, und da die Straße von Autos und Menschen wimmelte, nutzte ich die langsame Kriechtour dazu, unterwegs meine Waren auszubreiten: Gespenster, Philister, Engländer, Deutsche – »meine Herren, beachten Sie bitte die Bibelverse, die auf den Türstürzen eingemeißelt stehen. Und dort ist der alte Bahnhof von Jerusalem, jetzt ist er stillgelegt, aber als Kind bin ich mit meiner Mutter von hier nach Tel Aviv gefahren, mit Dampflok, kaum zu glauben, nicht wahr?«

Die Bahn ratterte langsam dahin, quietschte in den Schienenkurven des trockenen Bachbetts. Ich erinnere mich noch an die gepflegten kleinen Beete der Araber jenseits der Grenze, an den Seifenschaum, der sich in den Abwässern türmte. Der Luftzug wehte Staubkörner von der Lokomotive herein, und du schütteltest ihn aus deinem Haar und freutest dich: Wir fahren nach Hause, nach Tel Aviv…

Der Duft von Brot, hartem Ei und Tomate, die du immer als Proviant mitnahmst, steigt mir wieder in die Nase. Meine Stirn zuckte damals ängstlich – wie jetzt, da ich die Dinge niederschreibe – vor deinem Standardspiel, das harte Ei daran aufzuklopfen und lachend »patsch!« zu sagen. Ich war jedesmal verblüfft, und du hast jedesmal gelacht. Und dann deine Finger, die mit dem Papier raschelten, eine Prise Salz nahmen und verstreuten, und dein kleines Lied: »Die Lokomotive pfeift laut, wer nicht sitzt, der kommt nicht mit...« So hast du gesungen, und je weiter Jerusalem zurückblieb, desto breiter wurde dein Lächeln. Ein Lächeln der Freude und Zufriedenheit: nach Hause. Nach Tel Aviv.

Ja, sie glaubten mir. Warum auch nicht? Die bestens organisierte Tour, die belegten Brötchen, die samt Kaffee und Saft pünktlich an den vereinbarten Orten warteten, verliehen auch den Erinnerungen und Erklärungen des Fremdenführers Nachdruck und Glaubwürdigkeit. Auf der Terrasse der Cinemathek war der reservierte Tisch ebenso zur Stelle wie der versprochene Sonnenuntergang und das Panorama. Das ist der Zionsberg, dort befindet sich das Davidgrab, falls jemand Interesse an derlei Stätten und Geschichten hat, und an der Kreuzung unterhalb liegt der Sultansteich mit einem Trinkbrunnen zum Wohl aller Müden und Durstigen.

Und da drüben glühen die Bergzüge von Moab im letzten Abendschein. »Ja, so nah, zum Greifen nah. Dort stand Moses auf dem Berg Nebo und blickte hierher. Er dachte auch, es sei sehr nah, aber von der anderen Seite.«

»Vielleicht ist das euer wahres Problem«, bemerkte einer der Geschäftsleute in unserer Gruppe – er trug eine lächerliche Safari-Weste mit vielen Taschen, wie sie ausländische Touristen und Journalisten gern auf Nahostreisen anziehen –, »hier ist alles so klein und nah und vollgestopft, und von überall sieht man noch und noch Orte.«

Und der Fremdenführer – das bin ich, Mutter, wohlgemerkt – erwiderte »sicher« und lobte »sehr richtig«. Wirklich sehr klein und vollgestopft mit Menschen und Ereignissen und Erinnerungen, »typisch jüdisch, würde ich sagen«, und mixte nun Geschichte und Etymologie, Dichtung und Wahrheit, zeigte das Ben-Hinnom-Tal und erzählte vom Filmfestival und von den Gräbern der Karäer und vom furchtbaren Baalskult – wer hat kalten Kaffee bestellt? – Die kleinen Opfer schreien auf den Altären.

Bei Einbruch der Dunkelheit kutschierte ich meine hochkarätige kleine Gesellschaft zum King David Hotel. Dort sollte ein wichtiger Knessetabgeordneter mit ihnen speisen – »gerade einer von der Opposition«, wie der Programmchef vom Außenministerium betont hatte – und danach würde er eine Ansprache halten und Fragen zum Tagesgeschehen beantworten, »denn der Minister ist nicht nur einverstanden, der Minister besteht sogar darauf, daß sie auch abweichende Meinungen zu hören bekommen.«

Ich ging in das für mich reservierte Zimmer hinauf – nicht alle Gruppen sind so spendabel wie diese –, duschte und rief zu Hause an. Sechs Klingelzeichen und große Erleichterung: keine Antwort. Liora ist nicht zu Hause. Oder sie ist doch da, weiß aber, daß ich es bin, und hebt lieber nicht ab. Oder vielleicht hat der Telefonapparat auch diesmal den Anrufer erkannt und es auch diesmal vorgezogen, ihn schweigend zu ignorieren.

»Hallo …«, sagte ich, »hallo …« und dann: »Liora? Ich bin's. Wenn du da bist, sei bitte so gut und antworte.«

Aber meine eigene Stimme antwortete mir in höflichem und sachlichem Ton: »Hier sind Liora und Jair Mendelsohn, wir können im Moment nicht antworten«, und nach meiner

Stimme – ihre Stimme. Ungeduldig und fesselnd mit ihrem heiseren Englisch: »Nachrichten nach dem Signal.«

Ich legte auf und rief Tirzas Handy an. Tirza meldet sich nicht mit »hallo«. Mal sagt sie »ja«, mal »Moment, bitte«, und dann kann ich hören, wie sie ihren Leuten sagt, sie sollten zuhören und ihren Spaß haben.

»Ich bin ganz Ohr«, sagte sie.

»Vielleicht kommst du rauf nach Jerusalem, Tirale. Sie haben mir hier ein zu großes Bett gegeben und dazu Vollmond und ein Fenster zur Stadtmauer.«

»Bist du's, mein Lihieber? Ich dachte, es wäre der nervende Ingenieur von Straßenbau Süd.«

Tirza benutzt meinen Namen nicht. Manchmal nennt sie mich »Irale«, wie ihr Vater es tat, als wir Kinder waren, damit er »da sind ja Irale und Tirale« ausrufen konnte, wenn er uns zusammen sah, und manchmal nennt sie mich zärtlich »mein Lihieber«, mit einem extra »hi«.

»Ich bin's. Ein anderer Störenfried.«

Sie lachte. Jetzt ist sie endgültig überzeugt: Es ist nicht jener Störenfried, sondern dieser. Und wenn Tirza lacht, bin ich froh: Das schallende Lachen kommt meinetwegen, ich darf es als Kompliment verbuchen.

»Wo bist du?«

»Im King-David-Hotel. Also kommst du?«

Sie lachte wieder. Es sei wirklich ein schönes Angebot, eindeutig, sie und ich und das Bett und das Fenster mit Mond und Mauern, ein sehr verlockendes Angebot, aber am nächsten Morgen stehe ihr ein großer Betonguß in der Haifaer Bucht bevor, und sie habe zwei Termine mit den Leuten vom Verteidigungsministerium, dem Blödmann vom Bauressort und dem netten Typen vom Finanzbereich. »Und ich hoffe, wir finden auch Zeit, uns in unserem Haus zu treffen, denn dort stehen ein paar Entscheidungen an.«

Ich ignorierte das ›unser‹, fragte nur, welche Entscheidungen.

»Das Übliche. Farben, Fliesen, Fensterrahmen. Mach dir keine Sorgen. Ich entscheide. Du sollst nur dabeisein.«

»Morgen. Dann bin ich mit diesen Amerikanern durch und komme.«

»Wie sind sie?«

»Du wirst es nicht glauben. Einer von ihnen war bei der Palmach.«

»Lihiebst du mich?«

»Ja und ja«, beantwortete ich auch gleich ihr nächste Standardfrage: »Sehnst du dich nach mir?«

»Möchtest du hören, wie wir mit der Renovierung sonst noch vorangekommen sind?«

»Ich muß dir erzählen, was dieser Mann plötzlich erzählt hat.«

»Geschichten nur im Bett. Vorm Einschlafen.«

»Ich liege im Bett.«

»Wir beide. Nicht nur du. Morgen nacht. Wir weihen den Vollmond ein, und du erzählst mir alles. Und hol mir ein Omelette-*Sanwisch* von Glicks Imbiß. Sie sollen mir viel Salz drauftun und den scharfen Paprika etwas ansengen, und sag ihnen, daß es für mich ist. Vergiß es nicht. Für die Tochter von Meschullam Fried!«

Ich zog mich an, warf einen Blick in den Spiegel und beschloß, das Abendessen, den wichtigen Knessetabgeordneten von der Opposition und seine abweichenden Meinungen sausen zu lassen. Zog mich aus, kehrte in das übergroße Bett zurück, döste gereizt und flach angesichts des Mondes und der Mauern, erwachte müder als zuvor, zog mich an und ging hinunter zur Bar.

## 4

Der alte Löwe lauerte angespannt und wohlduftend auf einem Sessel in der Ecke, Augen und Uhr funkelten im Halbdunkel, die frisch gewaschene weiße Mähne krönte tiefe Runzeln und buschige weiße Augenbrauen.

»Ich habe auf Sie gewartet.« Er stand zu meiner Begrüßung auf, sei es aus Höflichkeit, sei es zur Betonung seiner Überlegenheit – an Jahren, Körpergröße, Wissen. Seine Augen hatten gesehen und meine Augen nicht. Seine Ohren hatten gehört und meine Ohren mutmaßten. Sein Gehirn barg Regale voller Erinnerungen, mein Gehirn haufenweise Vermutungen.

»Man hatte mir eine wichtige Delegation aus Amerika angekündigt«, sagte ich. »Es war nicht die Rede davon, daß auch ein Mann von der Palmach dabei sein würde.«

»Ich möchte Ihnen danken«, sagte er, »ich hatte die meisten dieser Orte seit damals nicht wiedergesehen und fürchtete, es würde schwer für mich werden.«

»Gewiß nicht so schwer wie seinerzeit, im Krieg.«

»Sie werden sich wundern, aber in mancher Hinsicht war es damals leichter. Ich war ein junger Hengst, kriegsfreudig, wie man so sagt: Zu allem bereit – schnell verheilt. So wie der Krieg seine Soldaten gern hat: ohne Bauch und ohne Verstand und ohne Kinder und ohne Erinnerungen.«

»Und wo war es heute schwerer? Auf dem Friedhof oder im Kloster?«

»Im Kloster. Auf dem Friedhof gibt es auch was Gutes: Ich lebe, und sie sind tot. Früher fühlte ich mich schuldig, jetzt nicht mehr.«

»Er liegt auch dort begraben«, sagte ich.

»Wer?«

»Der Junge, von dem Sie heute erzählt haben, der Taubenzüchter, der getötet wurde.«

»Das Baby!« rief der Mann. »Seinetwegen warte ich hier auf Sie. Um ihnen zu sagen, daß es mir wieder eingefallen ist. Alle nannten ihn ›das Baby‹.«

»Und kommt Ihnen mit dem Namen auch sein Gesicht wieder?«

»Seine Gesichtszüge kaum, aber seine Gestalt. Ein wenig verschwommen, nicht in allen Einzelheiten, doch er ist es. Er hieß ›das Baby‹, weil er klein und dicklich war und einer aus der Jordansenke gesagt hatte, so habe man ihn auch in der gemeinsamen Schule und in seinem Kibbuz genannt. Er war dauernd mit den Tauben beschäftigt und ließ niemand in die Nähe des Schlags. Damit die Tauben nicht verschreckt würden, sagte er, und erklärte uns auch: Tauben müssen ihr Zuhause lieben. Sonst wollen sie nicht heimfliegen. Jetzt sehen Sie sich das mal an, während ich mit Ihnen rede, kommen mir Erinnerungen noch und noch, aber sein richtiger Name will mir partout nicht einfallen.«

Er beugte sich zu mir nieder, wie er es dort, im Kloster, getan hatte, und trotz seiner achtzig Jahre hing der Geruch eines Draufgängers in der Luft: ein Hauch Pfefferminzschokolade, leichte Alkoholfahne, Nichtraucher, dezentes

Rasierwasser, roh gebratenes Fleisch – innen blutig, außen gebräunt. Sein Hemd war, so meldete mir meine Nase, mit Ivory gewaschen wie die Baumwollunterwäsche meiner Frau, und über all dem schwebte noch Gefechtsrauch, Straßenstaub, der sich nicht legen würde, die glühende Asche der Lagerfeuer.

»Und schauen Sie sich das an, so alt und schwer und massig ich auch bin, jetzt dämmert mir alles wieder auf. Wir hatten keine einzige Nacht ohne Einsatz, und es herrschte Arbeitsteilung: Wer nicht ausrückte, schaufelte das Grab für den, der nicht wiederkam. Und den Klang dieser Hacken im Wadi, Eisen auf Fels, höre ich bis heute, mehr noch als die Schüsse. Man grub und grub und wagte nicht zu raten, für wen es diesmal sein würde. Er gehörte übrigens zu den ständigen Totengräbern.«

»Wer?«

»Das Baby. Bis zu dem Kampf ums Kloster ging er ja nicht mit uns auf Einsatz. Deshalb schaufelte er Gräber für die Ausrückenden. Morgens, wenn die Kameraden mit den Getöteten zurückkehrten, sollten die Gräber bereit sein. Tote warten nicht gern.«

Eigenartig, dachte ich mir, der Mann wirkte nicht redselig, wollte jetzt aber wohl alles loswerden, was sich seither bei ihm aufgestaut hatte. Mir fiel plötzlich eine Geschichte ein, die du mir in meiner Jugend erzählt hast. Du sagtest mir damals, Wörter bildeten und vermehrten sich ganz unterschiedlich: Manche teilten sich wie Amöben, andere bildeten Wurzelstränge und Ableger aus. Bei diesem Mann paarten sich Buchstaben mit Erinnerungen.

»Und Sie? Hatten Sie sich von den Vereinigten Staaten aus freiwillig für den Krieg gemeldet?«

»Wieso das denn? Sie beleidigen mein Hebräisch. Ich stamme aus Petach Tikwa. Habe dort heute noch Angehörige. Melabes, Mikwe, Hachschara, Reserve, und dann das vierte Bataillon der Palmach. Nach unserer heutigen Tour zu urteilen, wissen Sie darüber nicht weniger als ich. Haporzim – der Kastel, Kolonia, Bab el-Wad, Katamon. Und dann war der Krieg zu Ende, am Technion wollten sie mich nicht aufnehmen, also fuhr ich zum Studieren nach Amerika, lernte ein Mädchen kennen, bekam Arbeit bei ihrem Vater…«

»Man hat ihn tatsächlich das Baby genannt«, unterbrach ich seinen Wortstrom. »Und die Taube, von der Sie heute nachmittag erzählten, kam wirklich von ihm.«

»Ich sehe, Sie interessieren sich sehr für unseren Taubenzüchter«, sagte der alte Palmachnik aus den USA. »Haben Sie ihn gekannt?«

»Wie das? Damals war ich noch gar nicht geboren.«

»Was verbindet Sie dann mit ihm?«

»Die Tauben interessieren mich«, sagte ich, »die Brieftauben, die *homing pidgeons,* wie Sie sie nannten. Vielleicht weil ich meist Vogelkundler führe, die wegen der Zugvögel herkommen.«

Das Gold seiner Augen changierte zu Blau. Die Runzeln weiteten sich. Sein Blick wurde freundlicher, er wollte noch mehr erzählen – und unwillkürlich auch trösten, erklären und die Seele heilen.

»Um Haaresbreite haben wir dort gesiegt«, sagte er, »und mit vielen Verwundeten und Toten. Auch ein paar Nonnen sind draufgegangen, die Ärmsten, und unter denen, die mit dem Leben davongekommen waren, kursierte eine Art

Witz: Auch sie sind, wie wir, wegen Jerusalem gestorben, und auch sie, wie wir, jungfräulich. Die ganze Nacht haben wir gekämpft, und als dann die Sonne aufging, brachte sie uns nicht etwa Trost, sondern Verzweiflung. Im Hellen sahen wir, daß die andern noch und noch Leute hatten, dazu den Panzerwagen mit Maschinengewehr und Geschütz, und vor allem sahen wir die wahre Farbe unserer Verwundeten und erkannten, wer vielleicht überleben und wer mit Sicherheit sterben würde. Wir hatten so viele Verwundete, daß wir schon überlegten, was tun, wenn der Rückzug beschlossen würde. Wen wir mitnehmen könnten und was mit den anderen geschehen sollte. Und da trat, wie durch ein himmlisches Wunder, das Funkgerät wieder in Funktion und meldete, daß die *Arabers* in der ganzen Gegend Anstalten zur Flucht machten, mit ihrem Befehlshaber an der Spitze, wir sollten nur noch ein klein wenig durchhalten. Und was soll ich Ihnen sagen, zum Schluß haben wir gesiegt, aber es war einer dieser Siege, bei denen der Sieger überraschter ist als der Besiegte.«

»Sicher wart ihr wenigstens froh.«

»Wir hatten weder die Zeit noch die Kraft, uns zu freuen. Wir standen auf, machten uns zum Abzug bereit, und auf einmal ging ein Türchen auf und drei Nonnen kamen heraus. Zwei schleppten die Leichen ihrer Mitschwestern ins Haus, und die dritte, eine kleine, fast zwergenhafte alte Frau im bodenlangen schwarzen Ordensgewand, machte mit einer Flasche Wasser und ein paar Gläsern die Runde. Was für ein Bild ... Wir mit all den Verwundeten und Toten und diese Nonne, die wie auf einer Cocktailparty herumging und uns kaltes Wasser zu trinken anbot. Und die ganze Zeit sagte sie ›*nero … nero …*‹ Was dieses Nero bedeutete, begriffen wir nicht, aber wir kapierten, daß wir gesiegt hatten, denn sie war herausgekommen, um den Siegern Wasser zu geben. Verstehen Sie den Dreh? Wenn wir verloren hätten, hätte sie dasselbe Wasser den Arabern angeboten.«

»*Nero* heißt Wasser«, sagte ich. »Es ist das griechische Wort für Wasser.«

»Na gut«, kicherte der Mann. »Ein Fremdenführer muß wissen, wie Wasser in allen möglichen Sprachen heißt. Vielleicht kommen eines Tages Vogelkundler aus Griechenland zu Ihnen und kriegen Durst?«

»Es kommen keine Vogelkundler aus Griechenland«, sagte ich. »Vogelkundler kommen nur aus England, aus Deutschland, aus Skandinavien und aus Holland und ganz selten mal aus den Vereinigten Staaten.«

Doch der Mann blickte mich vorwurfsvoll an und holte mich an den Ort und in die Zeit zurück, die ich anstrebte und gleichzeitig zu fliehen suchte: »Wir verließen das Kloster und suchten die Umgebung ab, vielleicht lag ja doch noch einer von uns unter all den Leichen der andern draußen. Erst fanden wir einen toten Zugführer, dessen Eingeweide sich auf die Erde ergossen hatten, und dann fanden wir ihn. Jemand rief: ›Kommt her und seht euch das an, auch das Baby ist tot.‹ *God,* bloß davon, daß ich ›das Baby ist tot‹ sage, zittere ich schon am ganzen Leib.«

»Und haben Sie ihn auch gesehen?«

»Hab ich, ich sagte Ihnen ja gerade, daß ich ihn gesehen habe, und das habe ich auch vorhin schon gesagt, aber entweder wollen Sie es gar nicht hören oder immer wieder. Ich sah ihn in dem Schuppen, der damals dort beim Kloster stand, zwischen dem Rasenrand und den Schaukeln von heute.«

»In dem Schuppen oder draußen vor?«

»Halb drinnen und halb draußen.«

Er hatte wohl das Entsetzen in meinen Augen erkannt und ergänzte schnell: »Das heißt, verstehen Sie mich nicht falsch. Er war völlig unversehrt, um Himmels willen nicht so, wie es sich anhören könnte. Die Schuppenwand war zur Hälfte eingerissen, und er lag mit den Beinen drinnen und von der Taille aufwärts draußen. Und neben sich eine Maschinenpistole, eine echte Tommygun, und allerlei Gartengerät, und sein Gesicht, falls Sie das interessieren sollte, war heil und friedlich, und die offenen Augen blickten nach oben, das war das Schlimmste. Voller Leben spähten sie. Und wissen Sie, was ich damals gedacht habe? Nicht so wie heute. Ich dachte – woher zum Teufel hat dieses Baby eine Tommygun? Wir kämpfen mit beschissenen Stens, die ständig blockieren, und er hat eine Tommygun gekriegt! *Point five!* Egal wo dich die Kugel trifft, du fällst tot um. Verstehen Sie jetzt, warum es mir damals leichter gefallen ist als heute? So ist das, wenn man jung ist. Ich konnte mir nicht erklären, wieso ausgerechnet er eine Tommy bekommen hatte und wir nicht.«

Jetzt wußte ich nicht mehr, wer ihn befruchtete und wer wem Geburtshilfe leistete: die Worte oder das Bargetränk oder ich oder die Bilder, und was dort wirklich geschehen war und was in seinem Gedächtnis aufflackerte.

»Wir hatten grüne amerikanische Windjacken, Weltkriegsüberschüsse. Wo früher Schilder und Rangabzeichen gesessen hatten, war das Grün dunkler geblieben. Da sehen

Sie mal, was für Unsinn ich noch in Erinnerung habe und welche wichtigen Dinge nicht mehr. Und er lag in so einer Jacke da, wohl von einem amerikanischen Sergeanten, der zweimal so groß wie er gewesen sein muß, und als wir ihn aufhoben, sackten die Arme zur Seite und die Jacke ging auf, und wir sahen, daß seine Hose – verzeihen Sie, daß ich Ihnen das erzähle – vom Bund bis fast zu den Knien runter aufgeschnitten war, aufgeschlitzt und aufgeklappt und alles voll Blut und wund und draußen vor.«

Unversehens streckte der Mann die Hand aus und sagte: »Hier.« Und seine Hand griff mir an die rechte Hüfte, glitt zu meinem Steißbein hinunter und hielt dort an: »Hier hat er die Kugel abbekommen, und hier ist sie wieder ausgetreten...« Und die Hand fuhr nach vorn und drückte ein wenig, und ich wußte nicht wohin vor Grauen und Wohlgefühl.

»Und vielleicht mehr als eine Kugel, denn seine Lende klaffte völlig offen – seine oder sein? Ich hab schon ganz vergessen, wie man auf hebräisch sagt – und jede Menge Blut und der Oberschenkel zerschmettert mit all den Knochensplittern draußen. Ich denke, er hat es noch geschafft, die Hose aufzuschneiden, aber nicht mehr fertiggebracht, sich zu versorgen, und so lag er da, bis er starb.«

»Und die Tauben?« fragte ich.

Er ließ mich los. Bedauern und Erleichterung mischten sich. »Sein kleiner Schlag war zerbrochen. Zwei Tauben lagen tot auf der Erde, und die dritte fehlte, das war vermutlich die Taube, von der ich Ihnen dort erzählt habe.« Zu meinem Entsetzen summte er nun ein Lied, das ich auch meine Mutter öfter singen gehört hatte: »Der Kanonendonner schweigt, das Schlagfeld liegt verwaist …« und sagte: »Es war ein schöner, festlicher Frühlingstag, erst später ist uns eingefallen, daß es auch der 1. Mai war, und da fliegt eine Taube aus diesem ganzen Jammertal auf … Sie hatte Glück, daß der Schlag zerbrochen war. So konnte sie abhauen.«

»Sie ist nicht abgehauen«, sagte ich, »er hat sie aufgelassen. Er hat doch noch was zuwege gebracht, ehe er starb.«

Der Mann war verblüfft: »Wer hat Ihnen so was erzählt?«

»Es kann nicht anders sein. Nur so passen die Tatsachen zusammen.«

»Was heißt, er hat sie fliegen lassen? Mit einem Brief? Zum Hauptquartier?«

»Er hat sie nicht fliegen lassen, sondern aufgelassen«, berichtigte ich. »Bei Tauben sagt man ›auflassen‹ und ›ließ auf‹, wie bei Noah in der Bibel: ›Danach ließ er eine Taube auf … Die Taube fand keinen Halt für ihre Füße und kehrte zu ihm in die Arche zurück.‹«

»Und diese Taube? Was ist mit der passiert?«

»Er hat sie zu seiner Freundin aufgelassen, nach Tel Aviv.«

Und sogleich empfand ich das altvertraute Gefühl: die Flügel, die mir wahrlich im Körper aufflattern. Vom Beben der Knie zur Leere der Lenden zum Schmerzen des Zwerchfells zum Würgen der Kehle. Nach Hause, du ›Odysseus der Vögel‹, pfeilgerade. Die großen Magneten der Welt lenken ihren Flug, das Heimweh gibt ihr Rückenwind, die Liebe signalisiert ihr, entzündet ihr Landelichter: Komm-komm-komm, kehre heim aus der Ferne. Dazu hatte das Baby sie mitgenommen. Dazu die Zähmung, das Training, die Erbanlagen: »starke Muskeln, leichte Hohlknochen, Sportlerlunge und -herz, Richtungssinn und Orientierungsvermögen.«

Und die drei Begierden, die sich vereinigten: Die Begierde des ›Babys‹, das in diesen Minuten schon tot war. Die Begierde seiner Geliebten, die in diesen Minuten das Kommende schon ahnte. Und die Begierde der Taube – heimwärts. Nach Hause. Heim nach Tel Aviv. Zum Gold des Sandes, zum Blau des Wassers, zu den hellroten Ziegeldächern.

Nach Hause. Zu den freudig erhobenen Augen, die sie erwarteten. Zu dem Herzen, das ihr entgegenpochte. Zu der Hand, die sie mit Hanfsamen willkommen hieß – der traditionellen Gabe, die Taubenzüchter ihren von fern heimkehrenden Reisetauben darbieten. Zur anderen Hand, die ihr die Meldehülse vom Bein löste. Und dann der furchtbare Aufschrei des Verstehens – sein Name wird vom Mund in den Himmel geschossen, die Schlagtür knallt, Schritte entfernen sich im Laufschritt.

*»God«*, sagte der alte amerikanische Palmachnik aus Petach Tikwa, »wollen Sie mir etwa sagen, daß er das in seinen letzten Momenten noch fertiggebracht hat? Seiner Freundin eine Taube nach Tel Aviv zu schicken?«

Ich schwieg, und er rief erregt: »Und was hat er ihr da geschrieben? Schalom, ich bin tot?«

## *Zweites Kapitel*

I

Ich machte mich auf die Suche nach einem Haus. Andere Menschen schießen, auf sich oder ihren Nächsten. Ich ging mir ein Haus suchen. Ein Haus, das heilen, lindern, mich bei seiner Erbauung erbauen würde, auf daß wir einander dankbar wären.

Ich ging. Ausgestattet mit dem überraschenden Geschenk, das meine Mutter mir gemacht hatte, bemüht, sie zufriedenzustellen, getreu ihrer Anweisung, in der ein reuiger Unterton mitschwang: »Nimm, Jair. Geh dir ein Haus suchen. Einen Halt für deine Füße. Damit du einen Platz für dich hast.«

»Ein Haus, in dem vor dir schon jemand gewohnt hat«, bestimmte sie, »ein kleines, altes, renovier's ein bißchen...« Und sie verstummte einen Moment, schnappte nach Luft und hustete: »Und paß auf – ein Haus in einer alten Ortschaft. Damit die Bäume davor schon groß sind – am besten Zypressen, auch ein alter Johannisbrotbaum ist gut – und aus den Gehsteigritzen sollen Gräser sprießen.«

Und sie erklärte: In einer alten Ortschaft seien die Rachetaten schon ausgefochten, die alten Feindschaften eingespielt, die wahrhaft großen Lieben, nicht die kleinen nervenden, zur Ruhe gekommen, und man könne sich das Rätselraten und die Kraft für Experimente sparen.

»Ruh dich ein bißchen aus, Mutter«, sagte ich, »viel Reden und Anstrengung sind nicht gut für dich.«

Du lagst, kurz an Atem und Geduld, auf deinem Krankenbett, ein paar Gladiolen in einem Krug auf dem Nachtschrank, ein blaues Kopftuch über deiner Glatze: »Große Bäume, Jair, vergiß es nicht. Der Wind geht durch einen großen Baum anders als durch junge. Hier, nimm ... Und bau dir auch eine kleine Außendusche. Es tut gut, im Wind und im Freien zu duschen.«

Mein Leib bebte, meine Hand griff zu und nahm, meine Augen sahen und erfaßten. »Woher all dies Geld?« fragte mein Mund.

»Von Mutter.«

Du hast gehustet. Krampfhaft nach Luft geschnappt. »Nimm. Mit warmer Hand. Und erzähl niemand davon. Nicht deinem Bruder und nicht Eurem Vater und nicht deiner Frau.«

Genau so: »Geh« und »such« und »einen Platz für dich«. Und von einem Husten zum anderen klang wieder der Platz an, der nichts für mich ist – die Wohnung, die Liora uns in der Spinoza-Straße in Tel Aviv gekauft hatte. Das Haus und seine Herrin. Sie und ihr Haus. Das mit den großen hellen Räumen und den richtigen Himmelsrichtungen gleich ihren, den Wänden so weiß wie ihr Körper, dem herrlichen Abstand zwischen den Fenstern ihrer Augen, ihrem Reichtum.

## 2

Bis zu ihrer Erkrankung hatte meine Mutter helle Locken, eine ranke Gestalt und ein Grübchen. Als sie krank wurde, fielen ihr die Locken aus, ihre Gestalt beugte sich und das Grübchen verschwand. Bei der Gedenkfeier, die wir, mein Bruder Benjamin und ich, an ihrem ersten Todestag abhielten, begann noch am Grab die Debatte zwischen uns: Auf welcher Wange hatte das Grübchen gesessen? Benjamin sagte, auf der rechten, und ich beharrte – auf der linken. Anfangs scherzten wir, tauschten gutmütige Klapse und Sticheleien. Dann wurden meine Schläge härter und seine Worte bissig.

Nachdem wir eine Wette abgeschlossen hatten – früher stritten wir oft, später wetteten wir lieber, und immer um das gleiche Mittagessen im selben rumänischen Restaurant – fingen wir an, alle erdenklichen Menschen nach der Position des Grübchens zu befragen. Prompt entstanden weitere Meinungsverschiedenheiten, runzelten sich weitere Stirnen und folgten weitere Wetten. Und als wir alte Fotos zurate zogen – welch kindliche Aufregung, gepaart mit dem süßen Schmerz erwachsener Waisen – entdeckten wir voll Enttäuschung und in dem unvermeidlichen leisen Gefühl, betrogen worden zu sein, daß ihr Grübchen darauf überhaupt nicht zu erkennen war. Weder auf der linken Wange noch auf der rechten.

Konnte es angehen, daß wir uns an ein nie dagewesenes Grübchen erinnerten? Oder hatten wir uns eine Mutter ausgedacht, mitsamt ihrem Lächeln, ihrer Gestalt, ihrem Grübchen und ihren Locken? Nein! Wir hatten eine Mutter gehabt, aber ausgerechnet für die Fotos hatte sie, wie wir erst nach ihrem Tod feststellten, nie gelächelt. Deshalb sah man darauf weder ihre großen, regelmäßigen Zähne noch die spöttisch hochgezogene Oberlippe, nicht das Grübchen und nicht den Blick, der sich während ihres ersten Ehejahrs mit ›Euer Vater‹ in ihren Augen angesiedelt hatte.

Wenn sie mit uns von ihm sprach, sagte sie nicht ›Vater‹ oder ›Papa‹, sondern ›euer Vater‹: Euer Vater wartet auf euch. Euer Vater ist sicher neugierig, was wir heute auf der Straße gesehen haben. Ihr wollt einen Hund halten? Wenn euer Vater das erlaubt, aber vergeßt nicht, zu erwähnen, daß ich dagegen bin. Und da wir klein waren und sie immer wieder »euer Vater« sagte, dachten wir, so hieße er. Wir nannten ihn so, wenn wir von oder mit ihm redeten, und dieser Name hängt ihm bis heute an. Er protestierte nicht, verlangte aber, daß wir ihn in Anwesenheit fremder Menschen nicht so nannten.

»Richtet Euervater aus, er soll zum Mittagessen raufkommen«, beorderte uns meine Mutter mit jeckischer Pünktlichkeit jeden Mittag um Punkt halb zwei, und schon sausten wir die Treppen runter zu seiner Kinderarztpraxis im Erdgeschoß – der dreijährige Benjamin watschelte schon, und ich mit meinen fünf Jahren kugelte noch –, knufften und schubsten einander und riefen: »Euervater ... Euervater ... Mutter sagt, du sollst zum Essen kommen ...«

Beide lächelten, sie lauthals in der Küche, er während er schweigend seinen Kittel aufhängte. Manchmal rügte er uns: »Rennt nicht so auf den Treppen, Kinder, ihr stört die Nachbarn«, und sein Blondkopf schwebte hoch droben auf seiner langen Gestalt. Und manchmal beugte er sich zu uns nieder und zündete uns seine ›Lampe mit den Farben‹ an, eine große, glitzernde Taschenlampe, die rot und gelb und grün aufleuchtete und die Herzen der kleinen Patienten beruhigte, die zu ihm in die Praxis kamen.

Jetzt ist meine Mutter schon tot, und Euervater hat sich zur Ruhe gesetzt und die kleine Praxis zu seiner Wohnung gemacht. Aber damals war er Kinderarzt, vier Jahre älter als meine Mutter und um zwanzig Jahre gesetzter. Zuweilen behandelte er auch sie noch wie ein Kind. Manchmal enthielt sein Blick leichten Tadel, und im Lauf der Zeit erließ er – typisch für Ehemänner, deren Frauen nicht mit ihnen erwachsen werden – allerlei unnötige Gesetze, machte ihr Vorschriften, was sie anziehen sollte, weil es kalt war, oder was sie essen sollte, weil es heiß war, und bemerkte vorwurfsvoll: »Du hast es schon wieder vergessen!« wenn ihr etwas entfallen war.

Gelegentlich erwachte auch ihr Drang, Regeln und Anordnungen zu erlassen, aber die lauteten ganz anders als seine. »Was braucht der Mensch?« deklamierte sie eines Tages nach dem ersten Teelöffel Nachspeise. »Nicht viel: Was Süßes zum Essen, und eine Geschichte zum Erzählen, und Zeit und einen Platz, und Gladiolen in der Vase, und zwei Freunde, und zwei Berggipfel, einen zum Draufstehen und einen zum Draufgucken. Und zwei Augen, um damit wartend den Himmel abzusuchen. Verstehst du, wovon ich rede, Jair?«

Und ein andermal, als wir schon in Jerusalem wohnten, klapptest du plötzlich das Buch zu, das du gerade aufmerksam gelesen hattest – ein kleines, dickes Buch mit blauem Einband, den mein Bruder Benjamin allerdings für grau hielt –, klapptest es zu und sprachst einen weiteren Merksatz: »Ich kann nicht mehr.«

»Ich kann nicht mehr«, hörte ich dich damals, wie ich dich heute noch höre. »Ich kann nicht mehr«, und du verstummtest, damit alle Zuhörer ob deines Ausspruchs gehörig erschauern konnten, und schlugst das kleine, dicke Buch wieder auf, und obwohl ich im letzten Februar schon neunundvierzig Jahre alt geworden bin – ich alternder und schwerfälliger Stier – werde ich traurig, wann immer ich an jenen fernen Augenblick denke, denn die Farben des Einbands und des Schnitts und des seidenen Lesebändchens – das scharfe Blau, das zarte Rosa, das tiefe Gold – habe ich noch gut in Erinnerung. Deine Augen, deine Haut, dein Haar hatten genau dieselben Farben. Aber seinen Titel habe ich vergessen. Ich kann es nicht mehr lesen, um zu suchen und zu finden und zu wissen, welcher Satz dich damals derart erregt hat, daß du jene Worte sagtest. Kann mir nicht klar werden: Keimte seinerzeit der Gedanke auf, an dessen Ende du weggegangen bist?

Meine Mutter ist bei uns so ausgezogen, wie sie auch sonst vorging: aufgrund einer Entscheidung, die langsam anschwoll und reifte, und – einmal ausgereift – unumstößlich wurde. In solchen Fällen setzte sie sich an den Küchentisch, nahm ein Blatt Papier und unterteilte es in zwei Rubriken. Über die eine Rubrik schrieb sie »Dafür« und über die andere »Dagegen«. Für und wider einen weißen Anstrich des Treppenhauses, für und wider Chemotherapie und Bestrahlungen, für und wider Selbstmord, für und wider Schnitzel mit Salzkartoffeln, die mit fein geschnittenem *Schnittlauch* bestreut und in Butter geschwenkt wurden, oder Braten mit

Knödeln und Lorbeerblättern für Schabbat mittag. Sie notierte, zählte an den Fingern ab und entschied erst nach reiflicher Überlegung. Manchmal versuche ich zu erraten, was du niedergeschrieben hast, ehe du gingst – und bekomme es mit der Angst zu tun.

So sagte sie auch uns, meinem Bruder Benjamin und mir: »Ich bin dafür, ans Meer zu fahren, aber euer Vater ist dagegen!« Und so plante sie ihre Einkäufe und verbannte ungeliebte Bücher aus dem Haus – »die, die der Schriftsteller mit zuviel Lust oder Leid geschrieben hat.« Und mit derselben Entschiedenheit verfaßte sie die ›Familienordnung‹, über die wir, Benjamin und ich, keine Wetten mehr abschließen können, denn anders als das blau gebundene Buch befindet es sich wohlbehalten in meinen Händen, so daß man es aufschlagen und darin nachlesen kann.

Gelegentlich entwickle ich eine überraschende und entschlossene Wendigkeit, die meinem Wesen und Äußeren zuwiderläuft. Und so war es auch an dem Tag, an dem sie starb. Während die Nachricht noch umlief, gewisser wurde, keine Anzeichen von Reue oder Änderung zeigte, die Türklingel und das Telefon immer öfter läuteten, Euervater umherirrte und an die Wände stieß und Benjamin wieder mal zu spät kam oder beschäftigt war, hatte ich längst die bewußte ›Familienordnung‹ an mich genommen und in einem von ›Nilpferds‹ Werkzeugfächern verborgen. Seither habe ich sie in Besitz. Hier ist sie: verfaßt auf dünnem hellblauem Briefpapier, mit deinem bauchigen d und dem koketten b. Hier sind deine f, so langbeinig wie Kraniche, das o so winzig wie ein Punkt.

Hier – sage ich mir bei dem kleinen Schatz, wann immer

ich ihn aus seinem Versteck hervorhole – hier, über dies Himmelblau ist deine Hand geschwebt, ist darüber geflogen und hat geschrieben:

»Die Kinder räumen ihre Zimmer auf, trocknen Geschirr ab und bringen den Müll hinunter.«

»Die Kinder erzählen ihrer Mutter Geschichten und am Schabbat morgen putzen sie die Schuhe der ganzen Familie.«

»Die Kinder gießen regelmäßig Mutters Petersilie in der Küche.«

»Die Eltern kleiden, füttern, lehren, pflegen, streicheln und umarmen und bringen keine weiteren Kinder zur Welt.«

Und so weiter und so fort, hier. Auf diesem Papier. Deine Hand. Sie schwebt, landet fast, lebendig und warm.

## 3

Sie war eine umgängliche und gelassene Mutter, deren Ärger selten entflammte: wenn Euervater sie mit Mutter und nicht mit ihrem Namen, Raaja, anredete, wenn ihre Söhne sie statt Mutter sagten, wenn man sie beim Tünchen der Wohnung störte oder wir einen Satz von ihr mit »stimmt nicht« quittierten.

Aber einmal tat sie etwas, das ich erst Jahre später verstand. Es geschah am Versöhnungstag, fünf Jahre nach unserem Umzug von Tel Aviv nach Jerusalem. Benjamin war damals elf Jahre alt und ich dreizehn, Bar-Mizwa. Am Vorabend des Feiertags zogen wir weiße Hemden und Turnschuhe an und gingen in die Synagoge des Viertels. Meist untersagte uns Euervater das Tragen von Stoffschuhen, aus Sorge um die Entwicklung der Füße im besonderen und des Knochengerüsts im allgemeinen. Aber die Gebräuche des Versöhnungstags lagen ihm irgendwie am Herzen. Er fastete sogar, obwohl er sonst kein einziges der religiösen Gebote einhielt.

»Zum Andenken an meinen Vater«, erklärte er und setzte eine feierlich fromme Miene auf, die wir an den übrigen Tagen des Jahres nicht zu sehen bekamen.

Meine Mutter, mein Bruder und ich fasteten nicht, frühstückten auf sein Geheiß jedoch nichts, dessen Duft durchs offene Fenster nach draußen dringen konnte. »Wir sind hier in Jerusalem«, sagte er, »nicht in Tel Aviv. Man muß auf die Nachbarn Rücksicht nehmen.«

Nach dem Frühstück wollte meine Mutter auf unserem Plattenspieler Musik hören, aber Euervater wiederholte sein Argument.

»Wir stellen ihn leise«, sagte meine Mutter, »und man braucht mich nicht dauernd darin zu erinnern, daß wir hier in Jerusalem sind und nicht in Tel Aviv, das weiß ich sehr wohl.«

»Ich bitte dich sehr, hier am Jom Kippur keine Musik abzuspielen, Ra-a-já«, sagte Euervater, mit lehrerhaft feierlicher Betonung auf der letzten Silbe und in säuberlich getrennten Silben. Nicht einfach Raja, wie alle sagten und auch er – an den nicht hochfeierlichen Tagen des Jahres.

Meine Mutter schnallte ihre Sandalen zu und setzte den großen Strohhut auf, dessen gelbe Flechten mit ihrem Haar verschmolzen und dessen blaues Band das Wutrot ihrer Wangen krönte.

»Kommt«, sagte sie, »wir gehen draußen ein bißchen frische Luft schnappen, denn hier ist uns plötzlich ein Papst erwachsen. Man erstickt ja schier vor Selbstgerechtigkeit und Weihrauch.«

Staunend und gehorsam – wo von ihr und uns die Rede ist, beschreibt staunend und gehorsam einen Dauerzustand, ausgenommen ein paar wohlkontrollierte Rebellionen seitens Benjamin – staunend und gehorsam also folgten wir ihr. Wir gingen von der Bialik-Straße hinunter zu der kleinen Anlage, die die Einwohner des Viertels Bet Hakerem zum Andenken an ihre im Unabhängigkeitskrieg gefallenen Söhne hatten pflanzen lassen, und bogen links in die Hechaluz-Straße ein. Vorbei an den Anbauflächen, die dem Landwirtschaftsunterricht unserer Schule dienten – zu unserer Erleichterung setzte sie diesmal nicht über den Zaun, um Petersilie aus den Beeten zu klauen – gingen wir ins Wadi hinab und talaufwärts zu dem Gebiet, wo man heute eine Reihe häßlicher Hotels hingeklotzt hat. Manchmal hole ich an ihren Pforten frisch aus dem Ausland eingetroffene Vogelkundler ab und zuweilen auch Lioras Bruder, meinen Schwager Immanuel. Wenn die ganze Familie aus den Vereinigten Staaten anreist, übernachten sie im King David Hotel, aber Immanuel achtet aufs Geld, und wenn er allein kommt, bleibt er in einem dieser Hotels an der Einfahrt zur Stadt.

Ein alter Pfad führte damals das Wadi hinauf, ein Überbleibsel aus den Tagen, in denen noch Fellachen, fliegende Händler und Esel zwischen Malcha und Lifta und Scheich Badr und Dir Jassin kursierten. Benjamin hüpfte und sprang wieder zwischen den Felsbrocken umher, und ich schritt langsam voran, die Augen auf die Fußstapfen meiner Mutter gerichtet, während meine Nase genüßlich den Geruch warmen Staubes einsog und meine Ohren vergnügt dem Knacken der welken Blätter und Stengel des Spätsommers lauschten.

Neben dem großen Depot der Busgesellschaft Hamekaschér lag damals ein verlassener Obstgarten: zwei Granatapfelbäume, ein paar Rebstöcke und Feigenbäume, alles umgeben von einer Kaktushecke. Die Granatäpfel waren noch nicht reif, die Kaktusfeigen schon verfault, die kleinen Trauben zu Rosinen verdorrt, aber die Feigenbäume trugen Frucht. Meine Mutter liebte Feigen. Sie betonte den hebräischen Namen von Frucht und Baum, *Te'ena,* eigenwillig auf der zweiten statt auf der dritten Silbe und erklärte uns, daß es im Hebräischen für die Feigenernte ein eigenes Wort gäbe. Wir pflückten und futterten, und ein Mann, der – halb ohnmächtig vor Selbstgerechtigkeit, Hitze und Fasten – auf der Straße vorbeikam, schrie uns an: »Ihr solltet euch was schämen, Feigen zu essen! Kippur heute!«

Mein Bruder, dem die Anwesenheit meiner Mutter und die Süße der Frucht die Kraft und Courage von Sündern verliehen, konterte lauthals: »Fromm pommpomm!«

Meine Mutter sagte: »Laß das, Benjamin. Man muß gar nicht antworten.«

Der Mann ging schimpfend davon, und wir betraten den Parkplatz des großen Depots, überquerten eine Schotterstraße und gelangten zu den alten Bussen, die auf einen Käufer oder die Ausschlachtung warteten. Meine Mutter setzte sich auf einen Felsblock und jonglierte wie geistesabwesend mit drei Steinen. Ich hielt, wie gewohnt, nach Skorpionen und Käfern Ausschau. Benjamin sprang von Fels zu Fels und hüpfte, ohne hinzuschauen, vor, links, rechts und zurück, als hätte er Augen an den Füßen.

Und plötzlich, nachdem meine Mutter die Steine eine Zeitlang meisterhaft in die Luft geworfen und wieder aufgefangen hatte, sprang sie auf und schleuderte sie ohne Vorwarnung oder Vorzeichen schnell und kräftig, eins, zwei, drei auf einen der Busse.

Die Stille zerschellte in tausend klirrende Splitter. Benjamin, nah bei ihr, und ich, etwas ferner, blickten sie besorgt und staunend an. Doch sie bückte sich, griff zwei etwas größere Steine und dann noch zwei und schlug zwei weitere Fenster ein.

»Was machst du denn, Ra-a-já«, äffte mein Bruder Euervater nach.

»Versuchst's auch mal«, riet meine Mutter. »Das ist sehr angenehm.«

»Du solltest dich was schämen, Autobusse kaputt zu schmeißen, Kippur heute«, sagte Benjamin, aber ich bückte mich wie du, sammelte zwei Steine auf und warf sie.

»Aus drei Meter Entfernung einen Omnibus zu verfehlen«, spottete Benjamin. »Dazu gehört wirklich Talent.«

Meine Mutter lachte, und ich hob, gekränkt und zornig, einen Stein von der Größe eines Brotlaibs auf, trat vor einen Bus, riß den Stein mit beiden Händen hoch über meinen Kopf und schleuderte ihn auf die Windschutzscheibe. Das dicke Glas bekam einen Sprung, zerfiel aber nicht, worauf ich, von Wut und Wonne gepackt, kehrtmachte, um einen noch größeren Stein zu holen.

»Warte, Jair«, sagte meine Mutter. »Ich zeig dir, wie's geht.«

Etwas abseits türmten sich rostige Sitzgestelle, die schon aus einem Bus abmontiert worden waren. Sie packte das eine Ende einer Rückbank, an die drei Meter lang. Ich wuchtete das andere Ende hoch, und so, die Bank wie einen eisernen Rammbock über unsere Häupter erhoben, sie lenkend voran mit dem Schlachtruf: »Wir sind hier in Jerusalem, nicht in Tel Aviv!« ich mit gesenkter Stirn von hinten schiebend, zertrümmerten wir die Windschutzscheiben noch zweier Busse und verfielen umgehend in solch wilde und gute Rache- und Zerstörungslust, daß nur Benjamins Ruf: »Hört auf! Aufhören! Der Wächter kommt!« Weiteres verhinderte.

Wir warfen die Bank ab, duckten uns hinter einen Omnibus und grinsten uns mit hochroten Gesichtern an. Vom anderen Ende des Parkplatzes kam der alte Wächter des Depots angerannt – ein Hüne mit ewig schwitzendem Gesicht und schmutzigen Händen. Oft sahen wir ihn bei Glicks Imbiß stehen und ein ›Omelette-Sanwisch‹ mit scharfem Paprika kaufen.

Schnaufend und prustend, eine dreckige Schiebermütze auf dem Kopf, abgetretene Schuhe an den Füßen, lief der Wächter suchend zwischen den Bussen umher, bis er uns entdeckte. Er war verblüfft. Eine blauäugige und goldhaarige Mutter mit zwei herzigen Söhnen kam in seinem imaginären Verbrecheralbum nicht vor.

»Was ist denn hier los? Was tut ihr?«

»Sitzen im Schatten und ruhen uns aus«, sagte meine Mutter.

»Müde vom Fasten«, schob Benjamin nach.

»Ich hab hier Einschmeißen gehört. Ich hab hier Eisenteile und Glassplitter fallen hören.«

»Vorhin waren ein paar Rüpel hier«, sagte meine Mutter, »haben mit Steinen geschmissen. Aber als wir kamen, sind sie geflüchtet. Nicht wahr, Kinder?«

Mein Gesicht glühte. Ich senkte den Kopf.

»Dahin«, zeigte Benjamin.

Der Wächter ging ein Stück weg und schaute umher, doch da er nichts sah als eine öde, mürrische und selbstgerechte Stadt, wie Jerusalem sie an den Hohen Feiertagen ist, kam er mit verlegener Miene zu uns zurück.

»Ich weiß, wer Sie sind. Sie sind die Frau vom Doktor Mendelsohn, von dem Kinderarzt hier.«

»Richtig.«

»Mein Bruder hat Sie mir mal gezeigt. Wir, das heißt er und ich, saßen auf dem irakischen Markt, in der Spelunke neben dem Geflügelhändler, und Sie kamen gerade vorbei mit ihm« – der Wächter deutete auf mich – »zum Einkaufen. Mein Bruder hat zu mir gesagt: Siehst du die da? Das ist die Frau von dem Doktor Mendelsohn vom Hadassah-Krankenhaus. Ein guter Arzt, ihr Mann, hat das Mädchen in seine Praxis im Haus bestellt und am Ende nicht mal Geld genommen. Vielleicht wollten die Rüpel euch verprügeln, Frau Mendelsohn? Wenn ich die zu fassen krieg, brech ich ihnen sämtliche Knochen im Leib.«

»Nein, nein, alles in Ordnung, meine Jungs passen auf mich auf, vielen Dank«, sagte meine Mutter. »Hier ist alles in Ordnung, und wir hatten einen wunderbaren Kippur hier, und mögen auch Sie hier ins Buch des Lebens eingeschrieben werden.«

Sie stand auf. »Kommt, wir gehen zurück zu Eurem Vater.«

Wir gingen. Du und Benjamin voran, über die Felsen hüpfend. Ich trottelte hinterher. Und auf der Straße nahmst du ihn an die eine und mich an die andere Hand und sagtest: »Egal was passiert, ihr werdet hier immer mein sein.«

Wir lachten alle drei. Drei Jahre später bist du ausgezogen. Hattest du an jenem Tag schon daran gedacht? Benjamin sagt »sicher« und ich sage »vielleicht«, aber darüber kann man keine Wetten mehr abschließen.

## 4

»Sie hat ihre Kinder im Stich gelassen …«, »ein anderer Mann …«, »sie hatte keine Kraft mehr …« kursierten die Rügen und Mutmaßungen in den Korridoren des Hadassah-Krankenhauses, im Bekanntenkreis, in der Schule und in Violettes und Ovadjas Lebensmittelladen im Viertel. Nur eines war klar und eindeutig: Ob sie einen anderen Mann hatte oder nicht, ob er vor ihrem Auszug dagewesen oder erst später aufgetreten war – meine Mutter kehrte nicht mehr in unser Haus zurück. Sie blieb an ihrem neuen Ort, einem Platz für sich: in einer Mietwohnung am Rand des Viertels Kirjat Mosche, in der Wohnsiedlung gegenüber der Getreidemühle und der Großbäckerei. Die Wohnung war winzig, aber vor ihrem Fenster lag die Landschaft unendlich weit und offen, bis hin zum westlichen Horizont.

Benjamin und ich waren damals Teenager, ich in der zehnten Klasse, er in der achten, und schon hatte er mich an Größe eingeholt. Mir ist jenes Jahr nicht nur wegen des Auszugs meiner Mutter in Erinnerung, sondern auch, weil

Benjamin gleich darauf die widerliche Angewohnheit annahm, den Kopf an mich zu schmiegen, wenn wir uns unterhielten. Wir beide hatten uns damals entschieden, bei Euervater in unserem Haus in Bet Hakerem zu bleiben, denn bei ihm hatten wir zwei Zimmer für uns und bei ihr nur ein Zimmer für sie. Aber wir besuchten sie jeden Tag und immer zur selben Zeit. Wir saßen gern in ihrer Kochecke. Zu Hause in Bet Hakerem hatte sie »eine richtige *Küche*«, rätselte Euervater über die Logik ihres Weggangs, und in Kirjat Mosche »nur ein *Küchlein* – eine kleine, enge Kochecke.«

Mal gingen wir zusammen hin, mal jeder für sich. Sie war immer allein und empfing uns immer freundlich: umarmte und streichelte uns, roch nach einfacher, frischer Seife und nach Kaffee und Brandy und Körperpuder, stellte den Plattenspieler ab – sie hörte viel Musik, vor allem Purcells Oper *Dido und Aeneas* –, schob die Vase mit ihren geliebten Gladiolen beiseite, die jetzt gelegentlich auf ihrem Grab auftauchen – wer brachte sie ihr damals? Und wer bringt sie ihr heute? – und servierte uns Kümmelgebäck und Tee mit viel Zucker und Zitrone.

Oft überlegte ich: Was wäre wohl, wenn ich zu einer anderen Zeit käme? Würde ich dort den anderen Mann antreffen, obwohl es einen solchen Mann nicht gab? Der bemüht war, sie zu unterhalten und ihr zu gefallen, der Geschirr abtrocknete, Schuhe putzte, ihr Geschichten erzählte und den Mülleimer runtertrug?

Ich malte mir im stillen aus, wie er an dem kleinen Tisch saß, vielleicht sogar auf dem Sofa, das nachts aufgeklappt wurde, um ihr als Bett zu dienen, wie seine Augen auf ihr ruhten, seine Hände begehrten, seine Lippen starke Zähne verdeckten. Aber ich habe bei ihr nie jemanden gesehen, außer einmal: Zwei Männer waren da. Der eine – groß, braungebrannt, kahlköpfig – ging am Stock, der andere war alt und so lang und dünn wie eine Bohnenstange. Der Lahme sang irgendein komisches Lied über König Ahasveros, summte »bum bum bum, bum bum« und trank schwarzen Kaffee, den er selbst gekocht hatte. Der ältere Mann blickte mich neugierig und liebevoll an und fragte mich, in welchem Schulzweig ich sei und ob ich schon wüßte, was ich mal werden wollte. Ich verneinte, und er sagte: »Sehr gut. Das hat keine Eile.«

Erst vor einem Jahr, bei dem überraschenden Treffen, bei dem sie mir das Geld gab, damit ich mir ein neues Haus kaufen und ausbauen könnte, wagte ich meine Mutter zu fragen, warum sie von uns weggegangen war.

»Nicht euch habe ich verlassen«, sagte sie, »sondern Euren Vater und sein Haus. Ich bin ja in seinem Jerusalem geblieben, um nahe bei euch zu sein.«

Und als ich nichts sagte, fügte sie hinzu: »Warum fragst du? Du kennst doch den Grund. Ich habe dir nichts verheimlicht, hab dir alles erzählt, als du noch ein Junge warst, aber du hast es vielleicht nicht verstanden oder nicht verstehen wollen oder willst die Geschichte einfach immer wieder hören.« Und sie streckte ihre Hand aus und streichelte mich wie damals, wenn ich sie in ihrer kleinen Wohnung besuchte. Nicht mit der gleichen Stärke, aber in den gleichen Richtungen und mit den gleichen Bewegungen.

Du hattest angenehm kühle Finger. Wenn du meinen Bruder streicheltest, führtest du sie sanft und gespreizt durch seine blonden Locken. »Was für ein Kind du bist, Benjamin…« sagtest du zu ihm und dann noch mal, »was für ein Kind du bist…« und dein einziges Grübchen erschien auf deiner linken Wange. Doch meine dichten schwarzen Stoppeln hast du mit der Wucht eines Viehzüchters gestriegelt, dich dabei tief zu mir niedergebeugt: »Mein Kälbchen! Was für erstklassiges Fleisch!« Und ich ermaß mit neidischem und bedrücktem Herzen deine Liebe zu ihm, die ich oben durch drei Punkte ersetzt habe.

Nachdem wir ihr von der Schule und von zu Hause erzählt hatten, auch von der Krankenschwester, die Euervater als Praxishilfe eingestellt hatte – eine kleine, ängstliche Person, die sich vor ihm, den Patienten, dem Klingeln des Telefons und vor ihrem eigenen Schatten fürchtete –, setzte meine Mutter uns zwei dicke Stücke ihres Mohnkuchens vor und schob ein drittes in eine Papiertüte: »Das bringt ihr Eurem Vater, damit er auch seine Freude hat.«

Wir verließen ihr Haus und gingen zurück zu seinem, spürten auf unseren Köpfen noch die Berührung ihrer Finger, die zusehends kräftiger und rauher wurde, und unvermittelt sagte Benjamin das, was ich nur zu denken gewagt hatte, daß es nämlich auf die schweren anderen Arbeiten hindeute, die sie verrichten mußte, »jetzt, wo sie nicht mehr in unserer Praxis arbeitet.«

Und Euervater, getreu seiner Rolle im nächsten Akt desselben Schauspiels, öffnete die Papiertüte und steckte Mund und Nase hinein. Seine Lider zuckten, und nach kurzem, sanftem Kampf gingen sie zu. Ich erinnere mich an den langen Atemzug, an seine Hand, die wunderbarerweise entschieden und schlaff zugleich war. Er hielt uns das Stück

Kuchen hin, weil er nicht den Mut aufbrachte, es in den Mülleimer zu werfen: »Nehmt. Mir reicht es, daß sie gegangen ist. Ich brauche keine weiteren Freuden.«

»Ich kann nicht mehr!« Mal mit ihrer, mal mit meiner Stimme gesprochen, mal vom Wind in den großen Bäumen, die auf ihr Geheiß bei meinem neuen Haus stehen sollten. Sie entschied, verkündete, nahm ihre Kleidung, den Plattenspieler und die Platte von *Dido und Aeneas,* ihrer Lieblingsoper mit der schönen Abschiedsarie – im Stillen nannte ich sie *Remember Me,* denn das waren die einzigen beiden Wörter, die ich aufgeschnappt hatte – und ging.

Wenn sie über das Dafür und Dagegen im Haushalten entschied, addierte sie Geldbeträge, zählte Münzen und Sparguthaben. Wenn sie in Essensfragen entschied, zählte sie Esser, Kartoffeln, Teller und Messer. Aber was hast du damals gezählt, Mutter? Was zählt man vor einer Trennung?

## 5

Von Tel Aviv habe ich nicht viel in Erinnerung behalten. Wir wohnten, wie gesagt, in der Ben-Jehuda-Straße, nicht weit vom Mograbi-Kino, das seinerzeit noch stand. An Euervaters Praxistür im Erdgeschoß war ein kleines Messingschild angeschraubt: DR. JAKOB MENDELSOHN – KINDERARZT. Im zweiten Stock, an unserer Wohnungstür, prangte ein anderes kleines Messingschild mit der Aufschrift: J. MENDELSOHN – PRIVAT.

In der Nähe unseres Hauses lag auch der Friedhof in der

Trumpeldor-Straße, und du hast uns dorthin mitgenommen, um uns die Dichternamen auf den Grabsteinen beizubringen. Benjamin spielte zwischen den Gräbern, und ich blickte zu dir auf und sprach dir die Namen nach. Manchmal fuhren wir ans Nordende der Straße, und von dort ging's an den Jarkon, dessen Umgebung noch nicht bebaut war und an dessen Ufern Euervater Picknickplätze fand, oder in seiner Ausdrucksweise: »Einen hübschen Platz mit Schatten.« Und auch in den Zoo gingen wir, aber nur du und ich und nur einmal. Gleich hinter dem Eingang gab es damals ein Gehege mit Riesenschildkröten, und ich weiß noch die Namen des Löwen und der beiden Löwinnen – Gibor und Tamar und Dolly.

Ein Pfau tauchte plötzlich auf, schleifte den Schwanz im Sand nach und kreischte grausig. Ich wollte mir die Affen anschauen, aber du sagtest: »Komm weiter, Jair, ich kann sie nicht ausstehen.« Wir gingen den Pfad hinauf. Nach dem Taubenschlag und dem Gehege des Elefanten und dem Teich der Wasservögel standen ein paar Jahrmarktsgeräte herum, ein kleiner Lunapark dürftigster Art. Du bliebst stehen, schautest dich um, und als wir zum Gehen kehrtmachten, erschien ein sehr dicker Mann und sagte dir guten Tag. Ich konnte den Blick nicht von seinem Bauch wenden, sagte zu dir: »Mutter, Mutter, guck mal, was für ein dicker Mann…« Und er nahm die Schirmmütze ab, verbeugte sich und erklärte: »Ich bin kein einfacher Dicker, ich bin der Dicke vom Zoo.«

Der Pfau kreischte erneut. Jenseits des Zauns hörte man die Badegäste im nahen Schwimmbad jauchzen. Du erzähltest mir: »Das war früher mal der Bewässerungsteich eines Zitrushains.« Und als wir hinausgingen, zogen auf der Straße ein paar Männer und Frauen mit roten Fahnen vorbei. Du sagtest: »Heute ist der 1. Mai. Komm, Jair, gehen wir zurück.«

Oft spaziere ich heute noch dorthin, auf einer der müßigen Runden, die ich gerne drehe. Von der Wohnung, die Liora uns in der Spinoza-Straße gekauft hat, gehe ich zur Ben-Gurion-Allee, vorbei an den jungen Paaren, die sich am nahen Getränkekiosk unterhalten, staune immer aufs neue, wie ähnlich sie sich sehen: Alle haben sie hübsche Hunde und Kinder, jeder Mann ähnelt dem anderen, jede Frau der nächsten, jeder Mann der Frau seines Freundes und jede Frau ihrem Partner.

Ich halte mich rechts und gehe meiner Erinnerung an jenen Zoobesuch nach. Manchmal durchquere ich das Hier-war-mal-das-Tor, und manchmal schlendere ich entlang dem schon-kein-Zaun-mehr und dann wieder rechts, entlang dem großen Platz, dessen Orangenbäume und Sykomoren längst abgeholzt und dessen Sandkörner unter den Pflastersteinen erstickt sind. Ich überquere die Frischmann-Straße, passiere die französische Buchhandlung und gelange zum Masaryk-Platz mit dem netten, kleinen Spielplatz, auf dem immer ein paar junge Frauen mit ihren Kindern sitzen, und frage mich: Wer von all diesen Kleinen wird, wenn er mal groß ist, über seine Mutter schreiben, wer in der dritten Person mit »sie« und wer in der zweiten mit »du«, wer wird sie »Mutter« nennen und wer »meine Mutter«?

Von hier führt mich die King-George-Straße geradewegs zum Dizengoff-Center. Ich gehe hinein und durchrudere das Meer johlender Kinder und untersetzter Frauen, allesamt mit nackten Bäuchen und BH-Trägern aus Klarplastik, und rolle hinauf zu meinem Ziel – dem Globetrotterladen im dritten Stock. Wer ein Geschäft für Trekkingbedarf gerade hier plazierte, hat eine kluge Entscheidung getroffen. Schon wenige Minuten im Innern des Einkaufszentrums wecken starke Reiselust, das Verlangen, möglichst schnell möglichst weit wegzukommen.

Im Globetrotterladen erwerbe ich Reiseartikel, die ich nie benutzen werde, höre Vorträge über Expeditionen, die ich nie antreten, und über Orte, die ich nie besuchen werde. Ich mustere mit sehnsüchtig-neidischen Augen die jungen Leute, die sich auf ihre Rucksacktour vorbereiten, sie wiederum mustern mit sehnsüchtig-neidischen Augen den teuren, extraleichten und warmen Schlafsack, den ich zur Kasse trage, und den Alpinisten-Feldkocher, der selbst bei stürmischer Witterung noch acht Stunden durchgehend brennt. Ich studiere die Zettel am Anschlagbrett – Zettel von ängstlichen jungen Mädchen, die Tal und Nufer heißen, oder auch Noa, Stav und Ajelet in modisch verkürzter Schreibweise, und hier einen Partner für »eine weiche Landung« suchen, eventuell auch für »eine super Fortsetzung« im gefährlichen, fernen Osten.

Benebelt von nicht weniger gefährlichen und fernen Träumen, verlasse ich das Center, gehe die Bograshov-Straße hinauf, schlängele mich zwischen Gästen, Tischen und Stühlen Richtung Meer hindurch, biege aber vorher links in die Ben-Jehuda-Straße ein, südwärts zu ihrem Anfang, zu dem Haus, in dem ich meine ersten Lebensjahre verbrachte und das nicht mehr steht. Einer der religiösen Fanatiker, mit denen unser Land reich gesegnet ist, hat es vor einigen Jahren in Brand gesteckt, denn nach unserer Übersiedlung nach Jerusalem hatte das Haus Bewohner und Nutzung gewechselt und schließlich ein Bordell beherbergt.

Seinerzeit war die Ben-Jehuda-Straße weit angenehmer. Ich erinnere mich, daß dort viele Nachbarn deutsch sprachen, ein Idiom, das meine Mutter und Euervater verstanden, aber nur selten sprachen. Abends aßen wir auf dem Balkon zur Straße. Ich erinnere mich an den Kiosk, der damals unten stand, an den Flammenbaum, der im Hinterhof rot erblühte, und an die *Morning Glory* – so nannte meine Mutter die Pflanze, die an der Balkonwand emporkletterte und, wie sie sagte, jeden Morgen »tausend blaue Augen aufschlug.«

»Das wär's«, sagte sie am Ende eines jeden Abendbrots, »die Pflanze macht schon die Augen zu, da wollen wir auch schlafen gehen.«

Sie liebte dieses Haus. Kehrten wir von fern oder nah zurück, geriet sie in freudige Erregung: »Gleich kommen wir heim«, und wenn wir da waren, sagte sie: »Wir sind zu Hause«, und manchmal deklamierte sie sogar feierlich eine Gedichtzeile, die sich ebenfalls wiederholte: »Heim kam der Seemann, heim vom Meer und der Jäger heim vom Berg.«

Das Schlüsselloch an unserer Tür saß in Augenhöhe. Du hobst mich hoch und sagtest: »Schließ auf.«

Ich steckte den Schlüssel ein und drehte. Du drücktest die Klinke, machtest die Tür auf und sagtest »Schalom, Haus…« ins kühle Halbdämmern. »Sagt ihr auch Schalom, Haus«, wies sie uns an, »und hört gut hin, denn es grüßt euch zurück.«

Benjamin sagte: »Aber das ist ein Haus, wie kann ein Haus antworten?« Und ich sagte: »Schalom, Haus«, und verstummte und horchte, getreu deinem Wunsch.

»Sei ruhig, Benjamin«, sagtest du, »und hört gut hin.«

Und das Haus freute sich auch auf uns, atmete auf und antwortete, wie du es versprochen hattest. Wir übertraten die Schwelle, und gleich sagtest du: »Laßt uns eine Kleinigkeit essen.« Das hieß Brotscheiben »ganz dünn bestrichen« mit Quark und darauf ein hartes Ei – »patsch!« – und Anchovis-Ersatz aus der gelben Tube und gehackte Petersilie und fast durchsichtige Tomatenscheiben. Denn genau das tut man im Haus. Man kehrt zu ihm zurück, sagt ihm Schalom, hört seine Antwort und tritt ein. Drinnen ißt man eine Kleinigkeit und freut sich: Wir sind wieder daheim. Vom Berg, vom Meer, aus der Ferne. Das lieben und können wir.

## 6

Meine Mutter und Euervater brachten uns vieles bei, noch ehe wir in die Schule kamen. Er studierte mit uns den großen deutschen Atlas, zeigte uns Kontinente und Inseln und ferne Länder, besegelte mit uns die Ozeane, überquerte Flüsse, erklomm Gebirgszüge und stieg jenseits wieder ab. Sie lehrte uns Lesen und Schreiben.

»Die Punkte sagen den Buchstaben, wo's langgeht. Alef mit Chirik drunter ist I, Mem mit Kamaz ist Ma«, erklärte sie uns, und ich lachte vergnügt, denn die Vokale veränderten ihre Lippenform und ihren Gesichtsausdruck, und erleichtert: Jetzt weiß auch der Buchstabe, wo er hingehen und was er tun soll.

Fünf Jahre alt war ich damals. Benjamin machte den Leseunterricht mit, und obwohl er erst drei war, lernte er schneller als ich. Nach wenigen Wochen las er schon sämtliche Dichternamen vor, während seine Füße von Grab zu Grab und seine Augen von ihnen zum Gesicht meiner Mutter hüpften. Ich weiß noch, wie er die Fahrgäste der Linie Vier in Staunen und Entzücken versetzte: Ein kleiner Blondschopf las mit süßer Stimme die Ladenschilder der Ben-Jehuda-Straße vor, die doch so schnell am Busfenster vorbeiflitzten.

Und ich erinnere mich an das Abendessen auf dem Balkon, bei dem meine Mutter uns mitteilte: »Bald werden wir ein Baby bekommen. Euer Schwesterchen.«

»Woher weißt du, daß es eine Schwester wird?« fragte ich mißtrauisch. »Vielleicht kriegen wir noch einen Bruder?«

»Es wird eine Schwester, weil Mutter es so will«, erklärte Euervater. »Sie hat ihr Dafür und Dagegen bedacht und entschieden, daß wir jetzt, nachdem sie sich zwei Söhne gewünscht und bekommen hat, eine Tochter haben werden.«

Und sie stichelte: »Das Dafür ist sie und das Dagegen seid ihr.«

Wenige Wochen später fing sie an, sich jeden Morgen zu übergeben, und ich kotzte mit. Euervater sagte, eine derartige Identifikation von Söhnen mit ihren Müttern sei in der Kinderheilkunde bisher völlig unbekannt und man sollte das neue Phänomen daher nach mir benennen. Seine Lippen lächelten, aber seine Augen nicht. Ein dumpfer Zorn flackerte in ihnen, als bemerke er die Nähe, die er selbst nie gekannt hatte.

Jeden Tag saßen wir, er und ich, auf dem Balkon und knackten Mandeln auf für sie. »Eine schwangere Frau muß auf gute Ernährung achten«, belehrte er mich, »und derzeit gibt es auf dem Markt nicht genug Fleisch und Eier und Käse, da sind die Mandeln ein guter und nahrhafter Ersatz. Mutter wird viel Milch haben, und das Baby wird groß und gesund werden und weiße Zähne bekommen.«

Er erlaubte mir, jede siebte Mandel selbst zu essen, und sagte: »Wer nicht arbeitet, kriegt nichts.«

»Aber ich arbeite ja«, prahlte ich, in der Hoffnung, auch noch ein Kompliment einzuheimsen.

»Ich meine deinen Bruder«, sagte Euervater in strengem Ton und laut genug, damit er es hörte.

Benjamin spielte ungerührt abseits. Ich sammelte meine siebten Mandeln, kaute sie gründlich und schluckte sie konzentriert und andächtig hinunter. Ich spürte die weißen Mandeln sich in meinem und deinem Innern in weiße Milch und Zähne verwandeln. Hoffte, die Schwester, die du gebären solltest, würde klein und breit und dunkel sein, aber sie kam zu früh zur Welt und starb auf der Stelle, und so ließ sich nicht feststellen, welche Größe oder Haarfarbe sie mal gehabt hätte.

Nach ein paar Tagen kam meine Mutter aus dem Krankenhaus zurück, und nachts hörten wir Euervater reden und sie schweigen.

»Siehst du«, flüsterte mir Benjamin im Dunkel unseres Zimmers zu, »ihr habt umsonst Mandeln für sie aufgeknackt.«

Und ich fauchte wütend an deiner Stelle: »Warum sagst du ›sie‹? Sag ›für Mutter‹, nicht für ›sie‹!«

## 7

Oft hast du mich zum Einkaufen geschickt. Mal zu Soltis Lebensmittelladen auf der anderen Seite der Ben-Jehuda-Straße, mal zum Kiosk. »So einen Kiosk gibt's sonst nirgends«, sagtest du. »Er führt Lutscher, Wäscheklammern, Sardinen, Kaugummi, Eis, und auf Bestellung auch Schuhe, Kühlschränke und Brautkleider.«

Ich weiß noch, daß der Kioskinhaber eines Tages zu uns heraufkam und sagte: »Dr. Mendelsohn, Ihr Junge stiehlt mir Geld, und wahrscheinlich auch Ihnen.«

Ich zupfte dich am Rockzipfel, und du beugtest dich nieder und liehst mir dein Ohr. Ich fragte flüsternd: Wieso ist dieser Mann im Kiosk groß und bei uns zu Hause klein? Du flüstertest zurück: Im Kiosk steht er auf einem Holzpodest und bei uns auf normalem Boden. Weil deine Lippen so nah und so angenehm waren, spürte ich zuerst gar nicht, daß Euervater mich schon sekundenlang streng und durchdringend anblickte, und als ich es dann merkte, stockte mir das Herz vor Angst und Schmach. Nicht wegen der Strafe, die ich für einen nicht begangenen Diebstahl nicht verdient hatte, sondern weil ich begriff, daß er gar nicht erst auf die Idee kam, es könnte von Benjamin die Rede sein.

Der Kioskinhaber erfaßte die Situation sofort. »Nicht der Schwarze, der wie ein Ganove aussieht«, sagte er, »der Kleine klaut, der mit den goldene Locken und dem Engelsgesicht.«

Er ging die Treppe hinab, kehrte zu seinem Kiosk zurück, trat ein und wurde wieder groß, und du legtest mir die Hand auf die Schulter und fixiertest Euervater mit einem Blick, der ihn umdrehte und knuffte, bis er hinunterging, um in seiner Praxis Zuflucht zu suchen.

Ich erinnere mich auch an den täglichen Gang an den Strand, zum Turnen und Schwimmen. Heute gehe ich nicht mehr ans Meer. Liora zieht das Schwimmbad vor, und ich fürchte die Strandtennisbälle und die Badeanzüge der jungen Frauen. Und auch vor den Sonnenstrahlen habe ich Angst – eine Angst, die Euervater mir damals eingeimpft hat und die bis heute nicht vergangen ist. Schon damals warnte Dr. Jakob Mendelsohn die Eltern vor den nachteiligen Auswirkungen »der nahöstlichen Sonne«, aber kein Mensch hörte auf ihn, denn Sonnenbräune galt seinerzeit als ein Zeichen für Gesundheit und gelebten Zionismus. Deshalb gingen alle schon morgens an den Strand und nur die Mendelsohns erst gegen Abend, wenn die Sonnenhitze verebbte und man den zurückkehrenden Familien begegnete – einem lustigen Strom verantwortungsloser Eltern nebst ihren fröhlichen, sonnverbrannten Kindern mit roten Rücken und Nasen.

Viele grüßten uns, und manche fügten Bitten und Fragen an. Trotz seines relativ jungen Alters hatte Euervater sich bereits den Ruf eines ausgezeichneten Kinderarztes erworben, und sie wollten die Gelegenheit nutzen, auf der Straße seinen Rat einzuholen. Zu diesen Leuten sagte er: »Ich bin in Eile, bitte kommen Sie mit, dann unterhalten wir uns im Gehen«, und schon griffen seine langen Beine so schnell aus, daß die lästigen Frager verlegen und kurzatmig zurückblieben. Aber eines Tages sagte meine Mutter: »Sei doch nett zu ihnen, Jakob, das ist leichter«, und als er was grummelte, erklärte sie: »Das spart Zeit. Probier's mal, du wirst es selbst sehen«, und nachdem er es probiert und gesehen hatte, gestand er auch zu: »Du hast recht gehabt... mindestens zu dreißig Prozent...«

Sie erzählte uns, früher, als sie noch ein kleines Mädchen war und es in Tel Aviv noch nicht so viele Gehsteige gab, hätten mancherorts Holzlatten auf dem Sand gelegen, die sie so gern unter den Schritten schwanken und unter dem Körpergewicht etwas einsinken spürte. Ich liebte den Punkt, an dem die Straße aufhörte und der Strand anfing. Dort erwartete mich ein unfaßbarer Raum zwischen zwei Zeiten und Orten. Bis hierher Stadt und von hier an Strand. Bis hierher Beton und Asphalt und von hier an Sand und Meer. Ein Fuß noch auf der Härte des Gehsteigs, der andere schon im Weichen und Nachgiebigen.

Wir spielten mit einem kleinen Kraftball, dessen Gewicht unserem Alter angemessen war – der einzige Sport, in dem ich besser war als mein Bruder. Ich stand straff, fest wie angenagelt, und Benjamin wurde umgestoßen, fiel immer wieder in den Sand, lachte vor Vergnügen, trotz seines Versagens. Euervater rügte ihn: »Bleib doch stehen!« Und auf einmal zischte er – er hob niemals die Stimme, und wenn er wütend wurde, flüsterte er – »bleib doch stehen, Benjamin! Warum schafft Jairi das und du nicht?« Eine Woge des Wohlgefühls durchbrandete mich. Meine Mutter nannte mich »Jair«, Meschullam Fried, Tirzas Vater, sagte »Irale« – Irale und Tirale, gleichen sich wie ein Taubenpaar« – und Euervater bleibt bis heute bei »Jairi«, als wollte er mit dem liebevollen, im Hebräischen aber auch besitzanzeigenden End-i allen immer wieder verkünden, daß ich sein bin.

Benjamin kicherte, erstickte schier und fiel nun absichtlich um. Euervater ärgerte sich, stellte ihn mit energischem Griff wieder auf die Beine und schickte uns auf Strandlauf: »Die Knie hochreißen, Jairi, nicht im Sand stapfen«, rief er mir zu. Wir rannten, schwitzten, atmeten tief und regelmäßig. Schwammen ein bißchen, turnten ein bißchen. Aßen Weintrauben im Anblick der untergehenden Sonne und des sich leerenden Strandes, sammelten unsere Sachen zusammen und machten uns auf den Heimweg. Nach Hause. Ich liebte die Rückkehr mehr als das Weggehen, wie auch den Übergang in die andere Richtung, vom Sand auf den Gehsteig – ein Fuß tastet noch und sinkt ein, sein Bruder findet schon sicheren Halt.

Euervater schritt voran, kerzengerade, ich ihm nach, meine Mutter und mein Bruder sprangen hinter mir und vor mir und um mich herum, hüpften spielerisch von Pflasterplatte zu Pflasterplatte – »denn wenn man auf die Fugen tritt, passieren ganz schlimme Dinge.« Eine ungefährliche, weiche und tiefstehende Sonne verlängerte unsere Schatten. Meiner – breiter und kürzer als die Schatten der drei anderen und wie sein Besitzer auch dunkler – trug einen langen Frotteemantel. Es war ein mißmutiger und verdrossener Schatten, der absichtlich auf alle Fugen trat, und sein Frotteemantel war ein alter Bademantel meiner Mutter, den sie mir auf mein Betteln passend geschneidert hatte. Dieser Bademantel brachte mir viel Spott und Häme ein, aber seine Aufgabe – die Fremdheit meines Leibes zu verbergen – hat er bestens erfüllt.

So hell und rank waren die drei, so gold- und bronzeschimmernd in ihrer Sonnenbräune, und ich war so dunkel und breit und plump. Zuweilen kam mir der Verdacht, ich sei ein Adoptivkind, und Benjamin, der jede Blöße entdeckte und in jede Achillesferse stieß, ärgerte mich mit einem selbstverfaßten kleinen Lied: »Sie haben dich aus dem Waisenhaus geholt, auf der Müllhalde gefunden, Zigeunern abgekauft, bist als Postpaket gekommen...«

Meine Mutter schimpfte: »Genug mit deinem Unsinn, Benjamin«, aber ihr Grübchen trat hervor und verriet ein Lächeln. Auch sie witzelte manchmal in genau derselben Sache: »Was soll werden, Jair? Eines Tages werden deine richtigen Eltern auftauchen und dich zu sich nehmen, und wir werden uns schrecklich nach dir sehnen.«

Ich erstarrte. Benjamin fiel in ihr Lachen ein. Euervater rügte: »Sei nicht beleidigt wegen der beiden, Jairi, und ihr zwei – hört bitte sofort damit auf!«

Adoptiert oder nicht, ich werde jetzt das aufschreiben, was ich spürte und damals nicht auszusprechen wagte: Ich bin nicht gut geraten, und mein Bruder war die Korrektur des Fehlers.

## 8

Im Sommer 1957, am ersten Tag der großen Ferien, übersiedelten wir nach Jerusalem. Euervater winkte eine Stelle in der Hadassah, dem neuen Krankenhaus, das damals im Westen der Stadt entstand, und die Aussicht auf etwas, das ihm in Tel Aviv verwehrt geblieben war, aber sehr am Herzen lag – Forschung verbunden mit der Genehmigung, nebenher eine eigene Praxis zu unterhalten und darin Privatpatienten zu behandeln.

Ich war damals acht, Benjamin sechs Jahre alt. Zwei mit Planen versehene Lastwagen, ein kleiner und ein mittelgroßer, waren für den Umzug bestellt, und wir erwarteten sie aufgeregt am Kiosk. Meine Mutter meinte, ein großer Laster hätte genügt, aber Euervater bestimmte: »Man darf Praxis und Familie nicht in einen Topf werfen.«

Dr. Mendelsohn war für das Sortieren, Trennen und Isolieren von Einzelteilen. Die Bauklötze, mit denen wir spielten, hieß er uns nach Farbe und Größe wieder in den Kasten einordnen. Seine Kleidungsstücke trennte er nicht nur nach Sommer und Winter, Oberbekleidung und Unterwäsche, sondern auch nach Morgen und Abend, Farbtönen und Stoffarten. Er trank nicht beim Essen, aß nichts beim Trinken, und die Dinge auf seinem Teller ging er eins nach dem andern an. Erst das Schnitzel, dann die Kartoffeln. Erst den Fisch, dann den Reis. Erst aß er das Omelette, danach den Salat. Meine Mutter sagte, wenn er die nötige Zeit hätte, würde er auch noch die Bestandteile des Salats einzeln essen: erst die Gurkenstückchen herauspicken, dann die Paprikastreifen und zum Schluß die Tomatenwürfel. Aber auch außerhalb des Nahrungsmittelbereichs hatte er seine Verbote in Sachen Vermengung: Jedem Anlaß seine eigene Feier, Alkohol und Geheimnisse galt es separat zu halten, desgleichen verschiedene Sorten von Medikamenten. All diese Regeln formulierte er gewichtig, und sie alle zauberten dieses typische kleine Lächeln auf dein Gesicht, mit dem einzigen Grübchen auf der linken Wange und dem asymmetrischen Winkel der Oberlippe, der noch spöttischer ausfiel, wenn Euervater auf unsere Tischsitten achtete. Manchmal fragte er, ich weiß nicht, ob scherzhaft oder im Ernst: »Und was soll werden, wenn die Königin von England euch zum Abendessen einlädt?« Worauf du bemerktest: »Genau dasselbe, was wird, wenn wir sie einladen.«

Den Salat für die ganze Familie bereitete Euervater selbst zu. Er würfelte das Gemüse mit Meisterhand, machte es mit Öl und Salz und Pfeffer und Zitrone an, nahm seinen Teil und erklärte: »Jetzt schneidet euch Zwiebel und gebt sie bei euch dazu.«

Jahre später, als Benjamin seine Freundin Zohar, die seine Frau werden sollte, mit nach Hause brachte, um sie den Eltern vorzustellen, sagte sie: »Doktor Mendelsohn, bei uns nennt man den Gemüsesalat, den Sie essen, ›Kindersalat‹.«

Euervater taxierte sie mit den Augen. »Das ist interessant. Und welchen Gemüsesalat ißt man bei Ihnen?«

Sie lachte. Ihr Lachen erregte mich, denn es erinnerte an das Lachen von Tirza Fried. »Unser Gemüsesalat besteht aus Fleisch und Kartoffeln«, sagte sie. »Aber wenn er doch mal aus richtigem Gemüse zubereitet wird, kommen noch Schafskäse und geviertelte harte Eier, schwarze Oliven und fein gewürfelte Knoblauchzehen hinein.« Die Schilderung war so schlicht und richtig, daß ich diesen Salat am liebsten gleich probiert hätte. Zohar lächelte mich an, und mich erfüllte eine Zuneigung, die bis heute nicht verflogen ist. Sie ist eine große, füllige, quicklebendige Frau, die gern ißt und liest – »orientalisches Gebäck von Abadi und dicke Romane.« In dem Kibbuz im Bet-Schean-Tal, aus dem sie stammt, hat sie drei ebenso stattliche Brüder und rund ein Dutzend Neffen und Nichten – »alle dieselbe Größe: *extra extra extra large.*«

Wie viele andere Sympathien beruht auch meine Sympathie für sie auf Ähnlichkeit. Aber nicht etwa auf Ähnlichkeit zwischen uns, wir sind uns kein bißchen ähnlich, sondern auf der Ähnlichkeit unserer Partner, meiner Frau und ihres Mannes, und wie sie mir Jahre später, in einem Moment, in dem Alkohol und Verlegenheit, Lachen und Einsamkeit mitspielten, einmal selbst sagte: »Unsere Probleme ähneln sich sehr, aber deins ist dreckiger als meins und meins ist beschissener als deins.« Und ich spürte, es war ein Bund zwischen uns entstanden, zwischen zwei fremden Menschen, die sich derselben hochmütigen Familie angeschlossen hatten.

Ich liebe auch ihre Zwillinge, Joav und Jariv, trotz des Neids, den ich bei ihrer Geburt empfand, und ich erzähle mit Stolz, daß ich ihren Spitznamen »die Doppeljuds« erfunden habe – in Anlehnung an den hebräischen Namen, Jud, ihrer Anfangsbuchstaben, der sofort an ihnen kleben blieb und auch Ausschmückungen erfuhr: Liora übersetzte ihn umgehend ins Englische – »Doublejud«, und Zohar leitete für jeden ihrer Söhne einen eigenen Spitznamen ab – »Jud I« für Joav, den Erstgeborenen, und »Jud II« für Jariv, der ein paar Minuten später zur Welt gekommen war.

Die familientypische Eßlust trat bei ihnen schon in den ersten Lebenstagen auf, und Zohar bekundete häufig ihre Absicht, sie jahrelang zu stillen, denn sie saugten so eifrig, daß sie dabei schier ohnmächtig werde, und sie liebe heiß und innig diese Momente, in denen »die Titten leer und die

Kinder voll laufen« und alles verschwimme und ihr Körper leicht werde und schier vom Boden abheben wolle, während ihre Zwillinge, die immer voller und schwerer würden, sie wie Sandsäcke am Boden festhielten.

Tatsächlich waren die beiden Juds mit zwei Jahren schon größer und breiter als all ihre Altersgenossen und trugen an der Vorderseite stramme, runde Bäuche zur Schau. Wie ihr Vater und ich erlernten sie noch vor ihrem Schuleintritt die Lesekunst, aber nicht von Dichtergrabsteinen, sondern von den Cornflakes-Schachteln, die ihre Mutter ihnen vor die sich stetig leerenden Schüsseln stellte.

Bei jeder Familienfeier wollten sie wissen, ob »auch die Onkel aus dem Kibbuz eingeladen« seien, und prompt liefen sie ihnen mit Freudenschreien entgegen: »Haltet uns Plätze frei« und »wir wollen bei euch sitzen«, und genossen die kräftigen Klapse, die die Onkel ihnen auf den Rücken versetzten. Die beiden treten immer im Doppelpack auf, in gebügelten blauen Hosen, die strammen Bäuche unter zeltartigen weißen Hemden verborgen, und jeder mit einem großen, glänzenden Löffel in der Hosentasche: »Wir haben Besteck von zu Hause mitgebracht. So können wir mehr reinschaufeln.«

Den Kellnerinnen, die zunächst mit Tabletts voll delikater Häppchen unter den Gästen umhergehen, schenken sie keine Beachtung. »Sie lassen sich nicht durch allerlei Kleinigkeiten ablenken«, zitiert Zohar einen ihrer dicken Romane. Sie nehmen sich Teller von dem Turm am Kopf des Büffets, und während die Trauung noch in vollem Gange ist, stehen sie schon seelenruhig und geduldig vor den zugedeckten Töpfen und Kesseln, und nur ein leichtes Zucken der Nasenflügel und die sanfte Neigung des Kopfes zeigen, daß sie zu erraten versuchen, was sich unter jedem Deckel verbirgt.

»Nimm ein bißchen Salat«, riet Liora einem von Zohars Neffen, baß erstaunt über den Gulaschberg, den er sich auf den Teller gehäuft hatte.

Der Junge feixte: »Salat? Was, so Grünzeug etwa?«

»Warum nicht? Gemüse ist was Gutes.«

»Was ist denn mit dir los, Tante Liora? Begreifst du nicht, wie die Welt aufgebaut ist? Die Kühe essen Grünzeug, wir essen die Kühe.«

»Das hilft dir, das Essen in den Magen zu befördern.«

»Seh ich aus wir einer, der das Essen nicht ohne Hilfe runterbringt?«

»Siehst du«, flüsterte Liora Benjamin zu, »nach dieser Verwandtschaft von dir habe ich den Chevrolet, den ich Jair gekauft habe, ›Nilpferd‹ genannt.« Und Benjamin murrte: »Ich mag es nicht, daß die Kinder bei ihnen sitzen. Warum essen sie nicht mit uns am Tisch?« Aber ihre Mutter lächelte prompt ihr ruhiges, breites Lächeln und sagte: »Weil die da Ihresgleichen sind und sie sich bei ihnen zu Hause fühlen, denn dort nimmt man sie so, wie sie sind, ohne sie zu tadeln und zu korrigieren oder sie zu was machen zu wollen, das sie nicht sind.«

»Zum Schluß werden sie auch noch so aussehen wie die. Kein Mädchen wird sie haben wollen.«

»Sie sehen jetzt schon so aus wie die«, frohlockte Zohar, »ein bißchen kleiner, aber sie entwickeln sich prima. Mach dir keine Sorgen. Und was die Mädchen angeht – warten wir's ab, Benjamin. Ich kenne viele Mädchen, eigentlich zähle ich sogar selbst dazu, die genau solche Kerle lieben. Große und gute Männer, an die man sich anlehnen und von denen man sich auf Händen tragen lassen kann, auf die man einballern kann, wenn man möchte, und die man zu Hilfe rufen kann, wenn es nötig ist.«

»Warum hast du dir denn kein solches Rindvieh ausgesucht, wenn du so was liebst?« fragte Liora.

»Ich habe mir ein Rindvieh anderer Sorte ausgesucht.«

Unsere Familie ist also klein, aber liebevoll. Meine Frau mag Euervater und meinen Bruder, mein Bruder mag sie und sich selbst, und ich mag seine Frau und seine Söhne und beneide ihn.

## 9

Wohnung und Praxis entleerten sich ihrer Einrichtungsgegenstände und füllten sich mit Hall. Die Packer zurrten die letzten Gurte fest. Konzentriert und angestrengt, die Zungenspitze in Drehbewegung des Schraubenziehers kreisend, schraubte Euervater das DR. JAKOB MENDELSOHN – KINDERARZT und das J. MENDELSOHN – PRIVAT von den Türen. Dann steckte er die Schilder nebst Schrauben in die Tasche und sagte: »Fahren wir.«

Meine Mutter wurde rot. Sie konnte auf zweierlei Weise erröten: Sickerte die Röte von der Stirn herunter, zeugte sie von Verlegenheit, stieg sie von der Brust hoch, zeugte sie von Wut. Diesmal wallte sie von der Brust auf. Mutter eilte die Treppen hoch, zurück in die leere Wohnung. Wir warteten, bis sie wiederkam und verkündete, sie werde hinten im Lastwagen mitfahren, auf dem Wartezimmersofa. Benjamin sprang ihr begeistert bei und verkündete, er wolle neben ihr sitzen, aber Euervater sagte, das sei zu gefährlich. Es gebe Bremsmanöver und Serpentinen, »und wie ich euch beiden kenne, werdet ihr auch noch den Kopf aus der Plane stecken.«

Sie gab keine Widerrede. Wir fuhren in unserem kleinen Ford England vor den Lastwagen her. »Guckt euch um, Kinder, und paßt auf, daß die Packer uns nicht mit dem Stethoskop und dem Ohrenspiegel und der Lampe mit den Farben abhauen«, scherzte Euervater.

Unterwegs, wohl in Ramla, machten wir halt. Euervater kaufte uns und den Fahrern und den Packern ein Getränk, das *Barad* – Hagel hieß, und gutes, klebriges arabisches Eis. Meine Mutter wollte nichts haben. Euervater erzählte, daß Napoleon einen bedauernswerten Muezzin, der ihn beim Schlafen störte, hier kurzerhand erschossen hatte – da drüben, neben dem weißen Turm –, und nach kurzer Wegstrecke, zwischen den gelblich verdorrten Hügeln und den Bergen, die sich in der flimmernden Luft gen Osten abzuzeichnen begannen, hielt er uns einen Vortrag über Samson den Helden.

Nun ging es ins Gebirge hinauf. Euervater erzählte vom Unabhängigkeitskrieg, zeigte uns die Wracks der Panzerwagen und redete von den Konvois und von den Gefechten, denen um die Auffahrt nach Jerusalem und denen in der Stadt selbst. Meine Mutter schloß die Augen, und ich tat es ihr nach, öffnete sie aber alle paar Sekunden, um nachzusehen, ob ihre noch zu waren.

Die lange Steilstrecke ging zuende. Die Luft war jetzt angenehm kühl und trocken. Der Motor hörte auf zu keuchen, und Euervater sagte: »Er hat's geschafft wie ein Mercedes Benz, unser kleiner Ford England.«

Meine Mutter wachte auf. Junge Kiefern verströmten frischen Duft. Euervater pries den Jüdischen Nationalfonds für die Aufforstungsarbeiten und prophezeite: »Auch in den Jerusalemer Bergen werden wir viele hübsche Plätze mit Schatten finden.« Die Straße schlängelte sich abwärts durch ein arabisches Dorf. Euervater sagte: »Das ist Abu Ghosch, und hier ist Kirjat Anavim, und jetzt – seine Stimme wurde feierlich – fahren wir den Kastel hoch.«

Meine Mutter schwieg. Unser kleiner Ford England erklomm die Anhöhe und fuhr steil wieder abwärts. Euervater sagte »Husseini«, und »die Mörder von Kolonia«, und »Sorek-Bach«, und zeigte: »Da ist die Grenze, so nah, und dort ist Nebi Samuel, der überhaupt unser Prophet Schmuel aus der Bibel ist, und warum können diese Moslems sich denn keine neue Religion mit neuen Propheten erfinden, statt Mosche und Jesus und David und Schmuel von anderen zu übernehmen und sie Mussa und Issa und Daud und Samuel zu nennen?«

Er redete und dozierte, du schwiegst, und nach einer weiteren Steigung befanden wir uns an »den Toren Jerusalems«, wie er sagte. Tore gab es dort keine, aber die Stadt fing abrupt und unerwartet hinter einer Kurve an. »Jerusalem ist wie ein Haus, Kinder. Die Stadt hat einen Eingang und fängt mit einem Schlag an. Nicht wie Tel Aviv, das ein bißchen hier und ein bißchen da anfängt und wo man ganz nach Belieben an tausend Stellen rein- und rauskommen kann.«

Nun verstummte er lächelnd, wartete auf eine Reaktion, aber Benjamin interessierte sich nicht, ich wartete auf deinen Kommentar, und du schwiegst geflissentlich weiter.

»Spürt ihr die gute Luft hier? Das ist die Jerusalemer Luft. Atmet tief durch, Kinder, atme auch du, Raaja. Denkt an die feuchte Hitze, die wir in Tel Aviv zurückgelassen haben...«

Unser kleiner Ford England bog rechts in eine lange Straße ein – zur Linken, nach einem Busdepot mit Reparaturwerkstatt, kahles Felsland, zur Rechten Wohnsiedlungen. Wir passierten ein kleines Steinhaus, umgeben von Weinstöcken. Einen Moment hoffte ich, dies würde unser neues Haus werden, aber wir bogen links ab in eine kurze, schmale grüne Straße.

»Das ist unser neues Viertel«, sagte Euervater, »das Viertel Bet Hakerem, da oben rechts ist eure neue Schule, und hier fahren wir wieder links, das ist unsere neue Straße, die Bialik-Straße, und hier ist unser neues Haus. Genau gegenüber.«

Wir hielten vor einem Haus, das einen Eingang, drei Stockwerke, zwei kleine Wohnungen unten und vier große Wohnungen oben hatte. Ich fragte dich: »Ist das der Bialik vom Friedhof in Tel Aviv?« Und du sagtest nur »ja«.

Wir stiegen aus dem Wagen und gingen die Treppe zum zweiten Stock hinauf. Euervater schloß die linke Tür auf. Wir standen an der Schwelle einer großen, leeren Wohnung, durchflutet von hellem Licht und guter Jerusalemer Luft. Ich wartete auf dein »Schalom, Haus...«, damit wir hineingehen könnten, aber du sagtest nichts. Benjamin und Euervater traten ein, deine Hand weilte und verweilte mir auf

Nacken und Schulter. Einen wunderbaren Augenblick lang blieben nur wir zwei draußen stehen, dann gabst du mir einen Wink, gemeinsam mit dir einzutreten.

Euervater sagte: »Hier bekommt jeder sein eigenes Zimmer, Kinder. Das ist deins, Jairi, und das ist Benjamins.«

Wir stritten nicht, rannten lieber raus, denn die Lastwagen rollten an und hielten laut schnaubend, und die Packer schlugen die Planen hoch. Die Anwohner liefen zusammen, da all unsere Möbel jetzt nackt und offen zur Schau standen. Die Erwachsenen blickten angestrengt, um den Wohlstand und Geschmack der neuen Familie einzuschätzen, und die Kinder beobachteten die Lastträger, die schon die Tragegurte entrollten und sie sich um Stirn und Schultern schlangen. Schließlich sah man nicht alle Tage einen Menschen einen Kühlschrank oder ein Sofa auf den Rücken hieven, puterrot anlaufen und die Treppe hochsteigen.

Und als alle Sachen ausgeladen, die Lastwagen abgefahren und die neugierigen Nachbarn fortgegangen waren, zog Euervater die Messingschilder samt Schräubchen aus der Tasche und schraubte sie – die Zungenspitze kam auch hier zum Vorschein, um sich angestrengt mitzudrehen – an die neuen Türen: erst das J. MENDELSOHN – PRIVAT an die obere Wohnung, dann das DR. JAKOB MENDELSOHN – KINDERARZT an die kleine im Erdgeschoß.

»So, Raaja«, sagte er und trat einen kleinen Schritt zurück, um sein Werk zu begutachten. »Siehst du? Wie in Tel Aviv. Genau. Die Praxis unten und wir im zweiten Stock.«

Er machte noch eine letzte entschlossene Drehung mit dem Schraubenzieher. »Ihr, Kinder, geht raus, um euch Freunde zu suchen. Und wir, Raaja, trinken den ersten

Kaffee im neuen Haus. Der Wasserkocher ist noch verpackt, aber ich habe vorsorglich einen Tauchsieder und zwei Gläser mitgebracht, Kekse sind auch da, und vielleicht unterhalten wir uns ein bißchen. Sogar eine Zypresse wächst hier draußen, das ist doch dein Lieblingsbaum. Und da kommt auch eine Überraschung!«

Ein Junge kam schnaufend und schwitzend angeradelt und mit einem Strauß Gladiolen die Treppe hochgeflitzt. »Für Frau Mendelsohn«, sagte er. »Hier bitte unterschreiben.« Euervater lächelte froh und gespannt, unterschrieb an ihrer Stelle und sagte zu ihr: »Zum Einzug in unser neues Heim.«

Meine Mutter ließ in der Küche Wasser in die Spüle und legte die Gladiolen hinein. »Danke, Jakob«, sagte sie, »sie sind sehr schön, und es ist auch schön von dir. Später, wenn wir die Kisten aufmachen, stelle ich sie in die Vase.«

Benjamin und ich gingen nach draußen. Auf der Straße erwarteten uns eine Gruppe Kinder und der Jerusalemer Sommer, der mit seinem Tel Aviver Bruder unablässig lobend verglichen werden wollte. Ich sagte zu Benjamin: »Komm, wir gehen wieder nach Hause und helfen die Sachen einräumen«, und er erwiderte: »Geh du zurück. Ich will spielen.«

Mein Bruder lernte innerhalb kurzer Zeit die Jerusalemer Varianten und Namen aller Kinderspiele, klaute weiter am Kiosk, der hier ›Dovs Kiosk‹ hieß, und kam nach den großen Ferien in die erste Klasse, was ihn der Mühe enthob, sich in eine bestehende Klasse einzufinden und seinen Status zu erkämpfen. Er war schlau und wendig, bezaubernd und goldhaarig und eroberte sich mit Leichtigkeit Rang und

Stand. Ich wurde in die dritte Klasse geschickt und stieß erwartungsgemäß auf eine mißtrauische, geschlossene Kindergruppe. Anfangs hänselten sie mich ein wenig, wie ein dicklicher und langsamer Neuer mit schwarzem Haar und niedriger Stirn halt immer gehänselt wird, aber nach kurzer Zeit wurde auch ich in ihre Häuser eingeladen, denn es hatte sich unter den Eltern herumgesprochen, daß nicht nur Benjamin, sondern auch ich ein Sohn von Dr. Mendelsohn, dem berühmten Kinderarzt aus Tel Aviv, war.

## 10

Das Jerusalemer Viertel Bet Hakerem grenzte damals an offenes Gelände. Ein Wadi, das an der Einfahrt zur Stadt abzweigt, eben jenes, das wir unterwegs zu dem ›Pogrom‹, das meine Mutter ein paar Jahre später an den Omnibussen verübte, hinaufgingen, verläuft südlich der Stadt weiter und mündet in das trockene Bett des Refa'im-Bachs. Dahin wanderte meine Mutter bei »unserem großen Ausflug«, und dort räuberte sie Knollen von Alpenveilchen und Anemonen für ihren Garten. Ein anderes Wadi, bekannt wegen eines mächtigen Steinbrockens auf seinem Grund, dem sogenannten »Elefantenfelsen«, führte ins Tal des Sorek-Bachs hinab. »Unser kleiner Ausflug« ging auf den Bergzug darüber und hatte nur einen Zweck – geradewegs heimwärts zu schauen nach Westen, zum fernen Mittelmeer. An dessen Küste, so sagtest du und verlangtest, daß wir dir glaubten, lag Tel Aviv.

»Kommt, wir machen unseren kleinen Ausflug«, sagtest

du, und wir wußten, wir würden wieder auf den hellen, fernen Küstenstreifen blicken, in die blaugrauen Weiten dahinter, in die ewigen Dunstschleier, in denen, wie du immer wieder behauptetest, Tel Aviv war. Ich habe Tel Aviv nie gesehen, dir aber geglaubt, daß es dort ist. Die Stadt und das Meer und der Balkon und die *Morning Glory,* die blau darauf rankte, und der Flammenbaum, der im Hof rot blühte – ein Wärme liebender und Schatten spendender Baum, der im kalten Jerusalem nie heimisch geworden ist.

»Ein Baum mit Verstand«, beendete meine Mutter jedes sehnsüchtige Loblied, das sie ihm und seinen Blüten sang. »Tatsache. In ganz Jerusalem gibt es keinen einzigen Flammenbaum. Und wer hier einen Flammenbaum pflanzt, verdammt ihn zum Tode, denn Bäume können nicht flüchten, wenn es ihnen schlecht geht. Sie bleiben bis zum Ende.«

Sie und mein Bruder hüpften, leichtfüßig wie Gazellen, von Fels zu Fels – in Jerusalem passieren die schlimmen Dinge, wenn man auf Erdreich tritt, nicht auf Pflasterfugen – und ich stolperte hinterher, den Kopf gesenkt, die Augen spähend zu Boden gerichtet. Wo der Hang steiler abfiel, blieben wir stehen. Weit lag die Landschaft ausgebreitet. »Von dort sind wir, aus Tel Aviv«, sagte meine Mutter, wie sie es an derselben Stelle bisher jedesmal gesagt hatte.

»Stimmt nicht«, widersprach Benjamin, »wir sind schon aus Jerusalem.«

Meine Mutter lief rot an: »Man sagt zu Mutter nicht ›stimmt nicht‹!«

Und als Benjamin nichts erwiderte und obendrein noch frech guckte, schnauzte sie: »Hast du das verstanden, Benjamin?«

Benjamin schwieg hartnäckig.

»Hast du das verstanden, Benjamin? Ich will ein Ja von dir hören!«

»Ja«, sagte Benjamin.

Am Himmel flog ein großer Schwarm Tauben Richtung Getreidemühle, die ihnen verschüttete Weizenkörner lieferte. Meine Mutter verfolgte sie mit verengten Augen und beschattender Hand, und erst als ich Jahre später anfing, Vogelkundler durchs ganze Land zu führen, erkannte ich ihn als den Blick derer, die passioniert Vögel beobachten – Zugvögel, Davonfliegende, Wiederkehrende. Und dann deutete sie erneut auf die beiden fernen Streifen am westlichen Horizont: den schmalen gelblichen des Meeresstrands und dahinter den breiten blaugrauen, der ins endlose Firmament verfließt.

»Dort«, sagte sie, und plötzlich steckte sie zwei Finger in den Mund und pfiff kräftig. »Pfeift ihr auch, damit man weiß, daß wir da sind.«

Benjamin und ich staunten. Solche Pfiffe gehörten nicht zum Repertoire der Vorzüge, die wir ihr zugeschrieben hatten. Aber kaum hatte sie gepfiffen, schien es, als hätte sie es immer schon getan. Und auf der Stelle lehrte sie uns das Pfeifen mit allen Fingerkombinationen: mit zwei Fingern von beiden Händen, mit zweien einer Hand, mit einem von jeder Hand und mit nur einem Finger. »Lauter«, sagte sie, »damit man uns dort hört.«

Den kleinen Ausflug mache ich zuweilen noch heute, denn auch in Jerusalem habe ich meine müßige Runde, ganz anders als in Tel Aviv, aber genauso festgelegt. Ich besuche erst Euervater in seinem Haus, dann meine Mutter – früher in ihrer Wohnung, heute an ihrem Grab auf dem Har Hamenuchot –, und dann versuche ich, unseren kleinen und unseren großen Ausflug nachzugehen. An dem Aussichtspunkt, von dem wir mit meiner Mutter nach Westen blickten, sind mit der Zeit Wohnhäuser entstanden, und um die beiden fernen Streifen, den schmalen gelben und den blaugrauen, sehen zu können, muß ich erst kurz den Steig, der jetzt Straße ist, zwischen ihnen hinaufgehen, dann ein Stück den Hang hinab, bis ich dort stehenbleibe, pfeife und spähe. Zu Dunst und Ferne hat sich eine Smogglocke über die Küstenebene gesellt, aber jetzt habe ich einen teures, erstklassiges Fernglas, das Mutter Recht gibt und Benjamin widerlegt: ein Swarowski 40 x 10, das mir ebenfalls meine Frau Liora geschenkt hat. Nachdem ich es bei Münchner Vogelkundlern gesehen hatte, die unermüdlich seine Vorzüge priesen, erzählte ich Liora davon, und bald fand ich es auf meinem Bett, hübsch in Geschenkpapier verpackt und mit einer bunten Schleife versehen. Ich dachte mir damals, ich hätte lieber Liora selbst im Bett vorgefunden – und zwar gar nicht verpackt, wenn ich noch einen bescheidenen Wunsch äußern darf –, aber so liegen die Dinge nun mal, und ein Mensch in meinem Alter und meiner Lage muß sein Leben vernünftig und schicksalsergeben einrichten.

## *Drittes Kapitel*

### 1

Tirza Fried, meine Gelihiebte Tirale, die Bauunternehmerin, die mir mein neues Haus renovierte, habe ich als Elfjähriger kennengelernt. Ich erinnere mich noch gut an den bewußten Tag: Nachmittag, große Ferien, und auf einmal – Mäuschenstille auf der Straße. Jungen blickten von ihren Murmeln auf, seilhüpfende Mädchen erstarrten mitten im Sprung. Männer verstummten, leckten sich die Lippen. Frauen wurden zur Salzsäure wie weiland Lots Frau. Hinter der Straßenbiegung erschien und nahte die weiße amerikanische Limousine mit offenem Verdeck und roten Sitzen, die jedermann in Jerusalem kannte: der Ford Thunderbird des Bauunternehmers Meschullam Fried. Ein protziger Straßenkreuzer, der jederzeit und überall aufgefallen wäre und erst recht in dem autoarmen Jerusalem von damals.

Der Wagen parkte vor unserem Haus. Ein kleiner, dicker Mann mit schwarzem Haar schob sich hinter dem Lenkrad hervor. Zwei Kinder in etwa meinem Alter, ein Junge und ein Mädchen, die ihm sehr ähnlich sahen, saßen auf dem Rücksitz. Zufällig stand ich damals gerade am Fenster, und als ich die drei sah, schöpfte ich Verdacht. Einen Moment meinte ich, die Geschichten meiner Mutter und Benjamins

Witze würden Wirklichkeit: Da kamen mein richtiger Vater und meine richtigen Geschwister, um mich in meine Familie zurückzuholen.

Der Mann nahm den Jungen auf den Arm und trug ihn zu unserer Praxis. Ich wunderte mich, daß Vater ihnen entgegenging – das hatte er noch für keinen Patienten getan.

»Hier bitte, Herr Fried«, sagte er. »Kommen Sie hier herein.«

Der Mann und der Junge verschwanden in der Praxis, und ich beobachtete das Mädchen, das auf den Vordersitz umstieg. Mein Staunen verwandelte sich in Wohlgefühl, meine Ehrfurcht in Neugier. Aber da kamen Benjamin und all seine Freunde auch schon angelaufen, um den sich Straßenkreuzer zu begucken. Benjamin erklärte: »Er ist zu uns gekommen!« ging näher ran, schritt ihn ringsum ab, musterte den Durchmesser der runden Rücklichter, das offene Verdeck, die gewölbten Chromblenden, die beim Betrachten die Gesichter der Kinder verzerrten, die tiefen roten Ledersitze.

»Weißt du, in was für einem Auto du da sitzt?« fragte er das Mädchen.«

»Im Auto von meinem Vater.«

Ein leichtes Lächeln umspielte ihre Mundwinkel. Einen Moment wurde sie schön und im nächsten wieder wie ich.

»Das ist ein Ford Thunderbird«, fand Benjamin die Sprache wieder. »V8-Motor, 300 PS. Davon gibt's nur einen in Jerusalem, und vielleicht im ganzen Land!« Und als das Mädchen unbeeindruckt blieb, fügte er gewichtig hinzu: »Das ist ein amerikanisches Auto aus den Vereinigten Staaten.«

Das Mädchen winkte mir zu und lächelte. Ich verließ das Fenster, ging runter und stellte mich mit an den Wagen. Ihre Augen leuchteten auf: »Willst du neben mir sitzen?«

Ich glitt auf den Fahrersitz. Benjamin verkündete hastig »ich bin sein Bruder« und steuerte den Rücksitz an, aber das Mädchen sagte: »Dich habe ich nicht eingeladen!« und er blieb vor Verblüffung wie angewurzelt stehen.

»Ich bin Tirza Fried«, sagte sie. Ich staunte. Noch nie hatte ich einen Jungen oder ein Mädchen sich so vorstellen gehört. »Und wer bist du?«

»Ich bin Jair Mendelsohn«, antwortete ich hastig, »ich bin der Sohn des Arztes.«

»Du siehst gar nicht so aus wie er«, sagte sie, »und auch nicht wie dieser Junge, der sagt, er sei dein Bruder.«

Benjamin und seine Freunde trollten sich, und Tirza Fried stellte fest, was ich schon wußte: »Du siehst so aus wie ich und wie Meschullam und wie Gerschon, mein Bruder.«

»Wer ist Meschullam?«

»Meschullam Fried. Er ist der Vater von Gerschon und mir.«

»Was fehlt deinem Bruder?« fragte ich.

»Er hat Gelenkentzündung. Er ist ganz aufgedunsen, und meine Eltern befürchten, daß er was am Herzen kriegt und stirbt.«

»Mach dir keine Sorgen«, sagte ich wichtig, »mein Vater wird ihn retten. Er ist ein sehr guter Arzt.«

Und so war es. Tirza Frieds Bruder litt nicht an Gelenkentzündung, sondern an einer Allergie gegen Penicillin. Aufgrund ihrer Fehldiagnose hatte seine Ärztin ihm noch und noch Penicillin verordnet, worauf sein Zustand sich rapide verschlechterte. Deshalb war Meschullam Fried, der einen ganzen Flügel des Hadassah-Krankenhauses gebaut hatte, zu dem Entschluß gekommen, Dr. Mendelsohn, den neuen Kinderarzt aus Tel Aviv, zu konsultieren.

Dr. Mendelsohn erkannte den Irrtum sofort. »Wenn Sie ihrem Jungen weiter Penicillin geben, wird er sterben«, erklärte er.

»Vielen Dank«, sagte der Bauunternehmer, und seinem Sohn flüsterte er zu: »Sag du auch danke zu dem Arzt, Gerschon, bedank dich, daß Professor Mendelsohn höchstpersönlich dich behandelt.«

Gerschon sagte danke, und in den nächsten Wochen tauchte der weiße Thunderbird Cabriolet immer wieder auf. Mal brachte er Gerschon zu Dr. Mendelsohn, mal holte er Euervater zum Haus der Frieds ab. Mal fuhr der Boss selbst, mal einer seiner Vorarbeiter, und als Euervater sagte, er könne auch auf die Ehre verzichten und mit unserem kleinen Ford England kommen, »statt mit der Limousine des US-Präsidenten durch ganz Jerusalem zu kutschieren«, sagte Meschullam: »Es ist nicht der Ehre wegen, daß Meschullam Fried Ihnen sein Auto schickt, Professor Mendelsohn, es ist, um sicherzugehen, daß Sie kommen.«

Meschullam Fried war ein freigiebiger, großherziger, amüsanter, sentimentaler und energischer Mann. All diese Eigenschaften zeigten sich uns damals schlagartig wie ein prächtiges Pfauenrad und sind sich bis zum heutigen Tag, vierzig Jahre später, gleich geblieben. Er kannte nicht die Musik, die Euervater zu hören pflegte, trank Dinge, die Euervater nicht anrührte, redete laut und mit lächerlichen Fehlern und ließ auch mal Grobheiten vom Stapel. Aber

Doktor Mendelsohn, der gewöhnlich Distanz zu anderen Menschen hielt, fand in ihm einen guten Freund, einen Freund männlichen Geschlechts, einen Glücksfund, den jeder Mann braucht und den ich beispielsweise nicht habe machen können.

Von jedem Besuch kehrte er mit einem Körbchen kühler Feigen in der Hand zurück. »Sie haben dort einen ganzen Obstgarten«, sagte er und erzählte uns vom Garten des Unternehmers und seinen Bäumen, von dem Gartenhäuschen, das er sich extra mit Wellblechdach gebaut hatte, um drinnen genüßlich den Regen prasseln zu hören.

»Und ein weiteres Blechstück hat er draußen vorm Schlafzimmerfenster angebracht«, sagte er, »damit er dem Regen auch nachts lauschen kann. Und übrigens, Jairi, die Schwester des Patienten hat gefragt, warum du nicht mit auf Besuch kommst.«

Zwei Tage später fuhr ich mit. Benjamin wußte nicht wohin vor Eifersucht. Er blieb daheim und versuchte, die unerhörte Neuigkeit, daß jemand mir den Vorzug vor ihm gab, und die Erkenntnis, daß das offene Verdeck des Thunderbird mich den Blicken sämtlicher Kinder des Viertels aussetzte, zu verdauen.

Die Frieds wohnten im Viertel Arnona, am südöstlichen Stadtrand. Die Entfernung von Zuhause, die endlose Wüstenlandschaft, die sich unvermutet dem Auge öffnete, der ferne, süße Singsang zweier Muezzine, die man hörte, aber nicht sah, ihre wetteifernden Stimmen, das ferne und nahe Geläut von Herden und Kirchen vermittelten mir das Gefühl, ans andere Ende der Welt zu fahren.

»Hier verläuft die Grenze«, bestärkte Euervater mein

Empfinden. »Siehst du, Jairi, gleich hinter den Zypressen da beginnt das Königreich Jordanien! Und dort«, zeigte er feierlich, »sind die Berge Moabs. Schau, wie schön die untergehende Sonne sie bescheint und wie nah sie aussehen. Wenn du die Hand ausstreckst, kannst du sie vielleicht berühren. Dort drüben hat Moses auf dem Berg Nebo gestanden und hierher geblickt, und auch er dachte, es sei sehr nah, aber von der anderen Seite.«

Die gemeinsame Fahrt, die Unterhaltung, sein »Jairi« und seine Hand auf meiner Schulter, die Folgsamkeit der untergehenden Sonne, die uns genau das beleuchtete, was er beleuchtet haben wollte – all das stärkte mir den Rücken. Liebe zu ihm und Vorfreude auf die nächsten Fahrten erfüllten mich.

Das Haus der Frieds erregte meine Bewunderung: Aus rosa Stein erbaut und mit großen Fenstern versehen, wirkte es trotz seiner Größe und Stärke bescheiden und schlicht. Es war rings von Obstbäumen umstanden, und Tirza, die mich immer an der Pforte erwartete, nahm mich mit, um erste Granatäpfel, letzte Kaktusfeigen oder Feigen aller Sorten zu pflücken – gelbe und grüne und violette und schwarze. Ihre Mutter, Goldi Fried, eine stille Frau mit kastanienbraunem Haar, brachte uns frisch gepreßte Limonade, dicke Butterbrote und ein Glas selbst eingelegte Gurken und verschwand wieder. Ihre Gurken schmeckten so wunderbar, daß meine Speicheldrüsen bei den folgenden Besuchen schon am Bahnhof, in drei Kilometer Entfernung von dem Gurkenglas im Haus Fried, in Aktion traten, genau wie sie es jetzt, in der Distanz von vierzig Jahren tun.

»Nun schau dir das hier mal an«, Meschullam hielt eine

Gurke über den Teller, »selbst auf des Kaisers Tisch kommen nicht solche Essiggurken wie die meiner Goldi.«

Er war sehr stolz auf seine Goldi und liebte alles, was sie tat. »Eine tüchtige Frau! Die Kirsche auf dem Bananenhäubchen! Sie managt das Haus und die Familie und das Geld auf der Bank, und ich bin für die Arbeiter auf dem Bau und die Bäume im Garten zuständig.«

Meschullam Frieds Baugeschäfte waren groß und verzweigt, aber sein Garten war schlicht, kein Reiche-Leute-Garten wie der, den ich Jahre später bei meinen Schwiegereltern in den Vereinigten Staaten sah, von zwei Gärtnern gepflegt und alles gedüngt und beschnitten und rausgeputzt und bewässert, sondern ein wilder Garten, dessen Besitzer partout keinen Gärtner beschäftigen wollte – »das verwirrt die Pflanzen« – und den nur Wildblumen und Wildsträucher bunt färbten. Meschullam nannte mir die Namen völlig richtig, ohne jeden Fehler oder Irrtum, als da wären: Herbstzeitlose und Krokus, Anemone und Aronstab, Narzisse, wilder Knoblauch, Zistrose, Hahnenfuß, Spanischer Ginster und Kassie, Makkabäerblut, wilder Löwenzahn, Klatschmohn und Alraun. Im Sommer zeigte er mir die letzten Stengel der Stockrose, der Königskerze und der Ackerwinde, und zum Schluß – die Meerzwiebel. Hier gab es keinen Teich mit einem putzigen Kupferspringbrunnen wie im Garten von Lioras Eltern und natürlich auch keine Goldfische wie bei ihnen. Aber zwischen den Felsbrocken huschten grüne Eidechsen und große Echsen, und zwei Landschildkröten, die so flink waren, daß sie sogar Katzen nachjagten, wie Tirza mir scherzhaft erzählte.

Sie schnitt jede Feige in zwei Teile, gab mir die eine

Hälfte, biß selbst in die andere und erklärte mir, Feigen unterschieden sich im Geschmack, auch wenn sie vom selben Baum stammten. »Meschullam hat mir gesagt, es wäre nicht schön, wenn der eine eine gute Feige bekäme und der andere eine schlechte, deshalb müsse man jede Feige zwischen den beiden Essern teilen.«

»Und wenn drei essen?« fragte Benjamin abfällig, als ich es ihm erzählte.

»Und wenn drei essen?« fragte ich sie.

»Sag deinem Bruder, daß man Feigen nur zu zweit ißt«, antwortete Tirza und erzählte mir, daß ihr Vater und ihre Mutter ihre eigenen Feigenhälften mit Arrak beträufelten, und dann, fuhr sie flüsternd fort, machten sie die Tür zu und äßen sie im Bett, »und danach kichern sie.«

»Das schmeckt sehr gut«, sagte sie, »und manchmal erlauben sie auch Gerschon und mir, so eine Feige zu kosten, aber nur ein bißchen. Meschullam sagt: ›Arrak ist Arrak und Kinder sind Kinder. Also nur *eine* solche Feige und nur am Schabbat.‹«

»Warum nennst du ihn Meschullam?«

»Tu ich nun mal. Gerschon sagt Vater und ich sage Meschullam. Und er redet auch von sich selbst als Meschullam. Ist dir das noch nie aufgefallen?«

Und ein Weilchen später erklärte sie: »Meine Mutter nennt ihn Schulam und mich Tirale und Gerschon Gerale, und sie hat auch meinem Vater gesagt, daß er dich Irale nennen soll. Sie verteilt gern Namen. Für ›Pippi‹ sagt sie ›Pipis‹. Für das Pipi von Mädchen wie für das von Jungs.«

Sie klopfte die Kaktusfeigen mit einem Kiefernzweig ab, um die Stacheln zu entfernen, kletterte auf Bäume wie ein kleines, kräftiges Bärenjunges und lachte viel. Gerschon, ihr genesender Bruder, saß, noch blaß und schwach, auf dem Balkon und winkte uns mit Euervaters ›Lampe mit den Farben‹ in der Hand. »Er lebt, aber wie sieht er bloß aus«, grollte Meschullam, »ich hätte diese Ärztin schon vorbeugend durchwalken sollen.«

Wie Tirza und ich war auch Gerschon klein und untersetzt, hatte plattgedrückte Nägel und hartes, dichtes Haar. Aber anders als wir wies sein Schädel nicht einen, sondern zwei kleine Haarwirbel auf. Euervater, dem das sofort aufgefallen war, erzählte uns, bei eineiigen Zwillingen sei die Drehrichtung der Wirbel gegensätzlich, beim einen links-, beim anderen rechtsherum, und es gäbe Zwillinge, die sich dermaßen ähnlich sähen, daß sie nur daran zu unterscheiden seien.

Als Jahre später Benjamins stramme Zwillinge geboren wurden, wartete ich, bis sie Haare bekamen, und sah dann, das Euervater recht hatte. Die beiden gleichen einander wie ein Ei dem anderen, aber bei Jariv dreht sich die Spirale im Uhrzeigersinn und bei Joav entgegengesetzt.

»So weiß meine Freundin, wer von uns beiden über Schabbat gekommen ist«, sagte Jariv bei einem seiner letzten Wochenendurlaube im Wehrdienst. »Aber Joavs Freundin irrt sich manchmal, und das ist sehr lustig.«

## 2

»Das wär's, Herr Fried«, sagte Euervater. »Ihr Sohn muß turnen, ordentlich essen, aber er ist genesen. Ich brauche keine weiteren Besuche mehr zu machen.«

Meschullam war bewegt und reagierte so, wie er seine Gefühle gemeinhin ausdrückte: Er ging an den großen Panzerschrank im Keller und kam mit einem dicken Bündel Banknoten zurück.

»Das ist für Sie, Professor Mendelsohn«, sagte er. »Das ist dafür, daß Sie Meschullam das Kind heilgemacht haben. Danke mit Pranke.«

»Herr Fried«, wies Euervater das Geld zurück, bemüht, sich das Lachen zu verkneifen, »ich bitte Sie. Sie haben mir bereits einen Scheck übergeben und auch eine Quittung dafür erhalten. Nein und nochmals nein.«

Meschullam war gekränkt: »Der Scheck war für die Arbeit, und das Bargeld ist was ganz anderes. Das ist mein Dank, und Dank gibt's ohne Quittung. Dem Meschullam Fried können Sie nicht nein sagen.«

»Das kann ich sehr wohl, Herr Fried«, sagte Euervater. »Mein Honorar haben Sie mir bereits bezahlt, und derartige Geschenke kann ich nicht annehmen.«

Meschullam blickte zu Euervater auf, ergriff seine helle, feingliedrige Hand mit seinen beiden dunklen, derben Pranken und sagte: »Professor Mendelsohn, heute haben Sie zwei Menschenleben in Israel gerettet. Meinen Jungen und die Ärztin, die ihn mir beinah umgebracht hätte. Sie haben sich bei mir alles verdient, was Sie wünschen.«

»In dem Fall hätte ich gern noch ein paar Feigen aus Ihrem Obstgarten«, sagte Euervater, »und vielleicht auch noch drei, vier Granatäpfel von der dunklen Sorte. Meine Frau und ich mögen sie sehr gern.«

Meschullam geriet noch mehr in Rührung. Er zog ein großes blaues Taschentuch aus der Tasche und sagte: »Ich muß ein bißchen weinen«, ein Satz, den wir alle noch oft hören sollten. Und nachdem er ein bißchen geweint hatte, hängte er das Taschentuch zum Trocknen über einen Zweig und breitete die Arme aus: »Nicht nur Früchte! Für Sie, Professor Mendelsohn, bringe ich einen ganzen Baum! Morgen vormittag stehen ein Bagger und ein Laster vor der Tür. Sagen Sie mir jetzt, welchen Feigenbaum Sie haben möchten? Diesen? Den da? Vielleicht den Granatapfelbaum? Alles, was Sie brauchen, nur den Wunsch geäußert. Wenn eine Wand im Haus versetzt oder eine neue Küche eingebaut werden soll, wenn was Schweres verrückt werden muß oder im Haus was kaputtgeht. Falls ein Nachbar im Haus Probleme macht und beruhigt werden muß, hab ich für Sie einen Partisanen aus der Einheit der Gebrüder Bielski, der heute als Gerüstbauer bei mir arbeitet. Der haut einen Nagel mit einem Schlag ins Brett, nicht mit einem Hammerschlag, mit der bloßen Hand! Sagen Sie nur, was Sie brauchen, und schon ist Meschullam zur Stelle.«

»Wirklich nicht«, sagte Euervater. »Bitte, Meschullam, nicht nötig.«

Meschullam traten erneut die Tränen in die Augen. Ein neues blaues Taschentuch kam zum Vorschein. »Selbst wenn's darum geht, den Kindern vorm Einschlafen eine Geschichte zu erzählen und Sie und die gnädige Frau schon müde sind – Meschullam kommt. Nicht wahr, Gerschon, nicht wahr, Tirza, wir haben doch schöne Geschichten auf Lager?«

Euervater sagte wieder »nicht nötig«, aber Meschullam ließ nicht locker: »Ein Professor wie Sie kann nicht so einen kleinen Ford England fahren. Ich geb Ihnen mein Auto, damit die Kollegen in der Hadassah und die lieben Verwandten Glubschaugen kriegen. Ich hatte sowieso dran gedacht, das Auto zu wechseln, zur Feier von Gerschons Genesung – ich geb Ihnen meinen Ford für Ihren Ford.«

Euervater lachte kurz auf: »Ich habe gar nicht das Geld, Benzin für ein Auto wie Ihres zu kaufen.«

»Für mein Auto braucht man kein Geld. Man tankt mit Kupons von Meschullam Fried Ltd. Und was sollte das vorhin heißen, daß Sie uns keine Besuche mehr abzustatten brauchen?«

»Ich meinte, weil Gerschon genesen ist.«

»Dann kommen Sie eben nicht mehr als Arzt, kommen Sie jetzt als Freund, und auch der Junge Irale« – er deutete auf mich – »soll mitkommen. Sehen Sie sich an, wie schön er und Tirale spielen. Ich leg ihr schon mal ein bißchen was für die Mitgift auf die Seite.«

Und tatsächlich nahm Euervater, der im allgemeinen nicht gern »zu Leuten« ging, mich öfter zu den Frieds mit, und Meschullam brachte Tirza und Gerschon zu mir, und ungeachtet Euervaters Proteste überprüfte er Schalter und Scharniere und Wasserhähne in Wohnung und Praxis – »dieser Kamerad hier tropft ein bißchen, gleich auf der Stelle verpassen wir ihm eine neue Dichtung« – genau wie er es heute noch tut, wo meine Mutter das Zeitliche gesegnet hat, und Gerschon, der Junge, den Euervater gerettet hatte, als erwachsener Mann im Militärdienst umgekommen ist, und Euervater, schon alt und schwach, in der Erdgeschoßwohnung lebt, die früher die Praxis war. Meschullam hat sie ihm hergerichtet: Das Wartezimmer verwandelte er in Wohnzimmer und Küche, aus Sprechzimmer und Behandlungsraum entstand das Schlafzimmer. Den Geruch, den jede Praxis an sich hat, konnte er beseitigen, aber das Diplom und Euervaters Urkunden und Auszeichnungen ließ er an der Wand hängen, und das Schild J. MENDELSOHN – PRIVAT versetzte er von der Wohnung im zweiten Stock.

»So ist es gut«, sagte er zu ihm, »so brauchst du dich nicht mit zu vielen Zimmern und Treppen und Erinnerungen im Obergeschoß abzugeben. Hier ist alles klein und bequem, und du kannst auch rausgehen und dich in den Garten setzen.«

Er hat »gute und ruhige Mieter, die pünktlich zahlen und keine Umstände machen«, für ihn gefunden und ihnen die große Wohnung oben vermietet, und alle Augenblick kommt er, macht Tee, und sie sitzen beisammen und unterhalten sich. Euervater, der im Alter umgänglicher geworden ist – »nicht gegenüber allen Menschen«, bemerkte Benjamin, »aber auch wenn es nur bei manchen ist, ist es sehr schön von ihm« – erzählt Meschullam Witze und läßt ihn beim Schachspielen gewinnen, und wenn er müde wird und einnickt – Euervater schläft ein wie ein Kind, sackt mit einem Schlag weg – durchkämmt Meschullam erneut die Wohnung, »um nachzusehen, daß beim Professor alles in Ordnung ist, daß es keine Defekte oder Probleme gibt.«

Und dann verharrt er einen kurzen Moment konzentriert an der Wohnzimmerwand, dort wo heute eine hübsche Kommode an Stelle der Liege steht, auf der einst so viele Kinder, und auch sein Sohn, untersucht worden waren. Er zieht das große blaue Taschentuch aus dem Hades seiner Tasche und wischt sich damit die Augen. Manchmal zückt er das Taschentuch, weil ihm Tränen in die Augen steigen, und manchmal steigen ihm Tränen in die Augen, weil er das Taschentuch zückt. So oder so weint Meschullam ein bißchen und denkt an das eine Mal, als sein Sohn vor dem Tod errettet wurde, und an das andere Mal, als nicht.

3

Euervaters Hände waren stetig und sicher, wenn er seine kleinen Patienten behandelte, aber bei jeder anderen Beschäftigung – vor allem, wenn der Handwerker im Haus gefragt war – hatte er zwei linke Hände. Sogar die Messingschilder, die er an die Wohnungs- und an die Praxistür schraubte, saßen, nach Behauptung meiner Mutter, schief, und für jede andere Arbeit, vom Wechseln einer Glühbirne bis zur Öffnung eines verstopften Abflusses, hatte er weder Lust noch Zeit. Meine Mutter zögerte nicht, Meschullam um Hilfe anzugehen, und seine Arbeiter besuchten uns häufig. Sie reparierten alles, was anfiel, holten eine Lastwagenfuhre voll Erde für den Garten oder brachten unseren Ford England zur Werkstatt.

Nur das Tünchen im Frühjahr behielt sie sich selbst vor. Euervater übersiedelte dann fluchtartig in die Praxis, Benjamin packte eine kleine Tasche und erklärte: »Ich zieh zu Freunden«, und ich blieb bei ihr. Gemeinsam gingen wir in den Laden, um Tünche und Bürsten zu kaufen, gemeinsam schleppten wir die Eimer die Treppen hoch – »Wie stark du bist, Jair. Ein wahrer Wildochs!« – und gemeinsam rückten wir die Möbel und deckten sie mit Zeitungen und alten Leintüchern ab. Sie stieg auf die Leiter und begann zu tünchen – schnell, mit ausladenden Armbewegungen, ein Kopftuch um ihren Goldschopf gebunden – und so geschickt war sie, daß sie mit der Leiter von einer Ecke zur anderen stakste, wie ein Zirkusartist auf Stelzen.

»Vielleicht möchtest du bei mir arbeiten?« scherzte Meschullam, und einmal – Euervater war gerade in der Praxis, Benjamin spielte draußen, ich half ihr beim Tünchen – kam er und tuschelte mit ihr in der Küche. Trotz größter Anstrengung konnte ich kein Wort verstehen, aber zwei Tage später sagte Meschullam zu Euervater: »Der Große und deine Frau kommen für ein, zwei Stunden mit mir, um Goldi und die Kinder zu besuchen und bei uns im Garten ein paar grüne Mandeln zu pflücken.«

Wir fuhren dieselbe Strecke wie immer. Von Bet Hakerem Richtung Stadtausfahrt und kurz vor dem Busdepot von Hamekaschér rechts ab in die Ruppin-Straße, damals noch eine schmale Landstraße zwischen kahlen Felshügeln. Meschullam erzählte meiner Mutter, bald werde er hier »was sehr Großes für den Staat und auch für die Hebräische Universität« bauen, und sie klopfte ihm auf die Schulter: »Wer hätte geglaubt, daß aus dir mal so ein großer Unternehmer werden würde, Meschullam, sehr schön.«

Wir fuhren schräg zum Kreuztal hinunter und schräg wieder hinauf zum Viertel Rechavia, aber diesmal ging die Tour nicht weiter zum Bahnhof und von dort nach Arnona zu den Frieds. Unvermutet wich Meschullam von der festen Route ab, und wir steuerten einen Stadtteil an, den ich noch nie gesehen hatte.

Auf der Straße kam ein Umzug vorbei. Menschen trugen Schilder und rote Fahnen, und Meschullam grunzte ein paar abfällige Worte über »die nichtsnutzigen sozialistischen Funktionäre« und ihre Angewohnheit, arbeitsfreie Tage zu organisieren, egal, ob nötig oder nicht. Wir fuhren auf und ab, bis der Asphalt aufhörte und bogen dann rechts in einen ansteigenden Sandweg. Die großen, weichen Reifen des Thunderbird knirschten angenehm auf dem Kies. Eine Bodenwelle kratzte plötzlich seine Unterseite, und Meschullam sagte: »Macht euch keine Sorgen, dieser Kamerad ist kein gewöhnliches Auto, und Meschullam ist gar kein schlechter Fahrer.«

»Wir machen uns keine Sorgen«, sagte meine Mutter. »Du bist der beste Fahrer der Welt.«

Ein großes Steinhaus stand auf der Hügelkuppe und daneben ein kleineres mit einem Glockenturm, umgeben von hohen Eichen. Wir stiegen aus dem Wagen, gingen unter den Bäumen spazieren, und meine Mutter sagte, im Krieg seien hier viele Menschen umgekommen, junge Menschen, noch ehe sie ein Kind bekommen und ein Haus gebaut und einen Baum gepflanzt hatten.

»Und bevor sie eine Geschichte erzählen konnten«, fügte sie hinzu. Und auf einmal tat sich ein Türchen in der Mauer auf, und eine sehr kleine, fast zwergwüchsige Frau, von Kopf bis Fuß in Schwarz gekleidet, trat aus dem Innenhof und schenkte uns Wasser aus einer beschlagenen Flasche aus.

*»Nero … nero …«* sagte sie, und Meschullam, der die ganze Zeit hinter uns gegangen war und nichts gesagt hatte, erklärte uns, daß *»nero«* auf griechisch Wasser bedeutet, und zu ihr sagte er *»echaristo«* und verbeugte sich. Die Nonne erwiderte seine Verbeugung, ging in den Hof zurück und

schloß die Tür in der Mauer, und ich fragte besorgt: Was sollten wir jetzt mit den Gläsern anfangen?

»Das geht in Ordnung«, sagte meine Mutter, »wir stellen Sie an die Tür, bevor wir gehen.«

»Und wenn jemand sie wegnimmt? Dann wird sie noch denken, wir seien Diebe.«

»Sei unbesorgt, Jair, keiner wird sie wegnehmen, und sie wird nichts dergleichen denken.«

Und als wir an unserem Hause ankamen, holte Meschullam einen Korb voll grüner Mandeln aus dem Kofferraum und übergab ihn meiner Mutter: »Bitteschön, damit du was zum Heimbringen und Vorzeigen hast.«

## *Viertes Kapitel*

1

Jener Tag begann wie viele andere Tage im Leben des Babys. Seine Augen taten sich wie immer vor denen der anderen Kinder auf. Seine Haut spürte die Kühle und die Wärme der Luft, so angenehm zu dieser frühen Stunde, wenn sie einander jagen, sich mischen und trennen. Seine Ohren hörten die Taubenmännchen auf dem Dach kämpfen, ihre Krallen auf der Dachrinne kratzen, die Hände der Pflegerin in der kleinen Küche des Kibbuzkinderhauses werken. Seine Nase witterte – dort kocht schon der Brei, wird Margarine weich, leuchtet rote Marmelade in den Schälchen. Sein Herz verkrampfte sich wegen Gestalten, die ihn im Traum besuchten und deren Namen er beim Aufstehen nicht mehr wußte.

Das Baby zog sich die Decke über den Kopf. Ein kleines Dunkel. Die Decke verschluckte die Geräusche. Ein Kind im Kibbuz hat nicht viele solche Momente, die ihm ganz allein gehören. »Dort ist selbst die Zeit Gemeinschaftsgut«, sagte mir einmal meine Schwägerin Zohar, die auch im Kinderhaus aufgewachsen war, »in genau so einem.« Und hinter diesen kurzen privaten Minuten lauert alles, was danach kommt, ohne daß man es vermeiden oder aufschieben könnte: der Ruf, »guten Morgen, Kinder, alles aufstehen!« und das Aufziehen der Vorhänge, der Lärm des Erwachsens, der Tumult beim Waschen und Anziehen. Und nach dem Frühstück – der gemeinschaftliche Gang zur Straße, um auf die gemeinschaftliche Busfahrt zur gemeinschaftlichen Schule der Kibbuzim der Jordansenke zu warten.

»Er war bei uns das, was man damals ein ›Kind von außerhalb‹ nannte«, erzählte mir Jahre später ein alter Mann von dort, der sein Altersgenosse hätte sein können, wäre der, um den es ging, nicht im Gefecht umgekommen. »Wir haben ihm nicht so zugesetzt wie den anderen Internatskindern, denn er hatte hier Tante und Onkel, aber es hilft alles nichts, Außenseiter bleibt Außenseiter.«

»Wie du in deiner Familie«, kicherte Zohar, »auch du bist ein bißchen ein Kind von außerhalb.«

Das Baby hatte Vater und Mutter, aber die Mutter hatte das Leben im Land Israel nicht ertragen, nicht seine Menschen und nicht seine Hitze und nicht seine Armut und nicht seine Anforderungen. Hatte ihn der Obhut seines Vaters überlassen und war in ihr Geburtsland zurückgekehrt. Dort erwarteten sie das Theater und die Musik, die sie liebte und vermißt hatte, die Sprache und das Klima – und der frühe Tod einige Jahre später zur Strafe.

Der Vater heiratete eine andere Frau, die ihn seinen Freunden entfremdete und auch seinen Sohn loswerden wollte. »Du hast einen großen Bruder im Kibbuz«, sagte sie, »ein bißchen alt, aber ein guter Mensch, der kann ihn zu sich nehmen. Der Kibbuz ist ein guter Ort mit guten Menschen. So ist es besser für ihn und auch für uns.«

Und so wurde er denn, von all diesem Guten eingekreist,

an seinen neuen Wohnort verbannt. Sieben Jahre war er alt, und die frühkindlichen Grübchen, die seine Handrücken noch immer zierten, und seine drallen dunklen Bäckchen trugen ihm hier seinen Spitznamen, ›das Baby‹, ein. Über seine damaligen Gefühle weiß ich nichts auszusagen, und ich kann auch nicht unbegrenzt Vermutungen und Nachforschungen anstellen, zumal alle, die mit den frühen Lebensjahren des Babys in Verbindung standen, schon gestorben sind: er selbst im Unabhängigkeitskrieg, sein Onkel und seine Tante in ein und demselben Jahr an derselben Krankheit und im selben Altersheim. Sein Vater im Bett, neben seiner dritten Frau, von der ich außer ihrer puren Existenz gar nichts weiß. Seine Mutter im Konzentrationslager, an Hunger und Kälte, in Gedanken an das Kind, das sie zurückgelassen hatte, und an jene warme Sonne, der sie entflohen war, und an die Möglichkeit, daß der ganze Zweite Weltkrieg allein deshalb ausgebrochen sein könnte, um ihr das heimzuzahlen, was sie an ihrem Sohn verbrochen hatte. Und seine Stiefmutter bei einem Verkehrsunfall auf der Gaza-Straße in Jerusalem – zu ihrer Bestrafung hatte das Schicksal einiges gleichzeitig aufgeboten: Regen, einen Bus und ein Motorrad mit einem Beiwagen voller Blumen, die sich sämtlich über den Asphalt verstreuten.

Aber damals lebten alle noch, und Onkel und Tante nahmen das Baby liebevoll auf. Sie waren ältere Leute, der einzige Sohn schon verheiratet und in einen anderen Kibbuz übersiedelt, und die Stiefmutter hatte recht: Sie waren gute Menschen und bekleideten wichtige Posten im Kibbuz. Die Tante war seinerzeit die einzige Frau im Land, die einen ganzen Wirtschaftszweig leitete – die Milchkuhhaltung des

Kibbuz – und der Onkel war häufig im Auftrag der Bewegung unterwegs. Stets kam er mit einem »Bericht für die Versammlung« und einem »kleinen Geschenk« für seine Frau und seinen Neffen zurück.

Die Besuche seines Vaters wurden seltener und kürzer, und das Baby begann seine Pflegeeltern mit »Vater« und »Mutter« anzureden. Jeden Nachmittag, wenn er sie in ihrem Familienzimmer besuchte, umarmten und küßten sie ihn und erzählten ihm eine Geschichte. Sie wollten wissen, was er an diesem Tag in der Gemeinschaftsschule gelernt hatte, und brachten ihm bei, je zwei Kekse mit Marmelade zusammenzukleben und in den Tee zu stippen und gleichzeitig Dame zu spielen. Der Onkel konnte mit den Fingerkuppen so schnell auf den Tisch trommeln, daß es sich wie das Trappeln galoppierender Pferde anhörte, und die Tante lehrte ihn die Zungenbrecher auf Jack-Zidrak und Zipp-Zilipp. Er versuchte, sie ihr nachzusprechen, kam dabei aber ins Lallen und erstickte schier vor Lachen.

Danach wollte er gern »das Album« durchblättern: einen französischen Bildband, der im Bücherbord stand. Die Worte verstand er nicht, ehrlich gesagt auch Onkel und Tante nicht, aber der Band enthielt hübsche Fotografien und Zeichnungen von Schlössern und Bergen, Schmetterlingen und Raupen, Blumen, Kristallen und Vögeln, und der Onkel sagte sich im stillen, hier sei Vorsicht geboten, denn so ein Album konnte im Herzen des jungen Lesers zwar die erwünschte Lernbegierde wecken, aber auch gefährliche Sammelwut.

Und tatsächlich hielt das Baby, wenn er auf den Wegen des Kibbuz ging, stets die Augen gesenkt. Nicht aus Ehrfurcht oder Scham, sondern auf Ausschau nach glänzenden Käfern oder »einem schönen Stein« oder dem grünen Blitzen einer flüchtenden Eidechse. Und manchmal entdeckte er eine Münze oder einen Schlüssel, die jemandem aus der Tasche gefallen waren. Dann eilte er zu seiner Tante und überreichte ihr mit wichtiger Miene den neuen Fund, und sie klopfte ihm auf den Rücken und sagte: »Was für ein nettes *Kälbele* du bist.« Danach gab sie ihm einen Zettel, den er ans Schwarze Brett im Speisesaal heften sollte: Man könne den verlorenen Gegenstand nach Angabe von Erkennungsmerkmalen bei ihr im Kuhstall abholen. Das Baby meinte, »Kälbele« bedeute *klavlav* – Hündchen, und erst ein paar Jahre später, als er zur Palmach einberufen wurde, erfuhr er, daß es Kälbchen hieß, und wußte nicht recht, ob er froh oder traurig darüber sein sollte. Wie dem auch sei, sein Talent sprach sich im Kibbuz herum, und bald rief man ihn gern, wenn etwas Wichtiges abhanden gekommen war, denn seine flinken Augen konnten gut überschauen und fahnden und jeglichen verlorenen Gegenstand auffinden, genau wie er später einmal fähig sein würde, jede heimkehrende Taube zu erkennen, selbst wenn sie noch hoch und fern am Himmel flog.

So stand er auch an jenem Morgen bei den anderen Kindern, die auf den Bus zur Gemeinschaftsschule warteten, als auf einmal ein fremder Lastwagen auftauchte und am Straßenrand hielt. Alle beguckten ihn neugierig. Kraftfahrzeuge waren damals kein häufiger Anblick, jeder Wagen weckte das Interesse der Kinder und erst recht ein unbekannter Laster.

Ein Mann in Arbeitskleidung und schweren Schuhen

stieg aus, einer dieser schlanken Männer, die zwischen dreißig und sechzig Jahre alt sein können und zugleich wohlbekannt und wildfremd aussehen. Er rief »vielen Dank, Genosse Fahrer!« und »guten Morgen, Genossen Kinder!« und setzte sich mit ausholend schlenkernden Gliedmaßen in Bewegung. Er war hochgewachsen, in der Hand einen Weidenkorb mit Henkel und Deckel. Die Nase war leicht gekrümmt, das Gesicht mit Sommersprossen übersät und das dicke rotbraune Haar exakt in der Mitte gescheitelt.

Der Besucher hielt geradewegs auf das Zeltlager der Palmach zu, stellte sich dem Zugführer vor, und die beiden gingen geschäftig zur Schreinerei des Kibbuz. Dort warteten Bretter, Nägel, Netze, ein mürrischer Schreiner und Werkzeug auf sie. In jedem Kibbuz gab es damals eine Schreinerei, jede Schreinerei hatte ihren mürrischen Schreiner, und jeder mürrische Schreiner wurde ob der Aufforderung, noch etwas zu schreinern, und sei es mit dem Hinweis, die Sache sei äußerst wichtig für den Staat im Werden und den nahen Krieg, noch grimmiger. Aber dieser Besucher war an mürrische Schreiner gewöhnt, kannte alle ihre Wesenszüge und die besten Kniffe, ihre Geduld zu verlängern: Er zeigte ihm »streng geheime« Skizzen. Er flüsterte: »Es darf nichts durchsickern!« Er fuchtelte mit sommersprossigen, erklärenden, bittenden Armen, und vor allem stellte er Fragen, die seinem Gesprächspartner den Eindruck vermittelten, daß er keine Befehle erteile, sondern Rat suche.

Die beiden begannen etwas zu zimmern, das anfangs einer Riesenkiste oder einer kleinen Holzhütte ähnlich sah. Die Wände hatten Öffnungen in allen möglichen Höhen und Größen, und ein Mensch konnte sich aufrecht und mit ausgebreiteten Armen darin bewegen. Bald entstanden auch Innenzellen, Außenbretter, vergitterte Fenster mit hölzernen Läden und eine Gittertür, über die noch eine geschlossene Lattentür kam.

Zwei geschlagene Tage hörte man in der Schreinerei ein Hämmern und Sägen, begleitet von Debatten und Anweisungen auf jiddisch, deutsch und hebräisch. Am dritten Tag entsandte der Zugführer ein paar Jungs aus dem Zeltlager der Palmach. Sie luden die vergitterte Hütte auf einen Karren, zogen sie in die Tierecke der Kibbuzkinder und stellten sie dort auf, die Front gen Osten. Der Besucher prüfte sorgfältig, ob auch keine Nagelspitzen oder Splitter ins Innere ragten, und als er zufrieden war, sagte er mehrmals: »Das ist gut« und »das ist sehr gut«, öffnete den Deckel des Weidenkorbs, den er mitgebracht hatte, und holte eine Taube heraus. Eine gewöhnliche Taube, blaugrau wie tausend andere auch, aber mit breiten Flügeln, kurzem Schwanz und einer hellen Wachshaut an der Oberschnabelbasis. Der Besucher setzte sie in die kleine Hütte, und alle begriffen, daß es sich um einen Taubenschlag handelte, verstanden aber nicht, warum man ihn gebaut hatte und wieso nur eine einzige Taube darin untergebracht wurde.

Der Besucher setzte seiner Taube ein Schälchen Wasser und ein paar Körner vor und ging in den Speisesaal, wo er jedoch keine richtige Mahlzeit einnahm. Zuerst stocherte er ein wenig auf seinem Teller herum, dann fing er an, eine endlose Reihe Kekse in eine endlose Reihe von Gläsern Tee mit Zitrone zu stippen, ein Vorgang, der von vielen Augen verfolgt und erst abgebrochen wurde, als die Tante des Babys an seinen Tisch trat.

»Guten Tag, Doktor«, sagte sie und »wie geht's dir?« und dann bat sie ihn, mit in den Stall zu kommen, um sich ein todkrankes Kalb anzusehen.

So erfuhren alle, was bis dato nur die Tante von der Milchkuhhaltung gewußt hatte – daß dies kein hergelaufener Rotschopf war, der Taubenschläge baute und sie mit einer einzelnen Taube bestückte, sondern ein Veterinär. Kein bloßer Viehkurierer aus Menachemja oder aus Zemach, sondern ein echter studierter Doktor! Der Besucher untersuchte das Kalb, besorgte sich ein paar Zutaten bei der Rinderzüchterin, der Sanitäterin, der Wirtschaftsleiterin und aus der Küche des Kinderhauses und mischte eine lauwarme, stinkende Arznei, die er das Kalb aus einem Eimer trinken ließ. Danach ging er in das ihm bereitgestellte Zimmer, und die Nachtwächter erzählten, daß das Licht dort bis zum Morgengrauen nicht erloschen sei.

Früh morgens verließ der Besucher das Zimmer, eilte zum Kuhstall, tränkte das kranke Kalb erneut mit der Arznei, die er am Vortag gemischt hatte, und sagte: »Geduld, Genosse Kalb, bald wirst du genesen und vergessen.« Von dort strebte er mit rudernden Armen zu seinem Taubenschlag, zog einen Notizblock aus der Hemdentasche, schrieb etwas auf ein dünnes Blatt, riß es heraus, rollte es zusammen und steckte es in eine kleine Hülse, die er aus der Hosentasche fischte. Nun nahm er die Taube, befestigte die Hülse an ihrem einen Bein und schickte sie auf den Weg.

Es war etwas Schönes und Wohltuendes an der Bewegung seiner auflassenden Hände, einer Geste, die etwas von Freigabe und Machtübertragung hatte und auch von Abschiedwinken, Wunsch und Neid. Jeder, der diesen Moment miterlebte, war ergriffen. Blicke verfolgten die Taube, bis sie in der Ferne verschwand. Sogar der Veterinär war erregt, obwohl die Zahl der Tauben, die er seit seiner Kindheit in Köln, der deutschen Stadt, in der er geboren und aufgewachsen war und in der er seine erste Taube aufgelassen hatte, in die Tausende ging.

Einen Moment blieben seine Arme ausgebreitet, als leisteten sie der Taube Starthilfe, dann wurden die Hände eingeholt und beschattend an die Stirn gelegt. Sein Blick geleitete die fortfliegende Taube, seine Lippen wünschten ihr eine schnelle und sichere Reise. Jede Auflassung birgt Freude und Neues in sich, dachte er im stillen, und als die Taube seinen Augen entschwunden war, zog er aus einer anderen Tasche einen anderen Notizblock und notierte darauf noch etwas.

Am nächsten Tag fuhr ein grüner Lieferwagen in den Kibbuz ein, beladen mit Metallkästen, vergitterten Holzkisten, prallen Jutesäckchen, weiteren Weidenkörben, Futtertrögen und Blechnäpfen. Am Lenkrad saß eine schweigsame junge Frau, eine von denen, deren eines Knie beim Sitzen unaufhörlich zittert, und auch sie brachte eine blaugraue Taube mit. Sachverständige der einen Sorte redeten prompt über Frauen am Steuer und diejenigen, die ihnen Führerscheine ausstellten, und andere Sachverständige diskutierten, ob das wohl die Taube sei, die der Besucher am Vortag aufgelassen hatte.

Die Metallkästen enthielten Handwerkszeug und Gerät, die Jutesäckchen Körner und Samen, und aus den Holzkisten hörte man leises Rascheln, ungeduldiges Scharren und gedämpftes Gurren. Man brauchte also kein großes

Genie zu sein, um die Laute mit dem Augenschein und die Vermutungen mit den Gerüchen zu kombinieren und daraus zu schließen, daß in diesen Kisten weitere Tauben saßen. Der Veterinär und die schweigsame junge Frau luden alles ab, stellten es in den Schatten und prüften den neuen Taubenschlag. Dann übergaben sie dem Schreiner die ›Klappe‹ – ein System feiner, beweglicher Metallzungen an einer gemeinsamen Achse, mit denen man die Öffnungsrichtung bestimmen konnte: nur raus, nur rein, in beide Richtungen oder in keine.

Der Schreiner brachte die Klappe am Einflug des Schlags an. Der Veterinär holte die Futterkrippen und Wassertröge und setzte sie ein, sagte: »Du hast wohl gedacht, wir hätten dich übersehen!« und klopfte mit dem Hammer auf einen Nagel, dessen vorstehende Spitze seinen Augen zuvor entgangen war. Dann lächelte das schweigsame Mädchen ein Lächeln, das kein Mensch bei ihr vermutet hätte, und zog ein hübsches, buntes Schild hervor, umkränzt mit Blumen, Ranken und kindlichen Vögeln. Auf dem Schild stand fein säuberlich: SCHOVECH JONIM – Taubenschlag, aber merkwürdigerweise mit »e« statt mit »a«. Sie hängte das Schild über die Tür des Schlags, trat zwei Schritte zurück, begutachtete, rückte es gerade und lächelte erneut, und unter den Zuschauern erwachte schon eine dritte Sorte von Sachverständigen, nämlich solche, die sich fragten, ob sie nach soviel stillvergnügtem Lächeln auch noch jemand anders anlächeln würde.

Nun nahm sie Hacke und Spaten und hob ein Stück weg vom Schlag eine große, quadratische Grube aus. Stark und ausdauernd war sie, ruhte und rastete nicht, bis das Werk vollendet war, und antwortete mit einem verneinenden Kopfschütteln »all den *Fighters* von der *Hachschara* und all den *Schlägers* vom Ackerbau und all den Kraftprotzen aus der Schreinerei« – wie es in einer künftig zu erzählenden Geschichte heißen wird –, die einer nach dem anderen zu ihr traten und ihre Hilfe anboten.

Sie kehrte zum Schlag zurück, streute Körner aus, füllte die Wassernäpfe und stellte die vergitterten Kisten hinein, richtete sich auf und blickte den Veterinär an, als erwarte sie Anweisung.

»Mach auf, mach auf, Mirjam«, sagte der Tierarzt, »es sind deine Tauben.«

Die junge Frau öffnete die Kisten. Etwa vierzig Jungtauben, die meisten schon mit ausgewachsenen Schwingen, einige noch mit Resten von Kükenflaum, stürmten hinaus, füllten ihr neues Haus und stürzten sich auf Wasser und Futter. Die leeren Kisten säuberte sie und stellte sie zum Desinfizieren in die Sonne. Und den Kot daraus kippte sie in die zuvor ausgehobene Grube und bedeckte ihn mit einer dünnen Schicht Erde.

## 2

Am Abend erschienen die beiden im Speisesaal, und nachdem er noch und noch Kekse in noch und noch Gläser »Zitrone mit Tee« – wie die Witzbolde des Kibbuz jetzt schon sagten – gestippt hatte, stand der Veterinär mit den kastanienbraunen Haaren auf und klopfte mit einer Gabel an sein Glas. Empörung griff um sich: Wer wagte es, ein solch bürgerliches Salongeräusch im Speisesaal eines Kibbuz verlauten zu lassen?

»Guten Abend, Genossinnen und Genossen«, sagte er, »Doktor Laufer ist mein Name, es ist uns sehr angenehm, euch alle kennenzulernen.« Dann stellte er die schweigsame junge Frau vor, »sie heißt Mirjam und ist eine fachkundige Taubenzüchterin«, und fragte, ob hier auch Fremde säßen oder nur Kibbuz- und Palmachmitglieder, denn »wir haben eine Geheimsache zu besprechen.«

»Nur Mitglieder«, kam die Antwort aus dem Publikum.

»Beginnen wir mit einer Danksagung«, fuhr Doktor Laufer fort und erklärte: »Wir möchten euch danken für eure Bereitschaft, einen Brieftaubenschlag der Hagana auf eurem Gelände zu beherbergen. Die Tauben, die wir hergebracht haben, sind vier Wochen alt. Bald fangen sie mit den Flugübungen an, und mit sechs Monaten werden sie das Joch des Familien- und Arbeitslebens auf sich nehmen.«

Im Publikum erhob sich Gemurmel. Ausdrücke wie Joch und Arbeitsleben klangen den Anwesenden nicht fremd in den Ohren, aber die Pluralform, die der Tierarzt verwendete, führten zu einer Diskussion unter den Alteingesessenen: War es der *Pluralis majestatis,* jenes *königliche Wir,* das der Verherrlichung des Sprechers dient, wie das »Laßt uns Menschen machen als unser Abbild, uns ähnlich« des Buches Genesis und wie die Mehrzahlform des Korans, oder war es der *Pluralis modestiae* – als Geste der Bescheidenheit.

Aber Doktor Laufer wartete nicht ab, bis diese bedeutsame Frage ausdiskutiert war, sondern verkündete, der Brieftaubenschlag sei »geheim und wichtig«, und man habe ihn in der Tierecke aufgestellt, um keinen Verdacht zu erregen. »Wenn die Engländer zu einer Razzia kommen, muß man ihnen sagen, das sei der Taubenschlag der Kinder.« Und weiter erklärte er: »Brieftauben sehen gewöhnlichen Tauben sehr ähnlich, nur das fachkundige Auge kann den Unterschied erkennen. Aber Vorsicht ist geboten. Auch die Engländer wissen, was Brieftauben sind, und im Großen Krieg haben ihre Taubenzüchter Tausende solcher Tauben an der Front eingesetzt. All das erzählen wir euch, damit ihr das Geheimnis und den Schlag zu wahren wißt und niemandem etwas davon verratet.«

Das Verb erzählen hatte er in der weiblichen Mehrzahlform benutzt, und nun ging seinen verblüfften Zuhörern auf, daß Doktor Laufers Pluralis ein königliches Wir neuer Art war, nicht im Maskulinum, sondern im Femininum, und schon entspannen sich weitere Diskussionen: Einige sagten, es handele sich schlicht um einen Irrtum im Hebräischen, einen der zahlreichen Fehler, die Jeckes in dieser Sprache nun mal zu machen pflegten, andere sagten, man habe eine eigene Art von Humor vor sich, noch einen Witz von der Sorte, an denen Jeckes ihre Freude hätten. Und wieder andere sagten, Doktor Laufer rede so, weil er gewohnt sei, mit Tauben umzugehen, bei denen die hebräische Sprache auch die männlichen Tiere als weiblich behandle.

»Die Brieftaube ist von unschätzbarem Wert«, rief Doktor Laufer, »seit den Zeiten der Pharaonen und der ersten Olympischen Spiele im antiken Griechenland haben die Tauben als geflügelte Boten getreulich Nachrichten überbracht. Häufig rettete eine einzige Brieftaube ein ganzes Bataillon Soldaten oder eine verirrte Kolonne, und manchmal opferte sie für den Menschen sogar ihr Leben. Die Phönizier nahmen sie auf ihren Schiffen mit. Der Sultan Nureddin vernetzte alle Enden seines arabischen Imperiums mit wohlplazierten Taubenschlägen. Brieftauben überbrachten Nathan Rothschild die Nachricht von Napoleons Niederlage in Waterloo drei Tage bevor sie die europäischen Haupt-städte und deren Könige erreichte, und manche sagen«, der Veterinär verfiel in Flüsterton, »dadurch habe er sein erstes Kapital gemacht.«

»Und erst letztes Jahr«, hob er wieder die Stimme, »hat eine Brieftaube, die einige Fischer auf See mitgenommen hatten, drei Schiffe gerettet, die vor der Küste Neuenglands in den Vereinigten Staaten in einen Sturm geraten waren.«

Doktor Laufer deklamierte einen Vers von Ovid, verlas ein feierliches Taubengedicht aus dem Goldenen Zeitalter der Juden in Spanien und fügte an, die Taube sei auch eine Verkörperungsform des Heiligen Geistes im Neuen Testament. Er zitierte sogar fließend und präzise zwei der vier Versionen: Sowohl das: »Und als er aus dem Wasser stieg, sah er, daß der Himmel sich öffnete und der Geist wie eine Taube auf ihn herabkam«, als auch das: »und der Heilige Geist kam sichtbar in Gestalt einer Taube auf ihn herab.«

»Und ich brauche euch nicht an unsere Tauben aus der hebräischen Bibel zu erinnern«, rief er, »an meine Taube im Felsennest und an meine Taube, du Makellose, und an die Taube, die Noah aus der Arche aufließ und die aus- und einflog, bis sie einen Halt für ihre Füße fand.« Und er schwenkte seine langen Arme in der anmutigen und unwillkürlichen Geste des Auflassens, die ein gutwilliges Lächeln auf die Gesichter der Zuhörer zauberte.

»Und in der Tat«, betonte er, »wer sollte der ungeheuren Sehnsucht der Taube nach ihrem Haus und ihrer Heimat mehr Anerkennung zollen als das jüdische Volk, das in seine Heimat zurückkehrt ...« Nun senkte er zum Abschluß etwas die Stimme: »Und deshalb bitten wir euch erneut: Wahrt das Geheimnis von der Existenz dieses Taubenschlags, verratet es nicht in Geistesabwesenheit und schon gar nicht mit Absicht.«

Und seine weitere Bitte lautete, nicht unnötig beim Taubenschlag herumzulaufen und erst recht nicht ihn zu öffnen, die Hand hineinzustecken, Lärm zu machen, die Tauben zu ängstigen. »Eine Brieftaube muß ihr Zuhause lieben, sonst möchte sie nicht dorthin zurückkehren«, sagte er. Danach dankte er den Genossen noch einmal, setzte sich und stippte weitere Kekse in weitere Gläser, und als er sich satt gegessen und getrunken und ein ansehnliches Häufchen ausgedrückter Zitronenhälften vor sich angesammelt hatte, nahm er Abschied von dem Schreiner, dem Bezirkskommandeur und dem Zugführer der Palmach, von dem Kalb, das schon genesen war, und von der Rinderzüchtertante des Babys, ging in das Zimmer, das man ihm zugeteilt hatte, und verfiel endlich in Schlaf.

Am nächsten Morgen stand er früh auf, startete den grünen Lieferwagen und fuhr heim, und schlagartig trat wieder Ruhe ein. Die Tante ging zurück in den Kuhstall und zu dem Kalb, das ihr freudig entgegensprang. Der Zugführer nahm seinen Befehlsposten und die Übungen wieder auf. Der mürrische Schreiner, der erst jetzt merkte, wie angenehm ihm die Gesellschaft des Veterinärs gewesen war, widmete sich erneut seinen öden Kommoden und Betten.

Und die schweigsame Taubenzüchterin Mirjam ging zu dem neuen Taubenschlag, der ihr anvertraut war. Sie säuberte ihn, wechselte das Wasser, brachte die Holzkisten in den Abstellraum, überflog die Karteikarten der Tauben und die Liste ihrer Ringnummern und glich sie mit dem Schwarmbuch ab. Bei Sonnenuntergang setzte sie sich auf eine leere Kiste und erfreute sich am Kniezittern und einer abendlichen Zigarette.

## 3

Die Rede, die Doktor Laufer im Speisesaal gehalten hatte, fruchtete. Kein Mensch sprach von den Tauben, aber über die Taubenzüchterin wurde geredet, und wie. Die Genossen erwähnten die Zigarette, die sie geraucht hatte, staunten über das zitternde Knie, machten sich Gedanken über das andere, das nicht mitzitterte, und über den Abstand zwischen den beiden, dem zitternden und dem ruhigen, und begriffen, daß es sich hier nicht um nervöse oder träge oder tanzfreudige Knie handelte, sondern um solche, die Sicherheit, Kraft und Festigkeit ausstrahlten. Und auch auf die Zigarette war, wie sie schnell erfaßten, keine Hoffnung zu setzen, denn Mirjam rauchte sie erst, wenn sie ihr Tagewerk vollendet hatte. Das heißt, es war eine Entspannungszigarette für die Werktätigen und kein Indiz für Leichtsinn.

Die ersten drei Tage ließ Mirjam ihre Tauben in dem neuen Schlag eingeschlossen. Sie fütterte sie zu festen Zeiten, isolierte zwei kranke Tauben, brach einer dritten kranken Taube, die an einer ansteckenden Halsentzündung litt, das Genick, verbrannte sie und vergrub die Asche in der Grube.

Sie machte Notizen im Schlagtagebuch, verscheuchte Katzen, die über ihre arttypische Neugier hinausgehendes Interesse zeigten, erschlug mit dem Spaten eine schwarze Schlange, die stur immer wieder versuchte, durch die Augen des Maschendrahts vor den Fenstern einzudringen. Und wie die übrigen Teilnehmer am Vorbereitungskurs der Palmach packte sie bei allen im Kibbuz anfallenden Arbeiten mit an. Gegen Abend setzte sie sich hin, rauchte ihre einzige Zigarette des Tages und zitterte mit dem Knie.

Den Kindern, die sich nicht für Knie, wohl aber für die neuen Tauben interessierten, deren neuer Schlag genau auf ihrem Hofstück stand, schärfte man ein, sie dürften weder hineingehen noch die Insassen füttern, und gucken sei zwar erlaubt, aber nur von weitem. Diese Verbote genügten, um ihre Neugier zu verdoppeln und ihre Fragen zu verdreifachen, denn die neuen Tauben sahen zwar schlicht und gewöhnlich aus, waren aber von so vielen Fremden umschwirrt, daß es hier eindeutig um echte Geheimnisse gehen mußte. In ihrer Tierecke lebten schon zwei Taubenpaare – weiße Ziertauben mit hochgerecktem Kopf und fächerförmig ausgespreiztem Schwanz. Kein Mensch wußte, wer bei ihnen Männlein oder Weiblein war, denn in ihrem pfauenhaften Gehabe ähnelten sie sich sehr, und vor lauter Beschäftigung mit sich selbst brachten sie keine Nachkommen zur Welt, so daß man nicht sehen konnte, wer wen umwarb und wer keine Eier legte und wer sich nicht paarte.

Mirjam ging zur Moschawa Menachemja und beschaffte

dort noch ein paar Ziertauben, um die Anwesenheit der Brieftauben zu vertuschen. Sie wurden in einem angrenzenden Schlag untergebracht, der von außen aussah, als sei er mit dem neuen Schlag verbunden, im Innern jedoch durch ein Drahtgitter abgetrennt war. Unter den Neuen gab es kokette Franzosentauben, die mit ihren Federkrausen und vorstehenden Kröpfen wie kleine Gockel aussahen und sich auch entsprechend stolz aufführten, und welche, die von den Kindern »Pappuschentauben« genannt wurden, weil ihre Krallen mit weichen Federn bewachsen waren, die über den Boden schleiften.

Auch die Jungs von der Palmach wollten Tauben zum neuen Schlag beisteuern – große, fleischige Exemplare, die einer von ihnen vom elterlichen Hof in Magdiel geholt hatte – und beteuerten, sie nicht etwa wegen ihrer Schmackhaftigkeit mitgebracht zu haben, sondern weil sie bestens zur Tarnung der Brieftauben taugten. Aber da bewies Mirjam, daß sie keineswegs stumm war und wenn nötig nicht nur reden, sondern sogar schreien konnte: Diese wolle sie weder im Schlag noch in dessen Umgebung haben! Sie wisse sehr wohl, was hinter dieser Bitte stecke, und sie werde nicht zulassen, daß jemand in den Schlag greife und eine Taube »nicht zum Schlachten« heraushole.

»Das könnte die Brieftauben so verängstigen, daß sie wegfliegen und sich ein anderes Heim suchen!« Und sie wiederholte Doktor Laufers Motto: »Eine Taube muß ihr Zuhause lieben, sonst möchte sie nicht dorthin zurückkehren.« Und das Baby, das dabei am Schlag stand und hoffte, sie würde ihn vielleicht heranlassen und ihm erlauben, ihr bei der Arbeit zu helfen, behielt diesen Tag als den in Erinnerung, an dem sie zwei Zigaretten nacheinander geraucht und ihr sonst ruhiges Knie mitgezittert hatte.

Auch die Pflegerin des Kinderhauses wollte in dieser wichtigen Angelegenheit ein Wörtchen mitreden und verkündete, sie werde nicht zulassen, »daß in der Tierecke, in unmittelbarer Nähe der Kinder, ein Hebräischfehler hängt!« Und als man sie nach dem Grund der Aufregung fragte, antwortete sie, man sage und schreibe nie und nimmer *schovech,* sondern stets *schovach.* Darauf entgegnete ihr Mirjam, wer Doktor Laufer kenne, der wisse, daß das nicht der einzige Hebräischfehler sei, den Taubenzüchter machten.

Die Klappe am Einflug des Schlags würden sie ja auch *loked* nennen. So und nicht anders. *lokéd* statt *lokhéd,* wie es richtig wäre. Und auch sie, Mirjam, sage *lokéd,* obwohl sie wisse, daß das falsch sei. Und sie werde ihr Schild mit *schovech* nie und nimmer abnehmen, denn nicht nur die Tauben müßten ihr Haus lieben, auch die Taubenzüchterin müsse es tun.

Und nun habe ich kürzlich einen solchen *schovech jonim* gefunden, nicht etwa in der Tierecke eines entlegenen Kibbuz, sondern in einem Gedicht von Nathan Alterman »höchstpersönlichst« – um eine von Meschullam Frieds Spracheigenwilligkeiten zu übernehmen:

*Verblaßte Felder und schleppentragende Bäume*
*Standen in deinem weißen Licht.*
*Die Nacht, schwindlig von Tauben auf dem Schlage,*
*Zündet dir Kirschbäume an.*

Ich war bewegt. Mirjam die Taubenzüchterin hatte recht. Es kann doch wohl kein Mensch behaupten, daß Alterman – Alterman! – einen Fehler im Hebräischen niedergeschrieben hat. Und doch hat der Dichter sich in etwas anderem geirrt: Tauben fliegen nicht bei Nacht. Ich hätte dies alles gern meiner Mutter erzählt, hätte sie fragen wollen, was früher dagewesen war, das »e« im Gedicht oder das »e« im Kibbuz in der Jordansenke. Aber meine Mutter war schon tot, und als ich Benjamin anrief und ihm die Sache auseinandersetzte, sagte er mir, es sei an der Zeit, daß ich mit dem Unsinn aufhörte. Da ich mich von einer reichen Frau durchfüttern ließe und zu viel an meine tote Mutter dächte, würde ich langsam zum Sonderling und Idioten.

»*Schovach, schovech,* alles eins. Dichter würden für Rhythmus und Reim doch alles machen!« erklärte er, und bevor er auflegte, fügte er hinzu, wenn ich um zwei Uhr nachts schwer in den Schlaf fände, sei das kein Grund, ihn auch noch aufzuwecken, dafür habe Gott die Ehefrau erschaffen. Weck doch die.

## 4

Am vierten Tag, als alle neuen Tauben mit dem Äußeren des Schlags, seinen Gerüchen, Geräuschen und Gepflogenheiten, bereits vertraut waren, ließ Mirjam sie ausfliegen: Zum ersten einer Reihe von Morgen- und Abendflügen, die den Tauben beibringen sollten, daß – anders als ihre wilden Schwestern, die Felsentauben, die das Haus zur Nahrungssuche verlassen – Brieftauben zu eben diesem Zweck dahin zurückkehren.

Fortan wurden die Übungen zur Routine. Jeden Morgen stand Mirjam in aller Herrgottsfrühe auf, sah im Schlag und seiner Umgebung nach dem Rechten, und wenige Minuten nach Sonnenaufgang öffnete sie schon weit seine Fenster und scheuchte die Tauben durch Schwenken einer weißen Fahne und Händeklatschen ins Freie. Einen Moment verharrten sie auf den Abflugbrettern, und dann – froh, die Schwingen strecken zu können – flatterten sie auf und kreisten über ihrem neuen Haus.

Als sie schon nach wenigen Minuten heimkehren wollten, wedelte Mirjam erneut mit der weißen Fahne, und erst eine Viertelstunde später wechselte sie sie gegen eine blaue, schaltete den Verschluß der Klappe auf nur Einflug, gab einen gellenden Pfiff ab und sagte zu den Kindern: »Geht hier weg, sie wollen zurückkommen.« Sobald die Tauben herabflogen, sang sie ihnen: »Komm-komm-komm essen«, und rasselte laut mit den Körnern in ihrer Blechdose.

Die Tauben landeten, erst zögernd, dann willig, und Mirjam notierte, welche zuerst und welche zuletzt landete, welche es nicht schaffte, die Klöppel der Sperre zu passieren, und welche mit Leichtigkeit ins Innere schlüpfte. Diejenigen, die zögerlich kamen oder sogar wiederholt überhaupt nicht hineinwollten, versetzte sie in einen anderen Zellenbereich, damit sie ihren Gefährtinnen kein schlechtes Beispiel gaben.

An den ersten beiden Tagen fanden die heimkehrenden Tauben am Boden verstreute Körner vor, aber danach gab Mirjam ihnen ihr Futter ausschließlich in den Krippen. Die Nahrung der Tauben ist sehr trocken, deshalb trinken sie nach jeder Mahlzeit. Sobald die erste Taube zu fressen aufhörte und zu trinken begann, räumte Mirjam die Reste ab, so daß kein einziges Körnchen für die Säumigen und Verspäteten mehr blieb und gewiß nicht für diejenigen, die auf dem Dach des Schlages sitzen blieben. Nach dem Mahl ging sie an die Arbeiten, die die Mitglieder der Palmach im Kibbuz zu verrichten hatten, und die Tauben blieben eingesperrt. Am Nachmittag kehrte sie zurück, die Türen wurden geöffnet und die weiße Fahne als Startzeichen für den zweiten Flug des Tages geschwenkt. Bei der Rückkehr bekamen die Tauben ihre Hauptmahlzeit. Mirjam beendete ihr Tagewerk, setzte sich, rauchte ihre abendliche Zigarette und zitterte mit dem Knie, und danach ging sie zum Schlafen ins Zeltlager der Palmach.

Bald kannten die Tauben das Weiß des Abflugs und das Blau der Landung und die Schrille des Pfiffs auf den Fingern und die verschiedenen Einstellungen der Klappe und den verheißungsvollen Klang der Körner in der Blechdose. Nach ein paar Tagen verlängerte Mirjam die Flugzeit auf eine halbe Stunde am Morgen und eine volle Stunde am Nachmittag, und während die Tauben in der Luft waren, säuberte sie den Schlag, wechselte das Wasser und entsorgte den Kot.

Die Kinder kamen näher, machten Stielaugen und stellten Fragen, aber Mirjam bewahrte ihr Schweigen und bedeutete ihnen, Abstand zu halten. Sie wechselte die Fahnen, und der hungrige Schwarm landete wie eine Taube. Die Tauben schlüpften alle herein, und die Taubenzüchterin war hochzufrieden. Sie untersuchte sie eine nach der andern, machte sich Notizen auf allerlei Blöcken und Karteikarten und prüfte Paarungsmöglichkeiten. Und so ging das Tag für

Tag. Sie fütterte, tränkte, winkte zum Start, pfiff zur Landung, säuberte, verscheuchte, beantwortete nicht die Fragen der Kinder und würdigte sie keines Blickes.

Bald gewöhnten sich auch die Kinder an das Schauspiel und kamen nicht mehr angelaufen, um zu gucken – alle außer einem, dem dicklichen, kleingewachsenen Jungen, den alle »das Baby« nannten. So hieß er schon damals, und so hieß er noch als Heranwachsender, und so hieß er auch danach in der Palmach, und so gellte der Schrei neun Jahre später durch den ganzen Kibbuz: »Das Baby ist umgekommen«, »das Baby ist im Kampf gefallen« und sonstige Ausrufe, in denen nicht nur Trauer und Schmerz mitschwangen, sondern auch die Erschütterung, die das Zusammentreffen zwei so gegensätzlicher Wörter auslöst: »Tot« und »Baby«.

## 5

Der Taubenschlag zog ihn an. Der Gegensatz zwischen dem bescheidenen Äußeren der Brieftauben und ihrem stolzen Titel ließ ihn erschauern. Mirjams Arbeit weckte Gedanken bei ihm. Wie von selber wachte er morgens früher auf, und entgegen seiner bisherigen Gewohnheit blieb er nun nicht mehr im Bett liegen, um die Augenblicke, die ihm allein gehörten, zu genießen. Er stand auf, zog sich rasch an, holte zwei Scheiben Brot aus dem Brotkasten in der Küche des Kinderhauses und rannte los, um das morgendliche Ausfliegen der Tauben zu beobachten. Auf Mirjams Wink, wegzugehen, trat er ein Stück zurück und versteckte sich hinter der nächsten Palme. Unwillkürlich ahmte er ihre Bewegungen nach: Er schwenkte imaginäre Fahnen, beschirmte die Augen mit der Hand und hatte sich schon den aufwärts gerichteten Blick angewöhnt, der mal bis zum Entschwinden begleitet, mal auf das Auftauchen wartet – den typischen Blick der Taubenzüchter zu jeder Zeit und an jedem Ort.

Mirjam lächelte im stillen, fixierte das Baby jedoch grimmig. Ihre Pupillen verengten sich: »Hau ab!« Ihre Stirn verfinsterte sich: »Du ängstigst die Tauben!« Das Baby trat noch ein Stück zurück und spähte von weitem, kam ein paar Tage später aber wieder näher, und eines Tages wagte er es, ihr seine Hilfe anzubieten. Er sei bereit, jede Arbeit zu verrichten, sagte er. Er sei zwar klein, zugegeben, aber fleißig und stark – »schau, was für Muskeln ich hab, faß mal hierher, keine Angst, drück kräftig zu…«, sagte er und hielt ihr errötend den angewinkelten Arm hin – und er werde sie weder verrückt machen noch stören, sondern gleich nach der Schule herkommen und jeden Auftrag ausführen, ohne sie mit Fragen zu bombardieren.

Mirjam sagte: »Nicht nötig!« Aber just an diesem Tag brach eine Verschraubung an der Wasserleitung zum Hahn im Taubenschlag, und sie brauchte jemanden, der den Schieber öffnete und schloß, bis sie den Schaden am anderen Ende behoben hatte. Da das Baby seine Sache gut machte, ließ sie sich erweichen und erlaubte ihm, Futterkrippen zu reinigen. Sie beobachtete ihn prüfend von der Seite, wie Doktor Laufer sie taxiert hatte, als sie in seinem Alter mit ihrer Mutter im Tel Aviver Zoo erschienen war und dort weder den Leoparden noch den Löwen oder den Affen beachtet, sondern nur die Tauben angeguckt hatte und nicht von ihrem Schlag gewichen war, bis der Hüne mit dem rotbraunen Haar, der dort arbeitete, sie einlud hereinzukommen. Jetzt sah sie, daß das Baby fleißig und gründlich war – und vor allem mit natürlicher Ruhe und fließenden Bewegungen im Schlag arbeitete, so daß er die Taube durch seine Anwesenheit nicht verschreckte.

Sie trug ihm auf, den Boden des Taubenschlags auszufegen und den Kot in der Grube zu vergraben, und als sie ein paar Tage später ihre abendliche Zigarette ausdrückte, fragte sie ihn unvermittelt, wie alt er sei.

»Elf Jahre«, antwortete er.

»Das ist ein gutes Alter. Willst du mir und den Tauben weiter auf den Geist gehen oder möchtest du was lernen und ein richtiger Taubenzüchter werden?«

»Was ist ein Taubenzüchter?« fragte das Baby.

»Ein Taubenzüchter ist einer, der sich um die Brieftauben kümmert«, sagte sie. »Ich beispielsweise bin eine Taubenzüchterin.« Und unvermittelt fügte sie hinzu: »Dies ist meine Lieblingsstunde. Jetzt geht die Sonne auch in Tel Aviv unter, und im Zoo beginnt ein Rufen und Brummen und Brüllen, und Doktor Laufer gibt seinen Tauben Abendessen und sagt ihnen gute Nacht.«

»Die hier sind also wirklich Brieftauben?« fragte das Baby. »Wie er gesagt hat?«

»Ja.«

»Und wohin tragen sie Briefe aus? Wohin man ihnen sagt?«

Sie lächelte. »Die Tauben können nur eines – nach Hause zurückkehren. Wenn du möchtest, daß jemand dir einen

Brief per Taube schickt, mußt du ihm Tauben mitgeben, die in deinem Schlag aufgewachsen sind.«

»Ja«, sagte das Baby, »ich möchte was lernen und ein richtiger Taubenzüchter werden.«

»Dann schauen wir mal, was sich machen läßt«, sagte Mirjam und erhob sich zum Zeichen, daß sie jetzt ging und auch er gehen sollte, denn er durfte sich in ihrer Abwesenheit nicht beim Schlag aufhalten. Die Tauben konnten sonst erschrecken, und wir sagten ja schon, daß Tauben ihr Zuhause lieben müssen, sonst kehren sie nicht dorthin zurück.

## 6

Nun kam es zu einer Häufung von Ereignissen, die zunächst keinem auffiel, später aber erhebliche Auswirkungen zeigen sollte: Genau an dem Tag, an dem Doktor Laufer Mirjam und ihre Tauben an dem eigenhändig aufgestellten Schlag im Kibbuz zurückließ, landete eine verletzte Taube auf einem Balkon in der Ben-Jehuda-Straße in Tel Aviv. Halb gelandet, halb abgestürzt, taumelte sie ein wenig, tüpfelte die Bodenfliesen mit ein paar Blutstropfen und brach zusammen.

Auf dem Balkon befanden sich zu dieser Zeit ein Junge und ein Mädchen. Sie – zwölf Jahre alt und die einzige Tochter ihrer Eltern – lag auf dem Bauch und las, er – fünfzehneinhalb und Nachbarssohn aus dem dritten Stock – war ein paar Minuten zuvor heruntergekommen, um ein Hemd abzuholen, das von der elterlichen Wäscheleine auf eben diesen Balkon geflattert war.

Beide eilten zu der verletzten Taube, beugten sich nieder und betrachteten sie. Eine gewöhnlich aussehende Taube, blaugrau, rote Beine, ähnlich wie tausend andere Tauben. Aber ihre Augen waren trüb vor Schmerz, und ihr rechter Flügel hing verkrümmt herab. Man sah den dünnen, gebrochenen Knochen weiß aus dem zerrissenen Fleisch hervorblitzen.

Der Junge lief in seine Wohnung hoch und kam mit einem Kasten wieder, auf dem in schönen weißen Lettern das deutsche Wort VERBANDSKASTEN stand. Er holte Verbandszeug und Desinfektionsmittel heraus, desinfizierte der Taube die Wunde mit Jod und schiente den gebrochenen rechten Flügel mit einem Stäbchen und Bastfaden. Um besser sehen zu können, schmiegte das Mädchen ihren blonden Lockenkopf an ihn, was ihm einen zarten, angenehmen Schauer versetzte, wie er ihn nicht mal in seinen Träumen von ihr zu empfinden gewagt hatte.

Das Mädchen, das nicht wußte, was es in seinem Herzen auslöste, zeigte auf den Schwanz der Taube. »Schau«, sagte sie. Eine dünne Schnur vertäute die Kiele zweier Federn. »Diese Feder ist ihre und die da nicht.«

Und tatsächlich, einer der beiden Federkiele war kahl und nicht im Fleisch verwurzelt, und nach seiner Dicke zu urteilen, stammte er von einem Huhn oder sogar einer Gans. Der Junge durchtrennte die Schnur mit einer feinen Schere, befreite den fremden Federkiel und hielt ihn gegen das Licht. Es steckte was drin. Ein aufgerolltes Stückchen Papier. Er schob es mit einem Streichholz heraus, strich es glatt und sagte: »Lies mal. Es ist eine Nachricht.«

Auf dem Zettelchen standen nur drei Wörter: »Ja oder nein?« fordernd, fragend. So kurz, wie es kürzer kaum ging.

»Was soll das heißen, ja oder nein?« rätselte der Junge. »Was ja oder nein?«

Das Herz des Mädchens klopfte. »Das ist ein Ja oder Nein der Liebe. Da möchte einer wissen, ob sie zustimmt.«

»Warum gerade Liebe?« entgegnete der Junge. »Das könnte doch auch ein Brief von Verwandten sein oder von Geschäftsleuten oder was mit der Hagana zu tun haben.«

Aber das Mädchen beharrte: »Das ist ein Liebesbrief. Jetzt ist die Taube hier, und der Junge begreift nicht, warum das Mädchen nicht antwortet.«

Hieraus werden die Lesenden leicht ersehen, daß es keiner Erdbeben oder Weltkriege bedarf, um den Lebenslauf eines Menschen zu ändern, ja umzukrempeln. Manchmal genügen die Schleuder eines Kindes oder die Krallen einer Katze oder die günstige Gelegenheit eines Falken. Wie dem auch sei, da die Taube Behandlung und der Junge eine Gelegenheit brauchte, nahm er eine alte Holzkiste, kleidete sie mit einem Netz aus, setzte die Taube hinein und sagte: »Ich weiß, was wir machen! Im Zoo muß es einen Tierarzt geben. Wenn du möchtest, gehen wir gemeinsam hin, und ich helfe dir, die Kiste zu tragen.«

Erst gingen sie die Ben-Jehuda-Straße nordwärts, dann bogen sie rechts ab nach Osten und folgten der Allee bis zu dem Kalksandsteinhügel, den alle Tel Aviver kannten. Viele hatten dort früher in einem Becken geschwommen, das einmal zur Bewässerung eines Zitrushains gedient hatte.

»Die Eintrittskarten!« sagte der Mann, der am Zootor stand. Er war sehr dick, trug Khakikleidung und auf dem Kopf eine Schirmmütze.

»Aber wir haben hier eine verletzte Taube.«

»Das hier ist keine Tierklinik. Wer reinwill, muß bezahlen.«

Die beiden wichen zurück. »Was für ein böser Mann«, sagte das Mädchen.

»Kennst du ihn nicht? Das ist der Dicke vom Zoo«, sagte der Junge. »So nennen ihn alle, und er ist nicht böse, das ist seine Aufgabe. Aber wenn man ihm trockenes Brot für die Tiere bringt, läßt er einen rein.«

»Dann hol was, schnell! Die Leute legen das alte Brot immer auf den Zaun, werfen es nie in die Mülltonne.«

Der Junge flitzte los, und gleich danach hielt auf der Straße ein grüner Lieferwagen. Ein großer, hagerer Mann von unbestimmbarem Alter mit langen Gliedmaßen, rotbraunem Haar und schmaler Hakennase stieg aus und steuerte das Tor an. Der dicke Mann sagte: »Guten Tag, Doktor«, und das Mädchen zögerte keinen Augenblick, ging auf ihn zu und sagte: »Vielleicht sind Sie der Tierarzt? Ich hab hier eine verletzte Taube.«

Der Mann besah sich die Taube. »Komm rein«, sagte er zu dem Mädchen, »sehen wir mal, was sich machen läßt.«

Der Dicke gab das Tor frei. Doktor Laufer eilte mit schlenkernden Armen und Beinen hinein, den Oberkörper vorgeneigt, die Sommersprossen flimmerten in der Luft. Sie folgte ihm auf dem Weg, den ihre Füße in den kommenden Jahren noch tausendmal zurücklegen sollten: erst das Gehege der Riesenschildkröten, danach ein paar Käfige mit Kleintieren, die sie damals noch nicht namentlich kannte – allerlei Iltisse und Mungos – und dann der Löwe und die Löwin und ihr verbitterter Nachbar, der einsame Leopard. Dort machte der Weg eine Biegung, das Gelände wurde offener, und in der Mitte stand der Taubenschlag – kein Rundbau auf einer Stange, wie sie gedacht hatte, sondern eine Hütte. Eine richtige Hütte mit Wänden und Dach und vergitterten Türen und Fenstern, die Front nach Süden gerichtet, daneben der Teich der Wasservögel und die Affenkäfige und dahinter – der Hof des Elefanten.

Doktor Laufer holte die Taube aus der Kiste, nahm ihr die Schiene ab und fragte: »Wer hat sie verbunden?«

»Mein Nachbar«, antwortete das Mädchen.

»Saubere Arbeit«, sagte Doktor Laufer. Er löste den Verband, desinfizierte die Wunde der Taube mit einer braunen Salbe und fixierte den Flügel mit einem neuen Stäbchen und neuem Verbandszeug. Danach fügte er scheinbar arglos hinzu: »Du weißt doch sicher, daß das eine Brieftaube ist, junge Dame?«

»Nein«, sagte das Mädchen und fühlte sich erröten.

»Von nun an wirst du's erkennen. Bei einer gewöhnlichen Taube steht der Schnabel vom Kopf ab wie ein Pfannenstiel, und bei der Brieftaube verläuft er in gerader Linie mit der Stirn und hat obendrauf eine helle Wachshaut. Hier, siehst du? Und sie ist stärker gebaut und hat breitere Flügel, und im Innern hat sie die Lunge und das Herz eines Sportlers. Und wenn du sie fliegen siehst: Sie fliegt allein, geradlinig und höher als gewöhnliche Tauben.«

»Ich habe sie nicht fliegen sehen. Sie ist plötzlich auf den Balkon gefallen.«

»Vielleicht hat sie einen Ring am Bein gehabt?« fragte der Veterinär. »Mit einer Nummer? Dann könnten wir herausfinden, wem sie gehört.«

»Nein«, sagte das Mädchen.

»Und vielleicht hat sie so etwas am Bein gehabt? Mit einem Brief?« Doktor Laufer zog eine kleine Aluminiumhülse an einem Riemchen mit einem winzigen Druckknopf aus der Hosentasche und sagte: »Das nennt man Depeschenhülse.«

»Nein, hatte sie nicht«, sagte das Mädchen. Und der Junge, der in diesem Moment schnaufend und glühend mit dem trockenen Brot, das er gefunden hatte, zurückkam, machte den Mund auf, klappte ihn auf ihren Blick hin aber wieder zu.

»Oder vielleicht so was?« fragte Doktor Laufer und beförderte aus einer anderen Tasche einen abgeschnittenen Gänsefederkiel zutage.

Das Mädchen errötete und schwieg.

»Du hast sie gut versorgt, und das ist eine gute Taube. Sie ist jung und wird schnell wieder gesund werden. Wenn du möchtest, behandeln wir sie hier weiter.«

»Ich werde sie zu Hause pflegen«, sagte sie.

»Ich helf dir«, sprang der Junge ihr eilig bei.

»Und wer ist der junge Herr?« fragte der Veterinär.

»Ich bin ihr Nachbar.«

»Hast du die Taube verbunden? Der Knoten war schlampig, aber du hast geschickte Hände. Vielleicht wirst du eines Tages selbst mal ein Fachmann.« Nun wandte sich Doktor Laufer wieder an das Mädchen: »Sobald diese Taube genesen ist, mußt du sie freilassen. Das ist eine Brieftaube. Sie muß zu ihrem Haus zurückkehren. Das ist das einzige, was sie tun kann und tun will. ›Odysseus der Lüfte‹ nennen wir sie.«

»So ist das bei Brieftauben«, sagte der Junge wichtig. »Ich

habe im *Davar* für Kinder darüber gelesen. Sie steigen auf, beschreiben einen Bogen in der Luft, und dann fliegen sie geradewegs nach Hause.«

»Aber ich will sie behalten«, sagte das Mädchen. »Sie ist verletzt zu mir gekommen. Ich werde sie gesund pflegen und halten, und mein Haus wird ihr Haus sein.«

Die Sommersprossen des Veterinärs rückten zusammen. »Diese Taube wird niemals dein sein. Eine Brieftaube ist nicht an einen Menschen, sondern an einen Ort gebunden. Wenn sie zurückkehrt, ist der Eigentümer natürlich sehr froh, aber sie kommt nicht zu ihm zurück. Sie kommt heim in ihr Haus. Auf Englisch nennt man sie *homing pidgeon,* verstehst du? Das ist richtiger und schöner als Brieftaube, läßt sich aber nur schwer ins Hebräische übersetzen.«

»Vielleicht *joná homá* – gurrende Taube«, sagte das Mädchen, »oder *homijá* – wie die sehnende jüdische Seele in der *Hatikwa.*«

»Das ist sehr gelungen«, der Veterinär warf ihr einen überraschten Blick zu, »darauf hätte ich selber kommen müssen. Taubentochter helle, mit Gurren und Singen, leite mich des Meeres auf Schiffes Schwingen.«

»Ich werde sie pflegen«, sagte das Mädchen eindringlich. »Sagen Sie mir bitte nur, was ich ihr zu fressen geben soll.«

»Eine verletzte Taube bekommt die gleiche Nahrung wie eine gesunde, und am wichtigsten ist es, ihr zweimal am Tag das Wasser zu wechseln. Tauben mögen gern baden und trinken, und das ist nett anzusehen. Sie trinken wie ein Pferd, tauchen den Schnabel ins Wasser und saugen, nicht wie die anderen Vögel«, und er machte einen trinkenden

Vogel nach, den Kopf zurückgelegt und die Lippen schmatzend geschürzt.

Das Mädchen lachte überrascht. Doktor Laufer gab ihr ein Tütchen Körnermischung, die, wie er versicherte, eine gute Woche reichen würde, legte auch eine Packung Feinkies mit Erde, dünnen Basaltstückchen und zerstoßenen Eierschalen dazu, betonte erneut, wie wichtig es sei, das Wasser zu wechseln, und sagte ihr, in ein paar Tagen würde sie Nachschub an Körnern bekommen, und wenn der dicke Mann am Zootor sie nicht einlassen wolle, solle sie ihm sagen, sie sei sein Gast.

»Und wenn nötig, dann schrei!« sagte er. »Ruf uns laut über den Zaun rüber. Dies ist ein kleiner Tiergarten. Wenn wir drin sind, hören wir's immer.«

»Warum redet er so, im weiblichen Plural?« fragte der Junge, als sie den Zoo verließen.

Das Mädchen sagte: »Ich finde es nett.«

Trotz ihrer Verletzung fraß die Taube mit Appetit und trank ordentlich Wasser. In den folgenden Tagen wurde sie kräftiger, spreizte die Flügel, so gut es ging, und legte sie wieder an. Nach einer Woche kehrte das Mädchen in den Zoo zurück. Doktor Laufer untersuchte den Flügel und sagte: »Wir kommen gut voran. Diese Taube hat selbst schon ein bißchen Physiotherapie gemacht. Laß sie hier, wir nehmen ihr die Schiene ab, sie wird langsam die Flügel spreizen und kräftiger werden, und bald wird sie auch fliegen können.«

»Aber sie gewöhnt sich schon an mein Haus, sie kann bei mir zu fliegen versuchen.«

»In dieser kleinen Kiste kann sie nicht üben, und wenn du

sie freiläßt, flattert sie zehn Meter und stürzt ab. Wie die Taube von Sarah Aaronsohn geradewegs auf den Hof des türkischen Kaimakams geplumpst ist«, und er brach in sein jeckisches Lachen aus, das das Mädchen künftig noch oft bei ihm hören sollte: Chchch… chchch… chchch…«

»Was machen wir denn dann?«

»Laß sie hier in unserem großen Schlag und komm sie jeden Tag versorgen.«

## 7

Und so geschah es. Die Taube blieb im Schlag des Zoos, das Mädchen kam sie jeden Tag nach der Schule besuchen, und obwohl der Dicke vom Zoo sie nun schon anstandslos einließ, brachte sie ihm zuliebe immer trockenes Brot für die Tiere mit. Die Taube wurde zusehends gesünder, und das Mädchen sah aufmerksam zu, wie sie zur Übung den Flügel spreizte und streckte und immer höhere Hüpfer machte.

Ein paar Tage später rief Doktor Laufer sie zu sich, um ihr »was Interessantes« in der Legezelle vorzuführen. Ein Küken schlüpfte aus dem Ei. Danach zeigte er ihr, wie die Eltern das Junge mit ›Taubenmilch‹ fütterten, die sie aus dem Kropf auswürgten. Er brachte ihr bei, mit der Körnerdose zu rasseln und »komm komm komm essen« zu singen, und an einem anderen Tag zeigte er ihr eine »verführerische Täubin«, die den Partner ihrer Gefährtin anmachte.

Und noch ein paar Tage später erklärte er: »Deine Taube ist genesen. Sie kann fliegen.«

Sie holte tief Atem und sagte: »Ich habe es mir überlegt und bin einverstanden.«

»Wir danken dir in ihrem Namen«, erwiderte Doktor Laufer, und das Mädchen errötete erneut und sagte: »Aber es gibt da noch eine Kleinigkeit«, und erzählte ihm von dem Federkiel, der am Schwanz der Taube befestigt gewesen war, und von dem Brief, der darin gesteckt hatte.

»Dann hat es also doch eine Brieftaubendepesche gegeben«, rügte er sie. »Warum hast du uns das nicht gleich gesagt, als du sie brachtest?«

Das Mädchen schwieg.

»Du weißt, was eine Brieftaubendepesche ist, ja?«

»Ich weiß es nicht, aber ich verstehe.«

»Und was hat darauf gestanden? Du hast es doch sicher gelesen.«

»Es war ein Liebesbrief.«

»Wirklich? Das ist ja viel interessanter als die langweiligen Brieftaubendepeschen, die wir für die Hagana versenden. Aber wieviel Liebe kann man schon auf ein so kleines Zettelchen schreiben?«

»Drei Worte. Ja oder nein?«

»Ja«, sagte Doktor Laufer, »stimmt.«

Das Mädchen zog den Kiel aus der Tasche und übergab ihn. Doktor Laufer brummte überrascht. »Wir kennen nur zwei Menschen, die ihre Brieftaubendepeschen in einen Federkiel stecken. Einer hat mit uns in Deutschland studiert und ist dort geblieben, als wir hierher auswanderten, und der andere ist mit uns gekommen, aber schon tot.«

Er zog den Zettel heraus und las: »Ja oder nein.« Und lächelte: »Das ist tatsächlich der Brief... Und wir dachten, du hättest eine Frage gestellt.« Er rollte den Zettel wieder auf, steckte ihn an seinen Platz zurück, verschloß den Kiel und band ihn an eine mittlere Schwanzfeder der Taube.

»So«, sagte er, »wie es die getan hat, die sie aufgelassen hat.«

»Warum sagen Sie, die sie aufgelassen hat?«

»Weil das das richtige Wort ist. Einen Brief abschicken, aber eine Taube auflassen.«

»Nein ... Warum sagen Sie die und nicht der? Woher wissen Sie, daß es eine Frau war?«

»Wir sehen das. Schau selbst – das ist der Brief einer jungen Frau.«

»Das hat ein Junge abgeschickt, kein Mädchen«, sagte sie.

»Es war ein junges Mädchen«, sagte Doktor Laufer. »Guck dir die Handschrift an.«

Es war ein Junge, dachte das Mädchen im stillen, guck dir die Worte an. Und staunte über sich selbst. Wieso habe ich mit zwölf Jahren schon solche Dinge im Kopf?

Doktor Laufer hielt dem Mädchen die Taube hin: »Nimm. Laß sie auf.«

Das Mädchen nahm die Taube mit beiden Händen, spürte ihr glattes Gefieder, ihre Wärme, das pochende Herz, das noch schneller ging als ihr eigenes.

»Du sollst sie nicht werfen, nicht fallenlassen, sondern auflassen. So.« Und er führte es ihr mit leeren Händen vor – »mit fließender Bewegung, und tu das, was du zum ersten Mal tust, ganz bewußt. Du wirst ein besonderes Empfinden dabei haben. Als wir aus Deutschland herkamen und unsere ersten Ausflüge machten, um die Fauna und Flora des Landes Israel zu erkunden, zum ersten Mal eine Meerzwiebel sahen und zum ersten Mal den Staub einer Ziegenherde rochen und aus einer Quelle tranken und gestampfte Oliven aßen und Feigen vom Baum, hatten wir genau so ein Gefühl.«

Das Mädchen tat wie geheißen und ließ mit fließender, sicherer Geste die Taube auf. Drei Dinge geschahen in ein und demselben Moment: Licht erstrahlte auf ihrem Gesicht, Sehnsuchtsschmerz erfüllte ihre Brust, und die Taube, die von all dem nichts ahnte und auch den Inhalt des Zettels, den sie überbrachte, nicht kannte, breitete die Schwingen aus, schlug kräftig mit den Flügeln und flog davon.

»Schön«, sagte Doktor Laufer. »Wir steigen in gutem Winkel auf. Wir haben Kraft. Wir sind schon gesund. Und jetzt, da wir fliegen können, werden wir uns weiter kräftigen. Und mach dir keine Sorgen um sie. Sie schafft es nach Hause. Das ist eine gute Taube und das Land ist klein, die Entfernungen sind nicht groß.«

Die Taube schwang sich über die Käfige auf, stieg höher und drehte nach Südosten ab. »Kann sein, daß sie nach Jerusalem fliegt«, erklärte der Veterinär, »aber wir hoffen, daß ihr Zuhause näher liegt, in Rischon Lezion oder in Rechovot.«

Und kurz darauf fügte er hinzu: »Oder vielleicht nach Sarafend, zum Lager der englischen Armee. Dort gibt es einen großen militärischen Taubenschlag, und Soldaten haben schließlich auch mal Liebesgefühle. Wieso haben wir nicht gleich an Sarafend gedacht, manchmal sind wir derart beschränkt.«

Er beschirmte die Augen, und als er das Mädchen es ihm nachtun sah, lächelte er. »Wende den Blick nicht von ihr ab, denn sie wird dem Auge sehr schnell entschwinden, schneller als du denkst.«

Das Mädchen sagte: »Sie wird in dem Moment verschwinden, in dem der Wartende sie sieht.«

Doktor Laufer sagte: »Das ist unmöglich. Das kann nicht sein.«

Das Mädchen sagte: »Aber so wird es sein.« Und Doktor Laufer sah ihren Gesichtsausdruck und spürte, daß sie entgegen aller Logik recht hatte. »Weißt du, was ein ›Dubejeck‹ ist?« fragte er. »Ich bin in Köln, in Deutschland, geboren, und so nennt man dort jemanden, der in Tauben vernarrt ist. Das ist genau das, was du einmal werden wirst. Eine richtige Dubejeckin.«

Und er zog sein Notizbuch aus der Tasche und notierte sich eine neue Regel: »Die Taube entschwindet dem Auge des Auflassenden, sobald sie dem Auge des sie Erwartenden sichtbar wird«, und fügte hinzu: »So ist es, auch wenn es nicht sein kann!« unterstrich das Ganze und steckte das Büchlein wieder ein.

Im stillen fragte sich das Mädchen, ob die Taube wohl noch rechtzeitig käme, denn sowohl das Ja als auch das Nein konnten unabsehbare Folgen haben. Sie sprach im Herzen sogar ein Reisegebet, dessen Worte, so glaubte sie, der Taube nachfliegen und sie ein kurzes Stück Himmel begleiten würden.

»Siehst du sie noch?« fragte Doktor Laufer.

»Ja«, sagte das Mädchen.

»Wir nicht mehr.«

»Weil ich sie aufgelassen habe und nicht Sie.«

Und zwei Minuten später sagte sie: »Sie ist angelangt.«

Doktor Laufer fragte: »Möchtest du weiter herkommen und uns im Schlag helfen?«

»Ich werde es mir überlegen«, sagte das Mädchen.

»Es ist bei uns gerade eine junge Frau ausgeschieden, die sechs Jahre hier gearbeitet hat. Auch sie ist als Kind zu uns gekommen.«

»Kam sie auch mit einer verletzten Taube?«

»Nein, sie ist einfach so mit ihrer Mutter gekommen, auf Zoobesuch.«

»Und wo ist sie hingegangen?«

»Einen neuen Schlag in einem Kibbuz in der Jordansenke leiten. Du kannst anfangen zu lernen und an ihrer Stelle arbeiten. Und bring auch den Jungen mit, der mit dir hier war.« Und er beugte sich lächelnd zu ihr nieder: »Ja oder nein?«

»Ich werde darüber nachdenken und meine Eltern fragen und Ihnen dann Bescheid geben.«

Die nächsten drei Tage verbrachte sie auf ihrem Balkon. Sie richtete die Augen nach droben, und jede Taube, die sie am Himmel erblickte, ließ ihr das Herz stocken. Aber Doktor Laufer hatte recht gehabt. Die Taube kam nicht zurück, und am vierten Tag ging das Mädchen in den Zoo und sagte zu ihm: »Ja, ich möchte.«

»Und wo ist dein Freund?«

»Er kann nicht. Büffelt den ganzen Tag Englisch. Er hat einen Onkel in Chicago, in Amerika, und er möchte dort hinfahren und Medizin studieren.«

»Schade«, sagte Doktor Laufer. »Sehr schade, aber vielleicht ist es besser so.«

»Es ist wegen dem, was Sie ihm gesagt haben«, sagte das Mädchen, »daß er geschickte Hände hat.«

So kam es, daß ein Tel Aviver Junge Anfang des Jahres 1940 das Anatomielehrbuch von Corning und das einsprachige englische Wörterbuch zu studieren begann und zwei Kinder in zwei verschiedenen Brieftaubenschlägen die Arbeit aufnahmen, um das Taubenzüchterhandwerk zu erlernen – das Mädchen im Tel Aviver Zoo und das Baby in einem Kibbuz in der Jordansenke. Und da es damals nicht viele Taubenzüchter im Land gab und sie alle mit der Hagana zu tun hatten und sich alle gelegentlich bei Fachkonferenzen trafen, und vor allem, weil das Schicksal es so wollte, sollten das Mädchen und das Baby sich künftig begegnen, und der Junge sollte nach Amerika fahren, dort studieren und dann nach Tel Aviv zurückkehren.

## *Fünftes Kapitel*

### 1

Zwischen mir und meiner Familie – meinen Eltern, meinem Bruder und meiner Frau – bestehen ein paar Unterschiede. Von einigen habe ich schon erzählt, von einigen anderen werde ich jetzt erzählen: Sie, Mehrzahl – und auch sie, Einzahl – wissen den Himmel über ihren Köpfen und die Erde unter ihren Füßen, ich bin ein Drachen, dessen Schnur abgerissen ist. Sie, Mehrzahl – und besonders sie, Einzahl – trauen sich, ich zaudere. Sie, Mehrzahl – und gewiß sie, Einzahl – entscheiden und tun, ich begnüge mich mit Hoffnungen und Erwartungen. Wie die Beter: wie ein Hammer, der immer wieder auf denselben Punkt einschlägt, immer mit denselben Worten, immer gen Osten. Mit den engstehenden dunklen Augen, mit Wanderdrang und Reiseangst, mit dem Sprechen des Gebets und dem Bangen vor seiner Erfüllung komme ich mir manchmal vor wie der einzige Jude in meiner Familie.

Den Gymnasialschulzweig – naturwissenschaftlich-biologisch – schrieb Euervater mir vor, genauso wie er die Einheit bestimmte, in der ich meinen Wehrdienst leistete. Auf seinen dringenden Rat absolvierte ich einen Sanitäterkurs, und dank seiner guten Beziehungen und meines erfolgreichen Kursabschlusses blieb ich als Ausbilder dort. Er sah darin den ersten Schritt zum Medizinstudium und zur Übernahme der Praxis – ein Gedanke, der mich sehr überraschte. Ich hatte nie den Willen bekundet, Arzt zu werden, und gar nicht geahnt, daß er gerade mir diese Zukunft zugedacht hatte.

»Und Benjamin?« fragte ich verwundert. »Ich dachte, er würde mal studieren und deine Praxis bekommen.«

»Benjamin«, Euervater wurde ernst, fast finster, »Benjamin hat keine medizinische Ader.«

Und als ich fragte, was er denn bekäme, wenn ich die Praxis erben würde, sagte er: »Um Benjamin braucht man sich keine Sorgen zu machen, Jairi, er wird schon eine reiche Frau finden.«

Aber Benjamin studierte Medizin und heiratete eine Frau, deren einziger Besitz ihr frohes Herz und ihr wacher Verstand waren, und ich besuchte einen Fremdenführerkurs des Touristikministeriums. Das hatte meine Mutter mir geraten. »Arbeite nicht im Büro«, sagte sie, »es ist gut, draußen zu sein, es ist angenehm, aus allen möglichen Orten heimzukehren. Und womöglich lernst du in einem dieser Busse sogar eine reiche Frau kennen? Eine amerikanische Touristin?« scherzte sie. »Vielleicht ist es gar nicht Benjamin, der sie treffen wird, sondern gerade du?«

»Mit welchem Recht? Mit welchem Recht mischt sie sich ein? Erst abhauen und uns dann auch noch Anweisungen erteilen!« Euervater sprang vom Stuhl auf, ging hin und her, flüsterte: »Du könntest ein ausgezeichneter Arzt werden. Warum Fremdenführer?« Und er beugte den Kopf zu mir nieder: »Ihnen Geschichten erzählen, sie zu Souvenirläden führen... kleine Kamele aus Olivenholz... Perlmutt-kreuze... auf Trinkgelder lauern, und was soll dieser Unsinn, Jairi, von einer reichen Touristin aus Amerika? Reiche Touristinnen sitzen im Fond eines Mercedes Benz mit Fahrer! Nicht in Reisebussen!«

»Es war doch nur ein Scherz von Mutter«, sagte ich. »Sie hat es nicht ernst gemeint.«

»Ich kann ihre Scherze nicht ausstehen!« schimpfte Euervater. »Ich finde sie nicht lustig.«

Ich wog das Für und Wider ab, wurde Fremdenführer und habe meine reiche Frau gefunden, genau wie du gewitzelt hast: In einem Touristenbus. Wenn ich den Mut hätte, würde ich kindisch werden und dir sagen: »Alles deinetwegen!« Aber ich werde die Dinge schildern, wie sie waren, ohne mit dem Finger auf jemanden zu zeigen: Ich führte Gruppen zu den heiligen Stätten des Christentums und zu Kreuzritterburgen, erzählte ihnen Geschichten, brachte sie in Souvenirläden, erwarb mir alsbald einen guten Ruf und sammelte einen Fundus an Anekdoten und Geschichten, zuerst im Gedächtnis, später in einem kleinen Notizbuch, das mir Euervater gekauft hatte – er ist ein großer Notizbuchfan, hat lauter kleine schwarze, und alle nennt er nicht *pinkás,* wie üblich, sondern *pinkés.* Und wer weiß, vielleicht hätte ich so weitergemacht, aber eines Tages stieg eine junge und schöne amerikanische Touristin in meinen Bus – damals wußte ich noch nicht, daß sie auch reich war – und setzte sich nach hinten. Sie lauschte sehr aufmerksam meinen Erklärungen. Ab und zu spürte ich ihren Blick auf mir ruhen, als prüfe und bewerte sie. Am Nachmittag trat sie zu mir und sagte, ihr Name sei Liora Kirschenbaum und sie wolle mich nach dem Abendessen treffen.

Ehrlich gesagt war mir diese Touristin gleich aufgefallen. Ihre Größe und ihre Augen erinnerten mich an meine Mutter und an Euervater und an meinen Bruder, aber sie war auf seltsame Weise schöner als die drei. Im allgemeinen machen nicht nur die Gesichtszüge, sondern auch deren Ausstrahlung die Schönheit aus. Meine Mutter hatte ein schönes Gesicht und auch Ausstrahlung. Tirza hat keine besonders schönen Gesichtszüge, aber sie strahlt, daß es fast blendet. Und diese Touristin strahlte überhaupt nicht, war aber sehr schön, und als wir an jenem Abend zusammen in der Hotelhalle saßen, guckten die Leute verwundert, wie Menschen eben stutzen, wenn sie eine junge Schönheit in Gesellschaft eines kleinen, dunklen und verlegenen jungen Mannes sehen.

Der Busfahrer machte sogar eine derbe Bemerkung über Touristinnen, die mit dem Fremdenführer anbandeln wollen, aber diese Touristin hatte anderes im Sinn. Im Herbst, so sagte sie, wolle sie mit ein paar englischen Freunden wiederkommen, alles junge Leute, die Geld und Zeit zur Verfügung hätten und sich für Vögel interessierten, »und wir möchten, daß Sie, Mister Mendelsohn, uns auf eine zweiwöchige Naturreise im Gefolge der Zugvögel mitnehmen.«

»Ich habe keine Ahnung von Natur«, sagte ich, »und erst recht nicht von Zugvögeln.«

Sie berührte mich am Arm. »Sie brauchen keine Vögel zu kennen und auch niemandem was zu erklären. Sie sollen nur Beobachtungspunkte ausfindig machen und vorbereiten, für Übernachtung und Verpflegung sorgen und einen Wagen ausrüsten und lenken. Wir werden sechs Personen sein, Sie und ich inbegriffen.«

Euervater hatte damals einen Bekannten, einen cholerischen alten Gynäkologen von kurzem Wuchs und Geduldsfaden, der nebenbei ein versierter Hobbyornithologe war – ein *Vogelkundler* in seiner Sprache. Ich holte seinen Rat ein, und er machte mich mit einem Trupp Vogelkundler bekannt, allesamt alte Jeckes wie er, die viel seltsamer und interessanter waren als die Vögel, die wiederum ihr Interesse erregten.

Ich erzählte ihm von dem Angebot, das die junge Amerikanerin mir gemacht hatte, und er lud mich ein, auf Beobachtungstour mitzukommen.

»Sie hat gesagt, ich bräuchte die Vögel nicht zu kennen«, wandte ich ein.

»Sie müssen die Vogelkundler kennen. Die werden Ihre Klienten sein, nicht die Vögel.«

Die alten jeckischen Vogelkundler erschienen mit Ferngläsern, Fotoapparaten und einem Teleskop ausgerüstet, trugen hohe Schuhe, Khakihosen bis an die Knie und Khakistrümpfe, die bis an dieselben Knie reichten, aber aus umgekehrter Richtung. Und alle hatten sie Strohhüte aufgesetzt, bis auf einen, der einen Filzhut mit Ansteckfeder trug und sich bei den anderen prompt einen scharfen Rüffel einhandelte: Das sei eines Vogelliebhabers nun wahrlich nicht würdig – *das gehört sich nicht.*

Sie setzten sich auf kleine Klappstühle, und ein paar Minuten später begannen die Mitteilungen: Entfernung, Richtung, Vogelart, und danach die Diskussionen: Bussard oder Milan, Steppenadler oder Schelladler? Neulinge verwechselten oft Falke und Sperber, erklärten sie mir, aber der Sperber habe breitere Flügel und schwebe nicht auf der

Stelle. Und bei einem kleinen Raubvogel, der schwebe, könne es sich überhaupt nur um einen Sperber handeln, während ein großer Raubvogel, der das tue, ein Schlangenadler sein müsse.

Nach zwei Stunden wurde abgestimmt, und die Entscheidung fiel für Imbiß. Belegte Brote, Obst und Thermosflaschen mit schwarzem Kaffee kamen aus den Rucksäcken zum Vorschein. Der Duft von Wurst und harten Eiern waberte durch die Luft.

»Zwei von uns haben Dienst«, erklärten sie mir. »Der eine beobachtet weiter den Himmel, um die Freunde zu alarmieren, falls was Interessantes auftaucht. Und der zweite – darf ich vorstellen, Professor Freund – ist heute mit Kuchen dran.« Professor Freund, Experte für die Alltagsgeschichte Griechenlands, schnitt mit großem Brimborium einen herrlichen Apfelstrudel auf, den seine Frau gebacken hatte.

»Hat uns Kuchen gemacht und ist auch noch zu Hause geblieben«, bemerkte er stolz, »Vogelkunde ist ein gutes Hobby für uns Männer.« Und er lachte so sonderbar, daß es sich eher wie ein Räuspern anhörte.

Sie breiteten die Landkarte Israels vor mir aus und erklärten mir, welchen Vogel ich wo antreffen könne. Das war eine wichtige Lektion, denn ich bin zwar bis heute nicht sicher im Erkennen von Vögeln, weiß aber viele Orte, an denen man sie sehen und zeigen kann. Manche Stellen – wie das Naturschutzgebiet Hula-See – sind allen bekannt, aber an bestimmten Punkten in der Umgebung von Jerusalem kann man Adler beim Nachtquartier beobachten und in einer Schlucht des Gilboa – Störche. Ich habe eine kleine

Felsspalte im Programm, in dem sie das ganze Jahr über bleiben, und eine Stelle in der judäischen Wüste, in dem Raubvögel sich zum Bodenquartier versammeln. Und ich habe einen Uhu – die einzige mir wirklich sympathische Vogelart –, den ich seit unserer ersten Begegnung immer wieder in seiner Nistgegend besucht habe, und heute zeige ich meinen Touristen seine Nachkommen. Und ich weiß einen abgelegenen, kleinen Teich, in und um den allerlei Arten von Enten und sonstigen Wasser- und Sumpfvögeln vorkommen: Stockenten und Bläßhühner, Kormorane, weiße und graue Fischreiher, Schwarzstörche, Stelzenläufer und Kiebitze. Ja, die Namen behalte ich, aber nicht immer kann ich sie den richtigen Vögeln zuordnen.

## 2

Ein paar Monate vergingen. An dem verabredeten Tag fuhr ich mit einem gemieteten Kleinbus zum Haifaer Hafen, um die reiche Touristin aus Amerika und ihre englischen Ornithologenfreunde abzuholen. In der Luft kreisten Möwen und riesige Taubenschwärme, die bei den nahen Getreidesilos aufflogen und landeten.

Meine Klienten gingen von Bord eines Schiffes, das aus Piräus eingelaufen war. Liora Kirschenbaum nannte mich *Darling,* beugte sich nieder, um mich auf die Wangen zu küssen, und stellte mich den Ankömmlingen vor. Es war ein netter kleiner Trupp, leicht angesäuselt, wohlriechend, die vier sonnverbrannten Nasen – etwas zu spät – durch helle Strohhüte geschützt. Vier Ferngläser baumelten auf vier Hühnerbrüsten, vier kleine Flachmänner mit Lederbezug steckten in vier Gesäßtaschen.

Wir verließen den Hafen Richtung Checkpost, und noch in der Stadt machten sie Segler und Schwalben aus. Die Fahrt ging nach Norden. Ungebeten, vielleicht aus Verlegenheit und Gewohnheit, packte ich unterwegs einige meiner üblichen Fremdenführergeschichten aus: Elia auf dem Karmel, Kreuzritter und Napoleon in Akko, Purpurschnecken und die Erfindung des Glases. Doch prompt sagte mir einer von ihnen, ein kleiner Blonder, dem der Adamsapfel spitz und hart aus dem Kragen ragte, sie wollten den *»holy garbage«*, den die Fremdenführer den Touristen im Heiligen Land andrehten, nicht hören.

»Wir sind gekommen, um Vögel zu sehen, Mister Mendelsohn«, sagte er, »das wollen wir lieber gleich jetzt klarstellen, damit unsere Reise gut verläuft.«

Und die Reise verlief tatsächlich gut. Organisation, Verpflegung, Übernachtung, der gemietete Kleinbus – alles klappte. Auch die Vögel enttäuschten nicht. Der Storch kannte seine Zeiten und der Segler seinen Einsatz, Raubvögel erschienen in großen Schwärmen und flogen wie auf Kommando am Himmel vorüber. Meine neuen Kunden waren zufrieden. Besonders begeisterte sie ein sanftes Krackeln aus unbestimmbarer Richtung und Entfernung. Es war Nachmittag, und wir aßen gerade belegte Brötchen am Rain eines großen Feldes im Bet-Schean-Tal, als die vier plötzlich die Augen hoben. Sie suchten mit Blicken den Himmel ab, aber ihr Gesichtsausdruck besagte Lauschen, nicht Spähen.

»Was suchen Sie?« fragte ich.

Der jähzornige kleine Blonde gebot mit ungeduldiger

Geste Ruhe, und nach einer halben Minute angestrengten Horchens hielt er sein Fernglas an die Augen und sagte: »Ein Uhr, dreißig Grad«, worauf auch seine Kameraden schauten und einer bemerkte: *»The scouts«* – die Kundschafter.

»Das sind Kraniche, Jair«, flüsterte mir Liora zu, ihr Mund – wie angenehm – sehr nah an meinem Ohr. »Horch. Sie haben eine weiche und leise Stimme, aber man hört sie aus weiter Ferne.«

Ich horchte – gefällig krackelndes Geplauder, und dann sah ich sie auch – drei große Vögel, lange Beine, gereckte Hälse.

»Ich dachte, sie flögen in großen Schwärmen«, sagte ich.

»Die Kundschafter fliegen dem großen Schwarm voraus«, erwiderte der kleine Blonde. »Sie suchen einen guten Rastplatz, landen dort und dirigieren dann ihre Gefährten vom Boden aus dorthin.«

»Bald geht die Sonne unter«, bemerkte ich.

»Kraniche fliegen auch bei Nacht.«

Storch, Pelikan, Raubvögel – sie gehen alle in Gleitflug, erklärte er mir später. Die Sonne erwärmt den Boden, der Boden erwärmt die Luft, die warme Luft steigt auf, und die Vögel lassen sich vom warmen Luftstrom aufwärts tragen und gleiten darauf. Deshalb fliegen sie nur tagsüber und nur über Festland. Aber der Kranich ist der einzige große Vogel, der sowohl segelt als auch flattert, und das Schwarze Meer, das der Storch in mehreren Tagen umsegelt, überfliegt er in einer Nacht.

Wir übernachteten diesmal in einem Kibbuz im Bet-Schean-Tal. Jahre später erfuhr ich übrigens, daß es der Kibbuz war, aus dem meine künftige Schwägerin, Zohar, stammte, und daß der Mann, der sich um die Zimmervermietung gekümmert hatte – ein hochgewachsener und wohlbeleibter netter junger Bursche, der seine Sache sehr gut machte – einer ihrer drei Brüder war. Manchmal frage ich mich: Was wäre passiert, wenn Zohar die Zimmer vermietet hätte oder wenn ich mich nicht zu meinen Gästen auf den Rasen gesetzt, sondern einen Spaziergang durch den Kibbuz gemacht hätte und ihr unterwegs begegnet wäre – ich hätte sie vor der Ehe mit Benjamin warnen können. Aber an jenem Abend saß ich mit meinen englischen Vogelkundlern bis spät auf dem Rasen, und mein Leben geriet auf seine gegenwärtige Bahn.

Der Vollmond schien. Die vier tranken viel und erzählten Geschichten, die sie und Liora köstlich amüsierten. Ich beneidete diese Leute. Ihr Verhalten zeugte von einer Seelenruhe und wirtschaftlichen Sorglosigkeit, die nicht auf Arbeit oder Erbschaft, sondern auf einer eigentümlichen Veranlagung fußte.

Der Kleine mit dem großen Kehlkopf und dem blonden Schopf animierte mich zum Mittrinken. Ich lehnte ab. Ich sei es nicht gewohnt, sagte ich, hätte noch nie scharfe Sachen getrunken und selbst Wein würde ich nur selten anrühren. Aber der Blonde ließ nicht locker: »Es wird Zeit, anzufangen. Trinken Sie in einem Zug aus. Das ist guter irischer Whiskey.«

Vielleicht, weil Liora dabei war, oder vielleicht, weil er mich überzeugt hatte, kippte ich das Glas, das er mir hinhielt. War es das, was meine Mutter spürte, wenn sie ihr tägliches Gläschen Brandy trank? Eine Feuerschlange umschnürte meine Kehle. Ein Pferd trat von innen gegen meine

Stirn. Ich wollte etwas abseits gehen, Luft schnappen, Kräfte sammeln, kam aber nicht hoch und kroch auf allen vieren davon. Alle lachten. Liora trat zu mir, Mitgefühl in den Augen, aber Heiterkeit um die Mundwinkel.

»Es tut mir leid«, sagte sie. »Er hat nicht geahnt, daß es dir so ergehen würde.«

Ich wagte kaum, den Mund aufzumachen, um nicht etwa zu erbrechen oder in Ohnmacht zu fallen, bedeutete nur mit einem ärgerlichen Wink »laß mich in Ruhe!« und schaffte es, auf die Beine zu kommen und speiübel ein paar torkelnde Schritte zu tun. Liora folgte mir. Sie legte mich – buchstäblich – auf den Rasen, setzte sich zu mir und bettete meinen Nacken auf ihren Unterschenkel, so daß mein Kopf ein wenig nach hinten neigte.

Nach einer Weile fand ich meine Lebensgeister wieder, stand auf und stolperte zu meinem Zimmer. Liora kam mit und kochte mir Mokka.

»Es ist das erste Mal, daß ich solchen Kaffee mache«, sagte sie. »Ich hoffe, er ist gut.«

Sie nahm meine Hand und lächelte mich ermunternd an, ich lächelte entschuldigend zurück, sagte ihr, ich wolle zum Rasen zurückkehren und frische Luft schnappen.

Die Engländer waren mittlerweile schlafen gegangen. Der volle Mond stieg höher, verlor das zarte Gelb seines Aufgangs und wurde metallblau. Ich legte mich auf den Rasen, Liora setzte sich zu mir, neigte mir ihren hübschen Kopf zu und öffnete die Lippen zum Kuß. Ihr Körper erschlaffte ein wenig, zeigte den Wunsch, sich neben mich zu legen. Wir schmiegten uns aneinander. Ich konnte kaum glauben, was geschah. Ihre Schönheit war so nah. Ich sah sie mit eigenen Augen, spürte sie mit meiner ganzen Hautfläche.

Ihr Mund und ihre Zunge überraschten mich mit ihrer Wärme und Lebendigkeit, ihre Hände mit ihrem Tun, mein Körper mit seiner Freude, ihre Lenden mit ihrer Glut.

»Du bist angenehm«, sagte mir die reiche Touristin, die ich im Bus kennengelernt hatte. »Du bist klein und süß. So sollen Männer sein. Auch ohne deine Mutter zu kennen, weiß ich, daß sie größer ist als du. Das gefiel mir schon damals, bei unserer ersten Begegnung im Bus.«

Und auf einmal ließ sie von mir ab, streckte sich auf dem Rücken aus und sagte: »Horch.«

Ich horchte. Hörte nichts. Wollte sie erneut küssen, aber sie legte mir die Hand auf die Brust. »Warte geduldig. Der Moment, in dem man sie zuerst hört, ist der wichtigste.«

Wir lagen nebeneinander auf dem Rücken, hielten uns an den Händen. Die Zeit verging zwischen Schakalgeheul und fernem Straßenlärm. Und dann wurde es ruhig, mäuschenstill, und danach folgte eine Art fernes Gebrabbel, das näherkam und sich in einzelne Stimmen teilte. Die Welt füllte sich mit Flügeln. In den Ohren klang sanftes Sausen. Der volle Mond winkte und blinkte, verschwand und erstand hinter den ziehenden Schatten und hörbaren Worten.

Ich fragte: »Was ist das?«

»Das sind die Kraniche«, sagte die reiche junge Touristin aus den Vereinigten Staaten. »Erinnerst du dich an die drei Kundschafter, die wir heute nachmittag gesehen haben? Das ist der große Schwarm, der ihnen nachkommt.«

Ich lauschte. Und rätselte: Worüber sprechen sie? Erzählen sie einander Erlebnisse von früheren Reisen? Diskutieren sie, wo sie landen sollen? Stellen sie Vergleiche mit anderen Quartieren an? Und die reiche junge Frau, die mich Ende des Jahres heiraten sollte, brachte mich zum Lachen, als sie mit drei verschiedenen Krähstimmen sagte: »Schneller... gleich landen wir, und wir müssen ein gutes Plätzchen ergattern ... Nanu, wo ist Großmutter uns denn jetzt abgeblieben? ... Wir werden wieder mal die letzten sein und nix mehr zu fressen finden...«

Die Gespräche wurden lauter. Noch heute staune ich, über welche Entfernung die Stimme der Kraniche trägt. Sie ist immer lange vorm Eintreffen der Vögel zu hören und verklingt nicht so bald nach ihrem Abflug.

»Gänse und Kraniche reden im Flug miteinander«, sagte Liora, »vielleicht, weil sie auch nachts fliegen.« Und sie erklärte mir, das seien die beruhigenden Laute, die *»Mama Crane«* und *»Daddy Crane«* an ihr Kranichlein richteten, das bereits herangewachsen war und seine erste Flugreise mit dem Schwarm unternahm.

Die reiche junge Touristin, die du mir prophezeit hattest, nahm neben mir Gestalt an, wurde Haut und Fleisch und Wärme. Sie gefiel mir. Ihre Rede war mir sehr angenehm. Sie sagte: »In Japan sind Kraniche ein Symbol der Treue und eines langen Ehelebens, im alten Ägypten waren es die Raben.«

Ich sagte: »Wirklich? Bei uns sagt man ›ein Taubenpärchen‹.«

Liora beugte mir den Kopf ein wenig vor und bedeckte meinen Nacken mit vielen zärtlichen Küssen. Ich hatte das Gefühl, sie sauge mir die Kraft aus und ich würde gleich sterben vor lauter Lust und Schwäche. Sie legte ihre Bluse ab, entblößte kleine und schöne Brüste, schubste mich sanft zurück, damit ich auf den Rücken zu liegen kam, legte einen langen Oberschenkel über mich und sagte: »Schau, Jair, es wird uns das erste Mal passieren.«

»Bist du Jungfrau?« fragte ich erschrocken.

Sie kicherte. »Gleich werden wir's wissen.«

»Ich ja«, sagte ich. »Daß du's jetzt schon weißt und es keine Mißverständnisse gibt.«

»Ich glaub dir nicht.«

»Warum nicht?« sagte ich. »Auch meine Mutter war Jungfrau, und ich denke, auch mein Vater. Bei uns liegt das in der Familie.«

Ihr Gesicht näherte sich. Ihre Hände nestelten, schoben, befreiten und lenkten. Ihr Körper rutschte höher. »Diese Geschichte hab ich schon mal gehört. Denk dir eine neue für mich aus.«

Das Flügelschlagen wurde lauter. Sein Brausen erfüllte meinen Kopf. Die reiche junge Touristin sackte durch, spreizte die Beine, wölbte sich, und ich glitt in ihren Leib. Leichter als ich befürchtet, angenehmer als ich gehofft hatte.

»Schschsch… sei still. Du weckst noch alle auf«, sagte sie und legte mir die Hand auf den Mund.

## 3

Anscheinend hatten die heimgekehrten englischen Vogelkundler ihren Freunden von mir erzählt, denn die riefen nun an und kamen, und mein Name sprach sich auch in den Reisebüros herum. Das Glück eines jungen Mannes, das

Glück wirtschaftlicher Unabhängigkeit, erfüllte mich. Ich hatte das Empfinden, durchzustarten, Luft unter die Flügel zu bekommen. Und da meine Mutter kein Geld hatte und Euervater meine Berufswahl mißbilligte und mir immer wieder sagte, »Jairi, es ist noch nicht zu spät, die falsche Richtung zu korrigieren«, ging ich Meschullam Fried um eine Anleihe an, damit ich loslegen und mir das erforderliche Fahrzeug anschaffen konnte.

Es war erst einige Jahre her, daß Gerschon gefallen war, und Meschullam zog jedesmal, wenn ich auf Besuch kam, das große blaue Taschentuch aus der Tasche: »Seitdem Gerschon... wird mir schwer ums Herz, wenn ich dich sehe.« So sagte er seit dem Tod seines Sohns, und noch heute sagt er so: »Seitdem Gerschon...«, ohne das schreckliche Verb, das nach dem Namen kommen müßte.

»Ich kann dich nicht sehen, Irale, ohne ihn neben dir«, schluchzte er laut in sein Taschentuch. »Auch Tirale ohne ihn zu sehen, fällt mir schwer, aber bei dir gilt das noch mehr.« Und dann hörte er mit einem Schlag auf: »Das wär's. Für diesmal hab ich ausgeweint. Womit kann ich dir helfen?«

Ich erzählte von den Ornithologen, die ich geführt hatte, und von der Chance, die sich mir auftat, und Meschullam sagte: »Ich rieche hier auch die Hand einer Frau. Soll meine Rechte mir am Gaumen kleben, wenn ich sie nicht spüre.«

»Das ist die Hand meiner Mutter«, sagte ich. »Es war ihre Idee.«

»Noch eine Frau«, sagte Meschullam, »nicht nur Frau Mendelsohn. Sie steht dir mit Riesenbuchstaben auf der Stirn geschrieben.«

Ich fragte ihn, ob er mir helfen könne, einen gebrauchten Kleinbus zu finden, und er sagte, klar. Ich fragte, ob er mir Geld leihen könne, und er lehnte ab: »Für dich nur geschenkt.«

Ich sagte, ich könne ein Geschenk dieser Größenordnung von ihm nicht annehmen, und er erwiderte: »Dann halt nicht geschenkt. Meschullam gibt dir eine Anleihe, und du zahlst sie nicht zurück.« Er blickte mich vorwurfsvoll an: »Seitdem Gerschon, bist du wie mein Sohn, Irale. Würde ich ihm dieses Geld etwa nicht geben, wenn er lebte? Und wenn du Tirale geheiratet hättest – hätt ich's dir nicht gegeben?«

Ich lehnte erneut ab. »Ich bin nicht Gerschon. Und Tirza hat längst einen anderen geheiratet.«

Meschullam verzog das Gesicht. »Eine wunderbare Hochzeit haben wir ihr ausgerichtet. Gutes Essen, gute Braut, bildschöne Brautjungfern, nur der Bräutigam hätte ein anderer sein sollen.«

Ich reagierte nicht. Er sagte: »Verzeih. Bei Meschullam sind Mund und Herz eins. Was er im Herzen sagt, denkt er laut.«

Ein paar Tage später rief er an: »Ich hab ein Auto für dich gefunden. Komm anschauen.«

Ich eilte zu seinem Büro. »Schade«, sagte er, »das Mädchen ist vor einer Viertelstunde hiergewesen. Ich hab ihr gesagt – warte, dein Freund Irale muß gleich kommen, aber sie ist ja immer auf dem Sprung, rennt zu noch irgendeiner Arbeit. So ist das mit einem Mann, wie sie ihn sich ausgesucht hat.«

Der Kleinbus stand auf dem Parkplatz. Ich sagte Meschullam, genau so einen hätte ich gesucht, und er beauftragte seinen Fuhrparkleiter, den Wagen rundum zu überprüfen und sich um die Eigentumsübertragung zu kümmern, und anscheinend hatte er ihm noch ein paar Anweisungen ins Ohr geflüstert, denn aus der Überprüfung kehrte der Wagen mit Dachgepäckträger, Leiter, neuer Bereifung und einem zusätzlichen Reserverad zurück.

»Was hat das gekostet?« fragte ich erschrocken.

»Ein paar Groschen. Darf ich dem Sohn von Professor Mendelsohn nicht mal 'ne Kleinigkeit kaufen? Viel Erfolg damit.«

»Und wo ist der Verkäufer? Ich möchte mit ihm über den Preis reden.«

Meschullam lachte schallend. »Ein Mensch, der Meschullam hat, muß über Preise reden? Ich hab schon mit ihm gesprochen und ihn runtergehandelt, es ist alles geregelt, und du zahlst mir das Geld zurück, wenn du anfängst, was zu verdienen.«

## 4

Ein Jahr verging. Die Vögel zogen hin und zurück, und mein Kleinbus, voll besetzt mit Vogelkundlern aus Skandinavien und Deutschland, Holland und den USA, fuhr ihnen nach – kursierte zwischen Hula-Tal und Totem Meer, Bet-Schean-Tal und der südlichen Arava. Ich fand Erfolg bei meiner neuen Tätigkeit und hatte Meschullam – nach einigen Debatten – schon einen beträchtlichen Teil des Kaufpreises zurückgezahlt.

Diese ganze Zeit über korrespondierte ich mit Liora. Ihre Briefe und ihr Leben waren interessanter und amüsanter als meines. Wir vereinbarten einen weiteren Besuch, und diesmal kam sie allein.

»Jetzt lerne ich Fotografieren«, erklärte sie mir. »Bis sie mich in den Familienbetrieb aufnehmen, probiere ich alles Mögliche aus.«

Ich brachte sie in trockene Bachbetten, in denen sie Tiere aufnehmen konnte: Steinböcke im Chever- und im Mischmar-Bach, Adler im David-Bach und eine seltene Eule im Arugot-Bach. Wir fuhren viel. Gingen viel zu Fuß. Schliefen in einem kleinen Zelt, das sich mit Liebe füllte. Sie sagte, sie habe Sehnsucht nach mir gehabt, habe immer wieder von jener Nacht geträumt, in der die Kraniche über uns hinwegflogen und wir unter ihnen vögelten.

Ich teilte meiner Mutter und Euervater mit, ich hätte »eine Freundin«. Sagte, ich wolle auf Besuch kommen und sie ihnen vorstellen. Euervater faßte Mut, rief meine Mutter an und meinte, es sei wohl was Ernstes und man sollte mir doch ein doppeltes Vorstellen ersparen. Sie stimmte zu und kam zum ersten Mal seit ihrem Auszug auf Besuch. Auch Benjamin, der damals Medizin studierte, bequemte sich dazu.

»Wir setzen uns ins Wohnzimmer«, sagte Euervater, aber dann saßen wir doch in der großen *Küche*, die einmal deine war. Du nahmst Liora unter die Lupe, und Euervater hatte nur Augen für dich. Später faßte er sich, bat um Verzeihung und sagte: »Liora, du siehst wirklich wie eine Familienangehörige aus.«

Sie lächelte: »Euer Sohn hat uns alle nicht vorgewarnt.«

Bis zu jenem Tag hatte nur ich gewußt, daß Liora meiner Mutter, meinem Bruder und Euervater ähnlich sah. Jetzt beobachtete ich heiter die Wirkung auf meine Lieben. Sie blickten erst einander, dann wieder sie an, gerieten in Erregung, ein nettes Wölkchen schwebte über ihnen auf, leuchtete rosig unter der Zimmerdecke.

Benjamin ging nach einer Stunde, Liora und ich folgten bald. »Vielleicht bleibst du noch ein bißchen, Raaja?« fragte Euervater meine Mutter, aber sie verabschiedete sich mit uns und lehnte mein Angebot ab, sie nach Hause zu fahren. »Ich geh zu Fuß, es ist ja nicht weit«, sagte sie.

Liora fuhr heim in die USA, und ein paar Monate später flog ich nach – meine erste und letzte Auslandsreise –, um ihre Eltern und ihren Bruder Immanuel kennenzulernen. Zurück kamen wir als Ehepaar. Jetzt war Liora damit durch, Steinböcke zu fotografieren oder Vögel zu beobachten. Sie baute die israelische Filiale des Familienunternehmens auf, führte die Geschäfte sehr erfolgreich, kaufte uns eine Wohnung, wurde schwanger, lernte schnell Hebräisch, und so leicht sie Geld und Wörter erwarb, verlor sie auch ihre Leibesfrüchte. Meine beiden Kinder starben eins nach dem anderen im Grab ihrer Gebärmutter, und zwar genau im gleichen Alter – nach zweiundzwanzig Wochen Schwangerschaft.

Ich weiß noch, wie hart mich die Worte des Arztes trafen – jenes alten *Vogelkundlers,* der mir ein paar Jahre zuvor die besten Beobachtungsplätze gezeigt hatte. Bei der ersten Fehlgeburt sagte er uns: »Das war ein Sohn«, und bei der zweiten, in einem Hebräisch so monströs wie die Wirklichkeit, die es beschrieb: »Und jetzt war das ein Tochter.«

Als wollte er etwas andeuten, eine Bedeutung beilegen, ohne sie jedoch zu präzisieren.

»Warum erzählt er uns das?« fragte ich aufgebracht. »Hat ihn jemand darum gebeten? Gut, daß er uns nicht auch noch die Namen gesagt hat. Wie er und wie sie geheißen hätte und welche Schule sie besucht und in welcher Truppeneinheit sie gedienen hätten.«

Liora kämmte sich langsam vor dem Spiegel. Außer Müdigkeit war ihr nichts anzumerken, und ihre Schönheit schien noch gewachsen zu sein. Die kupfernen und goldenen Flechten glitten durch die schwarzen Borsten der Haarbürste. Wir beide betrachteten ihr Gesicht, ich im Profil, sie im Spiegel. Und dann trafen sich die reflektierten Blicke unserer Augen, und Liora lächelte nachsichtig, wie Mütter lächeln, wenn ihr kleines Bübchen seinen ersten Wutausbruch bekommt.

Sie wandte mir ihr schönes helles Gesicht zu. Das Gesicht einer Königin, dachte ich, ein Antlitz aus Elfenbein, mit Saphiren besetzt, von Gold und Bronze gekrönt. Ich spürte die Schmach und den Schmerz des Spiegels. Bis zu diesem Moment hatte er ihre ganze Schönheit enthalten, und nun war er mit einem Schlag entleert.

Ich sagte zu ihr: »Vielleicht fährst du für zwei, drei Wochen zu deinen Eltern?«

Sie sagte: »Mein Zuhause ist hier, und hier ist das Büro und die Arbeit, und hier bist auch du.«

Meine Mutter – ich war dann aus dem Haus in Tel Aviv geflüchtet und für ein paar Stunden zu ihr nach Jerusalem raufgefahren – sagte zu mir: »Liora ist eine starke Frau, wie du vermutlich schon weißt, aber wenn starke Menschen zerbrechen, ist der Bruch größer und die Scherben sind kleiner.«

»Aber vielleicht ist mit ihr was nicht Ordnung?« fragte ich sie.

»Gib nicht Liora die Schuld«, sagte sie, »vielleicht ist es eine Eigenschaft von mir, die du weitergetragen hast? Vergiß nicht, daß es auch bei uns eine Fehlgeburt gegeben hat.« Und sie legte ihre Hand auf meine: »Erinnerst du dich, wie wir jeden Morgen gemeinsam gekotzt haben? Du und ich?«

»Sicher erinnere ich mich daran«, sagte ich lächelnd, »und ich beschuldige niemanden, Mutter, sie nicht, mich nicht, dich nicht. Ich versuche nur zu begreifen, was passiert ist.«

»Kehr jetzt zu ihr zurück«, sagte sie, »es ist nicht gut, eine Frau in einer solchen Lage allein zu lassen.«

Ich kehrte zurück. Liora hatte ihre kleinen Scherben bereits wieder zusammengefügt, und äußerlich war ihr nichts anzumerken. Sie war aufrecht und hübsch wie zuvor, die Haut glatt und rein, das gekämmte Haar zischelte wie Feuer, und die Augen blickten klar und ruhig. Sie fragte nicht, wo ich gewesen war, warf mir nicht vor, daß ich sie allein gelassen hatte, aber als wir gemeinsam beim Tee saßen, sagte sie, sie plane keine weiteren Schwangerschaften.

Ich sagte ihr, sie solle vielleicht andere Ärzte zurate ziehen, und sie zischte: »Bei mir liegt kein Problem vor.«

Ich fragte: »Was versuchst du damit zu sagen? Daß das Problem bei mir liegt? Du bist doch schwanger geworden.«

Liora brauste auf: »Ich versuche nie, etwas zu sagen, Jair. Was ich zu sagen habe, sage ich unumwunden.«

Ich legte mich neben sie, umarmte sie, versuchte sie mit

zärtlichen Worten zu beruhigen. Sie kam hoch, stand in voller Höhe über mir: »Jeder von uns beiden ist völlig in Ordnung, aber wir beide zusammen – das ist das Problem.« Damit hüllte sie sich in das große Leintuch, das bis zu diesem Tag uns beide zugedeckt hatte, nahm ihr Kissen – Liora benutzt ein extraweiches Kissen, meines verursacht ihr Nackenschmerzen – und übersiedelte in das Zimmer, das von diesem Tag an ihres wurde.

Ich protestierte nicht, und im Nachhinein meine ich, sie hat recht gehabt. Auch damals hatte sie recht. Einmal im Monat besuchte sie mich in meinem Zimmer zum *»Treatment* für die *complexion*«, so definierte sie den Zweck der Übung, und ich war zugegeben sehr dankbar, sogar froh, und hinterher gekränkt und verärgert, denn am Ende stand sie auf und kehrte in ihr Zimmer zurück.

»Das ist unhöflich«, sagte ich ihr beim nächsten Treatment. »Du machst es wie die Männer, über die Frauen sich immer beklagen. Du kommst, und schon bist du weg.«

»Ich komme? *Don't flatter yourself.*«

»Warum gehst du denn dann? Warum bleibst du nicht bis zum Morgen?«

»Bei dir im Bett ist es mir zu heiß.«

Wer waren der Sohn und die Tochter, die uns nicht geboren wurden? Und hätten sie, wenn doch, mir oder ihr ähnlich gesehen? Rings um jene holprige Feststellung, daß dies ein Sohn war und diese ein Tochter, und rings um den Altersunterschied zwischen ihnen, genau zwei Jahre, kann ich nur rätseln und mutmaßen. Auch jetzt, während ich auf dem Holzbalkon sitze, den Tirale, meine Gelihiebte, mir an meinem neuen Wohnort gebaut hat, stelle ich mir die beiden vor. Plötzlich erstehen sie aus Molekülen von Luft und Landschaft, erscheinen im transparenten Raum als weniger transparente Gestalten. Sie schwimmen nicht darin wie Fische, schweben nicht wie geflügelte Wesen. Obwohl sie keinen Boden unter den Füßen haben, schreiten sie aus, als wäre da einer.

In einem Punkt hege ich keinerlei Zweifel: Falls doch zur Welt gekommen, wären sie gute Freunde gewesen. Tatsache: Sie besuchen mich immer gemeinsam. Nie getrennt. Er ist zwei Jahre älter als sie, und sie, gescheiter und sprühend, ist um genau dieselben zwei Jahre jünger als er. Und immer sind sie einander nah und mit der gleichen Sache beschäftigt, wie siamesische Zwillinge, die an einer gemeinsamen Angelegenheit zusammengewachsen sind. Sie diskutieren, betrachten etwas von fern, machen einander durch ausgestreckte Zeigefinger aufmerksam.

Namen gebe ich ihnen keine. Ich finde es schon töricht genug, sie mir vorzustellen. Außerdem braucht ein Name einen vertrauten Körper, an dem er sich festmachen kann, und diese beiden verändern sich ständig. Mal sind sie wie meine Eltern, meine Frau und mein Bruder – hell und schlank und groß, mal wie ich – dunkel und klein, nie eine so und einer so oder einer so und eine so. Aber ein Gesicht haben sie nicht. Ich spüre all ihre Bewegungen, ich höre Stimmen, aber ich sehe keine Gesichtszüge.

»Warum seid ihr nicht geboren worden?« frage ich sie und antworte mir selbst: Vielleicht ist es ein böser Zufall, ein Handstreich des Schicksals, oder vielleicht hat ihre Mutter recht und jede Verbindung von ihr und mir – Haus, Kind, Arbeit, Schlaf – ist zum Scheitern verurteilt.

## 5

Ihre Schönheit hat Liora von ihrem Vater geerbt, ihre Anmut von der Mutter. Er ist Präsident der Firma *Kirschenbaum Real Estate* in New York, sie Inhaberin der *Kirschenbaum Pastry* in New Rochelle. Aber neben den Eltern hat sie auch noch den erwähnten älteren Bruder Immanuel, Vater von sechs Töchtern und Geschäftsleiter der familieneigenen *Real Estate* an der Ostküste – Boston, Washington, Long Island und New York. Früher war er ein junger Lebemann mit einer Vorliebe für Jachten, Essen, Alkohol und teure Klamotten, heute trägt er schlichte schwarze Anzüge und weiße Hemden im Stil der Chassidim, hält Augen und Schultern gesenkt, spricht mit sanfter Stimme und schlurft hastig durch die Gegend, wie es sich für einen Neubekehrten ziemt. Aber er ist derselbe Langweiler geblieben. Damals hat er mich mit Gesprächen über Schuhdesigner und Bootsmotoren genervt, jetzt nervt er mit Abhandlungen über seine Spenden für die Siedler und Buchstabenüberspringen in der hebräischen Bibel.

Liora glaubt nicht, daß ein Mensch sich ändern kann. »Alles Theater«, beschrieb sie ihren Bruder. »Er ist derselbe Quälgeist geblieben, und auch seine häßliche neue Kleidung ist eine Art, sich aufzuspielen.« Und sie spottete: »Immanuel ist der einzige Chassid auf Erden, der einen Gebetsmantel von Versace hat.« Aber ich meine, sie irrt sich: Immanuel war und bleibt nervend und langweilig, aber seine Bekehrung zur Religion ist echt.

Zwei-, dreimal im Jahr erscheint er auf Geschäfts-, Judentums- und Familientour bei uns, und jedesmal, wenn er oder andere Kirschenbaums eintreffen, werden Nilpferd und ich zum Flughafen geschickt, um sie ins Hotel zu bringen. Das ist meine Aufgabe, und vergessen wir bitte nicht, daß ich vom israelischen Firmenzweig ein Gehalt beziehe.

Die Tür der Ankunftshalle öffnet sich automatisch für mich, ich trete ein und warte. Manchmal halte ich sogar ein Schild *Kirschenbaum* in hebräischen und lateinischen Lettern hoch. Chauffeursmütze und Livree trage ich nicht, aber meine Rolle spiele ich bestens, und das Schild ärgert Immanuel schrecklich.

Da sind sie. Immanuel und sein Vater schreiten voraus, gefolgt von den zwei Frauen, beide in teuer-züchtiger Kleidung, und Immanuels Frau trägt eine runde Hutschachtel in der Hand. Gelegentlich ist die Gesellschaft auch größer. Ich kenne nicht alle, kann sie aber alle mit Leichtigkeit erkennen. Obwohl sie sehr verschieden sind, verbreiten sämtliche Kirschenbaums, auch die Angeheirateten, eine Aura von Gemeinschaftsgeist und Familienzusammenhalt. »Schau dir an, wie schön sie aussehen«, hielt mir Liora vor, als unsere Hochzeitsfotos aus den Vereinigten Staaten eintrafen. »Nur du siehst anders aus.«

»So bin ich nun mal«, sagte ich, »ich sehe auch im Kreis meiner Familie anders aus.«

Und nachdem ich dem neuen Immanuel oder der neuen Liora, die mittlerweile das Licht der Welt erblickt oder in die Familie eingeheiratet haben, vorgestellt worden bin, lasse ich allen Zeit zum Küssen und Umarmen und Plaudern und lade unterdessen die Koffer in Nilpferds Hinterteil oder aufs Dach. Ich klettere, ich zerre, ich verstaue, ich zurre mit elastischen Gurten fest. Einfache Aufträge verleihen mir Schwung und Tatkraft. Ich setze mich ans Steuer und warte auf Anweisungen.

Ein paar Tage später, wenn die Familien- und Geschäftstreffen beendet sind, werden Nilpferd und ich gebeten, einen Ausflug mit ihnen zu machen. Lioras Eltern sind pflegeleichte Touristen, froh über jeden Ort, an den ich sie bringe, und über jede Erklärung, die ich ihnen gebe. Immanuel dagegen ist nur an einer gewissen Sorte von Stätten interessiert: am Rachelsgrab, an der Höhle Machpela und an allerlei illegalen Siedlungen. Letzthin hat er auch die Gräber der Zaddikim im Norden entdeckt, was mich zwingt, längere Fahrten als sonst zu unternehmen. Es macht mir nichts aus, am Steuer zu sitzen, aber es fällt mir schwer, so viele Stunden mit ihm zusammenzusein. Nilpferd, normalerweise ein sehr geräumiger Wagen, ist plötzlich eine Gefängniszelle auf Rädern, und ich bin ein ungeduldiger und mürrischer Häftling, dessen Strafmaß nicht fest bemessen ist.

»Mir fehlt die Kraft für diese Fahrten«, sagte ich zu Liora.

»Das ist Arbeit. Jeder Fremdenführer kriegt es manchmal mit nervenden Touristen zu tun, und vergiß nicht, daß dieser nervende Tourist die Firma leitet, die dein Gehalt bezahlt.«

## 6

Die israelische Niederlassung der Firma, die mein Gehalt bezahlt, ist ein elegantes und geräumiges, von Luft und Sonne durchflutetes Büro in der Tel Aviver Chen-Allee. Sie liegt nicht weit von unserem Haus in der Spinoza-Straße, und Liora kann sogar in hochhackigen Schuhen zu Fuß hingehen. Und so marschiert sie jeden Morgen los, »ihre Waden ein Lobpreis der Metallschleifer«, um Nathan Alterman zu zitieren, und ihre Schenkel stark und flott. Sie geht die Spinoza-Straße nach Süden, überquert die Gordon-Straße, ignoriert die ›Eisbären‹, so nenne ich ihre Bewunderer, die in der Frischmann-Straße auf sie warten, kürzt diagonal ab, wendet sich nach rechts, trommelt die leicht ansteigende, schattige Allee hinauf und nimmt zum Abschluß in flinkem, gleichmäßigen Tritt die vierundzwanzig Stufen zu ihrem Büro.

Sigal, ihre resolute, rundliche Sekretärin, reicht ihr den Terminkalender nebst einem Glas lauwarmen Wassers, gewürzt mit Zitronensaft, etwas Bergthymian und Honig. An die Arbeit. Jemand muß ja schließlich verdienen, finanzieren, Jair Sachen kaufen – Trekkingkleider, die nie verreisen, Rücksäcke, die nie auf dem Rücken landen, Stoßdämpfer, die nie voll durchschlagen, und Bauchschutze, die nie an Fels schürfen werden.

Lioras Kunden sind zumeist betuchte amerikanische Juden, die sich eine Wohnung in Israel wünschen, ausländische Diplomaten und letzthin auch reiche Juden aus Frankreich oder Mexiko, die ihr Bruder Immanuel bei religiösen Anlässen kennenlernt. Sie beschafft ihnen Wohnungen und Häuser in Talbije und Rechavia, in Caesarea und Rischpon, in Aschdod und Tel Aviv. Und da die Neueigentümer diese Immobilien meist weder bewohnen noch regelmäßig aufsuchen, kümmert sie sich auch um Instandhaltung und Vermietung.

Gelegentlich schickt Sigal mich in eines dieser leerstehenden Häuser, um es für eine Kurzzeitvermietung oder einen Besuch der Eigentümer herzurichten. Ich prüfe Wasser, Strom, Klimaanlage, Küchengeräte, bestelle Handwerker, Techniker und Putzkräfte, und manchmal kaufe ich auch ein paar Flaschen und Delikatessen, die dann im Kühlschrank bereitstehen. Für all das zahlt mir die israelische Filiale von *Kirschenbaum Real Estate* ein monatliches Gehalt – einen Betrag, der mir die schöne Illusion von Unabhängigkeit und meiner Frau weitere absetzbare Ausgaben verschafft.

Die Ehe mit einer reichen Frau hat einige Vorteile, aber auch einen Nachteil: Ich muß Rechnung ablegen, mich messen lassen, bis ins Kleinste Rentabilität beweisen. Wenn du so willst, ist mein Leben mit der reichen Frau, die du mir prophezeit hast, eine lange Folge von Quittungen und Belegen.

»Du irrst!« widersprach Liora, als ich dieses Argument anführte. »Ich habe niemals gefragt, wofür, und niemals nein gesagt. Aber Geld ist eine geregelte Angelegenheit, und das ist eine Anweisung von Itzig. Man muß wissen, wieviel von wo reingekommen und wieviel wohin rausgegangen ist.«

Itzig ist ihr Buchhalter, ein Preuße, der in Marokko geboren ist und anstelle des Pickelhelms eine kleine gehäkelte Kippa trägt.

»Ich bin ein Untertan, ein Leibeigener. Ich bin eine Geisel«, erwiderte ich ihr, »du und Itzig haltet mir den Geldbeutel an die Schläfe.«

»Dann kündige halt. Nimm eine Abfindung von mir, sei selbständig.«

»Für Fremdenführer gibt's heutzutage nicht genug Arbeit.«

Da Liora mit Schweigen der spöttischen Sorte reagierte, war ich sofort auf hundert: »Und weißt du, warum ich keine Arbeit habe? Wegen Leuten wie deinem Bruder und seinen Siedlern.«

»Such keine Ausreden. Wenn es in der Touristenbranche keine Arbeit gibt, wechsle den Beruf. Ich kann dir Bürgschaften und Kredite für den Start geben, wie es früher mal der Freund von deinem Vater, dieser Bauunternehmer, der den halben Staat baut, für dich getan hat. Ich weiß noch, welche Schlangenblicke er mir zuwarf, als er mich nach unserer Hochzeit sah.«

Dabei warf sie mir ihrerseits einen giftigen Blick zu. »Ich habe gehört, er hat eine sehr erfolgreiche Tochter, die die zweite Hälfte des Staates baut. Vielleicht solltest du lieber bei denen arbeiten statt bei mir? Vielleicht fühlst du dich bei ihr wohler?«

»Ich werde dein Fahrer. Bei dieser feierlichen Gelegenheit könntest du mir auch mal das Gehalt erhöhen.«

»Ich bin bereit, dir das Gehalt zu erhöhen, damit du nicht mein Fahrer wirst.«

So sagte sie, aber in den nächsten Wochen rief Sigal gelegentlich an, ich solle sie fahren. Mal sitzt sie neben mir, mal auf Nilpferds Rücksitz, die weit auseinanderstehenden grauen Augen auf ihre Papiere und ihren tragbaren Mac gerichtet, um sich auf irgendeinen Termin oder Geschäftsabschluß vorzubereiten. Und ich – meine engstehenden und tiefen braunen Augen, die Augen eines Bullen, der sein Schicksal ahnt, wechseln zwischen Straße und Spiegel. Der große Abstand zwischen ihren Augen und der kleine zwischen ihren Knien – wenn ich Spiegel und Kopf in den richtigen Winkeln neige, sehe ich sie plötzlich im selben Rahmen.

Diese neue Situation weckte neues Verlangen in meinem Herzen und einmal offenbar auch bei ihr. Wir fuhren damals von Jerusalem nach Bet Schemesch. Immanuel hatte sie gebeten, sich ein paar Objekte in dem neuen ultraorthodoxen Viertel, das dort entstand, anzusehen, und ich hatte vorgeschlagen, die Strecke über En Karem, Bar Giora und das Ha'elá-Tal hinunter zu nehmen.

So fuhren wir denn, als meine Frau mich plötzlich anwies, Nilpferd auf einen kleinen Feldweg zu lenken, den ich selbst nicht kannte. Und dort, unter einem großen und diskreten Johannisbrotbaum, schliefen wir miteinander auf einer Decke, die ich aus dem Kofferraum gezerrt hatte, einer Decke, die ich einmal gekauft hatte, ohne noch die Hoffnung zu hegen, sie je auszubreiten, und danach – froh über das unvermutete Vergnügen, das meine Frau mir bereitet hatte, und traurig über dessen Seltenheit – stand ich auf, holte den alpinen Kocher, einen Teekessel und eine Pfanne aus Nilpferd, und als Liora aufwachte und sich streckte und lächelte, hatte ich uns schon ein Feldessen zubereitet und es sogar mit ein paar Blättern und Kräutern gewürzt, die ich zwischen den Felsen fand.

»Ich wußte gar nicht, daß du und Nilpferd so gut bestückt sind«, sagte sie. »Was hast du da noch alles drin?«

»Alles, was man braucht.«

Und sogar mehr als das: Werkzeug und Notfallausrüstung und Kochgerät, einen großen Schlafsack und eine dünne Reisematratze von der Sorte, die sich selbst aufbläst, Diesel- und Wasserbehälter, Stirnlampe, Batterien, Kerosinlampe, Kaffeegerät, Knoblauchknollen, Suppenpulver, Salzgebäck – so hatte meine Mutter von meinem Bruder und mir gesagt: »Benjamin liebt Süßigkeiten und Jair Salziges« –, alles, was ich für Auszug oder Scheidung brauche.

Und auch einen Satz Reserveschlüssel für Nilpferd habe ich in einem abgedichteten Versteck in der Karosserie. Falls Liora mir eines Tages den Laufpaß gibt, kann ich sofort aufstehen und gehen, ohne die peinlichen Mühen von Packen und Verschnüren, ohne nachzudenken, ob ich diese oder jene Kleidungsstücke mitnehmen soll, oder zu fragen: »Hast du vielleicht gesehen, wo die Schlüssel liegen?« Ich werde gehen wie einst die verstoßenen Frauen gingen – mit ihrem Gold und Geschmeide am Leib. Ich werde gehen, losfahren, und bis mich eine andere reiche Frau nimmt, kann ich vorerst ein paar Tage in den Hügeln leben.

Am nächsten Morgen teilte mir Itzig mit, meine Frau werde meine Fahrdienste künftig nicht mehr in Anspruch nehmen, aber mein Gehalt werde weiterlaufen. Ein paar Tage später wurde ich ins Büro bestellt, unterschrieb ein paar Papiere und avancierte vom teilarbeitslosen Fremdenführer zum »Direktor der Transportabteilung« der israelischen Firmenniederlassung, einer Abteilung, die über Nacht eingerichtet worden war, damit ich sie leiten konnte. Nilpferd und ich, die bisher den Zugvögeln nachgefahren waren, beförderten nun Dozenten, Sänger und Schauspieler, und – da wir beide von Asphalt auf Staubpisten wechseln können – auch leitende Ingenieure des Elektrizitätswerks, ausländische Fernsehteams und besondere Gäste des Ministerpräsidentenamts oder des Außenministeriums. Auf diese Weise lernte ich den Palmachnik aus Amerika und seine Gefährten kennen, mit denen ich zum Aussichtspunkt Har'el, zum Friedhof von Kirjat Anavim und zu dem Kloster fuhr, von dem die letzte Taube des Babys aufgeflogen war.

Und so, beim Fahren und Befördern, erwog ich, vielleicht nicht zurückzukommen. Mir ein anderes Haus zu suchen, einen Platz für mich. Lioras Wohnung bereitete mir schon seit Jahren Unbehagen, aber jetzt hatte ich die Möglichkeit, mich umzuschauen. Und wenn ich nun einen Dozenten oder Sänger oder Singleiter in kleine Ortschaften fuhr, nutzte ich oft die Gelegenheit. Während mein Fahrgast im Dorfklub oder im Bezirkskulturhaus auftrat, sah ich mir den Ort an, hielt Ausschau nach Zu-Verkaufen-Schildern und nach leerstehenden Häusern, Häusern, die sich mit einem neuen Bewohner füllen, erbauen und erbaut werden wollten.

Wenn ein Schild am Haus und jemand drinnen war, klopfte ich an die Tür. War das Haus verlassen, trat ich heran und lugte durch die Fenster. Manchmal kam ein mißtrauischer Nachbar an: Wer ich denn sei und was ich hier suche?

»Ich bin der Fahrer des Künstlers, der heute abend im Klub auftritt.«

»Und was suchen Sie?«

»Ein Haus.«

Und schon besserte sich meine Stimmung. Es gibt nicht viele Menschen, die sich und ihren Willen so leicht definieren können.

## *Sechstes Kapitel*

### 1

Ich ging mir ein Haus suchen. Das mich rings umhüllen, mir Unterschlupf gewähren sollte. Ich durchstreifte schattengesprenkelte, kleine Dorfstraßen, in denen Turteltauben gurrten. Guckte, klopfte, betrat den Konsumladen, fragte die Kunden, studierte das mit Heftzwecken und Zetteln gespickte Schwarze Brett. Ging in die Gemeindesekretariate mit dem immer gleichen grauen Allerlei von Tischen und Menschen und den ewig gleichen Luftaufnahmen: Flickenteppiche aus Zitrushainen und Feldern, dazu Wirtschaftsgebäude und Höfe und darauf schwarz-weiße Punkte – Kühe, die die Kameralinse eingefangen hatte.

Wie ein Geier kreiste ich, spähte nach Totem, Baufälligem, Siechem. Ich traf verarmte Landwirte. Traf Paare, die sich trennten. Inspizierte Höfe voll Staub und Dornen. Ich trank Tee mit Alten, die nicht verkaufen wollten, begegnete Söhnen, die ihnen den Tod wünschten. Tauben gurrten in einer verlassenen Scheune, Winde heulten durch ein abgedecktes Dach. Ich sah verflogene Träume, enttäuschte Lieben, bröselnden Beton und Spinnennetze.

Unstet fuhr ich durchs ganze Land, Nilpferds großes, weiches Lenkrad in Händen, suchte und fand schließlich auch. Hier ist es, das Haus, das du mir zugedacht hast: Klein und armselig anzusehen, aber vor seinem Fenster stehen zwei alte Zypressen, wie du es liebtest und wolltest, und in der Hofecke zwei mächtige Johannisbrotbäume, und Gräser sprießen aus den Gehwegritzen, wie du es wünschtest und befahlst.

Schalom, Haus. Deine Mauern sind bröckelnder Putz, deine Türen verrammelt, deine Fenster mit Brettern vernagelt, aber die Zimmer dahinter sind menschenleer und entbieten mir hallend einen Willkommensgruß. Ein großer Schleuderschwanz lief in der Regenrinne und seine Krallen machten mir Gänsehaut. Strohreiche alte Spatzennester lugten aus den Dachritzen. Ich machte eine Runde ums Haus, bahnte mir den Weg durch erboste Disteln, die so hoch wie ich waren. Ein dürftiger Feigenbaum, kahler Rasen, ein siecher Zitronenbaum. Jähes Rascheln ängstigte meine Füße. Eine große Echse nahm Reißaus.

Auf der Rückseite des Hauses überraschte mich die Landschaft. Weit und selbstsicher, scheinbar gleichmütig, aber hier und da doch um Grün bemüht, und anders als andere Landschaften dieses Landes nicht durch Straßen, Hochspannungsleitungen und die Lichter von Ortschaften gestört. Nur Hügel auf Hügel wie die Rücken von Schafen, fern und ferner und mit der Entfernung auch verblassend, und darauf hartnäckige kleine Mastixterebinthen und gilbende Hänge. Hier ein einsamer Johannisbrotbaum, dort Rinderzäune und Tore aus Pfosten und Drahtgeflecht, und in den kleinen trockenen Bachbetten niedrige Terrassen und bebaute Feldstücke und Staubwege. Eine einfache Landschaft, aber listig und einladend, eine Landschaft, in deren Rahmen man direkt aus dem Haus eintritt.

Das Haus war am Hang erbaut, ruhte an der Westseite auf Stützpfeilern. In dem Hohlraum darunter türmte sich Gerümpel: eine alte Klosettschüssel, Bretter, Rohre und Winkelhaken. Zwischen zwei Pfeilern hatte jemand einen kleinen Verschlag aus Hühnerdraht eingezogen, bestückt mit einem Blechtrog, zwei zerbrochenen Legekästen, vier merkwürdigen Federhäufchen. Ich prüfte sie mit der Schuhspitze und ein Grauen überfiel mich: Es waren die ausgedörrten Kadaver von vier Hühnern. Der vorige Hausbewohner hatte sie dort eingesperrt verhungern und verdursten lassen.

Ich fuhr ab. Ohne Staus wäre ich rechtzeitig zum Abendessen bei Liora in Tel Aviv. Am Himmel flatterten ein paar Krähen, hielten Ausschau nach einem Raubvogel, dem sie übel mitspielen könnten, ehe sie sich zur Nachtruhe niederließen, und hoch darüber schwebten Wolken – leichte Federwolken, von der untergehenden Sonne an den Rändern rosa gefärbt und gen Osten getrieben.

Ich hielt an. Im Rücken spürte ich das Haus, das ich gefunden hatte. Einen einsamen Moment lang war die ganze Welt meine Welt. Einen einsamen Moment, und im nächsten trat mein Fuß aufs Gaspedal, drehten meine Hände das Lenkrad bis zum Anschlag. Nilpferd war überrascht, im allgemeinen kehrt er heim wie eine Kuh zur Futterkrippe, doch jetzt wurde er mit einem großen, weichen Hopser auf den Randstreifen gelenkt und in einer Fontäne von Rollsplitt und Schlamm herumgerissen. Ich machte kehrt, fuhr querfeldein zurück zu dem Haus, das ich für mich gefunden hatte.

Nilpferd erklomm langsam den Steilhang an der Rückseite. Ich holte Schlafsack und Matratze aus dem Kofferraum. Setzte das Brecheisen an, stemmte ein paar Bretter weg, kletterte hoch und setzte mich ins erbrochene Fenster. »Wenn du den neuen Platz findest, dann prüfe ihn am Morgen und am Abend, zu verschiedenen Tages- und Jahreszeiten«, hatte meine Mutter mir aufgetragen. Man müsse das Spektrum an Geräuschen und Gerüchen prüfen, erklärtest du. Müsse messen, wie weit sich das Dach erhitzt und die Kälte durch die Wände dringt, müsse die Kalender des Sonnenuntergangs und der Blüte erstellen, die Uhren der Sonne und des Windes an den Fenstern.

»Schalom, Haus...«, sagte ich, meine Stimme klang laut und klar im wartenden Halbdämmern.

Ich verstummte, spitzte die Ohren. Das Haus atmete auf und antwortete. Ich sprang hinein und durchstreifte seine Räume, ohne etwas zu sehen und ohne anzustoßen. Ich lächelte im stillen. In Lioras Wohnung gleicht jedes nächtliche Aufstehen einer abenteuerlichen Seefahrt. Im seichten Küstengewässer auslaufend halte ich Handkontakt zur Wand, steche erst dann, mit der jähen Kühnheit großer Weltenentdecker, beherzt in See. Mit ausgestreckten Armen taste ich mich vorwärts, stoße an, zucke zurück – Sandbänke in Form von Möbeln, über Nacht entstandene Felsenriffs. Mehrmals stieß ich mir Stirn und Zehen sogar an einem Türrahmen, der den Platz gewechselt hatte.

Hier schritt ich sicher aus. Die Luft war überraschend frisch. Der Fußboden, der lange keine Fußsohlen mehr gespürt hatte, freute sich. Ich legte meine Luftmatratze darauf, zog mich aus, schlüpfte in den Schlafsack wie ein Tier in seinen Bau. Sogleich merkte ich, daß ich genau auf einem

Längengrad lag, meine Füße wiesen nach Norden, der Süden war mir ein Kissen fürs Haupt, und zu meinem Wohlgefühl gesellte sich Erwartung. Ich schloß die Augen, hörte das besondere Windrauschen großer Bäume, die zweite der drei Runden Schakalgeheul und dann einen Nachtvogel, dessen Stimme anrührend, hohl und rhythmisch klang, präzise wie ein Metronom. Vorm Einschlafen nahm ich mir vor, am nächsten Morgen im Vogelführer, der in Nilpferd lag, nachzuschlagen, welcher Vogel das war. Und wenn ich auch das wüßte, würde ich meinen endgültigen Beschluß fassen. Würde das Dafür und Dagegen abwägen. Auf deine Weise entscheiden.

## 2

Als ich am Morgen die Augen aufschlug, wußte ich sofort, wo ich war. Ich stand auf und ging zu Nilpferd hinaus. Der kleine Nachtvogel war eine Zwergohreule gewesen, deren hebräischer Name soviel wie »gemeiner Satyr« bedeutet. Ich grinste – Liora würde sagen, der Name passe auch für mich. Ich umrundete wieder das Haus, sah es mir an und erwog erneut: Der Fluch der toten Hühner, der Dornwald im Garten, die feuchten Flecke an den Wänden, das Krallenkratzen des Schleuderschwanzes, die Notwendigkeit, zu entscheiden und zu handeln – sprachen dagegen. Die weite Landschaft, das Alter der Johannisbrotbäume im Hof, der Standort der Zypressen im Gesamtbild, der Atem des Hauses, mein sicheres Bewegen in seinem Innern – sie alle sprachen dafür.

Also sagte auch ich »dafür«, und sofort empfand ich große Freude. »Dafür«, sagte ich noch einmal, erstaunt über meine neue Fähigkeit zu entscheiden. Ich verstaute Matratze und Schlafsack wieder in Nilpferd und holte den Gasbrenner heraus. Trank meinen ersten Kaffee in dem Haus, das ich für mich gefunden hatte, und ging ins Gemeindesekretariat, um eine Auskunft einzuholen.

Zwischen Haus und Sekretariat lagen hundertfünfzig Meter: drei Häuser, zwei hübsche Gärten und ein kahler, verdorrter, weitere vier Zypressenpaare, die dein Herz erfreut hätten, und eine mächtige Kiefer, die, nach den Kotmengen darunter zu urteilen, zahlreiche Vögel beherbergen mußte.

»Steht zum Verkauf? Von welchem Haus reden wir denn?« fragte der Mann im Sekretariat.

»Von dem Haus da«, zeigte ich mit der Hand.

Wie in jedem Gemeindesekretariat hing auch hier eine Luftaufnahme des Dorfes. Die scharfen, kurzen Schatten der Zypressen, gleich einer Schar Kompaßnadeln, zeugten davon, daß sie an einem Sommermittag entstanden war. Ein helles Auto – von wem? – parkte genau vor dem Haus. An den Wäscheleinen hingen verschwiegene Leintücher. Die Kamera hatte das Halten des Autos, das langsame Fortschreiten des Schattens und die im Wind flatternden Tücher gleichermaßen erstarren lassen.

»Klar steht es.«

»An wen muß ich mich wenden?«

»Haben Sie gerade.«

»An Sie?«

»Sehen Sie hier noch wen?«

»Es ist Ihr Haus?«

»Nein, es gehört dem Moschaw.«

»Und wer wohnt bis jetzt darin? Ich habe gesehen, daß es mit Brettern vernagelt ist.«

»Jetzt keiner. War ein Mieter drin, ist abgehauen und hat Schulden hinterlassen. Ein halbes Jahr Wasser, Strom und Miete. Aber darum kümmern wir uns. Das braucht Sie nicht zu stören.«

»Und was ist der Kaufpreis?«

»Wir haben einen Gemeinderat, wie ich Ihnen schon sagte, und einen Schatzmeister. Und da wir kein blödes Kaff sind, haben wir auch einen Rechtsanwalt aus Tel Aviv. Und es wird ein Aufnahmekomitee geben«, fügte der Mann hinzu. »Wir haben nämlich noch mehr Angebote. Aber machen Sie sich bloß keine Sorgen. Wir werden uns schon einig.«

»Machen Sie eine Ausschreibung?«

»Wieso Ausschreibung? Jeder reicht ein Angebot ein, und wir nehmen das beste.«

Ich ging, kehrte zum Haus zurück, warf einen letzten Blick darauf, startete Nilpferd und glitt den kurzen Hang zum Acker hinab. Hoch über mir kreiste ein großer Schwarm Pelikane. Im Herbst kreisen die Pelikane im Uhrzeigersinn und im Frühjahr ihm entgegen, hatte mir mal ein dänischer Vogelkundler gesagt. Dabei fielen mir die Doppeljuds, Jariv und Joav, ein und das, was Euervater über die Haarwirbel auf den Köpfen eineiiger Zwillinge gesagt hatte.

Und noch zwei Dinge sind mir von jener Fahrt in Erinnerung geblieben. Zum einen das Gefühl, daß das Haus meinen entschwindenden Rücken begleitete. Und zum anderen, daß Nilpferd, beim Einbiegen vom Feldweg auf die Straße, die Nase nach rechts, nicht nach links wandte. So ging mir auf, daß ich zu Meschullam Frieds Büro nach Jerusalem fuhr und nicht zu Liora Mendelsohns Wohnung nach Tel Aviv.

## 3

Ich war schon lange nicht mehr dort gewesen. Meschullam sehe ich gelegentlich, aber nur bei Euervater, den er häufig besucht. Das Firmenbüro hatte ein weiteres Stockwerk erhalten und das Schild an der Front den Zusatz UND TOCHTER. Ein Wachmann begrüßte mich, rief jemanden an und ließ mich eintreten.

Meschullams Zimmertür stand halb offen. Ich klopfte an und steckte den Kopf hinein.

»Irale!« Meschullam stand auf, breitete die Arme aus und kam eigens für mich hinter seinem Schreibtisch hervor. »Du beleidigst mich zutiefst. Mußt du bei Meschullam anklopfen?«

Er umarmte mich fest, küßte mich auf beide Wangen, lächelte froh. »Was für ein Gast, was für eine Überraschung... Hier hast du Fünfsteine mit Gerschon und Tirale gespielt, weißt du noch?«

»Ja.«

»Seitdem Gerschon bin ich nichts als Erinnerungen.« Er zog sein Taschentuch hervor, wischte sich die Augen und fragte, was ihm die Ehre meines Besuchs verschaffe und womit er dienen könne.

Ich sagte: »Ich brauch dich für ein paar Stunden.«

Meschullam sagte: »Alle Zeit der Welt hab ich für dich, Irale. Ist was Gutes oder was Ungutes passiert?«

Ich sagte: »Was Gutes. Ich habe ein Haus für mich gefunden. Ich möchte, daß du's dir anschaust.«

»Du hast ein Haus für dich gefunden?« Meschullam strahlte. »Ich wußte gar nicht, daß du eins suchst. Herzlichen Glückwunsch. Wozu?«

»Damit ich einen Platz für mich habe«, zitierte ich feierlich.

»Was heißt, einen Platz für mich? Du hast eine schöne, große Wohnung in Tel Aviv. Professor Mendelsohn hat mir all den Luxus darin geschildert. Und die Frau Liora? Weiß sie von dem neuen Haus?«

»Noch nicht.«

»Hast du in der Lotterie gewonnen?«

»Wieso Lotterie?«

»Wenn deine Frau nicht mit im Geschäft ist und du nicht in der Lotterie gewonnen hast, woher stammt dann das Geld?«

»Hab's nun mal. Ist jetzt egal, woher. Wann hast du etwas Zeit, es dir anzuschauen?«

Meschullam steuerte die Tür an. »Jetzt hab ich. Komm.«

Schnelle Entscheidungen erschrecken mich. »Jetzt? Es wird einige Zeit in Anspruch nehmen, es ist ein bißchen weit...«

»Sorg dich nicht um die Zeit. Davon hab ich genug. Meschullam Fried ist nicht so reich an Geld wie alle meinen, aber an Zeit ist er sehr reich, deshalb bestimmt er, wofür er sie vergeuden und wo er damit knausern will.«

Und er lächelte: »Ich hab soviel Zeit, daß ich sicher sterbe, ehe sie aufgebraucht ist.«

Schon betrat er das Nachbarzimmer, erteilte dort einige Anweisungen, marschierte schwungvoll den Gang entlang, ich hinter ihm her. Er verscheuchte mit einem Blick jemanden, der ihm etwas sagen wollte, legte einem anderen beschwichtigend die Hand auf die Schulter, wandte sich mir zu und donnerte: »Darin liegt die wahre Unabhängigkeit des Menschen. Nicht in Geld. In Zeit.«

Wir gingen zum Parkplatz. Einen Moment überlegte Meschullam. Seine Hände signalisierten Ja und Nein wie zwei unabhängige Geschöpfe. »Fahren wir mit deinem Auto«, entschied er schließlich, »machen wir einen kleinen Ausflug, und du erzählst mir unterwegs all die Geschichten, die du den Touristen andrehst. Wo Mohammed durch die Luft geflogen ist und wo Jesus auf dem Wasser wandelte und wo die Engel unsere Stammutter Sara schwanger gemacht haben.«

Er klopfte mir auf den Schenkel. »Aber erst mal zu Glicks Imbiß, wir nehmen uns für unterwegs ein Sanwisch zum Essen mit.«

Wir verließen die Stadt. Ich hatte vorgehabt, ihm die alte Römerstraße zu zeigen, auf die wir bald treffen würden, vielleicht sogar eine kleine Fußtour einzulegen und ihm bei passender Gelegenheit von dem Geschenk zu erzählen, das meine Mutter mir gegeben hatte. Aber Meschullam legte gleich mit seinen eigenen Geschichten los. Erst zeigte er mir Häuser, die er gebaut, dann Häuser, die er abgerissen, dann Hügel, auf denen er im Unabhängigkeitskrieg bei der Palmach gekämpft hatte: »Was dachtest du denn? Daß die ganze Palmach nur aus großen Blonden wie deiner Mutter bestanden hat? Es gab auch solche wie mich dort«, sagte er. Und dann kam er auf sein eigentliches Thema zu sprechen – auf Tirale, auf Tirza.

»Weißt du noch, Irale, wie Gerschon damals, in eurer Kindheit, jeden Sommer auf Ferienlager ins Weizmann Institut gefahren ist und sie mit mir zur Arbeit kam? Weißt du, was für eine große Bauunternehmerin sie heute ist? Weißt du, daß sie für alle Projekte von Meschullam Fried verantwortlich zeichnet?«

»Ich wußte, daß sie mit dir zusammenarbeitet, aber ich wußte nicht, daß sie dich schon aus der Direktion geschmissen hat.«

Meschullams Gesicht leuchtete. »Nicht mich, ihren Ehemann hat sie rausgeschmissen, diesen Jossi, und dann ist sie bei mir in die Firma eingestiegen.«

Er lachte. »Meschullam Fried und Tochter Ltd.« Und seufzte. »Auch wenn mein Gerschon am Leben wäre, hätte ich ihn nicht ins Geschäft eingeführt, nur sie.« Und lächelte. »Er sollte auf die Universität gehen. Damit sie die Ehre des Geldes einbrächte und er die Ehre des Professors und sie gemeinsam die Rache an den Brüdern meiner seligen Goldi wären, die immer auf mich runtergeguckt haben, besonders wenn sie angelaufen kamen, um mich um eine Anleihe zu bitten.«

Und als er meinen Gesichtsausdruck sah, fügte er hinzu: »Meinst du, Meschullam hätte diese ganzen Jahre nicht an euch beide gedacht? Meinst du, Meschullam hätte nicht gesehen, daß du und seine Tochter ein Traumpaar abgäben? Schon damals habe ich das gesehen, an dem Tag, an dem ich meinen Gerschon zu euch brachte. Noch als ich mit dem halbtoten Kind auf den Armen zur Praxistür lief und der Professor Mendelsohn mir entgegenkam und sagte, von hier, Herr Fried, treten Sie hier ein, durch seinen Privateingang, schon da habe ich aus dem Augenwinkel euch beide gesehen, wie ihr euch ähnlich saht wie ein Ei dem anderen und wie ihr euch angeschaut habt.«

Und er fixierte mich. »Eine Frau wie meine Tirale braucht einen Mann wie sie, und ein Mann wie meine Tirale braucht eine Frau wie ihn. Das wär's also. Sie hat ihren Mann rausgeschmissen, und du ziehst aus. Jetzt ist die Zeit reif. Man muß das Eisen schmieden, solange es da ist!«

»Genug damit, Meschullam, ich zieh nirgendwo aus«, sagte ich.

»Du ziehst nicht aus? Entschuldige mal, Irale, du hast gesagt, ich hab ein Haus für mich mit ihr gefunden, einen Platz für mich mit ihr, sagtest du. Bedeutet das etwa nicht ausziehen?«

»Und ich bin nicht Tirza, nur äußerlich sehe ich ihr ähnlich. Drinnen ist sie ein *Mensch* und ich nicht.«

»Da hast du endlich mal recht. Aber wieviel *menschelech* braucht man schon in einem Haus? An jedem Fenster braucht man zwei, um die Läden zu halten, aber im Haus genügt ein *Mensch.*«

»Wir waren Freunde in der Oberschule«, sagte ich. »Wir haben unsere Chance gehabt, aber es ging nicht. Und es geht mir bei Liora nicht so schlecht, wie du meinst. So ist das Eheleben nun mal. Manchmal nicht gut, aber alles in allem nicht übel.«

Meschullam blickte mich spöttisch an. »Liest du neuerdings Frauenzeitschriften? Du hast noch nicht mal gesagt, daß du sie liebst. Was dermaßen Einfaches wie Liebe, genau das, was Menschen zusammenhalten muß. Nicht mal davon hast du gesprochen.«

»Meschullam«, sagte ich, »bist du jetzt auch noch unter die Liebesexperten gegangen?«

»Muß man für das, was ich gesagt habe, ein Experte sein? Man darf bloß kein Idiot sein, das reicht.«

»Außer Liebe braucht man noch ein paar Dinge fürs Zusammenleben.«

»Dann sagst du mir vielleicht wirklich mal, was? Was sind die paar Dinge, die euch zusammenhalten?« Und da ich nicht antwortete, gab er selbst die Antwort: »Es ist entweder ihr Geld oder deine Angst oder beides. Das hält euch zusammen.«

»Warum beschäftigt dich das so?« fragte ich. »Und was geht es dich eigentlich an?«

»Es geht mich an, weil ich dich und das Mädchen wieder zusammen sehen möchte.«

Ich schwieg ein paar Minuten, und Meschullam kicherte auf einmal: »Erinnerst du dich noch an meine selige Frau? An meine Goldi, die ich liebte?«

»Sicher«, sagte ich. »Ich kann mich sehr gut an sie erinnern.«

»Was hast du in Erinnerung?« Der Spott wich aus seinen Augen. Ich sah ein Flehen darin.

»Ihre sauren Gurken«, sagte ich und schluckte den Speichel hinunter, den die Erinnerung in meinem Mund hervorzauberte. »Und den guten Duft ihrer Hände und ihre Ruhe. Meine Mutter hat gesagt, wenn du bei der Arbeit wärst, mit all den Arbeitern und Lastern und Maschinen, würdest du dich sicher nach der Ruhe deiner Frau sehnen.«

»Deine Mutter war eine sehr kluge Frau«, sagte Meschullam, »und sie hatte auch eine Wunde im Herzen, das weißt du schon. Wieso wäre sie sonst eines Tages aufgestanden und weggegangen? Aber ich, ich sehne mich nicht nur nach der Ruhe meiner Goldi, sondern auch nach ihrem guten Duft, wie Zitronen hat sie geduftet. Andere Frauen müssen ein Vermögen für Parfüm ausgeben, und sie – ihr Fleisch verströmte das. Aber all das ist jetzt im Himmel, und allein deswegen werde ich in die Hölle niederfahren, denn wenn ich auch raufkäme, würde ihr das ihren Garten Eden kaputtmachen.«

Das blaue Taschentuch trat wieder in Erscheinung. Meschullam räusperte sich: »Zwei hab ich dort schon.« Er faltete es zusammen und steckte es ein. »Jetzt hör mal her. Meine Goldi und ich haben Tirzas Jossi weder als Mensch noch als Ehemann gemocht. Bei Männern sieht man doch gleich, wer ein Idiot ist. Wer klug ist, sieht man nicht immer. Aber dem Idioten steht es ins Gesicht geschrieben. Und du kennst ja Tirale: Bloß weil wir ihr das gesagt haben, hat sie's gerade getan. Aber als ich meine Goldi mal gefragt hab, was meinst du, Goldi, was haben die beiden überhaupt miteinander? Da hör dir an, was sie darauf gesagt hat, diese feine und ruhige Frau, wie du sie nanntest: In diesen Dingen, Meschullam, kommt alles aus dem Bett. Hättest du geglaubt, daß meine feine und ruhige Goldi so was sagen würde?«

»Ich glaube alles von allen, Meschullam.«

»Sie hatte so allerlei kluge Sprüche auf Lager. Hör dir

noch einen an: Eine Frau muß gut aussehen, aber ein Mann – etwas schöner als ein Affe reicht schon.«

Wir tauschten ein Lächeln. »Ein wahres Glück für Männer wie uns, daß es auch Frauen gibt, die so denken. Was würde für unsereins sonst wohl übrigbleiben? Nur die Mädchen vom Grabbeltisch. Und glaub mir, Irale, Meschullam sagt dir auf einen Blick, wie ein Paar im Bett ist.«

Die letzteren Bemerkungen ließ ich lieber unkommentiert, und Meschullam redete weiter: »Meine Tirale entscheidet und handelt. Nicht wie du. Sie ist hin und hat sich scheiden lassen. Ich hab dir das vorhin schon gesagt, aber du hast nicht mal gefragt, wie und warum.«

»Ich habe tatsächlich nicht gefragt«, sagte ich. »Ich steck meine Nase da nicht rein.«

»Was willst du mir damit sagen? Daß ich sie da reinstecke?«

Ich schwieg.

»Weißt du was? Du hast recht. Ja, ich stecke meine Nase da rein. Sicher tu ich das. Wenn man höflich am Rand sitzt und darauf wartet, daß die Dinge geschehen, passiert gar nichts. Manchmal muß man die Nase reinstecken. Und nicht nur die Nase. Auch eine Hand, und noch eine, und wenn die Tür nur einen Spalt aufgeht, auch gleich mit dem Schuh rein, und mit der Schulter, und manchmal muß man auch den Ständer reinrammen, und zwar richtig. Denn aus den Eiern, aus dem Sinn. So ist das bei der Liebe.«

Meschullam vergewisserte sich, daß ich lächelte, und fuhr fort: »Also daß du's weißt, Irale. Tirale ist frei. Und sie ist nicht mehr Tirza Weiß, sie ist wieder eine Fried. Ich habe eine Menge dafür hingeblättert, damit dieser fette, dumme

Scheißkerl ihr den Scheidungsbrief gab, aber jetzt holt sie mir all dieses Geld mit Zinsen wieder rein.«

»Dann sag du mir jetzt mal«, wurde ich kühn, »wenn du bei jeder Frau auf den ersten Blick weißt, wie sie im Bett ist, dann sagst du mir vielleicht mal, wie deine Tirza ist?«

Eine kleine Wolke huschte über Meschullams Stirn, flatterte in den Kaumuskeln, wurde weggeschubst und vertrieben. »Meine Tirale ist im Bett so, wie ihr Papa im Bett ist. Sachkundig, warm und gut. Und weißt du was? Probier's aus. Sieh zu, wie sie ist, und zeig ihr, wie du bist.«

Seine Lippen sackten plötzlich ab und bebten. Das blaue Taschentuch trat wieder in Aktion. »Probier's, Irale... probier's ...« Seine Hand landete auf meinem Oberschenkel und drückte zu. »Du wirst es nicht bereuen. Das verspreche ich dir.« Seine Stimme erstickte und brach: »Probiert's beide. Versucht es und macht mir einen männlichen Enkel, damit ich meinen Gerschon wiederhabe.«

Wie Männer eines Typs, zu dem ich nicht zähle, ist Meschullam hart und weich, entschieden und sentimental, und wenn ein solcher Stab seinem Felsen einen derartigen Schlag versetzt, und das noch von innen – dann stürzen all seine Wasser nach draußen.

»Halt das Auto an«, keuchte er. »Ich muß richtig weinen.«

Ich hielt. Meschullam stieg aus, lehnte sich an die Rückklappe. Ich spürte seinen alten, nicht großen, aber massiven und starken Körper Nilpferd erschüttern. Dann ließen die Schwingungen nach, und Meschullam entfernte sich ein Stück, stampfte mit Macht auf den Seitenstreifen, wie stabile, untersetzte Männer es tun, um sich abzuregen.

Er legte das Taschentuch zusammen, stieg wieder ein: »Wir haben großes Glück, daß uns im Alter ein bißchen was aus dem Gedächtnis entfällt, sonst hätten wir gerade, wenn uns die Kräfte verlassen, einen noch schwereren Sack zu schleppen. Jetzt aber genug geredet. Laß uns fahren.«

4

Wir fuhren ins Dorf. Im Zentrum rechts. Hundertfünfzig Meter. Drei Häuser, zwei hübsche Gärten, ein vernachlässigter und verdorrter, hier die Zypressen, die dein Herz erfreut hätten, da die große Kiefer, dort das Haus. Die Disteln ringsum. Die mit Brettern vernagelten Fenster. Meschullam musterte es durchs Autofenster und schwieg.

»Na was sagst du? Wie findest du's?«

»Völlig in Ordnung.«

»Willst du's dir nicht aus der Nähe ansehen?«

»Erst essen wir mal. Der Duft der Sanwisches macht mir Appetit, und ich muß mich auch beruhigen.«

Ich holte Brote und Bier aus der Kühlbox. Wir setzten uns auf die Stufen oben am Gehsteig – in den Ritzen sprießen Gräser, wie du es gewünscht hast. Meschullam aß und trank mit großem Appetit, und seine Kaubewegungen ließen erkennen, daß er in Gedanken vertieft war. Schließlich sagte er: »Was gibt's hier nachzuprüfen, Irale? Man sieht alles sofort. Guck selbst: Die Lage ist gut. Aber das Haus? Steht auf schwachen Hühneraugen. Muß man abreißen und neu aufbauen.«

»Das Haus gefällt mir. Ich möchte es nicht abreißen.«

»Schau dir doch an, worauf es steht. Pfeiler zwanzig auf zwanzig, und das Eisen guckt schon raus und ist verrostet.«

»Was meinst du, wieviel man dafür bezahlen müßte?«

»Kaufst du es als Geldanlage? Kaufst du es, weil du kein Dach überm Kopf hast? Du schenkst es dir doch selbst. Was macht es dann aus, wieviel es kostet? Handel ein bißchen um den Preis, damit du beruhigt bist, aber nehmen tust du's ja doch.«

»Meine Mittel sind begrenzt.«

»Für diese Ruine reichen deine Mittel. Und wenn du ein bißchen mehr brauchst, hast du ja Gott sei Dank jemanden, den du anpumpen kannst. Nur bedenke, das Wichtige an einem Haus ist das, was du nicht ändern kannst, das heißt – die Lage und die Landschaft. Selbst Rothschild mit all seinem Geld kann in Jerusalem kein Fenster mit Meerblick einbauen. Dieses Haus hat wirklich einen sehr schönen, freien Blick, aber der Bau selbst muß weg, und wenn du mir nicht glaubst, dann hol Tirale dazu. Ich ruf sie gleich mal an, daß sie kommen soll.«

»Wenn das Haus so gut ist, warum kauft es dann keiner?« fragte ich ihn.

»Weil alle so dumm sind wie du. Sie kommen, sehen die Stockflecke an der Wand und die Risse und den Rost und kriegen einen Schreck. Denken ans Haus und ans Geld und nicht an Zeit und Ort. Und hier ist die Lage gut und die Zeit richtig. Kauf es, Tirale wird es abreißen und dir ein neues bauen. Das ist ein Klacks für sie.«

»Nein, Meschullam, dies Haus gefällt mir. Ich will es nur renovieren.«

»Da kann man das Laue vom Himmel gegen die Wand reden. Gehen wir mal rein und sehen, was sich machen läßt.«

## 5

Im Innern des Hauses fing Meschullam an, Wände und Pfeiler abzuklopfen, mal mit der Faust, mal mit der flachen Hand, mal mit den Fingerspitzen.

»Hörst du? Das klingt nicht gut. Siehst du die Risse? Sie brechen auf und laufen hier und da weiter. Das ist ein Bruchhaus. Senkt sich auf der einen Seite mehr ab als auf der anderen.«

Er zog einen kleinen Schraubenzieher aus der Hemdentasche, steckte ihn hinter eine Steckdose und stemmte sie aus der Wand.

»Guck dir das an«, sagte er. »Noch schwarzes Isolierband aus Methusalems Zeiten. Wirst du alles auswechseln müssen. Schau her«, er packte den Wasserhahn in der Küche, »schau gut zu.« Ein kräftiger Ruck. Der Hahn riß aus der Wand, hinterließ einen zerbröckelnden, rostigen Stumpf und ein braunes Rinnsal.

»Siehst du? Nicht, daß ich so stark wäre, einfach alles verrottet. Guck dir diese Rabitzdecke an, wie sie bröselt, guck dir die Wände in Fußbodennähe an, wie sie abblättern. Und hier das Gleiche, siehst du die Feuchtigkeit unten am Türrahmen? Das Leck kann ganz woanders sitzen, und von dort kriecht das Wasser unter den Fliesen lang wie ein Dieb im Sand. In diesem Haus haben böse Menschen gewohnt.

Wie sie's instandgehalten haben, so haben sie einander gehaßt.«

»Was wird es kosten, das alles auszuwechseln?«

»Mehr als neu bauen und mehr Scherereien.«

»Aber wieviel denn?«

»Warum fragst du dauernd nach Geld? Morgen früh hol ich Tirale, und mit ihr kannst du über Geld sprechen. Komm, fahren wir zurück.« Und als wir auf Nilpferd zuschritten: »Schau her und sieh, was mit diesem Kamerad los ist.«

Rings um den Feigenbaum lagen kleine Früchte, die noch unreif abgefallen waren, und am Fuß des Stamms türmten sich gelbliche Häuflein Sägemehl. Ich hob den Blick und sah es aus Löchern in der Rinde rieseln.

»Muß gefällt werden«, sagte Meschullam, »im Stamm steckt der Wurm drin, und der Baum trägt keine Früchte. Säg ihn ab, ehe er jemandem auf den Kopf fällt.«

»Ich werde ihn zu retten versuchen«, sagte ich.

»Was hast du denn? Das Haus ist einsturzgefährdet, der Baum zerbröselt, und du willst beide erhalten? Bau neu und pflanz neu.«

Ich brachte ihn wieder in sein Jerusalemer Büro, hinterließ Liora eine Nachricht von wegen einer Tour mit einem österreichischen Fernsehteam hoch in den Norden, und kehrte zurück zu dem Haus, das ich für mich gefunden hatte. Die Fahrt verlief schweigend, mit hoher, stetiger Geschwindigkeit. Nichts verlangsamte oder stoppte mich, nichts lenkte mich von meiner Strecke ab. Alle Fahrzeuge ließen mir Vorfahrt. Alle Kreuzungen, die ich passierte, leuchteten mir grün. Bei Verlassen der Landstraße fuhr ich vom Asphalt ab und heim zu dem Haus, das ich gefunden hatte, auf dem geraden Weg über die Felder, den ich schon kannte.

Ich entfernte wieder die Bretter, kletterte durch dasselbe Fenster, sagte erneut »Schalom, Haus«, und das Haus antwortete auch diesmal. Ich zog mich ganz aus, badete in der angenehmen Nacht des Frühlingsmonats Nissan, der Jahreszeit, die du liebtest. Erste trockene Hitzewellen und Reste des Winters treffen dabei zusammen »wie Klaviertasten«, hast du gesagt, »kalt und heiß«. Ich legte mich nackt auf meine Reisematratze, den aufgerollten Schlafsack unter den Kopf geschoben. Ich fühlte das Haus um meinen Körper. Der Mann darin, das war ich.

Und noch ein Empfinden hatte ich, das ich im ersten Moment nicht zu identifizieren wußte. Aber jetzt weiß ich, daß es Erwartung auf Tirzas Ankunft war, das Wissen, daß sie kommen würde, die Erkenntnis, daß ein weiteres Kapitel angefangen hatte, anders und doch gleich, alt und doch neu.

## *Siebtes Kapitel*

1

An der Wand des Schlages hatte Mirjam, die Taubenzüchterin, zwei Tafeln angebracht.

Die eine Tafel trug die Überschrift: ZEHN EIGENSCHAFTEN DES GUTEN TAUBENZÜCHTERS.

Und darunter stand:

1. *Der Taubenzüchter hat ein ausgeglichenes Gemüt. Ein ungestümer Taubenzüchter ängstigt die Tauben.*
2. *Der Taubenzüchter ist treu und zuverlässig, erledigt alle Arbeiten pünktlich und der Reihe nach.*
3. *Der Taubenzüchter hat ein gutes Herz und kümmert sich um jede Taube.*
4. *Der Taubenzüchter ist geduldig und hingebungsvoll.*
5. *Der Taubenzüchter ist ordentlich und achtet auf Sauberkeit.*
6. *Der Taubenzüchter ist energisch, überträgt seine Disziplin auf die Tauben.*
7. *Der Taubenzüchter hat eine gute Beobachtungsgabe, er erkennt Charakter und Zustand einer jeden Taube.*

8. *Der Taubenzüchter ist fleißig. Im Schlag gibt es immer etwas zu tun.*
9. *Der Taubenzüchter nimmt Rücksicht auf seine Mitmenschen.*
10. *Der Taubenzüchter lernt und weiß alles Notwendige über die Eigenschaften der Taube, ihre Ernährung, ihre Übungen und ihre Pflege. Ferner muß er eine Taubendepesche knapp und klar abfassen können.*

Die zweite Tafel, die Mirjam aufgehängt hatte, trug die Überschrift: ARBEITSABLAUF IM SCHLAG.

Und darunter stand:

1. *Beim Eintreten am Morgen: allgemeine Überprüfung der Tauben und des Schlags.*
2. *Erster Übungsflug.*
3. *Abkratzen und Durchsieben der Bodenspreu. Zugabe von sauberem Sand. Vergraben des Kots in der Grube.*
4. *Säuberung der Tränken und Futterkrippen und Wechseln des Trink- und Badewassers.*
5. *Die Tauben kehren zurück – Reichung einer kleinen Mahlzeit.*
6. *Notizen im Schlagbuch.*
7. *Untersuchung aller Tauben, eine nach der anderen.*
8. *Sonderaufgaben: Beringung, Anpaarungen, Futterprüfung. Auflassungen aus der Ferne.*
9. *Abendflug.*
10. *Abendfütterung.*
11. *Allgemeine Überprüfung.*
12. *Löschen des Lichts.*

»Diese beiden Tafeln mußt du auswendig lernen«, gab Mirjam dem Baby auf und sagte ihm, was Dr. Laufer auch ihr gesagt hatte, als sie als Kind bei ihm anfing, daß nämlich die ersten neun Eigenschaften des guten Taubenzüchters für jeden Menschen wichtig seien, auch wenn er keine Brieftauben züchte, während die zehnte Eigenschaft nur für Taubenzüchter Bedeutung habe.

»Ich schaff es nicht, ihnen so zuzupfeifen wie du«, sagte das Baby, »bitte bring mir bei, wie man auf den Fingern pfeift.«

»Das eilt nicht«, sagte Mirjam. »Das hat Zeit.«

Ein paar Tage später sah er, daß sie drei Tauben bunte Bänder an die Beine band. Sie rief einen der Palmachniks, gab ihm Notizbuch und Bleistift und erklärte ihm, was er tun sollte. Dann stellte sie die drei in einen Weidenkorb, schloß den Deckel, befestigte ihn auf dem Gepäckträger eines Fahrrads und radelte Richtung Kuhstall und Acker. Das Baby rannte ihr ein gutes Stück nach, aber sie verließ das Kibbuzgelände, ohne sich umzublicken.

Er ging wieder zum Schlag und zu dem Palmachnik dort. »Du stehst zu nahe an der Klappe«, warnte er ihn. »Die Tauben werden Angst haben, einzufliegen.«

Der Kumpel sagte: »Red keinen Unsinn.«

Das Baby verstummte, ging auf Abstand, richtete die Augen zum Himmel und wartete. Nach einer halben Stunde rief er dem jungen Mann zu: »Da kommen sie zurück.«

»Wo? Wo sind sie denn?« rief der andere erschrocken.

»Da. Dort. Siehst du nicht? Sie kommen näher. Worauf wartest du? Heb schon die Fahne und pfeif.«

Verwirrt von der unvermuteten Bestimmtheit und den

Adleraugen des Babys, schwenkte der junge Bursche die falsche Fahne. Die drei Tauben zogen verschreckt wieder über den Schlag hoch.

»Die blaue Fahne«, rief das Baby und schrie »kommkomm-komm essen.«

Die Tauben landeten. Der junge Mann vertat sich wieder: Streute ihnen Körner auf das Brett vor der Klappe statt in den Raum dahinter. Die Tauben fraßen ein bißchen und hoben erneut ab.

Als Mirjam schnaufend und verschwitzt auf dem Fahrrad zurückkam, meldete ihr der Palmachnik: »Sie sind alle wiedergekommen!« und übergab ihr das Notizbuch. Mirjam blickte hinein und sagte: »Du hast gar nichts aufgeschrieben!« worauf das Baby herausplatzte: »Die Blaue war als erste da!« und: »Er hat ihnen das Futter draußen hingestreut.« Mirjam war ungehalten: »Sie müssen lernen, daß sie rein sollen, sonst kann man ihnen die Hülse nicht abnehmen. Jetzt muß ich alles noch mal machen.«

Am nächsten Tag vergewisserte sie sich, daß das Baby die Formulare mit klarer Schrift ausfüllen konnte, und meinte dann, fortan werde er die zurückkehrenden Tauben in Empfang nehmen.

»Das ist sehr wichtig«, sagte sie. »Es genügt nicht, daß die Taube heimkehrt. Daß kann jede Felsentaube auch. Man muß berechnen, wie schnell sie zurückkommt, und zusehen, was sie tut, wenn sie wieder da ist – ob sie draußen rumfliegt oder gleich durch die Klappe in den Schlag schlüpft.«

»Und wann nimmst du mich auch mal mit?« fragte das Baby ein paar Tage später, aber Mirjam meinte, das Taubenzüchterhandwerk lerne man Schritt für Schritt, und jetzt sei es an der Zeit, daß er vom Empfänger und Futterkrippenreiniger zum Koch avanciere.

»Du hast noch viel zu lernen, bis du selber eine Taube aufläßt«, sagte sie und drückte ihm Notizblock und Bleistift in die Hand.

Er notierte: Erbsen, Linsen und Wicken liefern Eiweiß. Dari, Reis, Mais und Weizen – Kohlenhydrate. Leinsamen, Sesam und Sonnenblumenkerne – Fette. Mirjam lehrte ihn die Geheimnisse der Futtermischungen und wie wichtig es sei, daran zu schnuppern, ob sie auch nicht nach Schimmel röchen, und ein oder zwei Körner mit dem Hammer aufzuklopfen: Waren sie gut trocken, zerbröselten sie, waren sie zu feucht, wurden sie zu Brei.

Eine hungrige Taube sei wacher und leistungsfähiger, aktiv und leicht zu lenken, erklärte sie ihm. Deshalb bekämen sie nach dem Morgenflug nur eine leichte Mahlzeit und erst nach dem Nachmittagsflug die Hauptmahlzeit. Und nicht zu vergessen: Die Tauben wollten gleich nach der Fütterung trinken.

Sie öffnete ihm die Dose mit Mineralstoffmischung, die sie »Grit« nannte. Sie enthielt Basaltkörnchen, die der Taube helfen, die aufgenommenen harten Kerne zu zermahlen, und Eisenoxydpulver, das ihr Blut reinigt, und Kohle zur Säuberung des Verdauungsapparats und gemahlene Muschelschalen und Futterkalk zum Aufbau der Eierschalen – »wie man es den Legehennen in eurem Hühnerstall gibt« – und zur Stärkung der Knochen. »Denn eine Brieftaube braucht stärkere Knochen als die normale Taube. Stärkere und leichtere.«

»Und die Mischung enthält auch Kochsalz«, sagte sie,

»deshalb darf man sie der Taube nicht vor einem langen Flug vorsetzen.«

»Damit sie nicht durstig wird«, meinte das Baby.

»Sehr gut. Was passiert, wenn sie durstig wird?«

»Sie stirbt unterwegs.«

»Nein«, lachte Mirjam, »sie geht runter, um zu trinken, und dann braucht sie bestenfalls länger, und schlimmstenfalls wird sie abgefangen oder aufgefressen.«

Das Baby faßte sich ein Herz und fragte nach den glatten, dunklen kleinen Samen, die sie den heimkehrenden Tauben manchmal gab, und sie antwortete, es handele sich um Hanfsamen, auf die die Tauben ganz wild seien. Man gäbe ein paar davon in die tägliche Futtermischung und ein bißchen mehr – als Extrawurst und Belohnung.

»Und zweimal die Woche füttert man die Tauben aus der hohlen Hand«, sagte sie. Das koste zwar Zeit, sei aber angenehm und nützlich und eine gute Gelegenheit, sie sich genau anzusehen und ihre Zutraulichkeit und Freundschaft zu stärken. Ein Tier habe Scheu vor den Augen des Menschen, vor seinem Körpergeruch und der Unberechenbarkeit seiner Hände. All das überwinde man, indem man es aus der Hand fressen lehre. So gewöhne es sich an den Menschen, komme näher und werde ein treuer Freund.

»Die Taube ist nicht so klug und gefühlvoll und kompliziert wie ein Hund oder ein Pferd«, sagte sie, »und ihrem Leumund und Aussehen zum Trotz, hat sie einen harten Charakter. Aber auch sie weiß, was Treue und Freundschaft bedeuten. Das brauchst du dir nicht aufzuschreiben. Bei manchen Dingen reicht es, daß man sie hört und behält.«

## 2

»Du bist spitze«, sagte sie ihm nach einigen Tagen. »Du wirst mal ein echter Dubejeck.«

»Was ist ein Dubejeck?« fragte das Baby erschrocken.

»Wenn du mal ein Dubejeck bist, wirst du's wissen.«

»Wann nimmst du mich dann mal mit zum Tauben fliegen lassen?«

»Nicht fliegen lassen! Auflassen! Und vorher mußt du noch was Wichtiges lernen: Wie man eine Taube faßt und in der Hand hält.«

Man dürfe eine Taube nie aus der Luft fangen, unterrichtete sie ihn, und nicht außerhalb des Schlags, sondern erst, nachdem sie gelandet und hineingeschlüpft sei. Die Hände nähern sich ihr offen, nie verstohlen oder fahrig, nicht übereilt, aber auch nicht zu langsam und zögerlich. Und immer von oben, damit man sie zu fassen kriegt, falls sie aufflattert. Und schließlich das Halten selbst: Die Handflächen umfassen die Schwingen, die Finger gleiten abwärts und nehmen die Beine zwischen sich. »Behutsam. Alles behutsam. Das ist kein simpler Körper wie unserer, es ist ein feiner und ausgeklügelter Körper, zum Fliegen gebaut.«

»Und blick ihr nicht in die Augen!« sagte sie eins ums andere Mal, denn bei Tieren gelte ein Blick in die Augen als Angriffsakt. »Die Augen der Taube gehen zur Seite und unsere nach vorn, deshalb kommt ihr unser Blick wie der eines Raubtiers oder Raubvogels vor.«

Die Hände des Babys näherten sich der Taube, senkten sich zu ihr herab, ergriffen sie, spürten ihren raschen Herzschlag. Sein Herz pochte zur Antwort mit. »Nicht fest...«, und er erschauerte. »Sehr gut…«, und Glück erfüllte seinen Leib. »Fang jetzt eine andere, sie sind sehr unterschiedlich«, und er übte und lernte und erkannte, mit Vorsicht und Feingefühl und wachsender Sicherheit.

Nach ein paar weiteren Tagen sagte Mirjam, er solle sich ein Fahrrad beschaffen und auf eine Tour mitkommen. Er war klein und konnte sich noch nicht auf ein »Fahrrad von Genossen« schwingen, bat jedoch seine Tante um ihr »Fahrrad von Genossinnen«.

Die Tante zögerte. »Das ist das Fahrrad vom Kuhstall«, sagte sie.

»Bitte, Mutter, bitte«, sagte das Baby. Und als sie dieses ›Mutter‹ hörte und Hoffnung und Verzweiflung auf seiner Stirn flimmern sah, willigte sie ein, aber unter einer Bedingung: daß er ein wenig zur Übung herumfuhr, ehe er »mit dem Mädel vom Taubenschlag« losradelte.

Er probierte und stürzte, probierte wieder und übte, bis er einigermaßen das Gleichgewicht halten konnte. Mit Schrammen und Prellungen eilte er zum Schlag und war Mirjam unendlich dankbar, daß sie ihm keine Fragen stellte, ihn nur rasch seine Wunden mit Wasser und Seife auswaschen ließ, sie ihm dann mit Veterinärssalbe einrieb und ihm sagte, welche drei Tauben er fangen sollte.

Erst radelten sie den Feldweg parallel zur Straße entlang. Sie trat mühelos und träge in die Pedale, er hatte mit seinem Gleichgewicht zu kämpfen und geriet ins Schnaufen, vergaß aber Blessuren und Angst und genoß das mahlende Geräusch der Reifen und die fieberhafte Erwartung auf das Bevorstehende. Am großen Strommast bogen sie in die Zypressenallee ein und fuhren in die Felder. Licht- und Schattengeflechte schlugen das Auge, der Duft gelber Akazienblüten schmeichelten der Nase.

Ein paar Kilometer weiter, am Pumpenhaus, hielt Mirjam an, lehnte ihr Fahrrad an einen Zypressenstamm und holte die rot markierte Taube aus dem Korb.

»Nimm Notizbuch und Bleistift«, sagte sie, »und notier die Farbe des Bands sowie Datum, Uhrzeit und Ort, jedes in seine Rubrik.«

Er schrieb mit kindlich runden Buchstaben, sehr stolz und ängstlich.

»Und nun die Nummern und Buchstaben von ihrem Ring, sehr schön, und unter Ort schreib ›Pumpenhaus‹. Und unter Wetter – klar, vierundzwanzig Grad, leichter Ostwind. Und als Auflaßzeit schreib dreizehn, Doppelpunkt, fünfundvierzig. Hast du's? Hast du alles verstanden? Jetzt schau gut zu.«

Er blickte auf ihre schräg hochgestreckten Arme, ihren gestrafften Körper, ihre Brüste, die unter dem grauen Arbeitshemd plötzlich in Bewegung gerieten, das Lächeln, das auf ihre Lippen trat, ohne daß sie selbst es merkte. Das Auflassen verlief so glatt, daß die Taube aussah wie ein Lächeln, das ihrem Körper entschwebte, und der Anblick war so schön und erhebend, daß das Baby nicht wußte, warum es sich seiner Aufregung schämte.

So ließ Mirjam auch die Taube mit dem gelben Band auf, und das Baby sorgte sich: Würde sie ihm die dritte Taube geben oder sie ebenfalls selbst auflassen? Er füllte das dritte Formular aus, hob die Augen zu ihr, und Mirjam sagte: »Und jetzt du.«

Er nahm die Taube, und trotz allem, was er gelernt hatte, fixierte er sie kurz mit Raubvogelblick.

»Überleg dir, was du tust«, sagte Mirjam, »das ist deine erste Taube, vergiß es nicht. Sie nicht loslassen und nicht werfen. Denk dir, daß du sie dem Himmel übergibst. Behutsam.«

Noch ehe er die Arme ganz ausgestreckt hatte, spürte er, daß seine Bewegung nicht so glückte wie ihre. Aber die Taube hatte schon die Flügel ausgebreitet, seine Augen begleiteten sie beim Abheben, und sein Körper wäre ihr am liebsten nachgeflogen. Ihre Flügel schlugen. Erst schimmerte sie blaugrau, dann wurde sie gegen den riesigen klaren Himmel immer dunkler und kleiner. Das Baby blickte ihr nach, ohne zu ahnen, daß dies auch das letzte Bild sein würde, das er in neun Jahren sehen sollte, im zerstörten Gärtnerschuppen des Klosters blutend auf dem Rücken liegend, den Körper durchlöchert und gebrochen und zerfleischt, während die Taube über ihm aufflog, um seinen letzten Wunsch zu überbringen.

»Du bist völlig in Ordnung«, sagte Mirjam. Sie strich ihm mit kühler Hand über den Schädel, erst in einem kleinen, fröhlichen Wirbel, dann glitten zwei Finger zu beiden Seiten des Nackens hinab und gaben ihm ein angenehmes Gefühl auf dem Rücken.

## 3

Ein paar Wochen später bat Mirjam das Baby, seine Tante zu fragen, ob sie den Fahrer des Milchlasters bitten könne, Tauben für fernere Reisen mitzunehmen. Erst von Zemach, danach von Afula und von Haifa. Und dann sagte sie ihm, sie wisse, daß sein Onkel gelegentlich zu Sitzungen der Bewegung nach Tel Aviv fahre, er solle ihn bitten, drei Tauben mitzunehmen und sie dort aufzulassen.

»Wie soll ich die mitnehmen?« fragte der Onkel.

»Es gibt einen speziellen Korb für Tauben«, antwortete das Baby, »einen Weidenkorb mit Deckel und Henkel.«

»Und wenn sie sich unterwegs balgen? Und wenn sie Dreck machen?«

Mirjam ließ nicht locker. Ging mit dem Baby zum Onkel und sagte zu ihm: »Die Tauben werden sich nicht streiten, und wenn sie ein bißchen Dreck machen, ist das nicht schlimm. Der Korb ist mit Zeitungspapier ausgepolstert.«

»Und wo soll ich sie fliegen lassen?« grummelte der Onkel. »Einfach so? Mitten auf der Straße? Mich hinstellen und den Korb aufmachen?«

»Erinnerst du dich an Doktor Laufer? Der das kranke Kalb deiner Frau gerettet hat? Ich bin sicher, ihr werdet ihm dafür gern einen Gefallen tun. Bring die Tauben zu ihm. Er arbeitet in unserem Zentralen Schlag, im Zoo«, sagte Mirjam. »Er wird sie auflassen und die Formulare ausfüllen, und es kann sein, daß er dir auch ein paar von seinen Tauben mitgibt, damit wir sie hier auflassen können. Das ist wichtig. Wir haben nicht jeden Tag die Gelegenheit, sie richtig weit reisen zu lassen.«

Der Onkel machte ein entgeistertes Gesicht. Sein Körper sträubte sich. Doch da rief das Baby, durch den Namen ›Zentraler Schlag‹ bereits in dem ehrfürchtigen Zauber befangen, den große Namen gemeinhin ausüben: »Ich komme mit. Ich kümmere mich um den Korb und paß auf die Tauben auf. Du bringst mich bloß zum Zentralen Schlag in den Zoo.«

»Eine gute Idee.« Mirjam beugte sich zu ihm nieder. »Ich verlaß mich auf dich.«

»Und was soll danach werden?« beharrte der Onkel. »Willst du mir den ganzen Tag nachlaufen und bei allen Terminen und Sitzungen dabeihocken?«

»Laß ihn im Zoo«, sagte die Taubenzüchterin. »Doktor Laufer wird ihm schon was zu tun geben. Der Zentrale Schlag ist groß, da gibt's immer Arbeit.«

Um drei Uhr morgens weckte der Onkel das Baby, das sich mit geschlossenen Augen, die Arme um den Korb mit den Tauben geschlungen, zum Milchlaster führen ließ. Unterwegs schlief er fest, wachte aber hier und da auf, und jedesmal, wenn er die Augen aufschlug, sah er eine andere Landschaft, so daß die Fahrt ihm wie eine Serie abgehackter Träume vorkam. In Haifa gingen sie zum Busbahnhof. Der Onkel holte ihm ein belegtes Brot aus der Tasche, kaufte ihm beim arabischen Getränkeverkäufer ein Glas säuerlichen Saft, und als der Bus sich in Bewegung setzte und der Küste entlang nach Süden fuhr, sagte er ihm, er solle nicht nur dem Fenster schauen, sondern auch tief einatmen und schnuppern, was er sähe, denn den Geruch behalte man besser in Erinnerung.

Der Bus hielt oft, Leute stiegen aus und ein. Das Meer, anfangs nah und blau und stark nach Salz riechend, wurde ferner und grüner. Auch der Geruch änderte sich: nahm erst ab, dann zu und ging schließlich in den eines Orangenhains über. Die Tauben saßen stumm in ihrem Korb, das Baby schlief wieder ein und wachte erst auf, als der Onkel ihn drängte, die Augen aufzuschlagen. »Wir sind da. Du bist zum ersten Mal in Tel Aviv. Schau – das ist der Zentrale Busbahnhof.«

Das Baby staunte: »Gibt es hier einen Zentralen Schlag und auch einen Zentralen Busbahnhof?« Und der Onkel lachte: »Und dazu noch das Zentralkomitee und die Zentrale der Einkaufsgenossenschaft. So ist das in Tel Aviv.«

Vom Tel Aviver Busbahnhof gingen die beiden eine feuchtheiße Straße entlang, stiegen in einen anderen Bus und fuhren ein Stück. Der Onkel ermunterte ihn wieder, sich umzuschauen, zeigte ihm Leute mit Hüten und Autos und Ladengeschäfte, Dinge, die es in der Stadt gibt und im Kibbuz nicht, aber das Baby hatte nur eines im Sinn, und nahe am Zoo, als sie schon seine Geräusche hörten und seine Gerüche rochen, erklärte er seinem Onkel, jetzt müsse er die Tauben auflassen.

»Aber Mirjam hat doch gesagt, Doktor Laufer würde sie auflassen«, sagte der Onkel.

»Sie verläßt sich auf mich«, erwiderte das Baby. »Nur deswegen hab ich die ganze Tour hierher gemacht. Du wirst sehen, Vater, die Tauben werden heil zurückkehren, und Mirjam wird sogar sagen, daß ich sie gut aufgelassen habe.«

Er gab den Tauben ein Paar Körner, eine leichte Mahlzeit, die ihren Flug nicht behindern, sie aber soweit sättigen würde, daß sie unterwegs keine Zwischenlandung zum Fressen einlegten, goß ihnen ein wenig Wasser ins Schälchen und übergab dem Onkel die Formulare. »Trag hier das Datum ein«, wies er ihn an, und diktierte: »Auflassungsort – Tor des Zoos in Tel Aviv.« Der Onkel notierte noch Uhrzeit und Wetterbedingungen: feuchtheiß, windstill und klar. Die Ringnummern der Tauben hatte Mirjam schon eingetragen.

Das Baby übertrug die Daten auf einen Zettel, den er bei sich behielt, steckte die Vordrucke in die Hülsen und befestigte sie an den Beinen der Tauben. Dann hob er die Arme und ließ sie eine nach der anderen auf, erst die helle und ein paar Minuten später die beiden graublauen. Der Onkel schaute ihm zu. Seine Lippen lächelten, aber sein Herz – so würde er sich später erinnern – verkrampfte sich. Er war ein guter und liebevoller Onkel, und diesen Moment vergaß er nie, schilderte ihn sogar unter Tränen allen, die ihm neun Jahre später, beim Tod seines Neffen, ihr Beileid aussprachen. Und das Baby wiederum bedauerte, daß Mirjam nicht dabei war und nicht sehen konnte, wie glatt und richtig seine Bewegungen jetzt waren, und sagte: »Jetzt gehen wir in den Zoo und zum Zentralen Schlag.«

Doch Doktor Laufer kam ihnen schon groß und leicht gebeugt und armschlenkernd entgegen, in seinen Gummistiefeln, mit der langen Nase, dem roten Haar und den vielen Sommersprossen, und hinter ihm ging ein sehr dicker Mann mit einer Schirmmütze auf dem Kopf.

»Da ist er«, flüsterte das Baby. »Das ist Doktor Laufer, der den Schlag bei uns gebaut hat.«

»Da schaut her«, rief der Veterinär, »da ist der Junge, den Mirjam zu uns geschickt hat, und da ist auch der Onkel, nur die Tauben sind weg.«

Das Baby schwieg verlegen.

»Weder Antwort noch Stimme, doch eine Taube mit einem Jungen pochen noch an den Torflügel!« zitierte Doktor Laufer den Nationaldichter Chaim Nachman Bialik. »Du hast die Tauben wohl selbst aufgelassen, was? Wir haben sie vor zwei Minuten auffliegen sehen.«

»Und ich hab auch die Daten eingetragen«, zeigte das Baby stolz die Abschrift, die er bei sich behalten hatten.

Doktor Laufer studierte das Blatt. »Sehr schön. Aber wir wollten noch eine kleine Brieftaubendepesche für Mirjam mitschicken, und nun sind die Tauben schon abgeflogen, und es ist nichts mehr zu machen.«

»Sie hat mir nichts davon gesagt«, erwiderte das Baby erschrocken.

»Du, Genosse Onkel, kannst jetzt deinen Angelegenheiten nachgehen«, sagte der Veterinär. »Der Junge wird bei uns arbeiten, bis du wiederkommst.«

Der Onkel ging, und Doktor Laufer sagte zu dem dicken Mann: »Siehst du diesen Genossen hier? Er ist unser Gast. Wann immer er kommt, läßt du ihn ein.« Und zum Baby sagte er: »Komm!«

Der Tiergarten lag vor den Augen des Babys wie ein Wunderreich erster Eindrücke. Gleich nach dem Eingang warteten Riesenschildkröten, bei denen man trotz – oder gerade wegen – ihrer Größe seinen Augen nicht traute, daß es so was gab. Danach die Affen, bei deren Anblick das Baby erkannte, daß es diese Geschöpfe waren, die er in seinen schlechten Träumen sah und bisher vor dem Aufwachen immer hatte vergessen können. Und auch einige Käfige mit grausam und nackt aussehenden Kleintieren, wie er sie oft im dichten Schilf am Jordan, unweit des Kibbuz, davonhuschen sah, und ein Teich mit Pelikanen und allerlei Enten, die er ebenfalls aus der Jordansenke kannte. Aber hier gab es auch einen Schwarzbären und ein Löwenpaar, bei dem ich gern mutmaße, es könnten schon Tamar und Gibor gewesen sein, die ich Jahre später erblickte, als meine Mutter mich in denselben Zoo führte. Und auch einen Leoparden gab es dort, den großen Leoparden Teddy, den man in Galiläa eingefangen hatte – »hättest du das geglaubt, Jair? Ein Leopard in unserem Land! Bei Safed…«

Aber das Baby wollte zuerst zum Schlag, zu dem Zentralen Schlag, den er sich in Gedanken unaufhörlich ausgemalt hatte. Vor lauter Sinnen dachte er sich ihn als großen Marmorpalast, wie in den Märchen, die sein Onkel ihm erzählte, und wie auf den Bildern in dem französischen Bildband, und darinnen Hunderte von blitzblauen und schlohweißen Tauben, die aus Alabasterkrippen goldene Körner pickten und aus elfenbeinernen Becken Wasser nippten und auf Ebenholzbetten mit bestickten Batistkissen schlummerten.

Als sie jedoch beim Zentralen Schlag ankamen, sah er, daß es ein ganz normaler Taubenschlag war, mit Fenstern und Drahtgittern und Kot und Sitzbrettern und Klappen, nur viel größer als der Schlag im Kibbuz, und es gab darin getrennte Abteilungen für Tauben aus anderen Schlägen und viele Nistschalen, »denn«, sagte Doktor Laufer, »hier im Zentralen Schlag, legen wir auch, und hier ziehen wir die meisten Jungtauben auf, die in die neuen Schläge kommen.«

Im Zentralen Schlag sah er die beiden altvertrauten Anschläge an der Wand – die Tafel mit den Eigenschaften des guten Taubenzüchters und die Tafel mit der Arbeitsfolge im Schlag, und dann erschien dort auch ein Mädchen, ein ernsthaftes blondgelocktes Mädchen, über ein halbes Jahr älter und über einen halben Kopf größer als er.

Doktor Laufer machte sie miteinander bekannt. »Wie du unser jüngster Taubenzüchter bist, ist sie unsere jüngste

Taubenzüchterin«, sagte er zum Baby. »Sie kennt die Arbeit in unserem Schlag sehr gut und wird dir sagen, was du tun sollst.«

Das Baby blickte sie an und spürte, daß er seinen Besuch am liebsten auf viele Tage ausdehnen würde, damit dieses Mädchen ihm jeden Tag sagte, was er tun sollte, und schon stellte er sich vor, wie er zu ihr zurückkehren würde, und nicht nur von dort und von damals, sondern von überall und jederzeit. Und da er ihr gefallen wollte, sagte er zu ihr: »Man hat mich extra aus der Jordansenke hergeschickt, um hier Tauben aufzulassen.«

»Sowas darfst du nicht erzählen, das ist geheim«, sagte das Mädchen.

Das Baby war verlegen. »Ich dachte, dir dürfte man es erzählen.«

»Dies ist ein geheimer Taubenschlag der Hagana«, sagte das Mädchen. »Davon darf man niemandem was erzählen.«

»Warum hast du mir's dann jetzt erzählt?«

Beide erröteten. »Kein Grund zum Streiten«, sagte Doktor Laufer. »Unter uns darf man es erzählen. Nur keinen fremden Menschen.«

Das Baby wartete ein bißchen und fragte dann: »Zu welcher Uhrzeit laßt ihr sie zum ersten Flug raus?«

Das Mädchen sagte: »Kurz nach Sonnenaufgang. Ich muß sehr früh aufstehen, um rechtzeitig dazusein, und zur Schule geh ich direkt von hier.«

Das Baby sagte: »Ich steh schon vor Sonnenaufgang auf, um noch was arbeiten zu können, denn unsere Schule liegt weit weg vom Kibbuz, und bei uns steht *Schovech* am Schlag. Und wie lange fliegen sie aus?«

»Kommt drauf an«, sagte das Mädchen. »Die erwachsenen Tiere fliegen weiter weg und die jungen zögern noch.«

»Und darfst du schon eine Taube greifen und in der Hand halten?«

»Längst. Ich nehme sogar Körbe mit Tauben mit, um sie allein aufzulassen. Vorgestern vom Pferdehof, und vom Jarkon laß ich auch schon auf.«

»Ich mach das auch schon, greifen und auflassen«, sagte das Baby stolz. »Und heute hab ich hier zum Kibbuz aufgelassen, aber manchmal schau ich ihr dabei doch in die Augen.«

»Und wie heißt euer Taubenzüchter?« fragte das Mädchen.

»Es ist eine Taubenzüchterin, und ich weiß nicht, ob ich's dir erzählen darf, denn vielleicht ist das ja auch geheim.«

»Ich kann Doktor Laufer fragen«, sagte das Mädchen. »Alle Taubenzüchter und alle Tauben im Land stammen von hier.«

»Wobei soll ich dir helfen?« fragte das Baby.

»Was kannst du machen?«

»Alles außer auf den Fingern pfeifen.«

Sie prustete los, wurde aber gleich wieder ernst: »Ich darf dich unsere Tauben nicht anfassen lassen, denn vielleicht ist es bei euch im Schlag nicht sauber und du bringst Krankheiten mit. Aber du kannst ringsum saubermachen.«

»Und was wirst du tun?«

»Ich füttere die Jungtiere, die entwöhnt werden.«

Das Baby mußte einräumen, daß Mirjam ihm noch keine derart verantwortungsvolle Arbeit anvertraut hatte, und das Mädchen wechselte als Siegerin in eine Nachbarabteilung über. Hier wohnten die heranwachsenden Jungtiere, bei denen es Zeit wurde, sie von der ›Taubenmilch‹, die ihre Eltern ihnen gaben, zu entwöhnen.

Das Baby säuberte Futterkrippen und verfolgte das Mädchen mit Blicken durch die Löcher des Drahtgeflechts. Sie mischte Körner, die einige Stunden in Wasser eingeweicht worden waren, streute etwas Pulver aus gemahlenen Muschelschalen und Mineralien darüber, setzte sich hin und hob sich eine Jungtaube aufs Knie. Mit der Linken hielt sie ihr den Schnabel auf, um ihr mit einem schmalen Löffelchen ein paar Körner einzulegen. Das tat sie mehrmals, bis der Kropf gefüllt war, und danach träufelte sie ihr mit demselben Teelöffel etwas Wasser in den Schlund.

»Das ist nicht schwierig«, sagte Doktor Laufer hinter ihm, »es gehört nur zu den Arbeiten, die man lieber den festen Pflegern des Schlags überläßt als sie Gästen anzuvertrauen. Aber mach dir keine Sorgen, auch bei euch wird es Jungtiere geben, und auch du wirst es bald lernen.«

## 4

Gegen Abend kehrte der Onkel in den Zoo zurück, sah das Baby mit einem großen, lockenköpfigen Mädchen arbeiten und bekam ein merkwürdiges Gefühl: Der Wortschwarm, der jedem Menschen ständig ohne Ordnung und Disziplin im Gehirn herumschwirrt, ordnete sich in seinem Sinn zu einem Satzgefüge, und der Satz flüsterte sich ihm selber zu und besagte, daß zwischen diesen beiden künftig Liebesbande entstehen würden. Genau so.

Er rief das Baby, und der Junge wandte ihm das glücksstrahlende Gesicht zu und flüsterte, damit die Tauben nicht erschraken: »Einen Moment noch, Vater, gleich bin ich mit der Arbeit fertig.«

Der Onkel fragte Doktor Laufer, ob der junge Gast auch nicht gestört habe, und der Veterinär antwortete: »Im Gegenteil! Er hat uns sehr geholfen und genützt. Du kannst ihn jederzeit für ein paar Tage herschicken. Wir brauchen manchmal Hilfe, und er arbeitet fleißig und professionell.«

Der Onkel sagte: »Wir wollen nicht zur Last fallen« und »wo sollte er denn übernachten?« und das Baby sagte hastig, »ich komm schon zurecht«, und Doktor Laufer sagte: »Im Affenkäfig ist ein Platz frei geworden«, und stieß sein kehliges Lachen aus, um die Aufmerksamkeit des Zuhörers abzulenken: »chchch... chchch... chchch...« Und das Mädchen flüsterte dem Baby unvermittelt ins Ohr: »Das ist ein jeckisches Lachen, mußt du wissen.«

Der warme Lufthauch ihres Mundes erreichte sein Ohrläppchen. Hör nicht auf, geh nicht weg, bleib da, rief er ihr im Herzen zu, und das Mädchen murmelte: »So lacht auch mein Vater. So lassen die Jeckes wissen, daß das, was sie eben gesagt haben, lustig ist.«

»Vielen Dank«, sagte der Onkel, und das Baby – noch verwirrt von ihrer Nähe – wünschte sich im stillen, nicht nur Doktor Laufer, sondern auch sie möge ihn zum Wiederkommen einladen. Aber das Mädchen blickte ihn nur an und sagte nichts. Leichte Röte sank von ihrer Stirn zu den Wangen herab, und das Baby merkte, wie schön diese Farbzusammenstellung war – Rosa und Blau und Gold. Ihre Haut, ihre Augen, ihr Haar.

»Bevor ihr geht, gibt es nur noch eine Kleinigkeit zu regeln«, sagte Doktor Laufer.

Er schrieb etwas auf einen Zettel, rollte ihn auf, schob ihn in eine schmale Papphülse und sagte zu dem Baby: »Jetzt die Hand bitte.«

Das Baby streckte ihm die Hand hin. Der Veterinär sang vor sich hin: »Schick eine Taube als Bote, an den Flügeln eine Note, oder knote sie sicher an deine Pfote.« Und damit band er ihm die Hülse mit einem schmalen Stoffband an den feisten Arm.

»Drückt es?«

»Nein.«

»Schüttle den Arm ein bißchen. Schön. Jetzt strecke und beuge ihn.«

Das Baby tat wie geheißen, und der Veterinär sagte: »Das ist in Ordnung. Du kannst abschwirren. Chchch ... chchch ... chchch ... Und was tust du, wenn du im Schlag ankommst?«

»Ich geb's Mirjam.«

»Nicht geben! Geh nur so rein«, der Veterinär breitete seine langen Arme aus, »mit dem Brief am Arm. Aber nicht rennen, ja? Damit du die anderen Tauben nicht erschreckst.«

»Und was dann?«

»Wie immer, wenn eine Taube in den Schlag zurückkehrt. Mirjam wird den Brief abnehmen und dir was Gutes zu essen geben«, sagte Doktor Laufer, und den Onkel fragte er, ob er bereit sei, Tel Aviver Tauben mitzunehmen, damit Mirjam sie vom Kibbuz zum Zoo auflassen könne.

»Ich werde sie auflassen!« rief das Baby.

Diesmal stimmte der Onkel gern zu, und Doktor Laufer

setzte drei Tauben in den Weidenkorb, den das Baby mitgebracht hatte, und fügte auch eine Tüte mit Hülsen und Bändern und Ringen und Formularen hinzu, die er Mirjam übergeben sollte.

Die Sonne sank. Der Tiergarten füllte sich mit Stimmen. Das Baby erkannte, daß es das Brummen und Schreien und Brüllen war, von dem Mirjam ihm erzählt hatte, und als das Mädchen die Gäste zum Tor begleitete, lächelte sie ihn an und sagte zu ihm: »Ich mag diese Tageszeit furchtbar gern.«

Das Baby und sein Onkel verabschiedeten sich von ihr und gingen zur Bushaltestelle. »Das ist ein sehr nettes Mädchen«, sagte der Onkel zum Baby.

Das Baby grübelte, ob er sich richtig von ihr verabschiedet hatte und ob sie begriff, daß er sie gern wiedersehen wollte, und der Onkel sagte: »Weißt du, was du tun kannst? Schreib ihr was Kleines und schick es mit einer der Tauben, die Doktor Laufer uns zum Auflassen vom Kibbuz mitgegeben hat. Frauen freuen sich über Briefe, und einen Brief mit einer Taube zu erhalten, ist sicher sehr angenehm.«

## 5

Mirjam hatte die Tauben vom Morgenflug schon wieder eingelassen und ihnen ihre Mahlzeit gegeben, und da kam das Baby, ruderte mit den Armen in der Luft und wirbelte mit den Füßen Sand auf.

Sie lächelte. Anscheinend war ihr das Spiel nicht fremd. Sie reichte ihm ein paar geschälte Sonnenblumenkerne, umfaßte ihn mit angenehmer Umarmung von hinten und sagte:

»Das ist für mich? Stimmt's?« und löste ihm die Papphülse vom Arm.

»Sind die Tauben zurückgekommen?« fragte das Baby.

»Die beiden Blauen sind heimgekehrt«, sagte Mirjam. »Die junge Blaue in anderthalb Stunden, eine sehr gute Zeit, und die zweite Blaue in einer Stunde und zweiundvierzig Minuten.«

»Und was ist mit der Hellen?«

»Die Helle ist nicht wiedergekommen.«

Das Baby nahm es sich sehr zu Herzen, fühlte sich schuldig. Vielleicht hätte er sie zusammen mit den beiden anderen auflassen sollen und nicht vorher?

»Du hast sie völlig richtig aufgelassen«, sagte Mirjam, »vielleicht kommt sie noch in den nächsten Stunden.«

Aber das Baby beruhigte sich nicht. Bilder von zupackenden Krallen und fliegenden Patronen und stäubenden Federn huschten ihm vor den Augen vorüber. Er klagte Mirjam wieder sein Leid, und sie sagte ihm, bei einer erfahrenen Taube, die ihr Können schon unter Beweis gestellt hatte, gäbe es was zu bedauern, aber eine junge Taube, die von ihrem ersten längeren Flug nicht zurückkehre – das sei ein Zeichen, daß sie keine gute Brieftaube war, und dann sei es besser so.

Nun erschien auch der Onkel, in der Hand den Korb mit den Tauben, die Doktor Laufer ihnen mitgegeben hatte. Mirjam setzte sie in einen geräumigen Kasten, gab ihnen Körner und Wasser und sagte: »Wir werden Sie morgen vormittag auflassen, nachdem sie sich von der Fahrt ausgeruht haben.«

Am nächsten Morgen trug das Baby die Daten der Auflassung in die entsprechenden Formulare ein, gab Mirjam jeweils ein Exemplar zur Aufbewahrung und schob die anderen in die Hülsen der Tauben. Und dann fügten Mirjam und er noch zwei kleine Zettel in getrennten Federkielen hinzu. Mirjam schrieb etwas an Doktor Laufer, und das Baby schrieb dem Mädchen: »Ich möchte, daß bei dir eine Taube von mir ist und bei mir eine von dir.«

## *Achtes Kapitel*

### I

Um sechs Uhr morgens weckte mich ein Höllenlärm. Ein alter Traktor ratterte ums Haus, einen Mäher im Schlepptau. Er hob und senkte, kurvte und fuhr, mähte geschäftig Disteln und Gräser. Ich ging nach draußen. Der Traktorfahrer stellte den Motor ab und nahm die Ohrenschützer ab.

»Sind Sie der Bauherr?« fragte er.

»Noch nicht. Und wer sind Sie?«

»Ich – bei mir ist bestellt, hier den Graskram abzuräumen.«

»Wer hat Sie bestellt?«

»Ihr Bauleiter«, sagte der Traktorist und grinste. »Ihr Bauleiter ist eine Frau, wußten Sie das?«

Ich sagte ihm, das sei mir bekannt. Er machte sich wieder an die Arbeit, und ich ging hinter ihm her wie ein Storch dem Pflug, die Augen auf den feuchten Boden gerichtet, beobachtete die Eidechsen und Käfer und Tausendfüßler, die ihren zerstörten Behausungen entflohen. Auch die große Echse kam auf einmal zum Vorschein und zwei erschrokkene dünne Schlangen und Skorpione mit angstvoll drohend aufgerichteten Giftstacheln. Und allerlei archäologische

Funde, Zeugnisse und Beweise früheren Lebens: ein zerbrochenes Küchenmesser, eine beinamputierte Puppe, zwei abgetretene Schuhe – ein linker, brauner, ein Arbeitsschuh und ein rechter, ein weißer, für ein Baby.

Der Traktorist war fertig mit Mähen, zündete sich eine Zigarette an und blieb auf dem Hof stehen.

»Worauf warten Sie?« fragte ich ihn.

»Auf mein Geld. Sie hat gesagt, sie kommt bald.«

So erfuhr ich denn aus dem Mund eines namenlosen Traktorfahrers, daß ich meine Jugendliebe wiedersehen sollte. Ich wollte gleich mein Wasch- und Rasierzeug aus Nilpferd holen, schaffte es aber nicht mehr. Ein weißer Lieferwagen mit dem grünen Firmenschriftzug MESCHULLAM FRIED UND TOCHTER LTD. kam und nahte. Die niedrige Morgensonne umrahmte darin zwei Silhouetten. Meschullam Fried stieg vom Fahrersitz aus, seine Tochter Ltd. auf der anderen Seite. Er blieb stehen und ließ ihr den Vortritt. Tirza ist klein, genau wie ich, hat aber lange Beine und hält sich gerade. Wie ich und wie sie wußte auch ihr Vater um ihren anmutigen Gang.

Ich beschattete die Augen mit der Hand und blickte sie an: ein schwarzer Scherenschnitt gegen die niedrige Sonne. Was sollte ich tun, wenn ihre Züge hell würden? Wie sie anreden? Tirale? Und was sollten meine ersten Worte sein? »*Schalom,* wie geht es dir?«

Und sie, Tirale, Tirza, meine Geliebte aus ferner Vergangenheit und meine Gelihiebte in naher Zukunft, ging ein paar Schritte vorwärts und hielt inne. Ich wußte – während die Sonne ihr Gesicht noch schwarz und unkenntlich machte, stand ich hell und bloß da.

»Guten Morgen«, sagte sie.

»Guten Morgen«, stürzte ich mich auf das gefundene Fressen. Wieso war mir diese einfache Lösung nicht eingefallen?

»Da sind wir wieder, Irale, ich wußte, wir würden uns letzten Endes treffen.«

Ich ging hinauf, ihr entgegen, wich etwas zur Seite, und auf einmal traten ihre Züge zutage. Da war sie. Ihre Lippen waren nur wenig schmäler geworden, ihr Haar schon von etwas Weiß durchzogen. Ihre Augen leuchteten gelbgrün wie zuvor, und in den Winkeln hatten sich ein paar Fältchen gebildet. Welche hatte die Zeit gemalt? Welche das Lachen eingegraben?

Meschullam entfernte sich ein Stück, begutachtete das gemähte Gelände. Tirza streckte mir die Hände entgegen, und ich ergriff sie beide. Unsere Gesichter näherten sich zu einem doppelten Wangenkuß, und als früheres Liebespaar schmatzten wir nicht mit den Lippen in der Luft, sondern erlaubten uns, sie dem andern nahe den Mundwinkeln auf die Wangen zu drücken.

»Ich freue mich, daß du gekommen bist«, sagte ich.

»Ich auch«, lächelte sie. »Herzlichen Glückwunsch zu dem Haus und noch mehr zu der Entscheidung. Zeig es mir und sag mir, was du machen möchtest.«

»Es tut mir leid«, sagte ich verlegen.

»Warum denn? Die Lage ist hübsch.«

»Nicht wegen des Hauses. Wegen uns. Wegen all der Zeit, die vergangen ist.«

»Da gibt's nichts zu bedauern. Anscheinend mußten die Dinge so laufen.« Und sie rief ihrem Vater zu: »Meschullam, halte den Mann doch nicht länger auf, gib ihm sein Geld.«

Meschullam entlohnte den Traktoristen, aber der blieb auf dem Hof, beobachtete das Geschehen. Tirza und ich betraten das Haus. »Zeig es mir«, sagte sie. »Erklär mir, was gut daran ist.«

»Ich«, sagte ich unvermittelt, überrascht über die Existenz und Richtigkeit meiner Feststellung, »das Gute am Haus bin ich.«

Tirza lachte schallend. Die einbalsamierten Brüder ihres Lachens erwachten in meiner Erinnerung, streckten sich und antworteten ihm freudig. Hoffnung und Erregung erfüllten die Luft. Tirza blickte aus allen Fenstern, sagte: »Mit der Landschaft hast du es gut getroffen«, wandte sich mir erneut zu und fragte: »Also was möchtest du tun? Renovieren oder neu bauen?«

»Renovieren.«

»Sehr gut.«

»Aber dein Vater hat mich schon eingeschüchtert. Er sagte, dieses Haus würde mir über dem Kopf zusammenstürzen. Man müßte es mit dem Schaufelbagger abreißen und ein neues bauen.«

Sie lachte: »Hat er nur geredet oder seine ganze Nummer abgezogen? Wasserhähne rausgerissen? Alles abgeklopft? Den Wänden gelauscht und übersetzt, was sie sagten?«

»Ja«, frohlockte ich, »er hat seine ganze Nummer abgezogen. Hat rausgerissen und abgeklopft und auf die Wände gehorcht.«

»Meschullam macht gern Eindruck, und er hat auch gern alles von Grund auf neu. Wem gehört das Haus?«

»Dem Moschaw.«

»Dann kauf's ihnen erst mal ab. Die Lage ist gut.«

»Das hat auch dein Vater gesagt.«

Sie drehte mir das Gesicht zu und kam näher. »Das erstaunt mich nicht. Er will uns wieder zusammenbringen, und es würde mich nicht wundern, wenn er dir das auch schon ausdrücklich gesagt hätte.«

»Hat er.«

»Das kann ihm keiner nehmen: Bei ihm gehen Mund und Herz wirklich einig.«

Tirza riß keine Rohre heraus und klopfte keine Wände ab. Sie pochte mir auf den Kopf, ein leichtes, spöttisches Tippen mit den Fingerspitzen. Aus der Furche, die sie auf meinem Schädel pflügte, sprangen Bilder und Menschen.

»Wir sehen uns immer noch ähnlich«, sagte sie, »und wir altern auch auf dieselbe Weise. Das gleiche Haar, das nie schütter werden wird, der gleiche Beginn des Ergrauens, die gleichen asymmetrischen Falten um die Mundwinkel, aber bei mir tiefer auf der rechten Seite und bei dir auf der linken.«

Sie klopfte mir auf den Bauch: »Und ich hab keinen solchen kleinen Autoreifen. Hau mal mit der Faust hin. Fühl, wie hart mein Bauch ist.«

Ich haute nicht. Ich berührte ihren Bauch mit der flachen Hand.

»Was soll denn dieser Zauderkram?« Ihre Augen lachten. »Hau richtig zu.«

Ich ballte die Finger und versetzte ihr einen leichten Knuff auf den Bauch.

»Stärker!« Und als ich nicht darauf einging, sagte sie:

»Ich bin bereit, diese Renovierung zu übernehmen, aber unter der Bedingung, daß ich's dabei nur mit dir zu tun habe. Wenn ein Architekt auftaucht, deine Frau mit Ideen ankommt, du mir eine Innenarchitante vorsetzt – dann Schalom! Und deine Bauleiterin ist weg.«

»In Ordnung«, sagte ich.

»Wir bauen hier ja nicht, wir ändern nur, schneidern auf den Leib. Da einhalten, da auslassen, da kürzen, da Knopflöcher einfügen. Dafür braucht man keinen Modeschöpfer, es genügt eine Schneiderin, die nähen kann.«

Von der Straße hörte man Schreie: »Was ist denn hier los? Was macht ihr da?« Zwei Männer, die ich nicht kannte, kamen an. »Wer seid ihr?« wollten sie wissen.

»Meschullam«, rief sie aus dem Fenster, »würdest du bitte mal feststellen, was die hier wollen?«

Meschullam schritt auf die beiden zu und sagte: »Guten Morgen, und wer seid ihr?«

»Wir sind vom Gemeinderat.«

»Sehr angenehm. Wir sind die Käufer.«

»Was heißt Käufer. Wer kauft hier was?«

»Dies Haus steht zum Verkauf, nicht wahr?« und er zeigte auf mich: »Dann ist das der Käufer.«

»Aber ihr habt noch gar nicht gekauft! Wieso führt ihr hier Arbeiten aus?«

»Nur ein kleiner Haarschnitt für die Disteln ringsum. Wir wollten uns nicht bloß das Dach ansehen, sondern auch die Wände. Und das geht auf unsere Rechnung, wir werden es euch nicht vom Preis abziehen. Na dann, Schalom! Laßt uns bitte in Ruhe schauen und entscheiden.«

»Wir machen weiter, Irale«, sagte Tirza. »Sag mir, was du tun möchtest.«

»Ich möchte, daß die Außenwände stehenbleiben«, sagte ich hastig, fast deklamierend, »daß der Eingang an derselben Stelle bleibt. Daß ich größere Fenster zur Landschaft hin kriege. Und vor allem möchte ich meine Ruhe haben. Daß das Dach nicht leckt, das Abwasser gut abläuft, die Wasserhähne auf- und zugehen, die Wände keine Risse bekommen, daß alles stark und fest ist und einwandfrei funktioniert.«

»Ist das alles? Ich dachte, du würdest dir was Besonderes wünschen. Ein Fenster im Dach vielleicht? Ein Bidet im Wohnzimmer?«

»Und daß ich Schatten und Luftzug habe, wo ich sie brauche, und Sonne, wann ich sie haben will, und daß viel Landschaft ins Haus reinkommt.«

»Das klingt schon besser. Ich schlage dir vor, daß wir hier, anstelle eines großen Fensters, die Wand ganz einreißen und dir ein Deck anbauen.«

»Tirale«, sagte Meschullam, »bevor du ihm Balkone baust, bist du vielleicht auch mal bereit, ein Wort vom Fachmann zu hören? Reiß diese Ruine ab und bau ihm ein schönes, neues Haus.«

»Erst mal möchte ich ihn laut und deutlich sagen hören, daß er dieses Haus kauft, daß er's ernst meint«, sagte Tirza.

»Ich kaufe.«

»Du tust gut daran. Ich werde dir einen Termin bei unserem Rechtsanwalt verschaffen. Er kann dich gegenüber dem Dorf und der Bodenverwaltung und sonstigen Beteiligten vertreten. Und ich schick einen Ingenieur her, damit er sich die Pfeiler und Balken ansieht.«

»Zum Abreißen braucht man einen Schaufelbagger, keinen Ingenieur«, sagte Meschullam. »Ich will hier ein neues Haus haben.«

»Was heißt hier, *ich* will, Meschullam? Was zu wollen hast du bei dir zu Hause, nicht hier!«

Meschullam seufzte. »Dann tausch ihm alles aus, hörst du? Damit hier nichts Altes übrigbleibt. Fliesen neu, Ziegeln neu, Fenster, Türen, Sonnenboiler neu. Alle Strom- und Wasserleitungen raus und neu verlegen, Rohre, Knie, Stecker, Verteiler, und alles bis auf die Mauersteine und den Beton abschlagen. Laß ihn da nicht knausern.«

Wir gingen auf den hinteren Teil des Grundstücks hinaus und entfernten uns ein Stück. Durch das Mähen war die Erde freigelegt worden, und das Haus hatte seinen alten Charme wiedergewonnen, sogar einen Anflug von Freude und Heiterkeit. »Hier, zwischen den Johannisbrotbäumen, wo der Traktor nicht hinkann, sollte man saubermachen«, meinte Tirza.

Sie stapfte mit ihren schweren Arbeitsschuhen ins Dikkicht. »Das hier ist bloß ein Paradies für Brennesseln und Schlangen und eine Feuergefahr. Wir machen sauber, schaffen etwas Ordnung, beschneiden die Johannisbrotbäume und kriegen ein hübsches Ruheplätzchen.«

»Du hast mich vorhin gefragt, ob ich irgendwas Besonderes haben wollte...«, sagte ich und fühlte mein Gesicht erglühen.

»Was?«

»Ich möchte außer der Dusche im Haus noch eine hier draußen haben.«

»Kein Problem, Irale, eine Dusche im Freien ist was Wunderbares und läßt sich sehr leicht bauen.«

»Was Einfaches, ein Rohr mit einer Brause überm Kopf, ein paar Fliesen unter den Füßen und eine halbhohe Mattenwand, so daß keiner meinen Hintern sieht, aber ich die Landschaft sehen kann.«

Unsere Blicke blieben unvermittelt aneinander hängen, der eine wußte, was der andere erinnerte: Wie sie, Gerschon und ich uns im Friedschen Garten gegenseitig mit Wasser bespritzt hatten. Meschullam und seine Goldi fuhren damals zu Verwandten. Goldi sagte: »Ich habe euch in der Küche was zu essen hingestellt.« Meschullam sagte: »Seid schön brav, Kinder.« Wir drei zogen uns aus, berührten, prüften. Unsere und ihre ›Pippis‹, so verschieden und doch so ähnlich. Sie beide mich und an mir, wir beide sie und an ihr, wir beide an ihm und sie. Wir umarmten und drückten einander, entdeckten und kuschelten und schnauften.

»Man könnte sie hier bauen«, sagte Tirza, »und ihr Wasser zum Zitronenbaum leiten. Der wird sich freuen. – Bist du noch da?« fragte sie den Traktoristen, der seinen Mäher im Stich gelassen hatte und uns in hoffnungs- und sorgenvoller Distanz folgte. »Nimm Geld, geh auf einen Sprung zum Konsum und hol uns was zu essen. Brot, Hüttenkäse, Anchovis, etwas Gemüse.«

Ein paar Minuten später kam der Traktorist mit den Lebensmitteln zurück, händigte Kassenzettel und Wechselgeld aus und erklärte: »Anchovis gibt's nicht!«

Tirza holte einen Styroporbehälter mit kaltem Wasser, ein paar Plastikteller und Einwegbecher aus dem Laderaum ihres Lieferwagens. Ich brachte meinen Gasbrenner und die Kaffeekanne aus Nilpferd. Wir hielten die erste Mahlzeit im Hof meines neuen Hauses ab.

»Warum stehst du denn?« fragte Meschullam den Traktoristen. »Iß mit.«

Und Tirza sagte: »Unser Ingenieur wird in ein paar Tagen Zeit haben. Und ein paar weitere Tage wird er brauchen, um die Pläne und Materiallisten anzufertigen.«

»In Ordnung«, sagte ich. »Ich hab's nicht eilig.«

»Und ich fände es schön, wenn du das Haus fotografieren und die Bilder deiner Mutter zeigen würdest.«

## 2

Die Wohnung in der sogenannten ›Arbeitersiedlung 7‹ zwischen Spinoza- und Reines-Straße in Tel Aviv, in der ich schon seit zwanzig Jahre wohne, ist das Zuhause meiner Frau, ihr Ebenbild und ihre Bundesgenossin. Früher waren es zwei benachbarte Wohnungen auf einem Stock, doch nachdem Liora gesucht und gekauft und die beiden mittels einer verschlungenen, gelungenen – und nach ihrer Ansicht sehr erfreulichen – Transaktion miteinander verbunden hatte, wurde eine große Wohnung daraus.

Und das Haus gehorchte ihr, fügte sich, ließ sie zusammenfügen und ändern und Organe einpflanzen und Gewebe entnehmen, und im Nu vergaß es die bescheidenen Arbeiterfamilien, die es einst bewohnt hatten, und wurde das Heim einer reichen und schönen Frau aus dem Staat New York. Liora installierte Sanitär- und Elektroartikel, allesamt aus den Vereinigten Staaten eingeflogen, in der Wand verborgene Brausen, lautlose Schalter, doppelte Scheiben. Sie zerstörte und errichtete, riß auf und versiegelte, und schnell gab das Haus sein früheres Leben auf und erstand neugeschaffen im Ebenbild seiner Herrin. Die wenigen Dinge, die mir darin gefallen hatten, verschwanden: Die alten Geschirrschränke in der Mauernische kamen weg. Der Abtropfschrank, der mit seinen Bodenritzen und Gitterwerktüren über der Spüle gehangen hatte, wurde ebenso entsorgt wie sein drahtiger Bruder, der Luftschrank auf dem Küchenbalkon. Die Tür vom Schlafzimmer zum Wohnzimmer wurde ausgehoben, die Öffnung zugemauert und verputzt, als sei sie nie gewesen. Rolläden mit Elektrobedienung ersetzten die hölzernen Klappläden.

Auch die Türen der beiden Badezimmer, deren nette Guckschlitze einen zum Rätseln und Mutmaßen anregten, mußten neuen Platz machen. Aber als Lioras Abreißbefehle die Waschbecken dahinter erreichten, schrie ich: »Die nicht!« und blieb hart. Es waren große, breitrandige Waschbecken mit dickem, kurzem Fuß, deren Maße und Merkmale mir bestens paßten.

»Ist mir egal, daß sie alt und schlicht sind!« rief ich so aufgebracht, daß es mich selbst erstaunte. »Ich bitte dich! Die nicht!« Und da Liora die Badezimmer beider Wohnungen ohnehin beibehielt, als hätte sie vorausgeahnt, daß eines Tages das eine meines und das andere ihres werden würde, sagte sie: »Ich hab ja nicht geahnt, daß es dir so wichtig ist«, und gab bei einem Waschbecken nach. So wurde ein Badezimmer meines, und wenn ich mich morgens rasiere, ihr Markierungsband um den Hals geschlungen – »man muß bei dir eine Grenze zwischen Bart und Fell ziehen« –, dann spüre ich, daß ich in dem fremden und feindlichen Territorium, in dem ich lebe – tief in Feindesland, wenn du so willst – einen Bündnispartner habe. Zwar nur ein Waschbecken, aber wenn ich mein Rasierzeug und meine Seife darauf lege – ich mag einfache Seifen und Liora parfümierte –, wird es eine Ecke für mich.

Die Wohnungszusammenlegung erbrachte sieben Zimmer, und als ich verwundert fragte, wozu, denn Kinder haben wir ja nicht und werden wir auch kaum noch bekommen, und die wenigen Gäste, die uns besuchen, bleiben nicht zur Nacht, erinnerte sie mich daran, daß das Haus ihrer Familie in Amerika acht große Zimmer und zwei große Abstellräume und dazu noch ein großes *basement* hat, obwohl nur sie und Immanuel darin aufwuchsen.

»Liora«, sagte ich, »wir sind hier nicht in Amerika, und wir haben gar keine Kinder«, worauf sie wütend loslegte: Wolle ich sie beschuldigen? Dürften denn nur Eltern von Kindern in den Genuß einer geräumigen Wohnung und vieler Zimmer kommen? Wolle ich ihr wehtun? Dächte ich so von ihr, »seit jenen zwei Fehlgeburten?«

»Manche verteilen die Zimmer des Hauses nach Personen und Nutzungszwecken«, sagte sie, »ich verteile sie nach Bedarf und Zeit. Sie werden sich mit uns verändern, und ich erwarte nicht von dir, daß du das alles begreifst.«

So fand ich mich in einer beklemmenden und feindlichen Behausung wieder, die scheinbar Schlaf-, Arbeits- und Wohnzimmer hatte, in Wirklichkeit jedoch Räume für morgens und abends, für getrennt und allein, ein Spiel- und ein Abschieds-, ein Streit- und ein Versöhnungszimmer. Und dazwischen wechselnde Fleckchen Niemandsland, Transitstationen und Kontrollposten.

Außerdem gibt es Zimmer zum Umherirren, wenn Liora

weg ist, Zimmer, in denen man ihre wechselnden Stimmungen wittern, die tiefen Kratzer ihrer Fingernägel an den Türen untersuchen kann. Trotz ihrer schlanken Figur erinnert sie mich gelegentlich an einen männlichen Bären, wenn sie durch die Wälder ihres Hauses streift, an den Stämmen der Türrahmen Beweise ihrer Größe und Spuren ihrer Kraft hinterläßt und in die Spiegel Nachweise ihrer Schönheit ritzt.

Auch ich hinterließ Zeichen. Die Zimmer verwandelten sich in dämmrige Amtstuben, und an den Wänden hing alsbald eine Dauerausstellung meiner Gestalt – verkleinert und verkehrt. Ich wurde dokumentiert, fotografiert, archiviert, tausendfach vervielfältigt, mit häufigen Streitszenen, seltenen Sexdüften, langen Schweigeaufzeichnungen. Meine Schreie werden von den Wänden verschluckt, ihre Flüstertöne prallen ab.

3

Die Arbeitersiedlung 7 ist ein ansprechender, kleiner Gebäudekomplex, aber das Haus selbst weckte mein Unbehagen: Anfangs als lebe dort noch jemand bei uns, hinter der Wand oder im Schrank. Später war es ein körperliches Unwohlsein: Im Sommer geben seine Wände Hitze ab, die Liora nicht spürt, im Winter stoßen sie Kälte aus, was Liora nicht wahrhaben will. Zum Schluß folgte echte Besorgnis, wie ich sie empfinde, wenn ich etwas esse, das nicht frisch ist: ein spürbarer Druck aufs Zwerchfell beim Betreten der Wohnung und unverkennbare Erleichterung, wenn ich sie verlasse.

Selbst der morgendliche Gang zum Einkaufen weitet meine Lungen und richtet mich auf. Ich verlasse das Haus, lege die Brotreste vom Vortag auf den Zaun und hole mir frisches Kümmelbrot und eintägigen Schafskäse. Wenn du so willst, läßt sich mein Lebenslauf nicht nur nach Frauen und Orten, sondern auch nach vier Lebensmittelläden einteilen: jetzt der Dorfkonsum, bis vor kurzem Schais Lebensmittelladen in der Tel Aviver Gordon-Straße, vor längerer Zeit der von Violette und Ovadja im Jerusalemer Viertel Bet Hakerem und noch vorher – Soltis Lebensmittelladen in der Ben-Jehuda-Straße in Tel Aviv. Und so kehre ich denn immer schleppender werdenden Schritts zurück, gehe die Treppen hinauf, grübele: Alle steigen in den Hades hinab und nur ich hinauf. Frage mich, werde ich diesmal reinkommen, ohne den Zorn der Wohnungstür zu erregen? Wenn Liora sie aufmacht, dreht sie sich still und brav in den Angeln, aber bei mir gibt sie Laut: mit bedauerndem Quietschen bei meinem Eingang und einem Fanfarenstoß bei meinem Ausgang, und nicht selten stimmt auch die Alarmsirene mit ein.

Schon als wir noch ein einfaches Schloß hatten, vor Lioras Kunstsammlung und dem Panzerfach und den Kameras und Sensoren und der Alarmsirene, wollte der Schlüssel sich nicht drehen und die Tür nicht aufgehen. Beim ersten Mal war ich verlegen. Ich wartete draußen, bis sie kam, sich erheitert und geduldig meine Beschwerde anhörte, mir den Schlüssel abnahm und die widerspenstige Tür öffnete. Beim zweiten Mal wandte ich etwas Kraft an. Noch Wochen später hörte ich sie vor sich hin grummeln und Benjamin und ihrer Familie beim zweiwöchentlichen Telefongespräch erzählen: »Er hat den Schlüssel in der Tür abgebrochen. Hat gar keine Ahnung, wie stark er ist.«

»Er ist sehr stark«, haute Benjamin gleich eifrig in dieselbe Kerbe. Ein langsames, helles Lächeln schwebte plötzlich zwischen ihnen. Stieg auf, bog sich über meinem Kopf, landete, wie eines der geflügelten Dokumente auf Euervaters Bildschirmschoner. Ich fragte mich: Konnte es angehen, daß die beiden miteinander schliefen? Zwischen zwei ähnlichen Menschen funkt es ja bekanntlich oft, und wenn es mir in den Sinn gekommen war, dann sicher auch ihnen.

»Mit acht Jahren hat er für unsere Mutter schon die Einkaufstaschen und die Tüncheimer die Treppen hochgetragen«, fuhr mein Bruder fort. Auch er behält viel, aber warum gerade meine Erinnerungen? Wie sie uns vorauseilte, nur mit den Bürsten oder dem Gladiolenstrauß oder der Palette Eier, »damit sie nicht kaputtgehen«, und ich hinter ihr her. In dem glühenden Wunsch zufriedenzustellen, knallrot im Gesicht vor Anstrengung, schleppte ich Eimer mit Tünche oder Petroleumkanister zum Heizen oder Taschen voller Gemüse bis vor die Tür im zweiten Stock. »Ohne Anhalten, Jair. Zeig mal, daß du's in einem Schwung bis oben schaffst...« Und wie lobte sie meine Kraft: »Das ist mal ein Junge! Klein, aber stark, ein echter Wildochs.«

Auch später, als sie schon bei uns ausgezogen war und einen Platz für sich hatte, bat sie mich manchmal »was Schweres« für sie zu bewegen. Sie saß mit Benjamin in ihrem *Küchlein* beim Tee, und ich schleifte die große Matratze auf den Balkon, klopfte sie dort und überlegte dabei: Gibt es wirklich einen anderen Mann? Vertreiben meine

Schläge seinen Duft oder hauen sie ihn erst tief und fest hinein?

Ich überwinde glücklich die elektrischen Pforten zum Innenhof, klettere die Treppen hinauf. Ich sagte schon: Ich mag dies Haus nicht, und muß hinzufügen, das Haus mag mich auch nicht. Auf der Stelle bemerkt es mich, macht über mir Licht, richtet mißtrauisch seine Augen auf mich: Wer steigt da hoch? Wer kommt, seine Herrin zu stören? Ich ziehe den Schlüssel aus der Tasche und repetiere im Geist die Handlungsfolge: öffnen, eintreten, die Geheimnummer zügig eintippen und den Alarm ausschalten. Aber Lioras Haus richtet schon eine prüfende Linse auf mich, erfaßt meine Gestalt, vergleicht sie mit dem anderen, besseren Herrn, der sie hätte ehelichen sollen, und läßt entsetzten Protest vernehmen.

»Du gibst die Nummer nicht richtig ein«, erwiderte Liora auf meine Beschwerde, beugte mit der Geduld jeckischer Väter und großer Mütter den Kopf zu mir nieder.

»Ich kann ja noch gar nichts eintippen. Es läßt mich nicht rankommen. Verstehst du nicht?«

»Nein.«

Ich bat sie, neben mir stehenzubleiben und mit eigenen Augen zu sehen, was ihr Haus anstellte. Wir verharrten beide vor der Tür, ich holte den Schlüssel heraus, sagte »schau selbst«, und das Haus benahm sich mustergültig: Wartete, bis ich aufgeschlossen hatte, ließ mir Zeit, die vier Geheimziffern einzutippen, wies mich darauf hin, daß ich mich geirrt hatte, gab mir Zeit und Gelegenheit, mich zu korrigieren, fortzuentwickeln, ein besserer Ehemann und Bewohner zu werden.

»Siehst du?« sagte Liora.

Ich sagte zu ihr: »Die Tür ist aufgegangen, weil du da bist. Sie hat sich dir geöffnet. Nicht mir.«

Sie sagte: »Du spinnst, Jair.«

Ich sagte zu ihr: »Was heißt hier spinnen? Siehst du denn nicht, daß dein Haus mich haßt?«

Sie sagte: »Man könnte meinen, du würdest es lieben.«

Aber in der nächsten Nacht öffnete sie die Schwingen des Lakens, in das sie sich gehüllt hatte, schlüpfte herein und legte sich neben mich.

»Ist seit dem letzten Treatment schon ein Monat vergangen?« fragte ich.

»Ungefähr«, sagte sie.

Eine Überraschung. Sie hatte ihr extraweiches Kissen mitgebracht.

»Heißt das, daß du zum Schlafen bei mir bleibst?«

»Wenn du dich nicht zu sehr randrückst.«

Sie besitzt diesen seltenen Vorzug, mit dem nur Töchter des Glücks begnadet sind: Ihre Schönheit wächst und gedeiht mit der Zeit. In ihrer Jugend hatte sie die Schönheit eines glatten, wohlgeformten und kühlen Objekts. Jetzt verleihen das Netz feiner Hautfältchen, das angedeutete Blau ihrer Venen, die zunehmende Zartheit, sichtbar nicht dem Auge, sondern der über Bauch und Brüste streichenden Hand, ihr mehr Wärme und Lebendigkeit. Wir schliefen zusammen ein wie früher: Sie auf dem Bauch, die Wangen auf ihr Kissen gedrückt, das eine Bein abgespreizt, das andere angewinkelt, und ich hinter ihr liegend, meine Hand unter ihrer Brust, mein Oberschenkel im Zwischenraum zwischen ihren Schenkeln und mein Fuß unter ihrem.

Als ich früh morgens erwachte, merkte ich, daß sie noch in der Nacht aufgestanden und in ihr Zimmer zurückgekehrt war. Ich ging zum Lebensmittelladen, kam wieder – das ganze Viertel war mittlerweile aufgewacht – verstaute die Einkäufe im Kühlschrank und fragte sie: »Wie hast du geschlafen?«

»Sehr schlecht, danke.«

»Ich hab gut geschlafen.«

»Prima. Wenigstens eines kannst du.«

Die Wirtschaftsbeilagen liegen neben ihr ausgebreitet, ihr Laptop mit dem leuchtenden angebissenen Apfel summt leise, das erste Glas lauwarmes Wasser mit Zitrone, Bergthymian und Honig gleitet in ihren Magen.

»Wenn du dir Frühstück machst, dann auch für mich, bitte.«

Zwei Dinge hat sie schnell gelernt und lieb gewonnen – die hebräische Sprache und mein Frühstück. Ich glühe vor Stolz. Schalte Wasserkocher und Toaster an, schnitzele fein und exakt Gemüse für den Salat, schneide frischen Schafskäse auf, brate ein Spiegelei. Einmal habe ich ihr ein hartes Ei gekocht, die Schale an ihrer Stirn aufgeschlagen und »patsch!« gesagt. Aber sie ärgerte sich: »Hör mit diesen Spielchen auf, Jair! Ich bin nicht deine Mutter!«

Ich erhitze das Öl in der Pfanne, kehre der Fortsetzung der Klagerede den Rücken: Wieder hat sie die ganze Nacht kein Auge zugetan. Schau dir diese dunklen Ringe an, das ist ein Geschenk von dir. Sie hegt keinen Zweifel, ich raube ihren Schlaf. Und sie dazu.

## *Neuntes Kapitel*

I

Die Zeit verging. Der Onkel des Babys beförderte nun regelmäßig Tauben vom *schovech* des Kibbuz zum Zentralen *schovach* in Tel Aviv. Aber alle Tauben, die er dort aufließ, kehrten ohne Antwort von dem Mädchen zurück. Das Baby schickte ihr eine Brieftaubendepesche mit einer Taube, die der Onkel von dort mitgebracht hatte, und auch darauf antwortete sie nicht.

»Es ist kein gutes Alter«, sagte der Onkel zur Tante, »er ist alt genug, um Liebe zu empfinden, aber zu jung für so eine Enttäuschung.«

Er bot dem Baby an, ihn wieder nach Tel Aviv mitzunehmen. »Wenn du sie siehst und sie dich sieht, wird sich alles regeln«, versicherte er. Aber das Baby lehnte ab. Er wolle warten, bis sie ihm eine Taubendepesche schicke, und erst dann mitkommen.

Und da fuhr erneut der grüne Lieferwagen vor, und Doktor Laufer stieg aus. Er hatte die großen Taubenschläge in Jagur, Merchavia und Bet Haschitá inspiziert, war danach im Schlag von Kibbuz Gescher gewesen und nun bei Mirjam – »als letzte, aber nettste« – angelangt. Er hatte ihr Tauben zum Auflassen und zur Paarung mitgebracht, kontrollierte den Schlag und seine Insassen, die Karteikarten und Aufzeichnungen, inspizierte den Kuhstall, trank Tee mit Zitrone im Speisesaal und hielt noch einen Vortrag für die Genossen.

Ehe er wieder aufbrach, faßte das Baby sich ein Herz und fragte ihn, ob das Mädchen ihn grüßen lasse. Der Veterinär gestand verlegen, daß sie ihm nichts aufgetragen hatte, und als der Onkel die Geschichte hörte, sagte er zum Baby: »Du bist schon fast vierzehn. Man muß sie vor vollendete Tatsachen stellen. Fahr nach Tel Aviv und bring ihr deine Tauben selbst.«

Das Baby wählte und beringte sechs bereits herangereifte Tauben, begann sie sorgfältig zu trainieren, und der Onkel ließ sie von Tiberias, Afula, Haifa und Tel Aviv für ihn auf. Eine kehrte nicht zurück, und eine weitere sonderte das Baby aus, weil sie trotz ihrer Geschwindigkeit nicht zügig in den Schlag schlüpfte. Nach vier Monaten verkündete er – wie Doktor Laufer in der weiblichen Pluralform – »wir sind bereit« und sagte, nun wolle er losfahren und sie dem Mädchen bringen.

Der Onkel bemühte sich, ihm eine Mitfahrgelegenheit im Milchtanker zu verschaffen, aber der Platz war schon vorbestellt und vergeben. Das Baby wollte von Warten nichts wissen. Er müsse sich augenblicklich auf den Weg machen. Er sei schon vierzehn Jahre und vier Monate alt, und man brauche sich keine Sorgen zu machen. Der Onkel gab ihm etwas Geld und sagte: »Nach Afula wirst du schon irgendwie hinkommen, dort löst du dir eine Eisenbahnfahrkarte nach Haifa, und da bringen die Verwandten dich an den richtigen Bus.«

Das Baby setzte die vier Tauben in einen Weidenkorb, einen Taubenkorb mit Deckel und Henkel, und in den Rucksack packte er Proviant und Wasser für sie und sich. Bei Tagesanbruch ging er zur Landstraße. Ein Pferdekutscher aus Menachemja, der nach Tiberias fuhr, um dort Obst zu verkaufen und Besorgungen zu machen, hielt für ihn. Bei Kinneret stoppte der Mann das Auto des Schuldirektors von Javniel, den er kannte, und in Javniel schickte ihn der Direktor – nach einem gehörigen Rüffel fürs Schuleschwänzen – auf den Hof eines Bauern, der ihm gegen Mithilfe beim Verlesen und Verpacken von Mandeln Verpflegung und Unterkunft gewähren würde.

»Mandeln sind die beste Nahrung für einen Mann, der zu einer schwangeren Frau fährt«, sagte der Bauer, »nimm dir für den Weiterweg welche mit, sie sättigen und sind leicht zu tragen.«

Am nächsten Morgen nahm ein tscherkessischer Lastwagenfahrer, der zu den Bekannten des Mandelpflanzers zählte, ihn ein Stück weiter mit. Er war ein magerer Mann, sein Gesicht bestand größtenteils aus Augen und Schnauzbart, und machte zur Erleichterung des Babys nicht gern viele Worte. Sein wechselndes Mienenspiel zeugte davon, daß er mit sich selber redete. Das Baby konnte die Landschaft betrachten und dabei nachsinnen und erfassen, daß die Sehnsüchte, mit denen er kämpfte, die Gedanken, die er anstellte, und der Wunsch, noch und noch zu sehen und zu hören, endlos zu berühren und zu spüren – genau das waren, was die Älteren Liebe nannten. Es gab keine andere Möglichkeit, keine andere Auslegung, denn wenn das keine Liebe war, was war es dann? Wie anders sollte sie sich offenbaren?

Der Lastwagen keuchte die Steilkurven hinauf, bis er die Höhe erreicht hatte. Der Tabor zeigte sich in seinem vollen Rund und ferner und kecker noch der Giv'at Hamoré. Das Baby hatte das Gefühl, daß sein Körper ein winziger Punkt war, der sich auf dem Erdenrund fortbewegte und seiner Geliebten näherkam. Der Korb rüttelte plötzlich. Die Tauben flatterten darin, und er zitterte mit ihnen. Bei Kafr Kama sagte der Fahrer unvermittelt: »Hier ist mein Haus!« und verstummte wieder.

Von Kfar Tavor setzte das Baby seinen Weg teils zu Fuß, teils auf vorbeikommenden Viehfutterkarren, Milchtankern und Gemüselastern fort. Seinerzeit war die Welt leer und der Verkehr langsam und die Entfernungen groß, und für diese Strecke, die ich heute mit Nilpferd in zwanzig Minuten zurücklege, brauchte er einen halben Tag. In Afula luden ihn zwei junge Burschen zu einem Glas Brause ein, unterhielten sich mit ihm über die Tauben, und als er danach allein zum Bahnhof weiterging, entdeckte er, daß sie ihm das bißchen Geld von seinem Onkel geklaut hatten. Ein Weilchen saß er bangen und unschlüssigen Herzens auf der Bank der Bahnstation, den Korb auf den Knien, und schließlich stieg er ohne Fahrkarte in den Zug nach Haifa.

Bald wurde er geschnappt. Der Schaffner verlangte von ihm zwei Tauben, wenn er die Fahrt fortsetzen wolle. Das Baby bat und bettelte, den Tränen nahe. Der Schaffner packte ihn am Kragen und drohte, ihn mitten in den menschenleeren Weiten der Jesreelebene hinauszuwerfen. Er erschrak. Vorher hatte er einen Schwarm Geier auf dem Kadaver einer Kuh gesehen, und nun fürchtete er um sein eigenes Schicksal. Im stillen überlegte er schon, wie er eine

Taube zu Mirjam schicken könnte, damit sein Onkel eine Rettungsaktion einleiten konnte. Aber dann erbarmte sich seiner eine fremde und befremdliche Frau, eine hagere Holländerin, die mit im Waggon saß und Aquarelle von Staren und Stieglitzen malte. Sie kaufte ihm eine Fahrkarte und sagte ihm in einer Sprache, die er nicht verstand, ihr sei klar, wozu er die Reise unternehme und was er in seinem Korb habe.

In Haifa suchte das Baby die Verwandten auf, und die vertrauten ihn einem ihrer Freunde, einem alten englischen Ingenieur an, der eine Nachtfahrt nach Tel Aviv unternahm. Der Mann entschuldigte sich, daß er langsam fahre, weil er nachts nicht so gut sehen könne, und bat seinen jungen Mitfahrer, sich mit ihm zu unterhalten, damit er nicht einschlafe. Das Baby fürchtete, er könnte ihn nach den Tauben fragen, und der alte Ingenieur fragte tatsächlich, ja fragte nicht nur, sondern zeigte überdies Expertise in zwei gefährlichen Bereichen – Taubenzucht und Hebräisch. Das Baby konnte sich also nicht hinter seinen spärlichen Englischkenntnissen verschanzen. Er erzählte dem Mann, er wohne in Haifa, habe einen Schlag auf dem Dach seines Hauses und fahre nach Tel Aviv, um die Tauben dort »fliegen zu lassen«, wie er vorsichtshalber anstelle von »auflassen« sagte.

»Wie sie wohl nach Hause zurückfinden«, rätselte der Engländer.

Das Baby sagte: »Sie haben Navigationsvermögen.«

»Haben sie nicht«, widersprach der Engländer. »Sie können nirgendwo anders hinfinden als zu ihrem Heimatschlag. Das ist kein Navigieren. Navigationsvermögen ist die Fähigkeit, seinen Weg von überallher nach überallhin zu finden, speziell auch an Orte, die man nicht kennt. Und die Heimkehr, wie soll ich sagen, mein Junge, ähnelt eher der Folgsamkeit, mit der wir alle der Erdanziehungskraft gehorchen. Wie ein Bach seinen Lauf zum Meer ohne Landkarten kennt und ein geschleuderter Stein keinen Kompaß braucht, um auf die Erde zurückzufallen.«

Als sie den Jarkon überquerten, wurde der Horizont schon blaß, und in der Ferne flimmerten erste vereinzelte Lichter von Tel Aviv. Der Wagen passierte den Pferdehof, von dem das Mädchen ihm erzählt hatte, daß sie dort Jungtauben aufließ, und fuhr weiter nach Süden, und schließlich sagte das Baby an einer unverfänglichen Stelle, die ihn mit nichts und niemand in Verbindung brachte, hier wolle er aussteigen.

»Es ist noch dunkel«, sagte der englische Ingenieur, »wo willst du denn hin?« Aber das Baby sagte: »Das ist in Ordnung, bald wird es hell«, und ging zum Zoo. Den Weg kannte er nicht, aber das Brüllen des Leoparden und das Kreischen erwachender Affen und Vögel waren schon zu hören und lenkten seine Schritte. Das Tor war verschlossen. Das Baby setzte sich davor, und eine halbe Stunde später weckte ihn der dicke Mann, der gekommen war, um die Tore zu öffnen.

»Ich erkenne dich wieder, du arbeitest in Mirjams Schlag«, sagte er, »deine Freundin ist noch nicht da, aber komm rein, hereinspaziert, warte drinnen auf sie.«

2

Den Heimweg, zwei Tage später, legte das Baby im Bus zurück. In seinem Weidenkorb saßen vier Tauben, die das Mädchen ihm mitgegeben hatte. Doktor Laufer hatte den beiden gesagt: Taubendepeschen der Liebe sind schön und gut, aber es gibt auch Arbeit und Übungen. Befestigt an jeder Taube, die ihr auflaßt, auch eine Brieftaubendepesche mit den Zeit- und Wetterangaben. Und vertut euch nicht zwischen unserer Meldehülse und eurem Federkiel, sonst könnten wir noch lesen, was ihr euch schreibt, chchch… chchch… chchch… Und jetzt bist du im Dienst, also nimm hier ein bißchen Geld für unterwegs und auch die Fahrscheine.«

Während der ganzen Fahrt dachte er an sie, an den gemeinsamen Spaziergang am Strand von Tel Aviv, an die Straße, in der sie ihre Hand aus seiner gezogen hatte, und an die Gasse, wo nicht. An den Kuß, den sie ihm und an die Küsse, die er ihr gegeben und wie sie schwer atmend seine Hand von ihrer Brust entfernt hatte und an ihrer beider umschlungene Zungen. Er hatte sie gebeten, ihm das Pfeifen beizubringen, und nachdem es ihm weder auf einem noch auf zwei Fingern geglückt war, hatte sie gesagt: »Dann versuchen wir's mal so«, und ihm ihre Finger in den Mund geschoben.

»Pfeif!« sagte sie, aber seine Zunge erstarrte bei der Begegnung mit ihren Fingern, sein Zwerchfell füllte sich mit Verlangen und seine Lungen konnten nicht schnaufen.

»Pfeif!« wiederholte sie, und sein Pfiff wurde ein Lachen der Lust und Überraschung. Das Mädchen sagte: »Und jetzt so«, und nahm seine beiden Zeigefinger und steckte sie sich in den Mund, und als sie ihm entgegenpfiff, spürte er, daß er auch selber blies. Nie hatte er solches Glück gekannt. Das Meer rauschte. Ihre Augen blickten einander an, zum Verschwimmen nahe, zum Ertrinken tief.

»Ja oder nein?« fragte er.

»Ja oder nein was?«

»Gibst du mir eine Taube, ja oder nein?«

Er erinnerte sich an ihre Miene, als sie seine Tauben entgegennahm, an ihren Blick, als sie ihm ihre übergab und »wir sind einverstanden« sagte. Und da das Land klein und die Sehnsucht mächtig ist, starteten schon am nächsten Morgen zwei Tauben, die eine vom *schovech* im Kibbuz in der Jordansenke und die andere vom Zentralen *schovach* im Zoo.

Die Tauben, die sich unterwegs vermutlich kreuzten, langten an und landeten, ihre glänzenden Brüste pochten mit Macht. Das Mädchen und das Baby übergaben, jeder an seinem Ort, Doktor Laufer beziehungsweise Mirjam den Inhalt der Hülsen, lösten die Seidenfäden, mit denen die Kiele an den Schwanzfedern befestigt waren, und traten zur Seite, um die Worte zu lesen, die ihnen galten. Abgezählte und knappe Worte, wie bei Brieftaubendepeschen üblich – und alle in der weiblichen Pluralform: Ja und ja und ja und ja. Ja, wir lieben, und ja, wir sehnen uns, und ja, wir haben nicht vergessen, und ja, wir erinnern uns.

Sie hatten nie geahnt, daß so kurze, wenige und schlichte Worte dermaßen erfreuen können. Hatten nicht gewußt, wie oft man sie wiederlesen konnte. Mirjam und Doktor Laufer, er in Tel Aviv und sie im Kibbuz, blickten das Baby beziehungsweise das Mädchen seufzend und lächelnd an. Sie hatten ja gewußt, daß es so kommen mußte. Nach einem Liebesbrief, den eine Taube überbrachte, würden Absender und Empfänger sich nie mehr mit einer anderen Postart zufriedengeben. Nichts glich ihrem Auflassen, ihrem Entschwinden aus den Augen, die sie geleiteten, ihrem – genau gleichzeitigen – Erscheinen in den Augen, die sie erwarteten.

Da ist sie: Taucht ab und kommt, in pfeilgeradem Flug, das Rauschen ihres Flügelschlags mischt sich mit dem Rauschen des Schläfen- und Herzbluts. Was kann sich damit vergleichen, sie zu halten? Mit ihren weichen Brustfedern? Dem Entnehmen des Briefs aus dem Federkiel? Ihren Herzschlägen? Woher hat sie die Kraft, soviel Liebe zu tragen? Und was ist erregender – der Armschwung des Auflassenden oder der Zugriff des Empfängers?

Auch Doktor Laufer war zufrieden: Bei einem der Nordflüge wurde ein Rekord gebrochen – eine Taube vom Mädchen zum Baby hielt eine Durchschnittsgeschwindigkeit von vierundsiebzig Kilometern pro Stunde, drei Kilometer weniger als der Tauber Alphonse, der belgische Rekordhalter jenes Jahres.

Alle zwei Monate kam das Baby nach Tel Aviv, brachte neue Tauben und nahm welche mit, und ein Jahr später kam das Mädchen zu ihm in den Kibbuz.

»Ist das das Mädchen, von dem du mir erzählt hast? Das Mädchen, das dort war, als du mit ihm und den Tauben zum Zoo gefahren bist?« fragte die Tante des Babys ihren Mann.

»Sie ist seither etwas gewachsen, aber ja, das ist sie«, bestätigte der Onkel.

»Wer hätte das geglaubt«, sagte die Tante, »daß das schönste und klügste Mädchen, das hier je gesichtet wurde, ausgerechnet wegen unseres kleinen *Kälbeles* kommt. Jetzt wirst du mal sehen, wie die Mädchen ihm nachlaufen. Mädchen haben einen Riecher für so was. Ich hoffe nur, er macht keinen Unsinn.«

## *Zehntes Kapitel*

I

Obwohl Meschullam meinte, der Preis sei ›überzogen‹ und man hätte ›die Aase auf alle viere runterholen‹ können, verhandelte ich nicht. Der Preis wurde bestimmt und ich gebeten, ›mit der Frau‹ vor dem Aufnahmekomitee des Gemeinderats zu erscheinen.

»Was soll ich tun?« fragte ich ihn. »Liora wird ihnen Stielaugen machen mit ihren teuren Kleidern, wird ihnen über den Mund fahren und englisch reden.«

»Nimm Tirale mit«, sagte Meschullam. »Die gibt eine prima Frau Mendelsohn ab. Auch vor dem Komitee.«

»Was heißt, Tirale mitnehmen. Wie denn?«

»Was wie? Im Auto, wie denn sonst?«

»Sie ist doch nicht meine Frau. Sie haben gesagt, ich soll mit der Frau kommen.«

»Sie haben gesagt, du sollst mit der Frau kommen? Wenn sie dich fragen, sagst du einfach, du hättest nicht verstanden, daß deine Angetraute gemeint war.«

»Und wenn sie nicht zustimmt? Woher weißt du, daß sie mitkommen möchte?«

»Das überlaß mir.«

Seine Tirale sei einverstanden, teilte mir ihr Vater am

nächsten Tag telefonisch mit. Sie habe nicht nur zugestimmt, sondern sogar einen ihrer großen Lachanfälle gekriegt. Aber er, als ihr Vater, habe da noch eine Idee: »Wenn ihr schon gemeinsam ins Dorf fahrt, holst du sie vielleicht früher ab, sagen wir um zehn Uhr, von unseren Büros in Tel Aviv?«

»Aber die Sitzung ist am Abend«, erwiderte ich.

»Wir haben noch nicht Sommer«, sagte Meschullam geduldig, »es ist jetzt Frühling. Es gibt noch ein paar Anemonen und Alpenveilchen an schattigen Stellen, und es blühen noch Lupinen und Kornblumen und Hahnenfuß. Auch Tirale hat ab und zu einen halben Tag Urlaub verdient. Mach einen kleinen Ausflug mit ihr, vielleicht ein nettes Picknick mit allerlei Delikatessen. Ich werde jemanden zum Einkaufen schicken, damit ihr eine wohlgefüllte Kühlbox mitkriegt. Geht spazieren, eßt was Leckeres, vergnügt euch ein bißchen, und dann fahrt ihr zur Komiteesitzung.«

»Vielleicht hat sie keine Zeit für Ausflüge? Vielleicht möchte sie nicht? Vielleicht hat sie schon was anderes anberaumt?«

»Sie hat Zeit, hat nichts anberaumt, und sie möchte!«

## 2

Schweigsam, erstmals allein zu zweit, brachen wir von Tel Aviv gen Süden auf. Ich schwieg in ungelenker Verlegenheit, sie in lächelnder Erwartung, und dabei sagt man solchen Schwachsinn wie »Meschullam hat sogar schönes Wetter für uns bestellt« und »ich liebe solche Wolken, wie bei den Simpsons.«

Ich zeigte ihr einen hoch am Himmel gleitenden Schwarm großer Vögel und sagte: »Das sind Pelikane unterwegs nach Norden«, und sie fragte: »Wie kannst du sie von so weit erkennen? Vielleicht sind es Störche?« Und ich sagte: »Pelikane wechseln in den Kurven die Farbe, Störche nicht.«

»Die Zugvögel haben ein Winter- und ein Sommerhaus«, fuhr ich ein paar Minuten später fort, »aber welches der beiden ist das wirkliche Zuhause, zu dem sie heimkehren?«

»Die ganze Welt ist ihr Zuhause«, sagte Tirza. »Wenn sie nach Afrika fliegen, ziehen sie bloß ins andere Zimmer.«

Ich erzählte ihr von den *Yaylas,* den Sommerunterkünften der Berghirten im Nordosten der Türkei. Im Winter kommen sie herunter in die Dörfer in den Tälern oder in die kleinen Städte am Meer, und im Frühjahr ziehen sie mit den Herden wieder hinauf.

»Ich wußte gar nicht, daß du dort warst«, sagte Tirza. »Mit wem bist du gereist?«

»Mit niemandem«, sagte ich, »ich war gar nicht dort, habe bloß im Globetrotterladen einen Vortrag über das Kaçkar gehört.«

»Warum fährst du nicht mal selbst ins Kaçkar, statt dir anderer Leute Geschichten anzuhören?«

»Ich verreise nicht gern, ich komm lieber heim«, antwortete ich und deklamierte ihr das zweite Gedicht, das ich auswendig kann, die schönen Heimkehrworte, die auf Robert Louis Stevensons Grabstein stehen. Die kannte ich auch von solch einem Vortrag, einem Reisebericht über Fidschi und Samoa und weitere Inseln im Stillen Ozean:

*This is the verse you grave for me:*
*Here he lies where he longed to be.*
*Home is the sailor, home from the sea,*
*And the hunter back from the hill.*

Der Vortragende hatte sie vorgelesen, hatte vom Roman *Die Schatzinsel* erzählt und von dem Haus, das Robert Louis Stevenson sich auf Samoa bauen ließ, aber nur noch drei Jahre lang bewohnen konnte, bevor er starb, von den Eingeborenen der Insel, die ihn liebten und seinen Leichnam auf den Berg hinauftrugen. Und plötzlich hatten Gehörsinn und Gedächtnis ihre Gegenvergleiche abgeschlossen, und ich begriff, daß Stevenson und nicht meine Mutter die Zeilen verfaßt hatte, die sie mir vor Jahren an der Tür unserer Wohnung in der Tel Aviver Ben-Jehuda-Straße gern deklamierte, das: »Heim kam der Seemann, heim vom Meer, und der Jäger heim vom Berg«, worauf sie mir den Schlüssel in die Hand drückte, mich zum Schlüsselloch hochhob und sagte: »Schließ auf und sag dem Haus Schalom.«

3

Ich weiß noch, wie mir dieses kindliche Wort *Yayla* gleich gefiel, als ich es im Vortrag hörte. Nicht *Zimmer* und nicht *Datscha* und nicht Sommerhaus – sondern *Yayla.* Ich dachte an den Eigentümer dieser *Yayla,* der den Morgenfrost leugnet, das Fallen des Laubs ignoriert, den ersten Schneeflokken den Rücken kehrt, bis ihm wieder keine andere Wahl mehr bleibt, als die Tür hinter sich abzuschließen und zu der Wohnung hinunterzusteigen, die er in dem schlammigen Städtchen am Schwarzmeerstrand besitzt, und während des ganzen feuchtkalten Winters, der nichts ist als Kohlenqualm, Morast und Raki, sehnt er sich nach ihr, seinem Eckchen im Gebirge, seinem Platz für sich, bis er im Frühjahr wieder zu ihr aufsteigt, die Holzstufen erklimmt, die Tür aufschließt, die Luft schnuppert, die drinnen auf ihn gewartet hat, und »Schalom, *Yayla*« sagt. Und die *Yayla* atmet und antwortet, wie es Häuser, in die man heimkehrt, tun.

»Was soll ich dir sagen«, kicherte mein Bauleiter, der eine Frau ist, »gut, daß du dieses Haus gekauft hast. Es ist wirklich im allerletzten Moment gekommen...« Und sie sagte, ihr Ingenieur habe es schon inspiziert und die Verstärkung einiger Pfeiler angeordnet, habe eine Einzelaufstellung für Beton und Baueisen hinterlassen und den Einbau einiger Balken und Betongürtel verlangt. »Was bedeutet, Irale, daß wir anfangen müssen, über die Zimmer zu reden.«

Ich sagte ihr, die Innenaufteilung des Hauses, ein Wohnzimmer und zwei kleine Schlafzimmer, gefiele mir.

Tirza sagte, ich sei konservativ. »Es gibt keine absoluten Regeln für den Hausbau. Alles hängt vom Bedarf und den Möglichkeiten ab.« Und sie fragte: »Wozu brauchst du überhaupt Zimmer? Warum öffnen wir nicht die Wände, und du bekommst einen sehr großen Raum und sicherheitshalber noch ein kleines Zimmer sowie Bad und Toilette?«

»Darum!« gab ich patzig zurück, fühlte mich etwas bedroht durch das ›wir‹. »Weil Häuser Zimmer brauchen, Schlafzimmer und Arbeitszimmer und Wohnzimmer. So sind die Häuser von allen, was heißt, wozu brauchst du Zimmer?«

»Reg dich nicht auf, Irale. Wir sind nicht zusammengekommen, um uns aufzuregen. Wir sind zusammengekommen, um dir ein Haus zu bauen, und du solltest Gott danken, daß ich deine Bauleiterin bin, denn du hast keine Ahnung, war für ein Alptraum so eine Renovierung sein kann.«

»Entschuldige.«

»Und wer sind ›alle‹, und was heißt, ›darum‹? Ein Haus ist kein Kaufhaus, das man in Möbel- und Bekleidungs- und Haushaltswarenabteilung unterteilt. Ein Haus muß dem Menschen angepaßt werden, nicht irgendwelchen Verwendungszwecken. Da du dort keine Kinder großziehen und wohl auch kaum viele Gäste unterbringen willst, brauchst du nur einen großen Raum, in dem du wohnen, kochen, essen, schlafen und lesen kannst, und noch ein kleines Zimmer mit Bett für alle Fälle, sowie Bad und Toilette und große Fenster zur Landschaft und einen großen Balkon, und ich habe auch die gewünschte Außendusche nicht vergessen.«

»Wann muß ich mich entscheiden?«

»Möglichst bald. Jetzt aber genug mit dem Haus. Wohin fährst du mich spazieren?«

Ich steuerte meine drei Hügel an, die jedes Jahr mit Anemonen anfangen und mit Hahnenfuß aufhören. Tirza erspähte sie von weitem, und genau wie ich an dem Tag, an dem ich sie zum ersten Mal sah, wollte sie nicht glauben, daß all dies Rot über Rot Blumen waren. Doch als Nilpferd noch näher kam, teilte sich der Purpurteppich in rote Blütenblätter, schwarze Herzen, das helle Grün noch geschlossener Hahnenfußknospen und das Weißgrau der Anemonensamen, die bereits durch die Luft flogen.

»Halt mal«, rief sie, »das ist so schön, halt an!«

Sie stieg aus, blieb vor dem roten Feld stehen und breitete die Arme aus. Ich legte die Decke auf den Boden und setzte mich. Tirza beugte sich nieder und küßte mich auf den Mund. Ein Kuß mit leicht geöffneten Lippen, weder gespreizt noch verkniffen, ein vergnügter, testender Kuß. Ihre Zunge drang nicht in meine Mundhöhle, wanderte nur zwischen Zähnen und Oberlippe, erforschte mich – hatte ich mich gewandelt? Schmeckte ich jetzt anders? Der erste Kuß seit unserer Jugendzeit, der mich in Beben versetzte, weil er so ähnlich und doch wieder so anders war als unsere stürmischen, ungelenken Küsse von damals.

Ihre Gesichtshaut roch frisch und gut, und meine Lippen spürten ihr Lächeln, ehe sie von mir abließ. Im Vergleich zur Kühnheit unserer Jugendtage waren wir jetzt geradezu scheu und zurückhaltend, dachte ich.

»Was willst du dem Komitee sagen?« fragte ich.

Sie lachte: »Daß deine Lippen gleich geblieben sind und dein Gemüt sorgenvoll und umständlich geworden ist.« Und brachte ihren Kopf näher. »Man braucht nichts vorzuplanen. Bei Aufnahmekomitees lautet die erste Frage: ›Stellt euch bitte vor.‹ Es ist wichtig, daß du als erster antwortest, ohne mir den Blick zuzuwenden. Sie wollen ein normales Paar, mit einer kleinen Frau und einem Mann als Familienoberhaupt.«

Sie öffnete die Kühlbox und lachte schallend: »Papa Frieds Aphrodisiaka«, verkündete sie und fing an, alles auszupakken, aufzuzählen und auf der Decke auszulegen: »Korbkäse, Schweizer Käse mit Löchern, Kümmelbrot, Eiertomaten – der Ochse kennt seiner Tochter Seele... ungarische Salami, Weißwein, es pressiert ihm, daß wir endlich rangehen, und wenn wir deswegen beschwippst vor dem Komitee erscheinen. Radieschen und Butter, Olivenöl, saure Gurken ...« Sie schnupperte: »Der Ärmste, er versucht, die von meiner Mutter nachzumachen, aber er kriegt's nicht ganz hin – wir futtern das alles hier, und er sitzt derweil zu Hause und knabbert vor lauter Sorge an den Fingernägeln.«

## 4

Wir kamen ins Dorf.

»Sehr gut«, sagte Tirza. »Ägyptische Finsternis auf der Straße. Löcher im Asphalt, und nicht zu vergessen – der Konsum führt keine Anchovis.«

»Was soll daran gut sein?«

»Das heißt, sie haben keinen Groschen. Sie brauchen uns mehr als wir sie.«

Zwei Autos und mehrere Fahrräder standen vor dem Sekretariat. Wir gingen hinein, Tirza lugte in das Zimmer, in dem die Leute saßen, und sagte charmant: »Schalom. Wir sind die Familie Mendelsohn.«

»Noch ein paar Minuten, bitte«, hörte man eine Stimme sagen.

»Drei Männer und zwei Frauen«, flüsterte sie mir zu, »die übliche Zusammensetzung. Genau die Gesichter, die ich erwartet hatte.«

Wir betrachteten die Luftaufnahmen an den Wänden: Das Dorf. Seine Häuser, seine Hühnerställe, seine Kuhställe, die Felder.

»Hier passiert nicht viel«, sagte Tirza, »sehr gut.«

»Woher weißt du das?«

»Weil von den Schwarz-Weiß-Bildern zu den Farbaufnahmen kaum Entwicklung zu verzeichnen ist. Dieselben öffentlichen Gebäude, wenig bauliche Veränderungen auf den Höfen. Guck dir diesen Hof hier an: Auf dem Schwarz-Weiß-Bild sieht man noch ein paar Kühe, auf dem farbigen nicht mehr. Auch die Wohnhäuser sind gleich geblieben.«

»In allen Sekretariaten die gleichen Bilder«, bemerkte ich.

Sie hätte gar nicht gedacht, daß ich so viele Sekretariate kenne, gab sie zurück, und ich sagte ihr, daß ich vielerorts nach unserem Haus gesucht hatte, ehe ich es hier schließlich fand.

Sie lächelte: »Du brauchst noch nicht unser Haus zu sagen, Irale.«

Ich sagte: »Ich übe nur fürs Komitee, Tirale.«

»Es ist nicht einfach, in so einen Ort zu ziehen, in eine kleine, alte Ortschaft«, erklärte sie. »Du wirst niemals ihre kleinen Geheimnisse kennen, ihre interne Sprache, wer wen haßt und warum, wer hier ein Obstbaum ist und wer nur Zierholz. Es kann dir passieren, daß du dich mit dem Außenseiter des Dorfs anfreundest oder einen Mann gerade bei demjenigen lobst, dem er die Frau ausspannt. Man muß aufpassen.«

Noch zwei Männer trafen ein, gingen ins Zimmer, und gleich darauf hieß es: »Kommen Sie bitte herein.«

Tirza hatte recht gehabt. Sofort erkannte ich den Herrn

»Alles-vergebens«, den Herrn »Wie-soll-der-uns-retten«, den Vogelmann, die alte Jungfer, die hoffnungsvolle Jungfer, den stellvertretenden Regimentskommandeur der Reserve und den selbsternannten Wachhund. Dreizehn Augen – der Vogelmann trug einen Verband über dem linken – musterten uns mit Blicken, in denen sich Flehen und Hochmut mischten.

Tirza entschuldigte sich wegen des Lehms, der an unseren Sohlen klebte. »Wir wollten auf keinen Fall zu spät kommen«, sagte sie, »deswegen sind wir etwas eher losgefahren, waren zu früh hier und sind noch ein bißchen in der Gegend spazierengegangen.«

»Stellen Sie sich bitte vor«, sagten der Reserveoffizier und der Resignierte gleichzeitig und wechselten prompt ärgerliche Blicke. Tirza lächelte stillvergnügt.

»Mein Name ist Jair Mendelsohn«, sagte ich im Brustton des männlichen Familienoberhaupts, »und das ist meine Frau Liora. Ich bin Jahrgang neunundvierzig, Fremdenführer, wegen der Wirtschaftslage und dem allen jetzt aber auch im Fahrdienstgeschäft tätig, und Liora...«

»Wohin würden Sie Touristen hier in unserer Gegend führen?«

»In meinen Bereichen, nämlich Vogelkunde und Geschichte, gibt diese Gegend nicht viel her.«

»Warum?« Der einäugige Vogel fixierte mich. »Hier ziehen regelmäßig Pelikane und Störche durch, manchmal auch Kraniche, und wir haben ein System alter Zisternen hinter dem Hügel und unterirdische Höhlenverstecke aus der Zeit des ersten großen Aufstands gegen die Römer.«

»In der Tat«, sagte die hoffende Frau, »jedes Jahr kommen ein paar tausend Touristen aus aller Welt zu uns und suchen das Zisternensystem hinter dem Hügel, und man braucht jemanden, der sie hinführt und ihnen alles erklärt, und Polizei, um den Verkehr zu regeln, vor lauter Autos.«

»Wo waren Sie beim Militär?« überraschte die Jungfer.

»Ich war Sanitäter. Habe auf dem Ausbildungsstützpunkt 10 ausgebildet.«

»Bei uns hier steht, daß ihr keine Kinder habt, Jair«, sagte der Reserveoffizier, familiär, aber forsch.

»Entschuldigung, daß ich hier ins Wort falle«, sagte Tirza liebenswürdig, »aber wenn schon von Kindern die Rede ist, dann bin ich die Frau, die er auf euren Wunsch mitbringen sollte, und das scheint mir ein bißchen mein Gebiet zu sein.«

»Verzeihung.«

»Also ich habe Kinder. Aus erster Ehe. Der Große ist in den Vereinigten Staaten und die Kleine auf Fernosttour.«

»Und was machen Sie, Liora?«

»So allerlei. Ich habe Gartenerfahrung, mit Blumen- wie Kindergärten, bin Krankenschwester, und beim Militär war ich Sanitäterin wie Jair. Wir haben uns im Kurs kennengelernt. Aber danach ist jeder seinen Weg gegangen, bis wir uns dann wiedertrafen.«

Sie lächelte mich an, und ich war verlegen. Ich bin nicht besonders gut im Improvisieren und gewiß nicht in derart rasantem Märchenerfinden.

»Und heute?«

»Heute fachen wir die alte Glut wieder an.«

Eine der Frauen lachte. Herr Alles-vergebens beharrte: »Ich verstehe, daß Sie viele Begabungen haben, Frau Mendelsohn, und doch möchte ich gern wissen, was Sie machen.«

»Ich bin eine Allroundfrau«, sagte Tirza. »Aber ich habe mich immer selbst ernährt und bin niemals abhängig gewesen. Ich habe bei einem Partydienst gearbeitet, Holzspielzeug entworfen und vermarktet, und ich leite Volkstanzgruppen, aber er tanzt ja nicht«, sie deutete auf mich, »hat überhaupt keine Koordination.«

»Und warum wollt ihr hier herziehen?«

Damit ich weder euch noch mich erschieße, sagte ich mir im stillen. Damit ich zur Ruhe komme, einen Platz für mich habe, weil große Bäume auf dem Grundstück wachsen und Gräser aus den Ritzen im Bürgersteig sprießen.

»Die Gegend ist hübsch«, sagte Tirza. »Und das Dorf auch. Und das Haus hat uns gefallen. Wir lieben die Natur, haben etwas Geld gespart und wünschen uns einen Orts- und Luftwechsel.«

»Und was wollen Sie hier machen?«

»Ich hoffe, die Lage wird sich bessern und ich kann meinen alten Beruf weiter ausüben«, sagte ich, »und vielleicht werde ich mich tatsächlich auch mit dem Fremdenverkehr in dieser Gegend befassen, und Liora...«

»Erst mal habe ich vor, meine eigene Bauleiterin zu spielen und das Haus zu renovieren, und wenn mir das Spaß bringt, mach ich's später beruflich weiter.«

»Und welchen Beitrag«, fragte der Wachhund, der bis zu diesem Zeitpunkt schweigend herumgekritzelt hatte, »welchen Beitrag meint ihr, hier leisten zu können?«

»Ich glaube an gute Nachbarschaft«, sagte ich. »Und ich werde von Herzen gern jedem helfen, der um Hilfe bittet.«

»Ich meine einen geregelten Beitrag zur Gemeinde.«

»Vielleicht im Kulturausschuß«, schlug ich vor. »Und Liora könnte, wie ihr verstehen werdet, in vielen Bereichen etwas besteuern, beim Organisieren von…«

»Ich könnte im Aufnahmekomitee für die nächsten Kandidaten sitzen«, sagte Tirza. »Das gefällt mir jetzt schon.«

»Ihr seid ein bißchen alt«, wandte der Neugierige ein. »Wir hatten gehofft, es würden jüngere Paare kommen, mit kleinen Kindern und Plänen für weiteren Familienzuwachs.«

»Wir hatten auch gehofft, jung zu bleiben, und noch und noch Babys in die Welt zu setzen«, bemerkte Tirza, »aber wenn wir schon wieder bei der Realität angelangt sind, dann laßt uns jetzt alle mal ernsthaft reden. Dieses Haus steht schon sehr lange leer und Türen und Fenster sind verrammelt, kein Mensch hat sich dafür interessiert, und nun sind Käufer vorhanden. Also schade, sich mit Nebensächlichkeiten aufzuhalten. Wir sind genau wie ihr, gute, normale Menschen, die in Ruhe leben möchten, und wir haben keine kriminelle Vergangenheit. Wir werden soviel beitragen wie jeder von euch, nicht mehr und nicht weniger.«

Ein paar Minuten später verabschiedeten wir uns in Frieden und machten einen kleinen und dunklen Spaziergang durchs Dorf. Vor dem Haus blieben wir ein paar Minuten stehen. Tirza sagte, sie müsse heim, habe am nächsten Tag Arbeit im Süden. Sie erteilte telefonisch Anweisungen, und ich fuhr sie zur Landstraße. Ein Lieferwagen von MESCHULLAM FRIED UND TOCHTER LTD. wartete dort schon weißschimmernd im Dunkeln mit eingeschaltetem Standlicht.

Sie küßte mich zum Abschied auf den Mund. Ich spürte, daß ihre Lippen lächelten.

Ich mußte ihr unbedingt noch erzählen, was der Traktorist, der zum Mähen des Grundstücks gekommen war, über sie gesagt hatte, und sie lachte: »Das hat er gesagt? Dein Bauleiter ist eine Frau? Er hat sich ein bißchen in der Wortfolge geirrt, aber macht nichts.«

»Gute Nacht, Tirale. Danke für deine Hilfe beim Komitee.«

»Danke für den Ausflug. Und keine Angst, wir sind angenommen.«

»Du bist angenommen. Ich war furchtbar.«

»Wir sind beide angenommen. Sie wissen schon, daß wir nicht Donna Ideale und Mister Perfect sind, aber sie stecken in Schulden, haben keine anderen Anwärter, und keiner wird ihnen unser Angebot machen, außer dir. Entscheide dich mal langsam wegen der Zimmer, es müssen Pläne angefertigt werden.«

»Ich akzeptiere die Idee von dem großen und dem kleinen Zimmer, wie du's vorgeschlagen hast.«

»Daran tust du gut. Grüß Meschullam. Er wird dich sicher in einer Minute anrufen. Und geh morgen mal dran, die Johannisbrotbäume von allen Kletterpflanzen und Parasiten zu befreien und reiß den ganzen Gräserkram dort raus. Der Traktor kommt mit dem Mäher nicht ran.«

»Willst du nicht vorher erst vom Komitee hören?«

»Es besteht kein Grund zu warten. Wir sind angenommen. Und falls nicht, sollen sie die Säuberung geschenkt haben.« Sie entnahm dem Laderaum des eingetroffenen Lieferwagens, eine Sense, Arbeitshandschuhe, eine Sichel, eine Heckenschere und eine Säge: »Nimm. Daß du sie schon mal dahast.«

## 5

Auch jene Nacht schlief ich im neuen Haus und bekam von ihm sogar ein Geschenk in Form eines Traums. In meinem Traum klingelte das Telefon. Ich nahm den Hörer ab. Erst hörte ich Stille, dann meinen Namen. Du riefst mich, zum ersten Mal seit deinem Tod. Sagtest: »Jair...« und noch einmal: »Jair...« Deine Stimme war weicher als sonst, aber ich erkannte ihre Klangfarbe und hegte keinen Zweifel: »Jair... Jair?... mit dem winzigen Fragezeichen, das du manchmal hinter meinen Namen setztest, das man kaum hören und gewiß nicht schreiben konnte und soviel hieß wie: Bist du's? Bist du da? Antworte mir, mein Sohn...

Ehe ich mich fassen und antworten konnte, hatte meine Mutter schon aufgelegt. Der Traum war zuende. Stille trat ein. Nur die kleine Eule, die Zwergohreule alias gemeiner Satyr, skandierte draußen ihren Flötenton. Ich erwachte bestürzt. Warum hatte ich nicht geantwortet: »Hier bin ich, Mutter?« Warum hatte ich nicht gesagt: »Ich bin in dem Haus, das du mir gekauft hast.« Warum hatte ich nicht gefragt: »Wo bist du? Wann kehrst du wieder?«

Ich bin da, sagte etwas in meiner Brust. Sie ist weg, erwiderte mir die Wand. Jair?... Jair...? Jairi, Jairi, mein Sohn, mein Sohn – hallte mein Traum. Er ist es, bestätigten die Sinnesorgane. Er ist mit uns, laßt ihn ein, sagten die Erinnerungen. Und sofort erkannte ich besser meinen Platz und mein Dasein und spürte das Haus, das meine Mutter mir gekauft hat und meine Gelihiebte mir baut, es wuchs und umhüllte mich wie eine gesunde, neue Haut, und das Gefühl war so angenehm und absolut, daß ich nicht wußte, ob es in mir wuchs oder als kühl-warmer Rückhauch an meine Stirn schlug.

Ich zog mir die Decke über den Kopf. Mein kleines Dunkel. Ich bin hier, an dem Platz für mich, umhüllt von deinem Geschenk. Ich bin der Raum zwischen den Wänden. Ich bin der Mann und sein Haus. Ich bin mein Haus und das Darinnen. Ich bin der Fußhalt, ich bin der Türpfosten, ich bin der Raum zwischen Boden und Decke.

Die Blässe endender Nacht erwartet meine sich öffnenden Augen – wieviel Zeit ist vergangen? – wie die Gesänge der Bülbüls in meinen Ohren, wie die Fortsetzung des Traums in meinem Herzen. Laß mich gehen, denn die Morgenröte ist aufgestiegen, hast du gesagt. Laß mich gehen, mein Sohn.

## 6

Meine Hand hebt sich, geradewegs zum Lichtschalter. In Lioras Haus stieß sie unweigerlich an den Lampenschirm und machte Lärm, und als wir noch im selben Bett schliefen, ließ Liora darauf ein langes, protestierendes »Ssss…« durch die Zähne dringen. Aber hier war die Hand sicher, fand und schaltete der Finger, ohne Zaudern und Tasten. So die Taschenlampe in jener Nacht und so die Lampe heute, in demselben renovierten neuen Haus, in dem Tirza nicht mehr bei mir ist – sie hat es fertig gebaut und das Weite gesucht. Manchmal lese ich ein Buch, warte, daß der Schlaf zurückkehrt, und manchmal beruhige ich mich mit dem Studium einer topographischen Karte, gehe endlich auf Reisen.

So ist es gut: Meine Trekkingkleider und Wanderschuhe und Rucksäcke und Sturmzelte und Schlafsäcke liegen im Schrank und in Nilpferd, meine Beine ruhen auf dem Bett, meine Lungen atmen regelmäßig, und nur meine Augen wandern zwischen den Höhenlinien und erraten die Landschaft, verwandeln die zwei Dimensionen der Karte in dreidimensionale Wirklichkeit: Hier ist eine Schlucht, da eine Kuppe, dort ein Bergzug, hier ist es steil, dort gemäßigt, da ragt eine Klippe. Hier klettere ich rauf, hier rutsche ich runter, hier schlage ich mein Zelt auf und mache Feuer.

Und manchmal ziehe ich tatsächlich los. Vom Haus in den Garten und von dort in die Hügel. Entdecke von Menschen ausgetretene Pfade, Rinderherdenwege, schmale Ameisen- und Igelspuren, Fährten von Stachelschweinen, Wildschweinen und Schakalen. So mache ich es überall und bei jeder Gelegenheit: Erkunde das Netz der Trampelpfade und Feldwege, die Flucht-, Umgehungs-, Entkommensmöglichkeiten.

»Woher hast du denn diese Paranoia? Woher hat ein israelischer Mann die Ängste von Diasporajuden?« fragte Liora bei der ersten und letzten Auslandsreise, die ich unternahm, um sie in ihrem Elternhaus in New Rochelle zu heiraten. Ich war damals früh morgens zu einem Erkundungsgang aufgebrochen und so lange ausgeblieben, daß die ganze Familie in Angst und Bangen geriet.

»Was ist passiert? Wo warst du denn?« wollten alle besorgt wissen.

»Ich bin weggegangen, um mich mit der Gegend vertraut zu machen.«

Ihr Vater, ihre Mutter, mein Schwager, ihre Schwägerin, Onkel und Tanten, deren Söhne und Töchter – alle Kirschenbaums, die gekommen waren, um den Bräutigam in Augenschein zu nehmen, den Liora aus Israel mitgebracht hatte – blickten einander kopfschüttelnd an.

»Hier läuft man nicht zu Fuß herum«, unterrichteten sie mich. »Hier fährt man mit dem Auto, oder man rennt im Joggingdreß, oder man geht in Walking-Kleidung auf eigens dafür bestimmten Wegen. Wer einfach so auf der Straße geht, wird wegen Vagabundierens aufgegriffen.«

»Wozu?« fragt Liora, wann immer ich vom Asphalt abweiche, um einen neuen Sandweg zu erkunden. »Es gibt doch Straßen, gebaut von Steuern, die ich bezahle. Wenn wir sie befahren, bekommen wir ein Teil des Geldes wieder rein.«

Bei einem dieser Ausflüge fand ich sogar die Zisternen, die im Aufnahmekomitee zur Sprache gekommen waren: tief und groß, mit trockenen Steintränken an den Öffnungen. Einst lag hier eine Ortschaft mit Menschen, Schafen, Ziegen und Häusern, jetzt sind nur noch Seilkerben in den Kreiderändern des Sandsteins übriggeblieben. Wer hat die erste von euch gegraben? Kanaaniter? Philister? Araber? Meine Vorväter aus biblischen Zeiten?

Unweit davon liegt ein großes Gehölz – »der Wald«, wie die Dorfbewohner sagen. Ein sonderbares Gemisch aus Eichen, Johannisbrotbäumen und Terebinthen, und daneben in einzelnen Gruppen Kiefern, Eukalypten und Zypressen – Überreste einer Baumschule, die der Jüdische Nationalfonds hier in den fünfziger Jahren eine Zeitlang betrieben hat. Auch allerlei Wildsträucher wachsen in der Gegend und alte Mandelbäume, zwischen denen ich antike Ölpressen und Gräber gefunden habe. Die Behauungsspuren im weichen Fels sind längst schwarz und grau mit Flechten bewachsen. Es ist kein Wald, in dem Wölfe und Bären wechseln, aber sein Geruch ist Waldgeruch, seine Schatten sind Waldschatten, und seine Stille ist Waldesstille – eine Stille, die nicht Lautlosigkeit ist, sondern ein Rascheln und Regen fallender Blätter, wehender Winde, knospender Triebe und schlagender Flügel.

Und tief im Wald liegen ein paar kleine, schattige Lichtungen, gut, um allein zu sein oder sich umzubringen, aber meist sitzen dort große Einwandererfamilien. Die Sehnsucht nach dem russischen Wald treibt sie, mit dem örtlichen Gehölz vorliebzunehmen. Sie trinken, essen, musizieren, spielen Schach, grillen Fleisch über Feuerchen, sammeln Pilze. Einmal fand ich dort eine schluchzende alte Frau, die sich zwischen den Bäumen verlaufen hatte. Ich nahm sie in Nilpferd mit, und wir fuhren lange suchend durch die Gegend. Sie redete aufgeregt russisch, ihre Tränen verklebten die Konsonanten, und ich überlegte, ob ich sie entführen sollte, um eine neue Mutter an deiner Stelle zu haben. Letzten Endes hörten wir ihre leiblichen Kinder herumlaufen und »Mama« rufen. Ihr Argwohn verwandelte sich in Dank, ihre Angst in Freude, und ich nahm die Einladung zum Essen an, wagte sogar, ein Gläschen mitzutrinken, und empfand Neid und Nähe.

Gelegentlich stoße ich auf Ausflügler anderer Art, keine Wochenendgäste, sondern Alltagsflüchtige: Menschen, die die Einsamkeit suchen oder ihrer Jugend nachhängen, illegale Paare auf der Suche nach einem Versteck oder womöglich legale auf der Suche nach einem neuen Kick – derlei Feinheiten, die Tirza und Liora sofort erkennen, entgehen mir völlig. Es sind Männer meines Alter darunter, und wir begnügen uns mit einem Kopfnicken und wissendem Blickwechsel. Viele Dinge geschehen uns, sagen die Augen einander: Wir gehen geradeaus, schmerzen, fehlen, vergehen, geraten in Vergessenheit, verscheiden, verschwinden im Dickicht.

## 7

Als erstes nahm ich die Sichel, beugte den Rücken. Die Hände rupften, schnitten, schreckten zunächst vor den Dornen zurück, fanden dann Schutz in den neuen Arbeitshandschuhen. Die eine Hand umklammerte den Griff, die andere packte das Opfer an der Gurgel. Später, als mir der Rücken langsam schmerzte und mein Herz Mut faßte, versuchte ich es mit der Sense. Ich spürte, daß ich sie falsch handhabte, wußte aber nicht, was ich anders machen sollte. Und als ich schon zur Sichel zurückkehren wollte, tippte mir jemand auf die Schulter – der Traktorist.

»Langsamer«, sagte er, »und nicht so wuchtig«, und schon spürte ich von hinten seine beiden Hände, die linke auf meiner Schulter, die rechte an meiner Hüfte, wie ein Puppenspieler. Mein Rückgrat wurde ein Segelmast, der sich durch Krafteinwirkung um sich selber drehte. Die rohe Kraft der Oberschenkel stieg darin auf, teilte sich und fächerte in die Schultern aus, strömte verfeinert in meine Hände und konzentrierte sich auf das schwingende Sensenblatt. Und auch die Sense spürte all das, denn sie begann, selbsttätig zu kreisen, sirrte dicht über die Erde, so scharf und präzise, daß sogar die dürrsten und zartesten Pflanzen nicht umknickten oder brachen, sondern unter dem Sensenschlag geköpft zu Boden sanken.

Der Traktorist war verschwunden, aber die Berührung seiner Hände blieb an meinem Körper haften, und ich arbeitete noch lange so weiter. Ich bin zwar körperliche Arbeit nicht gewohnt, habe aber, wie meine Mutter mir oft sagte, etwas von der Stärke und Entschlossenheit eines Arbeitstiers: den breiten, niedrigen Rücken, die stoßfreudige Stirn, die kurzen Oberschenkel. »Jairs Körper wächst vom Hintern aus«, hörte ich dich, als wir noch klein waren, einmal zu Euervater sagen, »und Benjamins vom Hals abwärts.«

Schweißtropfen rannen mir über die Stirn, überwanden die Augenbrauen, liefen weiter und brannten. Schmerzen durchzuckten meine Rückenwirbel, aber meine Muskeln wurden nicht müde. Die Disteln und Gräser mußten allesamt dran glauben. Ich raffte sie zusammen, schichtete sie an der Seite zu einem Haufen auf und ging nun den Kletterpflanzen zuleibe. Sie hatten sich wie Riesenschlangen um die Johannisbrotbäume gewunden, Ranken und Blätter ausgebildet, waren im Verlangen nach Sonne und Luft bis in die Wipfel hochgeklettert. Ich stieg ihnen nach, erst auf der Leiter, dann auf den Ästen, durchtrennte, löste, warf runter.

Der Traktorist kam wieder, einen leeren Abfallwagen im Schlepptau. Ich lud alles mit der Forke auf, und er fuhr es zur Mülldeponie.

Und als ich kaltes Wasser aus der Kühlbox in Nilpferd trank, kam Meschullam, guckte und sagte: »Sieh dir diese Kameradinnen an, wie die dich jetzt lieben.«

»Wieso Kameradinnen? Es sind Bäume.«

»Es sind Bäuminnen. Weibliche Johannisbrotbäume.«

»Woher weißt du das?«

»Siehst du die Früchte nicht? Bei den Johannisbrotbäumen ist es wie bei uns. Die Männer stinken, und die Frauen tragen Frucht. Was soll denn diese Schrottsäge und dito Heckenschere? Willst du damit etwa Bäume beschneiden?«

»Hat deine Tochter mir gegeben.«

»Soll Tirale sich mit Bauen beschäftigen. Vom Gärtnern hat sie keine Ahnung. Geh mal einen Moment an mein Auto, ich hab zufällig ein paar Werkzeuge dabei, genau für dich.«

Auf dem Rücksitz seines Wagens fand ich zwei Heckenscheren mit langen Griffen und zwei japanische Sägen, alles noch originalverpackt. Dazu eine furchteinflößende Baumschere an einer langen Stange mit einer Seilwinde am Ende und einen Behälter mit einer dicklichen grünen Flüssigkeit, die auf die Schnittflächen der Aststümpfe aufgetragen werden sollte.

Meschullam strahlte vor Freude. »Ein Glück, daß ich das alles gerade heute zufällig dabei hatte, was? Erst mal entfernen wir all die niedrigen Zweige, damit der Baum einen Stamm hat und ein Mensch aufrecht drunter stehen kann.«

Wir sägten, schafften die Zweige beiseite und türmten sie

auf. Dann ging Meschullam daran, mir die Kunst des Zurechtstutzens im Innern der Krone beizubringen: »Jeden Zweig, der nach innen wächst, schneidest zu ab. Aber die, die nach draußen wachsen, dünnst du nur aus, und du trittst immer wieder ein paar Meter zurück und guckst dir die Sache an, wie ein Maler sich das Bild betrachtet, an dem er gerade arbeitet. Und sorg dafür, daß oben und an den Seiten Decke und Wände stehenbleiben, denn ein Johannisbrotbaum ist selbst wie ein Haus. Er wirft das Laub im Herbst nicht ab, und wenn man ihn richtig beschneidet, hält er im Winter den Regen und im Sommer die Sonne ab, wie ein Dach.«

So arbeiteten wir rund drei Stunden, Meschullam unten lehrend und lenkend, ich oben auf der Leiter oder auf den Ästen. Tirza machte zwei Stippvisiten. Bei der ersten sagte sie: »Du bist noch hier, Meschullam? Wer paßt denn dann auf den Laden auf?« Und bei der zweiten lobte sie schon lachend: »Sehr schön, Kinder, wirklich sehr schön.«

Jetzt sahen die beiden Johannisbrotbäuminnen wie zwei mächtige Schirme aus. Man konnte aufrecht darunter stehen, nach oben blicken und frische, luftige Räume und ein dichtes grünes Laubdach sehen.

Der Traktorist kam mit dem Müllanhänger zurück. Meschullam fragte mich, ob ich mit dem Anhänger zurücksetzen könne, und ich sagte, ich hätte es noch nie versucht.

»Mit dem Anhänger rückwärts rangieren ist nicht wie Geige spielen«, kicherte er, »wenn du's nicht versucht hast, kannst du's auch nicht.«

Er schwang sich auf den Fahrersitz des Traktors und manövrierte ihn gekonnt. »Früher war ich mal der beste

Fahrer in der ganzen Palmach«, sagte er, »ich bin der Sohn von Klempner Fried aus der Herzl-Straße in Haifa. Besser als all die Kibbuzniks und Moschawniks, die auf mich runterguckten. Jetzt lad den Abfall auf, und ich ruh mich aus. Ich brauch bloß noch soviel zu arbeiten, wie ich möchte, nicht mehr soviel ich muß.«

Er holte sich eine Flasche Bier und einen Klappstuhl aus seinem Wagen, setzte sich, trank einen ordentlichen Schluck und sagte: »Früher, als Tirale noch klein war, fand ich es lustig, daß sie mich Meschullam nannte. Aber seitdem Gerschon, flehe ich sie an, mich Vater zu nennen. Der Mensch kann nicht plötzlich damit leben, daß keiner ihn mehr Vater ruft. Es gibt genug Leute, die mich mit Meschullam oder Herr Fried anreden. Nenn du mich Vater, sag ich.«

Und er schrie: »Nenn du mich Vater, hast du gehört?«

Tirza war im Haus, hörte es sicher, ließ sich aber nicht blicken und gab keine Antwort.

»Wenn es dir so wichtig ist, Meschullam, kann ich dich auch manchmal Vater nennen«, erbot ich mich.

»Einigen wir uns auf einmal die Woche«, sagte er.

Er döste ein bißchen auf dem Stuhl, wachte auf und fuhr ab.

# *Elftes Kapitel*

## 1

Gelegentlich kamen die Taubenzüchter der Hagana zu Fortbildungsseminaren zusammen. Sie hörten Vorträge über Meldehülsen, Parasiten, Krankheiten und Futtermittel, erzählten einander Anekdoten, tauschten Ansichten und edle Tauben, die schon zu alt zum Reisen, aber gut für die Paarung waren.

Meist fanden die Versammlungen in einem der Kibbuzim im Landeszentrum statt, aber das Treffen von 1945 veranstaltete Doktor Laufer nun gerade in Tel Aviv. Es fiel in die Zeit der großen Ferien, und er erhielt ein Klassenzimmer der Achad-Haam-Schule, in der er früher einmal eine Tierecke für die Schüler unterhalten hatte. Alle Teilnehmer besuchten auch den Zentralen Schlag im Zoo, aber nicht als große Gruppe, sondern *peu à peu* – wie Doktor Laufer überraschend gestelzt bemerkte, »um kein Aufsehen zu erregen.« Sie übernachteten bei den Familien einiger Hagana-Mitglieder in Tel Aviv, und die Mutter des Mädchens empfahl eine ›ordentliche Hausmutter‹, die für alle Teilnehmer ein bescheidenes Abendessen zu ermäßigtem Preis zubereitete.

Mirjam war zwei Tage vor dem Baby nach Tel Aviv gefahren, um Doktor Laufer bei den Seminarvorbereitungen zu helfen, und der Junge überzeugte sich vor seiner Abfahrt, daß der Vertreter im Schlag – ein erfahrener Geflügelzüchter, nicht einfach ein Junge oder Mädchen von der Palmach – seine Aufgaben vollständig notiert und verstanden hatte. Dann schlang er sich einen kleinen Rucksack mit Wasch- und Schreibzeug, einem Hemd und Wäsche zum Wechseln über die rechte Schulter, nahm einen Korb mit Tauben für das Mädchen in die linke Hand und steckte den Busfahrschein, den eine von Mirjams Tauben ihm aus Tel Aviv überbracht hatte, in die Hosentasche.

Als er in der Achad-Haam-Schule eintraf, saßen dort schon ein paar Teilnehmer, die alle erwachsen waren und ihn alle neugierig anblickten. Doktor Laufer begrüßte ihn herzlich und stellte ihn den Anwesenden als ›die künftige Generation‹ und ›Genosse Baby‹ vor. Das Mädchen war nicht da, machte noch allerletzte Vorbereitungen. Zum Eröffnungsvortrag kam sie, setzte sich auf den Platz, den er vorsorglich neben sich freigehalten hatte, und drückte sofort ihren Arm an seinen. Sechzehn Jahre war er alt, und sein Körper geriet in Erregung.

An den Wänden hingen anatomische Schaubilder des Taubenkörpers, Außen- und Innenansicht, und Bibelverse, etwa: »Wer sind die, die heranfliegen wie Wolken, wie Tauben zu ihrem Schlag?« und von Doktor Laufer selbst verfaßte Losungen: »Unser Dank der treuen Taube, ihrer Freundschaft gilt unser Glaube«, »Die Taube steht mit uns im Bunde, mutig und bereit zu jeder Stunde«, »In Regen und Hitze, in Sturm und Wind kehrt die Taube stets heim geschwind.« Und dieses Jahr war ein neuer Spruch hinzugekommen: »Der Vogel des Himmels verbreitet alles«, was eine Diskussion auslöste: Handelte es sich um einen weiteren typisch jeckischen Fehler – *ha-kol*, alles, statt *ha-qol*, der Laut, wie es eigentlich in der Bibel hieß – oder sollte man auch hier wieder ein chchch... folgen lassen?

Zwischen den Schaubildern und Schlagworten hingen Bilder von ›Taubenheldinnen‹, deren Namen zumeist Mercury, Comet oder Arrow lauteten. Und wie alle Eröffnungsvorträge von Doktor Laufer bordete auch dieser schier über von Geschichten geflügelter Helden. Als die Stadt Leiden im Jahre 1574 unter Belagerung stand und fast zerstört war, so daß die Einwohner schon die Kapitulation erwogen – wer teilte ihnen da mit, daß innerhalb zwei Stunden Unterstützung eintreffen würde? Die Taube. Wer bestellte, als Königin Marie Antoinette im Kerker saß, ihre Nachrichten an die Berater außerhalb von Paris? Die Taube. Und wer konnte, beim Gefecht um die Festung Verdun, die von den Deutschen verbreiteten Giftgaswolken überfliegen und Berichte von der Front überbringen? Nur die französischen Brieftauben.

Er brachte die Versammelten mit wichtigen Taubenzuchtinformationen aus aller Welt auf den neuesten Stand. Die Engländer, sagte er und verzog das Gesicht, richteten Zugfalken darauf ab, Brieftauben des Feindes zu fassen. In Deutschland, sagte er ernst werdend, gab es ein neues Gesetz: Jeder Taubenzüchter mußte sich registrieren lassen und seine Tauben im Notfall in den Dienst des Staates stellen, der seinerseits die Überstellung von Tauben zu Übungs- und Wettbewerbszwecken finanzierte. Eine kanadische Brieftaube namens Lichtstrahl rettete Fischer, deren Kutter in den vereisten Gewässern Neufundlands zu zerbrechen drohte. Und in Belgien – trotz seiner nur vier Millionen Einwohner das wichtigste Land der Tauben und Taubenzüchter – gebe es schon hunderttausend registrierte Brieftaubenzüchter, und auch damit habe es sich noch nicht ausgegurrt, chchch... chchch...chchch...

Auch die Teilnehmer hielten Vorträge. Eine tränenselige Taubenzüchterin aus Jerusalem verlas eine selbstverfaßte, herzzerreißende Kurzgeschichte über eine Taube, die mit Stromdrähten kollidiert und zwei Monate nach dem Auflassen »auf den Stümpfen ihrer versengten Beine humpelnd« zurückgekehrt war. Ein Taubenzüchter aus dem Kibbuz Jagur hatte den Bericht eines amerikanischen Offiziers aus dem Ersten Weltkrieg übersetzt: »Wir warteten auf Nachrichten vom Schlachtfeld, und da kam der Tauber Cher Ami mit zerschossenem Leib. In der Brieftaubendepesche stand: ›Unsere Artillerie schießt auf unsere eigenen Truppen. Korrigiert die Richtung, sonst fallen wir ihr alle zum Opfer.‹«

Danach erzählte jemand von einer Brieftaube, die den hungernden Belagerten der Stadt Chania auf Kreta »eine grauenhafte Brieftaubendepesche« überbracht hatte, des Wortlauts: *Eßt mich.* Nun erhob sich eine ethische Debatte. Jemand schrie, die Geschichte sei unglaublich und könne nicht angehen. Doktor Laufer gebot den Versammelten Schweigen, rief laut: »Und jetzt – Tauben in der hebräischen Dichtung!« und bat das Mädchen, aufzustehen, sich neben ihn zu stellen und das Gedicht vorzutragen, das sie auf seine Bitte vorbereitet hatte, »zum Beispiel der begnadete Dichter, Doktor Schaul Tschernichowski«, der viele verschiedene Taubenarten beschrieb:

*Diese sind »ägyptische Tauben«, jene nennt man gerne »Mönche«,*
*die mit »Kropf« schwellen die Brust stolz wie Beamte.*
*Die »Papageienschnabeltaube« zupft an ihrem schönen Schwanze,*
*Die mit »Schopf« plustern ihre Federkrausen,*
*eine Bande »Lockentauben«*
*trifft auf »Riesenturteltauber«,*
*liebend kreisen hier im Eck ein Paar »Römer« und einige Paar »Neger«,*
*auf den Köpfen schwarze Federn. »Perltauben« schwirren flugs herüber,*
*dazu ein Junges aus den Familien der »Priester«,*
*Italiener, Schweizer, Syrer.*

So las das Mädchen, sehr ernst, und eine leichte Röte ließ ihre Haut noch rosiger werden. Doktor Laufer dankte ihr und sagte: »Man könnte zunächst meinen, der Dichter habe hier die Brieftaube zu erwähnen vergessen und nur Ziertauben« – die er schonungslos als monströs bezeichnete – »aufgezählt, aber beim genaueren Hinsehen entdeckt man die Syrer am Ende der Liste, und wir hegen keinen Zweifel, daß der Dichter mit diesen Syrern auf die berühmten Brieftauben aus Damaskus anspielte.«

Die versammelten Taubenzüchter waren zumeist ältere Leute, und während des Mittagessens tauschten das Baby und das Mädchen Blicke und drückten unter dem Tisch Wade an Wade. Er war kleiner und jünger als sie, wie er es bis zum Tag seines Todes bleiben sollte, aber er war nicht mehr verlegen, weder in ihrem Beisein noch im Beisein anderer, gab sogar wie ein alter Hase seine Meinung zum besten.

Am Nachmittag stellte man zunächst Vergleiche zwischen eiweißreichen und fettreichen Samen an und erörterte die Frage: Kann die Handfütterung von Taubenjungen diese mit einem Mal behaften, das sich später bei der Paarung mit anderen Tauben störend auswirkt? Danach ging man zu Taubenpocken über, beriet, womit der Schlag bei einer Durchfallepidemie zu desinfizieren sei, und kam schließlich auf jene Themen, die keine Lösung und kein Ende finden: Navigiert die Taube allein nach ihrem Richtungssinn oder erinnert sie sich an Wegmarken und Landschaftsdetails? Trifft vielleicht beides zu? Das Baby bemerkte kühn, die Teilnehmer übertrügen ihre menschliche Vorstellung von Landkarte, Kompaß und Windrose auf die Taube. Die aber wisse womöglich gar nichts von alledem, kenne nur eine Richtung, die ›heimwärts‹ heiße, ohne zu ahnen, daß die Menschen dieser Richtung verschiedene Namen gäben, mal Süd, mal Ost, mal Nord-Nordwest.

Stille trat ein. Das Mädchen errötete wie eine stolze Mutter. »Das ist sehr interessant«, sagte Doktor Laufer. Ihm fiel wieder ein, was sie über die Taube, die dem Auge des Auflassenden in dem Moment entschwindet, in dem sie sich dem Auge des Wartenden offenbart, gesagt hatte, und er erkannte auf einmal, daß die Liebe, die hier vor seinen Augen erblühte, größer und tiefer war als vermutet. Doch gleich erinnerte er sich wieder seiner Aufgabe und bemerkte: »Auch uns kommen gelegentlich solche schönen und interessanten Gedanken, aber so kann man nicht arbeiten.«

Die übrigen Taubenzüchter pflichteten ihm sofort bei.

Man müsse zu den Sachfragen zurückkehren: Was treibe die Tauben heim zum Schlag? Die Sehnsucht nach dem Zuhause, der Futterkrippe oder der Familie? Sei es richtig und redlich und ratsam, Tauben darauf abzurichten, gegen ihre Natur auch bei Nacht zu fliegen? Enthalte der Schnabel der Taube Magnetteilchen, und welchen Zweck erfülle die Wachshaut am Schnabelansatz?

Abends nahm das Mädchen das Baby zu einem Strandspaziergang mit, schlenderte mit ihm die Promenade entlang und ging ein paar Klassenkameradinnen aus dem Weg, die gern wissen wollten, wer der fremde Junge war. Sie küßte ihn auf die Lippen und ließ ihn diesmal alle Stellen ihres Körpers streicheln, aber über der Kleidung. Er zeigte ihr, daß er schon pfeifen konnte, wollte aber gern wieder so pfeifen wie beim vorigen Treffen, jeder auf den Fingern des anderen.

Anderntags beteiligte sich das Baby erneut am Gespräch der erwachsenen Taubenzüchter, sagte, er träume davon, eine einheimische Rasse heranzuzüchten, die gegenüber Hitze, Parasiten und Durst widerstandsfähiger wäre als die europäischen Tauben. Und das Mädchen bemerkte unvermutet, einst hätten die großen Aufzuchtszentren der Welt in Kairo, Bagdad und Indien gelegen, wo das Klima widriger sei als in Lüttich und Brüssel.

Später, während der geheiligten Pause, in der alle Teilnehmer Kekse in den vor lauter Zitrone schon ganz gelben Tee tunkten, folgte das Baby dem Mädchen vom Klassenzimmer auf den Hof.

»Gehst du auf diese Schule?« fragte er und überlegte im stillen schon, wie er herausbekäme, in welchem Zimmer, in welcher Reihe, an welchem Tisch, auf welchem Stuhl sie saß.

»Nein, Achad-Haam ist eine Schule für Jungen, nicht für Mädchen.«

»Und wo gehst du dann hin?«

»In die Ha-Carmel-Schule«, sagte sie, »sie ist näher am Zoo.«

»Ich geh kaum noch zur Schule. Den ganzen Tag bin ich im Schlag bei den Tauben. Aber ich arbeite im Kibbuz und lese Bücher.«

Das Mädchen sagte ihm, seine Anmerkung über den Richtungssinn der Tauben sei sehr zutreffend gewesen. »Und es geht nicht nur um Richtungen«, fügte sie hinzu, »sie will einfach nach Hause, während wir meinen, sie wollte eine wichtige Brieftaubendepesche in den Zentralen Schlag überbringen.«

»Du mußt die weibliche Mehrzahlform nehmen«, korrigierte das Baby, und als sie nun lachten, versenkten sich ihre Augen ineinander. Sie setzten sich, und er erzählte ihr von einem weiteren Einfall, einer Idee, mit der er den Traum der Taubenzüchter aller Generationen wahrmachen könnte: Tauben aufs Hin- und Herfliegen abzurichten, nicht einfach für die Rückkehr an einen Ort, sondern für den Wechsel zwischen zwei Schlägen. Das würde dem Taubenzüchter viele neue Möglichkeiten in die Hand geben, begeisterte er sich. Eine Brieftaube könnte regelmäßig zwischen einem Hirten in den Bergen und dem Bauernhof, einem Journalisten in der Provinzstadt und der Zeitungsredaktion oder zwischen Militäreinheiten und Oberkommando verkehren.

»Und auch in der Familie«, sagte das Mädchen, »oder zwischen Freunden und Paaren.«

2

Das Seminar dauerte drei Tage, und zum Schluß kam der Dicke vom Zoo mit gurrenden Weidenkörben. Doktor Laufer holte eine Taube nach der anderen heraus und verteilte sie an die Anwesenden mit der Bitte, sie nach ihrer Rückkehr vom jeweiligen Wohnort aufzulassen. In die geleerten Körbe setzte er die von den Teilnehmern mitgebrachten Tauben, die man, wie er sagte, übermorgen vormittag auflassen werde, jede an ihren Herkunftsort.

Die Teilnehmer verabschiedeten sich voneinander, kehrten jeder zu seinem Haus und seinem Schlag zurück, und Doktor Laufer, den das Leben mit Tieren jede Augenbewegung, jede Hautfärbung und jedes Ohrenzittern zu verstehen gelehrt hatte, bat das Baby, noch etwas dazubleiben und dem Mädchen zu helfen, die Schaubilder und Spruchbänder abzuhängen und sie samt den Weidenkörben zum Zoo zu tragen.

Nun waren die beiden allein. Sie nahmen die Schautafeln und Spruchbänder von der Wand, wickelten sie hübsch zusammen, damit sie nicht zerknitterten, und als sie sich niederbeugten, um die Körbe aufzuheben, näherten sich ihre Köpfe, bis sie sich berührten. Schlagartig fuhren ihre Körper hoch und schmiegten sich aneinander.

Sie beugte sich vor und drückte ihre Lippen auf seine, das Baby umklammerte ihre Hüften und drückte ihren Leib an sich, und ohne zu achten, was er tat, hob er ihre Blusensäume, bis er ihre Brüste entblößte, löste seinen Mund von ihrem und küßte und saugte ihre Nippel.

Sie erbebte und stöhnte, aber ihre Hand fuhr zu ihm hinunter, und ehe sie noch etwas anderes tat, als einfach hinzulangen, seufzte das Baby schon und ergoß mit jugendlicher Eile seinen Samen in ihre Hand. Sehnsuchtsschmerz durchzuckte ihn, obwohl sie doch bei ihm war. Er fühlte sich lebendig und tot zugleich. Wurde kraft- und alterslos. Und das Mädchen spürte den warmen Strom zwischen ihren Fingern und erschauerte zutiefst. Sie hatte nie geahnt, welche Kraft sie besaß.

Das Baby war verlegen, suchte und fand einen Lappen, um sein Fleisch und seine Hose und ihre Hand abzutrocknen. Aber das Mädchen warf den Lappen weg, wischte ihm ihre Hand am Gesicht ab, zog ihn zu Boden und sagte: »Jetzt faß mich auch so an.«

Er war jung und wußte nicht, wer banger und lustvoller war – seine Hand oder ihre Lenden, ihr Fleisch oder seines, wollte wissen, wer seinen Fingern Geschmackssinn und Sehvermögen verliehen hatte, und obwohl er noch nicht alle Mitteilungen verstand, die sein Körper ihm sendete, wollte er schon ganz und gar spüren, was sie war, und nicht nur so ungefähr, sondern genau. Wollte diese Wundergestalt kennenlernen, die seine Hand forschend streichelte, nicht nur ihre Wärme, Glätte und Weichheit, wollte auch mit seinem Mund schmecken und mit seiner Nase riechen und mit seinen Augen sehen – würde all das dem gleichen, was er mit den Fingern fühlte?

Das Mädchen nahm seine Hand und schob sie von ihrer

Scham auf den Bauch. »Nicht weiter«, sagte sie, »ich kann nicht mehr.« Sie lagen ein Weilchen nebeneinander, überrascht über ihre beider Schwäche und Stärke, und er leckte sich von ihrer Hand und sie sich von seiner. Danach standen sie auf, brachten ihre Kleidung in Ordnung und nahmen die Taubenkörbe. Erst gingen sie, etwas verlegen, die Achad-Haam-Straße entlang. Dann schlenderten sie, stillvergnügt lächelnd, die lange, leicht abschüssige Strecke zum Zoo hinab.

Am Ende des leichten Gefälles lag ein sandiger Platz mit Resten eines Zitrushains und einigen Sykomoren, und dahinter kam der Kalksandsteinhügel mit Schwimmbad und Zoo. Wenn ich den Weg heute umgekehrt zurücklege, stelle ich mir die Holzlatten vor, die dort ausgelegt waren, ›bevor es hier Bürgersteige gab.‹ Das Baby wollte nicht vor und nicht hinter dem Mädchen gehen, sondern schritt neben ihr her, seine Füße sanken ein, sein Herz war froh, aber auch schon von leichter Trauer erfaßt: Bald hieß es Abschied nehmen. Das Mädchen würde in Tel Aviv bleiben und er zum *schovech* in den Kibbuz zurückkehren.

## *Zwölftes Kapitel*

I

Das Telefon klingelte. Eine dünne Männerstimme sagte mir, die Frau und ich hätten das Aufnahmekomitee überzeugt.

»Aber es gibt noch ein kleines Problem, das der Schatzmeister mit Ihnen besprechen möchte«, und der Schatzmeister räusperte sich gewichtig – etwas in seinem Hüsteln ließ vermuten, daß ein paar Leute dabeistanden und das Gespräch mitverfolgten – und sagte, es habe ›ein kleines Mißverständnis‹ gegeben, und das Dorf wolle ›nach weiterer Prüfung und erneutem Überdenken unter Beratung mit einem Sachverständigen‹ den vereinbarten Preis etwas anheben.

»Wieviel ist etwas?«

»Fünfzehntausend Dollar müßten es sein, hat man uns gesagt.«

»Ich melde mich wieder bei Ihnen«, sagte ich und rief Tirza an.

»Klar«, sagte sie, »die weitere Prüfung betraf den Aufschneiderwagen, den deine wirkliche Ehefrau dir gekauft hat. Wir hätten mit dem Subaru eines meiner Gipser kommen sollen und nicht mit dem Sicherheitseskortewagen des amerikanischen Präsidenten.«

»Aber was mach ich denn jetzt?«

»Ruf an und sag ihnen, du würdest von dem Geschäft zurücktreten. Aber tu's nicht sofort. Ruf in vierzig Minuten an. Vierzig Minuten sind eine besonders nervende Zeitspanne, zu kurz, um gleich nach Hause zu laufen, und reichlich lang, um im Büro rumzusitzen und zu warten.«

»Aber das Haus...«, sorgte ich mich, »ich möchte es haben.«

»Sei unbesorgt. Sie werden ihre Forderung aufgeben. Ich wette mit dir um die extra fünfzehntausend Dollar, die sie verlangen. Ruf sie in vierzig Minuten zurück und merk dir: ohne erregt oder wütend zu werden. Erinnere sie daran, daß sie den Preis festgesetzt haben und wir ohne weiteres darauf eingegangen sind, sag ihnen, das Geld stehe bereit, und gib ihnen Bedenkzeit bis morgen. Und vergiß nicht, daß ich für sie Frau Mendelsohn bin. Wenn's brenzlig wird, kann ich eingreifen.«

»Aber warum denn?« fragte der Sekretär erschrocken. »Ihr habt unser Aufnahmekomitee so schön überzeugt. Wenn ihr nicht genug Geld parat habt, können wir immer noch über eine Regelung nachdenken.«

»Es geht hier nicht um Regelungen«, sagte ich. »Ihr habt den Preis bestimmt, wir sind ohne weiteres darauf eingegangen. Das Geld steht bereit, und ihr könnt bis morgen mittag zu eurem ursprünglichen Preis zurückkehren oder euch einen anderen Käufer suchen.«

Meschullam, der die Geschichte erst am nächsten Morgen von seiner Tochter Ltd. hörte, hielt mit seiner Zufriedenheit nicht hinterm Berg. »Ein neuer Irale!« er klopfte mir auf die Schulter. »Schade, daß du ihnen nicht noch einen Satz gesagt hast: ›Und ihr, Genossen, habt unser Aufnahmekomitee nicht überzeugt.‹ Aber egal, Hauptsache, sie wissen jetzt, daß mit uns nicht zu spaßen ist.«

Und so war es. Die Forderung wurde zurückgezogen, und anderntags unterschrieb der neue Irale den Vertrag und überwies die erste Rate. Danach fotografierte er das Haus, ließ den Film im nahen Gewerbezentrum entwickeln und fuhr zu seiner Mutter, um ihr die Bilder zu zeigen.

Sie lag damals im Hadassah-Krankenhaus, auf der Inneren Station, in einem Bett am Fenster.

Ich blieb ein paar Minuten in der Tür stehen und betrachtete sie. Ihr Körper war schwach und dünn, ihre Glatze von einem großen blauen Kopftuch verhüllt. Ihr Blick ruhte auf der Landschaft – Kastel, Radarberg, Nebi Samuel – und schwenkte dann langsam zu mir.

»Guten Tag, Mutter«, sagte ich. »Neues Kopftuch?«

»Hat Meschullam mir geschenkt.«

Sie sah sich die Bilder an, die ich mitgebracht hatte. »Ich freue mich. Das ist genau der Ort, den ich mir in Gedanken vorgestellt habe. Ich sehe ein paar Tauben auf dem Dach, wenn die unter den Ziegeln wohnen, jag sie weg und dichte alle Öffnungen und Ritzen ab. Tauben auf dem Dachboden sind ein Alptraum.«

»Ich bin kein so guter Fotograf«, sagte ich, »auf den Bildern sieht man nicht richtig, wie das Haus in der Landschaft steht. Sobald es dir etwas besser geht, fahr ich mit dir hin.«

Sie sagte: »Ich fürchte, daraus wird nichts mehr, Jair, aber Tirale wird hervorragende Arbeit leisten. Du bist in guten Händen.«

Vor lauter Schreck fragte ich gar nicht, woher sie denn wußte, daß Tirza das Haus renovieren würde. »Du wirst wieder gesund«, erwiderte ich, »wirst das Haus vor und nach der Renovierung sehen, und dann kommst du, wann immer du Lust hast, und hörst den Wind in den großen Bäumen rauschen und trinkst dein Glas Brandy mit Blick auf die Landschaft, von der du gesprochen hast. Dies Haus ist mehr deins als meins.«

Aber am nächsten Morgen verlor meine Mutter das Bewußtsein, und drei Tage später starb sie. Meschullam fand, man sollte den Beginn der Renovierung aufschieben. »Das Haus kann warten. Sitzt erst mal Schiva, wie es sich gehört. Hauptsache Sie weiß, daß du es gefunden hast und daß du in guten Händen bist.« Dann brach er wieder in Tränen aus: »Seitdem Gerschon und meine Goldi bin ich nicht mehr so traurig gewesen.«

Wir hatten vorgehabt, sie in ihrer Stadt, in Tel Aviv, zu bestatten, aber meine Mutter hatte ein überraschendes und detailliertes Testament hinterlassen. Sie wollte auf dem Har Hamenuchot in Jerusalem begraben werden, hoch oben auf dem Nordwesthang. Meschullam regelte bei seinen Bekannten von der Beerdigungsgesellschaft alles Notwendige und erklärte uns: »Sie hat mir und dem Rechtsanwalt, den ich ihr mitgebracht hatte, so gesagt: ›Das ist nicht, damit ich auf Tel Aviv gucken kann. Das ist, damit Tel Aviv mich sieht.‹«

Wir hielten die Trauerwoche in der großen Wohnung in Bet Hakerem: Euervater, ich, Zohar, die sich um den Warmwasserbereiter kümmerte und für Gläser und Kekse sorgte, Meschullam, der uns Essen aus Glicks Imbiß holte. Die beiden Riesenjuds, Jariv und Joav, erhielten Urlaub und trafen ein, schufen den Eindruck, die Wohnung sei auch dann voller Menschen, wenn gerade mal keiner kam. Abends erschienen Liora und Benjamin und die Freunde und Bekannten meines Bruders, die Gruselgeschichten über ärztliche Kunstfehler erzählten. Tirza kam nicht. Meschullam überbrachte mir Nachricht von ihr. Es tut ihr leid, sie hat deine Mutter sehr geliebt, der Ingenieur hat einen weiteren Termin mit ihr vereinbart, und danach kommen die Vermessungstechniker.

Ich grübelte, ob wohl auch die beiden Männer kämen, die ich einmal bei ihr gesehen hatte: der alte, der mich fragte, was ich mal werden wollte, und der braungebrannte Lahme, der starken Kaffee kochte, eine chassidische Weise vor sich hin summte. Aber an ihrer Stelle kamen Kondolenzbesucher für Euervater: Kollegen und ehemalige Schüler, Patienten, die oder deren Kinder er behandelt hatte – manche aus Dankbarkeit und manche in dem Wunsch, mal zu sehen, was sich hinter der Tür mit dem Schild J. MENDELSOHN – PRIVAT verbarg.

Am letzten Tag der Trauerwoche prasselte überraschend ein unglaublich schwerer Frühjahrsregen nieder. Und als ich nachts mit Liora in die Spinoza-Straße nach Tel Aviv zurückfuhr, strömte das Wasser nur so über den Asphalt. Das Radio berichtete von Überflutungen, und in meinem Gehirn nistete sich der schreckliche Gedanke ein, dein frisches Grab am Hang könnte vom Har Hamenuchot ins Bachbett des Sorek abgeschwemmt worden sein.

Während ich in Lioras Wohnung den Tropfen lauschte, denen, die durch die Regenrinnen flossen, und denen, die aufs Dach, auf die Blätter im Vorgarten, auf die Blechstücke in der Erinnerung troffen, sah ich im Geist Schreckensbilder: abgerissene Glieder und rollende Knochen. Ich sprang aus dem Bett und zog mich an. Endlich wären die neue Gortex-Jacke und die Gummistiefel, die in Nilpferds Stauraum warteten, mal von Nutzen.

»Wo gehst du denn hin?« fragte Liora aus ihrem Zimmer.

Ich sagte ihr die Wahrheit. Ich hätte Angst, das Grab meiner Mutter könnte vom Regen abgeschwemmt worden sein, und ich wolle hinfahren, um mir die Sache anzusehen.

»Wieso denn abgeschwemmt? Sie ist in einem Betonrahmen beigesetzt.«

»Du hast keine Ahnung, was Wasserfluten anrichten können.«

»Wir sind doch gerade erst von dort zurückgekommen. Was denkst du dir denn für Geschichten aus?«

»Du kannst gern mitkommen, wenn du's nicht glaubst«, erwiderte ich.

Sie kommt nicht. Sie macht meine Spinnereien nicht mit. »Nicht mal neurotische amerikanisch-jüdische Söhne fahren nachschauen, ob das Grab ihrer Mummy im Regen abschwemmt, und glaub mir, bei uns in Amerika gibt es Mütter und Regenfälle, die weit schlimmer sind als eure Mütter und Regenschauer.«

»Aber bei uns sind die Söhne besser«, sagte ich und ging.

Das Wetter war schrecklich. Der Wind wehte rundum, und der Regen peitschte aus wechselnden Richtungen. Mal donnerte er aufs Autodach, mal kam er fast waagrecht von vorn. Aber Nilpferd, entschlossen wie sein Herrchen, ruderte sicher voran, überhörte das Flehen liegengebliebener Kleinwagen, durchquerte das Ajalon-Tal, fuhr zum Schaar Hagai hinauf, danach geradeaus und ab und auf, und an der Ampel vor der Einfahrt zur Stadt bog er dreimal rechts ab und nahm die Steigung zum Friedhof hinauf.

Ich stieg aus und lief zwischen den Grabsteinen umher. Sturzbäche schossen durch die Schneisen dazwischen, aber das Grab meiner Mutter war an Ort und Stelle, und auch alle Kränze lagen noch da. Der Kranz vom Hadassah-Krankenhaus und der Kranz vom Ichilov-Krankenhaus und der Kranz von der Hebräischen Universität und der Kranz vom Ärzteverband und der Kranz von Kirschenbaum Real Estate in Tel Aviv und Boston und Washington und New York und der Kranz von Meschullam Fried und Tochter Ltd., und auch das kleine weiße Blechschild steckte noch in dem Häufchen Schlamm, aufrecht und naß und stur, und der Name RAAJA MENDELSOHN stand mit schwarzer Ölfarbe darauf. Ich umrundete prüfend das Grab und kehrte zu Nilpferd zurück, um Benjamin anzurufen.

»Alles in Ordnung«, benachrichtigte ich ihn.

»Was ist in Ordnung? Wovon redest du?«

»Von Mutter. Ihr Grab ist in Ordnung. Hält dem Regen stand.«

»Wo steckst du denn, Jair? Bist du zum Friedhof zurückgefahren?«

»Ich war etwas besorgt. So ein Unwetter, und das Grab ist ja noch nicht mit der Steinplatte abgedeckt.«

Benjamin fragte, ob ich wüßte, wie spät es sei, ich sagte, ich wüßte es, und er erkundigte sich, was mit mir noch mal werden sollte.

Ich sagte ihm, darum ginge es nicht, und erinnerte ihn, daß ich ihn nicht um Hilfe oder Rat gebeten hatte, sondern ihn einfach nur auf dem laufenden halten wollte.

»Auch wenn du mich nicht um Rat gebeten hast, werde ich dir einen erteilen«, sagte er. »Wenn du schon mal in Jerusalem bist, fahr zu Euervater und übernachte bei ihm. Es kann nichts schaden, wenn du einen Kinderarzt konsultierst, bevor du schlafen gehst.«

## 2

Am nächsten Morgen klarte der Himmel auf. Als ich beim Haus ankam, begrüßten mich drei Vermessungstechniker – ein sonngegerbter, alter Runzliger, einer in meinem Alter mit Bauchansatz und roter Nase und ein großer, fröhlicher und eifriger Praktikant, dem sie mal sagten: »Hol kaltes Wasser«, und mal zuriefen: »Denk an Brigitte Bardot, dir sackt nämlich die Stange ab!« gefolgt von brüllendem Gelächter.

Als sie gegangen waren, trat die Bewohnerin des Nachbarhauses heraus, schlug zwei Pflöcke ein und spannte einen langen Markierungsdraht längs der Grenze.

»Ziehen Sie doch einen richtigen Zaun«, schlug ich ihr vor.

»Man braucht keinen Zaun, es genügt, daß man's weiß.« Sie spannte und vertäute, richtete sich auf und schnauzte: »Damit hier eine Grenze ist und es keine Geschichten und Probleme gibt.«

Und schon am nächsten Morgen ging sie die erste Streife

längs der neuen Grenze. »Ist alles schon dagewesen«, rief sie, als ich aus dem Haus trat und sie grüßte. »Wenn die Dinge klar sind, läuft alles besser.«

Ihre letztere Feststellung ließ ich unkommentiert, aber im stillen staunte ich über die scharfe Diskrepanz zwischen ihrem Äußeren und ihrem Verhalten. Sie war eine hübsche junge Frau, keine Schönheit von der Sorte, die einem die Kehle ausdorrt oder die Knie weich werden läßt, aber durchaus herzerfrischend. Nichts an ihrem Lächeln, ihrem Gang oder ihrem Auftreten ließ ahnen, wieviel Zorn und Mißtrauen in ihr steckten.

Nach kurzem Überlegen sagte ich ihr, laut dem Plan, den die Vermessungstechniker mir hinterlassen hätten, verlaufe der neu gespannte Draht nicht genau auf der Grenze, sondern knapse ein wenig von ihrem Grundstück ab. Ihr Mann, der auf den Wortwechsel hin aus dem Haus getreten war, konnte sich ein Schmunzeln nicht verkneifen, und der Zorn der jungen Frau machte sich nun schreiend Luft. Sie habe genug von ›all den Neuen mit Geld, die herkommen und sich in unser Leben einmischen.‹

Ihr Mann flüsterte: »Er hat sich dir in nichts eingemischt und mir auch nicht.«

Sie wurde noch wütender. »Auf welcher Seite stehst du eigentlich, auf seiner oder meiner?!«

Sie gingen wieder ins Haus, und ich setzte mich auf einen großen Stein und lauschte den Geräuschen. Die schnelle Schußsalve ist das Pochen des Spechts am Stamm des Paternosterbaums auf dem Nachbargrundstück. Was sich wie die schleichenden Schritte eines Meuchelmörders im Dickicht anhört, sind nur die Amseln, die im trockenen Laub stöbern. Das wilde Gelächter stammt von einem großen bunten Eisvogel, dessen genauen Namen ich nicht kenne, und die tollsten Krakeeler von allen sind die Eichelhäher, bei denen ich nie verstehe, ob sie gerade raufen oder spielen, schimpfen oder tratschen.

Die Sonne ging unter. Vom nahen Feld hörte man lautes Kreischen. Ich stand auf, trat näher und sah einen Schwarm Vögel auf der Erde. Ihr braun-grau-gelblicher Rumpf, etwas größer als der einer Taube, saß auf hohen Beinen, und sie kreischten wie verrückt und hüpften mit aller Macht, empfingen die Nacht mit rituellem Tanz.

Amseln gaben letzte Alarmsignale, das Dunkel wurde tiefer, und vom Hügel her heulten die ersten Schakale. Plötzlich fiel mir ein, wie wir sie in Jerusalem unmittelbar am Rand des Viertels gehört hatten. Ein nahes Rudel, ein anderes antwortete ihm, und dann manchmal ein drittes, fernes, dessen Heulen nur in den Pausen zwischen den beiden anderen zu hören war. Ich fragte dich, warum und weshalb heulen sie? Und du sagtest mir, anders als Menschen, die viel Kraft auf Unsinn verwendeten, seien die Tiere höchst vernünftige Wesen. Für jedes Verhalten gäbe es eine Erklärung, und die Schakalrudel, sagtest du, würden einander auf diese Weise mitteilen, wo sie sich befänden und wo sie auf Beutesuche gehen wollten – »sonst würden sie sich die ganze Nacht streiten statt zu jagen und zu fressen.« Ich liebte deine kleinen Naturkundelektionen. Spürte, daß du als Kind auch einen Lehrer gehabt hattest, der dir was beibrachte und dessen Stunden du mochtest.

Ich ging wieder ins Haus. Die Reisematratze wurde ausgebreitet, blies sich gehorsam auf, und ich zog mich aus, legte mich hin und schloß die Augen. Draußen wehten die beiden Winde, die du mir versprochen hattest, einer in den großen Bäumen, ein anderer in den kleinen. Ich schlief ein und wachte auf, immer wieder. Einmal wegen der Zwergohreule, deren Rufe einen geheimnisvollen Zauber auf mich ausübten: ein monotoner, hohler Klang, bei dem die Pausen zwischen den Abschnitten so präzise und gleichmäßig waren, daß sie einen angenehmen Schmerz auslösten. Ein andermal, weil ich schauerliche Sterbeächzer hörte. Ich trat aus dem Haus, ging ihrem Ursprung nach und merkte, daß sie von einer Eule kamen, die auf dem Dachboden des Sekretariatsgebäudes wohnte. Ich ging heim und legte mich hin, fand aber keinen Schlaf. Du hattest recht – die leisen Kratzlaute über mir sind Taubenschritte. Auch Meschullam hat recht gehabt – die schwachen Kratzlaute von draußen stammen von den Zähnen der Raupe im Feigenbaum. Man muß die Tauben verjagen, die Ritzen abdichten, den Feigenbaum fällen und einen neuen an seine Stelle setzen.

Auch über die Grenze kamen Laute, und auch in ihnen täuschte ich mich nicht: Der Nachbar und die Nachbarin liebten sich, und nach den klaren Geräuschen zu schließen, taten sie es auf der Terrasse oder direkt im Garten. Er war ruhig, und sie entlockte ihren Stimmbändern lange, liebliche Ächzer, die immer mehr anschwollen, jedoch nicht in einem großen Fanfarenstoß, sondern in einem kleinen Seufzer der Hingabe endeten. Daraus erriet ich mit Leichtigkeit den Liebreiz ihrer umschlingenden Schenkel, die Glätte ihres Halses und die weiche Süße ihrer Scham. Soll sie ruhig Drähte spannen und Grenzen markieren – eine Frau, die so unter dem Bogen ihres Liebsten gurrt, kann keine schlechte

Nachbarin sein, und wenn sie sich noch so viel Mühe gibt, wie diese hier.

Und auch das Haus gab Geräusche ab, wurde ein Resonanzkasten und hallte von Erinnerungen wider. Einige der Geräusche sind kurz und klar: ein Fensterladen rüttelt im Wind, eine Tür schlägt zu. Andere sind anhaltend und schwer erkennbar: Vielleicht das Gespräch von Mauersteinen, die dazu verurteilt sind, ihr Leben lang Seite an Seite zu liegen? Oder vielleicht Stimmen anderer Zeiten und anderer Menschen, alte Tonaufnahmen, bleibende Worte längst Fortgezogener – eine Unterhaltung zwischen Frau und Mann, das Seufzen träumender Kinder, Babygeschrei. Einst von den Wänden aufgesogenes Licht, das sich nun durch Töne zu befreien sucht.

Ich lauschte, lernte, sortierte, repetierte. Hier kann man die Schuld nicht den Nachbarwohnungen zuschieben, es ist dein Haus, das ringsum atmet, schwillt, summt, schrumpft, umhüllt. Die Erde – hier nicht in Betonkorsetts gezwängt und mit Asphaltbändern gefesselt – bewegt sich in langsamem, unaufhörlichem Tanz, und wir – Häuser, Bäume, Menschen und Tiere – schwingen, in ihren Armen getragen, auf ihrer dünnen Kruste mit.

## 3

Tirza hat seit ihrer Scheidung kein festes Zuhause. Das Haus, in dem sie mit ihrem Mann wohnte, hat sie ihm überlassen, als sie sich trennten. »Erstens, weil er einem leid tun kann. Und zweitens, wenn das ohne Streit abgeht, ist es besser so. Wie viele Jahre haben wir denn noch zu leben? Noch sieben gute und danach sieben schlechte Jahre? Oder vielleicht nur drei, wie dieser arme Stevenson, von dem du mir erzählt hast, daß er drei Jahre, nachdem er sich sein Haus auf der Insel gebaut hatte, sterben mußte. Und dann sollen wir dieses Bißchen für Besitz und Rache vergeuden?«

Sie blickte mich prüfend an, um zu sehen, ob ich ihren Gedanken auf den Grund kam: »Soll er das Haus nehmen und damit glücklich werden, Hauptsache, er haut ab, geht mir aus den Augen, damit ich ihn nicht mehr sehen, hören und fühlen muß.«

»Und jetzt?«

Jetzt hat sie kein Zuhause. Sie hat ein Auto, und sie hat Zimmer: ein Zimmer in den Tel Aviver Büros, ein Hotelzimmer in Haifa, ein Hotelzimmer in Beer Scheva und ein Zimmer in dem großen Haus ihres Vaters im Viertel Arnona in Jerusalem.

»Und wenn du gelegentlich mal einen Gast hast?«

»Du darfst dich ruhig klar ausdrücken, Irale. Einen One-night-stand? Einen Mann für eine Nacht? Für eine Woche? Nennst du das einen gelegentlichen Gast?«

»Du weißt schon.«

»Nein. Ich habe nicht mal gelegentlich einen Gast. Nicht für eine Nacht und nicht für zwei. Schon lange nicht mehr. Frauen können lange ohne Mann auskommen«, und ein breites Lächeln trat plötzlich auf ihr Gesicht. »Aber Meschullam, du wirst staunen, hat gelegentlich weibliche Gäste.«

»Ich staune kein bißchen. Und wo bringt er sie zum Schlafen unter?«

»Er bringt sie nicht unter. Sie kommen, und dann gehen sie wieder, und die Nummer mit dem Schlafen zieht er schon allein durch, in Gerschons Bett.«

»Seltsam.«

»Was ist seltsam, daß sie nicht dableiben?«

»Nein. Daß dein Vater in Gerschons Bett schläft.«

»Das hat nichts Seltsames an sich. Meschullam ist ein trauernder Vater der simplen Art. Abgesehen davon, daß er alljährlich am Gedenktag für die Gefallenen zur Gedenkfeier auf den Herzl-Berg geht, tut er gar nichts. Er hat nicht mal ein Gedenkheft für Gerschon drucken lassen. Und das ist schade – denn Gerschon hat ein paar ausgezeichnete Chemiearbeiten vom Weizmann Institut und aus der Oberschule hinterlassen. Ich hatte Meschullam vorgeschlagen, nach ihm benannte Stipendien zu vergeben, aber er war ungehalten: Mein Sohn liegt im Grab, und jemand anders soll studieren und an seiner Stelle Professor werden?

Verstehst du seinen Gedankengang? Er weint bloß ins Taschentuch und verlangt, daß ich ihn ›Vater‹ nenne und nicht ›Meschullam‹, wie ich's gewohnt bin, und er schläft in Gerschons Bett. Das stört niemanden. Weder mich noch seine weiblichen Gäste, die ohnehin wieder gehen, oder meine Mutter, die schon tot ist, und ich nehme an, es stört auch Gerschon nicht, daß sein Vater in seinem Bett schläft. Dort gibt's genug Platz für zwei. Darum kapier ich nicht, warum gerade du es seltsam finden solltest.«

So wurde das Haus Fried ein Hotel, und Meschullams Gartenschuppen, der früher seine Ecke gewesen war, wurde sein Haus. Einst war der Schuppen ein Abstellraum für Werkzeug, Dünger und Samen gewesen, danach eine kleine, verbotene Welt, ausgestattet mit Klappbett, Tauchsieder, Zuckerdose und zwei Gläsern. ›Seitdem Gerschon‹ gab es zusätzlich eine Gaskochplatte, einen kleinen Kühlschrank und einen Sessel, der sich zum Bett ausklappen ließ, und seitdem auch seine Goldi – hat er sich von Meschullams Ecke in eine richtige Behausung verwandelt. Nach der Arbeit geht er geradewegs dorthin, ruht sich aus, liest, macht sich kleine Mahlzeiten, und später liegt er dort, das große blaue Taschentuch mit den verblaßten Tränensalzornamenten übers Gesicht gebreitet. Erst am Abend geht er ins Haus, duscht und rasiert sich und empfängt seine weiblichen Gäste. Später gehen sie, und Meschullam legt sich zum Schlafen ins Bett seines toten Sohnes und lauscht den Tropfen, die draußen aufs Blech fallen. »Da hast du den ganzen Schwachsinn von wegen Zimmern und Zweckbestimmungen und Namen.«

## 4

Am nächsten Morgen weckte mich ein neuer Lärm. Ich lugte durch den Spalt zwischen den Brettern, mit denen das Fenster vernagelt war. Zwei Lastwagen parkten vorm Haus. Ihre Kräne entluden pralle Sand- und Kiessäcke, Holzpaletten voll Kacheln, Backsteinen und Ziegeln, biegsame und starre Rohre in verschiedenen Stärken und Farben, dicke und feine Drahtnetze, kistenweise Elektrozubehör und Installationsmaterial. Zwei chinesische Arbeiter schoben eine kleine Betonmischmaschine an die Wand. Tirza verstreute ihre Spielsachen über den neuen Spielplatz.

Ich zog mich an und trat hinaus. »Guten Morgen, Irale«, rief Meschullam. »Siehst du, gut, daß du gemäht und saubergemacht hast. Jetzt können wir dir hier einen wunderschönen Garten anlegen.«

Er ging mit großen Schritten umher, fuchtelte mit den Armen, deutete mit dem Finger, tat, was er gern tut – andere anweisen, was sie machen sollen. »Als erstes muß man dieses Gefälle hier ausgleichen. Wir stellen dir eine Stützmauer hin und schütten drei, vier Fuhren Erde auf. Ich hab jemanden, der mir Erde aus größerer Tiefe bringt, ohne einen einzigen Unkrautsamen, und das kostet dich keinen Pfennig, denn er schuldet mir eine Gefälligkeit.« Er flüsterte seiner Tochter etwas ins Ohr. Ich beobachtete mit Freuden, wie ihre gedrungenen, strammen Körper sich annäherten, der Vater vertraulich seinen Mund an die Schläfe seiner Tochter brachte, die Tochter ihrem Vater ganz selbstverständlich die Hand auf die Schulter legte, streichelnd Kraft spendete und Schmerz absog.

»Ich möchte dort keine eine große Mauer haben«, sagte ich hastig, bevor die beiden mein Schicksal besiegelten. »Ich hätte lieber zwei, drei kleinere Terrassen, und ich möchte, daß mir hier eine rückwärtige Zufahrt für Nilpferd bleibt.«

»Besser eine große Mauer«, bestimmte Meschullam, »und für das Auto hast du die ganze Straße vorn, wozu dann wie ein Dieb über die Felder anfahren? Und wir müssen uns beeilen, denn auf den Sommer folgt Regen, der die ganzen Felder unten in Morast verwandelt, und dann kommen die Laster mit der Erde nicht mehr durch.«

Doch auch Tirza hielt es für gut, Nilpferd eine Zufahrtsmöglichkeit von hinten zu belassen, und auch sie fand kleine

Terrassen besser als eine große Mauer. Sie ermunterte mich sogar, sie selbst zu bauen. »Guck ihn dir an, Meschullam«, sie deutete auf mich, »sollte man den tollen Schwung, den dieses Haus ihm verleiht, nicht ausnützen, solange er anhält?«

»Darin hab ich überhaupt keine Ahnung und Erfahrung«, gestand ich.

»Brauchst du beides nicht. Das ist simple Knochenarbeit, die jeder Esel fertigbringt«, sagte Tirza. »Ich gebe dir meinen Lieferwagen. Fahr los, such Steine, lad sie auf, bring sie her und fang an zu bauen. Dein Körper ist wie meiner, er mag und muß sich anstrengen, und ich zieh dir die Terrassen vom Endpreis ab.«

Sie gab mir auch einige Anleitung mit auf den Weg: Eine Terrasse sei kein Haus. Sie brauche keine Steine von einheitlicher Sorte und Bearbeitung. Im Gegenteil – derbe Steine von unterschiedlicher Größe, Art und Färbung verliehen ihr Schönheit und Persönlichkeit. »Und denk dran«, rief sie mir nach, »der Lieferwagen muß auch vom Gelände zurück auf die Straße kommen, also belad ihn nicht so schwer, daß er mir unten aufsitzt.«

Der Lieferwagen, den mir Tirza lieh, unterschied sich erheblich von Nilpferd, den Liora mir gekauft hatte. Er war derb und hart und hob auf felsigen Pisten bei jeder Gelegenheit das Hinterrad. »Aber nichts hält ihn auf«, prahlte seine Herrin, »und der wird noch fahren, wenn deine Prachtkarosse längst an irgendeiner Geländestufe ihren Geist aufgegeben hat.«

Ich lenkte ihn vorsichtig, freute mich am Tuckern des Motors und an der harten Kupplung, die so ganz anders war als Nilpferds glattes automatisches Getriebe. Meine Hände hielten das Lenkrad, wo sonst ihre Hände saßen. Ich hatte das Gefühl, ein Kleidungsstück von ihr zu tragen, ihren Geruch zu schnuppern, spürte förmlich die Wärme ihrer Lenden, die der Sitz aufgesogen hatte und die nun in mir aufstieg.

Ein paar Minuten später, kaum in das tote Gelände hinter dem Hügel abgetaucht, hielt ich an, um insgeheim die Fächer des Wagens zu durchstöbern. Jeder muß prüfen, wer sein Bauleiter ist, besonders wenn sein Bauleiter eine Frau ist. Ich entdeckte eine unsägliche kleine Liedersammlung israelischer Soldatenunterhaltungstruppen, eine schwarze Sonnenbrille, einen farblosen Vaselinelippenstift, mehrere Plastikfeuerzeuge, eine Packung Drum, ein Schweizer Taschenmesser mittlerer Größe, ein Bund mit fünf Schlüsseln.

»Stellt euch bitte vor, Kameraden«, sagte ich zu ihnen. »Einer nach dem andern bitte.«

Ich öffne das Haus, das sie dir baut. Ich öffne das Haus der Familie Fried in Jerusalem. Ich öffne das Büro von Meschullam Fried und Tochter Ltd., ich den Aktenschrank.

»Und wer bist du?«

Schweigen.

Ich stieg aus und öffnete eine Fondtür. Auf dem Fußboden trudelten ein Plastikschutzhelm, einfache Wandersandalen – vielgetragen und abgetreten, in krassem Gegensatz zu meinen. Drei Flaschen Mineralwasser, alle angebrochen, WC-Papier, Gummistiefel. Auf dem Sitz ein Strohhut, eine Digitalkamera, feuchte Tücher, Handcreme, ein paar zerfledderte Romane, sämtlich aus anderen Sprachen übersetzt.

»Bücher, die von uns handeln, sind mir zu anstrengend«, sagte sie mir hinterher. »Ich lese lieber über andere Länder und andere Menschen.« Und lächelnd fügte sie hinzu: »Ist das deine einzige Frage, nachdem du mein Auto durchsucht hast?«

Hinter der Sitzlehne fand ich ein Abschleppseil mit professionellen roten Schließen, Stricke zum Vertäuen, einen alten Militärparka, an dessen Kragen der Name von Fähnrich Gerschon Fried verblaßte, ein Paar Arbeitshandschuhe. Nun wandte ich mich dem Heck zu. Dort erwarteten mich alle Werkzeuge, die ein Steinräuber braucht: ein Brecheisen, eine Hacke, ein weiteres Paar Handschuhe. Und jetzt – Erleichterung! Der fünfte Schlüssel öffnete den verschlossenen Metallkasten. Ich fand darin Reparaturwerkzeug, Kaffeekochutensilien, einen kleinen verschlossenen Schalenkoffer. Ich öffnete auch ihn: ein sauberes, wohlduftendes Kleid, eine Hose mit scharfer Bügelfalte, zwei Hemden, zwei Paar Schuhe, Waschzeug, ein Fläschchen feines Rasierwasser, noch ein Schlüssel, Unterwäsche. Gerade weil mein Herz vorher zur Ruhe gekommen war, schnürte es sich nun doppelt stark zusammen. Wo vergnügst du dich, Tirale? Und mit wem? Wann wirst du dieses Kleid mit mir tragen? Und dieser verdammte weitere Schlüssel, was tut sich hinter seiner Tür?

Ich legte alles an seinen Platz zurück. Schloß ab. Setzte meinen Weg fort. Ich fuhr zuerst ein flaches, trockenes Bachbett entlang, gab mich mit jedem Viehtor ab, dann den mäßig steilen Hügel hinauf, rüber auf die Gegenseite und erreichte schließlich das zerstörte arabische Dorf, das mein Finger beim Wandern auf der Regionalkarte entdeckt hatte.

Die Häuser lagen alle in Trümmern. Einige waren von selbst eingestürzt, andere Sprengübungen des Militärs zum Opfer gefallen. Die Quelleinfassung war zerstört, aber ein dünner Wasserlauf sickerte noch in einer Rinne unter dem mächtigen Dickicht von Brombeersträuchern und wilder Minze hervor. Rundum Trümmerhaufen, hier und da noch eine halbe Wand oder ein hartnäckiger Bogen, übersät mit Graffiti von Soldaten auf Späherkurs im Gelände: »Mannschaft Jali«, »Zug der Abgeschlafften«, *»born to kill«*, »der fliegende Tiger«. Und wie in jedem solchen verlassenen Dorf – Kakteenhecken, bitter gewordene Mandelbäume, Weinreben, die über den Boden kriechen, weil keiner sie ausdünnt und beschneidet und ihre Trauben liest. Und auch hier himmelschreiend verlassene Feigenbäume, deren hängende Blätter und schwellende Frühfeigen die ungeheure Anstrengung der Mutterschaft bezeugen, denn die wenige Feuchtigkeit, die sie noch in sich haben, lassen sie der reifenden Frucht zukommen.

Daneben ein paar wilde Pflaumenbäume. Ihre kleinen blauen Früchte erregten meine Neugier. Einst hatte man diesen Bäumen Aprikosen und Edelpflaumen aufgepfropft, aber da seit Jahren keiner sie mehr pflegte und beschnitt, hatten sich die starken Triebe der Unterlage gegen ihre Reiter durchgesetzt, hatten Äste ausgebildet und ihre kleinen, sauren Früchte reifen lassen – nicht so süß und wohlschmeckend wie Edelpflaumen, aber wegen ihrer Fremdheit ein willkommener Gaumenkitzel. Ich pflückte ein paar, um sie Meschullam mitzubringen, denn sie sahen genauso aus wie die Pflaumen auf dem Etikett seiner Ţuica-Flaschen.

Jetzt wandte ich mich den Steinen zu. Die Auswahl war

groß: sauber behauene Quader und einfache Findlinge, Steine aus der Gegend und welche von fern her. Ich erkannte sogar ein paar Kalksandsteine, die jemand aus dem Küstenstreifen hergeschafft hatte. Einige waren uralt. Deutliche Kerben von Scharnieren oder Riegeln zeugten von den Wegen dieses Landes. Kriege, Verbannungen, Menschen werden entwurzelt und vertrieben, Steine gestohlen, zwischen Orten und Zeiten verschoben. Vielleicht führe ich meine Vogelkundler mal auf ihren Fährten, den Flug der Zugsteine zu beobachten: ein Stein aus einem Gotteshaus, Friedhof, Badehaus, das Steingeschoß einer antiken Wurfmaschine und ein Pflasterstein aus einem Bürgersteig, der Verschlußstein eines Grabes oder eines Brunnens, ein Stein, der einstmals etwas abdeckte, trennte oder einfriedete, als Eck- oder Schlußstein, Schwelle oder Sturz diente. Mühl- und Meilensteine, zwei Mahlsteine einer alten Wein- oder Ölpresse, Steine zum Steinigen, Steine, um ein Mosaik zu legen.

Und als ich mit Auswählen und Aufladen fertig war, wäre ich beinah in eine große Zisterne gefallen, deren Öffnung ich übersehen hatte. Ich beugte mich vor und lugte in den finsteren Abgrund. Zwei Tauben, blaugraue Felsentauben, schossen mit gräßlichem Flügelschlag heraus. Ich sprang zurück. Die Tauben zogen hoch und höher, kreisten dann langsam, warteten, daß ich mich trollte.

Ich warf ein Steinchen hinein. Ein kleiner und trockener Aufschlag. Die Zisterne war tief und leer. Sie enthielt kein Wasser, aber weitere Tauben flatterten aus ihrer Tiefe auf. Ihr Flügelschlag erschreckte ihre Schwestern in benachbarten Wasserlöchern, und auch sie entflohen ihrer Vergessenheit. Plötzlich schien es, als würde die Erde mir ihren Schlund aufreißen und Tauben speien, noch und noch, und sie flogen über mir wie eine Wolke von funkelnden Brüsten und wildschlagenden Schwingen.

Dann versammelten sich die Tauben zu einem großen Schwarm, beschrieben einen weiten Kreis, mit mir drunten im Mittelpunkt. Und als ich wegging, landeten sie und kehrten in ihre Kamine zurück, wie vom Abgrund eingesogen. Ich stieg in Tirzas Lieferwagen und fuhr heim zu meinem neuen Haus.

## 5

Die Arbeiter hatten Baumaterialien und Gerät fertig ausgeladen, einen alten Kühlschrank von einem der Laster gehievt, ihn im Hohlraum zwischen den Pfeilern unterm Haus aufgestellt und an eine aus dem Fenster baumelnde Verlängerungsschnur angeschlossen. Neben dem Kühlschrank standen ein Schrank und ein Tisch, ein Wasserkocher und eine Gaskochplatte. Ein großer blonder Jüngling bestückte den Kühlschrank mit Gemüse, Dickmilchbechern, Hütten- und Schnittkäse, Getränkeflaschen, Milchkartons und Eiern.

Das Abladen und Aufräumen war beendet, Tirzas Truppe hatte ihre Streitwagen bestiegen und sich aus dem Staub gemacht, und Meschullam hängte das Schild des Bezirksrats an die Wand, das bescheinigte, daß die Arbeiten mit amtlicher Genehmigung erfolgten. »Siehst du? Ein Telefonat von Meschullam hat dir tausend Behördengänge erspart.«

Wie auf Kommando erschien der Traktorist wieder auf dem Grundstück, fuhr seinen Müllanhänger an die Rückseite des Hauses, nahm ein dickes Metallrohr heraus und hängte es in den Zitronenbaum. Er versetzte ihm einen Donnerschlag, und schon traten die beiden Chinesen und der große junge Blondschopf und der Traktorist selbst und noch ein kräftiger Arbeiter vor Tirza an. Da ich nicht wußte, wo ich mich hinstellen sollte, hielt ich mich abseits.

»Freunde«, sagte mein Bauleiter, der eine Frau ist, »ich habe euch von unseren Großprojekten abgezogen für diesen Freund, der einen Platz für sich braucht. Wir werden ihm hier einen kleinen Garten Eden schaffen. Er bekommt Fußboden und Dach, Wasser und Licht, Rasen und Bäume, Vögel und Tiere. Er bekommt neue Wasser- und Stromleitungen, Fenster und Türen. Wir werden ihm die Pfeiler verstärken, werden verputzen und tünchen, ihm eine kleine Dusche im Freien bauen und einen großen Holzbalkon, damit er dort sitzen und angesichts der Landschaft zur Ruhe kommen kann.«

Die Arbeiter kicherten, nickten mir zu und gingen ins Haus.

»Tolle Ansprache!« sagte ich zu ihr. »Bist du sicher, daß sie Hebräisch verstehen?«

»Sie brauchen kein Hebräisch zu verstehen, Irale. Diese Ansprache war für dich. Jetzt gehen wir rein, weil es gleich losgeht, und du im Moment des Anfangs dabeisein mußt.«

Nichts je zuvor, nicht mal die Unterzeichnung des Vertrags mit dem Dorf oder die erste Ratenzahlung, hatte die Entschiedenheit und Erstmaligkeit jenes Augenblicks besessen, dem Moment, in dem die Arbeit begann oder, genauer gesagt, der schwere Hammer erstmals die Mauer traf, die zum Abriß bestimmt war.

Es ging um die Westwand des großen Zimmers, die auf die Landschaft blickte. Sie hatte ein ängstliches kleines Fenster, dessen Maße eher das Bestreben, sich abzuschotten, als die Fähigkeit, sich aufzutun, erkennen ließen. Jetzt waren beide – die Wand und ihr Fenster – zum Verschwinden verurteilt. Tirza sagte, hier würde eine riesige Öffnung geschaffen, und dahinter werde man das Deck bauen, einen Holzbalkon.

Sie beorderte den kräftigen Arbeiter, den Hammer zu nehmen und deutete mit Kopf und Rücken auf die Wand. Und der Arbeiter spuckte nicht in die Hände und rieb sie nicht aneinander. Er packte den langen Holzstiel am äußersten Ende, um die Schlagkraft zu erhöhen und schwang ihn über die linke Schulter. Wie eine eiserne Taube, deren Nachricht ihre Landung selber ist, flog der Hammer in die Höhe, kreiste um Schultern und Kopf des Mannes, schlug zu und riß ein Loch in die Mauer.

Das Haus erschauerte. Schon einige Tage hatte es die Vorbereitungsmaßnahmen ringsum wahrgenommen, hatte an Meschullams Abklopfen und Stimme seinen Beruf erkannt, hatte meinen Gesprächen mit Tirza gelauscht, die Vermessungstechniker, den Ingenieur, die anfahrenden Laster und das abgeladene Baumaterial gesehen und sich bereits auf das Kommende eingestellt: auf den Stoß des Hammers, die Stiche der Meißel und Brecheisen, das Sägen der Kreissäge, das Herausreißen, Abräumen und Entsorgen. Aber all das milderte nicht den Schlag, den es jetzt spürte, und die Erkenntnis, daß die Sache mit diesem einen Schlag nicht ausgestanden sein würde. Ein neuer Bewohner war eingetroffen, und er veränderte die Gewohnheiten des Hauses, seine Ein- und Ausgänge, schuf sein Licht und Dunkel von neuem, löschte Erinnerungen und Spuren und Gerüche, proklamierte neue Beziehungen zwischen Drinnen und Draußen.

Der Arbeiter erweiterte die erste Bresche, schlug die Backsteine systematisch der Reihe nach heraus. Und als die Wand sich in einen Haufen Krümel, Klumpen und Staub verwandelt hatte, stürzten sich die beiden chinesischen Arbeiter mit großen Schaufeln darauf und schoben alles auf den Abfallwagen, den der Traktorist unten im Hof abgestellt hatte.

»Es werde Licht!« sagte Tirza, »schau wie hell dein Haus plötzlich ist.«

Der Arbeiter zerstörte auf dieselbe Weise noch zwei Innenwände und vergrößerte mit einer Kreissäge die Fensteröffnungen an den Außenwänden. Die Chinesen dränierten und entfernten rostige Wasserrohre, kappten und entfernten elektrische Leitungen, die jetzt, ihrer Kraft beraubt, wie tote Schlangen aussahen, und rissen alte Fensterbretter, Türpfosten und Stürze heraus.

Und zu dem hochgewachsenen jungen Mann sagte Tirza: »Geh runter und stell einen großen Topf Suppe auf, damit wir was zum Mittagessen bekommen.«

»Was für Suppe?« fragte er verwirrt.

»Eine Suppe wie du sie zu Hause bei Muttern gern ißt.«

»Aber ich weiß nicht, wie man ihre Suppe kocht.«

Tirza zog ihr Handy aus der Tasche. »Nimm. Ruf sie an und frag sie, wie sie's macht.«

Der junge Mann trat beiseite, begann russisch zu reden

und eifrig zu notieren, und danach ging er zu Tirza und sagte ihr etwas, erhielt die Autoschlüssel und ein paar Geldscheine, fuhr weg und kam wieder. Und bald schon waberte von der Gaskochplatte drunten lieblicher Duft herauf. Der Junge kochte dort einen großen Topf von der sämigen Suppe, die seine Mutter ihm beigebracht hatte – aus Kartoffeln, Graupen, Zwiebeln, Petersilienwurzeln, aus Knochen und Karotten und Knoblauch und Fleisch, und fragte Tirza, wann er sie austeilen solle.

»Wenn sie fertig ist. Ich sterbe vor Hunger.«

Und als sie fertig war, schlug der Junge an das Eisenrohr, das der Traktorist in den Zitronenbaum gehängt hatte, und rief uns alle zur ersten Mahlzeit in meinem neuen Haus.

## 6

Am nächsten Tag schickte Tirza den russischen Jungen und den kräftigen Arbeiter zu ihren anderen Baustellen, und zurück blieben nur die beiden chinesischen Arbeiter. »Mit denen allein werden wir jetzt bis zum Schluß arbeiten«, sagte sie, »abgesehen von einigen Fachkräften, die später dazukommen.«

Die beiden stiegen auf den Dachboden. Man hörte Sägen und Hämmern. Deckenstücke – bröseliger alter Putz in rostigem Drahtgeflecht – stürzten herab und wirbelten Staub auf. Die dort ansässigen Tauben, die bis jetzt noch von einem Irrtum ausgegangen waren, hoben entsetzt ab, schwirrten im Haus herum und flüchteten durch das große, neue Fenster.

Ich sagte Tirza, daß meine Mutter mir aufgetragen hatte, sie ganz zu verscheuchen.

»Da hat sie hundertprozentig recht. Bloß weg mit den Dreckdingern und zusehen, daß sie nicht wiederkommen«, sagte Tirza, »alle Ritzen und Löcher dichtmachen. Das würde dir hier gerade noch fehlen, Tauben überm Kopf.«

Nach Entfernen der Decke war der Innenraum des Hauses verdoppelt und hallte stark. Tirza stellte eine Leiter auf, kletterte hoch, lief gekonnt auf den Balken herum und fand die Taubennester. Sofort zerstörte sie sie mit der Schuhspitze. Die feinen, kotbedeckten Reiser fielen herunter und auch ein paar weiße Eier, die auf dem Boden zerschellten.

»Tauben«, sagte sie, »sind sehr nett, wenn sie in der Luft fliegen, und noch netter, wenn sie Briefe überbringen, und am nettesten sind sie mit Reis und Gewürzen, aber auf dem Dach sind sie überhaupt nicht nett. Nicht bei uns, Kameradinnen. Sucht euch ein anderes Haus.«

Sie stieg herunter. »Möchtest du arbeiten?«

»In Ordnung«, sagte ich, »aber denk dran, daß ich kein gelernter Handwerker bin. Gib mir was Simples zu tun.«

Sie zerschlug zwei Fliesen in einer fernen Ecke des Bodens und reichte mir ein Brecheisen: »Nimm diesen Kamerad und reiß die Fliesen raus, und dann schaff sie mit der Schubkarre weg, mitsamt dem Schutt von der Decke.«

Ich genoß die Kapitulation der Fliesen, ihre Ablösung vom Boden, das Beseitigen der Abdrücke sämtlicher Füße, die dieses Haus vor mir betreten hatten. Lud alles auf die Schubkarre und fuhr damit an den Rand des Zimmers, wo bei Arbeitsbeginn eine Wand gestanden hatte und jetzt eine riesige Öffnung zur Landschaft klaffte. Ich kippte die

Schubkarrenladung in den unten geparkten Abfallanhänger und trat wieder zurück. Danach fegte ich mit einem großen Straßenkehrerbesen, bis ich den Betonboden freigelegt hatte.

»Sehr schön«, lobte mich Tirza. »Ich liebe dieses Stadium der maximalen Höhe, vom Beton bis an die Dachziegeln, ohne Fußboden und Decke, den größtmöglichen Innenraum.«

Und als sie ausgeredet hatte, erschien Meschullam mit einem mageren, stark geäderten Alten, der so breite Hände hatte, daß man meinen konnte, er hätte sie von einem anderen Mann ausgeliehen.

Tirzas Gesicht leuchtete auf. »Das ist Steinfeld, der Fliesenleger. Unser ältester und bester Arbeiter. Ich kenne ihn, seit ich geboren bin, damals war er hundert, rechne mal nach, wie alt er heute ist.«

In seiner mächtigen Pranke trug Steinfeld einen Eimer mit einem langen, durchsichtigen Schlauch, einem kleinen Trichter und einem Zollstock. Hinter einem Ohr hatte er einen dicken gelben Bleistift stecken, und auf seinem Rükken hing ein abgeschabter alter Lederschulranzen, dessen blätternde Schnallen und uralte Schulterriemen den Verdacht nahelegten, er persönlich könnte ihn als Erstkläßler zur Schule getragen haben.

Er zeichnete ein kleines Dreieck an eine Wand, etwa einen Meter über dem Betonboden.

»Halt mal dies Ende hier fest, junger Mann«, er hielt mir den Schlauch hin.

»Das ist kein Arbeiter, Steinfeld, das ist der Bauherr«, sagte Tirza. »Der Chinese dort ist der Arbeiter.«

»Der *Chineser?*« fragte Steinfeld. »Wie soll ich dem sagen, was ich will? Auf jiddisch oder arabisch?«

Er goß Wasser in das Schlauchende, das er in der Hand hielt, und ging nun daran, den Schlauch von Wand zu Wand und von Zimmer zu Zimmer und von Ecke zu Ecke und von Tür zu Tür zu ziehen und überall kleine Dreiecke zu zeichnen, wobei er mir alle Augenblick zurief: »Nicht vom Fleck rühren!«

»Verstehst du, was ihr macht?« fragte mich Tirza.

»Nein.«

»Ihr macht den *Stichmus*.«

»Jetzt hab ich's aber verstanden. Alles klar.«

»Erinnerst du dich von der Schule her nicht an das Gesetz der kommunizierenden Röhren? Diese kleinen Dreiecke sitzen alle genau auf derselben Höhe. Danach richten sich später sämtliche Höhen im Haus – die Höhe des Fußbodens, der Türschwellen, der Fensterbretter, der Marmorplatten, der Fenster. Das ist doch schön, oder?«

»Ich hoffe, es ist auch präzise.«

»Was hast du denn? Der Stichmus ist das Allergenauste. Da wird nicht mit dem Zollstock oder nach Augenmaß oder über den Daumen gemessen. Nicht vom Boden oder der Decke des Hauses. Das ist eine Messung relativ zur Welt. Findest du es nicht angenehm zu wissen, daß dein Fensterbrett über der Küchenspüle und dein Fensterbrett im Schlafzimmer haargenau gleichweit vom Erdmittelpunkt entfernt sind?«

»Das ist angenehm, sicherlich.«

## *Dreizehntes Kapitel*

I

Auf der Gedenktafel für die Gefallenen der Gemeinschaftsschule in der Jordansenke steht auch der Name des Babys, aber ehrlich gesagt war er ein nachlässiger Schüler, der sich kaum im Klassenzimmer blicken ließ und von seinen Lehrern ständig gerügt wurde. Mit fünfzehn Jahren gelangte er zu dem Entschluß, daß die Tauben ihn mehr interessierten als alles Schulwissen, und zwei Jahre später sagte ihm Mirjam, sie könne ihm nun auch nichts mehr beibringen.

Mit siebzehn Jahren war das Baby tatsächlich schon ein berühmter Dubejeck, der Fortbildungen besuchte, Wettflüge gewann und hervorragende Tauber mit pfeilschnellen Täubinnen kreuzte. Gelegentlich fuhr er nach Tel Aviv, sowohl in Sachen Taubenzucht als auch um das Mädchen zu treffen, mit ihr zu reden und zu pfeifen, sie so zu berühren, wie sie ihn berührte, ihr Tauben zu bringen und von ihr welche mitzunehmen. Und mit achtzehn Jahren erklärte er ihr, nun werde es für ihn Zeit, sich zur Palmach zu melden.

Der Onkel und die Tante machten sich große Sorgen um ihn, aber Doktor Laufer beruhigte sie: Auch in der Palmach werde das Baby seine bisherige Tätigkeit fortsetzen, einfach wie Mirjam einen Schlag einrichten und führen. »Ein Lagerfeuer anzünden, mit der Sten ballern und Hühner klauen kann schließlich jeder«, sagte er, »aber wie viele Taubenexperten gibt es schon?« Und er erklärte beschwichtigend, das Baby werde Tauben trainieren, zähmen und aufziehen und bei Bedarf eine Taube zum Hauptquartier auflassen oder einem ins Gefecht ziehenden Zug eine Taube mitgeben.

Vor der Einberufung ging das Baby zur Schreinerei und zimmerte sich mit Hilfe des Schreiners einen einzigartigen, tragbaren Schlag: Er hatte vier Stockwerke, drei aus Holz und Drahtgeflecht gefertigt und eines aus Zeltplane genäht, und darin Fächer für Meldehülsen, Garn, Federkiele, Depeschenformulare, Mineralstoffpackungen und Medikamente sowie Futtertröge und Tränken für die Tauben und Tee, Zucker, einen Teelöffel und ein Trinkglas für ihn. Auch einen Vorhang brachte er an, um die Tauben gegen Regen und pralle Sonne zu schützen, und sein Onkel nähte ihm dicke, breite Schultergurte.

Und so trat er seinen Dienst an: in Arbeitsschuhen und abgetragenen Khakisachen, die er in der Kleiderstube des Kibbuz bekommen hatte, auf dem Kopf einen neuen Kibbuzhut, in der einen Hand einen kleinen Koffer mit Kleidung, Wäsche, einem Pullover und einer Schlauchmütze, die ihm die Tante gestrickt hatte, in der andern eine Tasche mit Schreib-, Wasch- und Nähzeug, und in dem tragbaren Schlag auf dem Rücken drei Tauben: eine von Mirjam und zwei aus Tel Aviv.

Schwer bepackt war er und hatte immer noch den weit offenen, leicht aufwärts gerichteten, einnehmenden Blick und denselben Körperbau und den gleichen neugierigen

Gesichtsausdruck wie an dem Tag, als er zum ersten Mal mit dem Gedanken an den neuen Taubenschlag beim Kinderhaus aufwachte. Man kann sich auch leicht vorstellen, welcher Empfang ihn erwartete, als er in diesem Aufzug weisungsgemäß im Zeltlager der Palmach in Kirjat Anavim antrat. Schallendes Gelächter brach aus, einer nannte ihn ›Taubenträgeresel‹ und ein anderer *Kälbele* wie seine Tante, aber bei ihm klang das Wort nicht liebevoll, sondern höhnisch, und das Lächeln dabei war eher ein häßliches Grinsen voll langer Rattenzähne. Dann tauchte auch noch ein ehemaliger Schulkamerad auf, der zwei Klassen über ihm gewesen war und sagte: »Die Lage scheint ja wirklich ernst zu sein, wenn die Palmach jetzt schon Babys einberuft.« So wurde sein Spitzname denn auch hier bekannt und haftete ihm weiterhin an.

Aber das Baby ließ sich von all dem nicht erschüttern. Er stellte seine Sachen ab, fütterte und tränkte seine Tauben und ging sich den Schlag für die Jungtauben ansehen, die er vom Zentralen Schlag in Tel Aviv zur Aufzucht erhalten sollte. Und als er ihn gesehen hatte, erklärte er, der Schlag und sein Standort paßten nicht, weder für die Tauben noch für ihren militärischen Einsatz. »Eine Taube muß ihr Zuhause lieben«, wiederholte er die Parole der Taubenzüchter. »In diesen Schlag wird keine Taube heimkehren wollen.«

Er eilte in die Schreinerei und überredete den Schreiner – gewissermaßen der Zwillingsbruder des mürrischen Schreiners in seinem Kibbuz und tatsächlich ein weiteres Exemplar der Sorte mürrischer Schreiner, die seinerzeit in allen Schreinereien aller Kibbuzim walteten –, seine Arbeit stehen und liegen zu lassen und ihm beim Bau eines anderen

Schlags zu helfen. Der Schreiner war ein kleiner, sorgfältig gekämmter Mann in gebügelter und piksauberer Arbeitskleidung. Eine Krawatte wagte er nicht umzubinden, aber das Hemd trug er bis zum Hals zugeknöpft, und seine Schreinerei war mit einem großen Spiegel bestückt, desgleichen keine Kibbuzgenossin in ihrem Zimmer hatte.

Die beiden bauten gemeinsam einen großen Schlag, der gegen Zugluft und Feuchtigkeit geschützt, aber sonnendurchflutet und gut durchlüftet war, frei nach dem, was Doktor Laufer dem Baby gesagt hatte: »Es gibt keine absoluten Regeln für den Bau eines Taubenschlags, wie es keine absoluten Regeln für den Bau eines Hauses für Menschen gibt. Es kommt immer auf die Möglichkeiten und Erfordernisse an.« Das Baby fand einen ruhigen und unauffälligen Platz, und mit Hilfe des Schreiners, eines Maultiers, eines Karrens und zwei Palmachniks transportierte er ihn dorthin und stellte ihn mit dem Einflug gen Süden auf. Und nachdem er die Dunggrube gegraben hatte, wusch er sich die Hände und faßte eine der beiden Tauben des Mädchens, band ihr eine Hülse ans Bein und nähte ihr einen Federkiel zwischen die Schwanzfedern. Die Brieftaubendepesche in der Hülse war für Doktor Laufer bestimmt: Der Schlag sei bereit für die Aufnahme von Jungtieren und deren Umgewöhnung und Zähmung. Und der Zettel im Federkiel galt dem Mädchen und enthielt die Worte: »Ja und ja und ja.« Ja, ich liebe, und ja, ich sehne mich, und ja, ich weiß und erinnere mich, du auch, denn sie hatte ihm in ihrem letzten Briefchen »nein und nein« geschrieben, das heißt: Nein, ich möchte keinen anderen außer dir, und nein, ich kann nachts nicht schlafen.

Er hob die Hände und öffnete sie, ließ die Taube auf und sah sie hochsteigen, erst schwarz werden und dann verschwimmen und entschwinden in den Himmel, der so graublau war wie sie, und wieder genoß er dieses Gefühl, das auch beim hundersten und tausendsten Mal nicht nachließ – von dem immer fernerrückenden Tag, an dem er mit Mirjam in die Felder hinausgeradelt war, um seine erste Taube aufzulassen, bis zu dem immer näherrückenden Tag, an dem er in seinem eigenen Blut liegend die letzte Taube auflassen würde.

## 2

Fast neun Jahre war es her, daß die verletzte Taube auf dem Balkon in Tel Aviv gelandet und Doktor Laufer mit Mirjam und den Tauben in den Kibbuz in der Jordansenke gekommen war. Das Baby und das Mädchen waren herangewachsen. Mirjam, die Taubenzüchterin, hatte schon über dreitausend einzige Abendzigaretten geraucht. Der grüne Lieferwagen hatte Kilometer, Motorstunden und Lebensjahre angesammelt, war uralt geworden und schaffte nur noch mühsam die Auffahrt von der Küstenebene. Aber Doktor Laufer war – trotz erster weißer Haare in seinem Rotschopf – so dynamisch und engagiert wie zuvor geblieben. Er erschien in Kirjat Anavim mit Zubehör und Jungtauben, entstieg dem Lieferwagen und eilte los mit seinem schmalen, langen gebeugten Rücken, den schlenkernden Gliedern und dem weiblichen Pluralis majestatis oder modestiae, in dem er redete.

»Wir haben eine Überraschung mitgebracht!« rief er dem Baby zu, und schon stieg auch das Mädchen aus dem Lieferwagen – genau so groß und ernst und blauäugig und rotwangig und blondgelockt wie in seinen Träumen und in seiner Erinnerung.

»Ich bin gekommen, um dir zu helfen«, sagte sie errötend, und ihre Augen leuchteten.

Ihm stockte das Herz. In Doktor Laufers Anwesenheit wagte er sie nicht anzufassen, aber das Mädchen beugte den Kopf ein wenig. Ihre Gesichter kamen sich näher, berührten sich, erglühten. Die Hände ergriffen einander, ließen los, wußten nicht, wo landen.

Der Schreiner kam aus der Schreinerei, setzte die eingetroffenen Klappen in ihre Rahmen ein. Doktor Laufer prüfte sein Werk und sagte: »Das ist gut«, und »das ist sehr gut«, und wie gewohnt untersuchte er den Schlag auf Holzsplitter und Nägel, die Verletzungen auslösen konnten, und auf Ritzen, die geeignet waren, Schlangen oder Mäusen Einlaß zu gewähren. Er verstopfte und klopfte und schwang sein Hämmerchen und sagte eins ums andere: »Du hast wohl gedacht, wir hätten dich nicht gesehen«, wie in jedem neuen Schlag, den er inspizierte.

Das Mädchen und das Baby luden die Kisten mit den Jungtauben, die Körnersäcke und das nötige Zubehör für den Schlag vom Lieferwagen ab. Doktor Laufer ließ ein paar Tauben auf, die er aus dem Zentralen Schlag mitgebracht hatte, fuhr zum Jerusalemer Schlag der Hagana und kam mit Tauben von dort wieder – mit jungen, die er gleich in Kirjat Anavim aufließ, erfahrenen, die in Kibbuz Hulda und noch erfahrenen, die in Tel Aviv starten sollten.

»Man muß jede Fahrt ausnutzen«, sagte er, und dann wünschte er dem Baby viel Erfolg und verschwand.

Das Mädchen blieb noch zwei Tage in Kirjat Anavim. Sie stellten die Körnersäcke auf erhöhte Holzlatten, deckten sie mit engmaschigem Hühnerdraht gegen Mäuse ab, und dann fertigten sie Kennringe mit Monat und Jahr der Beringung, die auch den Geburtstag der Taube bezeichneten, und der Initiale des zuständigen Taubenzüchters, um nicht etwa den Namen der Ortschaft oder Einheit preiszugeben. Den Ring steckten sie der Taube auf die drei zusammengenommenen Vorderzehen, schoben ihn über die ans Bein gedrückte Hinterzehe und ließen los.

Danach legte das Mädchen für jedes Jungtier eine ›Personalkarte‹ an sowie die ›Zellenkarten‹, die später auszufüllen waren, wenn die mittlerweile herangereiften Jungtauben gepaart werden würden, und nahm erste Eintragungen im ›Schwarmbuch‹ vor.

Am Abend holte das Baby Brot und Oliven aus dem Speisesaal. Sie setzten sich an den Taubenschlag und aßen. Es war eine Spätsommernacht, heiß und trocken, und wie in den Jerusalemer Bergen häufig, brachte der Wind hin und wieder schon einen lieblichen Hauch Winterkühle. Nach dem Essen breiteten die beiden eine Militärwolldecke über die Erde vor dem Schlag und legten sich nebeneinander.

Aus Abu Ghosch schallte der erste nächtliche Ruf des Muezzins herüber, und die Schakale fielen, wie allnächtlich, mit ein. Das Mädchen keuchte an seinem Hals: »Sie sind so nah.«

»Sie sind nicht so nah, wie es sich anhört«, erwiderte das Baby.

Ein paar Gestalten huschten vorüber, schlitterten ins trockene Bachbett hinunter und verschwanden.

»Wer war das?« fragte sie.

»Das waren meine Kumpels. Sie gehen auf Einsatz.«

Am nächsten Morgen wachten die beiden gemeinsam auf. Aus dem nahen Wadi klang das metallische Geräusch von Grabwerkzeugen herauf. Hacken schlugen auf Fels, Spaten nahmen Steinsplitter und Erdklumpen aufs Blatt.

»Was ist das?« flüsterte das Mädchen.

Er zögerte, überlegte, ob er ihr weismachen sollte, die Kibbuzgenossen grüben dort Pflanzlöcher, sagte dann aber wahrheitsgemäß, seine Kameraden schaufelten Gräber für diejenigen, die nicht wiederkämen, und kicherte: »Normalerweise grabe ich mit, weil ich nicht auf Einsatz gehe, aber heute nacht haben sie mich deinetwegen freigestellt.«

Am nächsten Morgen fuhr das Mädchen in den Zentralen Schlag zurück. Da das Baby nur die neuen Jungtauben, die noch nicht gezähmt und trainiert waren, im Schlag hatte, konnte er ihr keine Taube mitgeben, aber sie ließ ihm eine von ihren da, ehe sie in den Lastwagen nach Tel Aviv kletterte.

Als der Laster seinen Augen entschwunden war, fühlte das Baby sich einsamer denn je. Plötzlich fiel ihm seine Mutter ein, die ihn verlassen hatte und nach Europa zurückgekehrt und in der Schoa umgekommen war – jetzt wußte er bereits, was die Erwachsenen mutmaßten und munkelten. Und er dachte an seinen Vater, der ihn im Kibbuz besuchen kam, ihm aber nicht in die Augen blickte, und an die Frau seines Vaters, die sich umschaute und sagte: »Was für ein hübscher Ort, hier würde ich aber auch gern leben …« Und er dachte auch an sich, an den Tag, an dem er gesagt hatte: »Bring sie nicht mehr mit. Das nächste Mal, daß du sie mitbringst, werfe ich euch beide raus.«

Ihm wurde eng und traurig ums Herz. Er ging zum Schlag zurück, sann darüber nach, wie er doch von einem derart schlechten Anfang zum guten Ende gelangt war: Hätte seine Mutter sich nicht von seinem Vater getrennt, um in ihr Land zurückzukehren, dann hätte sein Vater keine andere Frau geheiratet, und er wäre nicht in den Kibbuz verbannt worden und hätte Mirjam und Doktor Laufer und die Tauben und seine Geliebte nicht kennengelernt. Und danach schüttelte er das alles ab und tröstete sich damit, daß es von nun an keine Aufstiege und Wendungen und Abstiege mehr geben würde, sondern nur die Liebe zu dem Mädchen und die Routine der Taubenpflege. So war es gut. Tagesordnung, Arbeitstabellen, Aufgabenlisten – all das beruhigte und heilte das Herz, und er gab sich ihnen mit Freuden hin.

Jeden Morgen stand er zeitig auf, schickte seine gefiederten Schützlinge auf ihre Flüge, die stetig länger wurden, und trieb sie zurück in den Schlag, schwenkte Fahnen und pfiff, fütterte und paarte und säuberte. Nachts schaufelte er Gräber, und die vorgeschriebenen Arbeitsstunden im Kibbuz leistete er im Kuhstall und in der Schreinerei. Einige der Kämpfer betrachteten ihn geringschätzig oder verspotteten ihn sogar. Er kämpfte nicht mit ihnen, verlor weder Kameraden noch Blut, hockte nicht an ihren Lagerfeuern, gab keinem Konvoi Geleit, und wie man damals ulkte: Kein einziges Mal konnte er erleben, zu töten oder getötet zu werden. Aber die Gefühlvollen unter ihnen beobachteten ihn neugierig, denn es lag ein eigener Zauber um diesen kleinen, dicklichen Jungen, bei dem Tauben – auch fremde Tauben – herabsegelten, seinen Kopf umschwirrten und auf seinen Schultern landeten.

Die Tauben, hatte Doktor Laufer mal bei einer Versammlung vorgetragen, sähen sonst gar nicht so schnell und entschlossen aus, wie sie es bei ihrer Heimkehr seien, und auch nicht so bösartig und tödlich, wie sie es im Kampf um Nest oder Partner werden könnten. Und auch das Baby täuschte alle, die ihn sahen. Er hatte immer noch den kleinen, rundlichen Körperbau seiner Kindheit, gewann aber Selbstsicherheit, und unter den typischen Babygrübchen an Ellbogen, Knien und Handrücken schwollen starke Muskeln. Er war etwas schlanker geworden – genau wie ich, als Tirza mich beim Bau meines neuen Hauses einsetzte – und Menschen, die Mund- und Blickwinkel zu deuten wußten, erkannten seine Zielstrebigkeit.

Noch immer beseelte ihn das alte Streben, den Tauben, die ihrem Wesen nach nur einen Ort anfliegen können, das Hin und Rück zwischen zwei Punkten beizubringen. Solche Brieftauben, sagten die Taubenzüchter bewundernd, gäbe es nur in Indien und in den Vereinigten Staaten, ersteres sei altehrwürdig und habe jahrtausendelange Erfahrung im Taubenzüchten, und letztere seien zwar jung, hätten aber Geld wie Heu.

»Und unser Baby hier«, rief Doktor Laufer auf der Taubenzüchterversammlung jenen Jahres, »hat es gänzlich ohne Hilfe und Haushaltsposten fertiggebracht, Zweiwegtauben auszubilden, die nun eine regelmäßige Verbindung zwischen Kirjat Anavim und Jerusalem aufrechterhalten.«

Wie hatte er das geschafft? Er hatte junge Tauben, deren Flügel und Schwingen gut entwickelt waren, ausgewählt und ihnen nach den ersten einfachen Flug- und Heimkehrübungen beigebracht, daß sie zwar ihr Futter auch weiterhin im Heimatschlag bekämen, das Wasser aber in einem anderen, beweglichen Schlag, der in einer auffallend grellen Farbe gestrichen war. Und diesen anderen Schlag rückte er schrittweise immer ferner, bis die Tauben schließlich in Kirjat Anavim fraßen und in Jerusalem tranken. Und da die beiden Schläge nur zehn Kilometer Luftlinie voneinander entfernt standen – das heißt, nur rund zehn Flugminuten – flogen die Tauben jeden Tag zweimal hin und her, tranken dort und fraßen hier und überbrachten Berichte und Befehle von Hauptquartier zu Hauptquartier.

Auch von der Taube, die zur Arche Noah zurückflog, könne man behaupten, sie sei in einen mobilen Schlag zurückgekehrt, der ins Auge fiel, weil er einsam auf weiter Fläche war, sagte er, und ging daran, einen großen fahrbaren Taubenschlag zu konstruieren, der viele Tauben aufnehmen und im Schlepptau eines Fahrzeugs die Truppen begleiten könnte. Doch in diesem Stadium standen ihm weder das nötige Budget noch das Fahrzeug zur Verfügung, und die Straßen waren unsicher und die Übungen undurchführbar. So blieb die Sache im Bereich des Traums, und das Baby pflegte weiter seine normalen Brieftauben, diejenigen, die bei ihm daheim waren, und die, die in den Jerusalemer Schlag oder in den Zentralen Schlag in Tel Aviv gehörten und sehnsüchtig bei ihm warteten, nichts anderes im Sinn als die Drahtgitter ihres Kerkers und den weiten Himmel darüber und ihr Zuhause jenseits seiner Weiten, und nicht wußten, was sie auf ihren Schwingen trugen – einen Liebesbrief oder Befehle.

3

Im Zoo waren inzwischen die Übungen eines neuen, besonders großen Taubenjahrgangs abgeschlossen, und Doktor Laufer erklärte dem Mädchen, diesen Tauben falle eine wichtige Aufgabe zu. Der Krieg rücke näher, und die Kibbuzim im Süden bildeten die einzige Barriere gegen das Vorrücken ägyptischer Truppen auf Tel Aviv. Deshalb müsse man all diese Ortschaften aufsuchen und mit Tauben versorgen, damit sie mit deren Hilfe Verbindung zum hiesigen Hauptquartier halten könnten.

»Du wirst nach Negba und Ruchama fahren«, sagte er, »nach Dorot, Gvar'am, Jad-Mordechai, und wenn es irgend geht, auch nach Kfar-Darom und Nirim und Gvulot. Man muß ihnen dort überall Tauben dalassen, damit sie Meldung machen können, falls sie Gott behüte unter Belagerung geraten. Und vergiß nicht, ihnen zu sagen, daß man die Tauben nicht ausfliegen lassen darf, denn wenn man uns rausläßt, kehren wir auf der Stelle heim, und unser Zuhause ist hier in Tel Aviv.«

»Ich allein?« fragte das Mädchen perplex.

»Man hat dir einen *Command car* mit zwei Palmachniks zugeteilt. Das ist viel mehr als für andere Einsätze bereitgestellt wird. Der eine ist ein ausgezeichneter Fahrer, und der andere wurde im Kampf verwundet, ist aber ein guter Kundschafter, der die Wege bestens kennt. Sie sind dafür verantwortlich, dich überall hinzufahren und heil wieder herzubringen, und du bist dafür verantwortlich, die Tauben zu übergeben und die Leute anzuleiten. In Ruchama und in Dorot haben wir Taubenzüchter und ordentliche Schläge, bring uns von dort ein paar Tauben mit, damit wir ihnen Brieftaubendepeschen schicken können, und an den anderen Orten versuch, eine Taube im Kuhstall zu fangen. Wenn die Entfernung nicht groß ist, fliegt unter Umständen auch eine gewöhnliche Taube zurück. Wir werden ihr zwei Federn gelb und grün färben, damit man sie erkennt, wenn sie wiederkommt.«

Sie stellten Proviant und Ausrüstung zusammen, wählten und markierten die Tauben und notierten ihre Daten in zwei identischen Notizheften. Ein Heft blieb bei Doktor Laufer, das andere steckte das Mädchen in den Rucksack. Und am nächsten Morgen stand sie früh auf, verabschiedete sich von ihren Eltern und ging zum Zoo. Ihre Mutter weinte: »Gibt's denn keine Jungs mehr? Muß man Mädchen losschicken?« Und ihr Vater sagte nur: »Sie vertrauen dir dort. Paß auf dich und die Tauben auf.«

»Jeder Kibbuz erhält sechs Tauben«, erklärte ihr Doktor Laufer, »vier von uns und zwei gibt dir Schimon, der Taubenzüchter in Giv'at Brenner. Du kennst ihn sicher von den Versammlungen. Wir haben ihn gebeten, sie mit roten Ringen zu markieren, damit sie in den Kibbuzim wissen, welche Taube wohin zurückfliegt.«

Und nach kurzem Schweigen sagte er: »Der Ausflug ist ein bißchen gefährlich. Achte bitte auf die Jungs, die mitfahren, damit sie keinen Unsinn machen. Und vergiß nicht, eine Taube vom Baby mitzunehmen, damit er sich nicht sorgt, wohin du plötzlich verschwunden bist.«

Ein Pfiff erklang von der Straße. Der Dicke vom Zoo öffnete das Lieferantentor, und der *Command car* fuhr langsam herein und zum Lagerhaus. Zwei Palmachniks saßen im Wagen: Der untersetzte, schwarzhaarige Fahrer, der nicht wenig an das Baby erinnerte, aber härtere und entschlossenere Züge hatte, und der große, braungebrannte Kundschafter, der auf einem Bein lahmte. Sie übergaben dem Mädchen einen Militärmantel – nachts sei es noch kalt, sagten sie – und eine Pistole.

»Damit kann ich nicht umgehen«, sagte sie.

»Das ist ganz einfach«, erklärte der Große, »du steckst die Arme in die Ärmel und knöpfst die Knöpfe bis oben hin zu. Hier, so.« Und der Kleine sagte: »Wenn dir immer noch kalt ist, schlag den Kragen hoch.«

Das Mädchen wurde wutrot im Gesicht. Die Männer verfielen in brüllendes Gelächter, das die Tiere ängstigte. »Schon in Ordnung«, sagten sie, »in Giv'at Brenner machen wir eine Schießübung mit dir.«

Auf dem *Command car* türmten sich bereits Ausrüstungs- und Postpakete, der Dicke vom Zoo lud die Taubenkästen und Futtersäcke auf und vertäute sie. Das Mädchen verabschiedete sich von Doktor Laufer, kletterte in das Fahrzeug und setzte sich auf den Sitz, den die Jungs ihr aus Kisten und Decken hergerichtet hatten.

Der Wagen verließ den Zoo und fuhr südwärts durch die Straßen der Stadt. Der nahende Krieg war allgegenwärtig. An den Hauseingängen wurden Sandsäcke gestapelt und Schutzmauern errichtet. Hier und da sah man Barrikaden, Stacheldrahtrollen und Straßensperren. Stille herrschte. Männer in Khakikleidung gingen geschäftig ihrer Wege, die Gesichter angespannt und nachdenklich.

An der Stadtausfahrt schlossen sie sich einigen hochbeladenen Versorgungsfahrzeugen an, die auf sie gewartet hatten, und bei der ersten Gelegenheit fuhr der kleine Konvoi von der Straße ab und weiter über gelbrote Sandwege zwischen Weingärten und Zitrushainen. Hier war kein besonderes Treiben festzustellen, außer dem Treiben des Frühlings. Wildblumen leuchteten, Obstbäume dufteten, Vögel kreischten über ihren Nestern, Eidechsen hasteten, Schmetterlinge gaukelten in der Luft. Ein besonders schöner April übernahm die Herrschaft ringsum, aber die beiden jungen Männer suchten nur ständig die Wegränder ab. Der untersetzte Schwarzkopf am Steuer hatte sogar zwei Handgranaten in einem Kästchen auf den Knien liegen, und der große Braungebrannte hielt seine Sten mit beiden Händen, und seine Augen wanderten zwischen dem Weg auf der Landkarte und dem, den sie fuhren, hin und her. Als einer der Lieferwagen im Sand steckenblieb, beorderten sie seine Insassen, sich ringsum flachzulegen und aufmerksam Wache zu halten, bis der *Command car* ihn freigeschleppt hatte.

In Rischon Lezion angelangt, trennten sich gleich nach der Weinkellerei ihre Wege. Die anderen Fahrzeuge fuhren nach Hulda weiter und sie über die Felder nach Giv'at Brenner. Schimon, der dortige Taubenzüchter, begrüßte das Mädchen freudig und fragte sie, ob sie sich noch mit dem Baby treffe.

»Wann immer es geht«, antwortete sie.

»Ein sehr netter Junge«, sagte Schimon.

»Dem stimmen wir zu«, sagte das Mädchen im weiblichen Plural, und Schimon lachte. »Wenn der Krieg erst mal vorbei ist, werdet ihr auch Zeit für eure Dinge haben«, sagte er und dann in entschuldigendem Ton: »Vielleicht stecke ich meine Nase in anderer Leute Angelegenheiten. Jetzt werde ich lieber den Mund halten.«

Seine Tauben warteten schon rotberingt in ihren Kästen. Schimon sagte: »Doktor Laufer meint, nur ein gelernter Taubenzüchter könne sie fachgerecht halten, aber man braucht sich keine Sorgen zu machen. Die Leute sollen sie ja nicht zähmen und trainieren, sondern ihnen nur Futter und Wasser geben und nachsehen, daß sie nicht krank sind, und schließlich sind das alles Landwirte, die sich mit Hühnern auskennen, und zwischen einer Taube und einem Huhn besteht kein großer Unterschied.«

»Sag das bloß nicht bei der nächsten Versammlung«, erwiderte das Mädchen. »Doktor Laufer wäre tief gekränkt.«

»Und ich meine, am besten, du suchst dir an jedem dieser Orte ein verantwortungsbewußtes Kind, das sich um die Tauben kümmert«, sagte Schimon. »So ein Kind ist besser als jeder Erwachsene – das wissen wir, weil wir auch mal so waren. Und wenn die Kinder dort evakuiert werden, wie es schon andernorts geschehen ist, dann soll dieses verantwortliche Kind ein paar Tauben mitnehmen, und du bringst ihm bei, wie man Brieftaubendepeschen schickt, um den Eltern, die zum Kämpfen dageblieben sind, Mut zu machen. Und jetzt alles Gute und viel Erfolg und auf Wiedersehen.«

Sie fuhren zwischen blütenbeschneiten Wüstenginsterbüschen, vorbei an schier endlosen Mandelplantagen, deren Bäume schon abgeblüht waren, entlang an Weingärten, die vor der Blüte standen. Der Rotlehmboden wurde zusehends gelblicher, die Luft erwärmte sich, die Jungs erzählten ihrer

Mitfahrerin von Dörfern und Kleinstädten, vor deren Einwohnern man sich in acht nehmen mußte, und nannten Namen, die sie aus den Schlagzeilen kannte: Burayr, Barbara, Majdal, Bayt Daras.

Der untersetzte junge Mann war ein großartiger Fahrer. Einmal kam aus einem trockenen Bachbett ein Trupp schreiender und schießender Männer angestürmt, doch er sah, daß er wegkam, ließ den schweren *Command car* nur so über die Dünen brettern. Der große Braungebrannte war ein fantastischer Navigator, und noch fantastischer war sein Riecher dafür, welcher Weg an einer Gabelung der richtige war. In seinem Rucksack hatte er eine Blechdose mit Mohntaschen. »Von meiner Mutter«, erklärte er, »ich eß das ganze Jahr über Hamantaschen, nicht bloß zu Purim.«

## 4

So fuhren sie, auf und ab, über Stock und Stein, durch Feld und Flur. Fuhren und hielten, von Kibbuz zu Kibbuz, auf einer unvergeßlichen Tour. So steuerten sie gen Süden, sie und ihre Begleiter, die nicht aufhörten, sie mit Rätseln und Geschichten zu unterhalten, ihr Lieder zu singen und starken, nicht süßen Kaffee zu kochen, obwohl sie sahen, daß sie von unterwegs eine Taube aufließ, und begriffen, daß ihr Herz dem gehörte, in dessen Schlag diese Taube landen würde.

»Ist sicher groß und blond und schön wie du«, sagte der Kleine.

Sie lachte. »Er sieht nun gerade dir ähnlich. Klein und

häßlich und schwarzhaarig, aber du bist schon ein junger Bursche, und er ist noch ein Baby.«

»Und was macht er?«

»Dasselbe wie ich. Sehnt sich und wartet und pflegt die Tauben der Palmach.«

Überall hinterließ sie Tauben und lehrte, was man in ein paar Stunden beibringen kann. Überall erwähnte sie, daß man sie nicht ausfliegen lassen dürfe, weil ihr Zuhause woanders sei. Überall erklärte sie dem Schreiner, wie er ihnen eine Hütte oder eine alte Umzugskiste herrichten sollte, groß genug, damit sie im Innern ein wenig umherschwirren konnten und nicht schwach und lahm wurden. Überall empfahl sie, sicherheitshalber ein paar einfache Tauben im Kuhstall zu fangen und sie in den Nachbarkibbuz zu schaffen. Überall fand und unterwies sie ein Kind, das die Augen aufriß und sie an sich und das Baby erinnerte.

In Gegenden, in denen sie keinen Konvoi als Geleitschutz hatten, fuhren sie allein bei Nacht – die Scheinwerfer des *Command cars* ausgeschaltet, der Motor leise, so leise, daß man das Heulen der Schakale hören konnte und fernes Meeresrauschen und das Scharren in den Kästen, wenn es holprig wurde und die Tauben sich am Boden festzukrallen suchten.

Der Mond war fast voll. Die goldenen Dünen rollten in Silber und Blau dahin. Die großen Sykomoren, die damals in jener Gegend verstreut standen, sahen aus wie Herden dunkler Tiere. Ein niedergehender Platzregen machte die beiden Jungs fröhlich – die Gefahr, im Sand einzusinken, sei nun geringer, erklärte ihr der Große, den Mund voll Mohnkrümel –, und als die Wolken sich verzogen, zeigte er ihr die Himmelskarte. Er kannte jeden Stern und alle Helden der Mythologie und die Tierkreiszeichen und zeigte ihr den Orion, den schönen Jäger, und daneben den Großen Hund und beider Nachbarin, die himmlische Taube, Columba, auf ihrem unermüdlichen Flug zum südlichen Horizont.

»Sie hält auch einen Ölzweig im Schnabel«, sagte er, »aber um den zu sehen, braucht man einen nicht so vollen Mond und möglichst auch ein Teleskop.«

Auch in den Kibbuzim, die sie anfuhren, sollte jene Tour unvergeßlich bleiben. Die drei Besucher, die plötzlich auftauchten, ein Punkt im Gelände, der wuchs und nahte und sich rasch in zwei Jungs in Mänteln verwandelte, der eine groß und lahm, einen ausgebeulten Aussie-Hut keck auf dem Kopf, der zweite klein mit Schlauchmütze, und dazu ein großes Mädchen mit einem verblichenen rosa Kopftuch und gelben Locken, auch sie in einen Mantel gehüllt und das Gesicht staubbedeckt. Das Gerücht lief ihnen voraus – durch Hundebellen und Windstöße, von Schnabel zu Ohr, im Mund der Kuhstalltauben. Und überall erwartete man sie schon, wußte, daß »das Mädel mit den Tauben« aus Tel Aviv eintreffen würde.

Sie verteilte ihre Tauben wie eine Gabenbringerin, wie eine Urteilszustellerin, wie eine Botin von Liebesbriefen und Anzeigen nahen Todes. Nie hatte sie solche Wechsel von Angst und Hoffnung, Sorge und Sicherheit erlebt. Sie fühlte sich schlagartig erwachsen werden, meinte, sie werde all dies immer im Gedächtnis behalten, diese Stille, die furchterregender ist als der folgende Kriegslärm, die trügerischen Sandwege, die angenehmer sind als das Sichere und gefährlicher als das Gebahnte, und das Sirren der Luft, das die beiden Jungs mit ihren Reifen erzeugten, da sie schnell fuhren, um nicht einzusinken und ein leichtes Ziel zu bilden. Und auch die beiden selbst, die ihr aus vollem Hals sangen, wo es ging, und ihr leise summten, wo man nicht laut sein durfte. Und die Kibbuzniks, die Sandsäcke abfüllten und Schützengräben aushoben und sich auf den Krieg um ihre Zuhause vorbereiteten und sich bemühten, nicht zu grübeln, wer dabei sterben würde, und nicht zu mutmaßen, wer wohl am Leben bliebe.

Und vor allem sah und erinnerte sie die Truppen, die an den Straßen warteten. Menschen, die lagerten, umhergingen, plauderten, Ausrüstung überprüften, Kriegsgerät reinigten, an kleinen Lagerfeuern saßen. Einige schliefen im voraus, andere besprachen, was sie schon getan hatten, oder diskutierten, was kommen würde. Sie sah es und wußte, daß sie all das, was sie jetzt sah, nie mehr vergessen würde.

Und nach einigen Tagen fiel ihr noch etwas auf – die große Anzahl der Briefschreiber. Sie legten das Blatt Papier auf einen Kotflügel, aufs Knie, an einen Baumstamm oder an die Schulter eines Kameraden, der wiederum am Rücken eines anderen schrieb. Nicht selten hielten sie den *Command car* an und übergaben ihr Umschläge: »Steck sie in den Briefkasten, wenn du in Tel Aviv zurück bist.« Sie tat sie in einen geleerten Körnersack und hütete ihn wachsam, trug diese riesige Depeschenhülse, die dick und dicker wurde, sich mit Bitten, Testamenten, Ängsten, Sehnsüchten füllte, mit Kindern, die teils geboren, teils nicht geboren werden würden, mit Phantasien von Heimkehr und Wiedersehen, mit Hoffnungen Scheidender, mit Grüßen Todgeweihter. Und ein ungeheures Verlangen nach dem Baby durchflutete plötzlich ihren Bauch – und eine verbotene Freude: Ihr Baby zog nicht in den Kampf, er würde bei seinen Tauben bleiben, im Schlag auf sie warten.

## *Vierzehntes Kapitel*

I

Warum trinken Sie nicht?« fragte der alte amerikanische Palmachnik.

»Meine Mutter erlaubt mir nicht, mit fremden Männern zu trinken«, antwortete ich.

Er lachte. »Sie sind schon ein großer Junge.«

»Ehrlich gesagt, trink ich nicht so gern.«

»Virgin Mary für ihn und noch einen Whisky sour für mich«, sagte er dem Kellner und deutete auf sein Glas.

»Wenn dieses Baby nicht dauernd mit seinen Tauben beschäftigt gewesen wäre, hätte ein echter *Fighter* aus ihm werden können«, sagte er zu mir. »Einmal sahen wir ihn sogar Schläge austeilen. Ein paar unserer Leute machten sich damals auf den Weg nach Beer Tuvia, und er bat sie, Tauben mitzunehmen und sie am nächsten Tag in aller Frühe aufzulassen.«

Um zehn Uhr morgens fing das Baby schon an, etwas unruhig den Schlag zu umkreisen und erwartungsvoll den Himmel mit den Augen abzusuchen. Eine Brieftaube kann sechzig oder sogar siebzig Kilometer in der Stunde zurücklegen, und er machte sich Sorgen. Die Sonne stieg in den Zenit – und die Tauben kehrten nicht zurück. Sie sank –

und keine Spur von ihnen. Sie ging unter – und sie waren nicht da.

Die Tauben trafen auch am nächsten Tag nicht ein. Kehrt eine junge Taube nicht heim, kann man noch von natürlicher Auslese und unerläßlichem Aussieben sprechen, aber vier Tauben auf einmal? Die Sorge des Babys schlug in Angst um. Die vier waren gesund und stark, Töchter siegreicher Mütter und schneller Väter, und hatten sich bei früheren Übungen nie verspätet. Zwei hatten sogar Junge, was ihr Heimweh verstärkte. Etwas Ungutes, Finsteres war geschehen.

Fünf Tage später kehrten die Jungs von ihren Unternehmungen zurück. Sie kamen zum Schlag, übergaben ihm die Formulare, in denen sie Zeit und Ort des Auflassens und die dabei herrschenden Wetterbedingungen exakt vermerkt hatten, und gingen zum Zeltlager der Palmach. Etwas an ihrem Reden und Verhalten weckte sein Mißtrauen. Eigenartig, daß sie sich gar nicht erkundigt hatten, wann die Tauben eingetroffen waren und welche als erste, denn manchmal schlossen die Jungs Wetten über die Ergebnisse ab, verloren eine Zigarette oder gewannen ein Stück Schokolade. Er machte sich zum Zeltlager auf, um ihnen noch ein paar Fragen zu stellen. Aus einem Zelt drang schallendes Gelächter. Er trat näher, lauschte, und sein Herz stockte. Den Gesprächsfetzen, die durch die Zeltplane drangen, entnahm er, daß die Kumpels die Tauben gleich am ersten Abend geschlachtet, überm Lagerfeuer geröstet und aufgegessen hatten – eine Taube pro Mann.

Das Baby stürmte ins Zelt und begann, wie irrsinnig Schläge, Püffe und Fußtritte auszuteilen. »Ihr Mörder!« rief er, »ihr Hurensöhne! Euch massakrier ich!« Und da sich unter dem Babyspeck und der glatten Haut überraschend starke Muskeln und heftiger Zorn verbargen, brauchte es mehrere Männer, um ihn zu überwältigen, und einen Strick, um ihn an Händen und Füßen zu fesseln.

Wie ein gebundenes Lamm lag er auf dem Boden, zappelte, spuckte und schrie: »Diese Tauben hätten euch das Leben retten können. Ihr Dreckskerle! Wärt ihr bloß an ihrer Stelle umgekommen! Gebe der Himmel, daß das Grab, das ich heute nacht schaufle, für euch sein wird!«

»Es war nicht schön, uns das damals zu sagen«, bemerkte der alte amerikanische Löwe. »Wir hatten ohnehin schon genug Tote. Die Kumpels hauten ihm erbost ein paar runter, damit er den Unterschied zwischen einer Taube und einem Menschen kapierte, schleiften ihn nach draußen und ließen ihn liegen, damit er sich abregte.«

Als sie ihm die Fesseln abnahmen, kehrte er zum Schlag zurück, um sich auf die einzige ihm bekannte Art zu beruhigen – indem er eine Brieftaubendepesche an seine Geliebte schrieb. Diesmal kam auch eine Meldung über den Vorfall an Doktor Laufer hinzu. Schon am nächsten Tag kehrte eine seiner Tauben von dort zurück. Vor lauter Freude und entgegen aller Regeln stürzte er sich auf sie, bevor sie noch im Schlag gelandet war. Aber die Taube trug keinen Federkiel mit einem Brief des Mädchens, und die Depesche in der Hülse stammte nicht vom Veterinär. Es war eine Mitteilung über den bevorstehenden Einsatz, der vor allem die Entsendung großer Versorgungskonvois ins belagerte Jerusalem betraf.

Er eilte zum Einsatzoffizier, einem kräftigen jungen

Mann aus Raanana, dessen Mut und Kaltblütigkeit im Kampf legendär waren, und der las nun die Brieftaubendepesche und wollte wissen, warum sie erbrochen war. Das Baby entschuldigte sich, sagte, er hätte gedacht, es handle sich um einen Privatbrief. Der Einsatzoffizier rügte ihn. Die Tauben seien nicht für den Austausch von Privatbriefen da. Aber gleich danach holte er eine grüne Windjacke der amerikanischen Armee aus dem Schrank, wie die Kämpfer sie seit langem trugen, und sagte: »Die ist für dich. Denn bei einem dieser Konvois wirst du uns mit ein paar Tauben begleiten, und wir wollen ja nicht, daß du dir plötzlich eine Erkältung holst.«

Das Baby zog die Jacke an, und der Einsatzoffizier stieß einen Lacher aus. »Wir machen noch einen *Fighter* aus dir«, sagte er, »die Tauben werden dich gar nicht wiedererkennen, wenn du zurückkommst.« Er deutete auf die dunkleren Stellen an den Ärmeln und auf der Brust, wo früher die Truppen- und Dienstgradabzeichen gesessen hatten, und sagte: »Das war mal die Jacke eines amerikanischen Feldwebels, von dem wir nicht wissen, wie er hieß, wo er gekämpft hat und ob er lebendig oder tot ist. Jetzt gehört sie dir, paßt aufeinander auf.«

Das Baby zog die Jacke enger um den Leib, fühlte sich sofort angenehm und verlockend eingehüllt. Und statt zum Taubenschlag rannte er zur Schreinerei, weil er sich im großen Spiegel des Schreiners betrachten wollte. Der namenlose amerikanische Feldwebel mußte ein stattlicher Mann gewesen sein, und so wirkte der Anblick etwas lächerlich. Das Baby überlegte, ob man die Jacke wohl der Schneiderin des Kibbuz bringen könnte, damit sie sie ihm passend kleiner machte. Aber der eitle Schneider, ausgerechnet er, sagte ihm, das sei unnötig. »Diese Jacke hat schon anderen Soldaten in anderen Ländern und Kriegen gehört. Schau, sie hat auch Flecke, die nicht mehr rausgehen, vielleicht von Blut und Schmieröl, und zwei Flicken, an der Hüfte und auf dem Rücken. Solche Jacken wissen sich schon Männern anzupassen.«

Der Schreiner beendete seine Lektion, und das Baby rannte zum Zeltlager, mißachtete das *mabruk* und das *sachteen* und das *schufuhu ya-nass,* die ihm aus den Zelten zugerufen wurden, denn er mußte seinen tragbaren Taubenschlag für den Einsatz fertigmachen.

Beim ersten und zweiten Konvoi kam er nicht mit, aber am 17. April 1948, zwei Wochen bevor er im Kampf fiel, wurde ein weiterer Konvoi zusammengestellt. Er erhielt Order, ein paar Tauben zu nehmen und mit den Kämpfern nach Hulda hinunter zu fahren. Dort wurde er nach Giv'at Brenner geschickt und traf Schimon, den Taubenzüchter des Kibbuz, der zu ihm sagte: »Deine Freundin war vor einem Monat hier, hat Tauben in den Süden mitgenommen.«

Dem Baby wurde klar, daß die Brieftaubendepesche, die er seinerzeit von ihr erhalten hatte – »nein und ja und ja und nein« – nicht aus Tel Aviv gekommen war, sie hatte einfach nicht gewollt, daß er sich Sorgen machte. Er betrachtete die Tauben, die sie in Schimons Schlag zurückgelassen hatte, sah im Geist ihre Finger auf deren Brust und Flügeln, nahm eine in die Hände und spürte eine Woge von Sehnsucht und Verlangen. »Hör mal«, sagte Schimon, »einer unserer Befehlshaber fährt gleich mit dem Motorrad nach Tel Aviv und kommt noch heute nacht wieder. Wenn du möchtest, rede ich mit ihm, daß er dich zu ihr mitnimmt.«

Das Baby nahm eine der Tauben, die er aus Kirjat Anavim mitgebracht hatte, und verbarg sie in einer Tasche seiner neuen Jacke. Dann ging er zur Kommandantur und wartete an dem Motorrad, das davorstand.

»Bist du der Mitfahrer?« fragte ihn der Kommandeur, der kurze Zeit später herauskam.

»Ja.«

»Hast du mal auf einem Motorrad gesessen?«

»Nein.«

»Halt dich mit den Händen hier und da fest. Verstanden?«

»Ja.«

»Und daß du es nicht wagst, mich zu umarmen.«

»In Ordnung.«

»*Jalla,* komm! Steig auf, und los geht's.«

## 2

Es war Abend. Der Zoo hatte schon zu. Das Motorrad hielt vorm Tor, das Baby stieg ab, dankte dem Kommandeur und vereinbarte mit ihm die Abholzeit. Danach erklomm er die Zoomauer und sprang auf der anderen Seite hinunter. Das Mädchen, wußte er, würde im Schlag sein. Er hoffte, allein.

Ringsum lärmten und summten die Tiere, erhoben wie jeden Abend in jedem Zoo ihre Stimmen mit Brummen und Kreischen und Brüllen und Pfeifen. Auch Traurigkeit herrschte im Tiergarten, wie jeden Abend in jedem Zoo. Das Baby rannte zwischen den Käfigen entlang, spürte die neugierigen, hoffenden Blicke der Eingesperrten und vermied es, sie zu erwidern.

Im Lagerhaus neben dem Taubenschlag brannte Licht. Das Mädchen ordnete dort Säcke, Karteikarten und Medikamente. Sie hörte seine Schritte, drehte sich um, stieß einen Freudenschrei aus. Sie umarmten sich.

»Nicht drücken. Ich habe eine Taube in der Jackentasche.«

Sie steckte ihre Hand in die Tasche und ergriff sie.

»Ist die für mich?«

»Sie ist für mich,« sagte das Baby, »damit du mir noch einen Brief schickst.«

Das Mädchen markierte das Bein der Taube mit einem Band und setzte sie in einen Kasten. »Ich bin ja so froh, daß du gekommen bist. Wie lange hast du Zeit?«

»Eine Stunde.«

»Nur eine Stunde?«

»Morgen fahren wir im Konvoi rauf nach Jerusalem«, sagte er, »und ich begleite die Kämpfer. Hab auch so eine Windjacke wie sie bekommen, schau ... von einem amerikanischen Sergeanten aus dem Weltkrieg«, und er drehte sich lachend um die eigene Achse.

»Prima«, sagte sie, »und ich hab einen Militärmantel gekriegt. Na und? Auch eine Pistole haben sie mir gegeben, und ich habe eine Schießübung gemacht und bin im *Command car* im ganzen Süden rumgekurvt.«

»Und die Taube von dort hast du an mich aufgelassen, als käme sie aus Tel Aviv.«

»Ich wollte nicht, daß du dir Sorgen machst.«

»Schimon hat mir gesagt, daß du auch bei ihm warst.«

»Ich hab auch von ihm Tauben mitgenommen, ich sollte ja Tauben an die Kibbuzim verteilen.«

»Und wie war's?«

»War interessant. War furchterregend. War traurig. War voll Hoffnung und Verzweiflung. Ich habe dort die Kämpfer nach Hause schreiben sehen und mir gedacht: Wie gut, daß du mit deinen Tauben im Schlag bleibst. Was schicken sie dich denn plötzlich mit dem Konvoi los? Du kannst ja nicht mal schießen.«

»Ich kann's ein bißchen, aber ich brauch's nicht. Ich hab genug Leute um mich, die's können. Und hör auf, dir Sorgen zu machen. Ich kämpfe nicht. Ich geh hinten, mit den Tauben auf dem Rücken.«

»Stimmt nicht. Du bist wie ein Funker, du mußt vorn neben dem Befehlshaber gehen.«

Und schon wischte sie sich eine Zornesträne weg, errötete, gab ihm einen Kuß und ließ von ihm ab: »Du bist also gekommen, um mir Schalom zu sagen?«

»Ich bin gekommen, um dich zu sehen und anzufassen und mit dir zu reden, und auch, um dir Schalom zu sagen. Wir hatten eine Stunde, und weil du mit mir debattierst, bleiben uns jetzt nur noch zweiundfünfzig Minuten.«

Sie schmiegte sich wieder an ihn, preßte ihre Brüste an seinen Leib. Sein Oberschenkel fand seinen Platz zwischen ihren Schenkeln, spürte ihre Körperwärme. Sie packte ihn durch seine Hose. Er stöhnte, löste sich von ihr und zog die Windjacke aus. Das Mädchen umarmte ihn und lächelte ihn mit offenen und sehr nahen Augen an.

»Streichle mich«, sagte das Baby, »berühr mich und sag wie du immer sagst: Jetzt berühr mich auch so.«

Sie gingen in den Taubenschlag, und als er noch dasaß und seine Schnürsenkel aufzog, küßte das Mädchen ihn schon in die Nackenmulde, zwischen die beiden Muskeln, die zum Rücken hinablaufen, und ihre Küsse waren warm und lang und machten schwach.

»Ich hasse diese Affen«, sagte sie. »Guck sie dir an, begaffen uns wie die Lausbuben am Strand.«

Sie band die Vorhänge los, und das Gurren der Tauben brach schlagartig ab. Sie breiteten eine Militärwolldecke aus, legten sich darauf und küßten sich lange. Er legte das Kinn in ihre Halsmulde und sagte: »Das bist du. Deine Finger sind wie die Kronenblätter einer Tulpe, ich fühle, daß du es bist.«

Sie ließ von ihm ab, hob die Hand an den Mund, träufelte Speichel in die Höhlung und faßte ihn wieder an.

»Und jetzt?«

»Wie der Bauch einer Eidechse.«

»Und jetzt?«

Er stöhnte. »Wie ein Samtring.«

»Jetzt berühr mich auch so«, sagte das Mädchen.

Er ließ seine Finger zwischen ihre Schenkel gleiten, und sie umfing sie, straffte und entspannte sich. Ihr Duft erfüllte den Raum.

»Laß uns miteinander schlafen«, sagte sie. »Laß es uns endlich machen. Wir sind keine Kinder mehr. Wir sind Menschen, die an der Front Brieftauben austeilen und in den Kampf ziehen.«

»Wenn ich aus dem Krieg zurückkomme«, sagte er.

»Die Kumpels im Süden, die mir ihre Briefe mitgegeben haben«, sagte sie, »ich hab sie mir angeguckt und gedacht: Wer wird heimkehren? Wer wird Kinder zeugen und wer nicht?«

»Wir werden welche bekommen.«

»Laß uns miteinander schlafen, mein Geliebter«, sagte sie, »laß uns unser Kind jetzt schon machen.«

»Ich hab jetzt Angst.«

»Wovor? Vor dem, was die Leute sagen werden?«

»Quatsch...«

»Wovor dann?«

»Daß ich dann nicht heimkehren werde.«

»Red keinen Unsinn.«

»So was kommt vor.«

Sie ließ ihn los, streckte sich auf dem Rücken aus, atmete schwer. »Ich möchte mich ausziehen, nackt sein. Und du auch.«

Sie zogen sich splitternackt aus und legten sich auf die Decke.

»Umarme mich, mein Geliebter«, sagte sie. Woher schlich sich dieses Grauen ein? Woher die Traurigkeit in ihrem Herzen?

»Wenn ich aus dem Krieg zurückkomme«, sagte er und umarmte sie, »wir machen es, wenn ich heimkehre. Wenn man was hat, für das es sich weiterzuleben lohnt, dann stirbt man nicht.«

Und nach kurzem Schweigen und Fummeln sagte er: »Damit das erste Mal, daß wir zusammen sind, ein Mal der Heimkehr, nicht des Abschieds ist. Im Haus, im Bett mit Bettüchern, nicht auf dem Boden eines Taubenschlags. Wir haben uns so lange zurückgehalten, dann warten wir halt noch ein bißchen.«

Sie preßten sich mit aller Kraft aneinander und ließen dann etwas locker, damit ihre andere Hand auch mitmachen konnte.

»Das ist angenehm«, sagte er.

»Was ist angenehm? Sag's mir genau.«

»Daß du mit zwei Händen zwei verschiedene Dinge gleichzeitig tun kannst.«

Sie kicherten und verfielen in Schweigen. Er in ein Schweigen der Vorbereitung und Konzentration, sie in eines der Neugier. »Ich sehe deinen Samen so gern rausspritzen«, sagte sie, und das Baby erzitterte am ganzen Leib, wölbte den Rücken, seufzte, barg seinen Kopf zwischen ihren Brüsten und lachte.

»Und dein Lachen. Und deinen Geruch, wie bei unserem ersten Mal, weißt du noch? In der Achad-Haam-Schule.«

»Ja, weiß ich noch. Bis heute versteh ich nicht, wie das passiert ist.«

»Du hast auf einmal an mir gesaugt, und ich hab dich berührt, und dein Samen war so neu und weiß.« Und sie zeigte ihre hohle Hand vor: »Wir haben uns lange nicht getroffen. Schau mal, wie viel... Ich kann mir das einführen, und dann krieg ich ein Kind von dir.«

»Daß du's nicht wagst!« sagte das Baby, packte ihre Hand und wischte sie fest an seiner Brust ab. »Unser Kind machen wir nach dem Krieg. Ich werde lebend heimkehren. Wir werden bei Licht schlafen, mit offenen Augen, werden sehen, werden in mir und in dir sein.«

»Küß mich«, sagte sie. Woher das Bauchweh? Wer würde ihr den Stein von der Brust rollen?

»Und wenn du schwanger bist, schäle ich dir Mandeln, damit du weiße Milch hast und das Kind weiße Zähne kriegt.«

Er streichelte ihren Bauch. Ihr Atem ging hastig: »Berühr mich auch so ...« Das Baby kniete sich über sie, seine Lippen pendelten zwischen ihren Nippeln, ihre Finger lenkten seine Finger, die ihr Fleisch lustvoll umschlossen und umkränzten, und sie verstummte und seufzte, und ihre Stimme schwoll dermaßen an, daß das Baby ihr zuflüsterte: »Schschsch ... jemand auf der Straße könnte denken, hier würde einem Tier was zustoßen ...«

»Das wäre kein Irrtum«, sagte das Mädchen. Beide unterdrückten ein Lachen, und sie brachte ihn zum Schweigen und straffte und entspannte sich, stieß Grunzlaute und Seufzer aus und flüsterte: »Nächstes Mal. Dieser Krieg geht zuende, du kehrst zurück, wir schlafen miteinander mit offenen Augen, du in mir und um mich herum und ich um dich herum und in dir, wir halten uns an den Händen und die Augen offen und werden ineinander sein.«

»Wir beziehen ein Familienzimmer bei mir im Kibbuz«, sagte das Baby, »und machen ein Kind, das barfuß läuft und sich mit Schlamm bespritzt.«

Das Mädchen antwortete nicht.

»Ja oder nein?« fragte das Baby.

Sie stand auf, und als sie über seinen Körper trat, sah er ihre Scham im Halbdunkel über sich schweben, und sie war prall und sprießend und weich, hell und dunkel zugleich. Und der Anblick war so anziehend und schön, daß er sich aufsetzte und ihre Hüften umfaßte und seine Lippen zwischen ihre Schenkel drückte und atmete und küßte, sich von ihrem Duft und Geschmack einhüllen und aufsaugen lassen wollte und sie wieder fragte: »Ja oder nein? Antworte mir, ja oder nein?«

Sie lachte: »Fragst du mich oder sie?« Und erzitterte: »Hör auf…« Und fragte, ob ihr Duft gut sei, denn die Lageristin des Zoos habe ihr gesagt, manche Jungs würden über den Geruch von Mädchen unschöne Dinge sagen.

»Eure Lageristin ist bescheuert, und dein Duft ist wunderbar«, sagte das Baby. »Und jetzt werde ich mir Gesicht und Hände nicht waschen, bis dieser Krieg vorüber ist, damit dein guter Duft mich am Leben erhält und bei jedem Atemzug bei mir bleibt. Leg dich noch ein bißchen neben mich, gleich muß ich gehen.«

Sie legte sich neben ihn, seine Rechte unter ihrem Hals und seine Linke auf ihrer Hüfte, sein Bein zwischen ihren Beinen, ihr Oberschenkel zwischen seinen.

»Ja oder nein?« fragte das Baby. »Du kannst mich nicht ohne Antwort fortschicken.«

»Ja«, sagte sie, »nach dem Krieg wirst du zurückkehren, und ja und ja und ja und ja. Ja, ich werde ein Kind von dir und mir gebären. Und ja, ich liebe dich, und ja, ich sehne mich jetzt schon, und ja, ich warte.«

Das Dunkel wurde tiefer. Die Nachtgeräusche des Zoos mischten sich mit den Menschengeräuschen der Stadt. Ein Kind weinte in der Ferne. Ein Pferd wieherte auf dem Pferdegut. Ein Männerschrei klang von Kirjat Meir herüber. Die Hyäne des Zoos lachte, und von weitem antwortete ihr das englische Lied eines Betrunkenen und das erste Heulen von Schakalen, die man seinerzeit – so erzähltest du mir – noch in jedem Tel Aviver Haus hören konnte.

Ein paar Minuten blieben sie noch still umschlungen liegen, hörten den Wind in den großen Sykomoren und das Pochen des Blutes in ihren Körpern, dann ließ das Baby los und sagte, er müsse sich anziehen, bald käme der Befehlshaber auf dem Motorrad wieder, um ihn abzuholen.

»Gib mir eine Taube, die beste, die du dahast.«

Sie setzte sich auf, schubste ihn zurück, beugte sich über ihn und küßte ihn auf den Mund, zerrte seine Kleider herbei und überreichte sie ihm und zog ihre an.

»Ich habe eine großartige neue belgische, hat den Kurs mit Auszeichnung beendet«, sagte das Mädchen, »aber Doktor Laufer wird sie nicht weggeben wollen. Nicht mal dir.«

Sie griff nach einer der dösenden Tauben und faßte sie. »Sie sieht etwas zart aus, ist aber das beste Weibchen des Landes. Letzte Woche hat man sie von Hanita aufgelassen, und nach zwei Stunden und fünf Minuten war sie zurück.«

»Die will ich.«

»Und was soll ich Doktor Laufer sagen? Brieftauben verschwinden ja nicht einfach so. Jemand muß sie klauen und nicht zurückfliegen lassen.«

»Genau das wirst du ihm erzählen. Sag ihm, ich hätte sie geklaut, aber versprich ihm, daß sie bald zurückkommen wird.«

»Siehst du den schmalen Streifen? Sie stammt aus Belgien, aber Doktor Laufer hat mir gesagt, dies sei ein Zeichen, daß ihre fernen Vorfahren in den Schlägen des Sultans in Damaskus gewohnt haben. Paß auf sie auf. Sie ist wirklich eine gute Taube.«

»Es ist und bleibt einfach angenehm, mit dir Tauben zu

tauschen«, sagte das Baby. »Dir meine Taube zu geben, deine Taube zu erhalten.«

Er stand auf und schlüpfte in Hemd und Jacke. »Hättest du das geglaubt? Es gibt doch tatsächlich Paare, die keine Tauben austauschen und einander keine Briefe damit schikken«, sagte er, steckte die Taube, die sie ihm gegeben hatte, in die Jackentasche und gab ihr einen schnellen Kuß. »Schalom, meine Geliebte, ich lauf los. Auf Wiedersehen.«

Nichts an seiner Umarmung sagte ihr, daß es ihr letztes Treffen sein sollte. Nichts an seinem Kuß sagte ihr, daß er sie nicht mehr berühren würde, außer in ihren Phantasien und Träumen. Sein entschwindender Rücken, seine dem Zootor zueilenden Schritte, seine übergroße, zu Tränen ärgernde, fast schon lächerliche Kämpferjacke, die beste Taube des Landes in der Tasche, seine eine Hand draufgelegt, damit sie beim Rennen nicht schlenkerte, die andere Hand grüßend, ohne daß er den Kopf dabei wendete – all das versprach, daß er wiederkehren würde.

Die Tiere waren bereits verstummt, einige in Verzweiflung, andere in Schlaf versunken. Das Baby passierte den Löwen, den Leoparden und den Bären, verschwand um die Biegung vor dem Gehege der Riesenschildkröten, und an der Stelle, an der er eine Minute zuvor noch gewesen war, sah das Mädchen das ganze Von-hier-aus-weiter vor sich hingebreitet: Sie spazieren zu zweit einen Fußweg zwischen den Zimmern des Kibbuz entlang. Ein kleines Kind, dessen Gesichtszüge noch unbekannt, dessen Füße aber schon barfuß sind, stapft vor ihnen her, einen Fuß noch auf dem weichen Rasen, der andere schon Schlammflecken auf dem harten Beton hinterlassend, und sie beide spüren, wie angenehm es ist, verschieden zu sein. Hier ist das Haus, wir sind daheim, und hier ist die Tür, hier der Schlüssel, schließ Vater und Mutter auf, und wir gehen hinein. Eine pummelige Hand, Grübchen auf dem Rücken, liegt auf der Klinke. Augen fragen: Runterdrücken? Mutter wird sagen: Schalom, Haus. Sag du's auch. Das Haus wird antworten, wie es Häuser tun: mit einem zarten Lufthauch, einem Geruch, einem Widerhall, mit einem Bücherregal, einem Bild an der Wand, einem Bett, einem wehenden Vorhang.

»Auf Wiedersehen,« rief das Mädchen in die Dunkelheit. Woher diese Träne, die ihr über die Wange rollt?

Ihr rechtes Auge war es, das Tränen vergoß, sich schloß, in seiner Blindheit Dinge weissagte, die das Gehirn nicht kennt und das Herz nicht akzeptiert, und rief: »Geh nicht weg!« Schrie: »Nein und nein und nein und nein!« auf die einzige Art, auf die ein Auge schreien kann – durch Ansammeln, Überquellen, Ergießen.

3

Das Motorrad brummte, sein schwacher Scheinwerfer tastete sich voran. Der Befehlshaber sagte: »Halt dich gut fest und penn mir nicht ein.«

Von Giv'at Brenner gelangte das Baby nach Rechovot und von dort nach Hulda, wo er der Taube, die er von dem Mädchen erhalten hatte, Futter und Wasser gab, sie in seinen tragbaren Schlag setzte und mit ihr im Konvoi nach Jerusalem aufbrach. Zweimal gerieten sie unter Beschuß. Ein Kämpfer wurde von einer Patrone, die durch die Schießscharten eindrang, am Kinn verletzt. Er fiel um, schrie und stammelte in seinem Blut. Das Baby nahm seine Waffe und erwiderte das Feuer. Sagte sich im stillen: »Wie seltsam, ich fürchte mich nicht.«

Zum Schlag in Kirjat Anavim zurückgekehrt, meldete er sich beim Einsatzoffizier, der zu ihm sagte: »*Mabruk* für die Feuerprobe, ich habe gehört, du hast dich gut bewährt.« Dann übergab er ihm eine Brieftaubendepesche zur Absendung nach Tel Aviv. Das Baby befestigte eine Hülse am Bein einer Taube aus dem Zentralen Schlag, und an ihren Schwanz band er einen Federkiel, der eine Nachricht an das Mädchen enthielt: Ja, ihr Geliebter und ihre Taube seien heil angelangt, und nein, keiner wisse, wer von beiden als erster zu ihr zurückkehren werde.

Die Taube entschwand seinen Augen in dem Moment, in dem sie sich ihren Augen offenbarte. Das Mädchen löste und entnahm und schrieb eine Antwort an ihren Geliebten: »Ja, ich erinnere mich. Ja, sei bitte vorsichtig, nein, ich bin nicht mehr böse, ja, ich und du.« Sie steckte sie in den Kiel, band ihn fest und ließ auf. Die Taube, die das Baby ihr gebracht hatte, flog sofort ab, aber die Hände des Mädchens, die sonst nach jedem Auflassen einen Moment ausgebreitet in der Luft verharrten, zuckten sofort zurück und drückten sich auf ihre Lippen, um deren Zittern zu stoppen. Sie verfolgte die Taube mit den Augen, bis sie sich seinen Augen offenbarte. Ein Schauer überlief sie, es kam ihr vor, als würde sie einen Duft atmen und schlucken. Ein Schmerz durchzuckte ihre Eingeweide. Ihre Hände, selbständig und ungestüm wie ein Gedanke, verließen ihren Mund, um sich auf ihren Bauch zu legen.

## *Fünfzehntes Kapitel*

I

Nilpferd durchquert das Kreuztal, passiert die englische *Pillbox,* die man aus unerfindlichen Gründen rot angestrichen hat, und fährt die Straße hinauf. Ich versuche, mir die seither gebauten Wohnhäuser wegzudenken und die Strecke so vorzustellen, wie das Baby und seine Kameraden sie damals hochkamen: ein karstiger Hang, Olivenbäume und Steinterrassen, ein gewundener Maultierpfad zwischen kleinen Parzellen. Die Kämpfer steigen bergan, etwas gebeugt unter Ausrüstung und Waffe, aber schneller als das Auge vermutet und leiser als das Ohr zu erfassen meint. Ihr Marschgepäck sitzt fest und dem Körper angepaßt, kein Müder ist unter ihnen, keiner der stolpert, ihre Füße sind längst geübt und bewandert im nächtlichen Gang auf felsigem Grund, bedürfen nicht des Augenscheins, um ein Straucheln zu vermeiden.

Auf dem Rücken trug das Baby seinen tragbaren Schlag und darin drei Tauben: ein Weibchen, das gerade erst mit einem Partner vom Schlag des Brigadehauptquartiers gepaart worden war, ein großes und nervöses Männchen vom Schlag der Hagana in Jerusalem und die belgische Meisterin seiner Geliebten aus Tel Aviv. Die Nacht und die Last machten ihm schwer zu schaffen, nicht nur wegen des Gewichts und der Dunkelheit, sondern auch wegen der Angst und Aufregung und wegen der Sorge um seine Tauben und weil jeder Schritt und jede Körperdrehung wohl überlegt sein wollten. Er hatte noch keine Erfahrung mit derlei Märschen, die seinen Kameraden längst täglich Brot geworden waren. Ein paarmal stolperte er, und einmal wäre er beinah hingefallen, aber der Kämpfer hinter ihm griff mit langem Arm und fester Hand ans Gestänge des Schlags und half ihm, das Gleichgewicht wiederzufinden.

Der Plan lautete, solange wie möglich unentdeckt so weiterzugehen und sich dem Kloster selbst dann kriechend zu nähern. Aber die Soldaten der jordanischen Legion und die irakischen Freiwilligen, die dort standen, hatten bereits Hinterhalte zwischen den Felsen gelegt und eröffneten nun heftiges Kreuzfeuer. Viele wurden getroffen. Wie beim Beschuß des Konvois, mit dem er einige Tage zuvor nach Jerusalem gefahren war, verfiel das Baby nicht in Panik. Aber der Taubenschlag hinderte und drückte, und die Unerfahrenheit verlangsamte, und als der Rückzugsbefehl erging, hielt er nur mühsam mit seinen abwärts hastenden Kameraden schritt.

Anderntags gingen die Kämpfer dasselbe Ziel aufs neue an. Wieder gerieten sie unter Beschuß, jetzt aber näher am Kloster, und so entschieden sie sich, vorzustürmen statt zurückzuweichen. Den Vorteil der Dunkelheit büßten sie sofort ein, denn jemand warf eine Handgranate und entzündete damit eine Benzintonne, die niemand dort vermutet hatte. Das Gebäude neben dem Kloster geriet in Brand, die Flammen erleuchteten die Umgebung, aber den Soldaten der Einheit *Haporzim* gelang es, durch ein kleines Seitentor an der Nordwand in das Kloster einzudringen und gleich in Verteidigungsstellung zu gehen. Sie rückten Tische an die Wände und stellten Stühle darauf, um auf ihnen stehend durch die hochsitzenden, schmalen Fenster des Gebetssaals schießen zu können. Das Baby, das im Kampf ungeübt war, stützte einen Schützen von hinten, damit er beim Rückstoß nicht abstürzte.

Heftiges Feuer hagelte außen auf das Kloster nieder. Verwundete schrien. Ein starker Ruck durchzuckte den Kämpfer, den das Baby stützte. Der Mann fiel vom Stuhl und rollte auf den Taubenschlag. Die Tauben flatterten in ihrem Gefängnis. Der Verwundete schrie. Federn wirbelten. Das Baby hob den Schlag auf und suchte hastig nach einem anderen Platz, prallte dabei jedoch auf einen Zugführer, der ihm den Lauf seiner Tommygun gegen den Oberschenkel haute und brüllte: »Setz dich jetzt endlich mal still in eine Ecke oder faß dir eine Stellung und fang an zu schießen. Du mit deinen Scheißtauben hast uns hier gerade noch gefehlt.«

Noch mehr Schreie von Verwundeten gellten durch den Raum. Das Baby ging zum Sanitäter und fragte, ob er Hilfe brauche.

»Ich brauch mehr Verbandszeug und mehr Licht«, sagte der Mann.

Das Baby fand Bett- und Tischtücher und riß sie in Streifen. Danach stellte er rings um die Ecke des Sanitäters Kerzenständer mit großen geweihten Kerzen auf. Draußen ließ das Schießen nicht nach. Die Klosterglocke läutete und dröhnte. »Die Menschen sterben«, seufzte der Sanitäter, »und die da erwacht bei jeder Kugel zum Leben.«

Maschinengewehrschützen wurden aufs Dach geschickt, aber der Reihe nach getroffen. Die Verwundeten mehrten sich, und ihre Schreie erschütterten die Kameraden. Das Funkgerät bekam eine Kugel ab und verstummte, und das Baby meinte schon, bald werde man ihn bitten, eine Taube aufzulassen, aber der Zugführer kam wieder an und sagte: »Bist du immer noch da? Paß auf. Ich hab eine Aufgabe für dich. Dreißig Meter von hier steht ein Schuppen, im Dunkeln etwas schwer zu sehen, aber da ist er. Renn hin und faß ihn.«

»Was heißt fassen? Was soll ich machen?«

»Keine Sorge, ich schick noch ein paar Mann hinter dir her. Wenn wir einen Gegenangriff hinkriegen, unterstützt ihr von dort.«

»Und was ist mit den Tauben?«

»Was heißt Tauben? Mich interessieren jetzt keine Tauben.«

»Ich laß die Tauben nicht allein.«

Der Zugführer grinste auf einmal breit und böse, entblößte seine langen Zähne. Das Baby erinnerte sich, ihn schon mal gesehen zu haben, wußte aber nicht, wo.

»Kein Problem«, sagte er, »nimm deine Tauben mit.«

Das Baby hievte den tragbaren Taubenschlag auf den Rücken, zog die Schulterriemen stramm, ging zum Ausgang und holte tief Luft. Angst überlief ihn, aber auch ein angenehmes Gefühl. Der Zugführer spähte in die Gasse zwischen Kloster und Wohnhaus und sagte: »Am Ende steht ein Panzerwagen von denen. Wenn du an dem vorbeikommst, bist du gerettet. Wenn nicht, sehen wir uns in der Hölle wieder.« Und er schubste ihn: »Jetzt! Ich deck dich. Renn im Zickzack! Schnell!«

Das Baby spurtete los, hielt sich nahe der Mauer und rannte. Nicht Zickzack und nicht gebückt, sondern in gerader Linie, und zu seiner Überraschung kam er heil durch, ohne zu stolpern oder getroffen zu werden. Er hörte zwar Schüsse, aber keine allseits pfeifenden Kugeln wie in den Kriegsgeschichten seiner Kameraden. Er rannte in dem transparenten Tunnel von Stille und Sicherheit, den nur völlig unbeleckte Rekruten oder sehr erfahrene Kämpfer kennen, spürte die angenehme grüne Wärme seiner Jacke und das Gewicht des Schlags, der ihn nun nicht mehr belastete wie beim Aufstieg zum Kloster, sondern seinen Rücken gerade hielt, seine Beine beschleunigte und seinen Lauf geschmeidig machte. In seinem Herzen erstand ein Bild: Die Tauben auf seinem Rücken breiten die Flügel aus, und er wird im Flug davongetragen.

Die Tür des Schuppens war abgeschlossen. Vor lauter Schreck genügte ihm ein Fußtritt, um den schmalen Eisenriegel zu erbrechen. Er stürmte hinein, nahm den Taubenschlag von den Schultern und merkte erst jetzt, daß er seine Sten nicht mehr bei sich hatte, wußte nicht, war sie ihm beim Rennen abgerutscht oder hatte er sie vergessen mitzunehmen, als er das Kloster verließ.

Er stellte den Schlag auf den Boden und setzte sich daneben. Ich zittere ja wie Mirjams Bein, dachte er plötzlich und erinnerte sich, daß er eines Nachts, gleich nachdem man ihn in den Kibbuz geschickt hatte, sein Bett verlassen und sich aus dem Kinderhaus geschlichen und auf den Rasen gelegt und in den Himmel geguckt hatte, um an seine Mutter zu denken, worauf er plötzlich etwas an seinem Bein entlang streichen spürte, hinguckte und eine Schlange erblickte, eine der großen Ottern, die in der Jordansenke vorkommen. Er regte und rührte sich nicht, aber als die Schlange weg war, fing er an zu zittern und bekam so weiche Knie, daß er nicht auf den Beinen stehen konnte. So ging es ihm auch jetzt, aber nun wußte er schon aus Erfahrung, daß dieses Zittern ihm die Angst nehmen und sein Herz still machen würde.

So saß er da und beruhigte sich und wartete. Aber kein Mensch kam ihm nach, und kein Mensch verließ das Kloster zum Gegenangriff, und kein Mensch erschien aus der Richtung, in die der Zugführer gewiesen hatte. Er wartete. Die Zeit, die sich in solchen Momenten allen Meßmethoden entzieht, verging dennoch. Ins Hauptgebäude zurückzukehren, traute er sich nicht, zumal der Befehl des Zugführers eindeutig gewesen war: dort zu sitzen und zu warten. Seine Müdigkeit und Angst wuchsen, und trotz des Lärms und der Furcht und des Kampfgetümmels – oder vielleicht gerade deswegen – schlief er ein. Als er aufwachte – mit einem Ruck, grauenerfüllt, wo bin ich? An welches Ufer hat mich der Traum gespült? Wissen die dort noch, daß ich hier bin? Und was ist bei ihnen los? – wurde der Osten schon rosig-grau, erlaubte den Augen, ihre Umgebung zu erkennen. Einzelheiten hoben sich ab: Mauern, ein kleiner, enger Innenraum. Saatschalen, Düngersäcke, Gartengeräte – Spaten, Hacke und Forke –, die von besseren Tagen erzählten. An der Schuppenwand ein schwaches Lichtgeviert: ein Fensterchen mit Holzladen. Er stand auf, klappte den Laden auf und spähte hinaus. Sein Sichtbereich war zu schmal, aber seine Ohren sagten ihm, daß das Schußtempo und die Feuerrichtungen draußen gewechselt hatten. Er überlegte wieder, was er machen sollte. Weiter warten? Den Taubenschlag nehmen und zurücklaufen? Und wenn ihm das Glück nicht mehr hold war wie beim Herweg? Und wenn die Tauben Gott behüte zu Schaden kämen? Die Tauben waren wichtig, vielleicht sogar wichtiger als er selbst.

Eine weitere Salve traf die Klosterglocke, die scharf und quälend erschallte. Eine andere Salve schlug an die Schuppenwand und klang wie die Finger des Onkels im Kibbuz, die auf dem Tisch Pferdegetrappel nachahmten. In dem großen Konvoi, der vor einigen Tagen nach Jerusalem durchgebrochen war, hatte das Tackern der Patronen an den Panzerplatten des Lasters sich anders als beides angehört. Durch seine kleine Luke sah das Baby, daß an den Klostermauern jetzt mehr Getötete und Verwundete des Feindes lagen. Er setzte sich wieder hin und stand auf und setzte sich und stand auf und schaute hinaus, sah einen Maschinengewehrschützen der Palmach auf das Dach des Klosters steigen und einen Beinschuß abkriegen. Das Baby hörte den Schrei. Jemand – ein großer junger Mann – eilte zu dem Verwundeten, um ihn zu bergen, kehrte aufs Dach zurück, ihn zu ersetzen, und wurde durch den Direkttreffer einer Mörsergranate zerrissen.

Und auf einmal hörte das Baby andere Schreie, nicht vor Schmerz, sondern vor Zorn und Wahn. An einer Ecke des Klosters flog eine Tür auf, und der Zugführer, der ihn zum Schuppen geschickt hatte, stürmte schreiend und fluchend und mit seiner Tommygun ballernd in die Gasse: »Verrecken soll'ns Die *Dreckes*! Ich komm, ihr Aase!«

Das Baby sah ihn wir irre rennen und schießen – und den Maschinengewehrlauf des Panzerwagens wie eine Sense auf ihn einschwingen. Der Zugführer wurde sofort getroffen. Er fiel hin, fing an zu kriechen und um Hilfe zu schreien, und zerrte ein rot-weißes Knäuel von Stricken hinter sich her. Grauenerfüllt erkannte das Baby, daß es seine ausgestülpten Gedärme waren. Der Panzerwagen schoß jetzt nicht mehr, stand nur am Ende der Gasse wie ein großes Tier, das die Qual seiner Beute betrachtete, sie sogar ins offene Gelände kriechen ließ, mit dem langsam schwenkenden MG-Lauf geleitete, fast streichelte, seinem Opfer gar mitfühlend den Weg zeigte: Hierher, hierher, leg dich hierhin. Bald kommt der Tod auch zu dir. Im Moment ist er beschäftigt. Ein bißchen Geduld. Beruhig dich.

Als der Lauf bis zum Anschlag ausgeschwenkt war, wandte er sich wieder der Gasse zu, um auf ein weiteres Opfer zu lauern. Der Zugführer lag stöhnend und schreiend an einer relativ geschützten Stelle. Das Baby stand auf und schritt zur Tat: Er hängte seinen tragbaren Schlag an einen dicken Nagel, der aus der Schuppenwand ragte, rannte geduckt zu dem Verwundeten hinaus und warf sich flach neben ihn.

Der Zugführer begann zu ächzen und zu flehen: »Bitte ... bitte ... bitte ...« Das Baby fragte: »Bitte was? ... Sag, was ...« Und der Zugführer flüsterte, daß es ihm wehtäte, daß ihm kalt sei, daß er Durst habe – »Bring mir Wasser, hörst du? Mir ist trocken im Hals ...« Und er blutete, und als das Baby ihn schon für tot hielt, fing er wieder an zu reden, erklärte, er müsse weiterleben, gab dann eine kurze Salve aus seiner Tommygun ab und rief: »Kommt schon, ihr Aase, und beweg du mal deinen Arsch«, und auf einmal begann er jiddisch zu sprechen, woran das Baby ihn erkannte.

Das war der, der ihn bei seiner Ankunft im Brigadehauptquartier *Kälbele* genannt hatte. Jetzt sagte der Mann ein paarmal: »*Die Toiben*... die Tauben... Verzeihung...« und dann auch Worte, die das Baby kannte, darunter »*Mame... Mame...*«, und anders als die Klosterglocke, die nach jedem Anschlag weiter dröhnte und bebte, erstarb diese Stimme.

Das Baby übergab sich und war etwas erleichtert. Jetzt wußte kein Mensch mehr, wo er und die Tauben steckten. Er mußte wieder in den Schuppen gehen, den Schlag nehmen und zum Kloster zurückkehren, vielleicht brauchten die Befehlshaber ja eine Taube zum Auflassen. Er nahm die Tommygun des toten Zugführers, schlang sie sich über den Rücken und kroch los. Eine Patrone schlug neben ihm ein, und er erstarrte vor Furcht, entdeckt worden zu sein. Dann robbte er weiter, ganz langsam auf Bauch und Ellenbogen, die Wange nah am Boden, um möglichst nicht aufzufallen.

## 2

Wie gesagt, ging das Baby in gewissen Situationen energisch und entschlossen vor. Sein kleiner, dicklicher Körper verbarg kräftige Muskeln und ein stahlhartes Rückgrat, und er besaß die Fähigkeit, sich völlig auf etwas zu konzentrieren – zielgerichtet, geradlinig, unermüdlich. Sähe er mich bei meinen müßigen Schlängeltouren durch die Straßen Tel Avivs, würde er mich rügen. Würde er mich rügen, könnte ich ihn hören. Ich weiß, wie er aussah und was er tat und wie er starb, ich kann mir die Berührung seiner Finger vorstellen, aber ich habe keine Ahnung, wie sich seine Stimme angehört hat.

Ein paar Meter war er vorangerobbt, als eine Kugel seinen linken Oberschenkel erwischte. Er wurde zur Seite geschleudert und rollte ein Stück, verblüfft über die Wucht des Schlags. Wer es nicht am eigenen Leib erlebt hat, kann sich kaum vorstellen, wie stark der Aufprall ist, besonders wenn der Schuß einen Knochen trifft. Das Oberschenkelbein brach kurz überm Knie. Das Baby stieß einen Schrei aus und unterdrückte die folgenden, krallte die Finger in die Erde und kroch weiter zum Schlag.

Der Mund dorrte ihm aus. Die Augen tränten vor Schmerz und Anstrengung. Das linke Bein schleifte wie ein Lumpen nach. Seine Hose füllte sich mit warmem Blut und seine Lenden – mit kaltem Schweiß. Er näherte sich einer niedrigen Mauer und nahm alle Kräfte zusammen, sie zu erklimmen und sich auf den Schmerz, der ihn beim Abrollen auf der geschützten Seite erwartete, einzurichten. Schon hatte er den Mauersims zu fassen gekriegt und sich hochgezogen, aber während er noch oben lag und überlegte, wie er sich auf der anderen Seite abgleiten lassen sollte und wie schrecklich der Schmerz dabei sein würde, bekam er noch zwei Kugeln ab, die die alten Flicken auf dem Rücken seiner Windjacke durchschlugen und ihm in Lende und Rükken drangen.

Ächzend und stöhnend sank das Baby jenseits der Einfriedung zu Boden. Keine der Patronen hatte eine Schlagader oder ein wichtiges inneres Organ getroffen, aber beide hatten die Beckenknochen zerschmettert und ihm vorn große Austrittswunden in den Körper gerissen, die stark bluteten, zwar nicht in pulsenden Schüben wie nach einer Schlagaderverletzung, aber in unaufhörlichem, gleichbleibend starkem Strom.

In diesem Stadium mischte sich ein Geschütz in den Kampf. Das Baby hörte es und versuchte herauszufinden, ob es sich um das Geschütz des Panzerwagens oder ein fernes Feldgeschütz handelte, ob es das Kloster oder nun gerade seinen Schuppen treffen wollte, und vielleicht schoß es ja auch einfach beliebig, in der Hoffnung auf einen Zufallstreffer. Jetzt spürte das Baby die tastende Berührung, die alterfahrene Kämpfer manchmal wahrnehmen können – letztere nach langen Monaten der Gefechte, er in seinem ersten Krieg – die bewußten weichen Finger, die die Haut berühren, mal ein angenehmes Gefühl auf dem Rücken auslösen, mal zu beiden Seiten des Nackens abwärts gleiten, mal hinter den Hoden und mal in der Halsmulde kitzeln – das angenehme Vorspiel des Todes, der seinen Partner einstimmen möchte, damit er ihn willig und in Liebe empfängt.

In solchen Lagen empfiehlt es sich, die Hoffnung in kleine Abschnitte einzuteilen, nicht auf das große Wunder am Ende des Weges zu warten, sondern die Gunst des nächsten Meters herbeizuwünschen. Und das Baby sagte sich im Herzen, ihm war es egal, ob er an einer weiteren Kugel starb oder an den bisherigen verblutete, und er erkannte, daß er jetzt nicht mehr um das Kloster und nicht um Jerusalem, ja nicht mal mehr um das Leben seiner Kameraden kämpfte, sondern um seine Liebe zu dem Mädchen und um das Leben des Kindes, das ihnen nach dem Krieg geboren werden würde. Seine Kräfte, das spürte er, gingen zuende, und er wünschte sich nun nichts mehr als das eine: es zurückzuschaffen zum Schlag und zu der Taube, die sie ihm mitgegeben hatte.

Nach und nach, in gerader Linie, auf die Ellbogen gestützt und die Finger in den Boden krallend, schob er seinen zerschossenen Leib und die nachschleifenden Beinen vorwärts über die Erde: zu ihr, zum Schlag, zur Taube, und der Tod schritt ihm nach, leckte sich die Lippen und machte sich bereit für das Kommende.

## *Sechzehntes Kapitel*

1

Auf dem Ehebett, das seins allein geworden ist, liegt Euervater und wartet auf seinen Tod. Er hat schlechte und gute Tage, aber dieses Warten kennzeichnet beide Sorten. An guten Tagen wartet er beim Lesen oder Musikhören, an schlechten Tagen liegt er reglos auf dem Rücken. Sein Körper ist schmal, gerade und lang, seine Beine überkreuzen sich an den Knöcheln, ein feines, ruhiges Lächeln strafft sanft seine Lippen, die Hände ruhen ineinander auf dem Bauch. Ein Auge zwinkert kaum, damit er das an die Zimmerdecke Projizierte nicht verpaßt, das andere ist geschlossen, damit ihm das Geschehen in seinem Innern nicht entgeht.

»Das geht doch nicht, den ganzen Tag krank und allein rumliegen!« rief Meschullam.

Euervater gab keine Antwort.

»Und wenn du, behüte, hinfällst? Und wenn du's, behüte, am Herzen kriegst?«

Euervater überkreuzte die Beine andersrum. Erst hatte der rechte Knöchel auf dem linken geruht, jetzt ruhte der linke Knöchel auf dem rechten.

»Wir installieren dir hier einen Notfallknopf, wir verbinden dich mit einer Hausnotrufzentrale, und auch mit mir, und mit Irale, und mit wem du sonst noch möchtest. Du brauchst bloß zu drücken, und schon kommen wir alle an.«

»Meschullam«, sagte Professor Mendelsohn, »beruhig dich bitte. Ein Herzanfall ist kein Grund, um Gäste einzuladen. Ich bin nicht krank. Ich bin nur alt. Genau wie du. Wenn du so gern einen Notfallknopf haben möchtest, dann bring ihn bei dir an.«

Meschullam ging und erschien am nächsten Tag mit dem Leiter der Hausnotrufzentrale, einem Techniker der Hausnotrufzentrale und seinem Elektriker. Auch Benjamin und ich waren zu den Vernetzungsfeierlichkeiten eingeladen, aber Benjamin blieb ihnen fern. Das mit dem Notfallknopf sei eine ausgesprochen vernünftige Idee, sagte er mir am Telefon, und er sei sicher, Meschullam werde ihn auch ohne seine Anwesenheit bestens installieren.

Jetzt verlegte sich Euervater auf eine andere Abwehrtaktik: »Wenn ich diesen Summer erst habe, werdet ihr nicht mehr kommen, um nach mir zu sehen. Werdet bloß zu Hause sitzen und auf Gesumme warten.«

»Wieso das denn?« fuhr Meschullam auf. »Wenn ich bisher dreimal die Woche gekommen bin, komm ich jetzt dreimal am Tag. Einmal, um nachzusehen, was der Summer summt, und zweimal, um nachzusehen, warum er's nicht tut.«

Letzten Endes erteilte Euervater seine Zustimmung. Der Techniker der Zentrale installierte Mikrofon und Lautsprecher, und Meschullams Elektriker steuerte ein doppeltes Absicherungssystem bei, das zum einen von einer Batterie gespeist wurde und zum anderen Strom von der Treppenhausbeleuchtung abzweigte. Ich fragte Meschullam, was wäre, wenn der Stromklau entdeckt würde, und er antwortete: »A-mal ist das so wenig Strom, daß es nicht rauskommen wird, und b-mal steigert Professor Mendelsohn den Wert der Wohnungen im ganzen Haus und in der ganzen Straße. Steht ihm da nicht ein winziges Bißchen Gratisstrom zu?«

»Jetzt, Professor Mendelsohn«, sagte der Zentralleiter, »simulieren wir mal einen Notfall. Wir gehen alle ins andere Zimmer, und Sie bleiben hier, als wären Sie allein zu Hause. Drücken Sie bitte den Knopf, als würden Sie sich, behüte, unwohl fühlen, und unser Arzt wird Ihnen über den Lautsprecher an der Wand antworten, als würde er Sie untersuchen und behandeln. Sie können einander hören und sprechen.«

Professor Mendelsohn winkte ungeduldig ab. Er wisse, was simulieren bedeute und erst recht wisse er, was mit Notfall, Behandlung und Untersuchung gemeint sei. Alle seine Wohltäter gingen in die Küche, und der Direktor rief: »Bitte drücken Sie den Knopf!«

Nichts war zu hören.

»Er drückt nicht«, bemerkte der Techniker.

Meschullam trat an Euervaters Zimmertür. »Drück bitte!«

»Aber ich habe ihn normal gehört«, sagte Euervater, »nicht über das Gerät.«

»Erst mußt du den Knopf drücken, und dann hörst du ihn übers Gerät.«

»Drücken Sie bitte auf den Knopf, Professor Mendelsohn«, rief der Direktor erneut.

Euervater drückte. Eine blecherne, aber angenehme Stimme antwortete: »Guten Tag, Professor Mendelsohn. Hier ist der Arzt von der Zentrale. Wo liegt das Problem?«

Euervater räusperte sich und sagte: »Im Jahr 1964 hat mich meine Frau Raaja verlassen, und ich habe es am Herzen bekommen.«

Seine Rede war klar und wohlgesetzt, von medizinischem Wissen, Sehnsucht und Scharfsinn getragen, und mir wurden die Knie weich.

»Ich erlitt damals einen leichten Herzanfall«, fuhr Euervater fort, »ich habe ihn überwunden und keinem Menschen etwas davon erzählt, nur ihr. Sie ist nicht zu mir zurückgekehrt, und seit damals ist es mit meiner Gesundheit bergabgegangen.«

Meschullam faßte mich mit starkem Arm um die Hüften und drückte mich stützend an seinen Körper, der so breit, kräftig und kurz wie meiner war.

»Professor Mendelsohn«, kam der junge Arzt flehentlich über Lautsprecher, »mein Vater war vor vielen Jahren ein Student von Ihnen. Ich bitte Sie, dieses Gespräch war nur dazu gedacht, die technische Funktion zu überprüfen.«

»Dieses Bett, in dem ich allein liege, war unser Bett«, redete Euervater unbeirrt weiter. »Wenn ich darin liege, fühle ich mich sehr schlecht, und wenn ich in einem anderen Bett liege, fühle ich mich noch schlechter.«

»Warum hast du das nicht gesagt?« Meschullam ließ mich los und stürmte in Euervaters Zimmer. »Ich bring dir sofort auf der Stelle neue Betten!«

»Danke, Professor Mendelsohn, die Anlage funktioniert«, sagte der Arzt. »Ich lege auf.«

Der Leiter, der Elektriker und der Techniker verabschiedeten sich und gingen ihrer Wege. Der Koch, den Meschullam für Euervater engagiert hatte, traf mit Einkaufstüten ein. Ich spürte, daß ich nicht mehr gebraucht wurde, daß ein Freund und ein Koch Euervater jetzt mehr nutzten als ich.

»Bleib zum Essen da«, sagte Meschullam, »in zwanzig Minuten gibt's hier Fleischbällchen und Salat.«

»Ich fahre ab«, sagte ich, und im stillen dachte ich mir, ich hätte gar nicht erst kommen sollen. Benjamin hatte wieder mal recht gehabt. Es gibt Dinge, die man besser mit einem Freund, nicht mit seinen Söhnen regelt. Mit Technikern, nicht mit Verwandten. Es gibt Geschichten, die man gern einem fremden Menschen erzählt, über Mikrofon, Summer und Lautsprecher, Drähte und Notfallknöpfe.

## 2

Zwei Tage später besuchte ich ihn wieder.

»Wie geht es dir, Jairi? Ich habe dich gar nicht reinkommen hören, der Knopf hat nicht geklingelt.«

Ich entschied mich, nichts zu erklären oder richtigzustellen.

»Wie geht es Liora und den Töchtern?« fragte Euervater.

Ich bekam eine Gänsehaut. Wie waren diese toten Föten wieder in seinem Gehirn aufgeflackert? Wie waren sie aus seinem Mund neu geboren und zwei lebendige Töchter geworden?

»Liora geht es gut«, sagte ich. Sollte ich das »das war ein Sohn« und »das war ein Tochter« jenes Gynäkologen und

Vogelkundlers erwähnen? Sollte ich ihm obendrein Lioras nicht weniger schreckliche Worte zitieren: »Wir beide zusammen – das ist das Problem«?

»Ich kenne einen neuen Witz. Möchtest du ihn hören?«

»Wo kriegst du denn all diese Witze her? Hast du neue Freunde, von denen ich nichts weiß?«

»Aus dem Internet. Ich finde sie dort und schreib sie mir ins Notizbuch.«

Schon greift er mit seiner schönen weißen Hand an den kleinen Nachtschrank, öffnet eine Schublade, zieht das Notizbuch hervor. Wie ich schon sagte, hat Euervater eine Vorliebe für Notizbücher und hält immer seine kleinen schwarzen Exemplare bereit, die er *pinkés,* nicht *pinkás* nennt. Und wie er alles sortiert und gliedert, hat er auch davon für jeden Zweck eines: ein Notizbuch für Patienten, ein Notizbuch für anstehende Erledigungen und ein Notizbuch für Einfälle, das er unvermittelt aus der Tasche zieht, um sich etwas zu notieren und es dann mit demonstrativer Geheimnistuerei wieder einzustecken. Und obwohl er ein versierter Computerfan geworden ist, behauptet er, in manchen Fällen sei das Notizbuch schneller und benutzerfreundlicher. Jetzt haben also auch die Witze ihr eigenes Notizbuch, und wenn Gott behüte ein Besucher kommt, kann er ihm einen Witz vorlesen, statt sich mit ihm anzufreunden und zu unterhalten.

»Viele Menschen wären gern mit uns befreundet«, sagte meine Mutter ihm früher, »aber du errichtest Mauern zwischen ihnen und uns.«

»Ich bin müde«, wandte er dann ein, oder »du hast doch gestern erst Leute eingeladen«, oder »mir tut der Kopf weh.«

»Das sind Ausreden von der Sorte, die sonst Frauen vorschützen, Jakob.«

Er schwieg beleidigt. Ging kerzengerade in die Praxis hinunter.

Meine Mutter hatte gern Gäste und war eine gute Gastgeberin. Sie wußte die Leute so zu plazieren, daß die Unterhaltung sprudelte und keiner sich verlassen oder ausgeschlossen fühlte. Sie wußte, wer gut harmonierte und – was noch wichtiger war, kicherte Meschullam – wen es tunlichst zu trennen galt. Sie kannte die Frau, die in der Nähe ihres Mannes bleiben mußte, und die, die erst aufblühte, wenn sie ein Stück weg von ihm saß. Sie empfing die Ankommenden mit strahlenden Augen und leuchtendem Lächeln. Erst jetzt, in meinem neuen Haus, viele Jahre nach ihrem Weggang und wenige Monate nach ihrem Tod, schwant mir, daß sie vielleicht Leute einlud, um mit Euervater nicht allein zu sein.

Die Häppchen, die sie für ihre Gäste zubereitete, dufteten lieblich. Es war ein einfaches Gebäck, das Berühmtheit erlangte: würzige Teigröllchen mit je einem winzigen Würstchen darin. Und das Geheimnis, so sagten die lustvoll staunenden Münder, lag in der Soße, in der sie gekocht wurden, eine selbst kreierte ›hochdelikate‹ Soße, nach ihren Worten, mit Senf und Schwarzkümmel.

Nachdem meine Mutter ausgezogen war, verschwanden nach und nach auch Euervaters Freunde und Bekannte von der Bildfläche. Und als die Mauern seiner Arroganz und Abschottung fielen, entdeckte er, daß keiner dahinter stand, weder Feind noch Freund, kein einfallender Belagerer und kein anklopfender Gast. Es blieben nur wenige Bekannte:

Ärzte, Studenten, auch mal Rechtsanwälte, die ein Gutachten in Sachen ärztliche Kunstfehler brauchten; und wir; Benjamin selten mal, Liora, die ihn immer besucht, wenn sie geschäftlich in Jerusalem ist, wobei die beiden sich gern auf englisch unterhalten, ich, der aus Müßigkeit und Sentimentalität nach Jerusalem pilgert, und die Doppeljuds, seine Enkel, die noch heute, mit zwanzig Jahren, gern ihrer alten Kinderbeschäftigung mit ihm nachgehen – Reisen auf den Karten des großen deutschen Atlas, in dem er vor Jahren auch mit uns verreist ist.

»Kommt, Kinder«, sagt er, wie damals zu uns, »wir verreisen im Atlas in alle möglichen Länder.« Und die beiden identischen Riesen setzen sich brav, Jud I zur Rechten, Jud II zur Linken des Großvaters, aber anders als Benjamin und ich, die ihm durch die Wüste folgten, Flüsse und Gebirge überquerten, halten sie auf ihrer Lieblingskarte an: der Karte ›Landwirtschaft und Ernährung‹. Sie studieren die Fleisch- und die Fischstaaten, die Länder des Olivenöls und die Butterländer, bemitleiden die Püreelosen, mißbilligen die Tofu-, Kopfsalat- und Algenesser, bereisen Land für Land, die fetten wie die mageren.

Die Welt ist gegliedert, erklärt Euervater ihnen immer wieder. In diesem Teil ißt man Mais, in jenem Reis und bei uns hier Weizen. Doch sie verkünden ihm: »Gilt nicht mehr, Großvater, alle essen alles, wir essen Mais, Reis und Weizen«, und erkundigen sich, wann Euervaters Koch kommt – ein rumänischer Arbeiter, den Meschullam als kulinarisch begabt entdeckt und uns nach dem Auszug meiner Mutter ins Haus geschickt hatte. Er war ein junger Mann, als er zu uns kam, ist mit Meschullam und Euervater alt geworden, und putzt die Wohnung, wäscht und bügelt, erledigt die Einkäufe, schneidet Euervater, der sich nicht mehr so weit bücken kann, die Zehennägel, hilft ihm in die Dusche und wieder heraus.

Meschullam hatte ihm eingeschärft, Professor Mendelsohn ja keine Zwiebeln in den Salat zu schneiden, und anstelle von Mamaglia und Fischrogensalat, die auf ein kühles ›nein danke‹ stießen, lernte er, Linsensuppe mit Wurst zu kochen und Kartoffeln mit Schnittlauch und Butter zu würzen, und an rumänischen Spezialitäten serviert er eingelegtes Gemüse, Ciorb_ und Mititei.

Er setzt sich nicht mit Professor Mendelsohn zu Tisch, aber manchmal schenkt er ihnen beiden zum Nachtisch ein Gläschen _uica ein, stellt sich neben ihn und sagt »Salut!« Danach macht er die Küche sauber und hilft Professor Mendelsohn, sich für seine Spaziergänge im Freien fertigzumachen.

Auch Meschullam kommt, dreimal die Woche, manchmal sogar öfter. Obwohl er einen Schlüssel hat, klopft er an die Tür, leise (»vielleicht schläft Professor Mendelsohn gerade?«), aber laut genug (»vielleicht hat er gerade Damenbesuch?«), und tritt erst dann ganz sachte ein. Wenn Euervater schläft, dreht er seine »kleine Runde durchs Haus«: ölt Scharniere, probiert Rolladengurte – »diesen Kameraden müssen wir nachziehen« – prüft Wasserhähne und Lichtschalter – »diesen Kameraden müssen wir auswechseln.« Und manchmal geht er in die große obere Wohnung, in der wir früher wohnten, um nachzusehen, daß auch bei den Mietern alles in Ordnung ist – »damit sie Professor Mendelsohn nicht belästigen, falls dort Probleme auftreten.«

Und wenn Professor Mendelsohn wach ist, macht Meschullam Kaffee, schenkt manchmal ein Gläschen ein – »Raaja mochte Brandy«, erinnern sich dann beide – und unterhält sich mit ihm. Meschullam kann mit jedem Menschen über jedes Thema reden, und seine Unwissenheit überspielt er mit Verstand und Wißbegier.

Ich habe Euervater einmal gesagt, daß ich ihn um diese Männerfreundschaft beneide. Und nach kurzem Abwägen des Für und Wider fügte ich hinzu: »Weißt du was? Ich denke dauernd, wenn Gerschon am Leben geblieben wäre, hätte er mein Freund werden können wie Meschullam deiner ist.«

»Gerschon ist lange tot«, sagte Euervater trocken. »Ich würde empfehlen, daß du dir einen anderen Freund suchst, Jairi.«

»Das ist nicht leicht«, erwiderte ich, »in meinem Alter findet man keine neuen Freunde mehr,« und setzte hinzu, es sei häufig schwieriger, um einen Mann zu werben als um eine Frau, »denn bei ihr kannst du deinen Körper vorschicken, daß er's für dich regelt. Aber bei einem Freund muß man mit Herz und Geist beginnen.«

Eine Wolke des Unwillens huschte über Euervaters Gesicht. Er widmete dieser erschreckenden Möglichkeit ein paar Sekunden Überlegung: »Ja, Jairi, das ist entschieden eine interessante Prädisposition.«

Und unvermittelt fragte er: »Ich habe gehört, du baust dir ein Haus, Jairi.«

»Ich baue nicht, ich renoviere bloß«, sagte ich.

»Du hast doch ein schönes Zuhause in Tel Aviv.«

»Die Wohnung in Tel Aviv gehört Liora. Sie hat sie ausgesucht, sie hat sie gekauft, sie hat sie ausgestaltet. Jetzt renoviere ich mir ein Haus für mich.«

»Einen Platz für mich«, korrigierte Euervater, blickte mich an, und ich geriet in Panik. Interpretiert er mich oder zitiert er dich? Weiß er, daß du mir Geld geschenkt hast, um dieses Haus zu kaufen? Und wenn er's weiß, wer hat es ihm erzählt? Meschullam? Du? Und wenn er es weiß, wer weiß es dann noch? Mein Bruder? Meine Frau?

»Nimm mich mal mit, Jairi. Das interessiert mich. Ich möchte es mir ansehen.«

»Gern.«

»Laß uns einen Termin ausmachen«, und schon zog er ein anderes schwarzes Notizbuch aus der Nachtschrankschublade.

»Brauchst du einen Terminkalender, um ein Treffen mit mir zu vereinbaren?«

»Ich bin kein Müßiggänger, wie Benjamin und du denken«, sagte Euervater ungehalten. »Ich habe Treffen, ich schreibe noch Aufsätze, jeden Morgen gehe ich ins Internet, ich finde in meiner Mailbox Briefe von medizinischen Zeitschriften. Und ich suche mich dort auch selbst. Wie sich herausstellt, lebe ich noch. Ich werde zitiert.«

Ich lobte ihn, daß er sich so schnell in Computer, elektronische Post und Textverarbeitung eingefunden hatte.

»Es würde auch dir nichts schaden, voranzukommen und mit der Zeit Schritt zu halten. Alle, die in der Vergangenheit stehenbleiben und das, was früher war, in den Himmel heben, vergessen, daß in der sogenannten guten alten Zeit die Hälfte aller Kinder vor dem fünften Lebensjahr an Krankheiten starben. Und warum sollte man Angst vor einem Gerät haben, das einem das Leben bequemer macht? Ich lade mir auch Musik runter, Jairi, und ich gehe in Beethoven- und Mozartkonzerte, ich sitze in Ausschüssen…«

»Und was ist mit anderen Komponisten?«

»Es gibt keine anderen Komponisten. In meinem Alter weiß man schon, was sehr gut ist und was weniger.«

»Mutter liebte Opern«, sagte ich.

»Sie liebte keine Opern. Sie liebte eine Oper. Nur eine einzige – *Dido und Aeneas,* und auch daraus nur eine Arie. Die einzige gelungene Arie in einer Oper, die im übrigen eine Zumutung ist.«

Und er deklamierte feierlich und versiert:

*Thy hand, Belinda! darkness shades me,*
*On thy bosom let me rest.*
*More I would, but death invades me,*
*Death is now a welcome guest.*
*When I am laid in earth,*
*May my wrongs erect no trouble in thy breast.*
*Remember me,*
*But ah! forget my fate!*

Und als wolle er sich mit seinem guten Gedächtnis brüsten, fügte er hinzu, daß ›dieses schöne Lied‹ auch ins Hebräische übersetzt worden war und zitierte eilfertig:

*Deine Hand, Belinda! Dunkel überschattet mich,*
*An deinem Busen laß mich ruh'n.*
*Mehr gern hätt' ich, aber Tod bedrängt mich,*
*Der Tod ist nun ein willkommner Gast.*

*Bettet man mich dann in die Erde,*
*Sorge mein Irren nicht deine Brust.*
*Erinnere mich,*
*Aber ach! vergiß mein Los!*

»Das ›erinnere mich‹ steht in der weiblichen Form?« staunte ich. »Ich dachte immer, in der Arie ginge es um den Abschied von einem Mann.«

»Komm, Jairi«, sagte Euervater, »laß uns einen Tag für die Fahrt verabreden.«

Ich zückte ebenfalls meinen Taschenkalender.

»Siehst du«, bemerkte Euervater, nachdem er meine ersten drei Terminvorschläge verworfen hatte, »ich bin stärker beschäftigt als du.«

Wir vereinbarten einen Tag, der auch ihm paßte, und ich schlug vor, die Fahrt zum Haus mit einem kleinen Ausflug zu verknüpfen. »Ich bring was zu essen mit, wir setzen uns an irgendeinen schönen Platz mit Schatten, du schnappst ein bißchen frische Luft, weidest deine Augen an der Landschaft.«

Unterwegs von ihm zum Haus Fried kaufte ich eine Beethoven-CD, kein ganzes Werk, sondern eine Auswahl verschiedener Stücke. So hätte er unterwegs seinen Genuß, und ich bräuchte nicht zu leiden. Ich erwarb auch einen Klappstuhl, vielleicht würde er ja meinen Vorschlag annehmen, unterwegs anzuhalten und eine Kleinigkeit zu essen. Und auch ein Kissen, vielleicht würde Euervater müde werden und ein Nickerchen halten wollen.

3

An dem vorgesehenen Tag stand ich früh auf und fuhr zeitig in Tel Aviv ab. Als ich bei Euervater ankam, fand ich dort auch Meschullam vor.

»Um sieben Uhr morgens?« fragte ich verwundert. »Schläfst du auch hier?«

»Wir Alten stehen ohnehin früh auf, dann komm ich halt zu Besuch. Wenn wir einander nicht helfen, wer denn dann?«

Professor Mendelsohn erschien in voller Pracht. Das dicke Haar umkränzte sein hohes Haupt wie eine silberne Krone. Das Alter hatte seine Größe um keinen Zentimeter verringert, seinem Gewicht kein Gramm zugefügt, seinem Körper keinen Deut von seiner Eleganz und natürlichen Gelassenheit genommen.

»Guten Morgen, Jairi«, kam er mir strahlend entgegen. »Ich bin bereit. Und du dachtest sicher, du müßtest warten.«

»Schau ihn dir an. Frisch wie der Feststrauß beim Laubhüttenfest. *Oisgeputzt*!« sagte Meschullam. »Man muß der Polizei Bescheid sagen: Professor Mendelsohn verläßt das Haus, alle jungen Mädchen einschließen.«

Er hatte recht. Euervater trug eine lange, makellos gebügelte Khakihose zum weichen blauen Hemd unter einem sandfarbenen Kaschmirjackett und an den Füßen bequeme braune Wildlederschuhe.

»Sportlich elegant«, verkündete Meschullam. »Nur die Krawatte fehlt ihm zum Prinzen von Monaco.«

Er stützte Professor Mendelsohn, der die vier Stufen etwas zittrig hinabging, eilte zurück, um ihm Strohhut und Gehstock zu holen, und als Euervater sie zurückwies, übergab er sie mir zur Aufbewahrung in Nilpferd. Obwohl er sichtlich brennend gern mitgekommen wäre, war er klug genug, diese Idee gar nicht erst anzuregen.

»Wußtest du davon, Meschullam?« fragte Euervater. »Jairi baut sich ein Haus, damit er einen Platz für sich hat.«

»Eine sehr gute Idee«, tat Meschullam ahnungslos. »Ein kleines, altes Haus, ein paar Blumen, große Bäume auf dem Hof und das Wichtigste – Landschaft. Wieso hast du mir denn nichts davon erzählt, Irale? Ich könnte dir doch bei der Renovierung helfen.«

Er stellte eine kleine Holzkiste neben Nilpferd. »Das ist ein bequemes Auto, aber ziemlich hoch, setz den Fuß hier drauf, Jakob.«

Euervater kletterte in den Wagen und setzte sich mit einem weichen Ächzer, sagte »das Auto ist wirklich sehr bequem«, schloß den Sicherheitsgurt und rückte sich auf dem Sitz zurecht. Meschullam umrundete Nilpferd und kam an meine Seite: »Sag ihm bloß nicht, daß ich was damit zu tun habe!« flüsterte er, und hob sofort die Stimme: »Und diese Kiste nimm mit, damit Professor Mendelsohn sie zum Aus- und Einsteigen hat.«

Erst jetzt, als Meschullam ›Professor Mendelsohn‹ sagte, erfaßte ich, daß er ihn vorher mit dem Vornamen angesprochen hatte. Aber Nilpferd hatte sich schon in Bewegung gesetzt, und Meschullam rief: »Und fahr vorsichtig, Irale, hörst du? Du hast einen wichtigen Fahrgast im Auto!«

Ich entschied mich, die Stadt in Richtung Jerusalem-Wald und Moschaw Bet Seit zu verlassen und die Landschaft zu genießen. Euervater machte das Fenster auf, schnupperte genußvoll den Kiefernduft, freute sich beim Anblick einer Gazelle, die unterhalb von Yad Vashem über die Bergterrassen sprang.

Er war gutgelaunt. »Früher haben wir Ausflüge hierher gemacht, deine Mutter und ich, haben Pilze gesammelt. Diesen Pfad da sind wir zum Elefantenfels runtergegangen. Zurück kamen wir an der Großbäckerei vorbei und haben den Arbeitern eine frische Challa abgekauft.«

»Auch wir sind mit ihr hiergewesen«, provozierte ich ihn, »um von fern zu schauen und uns an Tel Aviv zu erinnern.«

Aber Euervater lächelte nur. »Ja«, sagte er geistesabwesend, »sie hat Tel Aviv sehr geliebt. Sie liebte Gladiolen, ein Gläschen Brandy, Petersilie und auch Tel Aviv.«

Entschlossen, die angenehme Atmosphäre auszunutzen, schickte ich eine Frage in Nilpferds Innenraum, den intimen Raum von Vater und Sohn: »Vielleicht hast du noch in Erinnerung, auf welcher Seite ihr Grübchen gesessen hat?«

»Bei wem, Jairi?«

»Bei Mutter. Von ihr hatten wir's doch gerade.«

Euervater ist ein alter Mann, und ein alter Mann muß Vorteile, die ihm über den Weg laufen, erkennen und nutzen.

»Sie hatte zwei«, sagte er. »Zwei *Grübchen*. Kennst du dieses deutsche Wort?«

Verstellt er sich? Schreibt auch er unsere Geschichte um? Vergißt er schlicht und einfach?

»Voriges Mal hast du gesagt, sie hätte gar keine Grübchen gehabt«, erinnerte ich ihn, »und ein andermal sagtest du, ihr

Grübchen hätte nicht an der Seite gesessen, sondern in der Mitte, am Kinn.«

»Mag sein«, erwiderte Euervater und ging nahtlos zum Angriff über: »Aber warum fragt ihr denn, wenn ich das alles schon gesagt habe?«

»Warum sagst du ›ihr‹? Fragt Benjamin auch?«

»Ihr beide. Nervt einen ja unaufhörlich.«

»Weil wir uns darüber streiten, ob ihr Grübchen auf der linken oder auf rechten Wange war.«

Nun verfiel er in Schweigen, und gerade als ich die Geduld verlor, fuhr er fort: »Nicht auf der rechten und nicht auf der linken. Sie hatte zwei Grübchen am Ende des Rückens. Hier.« Und damit streckte er seinen langen Arm verblüffend behende und treffsicher nach ihrem Sohn aus und ließ die Hand zwischen meine rechte Hüfte und die Rückenlehne von Nilpferds Fahrersitz gleiten. Sein Daumen und Zeigefinger schlugen beiderseits meiner Wirbelsäule ein wie die Giftzähne einer Schlange.

»Zwei. Eins hier«, er drückte, drang mir beinah ins Fleisch, »und das zweite dort, auf der anderen Seite.«

Der Zugriff seiner Hand an der Stelle, an der mich der alte amerikanische Palmachnik und der Traktorist mit der Sense berührt hatten, lähmte mich und meine Zunge. Und als wolle er mir noch mehr wehtun, fügte Euervater hinzu: »Ich habe diese Grübchen schrecklich gern geküßt. Manchmal sehe ich die beiden jetzt im Traum. Sie war kein einfacher Mensch, Jairi, und so ist es noch heute, wo sie nicht mehr da ist.« Damit verstummte er.

»Wir haben einander viele schlimme Dinge angetan«, sagte er ein paar Minuten später, »und wir haben viele

Kriege gegeneinander ausgefochten, aber mich erst verlassen und dann sterben, um mich zu besiegen? Das ist zuviel. Für beide Seiten.«

Danach schwiegen wir lange, bis Euervater plötzlich sagte: »Ich kann nicht mehr.« Ich erschauerte, aber er lächelte mich an, als freue er sich, dich so gut nachahmen zu können. Dann schlief er ein, und selbst so, beim Schlafen im Sitzen, wirkte er würdevoll und elegant. Ein Weilchen später wachte er auf, und nach ein paar weiteren Minuten sagte er: »Unser Ausflug hat mich etwas ermüdet, Jairi, laß uns zurückfahren.«

Ich protestierte: »Aber ich wollte dir doch mein Haus zeigen. In vierzig Minuten sind wir da.«

»Ich werde es mir ein andermal ansehen, jetzt möchte ich mich schlafen legen.«

»Ich suche uns einen schönen Platz mit Schatten. Ich habe Essen und Wein mitgebracht, und ich habe eine Decke und ein Kissen, leg dich ein bißchen hin, ruh dich aus, und dann fahren wir weiter.«

»Ein andermal, Jairi, jetzt laß uns bitte zurückfahren.«

## *Siebzehntes Kapitel*

### 1

Und wann bemerkte ihn der Tod? Als er ihm beim ersten Lauf zum Schuppen entschlüpfte? Als er jetzt dorthin zurückkehrte? Blutend im Staub kriechend? Oder vielleicht – wie das Mädchen vom Erscheinen der Taube in den Augen dessen, der sie erwartete, sagte – in dem Moment, als das Baby an der Wegbiegung im Zoo ihren Augen entschwunden war?

Noch eine ferne Explosion und dann noch ein Einschlag, voll in die Schuppenwand. Eine Bresche entstand, das Baby kroch durch, stöhnte und zitterte vor Schwäche und Schmerz. Lag reglos. Der Gefechtslärm erreichte ihn als fernes Rauschen, wie durch eine über den Kopf gebreitete Wolldecke. Er sammelte Kraft. Noch nicht sterben. Mach die Augen auf. Blick dich um.

Steinsplitter, verstreutes Arbeitsgerät. Der tragbare Schlag war zu Boden gestürzt. Besser so, dachte das Baby, wer weiß, ob ich es geschafft hätte, mich soweit aufzurichten, wenn er am Nagel an der Wand hängen geblieben wäre. Der große Jerusalemer Tauber lag mit halb zerschmettertem Körper in den letzten Zügen. Die kleine Taube aus Kirjat Anavim ruhte neben ihm. Man konnte bei ihr keinerlei Verletzung erkennen, aber er wußte, sie war tot. Tauben, so hatte Doktor Laufer der Taubenzüchterin Mirjam und Mirjam wiederum ihm erklärt, können vor Angst sterben. »Sie sind wie wir«, sagte sie, »sie streiten, betrügen, essen in Gemeinschaft, wollen nach Hause und bekommen Herzanfälle.« Die Taube des Mädchens war unverletzt. Geschockt war sie, verängstigt vom Lärm der Schüsse und Schreie und von der Nähe des sterbenden Taubers und der toten Taube, aber still und körperlich unversehrt.

Das Baby langte nach den Trümmern des Schlages, zog die Stoffrolle der Taubenzüchter heraus, löste die Bänder und rollte sie wie eine Schriftrolle aus. Alles war an seinem Platz. Der Taubenzüchter liebt Ordnung und achtet auf Sauberkeit. Hier die Gänsekiele und die leeren Hülsen, da die Glasröhrchen, das Glas und die Depeschenblöcke. Hier das Seidengarn, da das scharfe kleine Taubenzüchtermesser. Auf der Seite liegend, arrangierte er alles, was er brauchte, durchschnitt dann mit dem Messer den Riemen der Tommygun, die er dem toten Zugführer abgenommen hatte, und ließ sie abfallen. Gut daß er das Messer hin und wieder geschärft hatte. Es war so scharf, daß er keinerlei Anstrengung aufzuwenden brauchte.

Er öffnete den Reißverschluß seiner Jacke, schob die Klinge zwischen die blutgetränkte Hose und die Haut, durchtrennte den Stoff vorsichtig bis zum Schritt, dann links weiter über den gebrochenen Oberschenkel hinab. Die Hosenfetzen zog er auseinander und so weit es ging hinunter, und da er den Kopf nicht heben konnte, wälzte er sich wieder auf die Seite, senkte den Blick auf seine Leiste und seufzte erleichtert auf. Sein Glied war heil und gesund.

Mit seinem Blut befleckt, aber unversehrt. Und wie gewohnt, erwiderte es freundlich und schüchtern seinen Blick. Es war kurz und dick wie sein Besitzer und lag nun unweit der zwei großen Austrittslöcher der beiden Kugeln, die ihm in Rücken und Hüfte gedrungen waren. Ein kleines, verschämtes Höhlenwesen, stark verängstigt von Licht, Kälte und Blutverlust.

Und so verblieben dort nun diese vier: das verwundete Baby und sein heiles Glied, und die Taube und der Tod, die daneben warteten. Die Taube und das Glied regten und rührten sich nicht, und der Tod streckte seine angenehm kühle Hand aus und berührte ihn wieder, genau wie die Hand des Babys jetzt sich selbst berührte, und die beiden Hände begnügten sich nicht mit Streifen und Streicheln, sondern drückten ein wenig: War die Frucht schon reif? Die Stunde richtig?

Noch nicht, stieß das Baby den Tod zurück, streckte sich auf dem Rücken aus und streichelte weiter sein Glied. Er hatte nicht mehr genug Blut im Leib, um es zu erigieren, aber das Glied spürte die dringende Not seines Besitzers und auch die veränderte Berührung und begriff, hier ging es nicht um einen Gelegenheitserguß, wie junge Männer ihn sich gern großzügig genehmigen, sondern um etwas Wichtigeres. Es war jung und unerfahren wie sein Herr und wußte wie er, daß es jungfräulich sterben würde, und wie er empfand es Traurigkeit – es war doch ein Glied, das sich freuen konnte, warum sollte es dann nicht auch Trauer empfinden können?

Das Baby brachte mühsam die Hand an die Lippen und versuchte, sie mit Speichel zu beträufeln, auf daß sie salbe und angenehm mache und beschleunige, aber sein Mund war knochentrocken und gab keinen Tropfen ab. Er goß sich etwas Wasser aus der Feldflasche auf die Hand und ging erneut ans Werk. Seine Finger imitierten den Samtring und den Tulpenkelch und den Eidechsenbauch, aber sein Körper signalisierte ihm, daß die Zeit drängte, und sein Tod flüsterte ihm zu, daß es noch viel Arbeit gäbe und er gut daran täte, die schönen Bemühungen sein zu lassen und wieder den einfachen und normalen Weg der Männer zu beschreiten, und das Glied – sei es aus Erbarmen, sei es in Erkenntnis der dringenden Notwendigkeit – schaffte es, sich etwas zu versteifen.

Das Baby fürchtete, der Tod könnte die Geduld verlieren und seine Seele würde bei diesem furchtbaren Wettlauf seinen Samen besiegen und seinen Körper noch vor diesem verlassen. Er hoffte, der Tod werde aus Neugier das Ende seines Tuns abwarten, und befeuerte sich selbst mit Bildern und Empfindungen, die ihn den richtigen Weg lenken sollten: mit den Fingern des Mädchens und ihrem angenehmen Streicheln an der Stelle, die er »dort« und sie »hier« nannte – »wenn er eine Fliege anhätte, dann säße sie hier«, hatte sie lachend gesagt.

Er stellte sich vor, wie ihr Körper aufstand und ihre ausgreifenden Beine über ihn traten, sah ihre schöne, schwellende Scham, die im Halbdämmern des Schlags über ihm schwebte, und sah sich selbst auf die Knie kommen, ihre Schenkel umfassen und einen Kuß dazwischen drücken, der sie beide erzittern ließ. Ihr Geruch kam ihm wieder auf die Lippen und belebte einen Augenblick sein Fleisch und sammelte sich im Kuß des Engels und wich nicht vom Atem seiner Nase.

Und als er das Wunder geschehen, den Samen im Leiter aufsteigen spürte, nicht wallend und sprühend, sondern mühsam kriechend, um hervorzuquellen, drehte er sich wieder schmerzstöhnend auf die Seite, lenkte sich auf das Glas und ejakulierte. Der Same spritzte nicht, sondern rann heraus, langsam und wenig, und als dieser kleine weiße Flüssigkeitsverlust sich dem großen roten Blutverlust zugesellte, wich ihm die Kraft aus den Muskeln, verließ die Hitze seine Bauchhöhle, zerfloß das Gedächtnis in seinem Hirn. Das Lachen, das er sonst genau in diesem Augenblick zwischen den Brüsten des Mädchens ausstieß, gefror diesmal zur Grimasse eines Lächelns.

Noch mal Pressen, noch ein Tropfen, das Baby ruhte kurz aus. Der Samenerguß hatte seine Nerven gereizt und den Schmerz verstärkt. Das Baby war froh. Der Schmerz würde den Tod aufhalten und ihm noch ein paar Minuten schenken. Er neigte das Glas zum Glasröhrchen. »Schneller«, ermunterte und lenkte er die kriechenden Tropfen mit dem pochenden Zeigefinger. »Macht schnell, meine Hände werden schon kalt, das Zittern lauert«, und er verkorkte das Röhrchen, legte sich wieder auf den Rücken und sagte sich: »Nicht das Bewußtsein verlieren. Nicht sterben. Noch ein wenig, es bleibt noch was zu tun.«

Die ganze Zeit über hatte die belgische Taube das Geschehen mit runden Augen verfolgt, ohne zu blinzeln. Erst sah sie das Baby blutend und stöhnend herankriechen, dann sah sie ihn seine Hose aufschneiden und sich entblößen und die Dinge tun, die das Mädchen im Schlag mit seinem Leib angestellt hatte. Und danach den Deckel der Hülse öffnen, das Röhrchen einstecken und die Hülse wieder verschließen, dabei zittern und murmeln, und dann sah sie die Hand, die sein Fleisch gehalten hatte, nach ihr greifen. Ihr Herz schlug ihm unter der Haut und dem Fleisch und dem Gefieder entgegen. Er kannte seinen Körper nicht mehr, spürte nicht, was er hielt, sie oder sich, aber ihre Körperwärme verlieh ihm Kraft, seine Hand fühlte die Erwartung ihrer Muskeln in Rücken und Flügeln. Wie damals, als er in dem bewußten *Schovech Jonim* seine erste Taube in Händen gehalten hatte.

Ein ungeheurer Donnerknall ertönte. Diesmal kam die Granate aus dem Geschütz des Panzerwagens, ließ weitere Steine bröckeln und wirbelte eine Staubwolke auf. Aber das Baby erschrak nicht. Wenn der Tod so nahe ist, hat man nichts mehr zu befürchten. Und auch die Taube geriet nicht in Panik. Sie bedeckte die Augen mit dem dünnen, durchsichtigen Zusatzlid, jener Nickhaut, die Menschen nicht besitzen, konzentrierte sich schon auf den Auflaß und nahm alle Kraft für den Start zusammen. Das Baby befestigte ihr die Hülse am Bein, kroch tastend voran, gleichsam auf seiner Schlaffheit schwebend, und schob Kopf und Schultern und Hand und Brust über die eingestürzte Wand. Dann breitete er die Hände aus und ließ los, staunte, daß er sogar jetzt noch etwas von der Freude und Erregung empfinden konnte, die jedes Auflassen begleiten, und die Taube stürzte eilig los, schoß förmlich aus seiner Hand davon.

Der Tod, der die ganze Zeit dort gewartet hatte, ließ ein wütendes Grunzen vernehmen, erkannte, daß er betrogen war. Aber das Baby feierte nicht seinen Triumph. Er drehte sich ein wenig auf die Seite, damit er seine letzte Taube aufsteigen sehen konnte, besaß aber nicht mehr die Kraft, sich ganz umzuwälzen. So verharrte er denn halb in der Schräge, ohne zu stöhnen oder sich zu bewegen. Nun lag es nicht mehr in seiner Hand. Nun mußte er sich ganz auf sie verlassen. Daß sie sicher und geradlinig flog, daß ihre Reise gelang, daß sie jedem Geschoß, Stein oder Pfeil entkam, daß kein Raubvogel sie faßte, sie sich nicht verlocken ließ zwischenzulanden, um zu fressen, zu trinken, zu rasten, daß sie verstand, was in der Hülse steckte, desgleichen man in der gesamten Weltgeschichte der Brieftaubenzucht, von ihren Anfängen bis heute, noch niemals verschickt hatte – wie Doktor Laufer in naher Zukunft sagen würde.

Kälte kroch ihm aus den Knochen und durchflutete sein Fleisch. Sein Herz füllte sich mit Gelassenheit. Vermute ich all das oder fühle ich es? Er zog die Jacke enger, bedeckte damit seine Lenden, schlang sich die Arme um die Brust, und so, mit offenen Augen, sah er die Taube auffliegen. Erst hell sich entfernen, dann im Aufstieg dunkel werden, mit ihrer weichen, schwellenden Brust und den kräftigen Flügeln so schön, daß er sich zu ihr aufrichten wollte, um sie zu fassen und zu küssen, ehe er starb, aber er lag drunten auf der Erde, und sie schwang sich in den Himmel droben auf. Ruhe trat ein. Ringsum und in seinem Innern, und man hörte nur das Geräusch ihrer Schwingen, rhythmisch enteilende Flügelschläge.

»Nach Hause«, sagte er zu ihr, »steig auf, flieg weg, hier gibt es nichts mehr zu sehen oder zu tun. Wende nicht den Kopf, blicke nicht zurück. Fürchte nicht den Tod, ich halte ihn fest. Auf, auf. In die Höhe, ins Sichere, ins Helle, ins Stille, und dann zum Fernen, zum Wartenden, zum Mädchen. Flieg schnell, zu ihren Augen, die den Geliebten suchen.«

Und die Taube flog eilig auf. Hoch hinweg über Feuer und Rauch, über Schreie und Schüsse, hinauf zum Azur, zur Stille. Nach Hause, zu ihr. Durchquere das große Luftmeer, das grenzenlose, in dem es keine Geräusche gibt, abgesehen vom pfeifenden Wind in deinem Gefieder und dem Pulsen des Bluts und dem Schrei meiner Worte an deinem Bein.

## 2

Es war ein klarer, kühler Jerusalemer Frühlingsmorgen. In den Gärten des Viertels unterhalb des Klosters blühten Zitronenbäume und Jasminsträucher, hielten Wachwechsel mit dem *hanum il-layl.* Die Augen der Kämpfer ließen einen Moment von den Visierkornen, ihre Finger von den Abzugshähnen, alle blickten nur auf sie. Und die Taube wurde erst schwarz gegen den klaren Himmel, dann immer kleiner gegen den großen Himmel, ihr Flügelrauschen verstummte, und blaugrau verschwamm sie mit dem gleichfarbigen Firmament. Und auf die Stille folgte der Lärm – die Schüsse und die Schreie setzten von neuem ein, der Krieg kehrte wieder.

Ein leichter Wind wehte. Am Hang des Hügels, zwischen dem Rasenrand und den Schaukeln von heute, den Oberkörper außerhalb des Schuppens und den Unterkörper darinnen, lag das Baby. Der rinnende Same und das verströmende Blut reduzierten stark sein Körpergewicht. Und als er so dalag, halb auf dem Rücken, halb auf der Seite, merkte er, daß dieser sanfte Wind reichte. Leicht und schlaff, erst im leichten Wind gaukelnd wie ein Löwenzahnsamen, dann fortgewirbelt wie eine Feder und danach mit neuer Kraft durchstartend und gleitend.

Und die Taube blickte trotz seiner ausdrücklichen Bitte und Weisung zurück, und als sie sah, daß er sich aufschwang und ihr folgte, war sie beruhigt. Ohne den Bogen, den Brieftauben gewöhnlich beschreiben, ehe sie die exakte Richtung anpeilen, ohne das geringste Zögern, pfeilschnell und präzise, flog sie heim auf geradem Wege. Wüste und Gebirge im Rücken, vor sich das Meer, und ihr nach flog ein Baby. Ein junger Mann, in eine Jacke gehüllt, die Hose zerrissen, Erde auf dem Haupt. Der Leib sauer vor Blut, aber die Augen offen und sehend: Da ist die Taube und da die nach ihr benannte Stadt, und dort in der Ferne zwei Küstenstreifen, und drunten Dorf und Hain, Berg und Tal. Hier ein silbriger Olivengarten, ein Bauer treibt gemächlich sein Vieh auf dem Pfad, dort gleiten Ziegen den Hang hinab. Loses Geröll in trockenen Bachläufen. Gestern noch flossen dort Regenfluten, heute blinken nur letzte Wasserlachen, die ihm im Flug aufleuchten und erlöschen. Da ist der Sorek-Bach und da der Kastel, und da ist Kirjat Anavim, dachte das Baby aufgeregt. Hier ist der Kuhstall, der Speisesaal, das Zeltlager der Palmach. Da der Friedhof im Wadi. Zwei seiner Kameraden mühten sich dort, schwangen Hacke und Schaufel. Der Klang des Metalls auf dem Fels erreichte ihn, so wohlvertraut und klar in der kühlen Luft. Er hörte und sah und wußte: Sein Grab gruben sie.

Und da war der Schlag, den er mit dem mürrischen, eitlen Schreiner gebaut hatte. Da der Genosse Hühnerzüchter, der jetzt an seiner Stelle die Klappen öffnete, da waren seine Tauben, kehrten heim vom Morgenflug. Die weiße Fahne war gesenkt, schon wurde die blaue für sie geschwenkt. Das Baby bekam Angst, auch die Taube des Mädchens könnte dort landen. Aber die senkte nicht den Blick, verlangsamte keine Schwinge. Flog unbeirrt. Weiter, weiter, in die einzige Richtung, den der Kompaß ihrer Artgenossinnen weist.

Nach Hause. Unaufhörlich schlagen ihre Flügel, prüfen und erkennen ihre Augen, pumpt und pulst ihr Herz. Über den Schlängelwegen derer, die es nicht wagen, die gerade Strecke einzuschlagen. Über den Fußspuren derer, die nicht abheben können. Über den antiken Kolumbarien, längst von ihren Insassinnen verlassen. Über den Schornsteinen und Taubenschlägen und Felsspalten, die ihnen als Zuflucht dienten. Über diesem kleinen Land, dessen Himmel Tauben mit Leichtigkeit durchmessen, während Menschen über seine Steine stolpern, auf die Erde fallen und wieder zu Staub werden. Nach Hause. Schlag und Gebärmutter ziehen sie an und winken, die winzigen Ruder der Samenzellen treiben sie von hinten.

›Der Odysseus unter den Vögeln‹ – und sogar mehr als das. Nichts hielt sie auf. Nichts ließ sie landen. Nichts lenkte sie ab vom Weg – nicht Circe, nicht Kalypso, nicht der Zyklop. Nicht der jäh niederschießende Sperber, dem sie mit einer Rolle und Abtauchen entwischte. Nicht das Futtersilo, nicht die auf den Tennen vergessenen Körner. Kein neckischer Luftwirbel, der sie am Eingang einer Felsspalte zum Schaukeln einlud. Kein verlockendes Bächlein: Komm, meine Taube, meine Reine, komm dich baden und laben.

Und das Baby – mal flog er hinter ihr, mal glitt er mühelos nebenher. Und manchmal, wie zum Scherz, im Takt ihres Flügelschlags: Ich bin tot. Ich kehr heim. Ich leb. Ich flieg. Und schon hatte er sich an seine Höhe gewöhnt, genoß sie sogar, schoß Purzelbäume, zog hoch und tauchte ab. Seine Ohren hörten das Schlagen ihrer Flügel und den pfeifenden Wind in ihren Schwingen und die erstickten Freuden- und Schreckensschreie aus der Hülse, die er an ihrem Bein befestigt hatte. Seine Nase roch das Meer der Lüfte, seine Augen sahen das Land unter sich ziehen. So klein ist es in unserem Leben, dachte er, und wie groß es ist, wenn wir sterben: kahle Hügel, Bergterrassen, Brachland kämpft mit einem letzten Aufgebot an Grün um sein Leben. Doch gelbe Siegesfahnen zeigen, der Frühling muß weichen. Die Berge wurden kleiner und runder, die Hügel gingen in Ebene über.

Die Taube überflog eine kleine Stadt, erkannte den weißen Turm darin, erinnerte sich, ihn schon mal gesehen zu haben, und wußte, das Zuhause war nah. Von hier an schmückte sich die Erde mit weit hingebreiteten Gewändern aus Menschenhand, dem Hellgrün der Weingärten und dem Dunkelgrün der Zitrushaine. Die Luft erwärmte sich. Blütenduft schwebte zum Baby empor als letzte Gnade, zum Beweis: Auch die Toten können sich freuen, vergnügen, erinnern, Dankbarkeit empfinden. Und dort schon der goldene Streifen der Dünen und das blaue Meer und mittendrin Tel Aviv. Wie schön die Stadt ist, dachte er: blau und rosig und golden. Wellen und Dächer und Dünen. Ihre Augen, ihre Haut, ihr Haar.

Schlagartig tauchte die Taube ab. Das Baby eilte ihr nach, und schon erschienen unter ihnen der Kalksandsteinhügel, die Sykomoren am Fuß, das Wasserbecken auf der Kuppe und der kleine, umzäunte Zoo an den Hang geklebt. Die Taube hastete dem Schlag entgegen, und er hielt inne, sah von ferne schwebend: die Tiergehege und die Tiere selbst – diejenigen, die schliefen und träumten, und die, die wach waren, die Riesenschildkröten und den Teich der Wasservögel und auch den Löwen und den Bären, und dann sah er auch sie, seine Geliebte, aus dem Schlag eilen. Ihre Hand ging in die Höhe, ihr Gesicht war ganz Hoffnung und Freude.

Die Taube landete auf dem Anflugbrett und stürmte durch die Klappe in die Abteilung dahinter. Das Mädchen hieß sie mit zarter, erfahrener Hand willkommen, reichte ihr frisches Wasser und Hanfsamen, streichelte und löste. Das Baby sah sie das Röhrchen entnehmen, betrachten, öffnen, an die Nase halten. Ihr Mund klappte auf, sein Name schoß ihm entgegen. Ihr Schrei zerriß die Luft. Nein und nein und nein und nein. Aber seine Ohren waren schon taub. Tot war er.

## *Achtzehntes Kaptitel*

1

An jenem Morgen hatte sich das Mädchen einfache Arbeiten vorgenommen: Überprüfung der Futtersäcke, Säuberung der Futterkrippen, Abkratzen des Schlagbodens. Wenn das Herz sorgenschwer ist, sollte man keine Pärchen paaren und gewiß nicht Tauben auflassen oder die junge Generation ausbilden. In diesem Zustand kann man sich sogar beim Ausfüllen von Karteikarten irren.

Sie verrichtete ihre Aufgaben schweigend und der Reihe nach, fand Ruhe in der Routine und hörte auf einmal den Flügelschlag direkt im Kopf, so stark, daß alle Tiere des Zoos verstummten und wie sie Ohr und Auge wandten und Tier für Tier auf dem Fleck verharrten. Kein Affe krakeelte, kein Löwe brüllte, kein Hirsch scheute, und das Mädchen drehte sich um, eilte hinaus und hob Hand und Blick.

Die Taube schoß so schnell zu ihr herab, daß sie meinte, der Himmel reiße auf. Einen Moment wußte sie nicht, sah sie Geist oder Leib, eine wirkliche Taube oder eine Gestalt im Ebenbild einer Taube, aber in solchen Fällen fühlt und erkennt und versteht der Körper vor dem Verstand und den Sinnesorganen, und die Freude steigt aus dem Zwerchfell auf und nicht vom Kopf abwärts: Die Taube, die sie ihm gegeben hatte, kehrte zurück. Er hatte sie zu ihr geschickt. Er lebte. Es war alles im Lot.

Die Taube landete auf dem vorstehenden Brett am Südosteinflug, drückte die Klöppel der Klappe weg, stürzte in die Abteilung dahinter und verharrte auf dem Fleck. Das Mädchen fächerte suchend ihre Schwanzfedern auf, hielt Ausschau nach dem Federkiel, und da er fehlte, löste sie die Hülse.

Überraschung. In der Hülse steckte keine Brieftaubendepesche, sondern ein verkorktes Glasröhrchen. Das Mädchen hielt es prüfend gegen das Licht und sah, daß es auch keinen Zettel enthielt, sondern einige Tropfen einer trüben Flüssigkeit. Sie zog den Korken, roch daran, und während die Freude über die Ankunft der Taube noch dem Staunen wich – begriff schon der Körper und erstarrte, ging der Mund auf und schrie, schoß der Name gellend durch die Luft.

Ihre Knie zitterten, aber die Angst um den Inhalt des Röhrchens stärkten ihr die Hände. Nicht fallenlassen! Nicht hinfallen! Trauer und Tod schieben wir auf. Jetzt zusammenreißen. Nicht lockerlassen! Sie verkorkte das Röhrchen wieder, hüllte es in etwas Watte, steckte es in die Blusentasche und hielt die Hand darüber. So verließ sie den Schlag und rannte in Doktor Laufers Kammer am Lagerhaus des Zoos.

»Was ist los?« verwunderte sich die Lageristin. »So hab ich dich ja noch nie gesehen. Paß bitte auf, sonst machst du hier noch was kaputt, was tust du denn?«

»Eine Spritze... ich brauche eine Spritze...« stammelte das Mädchen. Ihre Hände zogen Schubladen auf, stöberten und verwarfen, und auf einmal kreischte sie: »Ich brauche eine Spritze und ich brauche einen Löffel! Verstehst du nicht? Du bist eine Frau wie ich, verstehst du nicht, was läuft, wenn eine Frau plötzlich eine Spritze und einen Löffel braucht?«

»Nein. Versteh ich nicht, aber wenn du das plötzlich so dringend brauchst, dann ist hier ein Löffel, und da hast du eine Spritze«, und die Lageristin hob den Deckel eines Metallkastens auf dem Wandbrett. »Nimm. Kommt gerade vom Sterilisieren hier, genau unter deiner Nase. Aber warum schreist du denn? Und was hat das mit Frausein zu tun? Welche Kanülenstärke brauchst du?«

»Keine Kanüle, nur die Spritze ... schnell! Es ist dringend!« Und das Mädchen schnappte der Lageristin die Spritze aus der Hand und den Löffel vom Tisch und flüchtete.

Die Lageristin rief ihr nach: »Ich hab von Mädels gehört, die dringend Schokolade oder dringend einen Jungen oder dringend Rachels Gedichte brauchen, aber eine Spritze ohne Kanüle und mit Löffel?«

Aber diese Weisheit verhallte ungehört. Das Mädchen hastete zum Schlag zurück und stürmte entgegen aller Regeln und Eigenschaften und Gebote hinein. Sie breitete die Militärdecke auf dem Boden aus, legte ein Säckchen mit Körnern darauf. Hielt inne, atmete tief durch und öffnete die Türen des Schlags.

Ein großer überraschter Schwarm stürzte ins Freie und flatterte über dem Zoo in die Luft, entflog jedoch weder fern noch hoch, sondern kreiste langsam. Mit vier kräftigen Rucks löste das Mädchen die Vorhangknoten. Die schweren

Stoffbahnen fielen herab, Halbdämmern stieg ihnen vom Boden entgegen. Sie nahm das Röhrchen und entkorkte es. Mit vorsichtigem, sanftem Fingertrommeln träufelte sie den Samen des Babys auf den Löffel. Behutsam zog sie ihn in die Spritze auf. Wieviel ist das hier? Nicht mehr als ein paar Tropfen.

Sie legte die Kleider ab und streckte sich rücklings auf der Decke aus, dachte daran, daß sie auf derselben Decke zum letzten Mal mit ihm gelegen, ihn umarmt und geküßt und berührt und gestreichelt hatte, freute sich, es ihm so angenehm gemacht zu haben, bedauerte, daß sie nicht stur darauf bestanden hatte, mit ihm zu schlafen, schade um seinen vergossenen Samen auf ihrer Hand. Doch genug gejammert! Sie schob sich den kleinen Sack zur Stütze unter die Lenden und spreizte die Schenkel. Die Spritze hielt sie in der Rechten, die Finger der Linken legte sie an den Mund, befeuchtete sie mit Speichel und führte sie sich ein. Sie brachte die Finger erneut an die Lippen, träufelte noch und noch Speichel darauf und salbte sich gründlich ringsherum und tief-tief drinnen. Dann hielt sie den Atem an, führte die Spritze bis ans Ende ein und drückte den Kolben.

Sie preßte die Oberschenkel zusammen, zog die Knie an die Brust und umschlang sie mit beiden Armen. Nun blieb ihr nichts mehr zu tun. Nun mußte sie sich ganz auf ihren Körper und seinen Samen verlassen, daß er seinen Weg kennen, hinablaufen und finden würde. So lag sie mit geschlossen Augen, hörte den Flug des Samens, runter, runter, runter, fühlte ihn in ihrem Innern segeln und tauchen.

So ist es gut, sagte sie im Herzen, geht runter, noch weiter runter, nach Hause, in gerader Linie. Tausend kleine

Schwingen rudern in ihr, schweben über dem Abgrund ihres Leibes. Runter, runter, ins Tiefe, ins Dunkle, ins Geschützte, rein, rein, rein. Ins Lebendige und Warme, ins Feuchte und Umhüllende, wir haben das unsere getan, jetzt tut ihr das eure. Rudert, wendet nicht den Kopf.

Und der Samen tauchte eiligst ab, als höre er auf ihre Stimme. Nach Hause. Runter, runter. Vom Himmel des Todes in die Abgründe des Lebens, von der Kälte draußen in die Wärme drinnen, vom Pfeifen seines sonnigen Fluges ins stumme Dunkel der Meerestiefe.

## 2

Ein paar Minuten später hob das Mädchen ein wenig die Lider und sah, die Taube hatte den Schlag nicht mit ihren Schwestern verlassen, sondern stand neben ihrem Kopf. Die beiden blickten sich an, das Mädchen durch die feuchten Lider und die Taube mit rundem, angenehmem Auge, den Kopf etwas schief gelegt, wie es Tauben tun, wenn sie besser sehen möchten.

»Woher bist du gekommen?« fragte das Mädchen.

Tauben können keine Richtungs- und Ortsangaben machen. Wem die Augen Fernglas, der Schnabel Kompaß und die Sehnsucht Landkarte sind, der braucht das alles nicht.

Deshalb antwortete die Taube rätselhaft, wenn auch lyrischer als gedacht und feierlicher als nötig: »Hoch vom Berg«, sprach sie, »aus Feuer und Lärm, da ließ mich das Baby auf, ehe er starb.«

»Und wie lange bist du geflogen?«

»Vierzig Minuten.«

»Und die Sonne?«

»Hinter mir. Die ganze Zeit.«

»Vierzig Minuten aus Südost«, sagte das Mädchen. »Du bist aus Jerusalem gekommen.«

»Mag sein«, gurrte die Taube, »gleichgültig ist es uns Tauben, woher wir kommen, solange wir nur heimkehren.« Und gewichtig fügte sie hinzu: »Ich bin seine letzte Taube. Ich bin die letzte Taube, die das Baby aufgelassen hat.«

Dem Mädchen wurden die Lider müde und schwer. Große Tränen schlüpften darunter hervor und rannen ihr über die Wangen. Jetzt, nach vollbrachter Tat, dachte sie wieder an den Tod ihres Geliebten, nicht daran, was er ihr geschickt, und nicht daran, was sie damit gemacht hatte.

»Erzähl mir, was passiert ist«, bat sie. »Hat er dich in deinem Schlag auf dem Rücken getragen, als er getroffen wurde?«

»Nein«, sagte die Taube, »er ließ uns an einem sicheren Ort zurück und ging hinaus. Eine Glocke schlug, ein Donner klang, eine Feuerzunge kam. Die Welt erbebte, der Schlag stürzte und zerbrach. Meine beiden Gefährtinnen starben, die kleine Taube sofort und der große Tauber danach. Ich blieb allein übrig, wartete.«

Sie verstummte. Pickte ein Körnchen vom Boden, trank etwas Wasser, ein Zeichen, daß sie genug gefressen hatte, trat vom Napf zurück und betrachtete das Mädchen.

»Und das Baby?«

»Kehrte zurück und verströmte sein Blut, kam wieder, das Fleisch zerfetzt, kroch und stöhnte.«

Dieser feierliche Ton erschreckte das Mädchen. Sie zügelte ihr Weinen, um ja nicht ihren Körper zu erschüttern, nicht den Flug des Samens in ihrem Innern zu behindern.

»Und was hat er gemacht?«

»Er hat seine Kleider aufgeschnitten und sein Fleisch entblößt und mit seinem Leib Dinge getan, die du sonst mit ihm getan hast, genau hier.«

Die beiden lächelten. Die Taube mit anmutig blinzelndem Lid, den Schnabel nur leicht offen, das Mädchen mit schrägen, tränennassen Augen und bleichen Lippen.

»Hätte er Flügel besessen, wäre er selbst zu dir gekommen, genau wie ich, ganz und gar Richtung und Entfernung und Fortkommen und Ziel. Er ergoß und zapfte und füllte und verschloß und band mir die Hülse ans Bein. Nahm mich und kroch und ließ auf und starb.«

»Hätte ich Flügel, wäre ich zu ihm geflogen, um ihn zu retten«, sagte das Mädchen.

»Ich war euch Flügel«, dichtete die Taube, »ich bin der Leib und die Seele, ich bin des Körpers Hauch und der Liebe Last, ich bin der Geist und die Kraft.«

Die Tauben, die über dem Schlag umhergeschwirrt waren, kamen herunter und umkreisten ihn. Vielleicht waren sie hungrig und durstig geworden, vielleicht wollten sie den Inhalt des Gesprächs mitbekommen. Einige stellten sich aufs Dach des Schlages, andere landeten auf der Erde und stolzierten gurrend umher.

»Seid still«, verbat die Taube ihnen den Schnabel, »seid still. Der Same kehrt in seinen Schlag zurück. Habt Geduld.«

»Seid still«, keuchte das Mädchen, »er kehrt zurück, segelt in mir und fliegt. Ich spüre es.«

Die Tauben draußen flatterten wieder auf, kreisten über dem Schlag. Das Mädchen zog sich die Spritze aus dem Leib und ließ sie, ohne einen Blick auf ihren leeren Innenraum zu werfen, zu Boden gleiten. Ihre Lider schlossen sich. Ihre Glieder erschlafften, ihr ganzer Körper ermattete mit einem Schlag. So fand sie Doktor Laufer, der einige Minuten später völlig verschwitzt und schwer atmend herbeieilte. Die Tauben über dem Zoo hatte er rund eine halbe Stunde früher gesehen, als er noch weit weg war: Wie sie schwebten, weder ab noch auf flogen, weder näher noch ferner zogen, nur im Kreis um einen klaren Mittelpunkt segelten – sah es und erfaßte, es war etwas geschehen.

Er war kein junger Mensch mehr, aber die Angst hatte seinen Füßen Flügel verliehen, und seine Phantasie ihnen Jugend eingeimpft. Er rannte wie verrückt, setzte über Zäune, sank in sandigen Höfen ein, fuchtelte und hüpfte und ruderte, kürzte durch Vorgärten ab, sprang über Hindernisse und rief jedem, der ihn aufhalten oder rügen oder stoppen wollte, entgegen: »Bitte nicht jetzt! Wir haben's sehr, sehr eilig!« Und am Zoo angelangt, legte er nicht den Bogen zum Tor ein, sondern sammelte alle Kraft und stürmte in gerader Linie weiter, erklomm die Mauer, sprang jenseits ab, stand auf und rannte geradewegs zum Schlag.

Er schlug die Plane hoch und lugte hinein, sah das Mädchen am Boden liegen. Zunächst fürchtete er, sie sei tot, dann erfaßte er, daß sie schlief, und nun erst sah er, daß sie nackt war. Nackt mit ausgebreiteten Gliedern, trocknende Tränenpfade glänzten auf ihren Wangen, trocknende Speichelpfade verblaßten auf den Innenseiten ihrer Schenkel. Und was machte die verschwunden gewesene belgische

Meistertaube bei ihr? Warum saß sie an ihrer Schulter und worauf gab sie acht?

Sofort wandte er das Gesicht ab, um die Blöße des Mädchens nicht weiter zu sehen, holte seine graue Wolldecke von dem Feldbett, auf dem er im Zoo übernachtete, wenn ein Tier erkrankt war oder sich beim Werfen schwertat. Im Rückwärtsschritt betrat er wieder den Schlag, um das Mädchen zuzudecken. Dann ging er hinaus, schloß die Tür hinter sich und stolperte zu seinem winzigen Büro. Dort fand er schon die Lageristin vor, die ihm in erregtem Flüsterton erzählte, das Mädchen sei verrückt geworden.

»Aber total, Doktor Laufer«, sagte sie. »Ich sage Ihnen, Doktor Laufer, sie hat völlig den Verstand verloren. Ist schreiend bei mir angekommen, und Sie werden nicht glauben, was sie verlangte, Doktor Laufer. Einen Löffel und eine Spritze, Doktor Laufer, ich versteh nicht wofür.«

Auch Doktor Laufer verstand nicht, was das zu bedeuten hatte, aber anders als die Lageristin kannte er das Mädchen und begriff, daß hier kein Irrsinn, sondern zielgerichtetes Handeln vorlag. Er ging wieder zum Schlag und wartete draußen, bis die Vorhänge hochgebunden wurden und das Mädchen – wach und angezogen – heraustrat. Die belgische Taube stand auf ihrer Schulter, und die Tauben, die eben noch draußen umhergeschwirrt waren, flogen hinein und fraßen im Schlag.

»Da ist ja die Taube, die uns vor ein paar Tagen abhanden gekommen war«, sagte er zu ihr.

»Das Baby ist tot«, sagte das Mädchen.

»Wo? Wann?« rief Doktor Laufer. »Wieso denn tot?«

»Und ehe er starb, hat er sie zu mir aufgelassen.«

»Wovon redest du denn? Wann hattest du sie ihm gegeben?«

»Er war hier, um mir Schalom zu sagen, um Abschied zu nehmen vor dem Kampf. Ich habe sie ihm gegeben, und er ist gegangen.«

»Vor dem Kampf?« rief Doktor Laufer. Er hatte das Gefühl, die Tatsachen landeten eine nach der anderen um ihn her, »welcher Kampf? Er ist Taubenzüchter, kein Kämpfer. Wieso denn plötzlich Kampf? Und warum sagst du, er sei tot?«

»Heute morgen ist er im Kampf um irgendein Kloster in Jerusalem gefallen. In einem Kloster mit Glocke und Geschütz…«

Jetzt brach das Mädchen in Tränen aus, weinte bitter, stoßhaft und laut. Doktor Laufer faßte sie um die Schultern und sagte: »Sch… sch, sch… Wer hat dir mitgeteilt, daß er tot ist? Worauf stützt du das?«

»Er hat es mir mitgeteilt, und auch die Taube hat es erzählt.«

»Wie soll ein Mensch mitteilen, daß er tot ist? Wie sprechen Tauben? Das kann doch nicht angehen!«

Das Mädchen schwieg.

»Und was hat er mitgeschickt?«

Das Mädchen reichte ihm die offene Hülse und das leere Röhrchen.

Doktor Laufer schaute. Seine Beine versagten, noch ehe er gerochen hatte. Seine Nase bestätigte, was sein Körper verstand und sein Herz akzeptierte und sein Verstand abwehrte. Er setzte sich langsam auf eine Kiste, umschlang die Schenkel des Mädchens und drückte den Kopf an ihren Bauch. Seine Schultern zitterten. Seine Kehle würgte.

»Vergib uns«, sagte er zu ihr, »vergib uns bitte, daß wir weinen. Man hatte uns versprochen, er würde nur Tauben züchten, nur einen Schlag errichten. Aber was wissen wir überhaupt? Wir heilen einfach nur Tiere und züchten Tauben. Was verstehen wir schon?«

Und er richtete sich in voller Länge auf, legte den Kopf schräg und murmelte: »Und du, nicht zu glauben... Dafür hast du die Lageristin um den Löffel und die Spritze gebeten... Und ohne zu überlegen, ohne das Für und Wider abzuwägen, so eine Entscheidung...«

»Das wollte ich, und das wollte er. Wir haben bei unserem letzten Zusammensein von einem Kind gesprochen, von einem Kind, das wir nach dem Krieg machen wollten. Und das hat er geschickt.«

»Eine neue Wundergeschichte«, faßte Doktor Laufer Mut, als seien die wiederbelebten Kräfte des Mädchens auch auf ihn übergegangen, »eine Geschichte, wie man sie in der Weltgeschichte der Taubenzucht noch nicht gehört hat. Wir werden sie bei der nächsten Taubenzüchterversammlung erzählen.«

## 3

Einige Tage gingen ins Land, sammelten sich zu Wochen an. Doktor Laufer faßte sich und erzählte keinem ein Wort, aber bei der Versammlung, die ein halbes Jahr später stattfand, bemerkten alle Taubenzüchter den großen Bauch des Mädchens und die belgische Taube, die nicht von ihrer Schulter wich. Drei Monate später brachte sie einen Jungen zur Welt, der seinem Vater so ähnlich sah, daß man über dessen Identität nicht groß zu rätseln brauchte.

Als der Kleine sechs Monate alt war, brachte seine Mutter ihn zur nächsten Taubenzüchterversammlung mit. Doktor Laufer fotografierte sie, als sie so dasaß, die belgische Taube auf der Schulter sitzend, den Sohn an die Brust gelegt – wo ist dieses Bild heute? Wenn ich das nur wüßte –, und die Taubenzüchter wußten kaum wohin vor lauter Aufregung. Traten einer nach dem anderen zu ihr, nahmen an ihrer Trauer und an ihrer Freude Anteil, lächelten und wischten sich eine Träne ab.

Das Mädchen stillte ihren Sohn relativ lange, ein gutes Dutzend Monate, und als Doktor Laufer meinte, es sei Zeit aufzuhören – »als Veterinäre verstehen wir von diesen Dingen mehr als Kinderärzte« – erschien im Zoo ein Besucher, den man schon fast vergessen hatte: der Junge, der an dem Tag bei ihr auf dem Balkon gewesen war, als die verletzte Taube dort landete. Der Nachbarssohn, der die Taube verbunden und sie zum Zoo begleitet und trockenes Brot geholt und das Anatomielehrbuch von Corning und das einsprachige englische Wörterbuch studiert hatte und in die Vereinigten Staaten gefahren war, um in Chicago Medizin zu studieren.

Zehn Jahre war das her, die ihm wie hundert vorkamen. Kein Tag war ihm vergangen, an dem er nicht an sie gedacht hätte, und keine Nacht war ihr vergangen, in der sie nicht in seinem Traum gelandet wäre. Nun war er kein Junge mehr, sondern ein junger Mann, auf dessen Entscheidungen und Taten die Welt wartete. Hinter ihm lagen ein Dutzend abgelehnter Stellenangebote, ein Dutzend vergeblicher Überredungsversuche und vier gebrochene amerikanische Herzen. Er ging im Haifaer Hafen von Bord, küßte seine stolzen, aufgeregten Eltern, und eine Stunde später, im Taxi unterwegs nach Tel Aviv, fragte er sie nach dem Mädchen.

»Besser, du erfährst es nicht«, meinte seine Mutter, und sein Vater sagte: »Wir sprechen zu Hause darüber.« Und seine Mutter fügte entrüstet an: »Die ganze Stadt weiß es. Eine Schande.«

Sie wohnten nicht mehr in dem Haus in der Ben-Jehuda-Straße, über der Wohnung der Eltern des Mädchens, sondern in einer neuen und größeren Wohnung, nahe dem Dizengoff-Platz. Er stellte seinen Koffer in das Zimmer, das seine Eltern ihm eingerichtet hatten, und sagte: »Ich geh mal. Komm später wieder.«

»Wo willst du denn hin?« jammerte seine Mutter. »Bist gerade erst aus Amerika zurück und gehst schon wieder weg?«

»Ich komm bald wieder«, sagte er. »Ich muß sie sehen.«

Seine Füße lenkten ihn nicht zur Ben-Jehuda-Straße, sondern in die entgegengesetzte Richtung. Der dicke Mann nahm ihm das trockene Brot ab, das er unterwegs eingesammelt hatte, und ließ ihn am Tor in den Zoo ein, senkte aber verlegen den Blick.

Der junge Arzt betrat den Tiergarten, ging den Pfad hinauf, und beim Taubenschlag sah er das Mädchen sitzen und ein Baby stillen. Das Blut gerann ihm in den Adern. Sein Leib wurde stocksteif. Das Mädchen bemerkte ihn nicht, weil sie nach Art der Stillenden den Kopf gebeugt hielt. Er konnte noch einen Rückzieher machen, und dort, hinter der

Wegbiegung verborgen, sammelte er neue Kräfte. Danach trat er wieder näher und blieb vor ihr stehen.

»Schalom Raaja«, sagte er.

»Schalom Jakob«, Raaja hob den Kopf.

»Du warst ein kleines Mädchen, als wir uns trennten, und jetzt stillst du ein Baby.«

»Er heißt Jair.«

»Ein hübsches Kind.«

»Er sieht seinem Vater ähnlich. Wenn er mir ähnlich sähe, wäre er hübscher.«

»Ich bin aus den Vereinigten Staaten zurückgekehrt. Habe mein Medizinstudium abgeschlossen.«

»Herzlichen Glückwunsch.«

»Gleichfalls. Ich bin vor einer halben Stunde zurückgekommen und gleich als erstes hergelaufen, um dich zu sehen.«

»Danke.«

»Und wo ist Jairs Vater?«

»Jairs Vater ist im Krieg gefallen.«

»Tut mir leid. Hab ich nicht gewußt.«

Und auf einmal faßte er Mut und konnte nicht mehr zurückhalten, was er sich all die Jahre wieder und wieder im stillen Herzen gesagt hatte, beim Aufstehen, wenn er seines Weges ging, in der Universitätsbibliothek, im Labor, im Krankenhaus, nachts auf seiner Lagerstatt. Die Worte sprudelten hervor: »Raaja, vielleicht hätte ich hier im Land bleiben und statt Medizin zu studieren lieber in den Krieg ziehen sollen. Vielleicht wäre es besser gewesen, Doktor Laufers Angebot anzunehmen und mit dir im Schlag zu arbeiten. Kann alles sein. Aber auch er sagte damals, daß ein guter Arzt aus mir werden könnte, und da hat er recht gehabt.«

»Komisch«, sagte meine Mutter, »wie Doktor Laufer unser aller Schicksal bestimmt hat. Deins, meins, das meines Babys, das geboren wurde, und das meines Babys, das gestorben ist.«

Sie verlegte mich mit energischem Ruck von Brust zu Brust – ein rascher, erzwungener Wechsel von Grauen zu Sicherheit – und sagte: »Doktor Jakob Mendelsohn. Sehr nett.«

»Ich hatte gehofft, dich zu vergessen, Raaja«, sagte der junge Arzt, »aber ich konnte es nicht.«

Sie erwiderte nichts.

»Ich habe dir im ersten Jahr sieben Briefe geschickt und zehn im dritten und noch fünf im vierten, und dann habe ich aufgehört, weil du nicht geantwortet hast.«

»Es hatte keinen Sinn.«

Er setzte sich ihr gegenüber und sagte: »Ich habe dich immer geliebt, Raaja, schon als du ein kleines Mädchen warst, als du auf eurem Balkon auf dem Bauch gelegen und gelesen hast, schon ehe die verletzte Taube ankam. Oft habe ich dich von unserem Balkon im Stockwerk über euch angeschaut. Einmal ist deine Bluse ein Stückchen hochgerutscht, und ich sah die Grübchen, die du auf dem Rücken hast, und hab die Augen zugemacht und ihnen von oben einen Kuß gegeben.«

Sie schwieg.

»Und unser Hemd, das an dem Tag, an dem die verletzte Taube landete, auf euren Balkon segelte, hatte ich dort hingeworfen. Es war nicht runtergefallen.«

»Hab ich mir gedacht.«

»Und wenn du mich fragst, was meine wichtigste Erkenntnis aus dem Medizinstudium ist, dann sage ich dir: Daß Dinge reparabel sind. Nicht nur der Körper, auch die Seele. Man kann heil machen und heilen. Im Hebräischen gibt es sogar zwei Formen des Wortes ›heilen‹, das eine gilt für die Seele, glaube ich, und daran müssen wir uns jetzt machen.«

Sie schwieg.

»Ich wußte nicht mal, daß du geheiratet hast«, sagte er. »Meine Eltern haben mir alles mögliche geschrieben, aber daß du geheiratet hattest, haben sie mir verschwiegen.«

»Ich habe nicht geheiratet«, sagte meine Mutter.

Der junge Arzt nahm einen tiefen Atemzug. Er beschloß, alle Klärungen und alle Überraschungen auf andere Zeiten und andere Gespräche zu verschieben.

»Ich schlage dir vor, daß du mich heiratest«, sagte er, »daß du uns ein Mädchen zur Welt bringst, ich möchte ein Mädchen haben, und dieses Baby hier werde ich aufziehen, als wäre es mein leiblicher Sohn.«

Und so war es, mehr oder weniger. Das heißt, ein paar Tage später verkündete meine Mutter ihm in der weiblichen Mehrzahlform: »Wir stimmen zu«, aber anstelle einer Schwester wurde mir ein Bruder geboren, und Doktor Jakob Mendelsohn wurde »Euervater«, eine Bezeichnung, die für alle bequem war, in jeder erdenklichen Hinsicht.

## *Neunzehntes Kapitel*

1

Das wär's«, sagte mein Bauleiter, der eine Frau ist, »wir haben alles abgerissen und entsorgt, was nötig war. Jetzt wird es Zeit zu bauen.«

»Womit fängst du an?«

»Im allgemeinen zieht man erst die Innenwände hoch und verlegt die Wasser- und Stromleitungen. Aber wir werden mit der Dusche im Freien anfangen.«

Sie rief den chinesischen Arbeiter. »Gieß hier den Beton«, sagte sie zu ihm, »anderthalb Meter auf anderthalb Meter, damit Platz für zwei ist, mit zwei Prozent Gefälle zum Abflußloch.«

»Bist du sicher, daß dies ein guter Platz dafür ist?« insistierte ich. »Ich will nicht, daß sämtliche Kinder des Dorfes herlaufen, um zu gucken.«

»Keine Sorge. Die Chinesen haben die Nudel, den Drachen, das Schießpulver und die Außendusche erfunden. Die können sie so bauen, daß keiner was sieht.«

Der Arbeiter fragte etwas Unverständliches, und Tirza deutete mit dem Zeigefinger und sagte: »Das Wasser vom Abflußloch leitest du zu dem Zitronenbaum dort. Verleg ein Rohr von zwei Zoll dahin.«

Und zu mir sagte sie: »Das wär's. Jetzt muß man ihn in Ruhe lassen. Die Chinesen sind genau wie wir, werden ärgerlich, wenn man ihnen auf die Finger guckt.«

»Wie hat er verstanden, was du ihm gesagt hast?«

»Wenn jeder seine Sprache spricht, die Sprachmelodie normal und die Hand- und Körperbewegungen natürlich sind, dann versteht man sich.«

»Wie hat er zwei Prozent Gefälle verstanden?«

»Was heißt, wie? Er ist Fachmann. Da ist ihm klar, daß es zwei Prozent sein müssen.«

»Warum hast du's ihm dann extra gesagt?«

»Damit er weiß, daß auch sein Bauleiter was davon versteht, auch wenn der Bauleiter eine Frau ist, damit er Respekt hat.«

So also begann der Ausbau meines neues Hauses: mit der Dusche im Freien. Der chinesische Arbeiter planierte die Erde, zimmerte eine Holzschalung für den Betonguß, verlegte ein Stahlnetz, befestigte darauf das Abflußrohr, mischte und goß und glättete mit ausholenden Bewegungen. Als der Beton sich etwas gesetzt hatte, schlug er mir mit freundlichem Lächeln und natürlichen Gesten vor, zum Andenken meine Hände darin abzudrücken. Ich tat es und lud ihn ein, auch seine Handabdrücke darin zu hinterlassen. Er lachte, lehnte ab, wich zurück, kniete schließlich aber doch nieder und erfüllte mir den Wunsch.

Am nächsten Morgen fuhr ich auf Eulentour ins Bet-Schean-Tal, und bei meiner Rückkehr verkündete Tirza: »Deine Dusche ist fertig, komm sie anschauen.«

Ich kam sie anschauen. Ein schmaler Fliesenweg – »damit du keinen Schlamm zwischen die feuchten Zehen kriegst« –

führte zu meiner neuen Ecke, die alles hatte, was eine Außendusche haben muß: Fußboden und Abflußloch, Handtuchaufhänger, eine Ablage für Seife und Lufaschwamm und sogar einen kleinen Spiegel, ein Extra auf Initiative des chinesischen Arbeiters, der erraten hatte, was Meschullam und Tirza nicht ahnten – daß ich mich gern unter der Dusche rasiere, unter tröpfelndem Wasser, mit eingeseiftem Gesicht.

»Sieh nach, daß alles funktioniert«, sagte Tirza, »damit du deinem Bauleiter später nicht mit Beschwerden kommst.«

Ich drehte den Hahn auf. Ein üppiger weicher Regen sprengte heraus – ein harter, starker Strahl paßt nicht für eine Außendusche –, das Wasser verschwand im Abflußloch und trat beim Zitronenbaum wieder aus.

»Der ist nicht weniger glücklich als du«, sagte Tirza.

»Warum hast du gerade ihn ausgewählt? Du hättest das Wasser auch anderen Bäumen zuleiten können.«

»Er hat's verdient. Er gibt guten Duft und gute Früchte«, sagte sie und schob mich auf den Arbeiter zu: »Geh dich bei ihm bedanken. Die Chinesen sind genau wie wir, lieben Lob und Komplimente.«

Ich dankte ihm mit warmen hebräischen Worten und natürlichen Körperbewegungen, und er strahlte und lächelte und verbeugte sich. Ich verbeugte mich ebenfalls und sagte, die Dusche stehe ihm jederzeit zur Verfügung. Und Tirza ging an ihren Lieferwagen und kam mit Seife, Shampoo, Handcreme, vier neuen Handtüchern, einem Holzrost für die Füße, einem Lufaschwamm, einer Nagelbürste, einem Rasierapparat und fünf Seelenlichten zurück.

»Bist du verrückt geworden? Wollen wir hier Trauer duschen?«

»Es ist angenehm, abends im Freien bei Kerzenschein zu duschen, und Seelenlichte tropfen nicht, kippen nicht um und brennen sehr lange. Außerdem ist es nett, sich zu vergnügen und dabei zu wissen, daß andere tot sind und du nicht.«

## 2

Die Sonne sank. Tirza übergab dem Traktoristen die Schlüssel des Lieferwagens mit dem Auftrag, die Arbeiter zu ihren Unterkünften zu bringen und am nächsten Tag mit ihnen und dem Wagen wiederzukommen. Wir blieben allein.

»Irale«, sagte sie zu mir, »möchtest du die neue Dusche einweihen, die ich dir im Freien gebaut habe?«

»Tirale«, sagte ich zu ihr, »möchtest du ein Band durchschneiden und einen Fanfarenstoß blasen?«

»Nein, nur zum ersten Mal drunter duschen.«

»Nackt? Im Freien?«

»Du kannst angezogen duschen. Und ehe du noch mehr dumme Fragen stellst: dann ja, ich auch.«

Ich sah ihr zu, als sie die Kleider ablegte, den Hahn aufdrehte, unter die Brause trat. Ihre sonst gelbgrünen Augen wurden unter dem Wasser blau. Sie hielt das Gesicht hinein, fuhr sich mit den Fingern durchs Haar, drückte die Spitzen aus, drehte sich um sich selbst.

»Machst du nicht mit?« fragte sie.

Ich zog mich aus und machte mit. »Seitdem Gerschon ...

habe ich nicht mehr mit dir geduscht«, sagte sie, und zwei Minuten später drehte sie den Hahn zu – »Jerusalemer können Wasser nicht einfach so fließen sehen« – und fing an, mich energisch und zielstrebig einzuseifen, wie man ein kleines Kind einseift, auch hinter den Ohren und an den Ellbogen und an den Pippis und an den Knien und zwischen den Pobacken.

»Was machst du denn?« kicherte ich vor Kitzeln und Verlegenheit und Vergnügen.

»Ich mach dich sauber, Gelihiebter. Ich rubble alles runter, was an dir festgeklebt ist. Jetzt wasch mich auch so.«

Tirzas Körper ist kräftig und straff. Ihre Haut ist von Natur aus braun, nicht weiß-braun gescheckt vom Sonnenbaden. Ich seifte sie ein, erst zögernd, dann ringsum, Nacken und Bauch, Hände und Rücken. Längs und quer, zwischendrin und außen rum, von vorn und von hinten. Wie ich die Doppeljuds eingeseift habe, als sie noch klein waren und übers Wochenende den Onkel besuchten. Ich wusch ihr dickes, kurzes Haar. Ich kniete neben ihr nieder und klopfte ihr auf den Knöchel, und sie hielt mir lachend erst den einen, dann den anderen Fuß hin, wie ein Pferd, das beschlagen wird: »Ich hatte noch in Erinnerung, was für ein Trottel du bist, aber nicht, was für ein süßer.«

Ihre Hand stellte hinter meinem Rücken das Wasser wieder an, ganz schwach, kein voller, stetiger Strom, sondern feine Spritzer und schwere Tropfen und zwischendurch mal überraschende Strahle. Freude erfüllte unsere Körper. Tirza schmiegte sich an mich und sagte: »Am besten erinnere ich mich, wie du in eurem Haus am Fenster gestanden und mich angeguckt hast und wie ich dich gleich geliebt habe.«

»Du warst zehn Jahre alt«, sagte ich.

»Denkst du dir denn, ein kleines Mädchen könnte nicht verstehen, was es empfindet?« Sie schwieg einen Augenblick und sagte dann: »Eine Zeitlang dachte ich, daß wir Bruder und Schwester seien, daß mein Vater eine alte Affäre mit deiner Mutter gehabt hätte. Das hat mich ungeheuer gereizt.«

»Wenn wir Geschwister wären, hätte dein Vater uns nicht so begeistert verkuppelt.«

»Komm mir nicht mit Logik. Ich wußte, daß wir's nicht sind.«

Die Schatten flohen. Abendwind wehte. Ein angenehmer, feuchter Schauder. Letzte Lichtflecke sprenkelten die Haut meiner Gelihiebten. Unsere Hände wanderten und hielten. Unsere Augen, unsere Lippen sahen und schmeckten. Wir umarmten uns. Zwischen ihren Schenkeln fühlte ich ihre Feuchtigkeit – feucht auch unter der Nässe des Wassers und warm unter seiner Kühle.

»Leg dich auf den Boden«, sagte sie, »bis jetzt haben wir gebadet und gespielt, jetzt werden wir die Dusche so einweihen, wie es sich gehört.«

Und später, als sie sich abgewälzt hatte und neben mir lag, erklärte sie mir, so würden wir auch den neuen Fußboden und das neue Dach und den Balkon und die Küche markieren und einweihen, jedes zu seiner Zeit. »Damit du weißt, daß ich dir ein Haus baue, daß dieses Haus deins ist, und damit auch das Haus es weiß.«

»Ich hätte es in einer Woche fertigstellen können«, sagte sie, »hätte einfach vierzig Handwerker hergebracht, sechs Tage Arbeit und am siebten Tag ruhen. Aber das hier ist nicht Meer und Firmament und nicht Bäume und Festland und Tiere. Das hier ist Gußbeton, Schlagbeton, Mörtel und Putz. Jeder dieser Kameraden braucht ein paar Tage zum Trocknen. Es sind nicht die Menschen, Gelihiebter, und es ist nicht Gott, es sind die Baustoffe, die die Arbeit aufhalten.«

So fing die Sache an, und so ging sie weiter. Und so erinnere ich mich an den Tag, als das Haus fertig war und Tirza mich verlassen hatte und gegangen war. Erinnere mich, wie sie mein Haus baute und einweihte, Schritt für Schritt – wie sie hinzeigte und sagte »es werde eine Wand« und »es werde ein Fenster« und »es werde ein Eingang« und »es werde ein Balkon«. Wie sie baute, Namen gab, einweihte, markierte, zum nächsten Tag überging.

## *Zwanzigstes Kapitel*

1

Ein kleiner, stehender Tümpel ist das Dorf, jeder Stein erschüttert seine algengrüne Oberfläche, und Tirza und ich und das Haus, das Gestalt annimmt, ziehen Besucher und Neugierige an. Es gibt Höfliche. Da ich noch keine Türen angebracht habe, klopfen sie an die Türpfosten, stekken den Kopf herein und fragen: »Darf man reinkommen?« Und es gibt Unhöfliche. Da ich noch keine Türen angebracht habe, kommen sie und betreten grußlos mein Haus, als gehöre es ihnen. Flink wie ein Wiesel mustern sie Haus und Hof mit Kennerblick, taxieren die Zahl der Zementsäcke, Rohre und Drahtnetze. Sekundenschnell schätzen sie zutreffend Umfang und Kosten der Renovierung, und wenn mein Blick sie trifft, ziehen sie sich sofort ins Dickicht zurück.

Es regt mich nicht auf. Ich bin erst seit kurzem zugezogen, und sie sind Einheimische. Und in so einem alten Ort, in dem die Bäume längst groß und die Gehsteige rissig und grasbewachsen, die Rachetaten schon verübt und die Feindschaften und Lieben zur Ruhe gekommen sind, ist ein Neuer auch eine Bedrohung. Seine Erinnerungen und Erfahrungen stammen woanders her, die Rangordnung am

Ort kennt er nicht. Ein solcher Mensch kann Traditionen ins Wanken bringen. Man muß prüfen, wes Geistes Kind er ist.

Auch Vorbesitzer tauchen auf. Das Gerücht greift um sich, und sie kommen – zum Prüfen, Bejahen, Verwerfen, Staunen. Ein älterer Mann kam mit der Bitte, eine Zitrone vom Baum pflücken zu dürfen. »Mein Vater hat ihn gepflanzt, und das da ist sein Feigenbaum. Was ist denn mit dem passiert? Warum pflegen Sie ihn nicht? Sehen Sie mal diese Löcher im Stamm, Ihretwegen wird er eingehen...«

Seine Lippen bebten. Seine Augen schweiften von Punkt zu Punkt, sein Mund von Beschwerde zu Erinnerung. »Jene Häuser standen damals noch gar nicht, und die Straße da war ein ungepflasterter Karrenweg, und mein Vater ist zu Fuß zur Kreuzung gegangen, weil der Bus damals nicht ins Dorf einbog. Und hier hat er einen kleinen Betontrog gegossen, den einzigen im Dorf, darin hat er mich und meine Schwester gebadet. Ja wo ist er denn? Haben Sie den zerstört? Mit welchem Recht?« Sagte es und ging.

Auch ein junges Paar erschien unvermittelt. Sie hatte als Kind ein halbes Jahr hier gelebt und wollte nun, kurz vor der Hochzeit, ihrem Herzallerliebsten die Örtlichkeit zeigen – er sollte wissen, was geblieben und was verschwunden war, was war und was nicht.

Sie war eine junge Frau, aber dieses Schwelgen in Erinnerungen ließ sie alt aussehen: »Hier hat die Schaukel gestanden«, führte sie ihn zu vergangenen Sehenswürdigkeiten. »Und hier haben wir Wäsche aufgehängt... Hier stand mal ein Betontrog, mein Vater hat ihn rausgerissen und weggeworfen ... Dieser Verschlag war nicht da, nur ein

Hohlraum zwischen den Pfeilern. Hier haben wir im Winter die Stiefel ausgezogen und saubergemacht, und sie hat uns angeschrien: Keinen Schlamm reintreten...«

Und unversehens sprach sie mich an: »Was, machen Sie hier einen großen Raum anstelle der kleinen Zimmer?«

»Ja«, sagte ich kurz angebunden.

»Warum?«

Der junge Mann streichelte ihren Nacken. Die Finger waren noch liebevoll, aber die Hand wurde schon schwer. Seine Stimme verlor an Geduld: »Laß uns gehen. Wir stören ihn.«

Aber die meisten Besucher kommen schlicht aus Neugier, möchten den Nichtsnutz sehen, der den Arbeitern zwischen den Füßen herumläuft, und die tüchtige Frau – seit dem Aufnahmekomitee halten alle Tirza für meine Angetraute –, die die Arbeit dirigiert und sich bei den Alteingesessenen schon die Bezeichnung *Dschedda* verdient hat, was im Arabischen soviel wie ›Pfundskerl‹ bedeutet.

Manche suchen ihren Rat in Baufragen: Was meinst du, Liora, über Isolierbausteine? Was hältst du von Fertighäusern, Liora? Von Dämmputz? Von Bodenheizung? Und was Holzbau anbetrifft, Liora, wozu würdest du raten? Finnische Kiefer? Rotkiefer? Behandelt? Lackiert? Roh belassen?

Manche bitten sie um Hilfe: Vielleicht könnte dein Chinese mal auf einen Sprung rüberkommen, um bei uns eine Kleinigkeit in der Küche zu richten? Und manche fragen, ob alles in Ordnung sei, und halten sogar guten Rat bereit: Sie wüßten da einen preisgünstigen und guten Laden für Duschkabinen, verzinkte Regenrinnen, Marseiller Ziegeln, künstlichen Marmor. Und sie haben auch einen ausgezeichneten und billigen Fliesenleger oder Gipser oder Dachdekker an der Hand.

Andere erteilen landwirtschaftliche Ratschläge: wie den siechen Zitronenbaum kurieren, das Unkraut bekämpfen oder die Raupen vertilgen, die weiterhin ihre Gänge durchs Fleisch des Feigenbaums bohren. Aber im Gartenbaubereich brauche ich keine Beratung. Darin ist Meschullam ein großer Experte, und da er sich mit seiner Tochter nicht über Baufragen streiten will, widmet er sich lieber ganz diesem Sachgebiet.

Ich lausche allen Besuchern, bemühe mich, ihnen geduldig und freundlich zu begegnen. Schließlich kenne ich den Rat meiner Mutter an Euervater: Sei freundlich zu ihnen, das spart Zeit. Und aus demselben Grund achte ich darauf, viel zu lächeln und mit Antworten zu geizen.

Die Regeln sind klar. Ich weiß nichts über sie, und abgesehen von meinem Beruf und den Lügen, die Tirza dem Aufnahmekomitee aufgetischt hat, wissen sie nichts über mich. Aber sie kennen die ehemaligen Bewohner meines Hauses, die Kinder, die darin aufwuchsen und nun schon groß sind. Sie wissen von den Freudenfesten, die dort stiegen, den Schmerzen, die seine Zimmer durchströmten. Sie bewahren im Herzen das Schreien und Lachen, das Gabelklappern und Gläserklingen, die Seufzer und Wehklagen, die in seinen Wänden schwebten und aus den Fenstern sikkerten.

»Dieses Haus kann viele Geschichten erzählen«, sagte mir einer und wartete, daß ich nachfragen würde, und da ich nichts fragte, sagte er: »Besser, Sie fragen gar nicht erst«, und ging.

Ich fragte nicht. Ich möchte es nicht wissen. Habe ja nur nach deinen Worten gehandelt, mir mein Haus ausgesucht, wie du es geboten hattest: ein kleines, altes Haus, in einem alteingesessenen Ort, ein Haus, in dem schon vorher Menschen gewohnt haben. Über den ersten Bewohner weiß ich gar nichts, und über den letzten weiß ich, daß er vier Hühner in ihrem Gefängnis hat verhungern und verdursten lassen. Das reicht mir.

Auch der junge Nachbar, dessen Frau die Trennschnur zwischen unseren Grundstücken gezogen hatte, kam unvermutet auf Besuch, in der Hand eine große Schale voll sorgfältig geschnittener Wassermelonenstücke. Präzise rote Würfel, so kühl, daß der Tau daran perlte. Nur eine Frau, die auf klare Verhältnisse achtet, kann eine Wassermelone dermaßen perfekt zerteilen.

»Ein Geschenk meiner Frau«, sagte er. »Wie kommt die Renovierung voran?«

»Alles in bester Ordnung.«

Ihre Stimme erschallte: »Hast du sie ihm gegeben? Vergiß nicht, die Schüssel wieder mitzubringen.«

Er stand auf. Aus Verlegenheit ergriff er die Schale, obwohl noch ein paar Melonenwürfel darauf lagen. »Gut, dann auf Wiedersehen.«

»Vielen Dank«, rief ich ihm nach. »Und richte ihr meinen Dank aus und schöne Grüße zurück.«

Er wandte das Gesicht: »Du mußt wissen, daß sie völlig in Ordnung ist!«

»Ich weiß. Es ist ein bißchen schwierig, sich daran zu gewöhnen, daß plötzlich ein neuer Nachbar da ist. Sag ihr, daß ich auch nicht so schlimm bin.«

Und im stillen füge ich hinzu: Und sag ihr, daß ich euch nachts höre und daß ich ruhig und unbesorgt bin – eine Frau, die so mit ihrem Ehemann vögelt, ist ganz sicher völlig in Ordnung.

Auch der Bauaufsichtsrat der Bezirksverwaltung tanzte an. Ein kleiner, dynamischer junger Mann mit guten, fröhlichen Augen und bösem Lächeln. Wo sind die Pläne? Er möchte die Pläne sehen. Die Pläne sind auf dem Bezirksamt? Wirklich? Wieso hat man sie ihm dann nicht gezeigt? Ja, er sähe das Schild mit der Baugenehmigung, aber warum stehe die Unterschrift hier und nicht dort? Plötzlich klingelte das Telefon in seiner Hosentasche, und er antwortete: »Schalom, Herr Fried«, und »ich wußte ja nicht, daß ihr das seid, Herr Fried«, und »nein, es ist nicht nötig, daß Sie den Bezirksratsleiter anrufen, Herr Fried«, und weg war er.

»Ich denke, Meschullam steht mit einem Fernglas auf dem Hügel da und verfolgt das Geschehen«, sagte seine Tochter.

Und noch ein Inspektor erschien: Lioras Bruder, mein Schwager Immanuel. Gewöhnlich hole ich ihn bei seinen Israelbesuchen vom Flughafen ab und fahre ihn herum, diesmal hatte er überraschend ein Taxi genommen.

»Darf ich vorstellen«, sagte ich zu ihm. »Das ist meine Bauleiterin.«

»Sehr angenehm«, sagte Tirza.

Immanuel machte einen Rundgang ums Haus, trat dann ein.

»Passen Sie auf, wo Sie hintreten«, sagte Tirza, »wir verlegen heute Rohre.«

Die Bekehrung zum Glauben hatte seinen Rücken gebeugt und seine Schritte und seine Stimme weicher gemacht, aber seine Rede war direkt und energisch. Er wollte sich vergewissern, ob die Geschichte, die Liora ihm erzählt hatte, tatsächlich stimmte, und als er dies mit eigenen Augen sah, wollte er Preise und Finanzquellen erfahren.

Meschullam, der anscheinend auch ihn durchs Fernglas erspäht hatte, tauchte innerhalb von Minuten auf.

»Was geht Sie das an?« sagte er zu ihm. »Es ist sein Geld.«

»Wer sind Sie?« fragte Immanuel.

»Ich bin ein Freund. Ein Freund der Familie Mendelsohn, und Sie?«

»Ich bin sein Schwager«, sagte Immanuel. »Der Bruder von Liora Mendelsohn.«

»Freunde sucht man sich aus«, sagte Meschullam, »Schwäger kriegt man ungefragt. Und jetzt fällt's mir wieder ein. Ich habe Sie auf der Hochzeit von Irale und Ihrer Schwester gesehen. Damals waren Sie noch kein so reinpurpurner Honigkuchen, wie Sie's jetzt geworden sind. Damals kamen Sie mit zwei *Zazkes* an jedem Arm und Schlangenlederschuhen aus Amerika.«

»Wieviel hast du für das Haus bezahlt?« wandte Immanuel sich an mich.

»Soviel wie nötig.«

»Woher hattest du soviel wie nötig?«

»Schauen Sie, ich werde Ihnen die Herkunft des Geldes mal so erklären, daß auch Sie's verstehen«, sagte Meschullam zu ihm. »Dieser Kamerad hat auf dem Markt einen Fisch für Schabbat gekauft und eine Perle darin gefunden.«

Ich begleitete Immanuel zum Taxi. Vor dem Einsteigen

warnte er mich: »Du mußt wissen, daß dieses Haus die Investition nicht wieder reinbringt.«

»Das ist keine Investition«, sagte ich, »das ist ein Geschenk.«

»Von wem?«

»Von mir.«

»Und dieser Fisch war der Prophet Elija!« rief Meschullam ihm nach. »Und kaufen Sie sich auch so was. Es ist sehr gesund, ein Geschenk von sich selbst zu kriegen.«

Und manche kamen, um sich das Wunder selbst anzugucken. Den Käufer. Mich. Den Menschen, der in so schweren Zeiten den Preis nicht runtergehandelt, sondern in voller Höhe hingeblättert hatte, um eine Ruine zu erwerben, die man für weniger hätte haben können. Diese Leute machten sich vermutlich über mich lustig, studierten aber aufmerksam meine Züge, bemüht, sie sich einzuprägen, um meinesgleichen künftig erkennen zu können und keine günstige Gelegenheit zu verpassen.

Hofft nicht auf weitere Käufer wie mich, sagte ich ihnen im stillen. Es gibt nicht noch einmal einen Menschen, dem seine Mutter den Beruf bestimmte und seine Frau zuführte und zu ihren Lebzeiten Geld vererbte, damit er sich einen Platz für sich selbst kaufen konnte: ›Nimm, Jair, mit warmer Hand. Ein Haus, das dich umhüllt, beruhigt und labt. Auf daß ihr euch gegenseitig erbaut und heilt, einander Dach und Fußboden wechselt, Wände errichtet, Fenster und Türen öffnet, einander dankbar seid.‹

## 2

Mitten am hellichten Tag, ohne Vorankündigung, kam ein weiterer Besucher: Benjamin. Er parkte hinter dem Lieferwagen der Arbeiter und rief: »Jair!«

Ich ging ihm entgegen.

»Ist das das Haus, von dem alle reden?« fragte er.

»Ja.«

»Wer hat es dir gekauft?«

»Ich.«

»Und wer bezahlt die Renovierung?«

»Auch ich.«

»Woher hast du denn Geld?«

»Möchtest du die wahre Antwort oder die, die dich beruhigen wird?«

Er blickte mich prüfend an. Seit der Trauerwoche für meine Mutter hatten wir uns nicht mehr gesehen, und die Veränderung, die das Haus bei mir auslöste, überraschte ihn.

»Du siehst gut aus«, sagte er. »Und natürlich möchte ich die Wahrheit erfahren. Liora hat mir schon gesagt, daß das Geld nicht von ihr stammt, und auch sie würde die Antwort gern wissen.«

»Ich verstehe, ihr seid beide in Sorge.«

»Durchaus. Jeder aus seinen eigenen Gründen.«

»Meschullam hat mir das Geld für den Kauf des Hauses geliehen«, sagte ich. »Und Tirza renoviert es mir gratis.«

»So hatte ich's mir auch gedacht«, sagte mein Bruder erleichtert. »Aber Liora hegt ganz andere Vermutungen.«

»Siehst du«, sagte ich, »äußerlich wirkst du wie ein großer Gauner, aber man kann dich sehr leicht an der Nase herumführen. Willst du wirklich die Wahrheit wissen?«

Seine Miene verfinsterte sich. »Mutter hat es dir gegeben?« Er heftete ihre beiden blauen Augen auf mich: »Antworte mir!« Und kam näher: »Mach keine weiteren Mätzchen mit mir. Sie hat dir dieses Geld geschenkt?«

»Ja«, sagte ich. »Ein paar Monate vor ihrem Tod. Sie hat mich gerufen, mir einen Scheck in die Hand gedrückt und gesagt, geh dir ein Haus suchen, damit du einen Platz für dich hast.«

»Wie groß war der Scheck?«

»Nicht groß. Fünfundachtzig Quadratmeter. Genau von der Größe dieses Hauses.«

»Wußte ich doch«, sagte Benjamin, »und ich danke dir für deine Ehrlichkeit.« Und er fügte hinzu: »Das ist ein sehr schönes Geschenk. Überraschend. Nicht nur für den Empfänger, auch für die leer Ausgegangenen.«

»Eindeutig«, sagte ich. »Ein Geschenk, das überrascht, und wie.«

»Und ich hatte gedacht, mich hätte sie lieber«, sagte er, neigte mir in aggressiver Anschmiegsamkeit den Kopf zu.

»Sie hat dich tatsächlich lieber gehabt«, sagte ich, »deswegen hab ich ja den Scheck gekriegt.«

Benjamin lächelte. Jedesmal denke ich: Wie er dir und Euervater doch ähnlich sieht. Nicht nur in Körperbau, Haarfarbe und Figur. Auch in der Eleganz seiner Bewegungen. Und in der Freude und Dankbarkeit, die seine Kleidungsstücke empfinden, weil sie gerade diesen schönen Körper bekleiden dürfen – das Hemd schmiegt sich ihm an die Brust, die Hose umfängt seine Lenden: Wie gut, daß wir an dir sitzen und nicht an jemand anderem.

»Du irrst«, sagte Benjamin, »aber was macht das jetzt aus? Sie ist tot, und ich kann niemandem mehr mit Beschwerden kommen. Fragt sich nur, ob das für dich in Ordnung ist.«

»Völlig in Ordnung«, sagte ich. »Ich habe keinerlei Probleme damit.«

»Dann wär's das also?« fragte Benjamin. »Der eine Bruder bekommt ein Geschenk in Größe eines Hauses, und der andere bekommt keinen roten Heller?«

»Es war ihre Entscheidung, nicht meine. Und ich betrachte dieses Geld nicht als Geschenk, es war eine Entschädigung.«

»Kein Mensch ist schuld daran, daß du einen anderen Vater hattest«, sagte Benjamin.

»Ich hatte keinen anderen Vater. Sie hatte einen Freund, der mich gezeugt hat. Aber aufgezogen hat mich Euervater. Er ist mein Vater, und er hat mich sehr schön großgezogen.«

»Was er wohl all die Jahre über diese Geschichte gedacht hat.«

»Es kommt nicht darauf an, was man denkt. Es kommt darauf an, was man tut und wie man sich verhält. Er hat ihr gesagt, er würde mich wie seinen eigenen Sohn aufziehen, und das hat er auch getan. Er ist ein vorbildlicher Vater. Schade, daß du nur sein Äußeres geerbt hast.«

»Seinerzeit war es gar nicht üblich, vor der Hochzeit mit dem Freund zu schlafen.«

Ich stellte seine Worte nicht richtig. Ich hatte schon zwei

Wahrheiten bei diesem Gespräch ausgesprochen, und wie Meschullam sagt: ›Die Wahrheit sprechen, ist sehr schön, aber es muß nicht gleich zur Gewohnheit werden.‹

»Sie hat mir alles erzählt«, fuhr Benjamin fort.

Alles? Jetzt war es an mir, mißtrauisch zu werden. »Was hat sie erzählt?«

»Daß ihr Freund sie vor dem Kampf besucht hat und es dabei passiert ist.«

Ein merkwürdiger Stolz schwang in seiner Stimme mit, der Stolz eines Sohnes, den seine Mutter vorgezogen hat. Es gibt Söhne, denen die Mutter Geld gibt, und es gibt Söhne, denen die Mutter ihr Herz auftut. Ich berichtigte ihn nicht. Wenn du dich entschieden hast, ihm das zu erzählen, dann soll's dabei bleiben.

»Und was das Geld anbetrifft, sind deine Frau und ich auf eine Idee gekommen, die das Problem lösen könnte«, verkündete ich ihm.

Benjamin war ermutigt und argwöhnisch zugleich: »Wie?«

»Ich vermache dieses Haus einmal Jariv und Joav.«

»Eine sehr schöne Idee«, sagte mein Bruder nach kurzer Überlegung.

»Und denk nicht, es wäre deinetwegen«, sagte ich. »Es ist wegen ihnen. Und auch wegen Zohar. Du hast eine solche Frau und solche Kinder gar nicht verdient.«

»Du hast dich verändert«, sagte Benjamin, »und es ist nicht nur das Haus. Ich wittere hier Liebe.«

3

Der Traktorist kam zurück. Fuhr seinen Anhänger nahe an die Westwand und legte sich zum Ausruhen in den Schatten der Johannisbrotbäume. Die beiden Arbeiter stiegen aufs Dach, begannen die alten Zementziegel abzuräumen und warfen sie auf den Anhänger. Sie arbeiteten rückwärts kriechend, deckten das Dach ab, das sie vor einem Moment noch unter den Knien gehabt hatten.

Mittags kehrte Tirza zurück, und ein paar Minuten später erschien ein weiterer weißer Lieferwagen von MESCHULLAM FRIED UND TOCHTER LTD., aber anders als seine Vorgänger fuhr dieses Fahrzeug ohne Fahrer.

»Das ist Iluz, unser Dachdecker«, frohlockte Tirza. »Pünktlich auf die Minute!«

Der Lieferwagen hielt, die Fahrertür ging auf, und ein sehr schmaler und sehr kleiner Mann, ein wahrer Zwerg, stieg aus, die Arme lang, der Kopf groß mit lächelndem Gesicht. Er sagte Tirza guten Tag, kletterte mit affenartiger Behendigkeit auf den Dachstuhl, spazierte auf den Betonsimsen und Holzbalken und fällte sein Urteil: »Der ist morsch!« »Der auch«, »den lassen«, »den auswechseln!«

Er fischte einen Klauenhammer aus der Gürtelschlaufe, zog Nägel aus, riß ein paar Latten ab und warf sie hinunter, vermaß und notierte sich Zahlen auf die Handfläche. Danach nahm er ein spätes Mittagessen mit uns ein, würzte es mit einer scharfen Soße, die er aus seiner Tasche holte. Und dann sagte er, der Dachstuhl sei »völlig in Ordnung« und am nächsten Tag werde er mit seinem Bruder und den neuen Stücken wiederkommen. Tirza bat ihn, die beiden

Arbeiter in seinem Lieferwagen zu ihren Unterkünften mitzunehmen, schickte auch den Traktoristen weg und erklärte, sie wolle »unser neues Nicht-Dach einweihen.«

»Wie?« lachte ich. Und merkte, daß ich mich schon lange nicht mehr lachen gehört hatte.

»Wir legen uns im Haus auf den Rücken und gucken in den Himmel. Schauen mal, ob die Dunkelheit sich senkt, wie es heißt, oder ob sie aufsteigt.«

Wir zogen uns aus, legten uns nebeneinander. Die Wände verbargen uns dem menschlichen Auge, das offene Dach setzte uns Blicken von droben aus – denen der Zugvögel, der heimkehrenden Tauben, vielleicht auch deinen Augen, wenn du wirklich dort bist.

Das große Himmelslicht sank und verschwand. Das Licht verlosch bis zur Finsternis. Verlor erst sein Sein, dann sein Werden und zum Schluß seinen Namen. Weder senkte sich die Dunkelheit noch stieg sie auf. Sie wurde nicht mit einem Schlag erschaffen wie das Licht und das Meer und die Bäume und der Mensch, sondern entfaltete, verbreitete und vertiefte sich, und dann war sie. Die nackten Dachsparren, die sich zuvor tiefschwarz gegen den Himmel abgehoben hatten, verschwanden in ihm. Das kleine Himmelslicht, an jenem Abend eine schmale Sichel, ging im Westen an. Glückliche Sterne funkelten. Nackt hingestreckt, Hand in Hand – auch das natürlich Tirales Regieanweisung – sahen wir sie immer zahlreicher werden und das Himmelsgewölbe in ein Sieb verwandeln.

Danach fing meine Gelihiebte an mich zu streicheln, ganz ähnlich wie früher, als ihr Bruder neben uns saß und Anweisungen erteilte und guckte: Berühr ihn an den Pippis, berühr du sie auch, macht so, ich will's sehen…

Wir schmiegten uns aneinander. Küßten uns. Ich preßte mich an sie, grunzte und gurrte und rieb mich an ihrem Leib. Tirza lachte: »Irale…«

»Was?«

»Du liebst mich.«

Und dann sagte sie: »Wir haben zu Hause Bilder von deiner Hochzeit. Man sieht darauf vor allem Meschullam und deine Eltern, aber hier und da auch dich und Liora. Sie ist sehr schön.«

Ich reagierte nicht.

»Und eines Tages, vor zwei Jahren etwa, sah ich sie auf der Achad-Haam-Straße in Tel Aviv. Sie kam mit einem Mann und einer Frau, wohl Ausländern, aus einem Restaurant. Ich weiß überhaupt nicht, was sie mit dir will.«

»Und weißt du, was du mit mir willst?«

»Ich spüre in dir deine Mutter.«

»Ich sehe ihr gar nicht ähnlich.«

»Das ist egal. Außerdem sehen wir zwei uns ähnlich, und die Häßlichen müssen sich umeinander kümmern.«

»Wir sind nicht derart häßlich.«

»Wir sind nicht Medusa und der Glöckner von Notre Dame, aber die Leute schauen sich nicht nach uns um.«

»Nach dir schon. Du strahlst, voller Licht. Du hast einen hübschen Gang und einen schönen Po und lange Beine und einen starken Hals. Deine Nippel haben zwei verschiedene Farben, und deine Pippis sind süß.«

Sie lachte. »Die haben auch Gutes über dich gesagt.«

»Ich habe gesehen, wie Leute dich anschauen. Mich gukken sie nicht an.«

»Ein Mann braucht nicht schön zu sein. Ein bißchen

schöner als ein Affe genügt schon«, zitierte Tirza den alten Spruch ihrer Mutter, und fügte hinzu: »Vielleicht liebt Liora gerade das an dir, daß ihr Mann jeden Morgen Gott dankt, daß er eine so große und schöne Frau hat.«

»Warum müssen wir von ihr reden?«

»Weil ich Lust dazu habe. Weil ich gern einmal spüren würde, wie es ist, wirklich schön zu sein. Am Morgen rauszugehen und zu wissen, was eine schöne Frau empfindet. Auf der Straße zu spazieren, wie sie jeden Morgen vom Haus zum Büro geht, wie ein Eisbrecher am Nordpol, und nicht nur, daß all das geschieht, sondern auch von vornherein mit völliger Sicherheit zu wissen, daß es so kommen wird.«

»Beschattest du sie?«

»Was ist denn mit dir los? Du hast mir doch selbst von ihrem Gang zum Büro erzählt, einschließlich der Blicke ihrer Bewunderer, die an den Ecken auf sie warten. Als ich klein war, habe ich den Begriff *ischa mezodedet* in einem Buch gelesen und war ganz irre davon. Gerschon sagte mir, das sei eine Frau, die den Blick zur Seite lenkt, den Menschen dazu veranlaßt, den geraden Weg zu verlassen. Und meine Mutter sagte, das Wort *mezodedet* käme gar nicht von *zad* – Seite, sondern von *zaid* – Jagd, und Meschullam sagte, das sei egal, alles dasselbe.«

»Hast du die ganze Familie an deinen diesbezüglichen Gedanken beteiligt?«

»Warum nicht? Wie ich dich jetzt daran beteilige. Deinem Personalausweis nach bist du vielleicht ein Mendelsohn. Aber für mich und meinen Vater bist du ein Fried.«

Zwei Stunden später – die Hitze stand unverändert, das

Dunkel hatte sich vertieft – schlüpften wir zur Dusche im Freien. Wir duschten und zogen uns an beim Schein eines ihrer Seelenlichte – »Siehst du? Das sind sehr gute Kerzen. Und du hast es noch gewagt, mir deshalb ein saures Gesicht zu machen« – und danach schalteten wir die elektrische Lichterkette zwischen den Johannisbrotbäumen an und machten uns zum Nachtessen einen Salat, wie man ihn bei Zohar im Kibbuz ißt: mit Schafskäse und harten Eiern und schwarzen Oliven, und Tirza lachte, als wir die Eierschalen aufschlugen – ›patsch!‹ – das erste Ei an meiner Stirn, das zweite an ihrer.

Sie schenkte sich ein wenig Arrak auf Eis ein, gab ein paar Blätter von der Minze dazu, die ums Abflußrohr der Außendusche bereits angegangen war. Ich bat um ein Schlückchen.

»Das ist *Rote Gazellen.* Ein bißchen stark für dich.«

»Ich werde mich vorsehen.«

»Trink wenig und langsam. Das macht sanft ums Herz und löst die Glieder.«

»Bei mir nicht.«

»Weil man dir bei deinem ersten Glas zugeredet hast, es in einem Zug zu trinken.«

Sanft und heiter kehrten wir in unser dachloses Haus zurück, um unter Gottes freiem Himmel und auf Beton von Menschenhand zu lieben und zu schlafen. Tirza legte sich auf den Bauch, ließ ein Stückchen Schokolade im Mund zergehen. »Leg dich auf mich«, sagte sie, »ich liebe dein Gewicht. Paßt genau auf meinen Leib.« Wir schliefen für ein paar Minuten ein, wachten auf, zogen uns aus und legten uns Angesicht zu Angesicht, bewegten uns langsam und wenig, blickten einander an. Es ist angenehm, mit einer geliebten Frau zu schlafen, und wenn ich so mein neues Haus einweihe, erhellt die Liebe zu meiner Bauleiterin mein Dunkel und schwebt über meinem Abgrund. Abend und Morgen, Tag auf Tag, und das Haus wächst und ersteht.

## 4

Mitten in der Nacht klingelte mein Mobiltelefon. Auf dem erleuchteten Display erschien der Name *Euervater.*

»Jairi«, sagte er zu mir, »ist Mutter bei euch?«

»Nein«, sagte ich, in banger Erwartung des Folgenden.

»Falls sie zufällig zu euch kommt«, seine Stimme klang ruhig und beherrscht, »dann sag ihr...«

Ich fiel ihm ins Wort: »Sie wird nicht zu uns kommen. Wieso sagst du, falls sie zu euch kommt? Du weißt doch, daß sie nicht kommen wird.«

»Warum wird sie nicht zu euch kommen? Habt ihr euch gestritten? Was war denn?«

Ich setzte mich. »Weil sie gestorben ist«, rief ich, »deshalb kommt sie nicht. Erinnerst du dich nicht, daß wir auf ihrer Beerdigung waren?«

Meine Stimme hob ab und hallte im leeren Raum. Tirza regte sich neben mir. Ich spürte, daß sie die Augen aufgeschlagen hatte. Euervater sagte: »Natürlich erinnere ich mich an die Beerdigung. Wie kann man so was vergessen. Auch an die Trauerwoche erinnere ich mich. Es kamen viele Leute, sogar zu viele, wenn du mich fragst. Aber wenn sie bei euch vorbeikommt, Jairi, sag ihr, daß sie bei ihrer Rückkehr leise sein soll, denn wenn ich erst mal aufgewacht bin, finde ich hinterher nur schwer wieder in den Schlaf.«

»In Ordnung«, sagte ich, »ich werde ihr sagen, sie soll leise reingehen.«

»Dann gute Nacht. Ich gehe schlafen, und schlaf du auch.«

Ich schlief nicht. Wie soll man nach einem solchen Gespräch einschlafen? Ich legte mich auf den Rücken. Einen Moment war ich überrascht, daß das Dach fehlte, doch gleich schon genoß ich den Wechsel vom Schwarz der Nacht zum tiefen Blau, das der Morgen vor seiner Ankunft ausbreitet. Tirza setzte sich im Schneidersitz auf den Rand der Wolldecke und entzündete eine Kerze. Ich betrachtete sie. Ihren nackten Körper, das beschienene Profil. Diese wohlgeformten Lippen, die über meinen ganzen Körper gewandert waren, die Finger, die kein unbekanntes Land darauf hinterlassen hatten, die Scheu, die wir damals nicht kannten und wohl nie kennen werden.

»Hat das Telefon dich geweckt?«

»Macht nichts. Ich muß früh los zu einer Baustelle im Norden.« Sie stellte eine Kaffeekanne auf den Gasbrenner. »Dir koch ich keinen, weil du noch zwei, drei Stunden schlafen kannst.«

Sie rührte um und schenkte ein und nahm einen Schluck aus ihrer Tasse: »Aber apropos des Gesprächs, das du eben geführt hast, möchte ich dir was erzählen.«

»Was?«

»Daß ich deine Mutter wenige Tage vor ihrem Tod besucht habe.«

Ich setzte mich ebenfalls auf. »Wär schon besser, ich bekäme auch einen Kaffee. Wo?«

»Im Krankenhaus natürlich.«

»Wieso habe ich dich da nicht gesehen? In welcher Eigenschaft warst du dort?«

»Was heißt, in welcher Eigenschaft? Als Tirza Fried. Meschullam war bei ihr gewesen und hat mich angerufen und gesagt: Tirale, ich bin gerade eben bei Raaja Mendelsohn weg, mit dem Anwalt, den ich ihr für das Testament gebracht hatte. Wenn du von ihr Abschied nehmen möchtest, ist dies wohl die letzte Gelegenheit. Ich habe geantwortet: Ich würde ja gern, aber ich möchte dort weder Irale noch den Rest der Familie antreffen. Und er erwiderte: Dann laß alles stehen und liegen und komm auf der Stelle. Professor Mendelsohn war vorhin schon da mit Doktor Benjamin, und Irale noch vorher, hat nicht aufgehört zu weinen, bis sie wütend auf ihn wurde und er gekränkt abfuhr. Und jetzt mach ich mich auch davon, und du kannst mit ihr allein sein.«

»Nett von ihm.«

»Nett? Das war listig und klug, aber nett war es nicht.«

»Doch«, sagte ich, »dein Vater ist nett. Da hilft gar nichts.«

»Er ist überhaupt nicht nett. Er ist so gar nicht nett, daß du keine Ahnung hast, wie wenig. Aber das bißchen Nettigkeit, das er in sich hat, konzentriert er auf nur vier Menschen, und weil du einer von ihnen bist, meinst du, er wäre so.«

»Wer ist der vierte?«

»Er selbst.«

»Und was war?«

»Ich bin ins Auto gestiegen und zu ihr gefahren. Es war

Abend und kein Mensch da. Wohl wegen deines Vaters hatte sie ein Einzelzimmer bekommen.«

»Oder wegen deines Vaters«, bemerkte ich.

»Sie war wach, sehr schwach und mager, erkannte mich aber sofort und sagte: ›Tirale, das ist aber nett von dir, daß du mich besuchen kommst. Als hättest du meinen Wunsch erfühlt.‹ Ich sagte: ›Es ist viel Zeit vergangen, Raaja, wie geht es dir?‹ Und sie sagte: ›Genauso wie's aussieht.‹ Und ich sagte: ›Meschullam hat mir gesagt, daß ich kommen könnte.‹ Sie sagte: ›Nennst du ihn immer noch Meschullam? Warum nennst du ihn nicht Vater? Das fehlt ihm sicher doppelt, seit Gerschon umgekommen ist.‹ Ich wollte nicht mit ihr streiten, denn auf einmal klang das wie eine letzte Bitte. Ich sagte: ›Ich werde mich bemühen, aber versprechen tue ich es nicht.‹ Und sie sagte: ›Wenn er dir gesagt hat, du solltest mich jetzt besuchen, dann heißt das, er hat erraten, daß du es möchtest.‹ Ich sagte zu ihr: ›Und das heißt, er hat erraten, daß auch du es möchtest.‹ Und sie sagte: ›Stimmt, ich wollte, daß du kommst.‹«

Meine Mutter rang nach Luft. Hustete. Tirza hätte sie gern nach mir und meinem Leben und meinem Glück und meiner Frau gefragt, erwog aber das Für und Wider und ließ es bleiben. Meine Mutter sagte: »Die messianischen Zeiten sind angebrochen – Tirale sind die Worte ausgegangen...« Und sie wandte den Blick zum Fenster: »Dort im Dunkel sind der Kastel und Bab el-Wad und Nebi Samuel und der Friedhof, sie fliegen mir auch in der Dunkelheit zu, immer wieder. Und dort in der Ferne liegt Tel Aviv. Von dort bin ich gekommen, und nun bin ich schon hier geblieben.«

Tirza nahm ihre Hand und schwieg, und meine Mutter

hielt Tirzas Hand fest und sagte: »Hast du gefragt, woran ich denke, Tirale? Ich mache jetzt mein letztes Dafür und Dagegen, was besser für mich ist, sterben oder leben.« Und ihr Lachen wurde ein Seufzen und das Seufzen ein Husten und das Husten zur Grimasse.

»Und dann erzählte sie mir, du hättest das Haus für dich gefunden, auch den Vertrag schon unterzeichnet und sie besucht und ihr Bilder davon gezeigt, und ohne, daß ich einen Ton gesagt hätte, sagte sie: ›Na, Tirale, vielleicht habt ihr mit diesem Haus eine zweite Chance.‹«

»Und du hast ihr gesagt, du wüßtest es, seist mit mir im Haus gewesen und hättest mich sogar zum Aufnahmekomitee begleitet?«

»Nein«, sagte Tirza, »ich habe ihr gesagt: ›Mir scheint, du und mein Vater habt eine Intrige angezettelt, habt eine viel frühere und weitreichendere Geschichte als die, daß Professor Mendelsohn einmal meinen Bruder gerettet hat.‹«

»Eine Geschichte gibt es«, sagte meine Mutter, »eine Geschichte gibt es immer, aber es gibt keine Intrige. Es geht nur darum, ein paar Dinge zu korrigieren, zu korrigieren und zu heilen, und für mein Baby zu sorgen, ehe ich sterbe.«

›Und was ist deine Geschichte, Tirale?‹ fragte auch ich, aber – wie so oft – nicht laut, sondern im stillen Herzen.

»Und es würde mich nicht wundern zu erfahren, daß Meschullam ihr dieses Geld gegeben hat, damit sie's dir geben könnte und wir uns wiedersähen«, fuhr Tirza fort. »So ist er, dein Netter. Wenn er was will, kennt er keine Hemmungen. Aber was schert's mich? Ich wollte dich ja selbst treffen, und als Meschullam mir erzählte, du hättest ein Haus für dich gefunden, hab ich gleich erkannt, daß daraus mehr werden könnte als einfach ein Wiedersehen.«

»Von mir aus ist das in Ordnung«, sagte ich. »Ich wollte dich auch wiedertreffen und bin schon gewöhnt, im Puppentheater mitzuwirken.«

»Selbst wenn er ihr das Geld nicht wirklich in die Hand gedrückt hat«, fuhr Tirza unbeirrt fort, »ich weiß, er hat ihr schon vor Jahren geraten, sich ein *Knippele* beiseite zu legen. Der Mensch muß auch Geld für sich haben, vor allem wenn der Mensch eine Frau ist. Und er hat ihr einen Betrag angelegt. Weißt du, dort wo Leute wie er anlegen, ist das so: Wenn du Gewinn machst, gewinnst du sehr schön, und wenn du keinen Gewinn machst, brauchst du einen wie Meschullam, der sich um die Folgen kümmert.«

‹Zu viele Menschen berühren mich, führen mich, verraten mir Geheimnisse, schmieden Pläne für mich‹, dachte ich. Tirza stand auf und sagte: »Aber was macht das schon aus? Vorerst leiden wir nicht besonders. Du hast einen Bauleiter, der eine Frau ist, die mit dir schläft, dich lihiebt und nicht betrügt und dir auch nicht plötzlich mitten bei der Arbeit abhaut, und ich habe dich. Du liebst mich auch, Irale. Das spüre ich.«

## 5

Sie stand auf und zog sich an, bückte sich, küßte mich auf die Lippen und sagte, ich solle weiterschlafen. Ich hielt mich daran. Die Liebe und der Alkohol am Vorabend, die warme Nacht, der unendliche offene Himmel über meinem Kopf, die Geschichte, in der ich versinken und deren Einzelheiten ich entfliehen wollte – all das ließ mich tief und lange schlummern. Als ich aufwachte, war die Sonne schon höher gestiegen, der Traktorist stand über mir und sagte: »Hausherr, du mußt aufstehen. Da oben wird gearbeitet, und dir könnte ein Brett auf den Kopf fallen.« Auf dem Dachstuhl über mir kletterten tatsächlich nicht nur ein Zwerg, sondern deren zweie herum, Ibrahim Iluz, der Dachdecker, und Joshua Iluz, sein Bruder, zwei flinke Schemen, die Sparren und Latten auswechselten.

»Keine Angst!« riefen sie. »Wir sind klein, aber Männer wie du. Nicht weiter schlimm, wenn wir dich ohne Kleider liegen gesehen haben.«

Der Traktorist ging, und Meschullam kam. »Tirale ist weg?« freute er sich. »Sehr gut. Denn ich will hier auch was tun, am neuen Haus auch mit Hand anlegen.«

Er blickte sich um und erklärte, er werde die Hohlkehlen machen, denn die würden ihr vielleicht nicht auffallen. Er mischte Zement und Sand in einer Schale, betonierte und rundete im Badezimmer die rechten Winkel zwischen Boden und Wänden. »Sonst bricht das Isoliermaterial und hier kommt wieder Feuchtigkeit rein.«

Wir aßen gemeinsam zu Mittag, und dann sagte Meschullam, er werde die Chinesen jetzt schon zu ihren Unterkünften mitnehmen, »denn mit dem Haus eilt's ja nicht, und bald kommt Tirale zurück, und ihr wollt sicher allein sein.«

Gesagt, getan. Bald ist mein Bauleiter wieder da. Wir werden in die Landschaft gucken, uns unterhalten, von Liebe und Freude erfüllt sein. Werden von dem bereits Erbauten sagen, daß es gut ist, werden markieren und einweihen und Namen geben.

## *Einundzwanzigstes Kapitel*

### 1

Ein Wind wehte durch die Kiefern des Klosters. Kinder spielten auf einem alten Panzer, der damals dort stand und später fortgeschafft wurde. Ein junger Lehrer fuchtelte mit den Armen, deutete hierhin und dorthin, erzählte seinen Schülern von dem Gefecht, daß am Ort stattgefunden hatte, und von »den Helden, die im Unabhängigkeitskrieg gefallen sind.«

»Ich habe dir eine Geschichte zu erzählen«, sagte meine Mutter. »Sie wird auch dir gehören. Du kannst sie weitererzählen. Wem du möchtest.«

Meinen Kindern, so sie geboren werden. Einem Freund, so ich ihn finde. Einer geliebten Frau, wenn sie in meinen Armen liegt. Mir selbst, wenn all diese nicht auftreten. Eine Geschichte, die nicht nur Verstand und Wissen anspricht, sondern auch Eingeweide und Muskeln zusammenzieht, die Ventile der Augen und des Herzens in Flattern und Zucken versetzt.

»Eine Geschichte und eine Ecke und Luft und Liebe und zwei Berggipfel, einen zum Draufstehen und einen zum Draufgucken, und zwei Augen, um damit wartend den Himmel abzusuchen. Verstehst du, was jeder Mensch braucht, Jair?«

»Ja«, sagte ich.

Eine Geschichte. Nicht unbedingt über Heldentaten und Paläste, über Feen und Zauberkräfte, aber auch nicht eine, die sich um Kleinigkeiten dreht. Uns reicht die Kleinlichkeit der Realität. Eine Geschichte, die etwas von Schmerz und Bekenntnis enthält und auch was von Kultur und Höflichkeit, und ein bißchen Vergnügen und ein Quentchen Geheimnis. Und da du nicht mehr bei mir bist, sage ich auch dies: Es ist meine Geschichte, und ich verkürze und verlängere, erfinde und bekenne, schreibe »meine Mutter« und nicht »unsere Mutter«, obwohl ich einen Bruder habe, lasse mich verlocken, auch Vermutungen anzustellen und Rätsel zu lösen. Und noch eines sage ich dir: Nicht du bist die Heldin dieser Geschichte, sondern ich. Nicht du, sondern dein Sohn.

## 2

Wir gingen rings ums Kloster herum. »Erinnerst du dich«, fragte meine Mutter, »daß wir hier gewesen sind, als du noch ein kleiner Junge warst? Aus dieser Tür kam damals eine Nonne und hat uns kaltes Wasser angeboten, und du hast dich gesorgt: Was wird mit den Gläsern?«

Wir kehrten zu den Schaukeln zurück. Blieben vor der Gedenktafel stehen. HIER VERLIESS EUCH DAS LEBEN, ABER NICHT DER MUT, hatte jemand über den Namen der Gefallenen eingemeißelt. »Schön und unrichtig!« stellte meine Mutter fest. »Wenn das Leben dahingeht, geht alles dahin. Die Liebe und der Mut und das Wissen und die Erinnerung. Du bist schon sechzehn Jahre alt, Jair, du kannst es jetzt erfahren und verstehen.«

Und sie erzählte. Erzählte von der verletzten Taube mit dem »Ja oder nein?« und von dem Schlag im Tel Aviver Zoo und von Doktor Laufer, der in der weiblichen Mehrzahlform redete, und von dem Nachbarssohn, der nach Amerika fuhr, um Medizin zu studieren, und zurückkehrte und Euervater wurde, und von Mirjam der Taubenzüchterin und von der belgischen Taube und von dem Onkel und der Tante des Babys im Kibbuz und vom Vater des Babys und von seiner Stiefmutter und von seiner richtigen Mutter und von dem Baby selbst.

»Hier ist er umgekommen, und hier hat er seine letzte Taube aufgelassen, ehe er starb, und er war mein Freund, dessen Namen du trägst.«

Anfangs ärgerte ich mich. Dachte, wenn sie diesen Freund nicht gehabt hätte und er nicht umgekommen wäre, hätte ich nicht seinen Namen erhalten. Ich hätte meinen Eltern ähnlich gesehen, hätte von ihnen sowohl ihre blonden Locken als auch den Namen Benjamin bekommen, und Benjamin wäre gar nicht geboren worden, weil sie keine Fehler zu korrigieren gehabt hätten.

Und als ich mir die Sache eingehender überlegte, fiel mir noch eine Möglichkeit ein. Jetzt ärgerte ich mich über Benjamin, weil er als zweiter auf die Welt gekommen war und mir den Vortritt gelassen hatte. Wäre er vor mir dagewesen, sähe er wie ein Verbrecher aus und trüge den Namen des toten Freundes, und ich wäre er: leicht und hübsch, mit Engelsgesicht und *goldene* Locken, hätte aus Kiosken geklaut, hätte vorbeiziehende Ladenschilder aus Busfenstern und Dichternamen auf Grabsteinen gelesen.

Meschullam war auch bei jenem Besuch dabei. Schritt hinter uns in einem Abstand, den nur er zu berechnen wußte, klein genug, um Schutz und Fürsorge zu gewähren, und groß genug, um Rücksichtnahme und Höflichkeit zu wahren. Er paßte im Gehen auf, daß nur ich es hörte und daß kein Wort zu Boden fiel.

Ich fragte: »Und immer hattest du eine Taube von ihm da und er eine Taube von dir?«

»Ja.«

»Und ihr habt euch Briefe geschickt?«

»Posttaubendepeschen. Wenn es möglich war.«

»Wie viele Wörter kann man auf so kleine Zettel schon schreiben?«

»Du wirst dich wundern, Jair, manchmal genügt eine sehr kurze Mitteilung. Ja, und nein, und ja und ja und ja, und nein und ja und nein.«

Und ihr fiel wieder ein, was Doktor Laufer seinen Taubenzüchtern von den alten Griechen erzählt hatte, die, noch vor Erfindung der Meldehülse, einfach eine Schwanzfeder der Taube mit vereinbarten Farben für frohe Botschaften oder schlechte Nachrichten anzumalen pflegten. Und sie sagte, was Doktor Laufer nicht erwähnt hatte – daß auch die Taube selbst eine Art Brief ist. Mit ihrem Flattern und Flügelschlag, ihrer Landung, ihrer Körperwärme, den Abdrücken der Finger, die sie gehalten und aufgelassen, den Augen, die sie begleitet hatten, bis sie sich den wartenden Augen offenbarte.

Dann verstummte sie. Ich kannte das schon bei ihr und wartete geduldig. Sie konnte lang oder kurz, breit oder schmal, lächelnd oder verschlossen schweigen. Und dann gab es jenes allerstummste Schweigen, das nach dem »ich kann nicht mehr« einsetzte und bis heute andauert. Und ich erinnere mich auch an ihre jahreszeitlich bedingten Schlaflosigkeiten – »von Purim bis Schavuot schlafe ich nicht« – und an das tägliche Glas Brandy und an die schöne Abschiedsarie, die sie immer wieder auf ihrem heiseren kleinen Grammophon spielte: »Bettet man mich dann in die Erde …«

Schließlich fragte ich: »Also wirklich? Auch von hier hat er dir eine Taube geschickt?«

»Aufgelassen, Jair. Nicht geschickt. Es wird Zeit, daß du es dir merkst.«

»Auch von hier hat er dir eine Taube aufgelassen?«

»Ja. Seine letzte Taube.«

»Mit einem Brief?«

»Ja.«

»Und was stand drin?«

»Gar nichts.«

»Was hat er dir dann von hier geschickt? Einfach ein leeres Stück Papier?«

»Nein. Von hier hat er mir dich geschickt.«

Und sie erzählte.

## *Zweiundzwanzigstes Kapitel*

1

Betonstreben wurden zwischen den Dachsparren gegossen, Fenster- und Türöffnungen mit Betongürteln versehen. Tirza zog Innenwände hoch und weihte mit mir die zwei neuen Räume ein – den sehr großen, in dem ich wohnen sollte, und den kleinen, den ich vielleicht brauchen würde. Sie setzte Tür- und Fensterrahmen ein, brachte Fensterbretter an und sagte, daß es gut war.

Iluz und sein Bruder spannten ein Drahtgeflecht für die neue Rabitzdecke. Wechselten Latten, deckten den Dachstuhl mit Ziegeln, dichteten jede Öffnung ab, die Ratten oder Tauben auf den Plan rufen könnte – und Tirza sagte, »sehr gut!«

Ich spürte ihre und meine Liebe, nicht nur wenn sie mich berührte, mich ›Gelihiebter‹ nannte, sondern auch beim Bau meines Hauses. An der Art, wie sie abmißt, einschätzt, den Arbeitern zeigt, was sie tun sollen. Daran, wie das Haus, das sie mir baut, Gestalt annimmt. Bei unserem gemeinsamen Essen am Ende des Tages. Wenn sie woanders hinfährt und ich allein zurückbleibe.

Und manchmal bringen ihr Körper und ihr Duft mich um den Verstand und all diese Liebe bordet über und macht mich närrisch. Ich drücke mich an sie wie ein Welpe, reibe mich an ihr, schüttele sie, lasse ein Gurren und Grunzen und Brummen hören und knabbere an ihr.

Und dann lacht sie und sagt zu mir: »Irale...«

Und ich sage zu ihr: »Was?«

Und sie wiederholt ihren Befund: »Du liebst mich.«

»Na und?«

»Du liebst mich, ich spüre es«, und ihre Stimme klingt wie die anderer Frauen – nehme ich mal an, ohne Vergleichsmöglichkeiten zu haben – wenn sie sagen, »ich liebe dich.«

## 2

Auch Joav und Jariv erschienen unversehens, groß und fröhlich. »Schalom, Onkel Jair, was gibt's bei dir zu essen?«

»Schalom den Doppeljuds«, begrüßte ich sie freudig. »Was ist denn passiert, daß ihr euch entschlossen habt, den Onkel zu besuchen?«

»Vater hat gesagt, wenn du mal stirbst, gehört dieses Haus uns, da wollten wir's mal anschauen.«

Meine Liebe zu ihnen lindert nicht den Schmerz, den ich am Tag ihrer Geburt empfunden habe. Zufällig oder nicht war ich bei meiner Mutter, als mein Bruder aus dem Krankenhaus anrief. Seine Worte konnte ich nicht hören, aber ich sah das Leuchten auf ihrem Gesicht und hörte sie sagen: »Endlich bin ich Großmutter. Vielen Dank, Benjamin.«

Die Eifersucht, die mich damals überkam, ähnelte sehr ihren Schwestern aus Kinderzeiten, und meine Mutter mußte mich notgedrungen auch mit den gleichen Worten und Methoden wie damals beschwichtigen. Ich rief: »Warum tust du das, während ich hier bin? Warum mußt du ihm deinen überschwenglichen Dank unbedingt ausdrücken, wenn ich mithöre?« Und du sagtest: »Beruhig dich bitte.« Doch ich redete weiter: »Und was soll dies ›endlich bin ich Großmutter?‹ Bin ich etwa schuld, daß Liora es nicht schafft, meine Kinder auszutragen? Daß du nicht meinetwegen endlich Großmutter bist?« Und du sagtest noch einmal: »Beruhig dich.«

Unwillen trat auf dein Gesicht, aber deine Finger fingen schon wie selbsttätig an zu trösten und zu streicheln: »Bitte beruhig dich, Jair. Auch Benjamin ist mein Sohn.«

Ich beruhigte mich nicht, aber die Zeit tat ihre gute Wirkung. Ich erkannte, daß die Worte, die Euervater dir sagte, als er um deine Hand anhielt, stimmten: Man kann korrigieren, kann Körper und Seele heilen. Die Jahre vergingen, und ich lernte die hünenhaften Söhne meines Bruders lieben. In gewisser Hinsicht fand ich in ihnen sogar Trost für die beiden Leibesfrüchte, die mir nicht geboren wurden. So war es in ihrer Kindheit, und so ist es noch heute, da sie Soldaten sind. Beide sind Sanitäter, wie ich, bilden aber nicht aus, sondern sitzen in zwei Sanitätsstationen auf zwei verschiedenen Truppenstützpunkten.

Zwillinge großzuziehen, ist schwierig, besonders mit einem Partner wie Benjamin. Als Joav und Jariv klein waren, bat Zohar mich manchmal, ihr die beiden kurz abzunehmen. Ich sagte schon, wir mögen uns, sie und ich, und häufig holte ich die Juds für ein paar Stunden zu mir, und als sie größer wurden, kamen sie auch mal übers Wochenende. Wir spielten, machten Ausflüge, lasen, ich erzählte ihnen Geschichten und ließ Erinnerungen aufleben.

»Wißt ihr«, erzählte ich ihnen, »daß es hier in der Nähe einen Zoo gegeben hat? Wollt ihr, daß wir einen Spaziergang machen und ich euch zeige, wo genau?«

»Später. Erst mal wollen wir essen.«

»Und jeden Abend hörten die Nachbarn die Tiere. Stellt euch mal vor, mitten in der Stadt ein Brüllen und Kreischen und Brummen. Und es gab dort auch einen Taubenschlag.«

»Wozu braucht man Tauben im Zoo? Es gibt doch genug Tauben auf der Straße, und Vater sagt, sie würden Krankheiten übertragen.«

Ihre Körper strebten zur Küche. Ihre Hälse reckten sich, um Lioras riesigen Kühlschrank zu sehen.

»Was habt ihr da zu essen drin?«

»Bald kommt Tante Liora, dann essen wir alle gemeinsam. Erst mal gucken wir uns die Alben an.«

Mein Finger glitt von Gesicht zu Gesicht auf alten Hochzeitsbildern. »Wer ist das?«

»Das ist Vater.«

»Nein, das ist sein Vater, als er jung war. Sie sehen sich sehr ähnlich.«

»Und wer ist das?« fragte Jud II.

»Das bin ich.«

»Du siehst keinem ähnlich, Onkel Jair.«

»Ich sehe mir als Baby ähnlich.«

»Da, ein Auflauf«, sagte Joav zu Jariv und zeigte auf Euervaters Teller.

Ich erzählte ihnen, daß Großvater Jakob nicht gern in der Schlange anstand, die sich vor den Kasserollen und Tabletts bildete. »Mach mir bitte eine Platte fertig, Raaja«, verlangte er dann.

Sie lachten. »Dann mach uns bitte eine Platte fertig, Jairi.«

Ich zuckte zusammen. »Wo habt ihr diesen Namen gehört?«

»So fragt Vater, wenn wir zurückkommen: Und wie war's bei Jairi? Was hat Jairi euch zu essen gegeben?«

»So sagt er euch gegenüber? Jairi? Wirklich?«

»Ja. Aber Mutter sagt ihm dann, aufhören! Das sei nicht schön.«

»Hier ist Braten, schau. Und hier sind Rippchen.«

»Dann war es die Hochzeit von Onkel und Tante im Kibbuz.«

Ich blätterte weiter. Jairi, ausgerechnet Jairi. Nicht ›Jair‹ und nicht ›Irale‹ und nicht ›mein Bruder‹ und nicht ›der Onkel‹, ausgerechnet ›Jairi‹ muß er sich aussuchen.

Jetzt erkundeten die beiden das neue Haus samt Hof und Landschaft.

»Ein sehr schöner Platz«, sagte Jud I.

»Ein Platz zum Lachen«, faßte Jud II zusammen.

»Hier bauen wir einen großen Grill und hier einen Backofen«, sagte Jud I.

»Wir futtern Pizzas und Steaks von morgens bis abends.«

»Und Ofenkartoffeln.«

»Nun mal halblang, Kinder, ich lebe noch und habe vor, mindestens dreißig Jahre hier zu wohnen.«

»Wir haben Geduld.«

## 3

Sigal rief an. Hatte zwei Angelegenheiten zu besprechen. Erstens, Lioras Vater wünsche, daß wir zu einem Familienereignis in die Vereinigten Staaten kämen. Da es um die Zeit der Hohen Feiertage gehe, sollte man die Flugtickets frühzeitig buchen. Welche Hin- und Rückreisetermine würden mir passen?

Ich: »Für mich braucht man nicht zu buchen. Ich fahr nicht in die USA.«

Sigal: »Ich stell dich zu deiner Frau durch.«

Ein Klavier im Hintergrund. In anderen Büros hört man elektronische Wartemusik. Liora hat Glenn Gould engagiert, um für ihre Fans Bach zu spielen.

Liora: »Was ist los, Jair? Was hast du jetzt für Probleme?«

Ich: »Ich hab keine Lust zu verreisen.«

Liora: »Es ist keine Frage der Lust. Es ist eine Frage von Höflichkeit und Anstand.«

Ich: »Ich mag keine Reisen und hab auch zu tun.«

Liora zu mir: »Ich möchte eine klare Antwort haben: Fährst du, ja oder nein?«

Ich zu ihr: »Nein.«

Liora legte auf. Sigal war zurück in der zweiten Angelegenheit. Sie bedaure die kurze Vorwarnung, aber einige holländische Vogelkundler, die im Land eingetroffen seien, würden gern eine dreitägige Tour unter meiner Führung unternehmen. Ab morgen, wenn es ginge.

Das ging. Natürlich ging das. Die Touren mit den Vogelkundlern sind angenehmer und einträglicher als die Fahrten mit Dozenten und Bühnenschauspielern. Ich traf sie in ihrem Hotel in der Tel Aviver Nes-Ziona-Straße, ganz in der Nähe des rumänischen Restaurants, in dem Benjamin und ich unsere Wetten einlösen, und mittags waren wir schon in Galiläa und bezogen die Privatzimmer, die ich vorbestellt hatte.

Der Wirt, ein großer, schlanker Mann, wirkte müde und verbittert. Vor Jahren hatte er seine Litschibäume gefällt und Gästezimmer gebaut. Einige Zeit lief das Geschäft. Doch dann – »mit all den Nachrichten aus Israel« – blieben die Touristen weg. »Eine Zeit lang mußte ich notgedrungen Zimmer an Pärchen vermieten. Was soll ich dir sagen, das ist einfach unangenehm. Es kamen Paare her, die mit anderen Leuten verheiratet waren. Verstehst du?«

»Mehr oder weniger«, sagte ich. Und dachte bei mir: ›Wenn ich mit Tirza mal nach Galiläa fahre, suche ich mir anderswo ein Zimmer.‹

»Aber jetzt haben sie endlich den Hula-See hergerichtet und streuen Mais für die Kraniche aus, damit sie nicht mehr die Kichererbsenfelder kahlfressen. Dann kommen hoffentlich bald mehr Leute deswegen und weniger für alle möglichen Unternehmungen.«

Nicht nur Kraniche, auch Pelikane und Kormorane machen hier Station und allerlei Arten von Gänsen und Möwen und Enten und Raubvögeln, und alle kommen sie gegen Abend zur Nachtruhe. Der Himmel tigert sich mit ausgebreiteten Flügeln und rufenden und kreischenden Schnäbeln. Die Pelikane mit ihrem starken, strammen Körper fliegen selbstsicher zum Wasser hinunter, bekommen aber unmittelbar vor dem Aufsetzen einen komischen Schreck, als hätten sie einen Defekt im Landemechanismus entdeckt.

Ihre Beine schlagen und spritzen, und die Flügel verheddern sich – besonders bei den jüngeren. Die Kraniche mit ihren langen Beinen und gestreckten Hälsen sind keine Schwimmer. Sie landen im seichten Wasser, flattern zunächst ein Stück auf der Stelle, sehen aus wie Tänzerinnen, die an einem Faden hängen, und überlassen sich erst dann der Schwerkraft und landen zwischen ihren enggedrängt stehenden Gefährten.

Meine aufgeregten holländischen Touristen, bewehrt mit Ferngläsern und Fotoapparaten, stiegen aus Nilpferd. Eine große, knochige ältere Frau in ihrer Mitte nahm Zeichenblock, Wasserfarben und Pinsel aus der Tasche, setzte sich hin und malte die Vögel unglaublich flink und genau. Ihre Gefährten warfen einen Blick auf die Bilder, äußerten ihre Bewunderung und beobachteten wieder die echten Vögel. Stets teilen sie einander mit, was sie entdecken, sprechen knappe Codeworte – Name des Vogels, Richtung und Entfernung –, die in jeder Sprache anders lauten, aber immer gleichdringlich klingen. Sofort drehen sich dann alle Häupter, heben sich alle Ferngläser. Und immer gibt es einen, der auch mit dem Teleskop eine schöne Beute eingefangen hat. Mit generöser Siegergeste lädt er seine Kollegen ein, sich seinen Fund anzusehen, und gleich bildet sich eine höfliche und dankbare kleine Schlange vor der Linse.

Wie die alten *Vogelkundler,* denen Euervater mich vorgestellt hatte und von denen ich die besten Beobachtungsplätze kannte, geht es auch diesen Leuten nicht um Ethologie oder Ornithologie, sondern nur ums Erkennen. Deshalb wetteifern sie auch miteinander, wer mehr Vögel und Arten gesehen und erkannt hat. Und sie debattieren: Haben wir eine Palm- oder Turteltaube vor uns, eine Weihe, einen Sumpfrohrkolben oder einen Zwergadler? Nicht selten werden die Debatten mittels eines Teleskops oder eines besseren Fernglases entschieden, aber manchmal verschwindet flugs der betreffende Vogel oder die Unterscheidung ist besonders schwierig, etwa zwischen Rötelfalke und Turmfalke oder gegen einen wolkenlosen Himmel, und dann gehen auch die Stimmen hoch und die Diskussion wird hitzig.

Langsam sank die Sonne. Die Erpel verloren ihre Farbenpracht, das Wasser glitzerte silbrig, braune Sichler wurden auf seinem Hintergrund schwarz. Das Dämmerlicht löschte die Grauschattierungen der Kranichschwingen und später das Weiß der Pelikanflügel. Schließlich blieben nur noch ein letzter Wasserschimmer und einige Schemen darüber. Dann wurden auch sie eingesammelt, und ich sammelte meinen kleinen Schwarm zur Rückkehr in unsere Unterkunft.

Nach dem Abendessen blieben die Vogelkundler am Tisch sitzen, um ihre Ausbeute zu vergleichen und ihre Debatten fortzusetzen. Sie versuchten auch mich daran zu beteiligen, damit ich – buchstäblich – zwischen den Streithähnen schlichten sollte, doch sogleich trat meine Ignoranz zutage und ich wurde sogar getadelt: »Es kann doch nicht angehen, daß ein Fremdenführer nicht mal weiß, daß der Steppenadler längere Flügel hat als der Schelladler, das gehört doch zum Elementarsten.« Aber in allem, was diese kleinen Dinge angeht – Flügellängen, Wandfarben, Schrank- und Türgriffe – passe ich von vornherein. Mir genügen die großen Gefühle: die Flughöhe, das Himmelsgewölbe, die gerade Linie, die Luft im Innern des Hauses, das völlige Anschmiegen des Körpers.

## 4

Ich stand vor Tagesanbruch auf, schaltete den Warmwasserbereiter an, den man noch am Abend im Vorraum für uns aufgestellt hatte, und weckte meine Touristen. Sie wollten die Vögel, die abends gelandet waren, bei Sonnenaufgang starten sehen. Bis sie aus ihren Zimmern kamen, füllte ich eine große Thermosflasche mit Kaffee und holte aus dem Kühlschrank in der Küche die Frischhaltedosen mit den vom Wirt vorbereiteten belegten Broten, und noch bei Dunkelheit fuhren wir zum See.

Ein scharfer Ostwind blies uns entgegen, wirbelte Staubwolken auf, krümmte Baumkronen und rüttelte sogar an Nilpferds schwerer Nase. Beim Betreten des Seebereichs erzählte ich ihnen die Geschichte von der Trockenlegung des Hula-Sees und ihren Folgen. Das mache ich immer, und meine Zuhörer schnalzen mit der Zunge, wiederholen vergnügt die einheimischen Wörter und schreiben zum Andenken sogar ein paar in ihre Notizbücher. In einer Woche werden sie schon in ihrem Kaffeehaus sitzen, ihren Freunden beim Bier von *Agur*, *Sharkia*, *Hula* und *Saknai* berichten, als hätten sie diese Worte mit der Muttermilch aufgesogen, und Bilder dazu zeigen.

Wind und Staub trieben uns ins ›Aquarium‹, einen Glasbau, der zum Beobachten gedacht ist. Die Tür war abgeschlossen, aber der eifrige Fremdenführer – das bin ich,

Mutter, dein ältester Sohn – ging um das Gebäude herum und fand ein unverriegeltes Fenster. Ich schob es auf und lud meine Touristen zum Einsteigen ein.

Von nun an liefen die Dinge wie von selbst, wie der Film vom Vorabend im Rückwärtslauf: Laute des Erwachens klingen auf, die Dunkelheit ergraut, das aufklarende Wasser bemalt sich mit Vogelschatten, die Sonne steigt, Bewegung kommt in Gang. Es gibt hier keinen Führer, Statthalter oder Organisator. Jeder Vogel erhebt sich zu seiner Zeit, aus freien Stücken und in der ihm genehmen Geschwindigkeit. Die Pelikane schwerfällig, die Kraniche scheinen gleich schon in der Luft zu tanzen, Gänse und Enten laufen mit gereckten Hälsen und schlagenden Flügeln übers Wasser. Alle versuchen, scheitern, flattern, landen, warten, daß die erstarkende Sonne Luft und Muskeln erwärmen möge.

Nach und nach pünktelt sich der Himmel wieder, füllt sich mit Tummeln, Schwingen, Gaukeln, Stimmen. Und auf einmal klingelte das Mobiltelefon in meiner Tasche, und trotz der tadelnden Blicke der Vogelkundler beeilte ich mich zu antworten, denn auf dem Display erschien der Name *Euervater.*

## 5

Euervater ruft nicht oft an. Gewiß nicht zu dieser Uhrzeit. Die Jeckes verbieten sich im allgemeinen, anderen zur Last zu fallen, ihre Mitmenschen um etwas zu bitten. Außerdem wendet sich Euervater in allem, was er braucht, an Meschullam Fried. Aber seit jenem Gespräch und seiner verstörenden Frage: »Mutter ist noch nicht heimgekehrt, ist sie vielleicht bei euch?« – erregt sein Name auf dem Display meine Besorgnis.

»Ich störe dich ungern, Jairi«, sagte er mit müder und gereizter Stimme. »Ich habe lange überlegt, ob ich anrufen soll oder nicht. Du mußt schnell herkommen.«

Ich entschuldigte mich bei meinen Vogelkundlern und ging ins Freie.

»Ich bin im Norden mit Touristen. Was ist passiert?«

»Jemand versucht, bei mir einzubrechen.«

»Ruf die Polizei an. Sofort.«

»Nicht jetzt. Jetzt ist es schon hell draußen, es passiert nachts, jede Nacht... Jemand drückt auf die Türklinke, versucht aufzumachen. Schon ein paar Nächte lang kann ich nicht einschlafen.«

»Ist die Tür abgeschlossen?«

»Natürlich.«

»Du hörst einfach nur Geräusche«, versuchte ich ihn zu beruhigen, »Häuser geben immer Geräusche von sich. Vor allem Etagenhäuser. Und spät nachts, wenn alles still ist, braucht bloß einer im dritten Stock die Spülung zu drücken, und schon bist du sicher, daß jemand einbrechen will.«

»Entschuldige mal, Jairi, aber ich bin noch fähig, zwischen jemandem, der bei mir einbrechen will, und jemandem, der im dritten Stock die Spülung drückt, zu unterscheiden. Und Halluzinationen habe ich auch nicht, falls du darauf anspielst!«

Damit legte er auf. Letzthin hatte er sich diese schreckliche amerikanische Sitte angewöhnt, Telefongespräche grußlos zu beenden. Ich schluckte es runter und rief zurück.

»Die Leitung war unterbrochen«, stellte ich mich dumm: »Der Empfang ist hier nicht gut.« Ich nahm Humor zu Hilfe: »Vielleicht ist es Meschullam, der nachprüft, ob Professor Mendelsohn auch daran gedacht hat, vor dem Schlafengehen die Tür abzuschließen?«

Euervaters Stimme klang mir freudig entgegen, als hätte er sich nicht gerade erst über mich geärgert. »Meschullam habe ich schon gefragt, Jairi, gleich als erstes.«

»Und was hat er gesagt?«

»Er hat gesagt, er würde jemanden von der Wachgesellschaft seiner Büros herschicken, damit er hier draußen steht.«

»Eine gute Idee.«

»Eine schlechte Idee. Hier ist nicht das Haus des Ministerpräsidenten. Du hast selbst gesagt: Dies ist ein Etagenhaus. Ich kann hier keinen Rowdy mit Pistole im Treppenhaus brauchen.«

»Hast du auch mit Benjamin gesprochen?«

Die Vögel heben ab. Flügelrauschen umbrandet mich. Der Wind heult um die Ecken. Aber Euervaters Seufzen ist deutlich zu hören: »Mit Benjamin zu reden, hat keinen Sinn. Er ist beschäftigt.«

»Und deshalb wendest du dich an mich? Weil ich weniger beschäftigt bin? Ich arbeite manchmal auch, falls du's zufällig vergessen hast. Auch in diesem Moment habe ich Touristen. Holländische Vogelkundler. Ich bin um Viertel vor vier aufgestanden, um ihnen die Zugvögel im Hula-Tal zu zeigen, und das ist ein bißchen weit weg.«

»Es tut mir leid, daß ich dich störe, Jairi. Dich habe ich angesprochen, weil du mein Ältester bist.«

Am Nachmittag fuhr ich mit meinen Vogelkundlern nach Süden zur nächsten Station – der Jordansenke. Ich vergewisserte mich, daß alle ihre Zimmer und ihr Abendessen hatten, und fuhr durch die Senke nach Jerusalem hinauf. Um halb elf Uhr parkte ich Nilpferd in der Hechaluz-Straße im Viertel Bet Hakerem. Ich nahm den Hackenstiel heraus, den ich immer im Auto habe, und den Klappstuhl, der noch von dem vorzeitig abgebrochenen Ausflug mit Euervater darin lag, und ging durch die dunkle Gedenkgrünanlage hinauf zur Bialik-Straße. Was sollte wohl jemand denken, der mich so sah? Ein Mann in den besten Jahren, in der einen Hand einen Knüppel, in der anderen einen Klappstuhl. Wo geht er hin? Was hat er vor? Man braucht nicht groß zu raten. Dieser Mann ist der Junge, der vor vielen Jahren mit seiner Mutter diese Anlage hinuntergegangen ist. Jetzt geht er sie hinauf, um den Vater zu schützen, der ihn genau wie einen eigenen Sohn aufgezogen hat.

Wie ich mir gedacht hatte: Ein Wagen von MESCHULLAM FRIED UND TOCHTER LTD. parkte draußen. Ich stellte den Stuhl in den Vorgarten, unter den Feigenbaum, den Meschullam uns vor Jahren hierher verpflanzt hatte und der jetzt schon ein großer Baum war, und setzte mich im Dunkeln. Hier sah mich kein Mensch, und ich konnte Euervaters Tür im Auge behalten. Kurz nach elf ging sie auf, Meschullam rief ›gute Nacht‹, schloß von außen ab, verließ das Treppenhaus und blickte sich um. Was sollte ich sagen, falls er mich doch bemerkte? Ich würde ihm die Wahrheit sagen. Meschullam würde zuhören, das Taschentuch zücken und fragen: »Und wer wird für mich wachen, seitdem Gerschon?« und sich erbieten, mich abzulösen oder mir Gesellschaft zu leisten.

Aber Meschullam bemerkte mich nicht, stieg ins Auto und fuhr ab. Bei Euervater ging das Licht in Bad und Toilette an. Ich hörte ihn husten und ausspucken. Wenn Leute bei ihm waren, hustete er nicht so, und ganz sicher spuckte er nicht. Später ging auch in seinem Zimmer das Licht aus, und es blieb nur noch ein schwaches Licht in der Küche brennen.

Gelangweilt und müde saß ich immer noch da, als plötzlich das Licht im Treppenhaus aufleuchtete. Ich spannte mich an, aber umsonst. Euervaters Mieter kam aus dem zweiten Stock herunter, holte etwas aus seinem Wagen, führte ein kurzes Handygespräch mit viel unterdrücktem Lachen und stieg die Treppen wieder hoch. Zweimal kamen Leute, die ins oberste Stockwerk hinaufgingen. Und dann verkrampfte ich mich völlig, denn Benjamin erschien und ging an die Tür. Er lauschte, ohne jedoch an die Klinke zu fassen, zu läuten oder aufzuschließen. Ich stand nicht auf, und mein Bruder machte sich davon.

Langsam kam feuchte Kälte auf. Die Passanten wurden weniger, blieben schließlich ganz aus. Ein nachmitternächtlicher Wind kam auf, der in den kleinen Bäumen ein Säuseln und in den großen ein Rauschen entfachte. In der Ferne gellte plötzlich der kurze, grauenhafte Schrei einer Frau, gefolgt von Stille und dann Hundegebell. Fledermäuse umkreisten die Straßenlaterne, fingen Insekten, die das Licht anlockte.

Um drei Uhr morgens ging ich weg. In Glicks Imbiß brannte Licht. Herr Glick arbeitete schon in der Küche. »Wenn Sie fünf Minuten warten, hab ich für Sie ein Sanwisch fertig«, rief er mir durchs Fenster zu. »Erst mal nahmen Sie hier den Kaffee.«

Ich trank den Kaffee. Herr Glick fragte: »Soll ich auch für Frieds Tochter eins machen?«

Ich wurde rot. »Ich seh sie heut nicht.«

»Das ist nicht in Ordnung«, sagte Herr Glick. »Eine wie die, da ist jeder Tag ohne sie eine Vergeudung.«

»Sie haben recht, Herr Glick«, sagte ich. »Schade um all die Tage, die ohne sie vergangen sind. Das war ein Fehler.«

Er gab mir das ›Sanwisch‹. »Essen Sie's nicht gleich. Geben Sie ihm ein paar Minuten, damit die Aromen drinnen sich etwas vermischen. – Ich sag das schon, seit sie ein kleines Mädchen war: Tirza Fried ist was besonderes, sie ist nicht wie die anderen. Na, wenn ihr euch dranhaltet, bevor ich mit Gottes Hilfe endlich sterb, dann mach ich euch auch noch das Hochzeitsessen.«

Die ganze Fahrt von Jerusalem nach Jericho hinunter dachte ich an Euervater. Ob ich ihm von meiner Nacht in seinem Vorgarten erzählen sollte oder nicht. Und den größten Teil der Strecke durch die Jordansenke nach Norden dachte ich an mich und an meine Geschichte und an die Notwendigkeit einer Geschichte überhaupt, und daran, was ein Mensch, dessen Geschichte ihren Höhepunkt schon vor seiner Geburt erreicht hat, wohl tun soll. Und ein Stück weiter, in der Nähe des Kibbuz, in dem das Baby aufgewachsen war, fuhr ich auf den Feldweg hinunter, den er damals mit Mirjam entlangradelte. Ich hielt an dem verlassenen Gebäude, dem früheren Pumpenhaus, und trotz der Unabhängigkeit, die wir dem Denken gemeinhin zuschreiben, bewegte es sich sklavisch in einem logischen und voraussehbaren Kreis vom ersten bis zum letzten Auflassen. Nur wenige Taubenzüchter erschienen zur Beerdigung des

Babys. Der Krieg war noch nicht zuende, es gab viel zu tun, und die Straßen waren gefährlich. Der Vater kam aus Jerusalem. Der Onkel und die Tante und Mirjam, die Taubenzüchterin – aus dem Kibbuz. In Mirjams Haar zeigten sich vorzeitige graue Strähnen. Der Onkel und der Vater standen weit voneinander, weinten jeder für sich und wechselten kein einziges Wort.

Auch Doktor Laufer und das Mädchen waren da. Das Mädchen hatte Mühe, sich zu bewegen und Atem zu schöpfen. Alle paar Sekunden sperrte sie den Mund auf, um krampfhaft nach Luft zu ringen. Aber die beiden Zellen in ihren Eingeweiden hatten sich schon in vier geteilt, und die vier sollten sich noch am selben Tag in die acht teilen, die zu den sechzehn werden würden, die sich in die zweiunddreißig verwandeln sollten, die bis auf den heutigen Tag mich ausmachen. Doktor Laufer, der als einziger außer ihr davon wußte, hielt eine Trauerrede, und sein femininer Pluralis majestatis, der die Zuhörer sonst immer belustigt hatte, erregte jetzt Grauen, denn es klang wie die Trauerrede von tausend Müttern und Töchtern und Schwestern und Geliebten.

Man muß jede Fahrt zum Auflassen nutzen, und jeder der anwesenden Taubenzüchter trug einen Taubenkorb in der Hand, einen geflochtenen Weidenkorb mit Deckel und Henkel. Am Ende der Beerdigung wurden die Tauben aufgelassen, hoch und höher hinweg über die Tränen und die Trauer und das frische Grab. Doktor Laufer sagte: »Das ist Training, und das ist auch schön. Vielleicht machen wir das künftig auch bei Gedenkfeiern.«

## *Dreiundzwanzigstes Kapitel*

1

Schade, daß du heute nicht hier warst, um Tirzas Gipserteam beim Verputzen des Hauses, das du mir gekauft hast, zuzuschauen – alles Männer mit großen Schnauzern und bunten Käppchen aus ein und derselben Drusenfamilie aus Usfiyya. Zuerst bauten sie außen am Haus die Gerüste auf, dann kletterten sie hoch und stellten sich darauf, zwei aufs obere, zwei aufs untere Brett. Sie rieben sich die Hände mit Olivenöl ein, um die Haut zu schützen, warfen den Putz an wie ein Mann und glätteten ihn gemeinsam, mit den genau gleichen Bewegungen.

»Warum vier Leute an einer Wand?« fragte ich. »Soll doch jeder sich eine Wand vornehmen und sie bearbeiten.«

Tirza antwortete, die ganze Wand müsse gleichzeitig und an derselben Sonne trocknen, damit keine Textur- und Farbunterschiede aufträten.

Zuerst warfen die Gipser die erste, isolierende Betonschicht an und zogen sie ab, dann strichen sie die glättende Schicht darüber, rieben sie mit runden, gezahnten Reibebrettern ab und trugen mit flinken, langen Rollern noch eine weitere Schicht auf. Den Innenputz würden sie demnächst mit gelblicher Tünche überstreichen, nicht ganz weiß

– Tirza und ich mögen kein Weiß – und auf den Außenputz käme farbiger Feinputz – in ›Pfirsich‹, sagte Tirza.

Ein fünfter Gipser arbeitete im Innern des Hauses. Er kletterte auf eine schwere, niedrige Leiter und prüfte das Drahtgeflecht der Decke, wie man die Saiten einer Harfe prüft, durch Zwacken und Zupfen. Das Geflecht brummte ihm entgegen, er solle bitte seine leeren Stellen füllen, und so bewarf er es mit Putz, klatschte und glättete, und als er fertig war, sagte Tirza, das wär's, jetzt ist es unsere Decke, nicht die eines Vorbewohners, und bald gehen die Arbeiter weg, und ich sehe mit Freuden, daß du Kraft und Lust hast, Irale, denn wir haben heute doppelt was einzuweihen. Den Rabitz und den Feinputz.

2

Die chinesischen Arbeiter trugen die Isolierschicht auf den Badezimmerboden auf. Entrollten und verlegten grüne und schwarze Kunststoffmäntel, fixierten sie jeweils mit einem Schlag Beton. Ein Klempner und ein Elektriker kamen, verlegten Rohre und Kabel. Und als alles getrocknet und fixiert und geglättet und abgerundet und isoliert und angeschlossen und geprüft war, kam Meschullam wieder und brachte Steinfeld, den Fliesenleger mit.

»Guten Tag, Steinfeld«, rief Tirza, »und guten Tag, Meschullam, die Hohlkehlen sind sehr schön geworden.«

Steinfeld kam mit seinem alten Schulranzen auf dem Rükken und dem bewußten Eimer in der Hand. Diesmal trug er darin einen Hammer, eine Wasserwaage, einen Spachtel und ein Kissen. Und er nörgelte gleich weiter, als sei er gerade erst mit dem Stichmus fertig, mit dem er vor ein paar Wochen die Arbeit begonnen hatte: »Siehst du? Das ist der Fliesenhammer, den ich meine, professionelles Handwerkszeug. Nicht die Kunststoffdinger und der Gummikram von heute. Der Kopf anderthalb Kilo Eisen, um Unebenheiten und Kanten zu bearbeiten, und der Stiel aus Pappelholz, zum Festklopfen und Ebnen. Achtzehn Zentimeter dieser Stiel. Genau wie mein *Schmeckerle*, aber dicker und weicher.«

»Was erzählst du ihm denn für Phantasiegeschichten? Deinen Hammer benutzt man bis heute für Steinzeugfliesen, und der neue aus Gummi ist für Keramik«, bemerkte Meschullam.

»Steinzeug ist schöner«, grummelte der Fliesenleger, »und Keramikfliesen sind nie präzise.« Dann ergoß er seinen Zorn auch über die Marmorplatten, »deretwegen die neuen Häuser wie das Badezimmer von Rothschilds Putzfrau aussehen.«

»Du bist hier der Hausherr, nicht die beiden da!« wandte er sich zu Tirzas und Meschullams Vergnügen an mich. »In ihrem eigenen Haus sollen die Frieds nehmen, was sie wollen. Für dein Haus bringe ich dir Fliesen von einst – zwanzig auf zwanzig.«

Tirza protestierte: »Das bedeutet mehr Fliesen, mehr Arbeit, mehr Fugen vor den Augen, und die Maschine für die Keramik kann die Endstücke nicht zuschneiden.«

»Du vergißt, daß der Fliesenleger Steinfeld hier die Arbeit verrichtet, Tirale. Da gibt's wenig Endstücke, und die paar schneiden wir per Hand mit der Kreissäge.«

»Nicht mal einen Schraubstock braucht er zum Schneiden«, flüsterte Meschullam mir bewundernd zu. »Ein Mann von achtzig Jahren – in der einen Hand hält er die Fliese und mit der anderen schneidet er. Du wirst deinen Augen nicht trauen, die Kreissäge geht bei ihm durch wie die Katze durch die Butter.«

Eine Stunde später kam ein Lastwagen und lud die Fliesen ab. Aber mittlerweile war ein neuer Streit ausgebrochen: Steinfeld wollte ein Sandbett unter den Fliesen haben, Tirza zog Feinkies vor. Sie beteiligte mich sogar an dem Für und Wider: Dem Sand könne man etwas Zement beimischen, und so binde er sich besser an den Mörtel, aber wegen seiner winzigen Körnchen leite er die Feuchtigkeit weiter, »und dann muß man das halbe Haus aufreißen, um die Ursache zu finden.«

»Ich mag keinen Kies unter den Fliesen«, widersprach Steinfeld. »Der Sand liegt still da, und den Kies höre ich ›kchchch... kchchch... kchchch...‹ machen.«

Tirza lachte, gab diesmal aber nicht nach. »Erstens sollst du ja nicht in diesem Haus wohnen, und zweitens wird er«, sie deutete auf mich, »das Kchchch, kchchch nicht hören. Du bist der einzige Mensch auf Erden, der es hört.«

Steinfeld grummelte noch was und fügte sich, und Tirza sagte: »Macht nichts. Du hast bei den Fliesen gesiegt und ich beim Untergrund. Deinen Sieg sieht man und meinen nicht.«

Meschullam war überglücklich: »Siehst du, was läuft? Hast du gesehen, wie sie für dich kämpft? Zähneknirschend! Mit Krallen und Klauen!«

»Daran hast du deine Freude?« fragte Tirza später ihren

Vater. »Daß deine Tochter, die Hotels, Krankenhäuser, Industriegebiete, Einkaufszentren und Kreuzungen baut und sämtliche Beamte der Ministerien für Verteidigung, Wohnungsbau und Verkehr mit Links besiegt, es fertigbringt, Steinfeld, den Fliesenleger, unterzukriegen?«

»Halt mal einen Augenblick still«, sagte Meschullam. »Weißt du, daß du über der Stirn schon zwei weiße Haare hast?«

»Was soll aus dir noch werden, Vater? Was für Unsinn du im Kopf hast.«

»Das ist so schön. Ich kann endlich sterben.«

»Also wenn ich über diese weißen Haare Tränen vergießen wollte«, sagte Tirza, »aber du? Steck das Taschentuch schnell wieder ein!«

»Es ist nicht wegen der weißen Haare. Es ist, weil du mich endlich Vater genannt hast.«

»Erzähl keine Geschichten. Red weiter, na, sag: Wenn mein Gerschon noch leben würde, hätte er jetzt auch weiße Haare auf dem Kopf.«

Steinfeld wurde ärgerlich: »Jetzt reicht's, ihr stört hier bei der Arbeit!«

Er spannte eine Schnur quer durchs Zimmer, um danach die erste Reihe zu verlegen, und der junge chinesische Arbeiter verteilte den Kies auf dem nackten Beton. Steinfeld wies ihn an, weißen und normalen Sand, Kalk und Zement in die Mischform zu schütten. Das Wasser werde er selbst zugeben.

Der Chinese zog die Hacke durch die Form, grinste bei dem grimmigen Wortschwall des Alten an Tirza: »Siehst du? Genau deshalb wollte ich ihn nicht! Es sind Klumpen drin! Erklär du mal deinem *Chineser*, daß der Mörtel so glatt und köstlich sein muß wie gehackte Leber.«

Er legte das bestickte Kissen, das er mitgebracht hatte, auf den Boden und kniete stöhnend darauf nieder. Der Arbeiter reichte ihm einen Eimer Mörtel. Steinfeld steckte seine Fliesenlegerkelle hinein und legte eine ordentliche Portion auf den Kies, ebnete, fügte einen kleinen Schlag hinzu und glättete erneut. Seine Bewegungen waren sparsam und schnell, anders als beim Reden und Gehen. Mit der Kellenspitze zeichnete er zwei kleine Blitze in den Mörtel, ähnlich dem Buchstaben Z. »So flieht nicht der ganze Mörtel nach draußen, sondern verteilt sich durch den Druck und haftet an allen Punkten.«

Dann legte er die Fliese auf, klopfte sie sanft mit dem hölzernen Hammerstiel fest und schabte mit der Kellenspitze den überschüssigen Mörtel ab, der darunter hervorgequollen war. Er legte die Wasserwaage von Süd nach Nord und von West nach Ost und sagte: »Siehst du, wie eben? Selbst wenn du eine Kugel aus einem *Kugellager* draufsetzt, rollt sie nicht weg. Nicht mal der Billardtisch des Präsidenten von Amerika ist so eben wie der Fußboden, den ich dir hier mache.«

Er strich den Kies erneut mit der Hand glatt, grummelte: »Sand ist besser!« schaufelte weiteren Mörtel auf, glättete, malte seine kleinen Blitze, legte noch eine Fliese und klopfte sie fest. Seine Schläge waren dumpf und gezählt und von eigenem Takt, als würden er und das Haus sich Nachrichten übermitteln wie Häftlinge im Gefängnis. Er streichelte die beiden Fliesen, fuhr mit der Daumenkuppe prüfend die Fuge entlang, nahm wieder die Wasserwaage und legte sie über beide.

»Fehler bei der Fliesenverlegung lassen sich nicht verbergen«, erklärte mir Tirza. »Die Strom- und Wasserleitungen verstecken sich in Wänden und Fußboden. Der Maurer, der Gipser und der Maler beschuldigen sich gegenseitig und decken die Fehler des anderen ab. Aber der Fliesenleger steht nackt und bloß da, und wegen der geraden Winkel und der Länge der Fugen, erkennt auch das Laienauge sofort jeden Fehler.«

»Ein freches Gör«, nörgelte Steinfeld, »aber von der Arbeit versteht sie was.«

Rund zweieinhalb Stunden später, als der alte Fliesenleger die ersten drei Reihen gelegt hatte, streckte er dem alten Bauunternehmer die Hand hin und sagte: »Hilf mir mal hoch.«

Meschullam griff zu und zog. Beide stöhnten vor Schmerz und Anstrengung. »Nachdem er, Steinfeld, die ersten drei Reihen gelegt hat, wie nur er es versteht, kann fast jeder dort weitermachen bis zum Schluß«, sagte Meschullam, und Steinfeld verkündete: »Was ich euch hier gemacht habe, kriegt nicht mal die Regierung wieder kaputt. Soll der *Chineser* jetzt allein weiterarbeiten, nur paßt auf, daß er euch statt Kies nicht Reis drunter packt.«

Ich ging mit ihm nach draußen. Er warf einen Blick in den Kühlschrank und rief: »Tirale, wie wär's mit einem anständigen Stück Räucherfisch?«

»Ist alles da drin«, antwortete sie aus dem Haus, »man muß bloß suchen.«

»Und wie wär's mit einem Schluck Wodka zum Fisch?«

»Nicht während der Arbeitsstunden, Steinfeld. Nimm dir ein Bier, das reicht.«

Steinfeld holte außerdem eine Gurke und Schnittkäse aus dem Kühlschrank, fand Brot im Kasten, fischte ein Messer aus den Tiefen seines Schulranzens, schnitt sich ein Stück Fisch ab und setzte sich auf einen Stuhl. Seine rechte Hand zitterte.

»Das geht schon ein paar Jahre so«, erklärte er mir. »Kein Arzt hat sie kurieren können, sie hört nur auf, wenn ich auf die Knie gehe, um zu arbeiten.« Und er hielt mir die Gurke hin. »Schäl sie mir bitte.«

Ich schälte ihm die Gurke und wollte ihm das Bier einschenken. Aber Steinfeld sagte, er tränke es lieber aus der Flasche. »Aus dem Glas schwappt mir alles über. Aber du wirst doch Tirale nichts davon erzählen, was?«

Als er gegessen und getrunken hatte, breitete ich ihm im Schatten meiner Johannisbrotbäume eine Plane aus, und er legte sich darauf und schlief ein. Meschullam sagte zu Tirza: »Gib dem Arbeiter was anderes zu tun, und wir machen ein bißchen mit dem Fußboden weiter.« Und zu mir sagte er: »Tirale und ich haben im Leben schon so einige Fliesen verlegt, und du mischst den Mörtel und reichst ihn uns an und lernst dabei ein neues Handwerk.«

Ich mischte, reichte an, Meschullam Fried und Tochter Ltd. gingen auf die Knie und verlegten, und hinterher sagte Meschullam zu mir: »Na, Irale, leg du auch ein paar Fliesen, es ist doch dein Fußboden.«

Ich weiß immer noch genau, wo sie liegen. Selbst heute, einige Monate, nachdem Tirza auf und davon gegangen ist, erkenne ich meine Fliesen und ihre Fliesen und die unsichtbaren Mulden unserer Körper im Fußboden.

3

Aber damals waren wir noch zusammen, und Tirza gab zu: »Steinfeld hat recht gehabt. Die zwanzig auf zwanzig sind wirklich schöner. Und am nächsten Tag verkündete sie: »Komm, der Mörtel ist schon trocken. Wir weihen unseren neuen Fußboden ein.«

»Soll ich nicht was drüberlegen?«

»Nein. Wie viele Paare können schon sagen, daß sie auf einem selbstgelegten Fußboden miteinander schlafen? Leg dich auf mich, Gelihiebter, ich möchte dein Gewicht spüren.«

Ich legte mich auf sie. Unsere Brüste berührten, unsere Lenden preßten, unsere Lippen trafen sich. Die Knie Scheibe auf Scheibe, die Arme ausgebreitet und die Finger verschränkt, als wären wir aneinander gekreuzigt.

»Komm, wir ziehen uns nackt aus. Spüren die Wärme des ganzen Körpers auf der Kälte des ganzen Bodens.«

Die sinkende Sonne füllte die Öffnung, die man am ersten Arbeitstag in die Mauer gerissen hatte, überflutete und erwärmte den Innenraum meines neuen Hauses.

»Hast du dich nach mir gesehnt?«

»Ja.«

»Nun bin ich zu dir gekommen. Das bin ich. Ich bin da.«

»Gut.«

»Und als ich nicht da war?«

»Was, als du nicht da warst?«

»Hattest du da auch Sehnsucht?«

»Ja.«

»Wann mehr?«

»Tirale, ich hab dich ja erst heute morgen gesehen.«

»Ich rede nicht von diesem Morgen. Nicht von heute. In all diesen Jahren, all den Jahren, die seit damals vergangen sind – hast du dich da auch nach mir gesehnt?«

»Du Nervensäge.«

Sie lachte: »Streiten wir uns gleich? Bei Streit ›steht er mir nicht‹.«

Wir drehten uns um. Tirzas Gesicht hing über mir, sank langsam auf meines herab. Ich erzitterte. Nicht nur vor Lust, sondern auch wegen des jäh aufklarenden Bildes. Es gibt Leute, bei denen erfassen die Sinnesorgane die Wirklichkeit für sie. Aber bei mir vermitteln die Sinnesorgane zwischen Wirklichkeit und Erinnerung und nicht jedes Organ in seinem Bereich. Zuweilen vermittelt die Nase zwischen Klang und Bild, und es kommt vor, daß das Ohr fühlt, das Auge Gerüche erinnert, die Finger sehen.

Tirza küßte meinen erbebenden Hals, kam ein Stück hoch, damit ich ihre Augen und ihren Körper sehen konnte. Obwohl sie Schwangerschaften und Geburten hinter sich hatte, waren ihre Brustknospen noch klein und präzise, die linke rosa, die rechte purpurn. Manchmal untersuchte sie sie mit speichelbefeuchteten Fingern und sanftem Blasen. »Guck sie dir an, diese hier habe ich von unserm sauren Granatapfelbaum gepflückt und diese vom süßen.«

Ich werde nie müde, mich an sie zu erinnern. Ihre Brüste sind klein, ihr Haar ist dick, der Bauch leicht gewölbt. Ihr Körper ist kurz und kräftig, und ihre Beine sind lang. Ihr Nabel steht ein wenig vor, und ein Stückchen weiter unten dann das dichte Dunkel, das mich jedesmal von neuem in Staunen versetzte, wie in unserer Jugendzeit, als sie lachend sagte: »Mir wächst Stahlwolle an den Pippis«, und darunter die einzige weiche Stelle ihres Körpers, wie ein Bächlein zwischen Schilfrohr und Riedgras.

Wir streichelten einander, wie Gerschon uns als Junge und Mädchen angewiesen hatte. Alle Gedächtniszellen im Körper erwachten zum Leben, in Muskeln, Haut und Fingerspitzen. Tirza sagte: »Das ist unerträglich angenehm.«

»Was?« fragte ich.

»Unsere Mischung, von Ich und Du, von dem, was wir früher gemacht haben, und dem, was wir noch machen werden.«

Ihre Hand fuhr mir mit gespreizten Fingern von der Lende zum Steißbein. Sie signalisierte mir mit leichtem Druck. Komm. Jede Frau in meinem Körper schmiegte sich bei ihr an ihre Brüder. Jede Zelle meines Fleisches fand in ihr Schwestern.

## *Vierundzwanzigstes Kapitel*

### 1

Am nächsten Tag kamen die Brüder Iluz wieder ins Haus und begannen, mir das *Deck* zu bauen. Sie hoben Gruben aus, gossen Beton und Steine hinein, um die Stahlkrallen zu fixieren, die die Holzpfeiler halten sollten. Drei Tage dauerte der Balkonbau. Es war ein Bretterboden, von einem Geländer umgeben, und darüber spannten die Dachdeckerzwerge Planen, die von Stahlseilen gehalten wurden, so daß das Ganze wie ein Segelboot aussah.

In der vierten Nacht, als wir nach seiner Einweihung schon schlummerten, weckte mich ein mächtiges Bersten und Krachen. Tirza wachte nicht auf, aber ich begriff sofort, was geschah: Der Feigenbaum brach zusammen. Meschullam hatte recht behalten. Es war der Lärm einer erfüllten Prophezeiung.

Ich erwog das Für und Wider und beschloß, nicht aufzustehen. Es war besser, sich die Sache bei Tageslicht anzusehen. Nachts sehen die Dinge anders aus als bei Tag. Ich lag und lauschte. Die Stille kehrte wieder ein, füllte den Raum, den der Sturz hinterlassen hatte, und danach die normalen Laute: Windzug, fernes Hundegebell, Froschquaken, und danach auch wieder das hohle, rhythmische Pfeifen der kleinen Eule und die Schritte des Igels im Dickicht.

Tirza hörte und ahnte nichts. Sie erwachte und ging vor Sonnenaufgang, und ich stand eine Stunde später auf und trat auf den Hof. Der Traktorist war schon da, bewehrt mit einer kleinen Motorsäge. Die Äste des Feigenbaums ruhten auf der Erde. Sein Laub lag ringsum verstreut. Der abgebrochene Stamm sah aus wie ein aufgeplatzter Sack Sägemehl. Erst jetzt erfaßte ich, welch schweren Schaden die Raupen darin angerichtet hatten. Als der Traktorist sah, daß ich wach war, schaltete er die Säge an und zerlegte die Baumleiche, lud sie auf seinen Anhänger und fuhr sie zur Mülldeponie.

Mittags erschien Meschullam mit einem neuen Feigenbaumsetzling, einem Sproß, der im Eimer Wurzeln geschlagen und schon Blätter und Blüten angesetzt hatte.

»Du hast es gewußt. Du hast von vornherein Ersatz herangezogen«, sagte ich, teils vorwurfsvoll, teils bewundernd, teils kapitulierend.

»Was sonst?« sagte er. »Wir haben die Löcher im Stamm doch gleich entdeckt, als du mich herbrachtest, um mir das Haus anzusehen. Ich hab dir schon damals gesagt, daß er umstürzen wird.«

»Das ist ein großer Setzling. Du hast ihn vorbereitet, ehe du überhaupt zum erstenmal hier warst.«

»Meschullam ist immer bereit. Wohl oder übel. Und dies ist eine echte Feige«, sagte er, »nicht wie die, die du hier gehabt hast. Dieser Baum wird dir schöne Früchte tragen, und er wird sie nicht vorzeitig abwerfen, wie manche es tun.«

»Wir sind keine jungen Leute mehr«, sagte ich zu ihm.

»Wer?«

»Stell dich nicht dumm, Meschullam, Tirza und ich.«

Meschullam geriet nicht aus dem Konzept und war nicht gekränkt. »Heute gibt es in der Hadassah Doktoren, die selbst Meschullam und seiner Frau eine Schwangerschaft verpassen.«

Er ging wieder an seinen Wagen, holte Hacke, Spaten, Steingabel und noch ein neues, fremdartiges Gerät heraus – ein dickes, langes verzinktes Rohr mit einem aufgesteckten Hackenblatt am Ende, die breite Seite nach außen gerichtet.

»Das ist ein Pflanzergerät, Irale. So einen Kameraden kriegst du nicht im Laden.«

Er erklärte mir, bevor man zu graben anfange, müsse man »sehr gut nachdenken«, sich vorstellen, wie die Stelle Jahre später aussehen würde, »wenn dieser kleine Setzling mal ein großer Baum ist und mit den Nachbarn in Frieden leben muß. Mit den Nachbarpflanzen und den Nachbarhäusern und den Nachbarmenschen.«

Eine Pappel beispielsweise dürfe man nicht nahe am Haus pflanzen – »das ist eine Katastrophe!« Ihre starken Wurzeln höben Pflasterplatten und Gehsteige und drängen in die Kanalisation ein. Der Paternosterbaum sei hübsch und wohlriechend, ziehe aber Spechte an und falle einem letzten Endes auf den Kopf. Der Fikus mache Dreck und bringe Fliegen, »aber« – Meschullam lächelte anerkennend – »er sendet seine Wurzeln weit, weit aus und klaut Wasser aus dem Nachbargarten. Das nenne ich einen guten Baum.«

Und Obstbäume, besonders Aprikose und Pflaume, gäben all ihre Früchte auf einmal – und dann sieh zu, wie du sie pflückst und wäschst und Töpfe und Gläser organisierst und dich hinstellst, um Marmelade zu kochen. »Das hat meine Goldi jeden Sommer gemacht. Wenn sie noch am Leben wäre, hätte ich mich mit ihr angelegt und all ihre Obstbäume abgehauen, aber das tut man nicht gern, wenn sie nicht mehr ist.«

Wir berücksichtigten alle Faktoren, stellten uns das künftige Geschehen vor, und schließlich bohrte Meschullam mit dem Absatz eine kleine Mulde in die Erde.

»Hier!« bestimmte er. »Du gräbst ihm hier eine schöne Grube, und dein Schweiß soll ruhig ein bißchen mit reintropfen. Das ist der erste Baum, den du an deinem neuen Haus pflanzt, also mach's richtig.«

## 2

Zuerst setzte ich die Steingabel an und hob große Klumpen aus. Danach grub ich mit dem Spaten, und als die Grube tiefer wurde, reichte Meschullam mir sein Eisenrohr mit dem Hackenblatt.

»Jetzt versuch's mal mit diesem Kameraden. Siehst du? Von oben nach unten, wie mit dem Schaber im Steinbruch. So kriegst du ein Pflanzloch wie es sein soll: tief und mit geraden Wänden.«

Ich grub und erweiterte und vertiefte, bis Meschullam ›genug‹ sagte. Er goß die Grube mit Wasser voll und wartete, bis es aufgesogen und versickert war, flutete sie erneut – »damit er dort einen feuchtfröhlichen Empfang erhält.« Danach füllte er das untere Drittel der Grube mit einem Gemisch aus Erde und Kompost und streute löslichen Kunstdünger darüber. »Man kann auch Kuhmist nehmen, knochentrocken und schon völlig geruchsfrei, aber bloß keinen Hühnermist. Jetzt laß uns den Setzling aus dem Eimer nehmen.«

Er kniete nieder, drückte ringsum auf die Eimerwände, und ich zog ihn heraus – »halt ihn auch von unten fest. Der Wurzelballen darf nicht zerbröseln« – und stellte den Setzling in die Mitte der Grube.

»Er soll dir an der Schulter lehnen, damit ihr die Schwäche spürt und begreift, daß ihr einander braucht. Heute lehnt er an dir, und morgen sitzt du in seinem Schatten.« Er schob ein wenig Erde nach, trat zurück, besah sich die Sache und stellte fest, der Setzling stehe schief, ich solle ihn behutsam nach links rücken und ein bißchen festklopfen.

»Tu noch Erde rein. Und den Stamm nicht bis zum Hals zudecken, damit dort keine Fäulnis eintritt! Nicht mit den Füßen festtreten, du Grobian! Ihn nicht abwürgen! Das ist dein erster Setzling an deinem neuen Haus. Geh höflich auf alle viere und drück mit den Handflächen. Mit etwas Kraft und viel Behutsamkeit.«

Der Feigenbaum war gepflanzt. Meschullam holte drei hohe Holzstangen aus seinem Lieferwagen. Wir rammten sie rings um das Bäumchen ein, und Meschullam erklärte mir, wie ich den zarten Stamm daran festbinden sollte: »Mit Stoffbändern. Draht würde ihm in die Rinde schneiden.«

Er vergewisserte sich, daß die Bänder locker saßen, damit der Setzling im Wind etwas Spiel hatte. »Das zwingt ihn, seine Muskeln ein bißchen anzustrengen, dann wird sein Stamm dicker und stärker.« Und er trat zurück: »Das wär's. Er ist gepflanzt. Jetzt geben wir ihm noch etwas Wasser, und wenn wir den Garten anlegen, legen wir ihm ein paar Runden Berieselungsschlauch. Bis dahin besuchst du ihn jeden Tag mit der Gießkanne. Damit er lernt, zu warten und sich zu freuen, wenn du kommst, und während du ihn begießt, schaust du ihn dir gut an. Prüfst Laub und Rinde. So siehst du, wie er sich entwickelt und ob er keine Probleme hat, und er merkt, daß du ihn nicht bloß hingestellt hast und fertig ab, sondern daß du dich weiter um ihn kümmerst.«

Wir setzten uns neben meinen neuen Feigenbaum, ich auf die Erde, Meschullam auf den umgestülpten Eimer. Er zündete sich eine Zigarette an und sagte: »Sehr gut, daß du nicht rauchst, Irale. Ich möchte, daß meine Tirale einen starken und gesunden Mann bekommt. Und ich möchte dir noch einen Rat geben, denn ich weiß ja nicht, ob ich noch da bin, wenn dieser Baum mal Früchte trägt. Du hast recht. Diesen Setzling hatte ich schon vorbereitet, ehe du mit deinem Haus hier bei mir ankamst, und ich habe ihn von meinem Feigenbaum genommen, dessen Früchte Tirale am liebsten mag. Diese weißen mit dem bißchen Gelb an der Schale. Und ich sag dir, wie du sie ihr anbietest: gut gekühlt und quer, nicht längs, durchgeschnitten, damit sie aussehen, wie eine Feige aussehen soll. Du verstehst, was ich meine, ja? Denn so sagst du ihr, was du bei ihr möchtest und liebst, aber höflich, ohne Derbheiten. Und zu der Feige reichst du ihr ein Schüsselchen mit ein klein wenig Arrak auf dem Boden.

Sie wird sich sehr freuen«, versicherte er mir. »Du wirst sehen. Sie wird erregt sein. Sie wird lachen. Eine Frau hat es gern, wenn ihr Mann auch ungesagt spürt, was sie mag. Aber verrate ihr nicht, daß ich dir das Patent beigebracht habe, sie soll meinen, du verständest sie von alleine.«

Und nach kurzem Nachdenken hatte er sich's anders überlegt: »Wenn Tirale dich fragt, sag ihr lieber die Wahrheit: Ja, Tirale, dein Vater hat mir das Geheimnis verraten. Er wollte, daß ich dir gefalle, wollte, daß wir zusammenkommen, und deshalb hat er ein bißchen nachgeholfen. Dann wird sie lachen: Na, soll ich jetzt bei allem Netten, das du für mich tust, denken, die Idee hast du von meinem Vater? Und du entgegnest: Nein, Tirale, nicht bei allem. Es gilt nur für diese Feige. Und dann wird sie fragen: Bist du sicher? Hat er dir nicht noch mehr Dinge verraten, die ich liebe? Und du sagst: Nein, Tirale, von den meisten Dingen, die Mädchen mögen, haben ihre Väter gar keine Ahnung, und nun wollen wir nicht mehr von ihm reden, denn jetzt geht's nur noch um dich und mich, was schert uns da der alte Knacker. Das sagst du zu ihr. Jetzt, Tirale, sind wir wie Adam und Eva. Es gibt hier keine weiteren Menschen, nur dich und mich. Und das ist das Paradies, das wir uns geschaffen haben, und uns wird hier keiner vertreiben.«

## 3

Als Meschullam weg war, legte ich mich auf den Fußboden meines Hauses. So ist es gut. Trotz meiner unverminderten Liebe zu meinem Bauleiter, der eine Frau ist, genoß ich das Gefühl, allein daheim zu sein. Die Bauarbeiten gingen ihrem Ende entgegen: Die Dachsparren waren schon ausgebessert oder ausgetauscht, die Ziegeln gelegt, die Rabitzdecke trennte zwischen ihnen und mir, Steinfelds Fliesen lagen unter meinem Rücken. Fenster und Türen waren eingesetzt, Marmorplatten, Waschbecken und Wasserhähne angebracht, die Wände verputzt und getüncht. Nur die Möbel fehlten, auch Badezimmer-, Kleider- und Küchenschränke. Und an manchen Stellen mußte noch mal nachgestrichen werden, und Beleuchtungskörper galt es anzubringen.

Ich lag auf dem Grund des leeren Hauses, blickte nach oben und hatte das sonderbare Gefühl, auf und davon zu fliegen. Im allgemeinen halte ich keinen Mittagsschlaf, aber diesmal schlief ich ein und träumte endlich wieder von meiner Mutter. Seit dem bewußten Traum, in dem sie am Telefon »Jair?... Jair?...« zu mir gesagt hatte, war es nicht mehr vorgekommen. Nun durfte ich sie auch sehen.

In meinem Traum trat ich aus dem Haus auf den Hof. Dutzende von Handwerken arbeiteten dort, und viele Besucher – einige kannte ich, die meisten waren jedoch Wildfremde – gingen umher und unterhielten sich. Ein Hauch feierlicher Geschäftigkeit lag in der Luft. Ein paar Traktoren mühten sich, schaufelten, zogen, hoben, und einer, ein besonders großer, den der Traktorist lenkte, hatte einen riesigen Felsquader an breiten Lastträgergurten von der Schaufel hängen. Der Block war so schwer, daß er den Traktor gefährlich ins Schwanken brachte. Ich fragte mich: Wo ist Tirza? Und Meschullam? Und wo sind die beiden Arbeiter? Nach China heimgekehrt?

Ich trat näher und sah, daß auf dem vorderen Teil meines Grundstücks, zur Straße hin, ein Trupp Menschen versammelt stand, darunter auch du, schön und lebendig und froh, in einem jener Kleider, die ich von Kindheit an liebe und die man heute nicht mehr sieht: diese hellen geblümten Baumwollsommerkleider mit enger Taille, kurzen Ärmeln und einem runden Ausschnitt, der freizügiger aussieht als er ist, und auch Frauen mit kleinen Brüsten gut steht.

Natürlich wußte ich, daß du tot bist, wußte es im Träumen wie im Wachen, spürte auch das Staunen, das es zu spüren gilt, wenn solcherlei geträumt wird. Aber das Wissen und Staunen hinderten mich nicht daran, großes Glück zu empfinden. Ich sagte zu dir: »Wie schön, daß du gekommen bist.« Du umarmtest und küßtest mich und sagtest kein Wort, und ich – warum zum Teufel schnitt ich keine anderen Gesprächsthemen an? – sagte erneut: »Wie schön, daß du gekommen bist, Mutter« und »wie schön du aussiehst«, und da verflog der Traum wie nie gewesen, einer jener Träume, die schon im Träumen vergessen werden, bevor der Träumer der Geträumten noch alles sagen konnte, was er ihr sagen wollte, und ehe er Antworten hörte.

Ich merkte nicht, daß ich erwachte, war aber plötzlich wach, und das angenehme Gefühl, das ich im Traum empfunden hatte, wirkte über den Schlaf nach. Das Dämmerlicht und die Kühle sagten mir, es ist jetzt Abend, mein Mittagsschlaf hat zu lange gedauert. Ich rief ein paarmal »Tirza ... Tirza ...«, um ihr den Traum zu erzählen, vielleicht sogar damit anzugeben, aber Tirza war nicht da, auch kein Arbeiter mehr, doch ich war nicht allein, das spürte ich klar.

Ich schaltete das Licht an und sah eine Taube. Sie saß auf dem Boden und regte sich nicht. Mein Körper erstarrte. Das Haar stand mir zu Berge. Eine gewöhnlich aussehende Taube. Blaugrau. Rote Beine. Tausend anderen Tauben ähnlich. Runde Augen. Schwarze Tallitstreifen an Schwanz und Schwingen.

Ich stieß einen Schrei aus. Auch die Taube erschrak, flatterte flügelschlagend auf, stieß an die neue Decke und stürzte ab. Startete erneut und kollidierte wieder, irrte und segelte nun im Raum umher, bis sie in einer fernen Ecke landete. Ich stand in der Mitte des großen Zimmers. Wir beäugten einander. Stille trat ein.

»Woher bist du gekommen?« fragte ich schließlich.

Tauben kennen keine Himmelsrichtungen und Orte bei Namen. »Zu dir«, sagte sie.

»Ich will dich nicht«, sagte ich, »kehr in dein Zuhause zurück.«

»Ich bin den ganzen Tag geflogen«, sagte die Taube. »Gib mir eine Ruhestatt für meinen Fuß, Unterschlupf für eine Nacht.«

»Nicht in diesem Haus. Nicht bei mir. Nicht du.«

»Ich werde mich in eine Ecke ducken«, schlug sie vor. »Werde nicht stören. Du wirst mich weder sehen noch hören. Wer weiß besser als du, daß Tauben sich verschwindend kleinmachen können, in einem Weidenkorb, einer Holzkiste, sogar in der Jackentasche.«

»Sofort!« schrie ich. »Hau auf der Stelle hier ab!«

»Die Sonne ist schon untergegangen«, flehte sie.

Aber ich verharrte in meinem Zorn. Fühlte mich eisern daran festhalten. »Ich habe alle Dachöffnungen verschlossen, alle Ritzen abgedichtet. Hier ist kein Platz für eine Taube.«

»Du hast verschlossen, verriegelt, abgedichtet, und da bin. Eine Taube.«

Ich stand auf. Die Taube flog wieder hoch und im Zimmer umher. Ich bückte mich nach einer der Latten, die den

Dachdeckerzwergen heruntergefallen waren, und spurtete mit einer Schnelligkeit, die mich selbst überraschte. Noch in der Luft erwischte ich sie wie beim Schlagballspielen. Sie wurde zur Erde geschleudert, flatterte und verstummte. Ihr rechter Flügel war gebrochen und hing in merkwürdigem Winkel herunter. Man sah den gesplitterten Hohlknochen weiß aus dem aufgeschlitzten Fleisch schimmern. Der aufgesperrte Schnabel atmete schwer. Ihre Augen trübten sich vor Angst und Leiden.

»Ich bin der Leib und die Seele«, sagte sie zu mir, wie ein feierliches Aufnahmegerät.

»Schweig«, sagte ich zu ihr.

»Ich bin des Körpers Hauch und der Liebe Last, ich bin der Geist und die Kraft.«

Ich packte sie, ging hinaus, drehte ihr mit einem Griff den Kopf ab und schleuderte ihn mit aller Kraft in die Dunkelheit. Ich rupfte ihren weichen Flaum an Brust und Bauch, riß ihr die Federn an Nacken und Rücken aus. Der kopflose, gerupfte und entblößte Rumpf war nackt und klein. Die Schwingen sahen aus, als gehörten sie einem anderen Geschöpf. Hätte man seinen Schmerz nicht erkannt, hätte ich ihn sogar lächerlich genannt.

Ich zog das Ledermann-Messer aus dem Gürtel, klappte es auf – wenn Liora oder Benjamin mich das nächste Mal verspotten, kann ich ihnen endlich berichten, daß meine überflüssige Ausrüstung Verwendung gefunden hat – und trennte damit die Flügel- und Schwanzspitzen ab. Mit einem schnellen Schnitt von Brust zu Bauch schlitzte ich ihren Rumpf auf und klappte die Hälften auseinander. Alle inneren Organe – Kropf, Mägen, Gedärme, Luftsäcke, das große

Herz, die wohlentwickelten Lungen – riß ich mit einem Ruck heraus und schleuderte sie weit fort.

Ich ging in den hinteren Teil des Hofs hinunter, machte Licht zwischen den Ästen der Johannisbrotbäume, sammelte ein paar Dornsträucher und Bretter zusammen und entzündete Feuer. Eine halbe Stunde später hatte ich dort ein ansehnliches Häuflein knisternder Glut. Ich röstete meine Taube und verspeiste sie. Ein starker, angenehmer Blutgeschmack erfüllte meinen Mund. War es der Geschmack ihres Blutes, oder hatten die scharfen Knochensplitter mir in den Mund geschnitten?

Ich zog mich aus, entzündete eines der Seelenlichte meiner Gelihiebten, ging in die Dusche, die sie mir gebaut hatte. Ich wusch meine Hände rein vom Blut und meinen Leib von allem anderen, und als ich den Hahn abstellte und nackt stehenblieb und das Wasser vom Körper abtropfen ließ, hörte ich plötzlich das sanfte Krackeln, gleichfalls herabträufeln. Ich hob den Blick ins Dunkel, sah aber nichts. Nicht immer fliegen die Kraniche über dieses Gebiet, und das Krackeln, wie auch das Flügelrauschen, konnte nicht nur vom hohen Firmament herab, sondern auch tief aus meinen Abgründen herauf erklingen.

## *Fünfundzwanzigstes Kapitel*

### 1

Der Mann vom Stromwerk installierte uns einen neuen Zähler. Der Mann vom Bezirksrat installierte eine geeichte Wasseruhr. Der Mann von der Gasfirma installierte Gasflaschen und Rohre, der Mann von der Telefongesellschaft Telefonleitungen. Das Haus – eine Larve, deren Fleisch aus Backsteinen und Mörtel, Sand und Kies bestand – spürte Ströme in den Adern und erwachte zu neuem Leben. Seine Sehnen spannten sich. Seine Fenster öffneten und schlossen sich, nahmen Licht und Dunkelheit, Szenen und Bilder auf. Seine Balken trugen, seine Wände trennten, seine Tür tat sich auf und zu. Tirza vollendete das Werk, das sie vollbracht hatte.

Die Leute gingen. Das neue Telefon klingelte unverhofft. Ich nahm ab, leicht überrascht, und hörte sie lachen: »Ich bin's, Gelihiebter. Dein Bauleiter, der eine Frau ist. Ich bin hier bei den Johannisbrotbäuminnen auf dem Hof, wollte bloß mal die neue Leitung einweihen.«

Der Abend senkte sich. Wir aßen, duschten und gingen ins Haus. Tirza sagte: »Das ist jetzt schon unser Haus, mit einem Boden unter den Füßen und Wänden um den Leib und einem Dach überm Kopf.« Und stellte fest, meine Reisematratze sei »eine Matratze für einen Fakir, nicht für ein genußfreudiges Paar. Es wird Zeit, daß wir uns ein Bett anschaffen.«

Am nächsten Tag wachte ich sehr spät auf. Die Sonne stand bereits hoch am Himmel, und in der Luft hing der Duft frisch geschnittenen Gemüses. Tirza drückte mit der Hand eine Zitrone aus, ließ den Saft zwischen den Fingern in den Salat träufeln und entfernte die Kerne.

»Bist du endlich aufgewacht? Ich mache uns den ersten Salat dieser Küche.«

Sie rieb sich die Hände. »Das habe ich von meiner Mutter gelernt. Das ist gut für die Haut und läßt den Körper nach Zitrone duften.«

Bis sie mit dem Abschmecken des Salats fertig war, schnitt ich das Brot und den Schafskäse, die sie mitgebracht hatte, deckte Teller, Messer und Gabeln auf. »Jetzt, da all die anderen Kameraden auf dem Tisch warten, braten wir die Spiegeleier«, sagte Tirza.

Wir setzten uns auf den Holzbalkon, den sie mir gebaut hatte, aßen unser erstes Frühstück aus der neuen Küche. Tirza sagte: »Das wär's, Irale. Jetzt muß man nur noch Möbel kaufen und dafür sorgen, daß die Arbeitsgeräte und der ganze Überschuß und Dreck hier wegkommen, aber mit der Arbeit sind wir fertig, und ich habe ein Geschenk für dich.« Sie holte eine eingewickelte kleine Dose hervor und überreichte sie mir. Ich öffnete sie. Drinnen steckten zwei Schlüssel und ein kleines Messingschild: J. MENDELSOHN – PRIVAT.

Es war Herbst. In den Augen meiner Gelihiebten wuchs das Gelb und wich das Grün. »Die sind für dich. Wenn du mir einen Schlüssel geben möchtest, ist es jetzt Zeit, das Für und Wider abzuwägen und zu entscheiden.«

Ich gab ihr einen Schlüssel, und sie freute sich. Auch ich war froh, und vom Himmel kam wieder jenes weiche Krackeln des Vogelzugs, drang zunächst durch die Haut, ergriff dann das Gewebe und war nun erst hörbar und verständlich.

»Was siehst du da?« fragte Tirza angesichts meiner beschattenden Hand und der nach droben gerichteten Augen.

»Das sind Kraniche. Sie fliegen nach Süden, in ihr zweites Zimmer. Schau.«

»Warum nur drei? Normalerweise fliegen sie doch in großen Schwärmen, oder?«

»Der große Schwarm kommt in ein paar Stunden. Das sind die Kundschafter. Sie suchen einen guten Platz zum Rasten und Fressen. Und wenn sie ihn gefunden haben, rufen sie all die andern zum Landen.«

Die drei Kraniche zogen tiefer, überflogen das Dorf. Mein Herz hämmerte. Mein Hirn berechnete: Wo. Wann. Damals. Jetzt. Mein Bauch verkrampfte sich, daß es schmerzte. Mein Mund sagte: »Ich muß fahren, Tirza.«

Sie war überrascht: »Wohin?«

»Nach Tel Aviv.«

»Dein Haus ist hier«, sagte Tirza. »Es ist fertig. Schraub das Schild an die Tür und probier die Schlüssel.«

»Ich möchte Liora herbringen. Ich möchte, daß sie es sieht.«

»Wozu?«

»Sie soll wissen, daß ich einen Platz für mich gefunden und gekauft und gebaut habe.«

»Sie weiß, daß du gefunden und gekauft und gebaut hast. Sie weiß auch, daß ich hier bin. Sie hat sogar ihren Bruder und deinen Bruder, diese zwei Schlangen, hergeschickt, damit sie's für sie angucken.«

»Ich möchte nur, daß sie es fertig gebaut sieht.«

»Du brauchst diese Siege nicht. Hol sie nicht her. Ich bitte dich.«

Mein Bauch verkrampfte sich noch mehr, aber ich erhob mich von meinem Sitz. Tirza verzerrte plötzlich das Gesicht, stand auf und hastete hinaus, und als ich ihr nachrannte, sah ich, daß sie sich vorbeugte und unser erstes Frühstück auf die Hoferde erbrach. Ich legte ihr die Hand auf die Schulter, doch sie schüttelte sie ab und wich zur Seite.

Ich ging auf Nilpferd zu. Tirza holte mich mit drei raschen Schritten ein und baute sich vor mir auf: »Wart einen Moment. Mach das Dafür und Dagegen, wie deine Mutter.«

»Ich möchte nur, daß sie dieses Haus sieht. Das ist keine große Angelegenheit.«

Tirza trat mir aus dem Weg. Ich fuhr nach Tel Aviv.

## 2

Lioras Straße beehrte mich mit einem freien Parkplatz. Lioras Tür öffnete sich mir so gehorsam wie eine automatische Flughafentür. Lioras Alarmanlage empfing mich mit schweigender Zustimmung. Liora selbst erwartete mich auf dem Bett hingestreckt, weidete ihre Augen an einem ihrer Computerausdrucke. Ich zog die Schuhe aus und legte mich neben sie.

»Mein Haus ist fertig«, sagte ich zu ihr.

»Herzlichen Glückwunsch. Ich bin sicher, Tirza hat gute Arbeit geleistet.«

»Es sind noch keine Möbel drin«, sagte ich, »aber es hat Wasser und Strom und Türen und Fenster und einen Boden für die Füße und ein Dach überm Kopf.«

»Dann bist du also gekommen, um diesem Haus Schalom zu sagen?«

»Ich bin gekommen, um dich dorthin einzuladen. Es wird Zeit, daß du es siehst.«

»Wann?«

»Jetzt.«

»Das ist ungünstig. Heute abend treffe ich mich mit Kunden. Wir rufen gleich im Büro an, und Sigal wird einen passenderen Termin für uns finden.«

»Es muß heute sein, und wir müssen jetzt losfahren. Wir kommen gegen Abend an und bleiben bis morgen, damit du die Landschaft sehen kannst.«

»Schließt das auch eine Einladung zum Schlafen ein? Gibt's dort schon ein Bett?«

Das Lächeln zog ihr die Augen schräg, stahl sich in ihre Stimme, aber auf den Lippen war es nicht zu erkennen.

»Noch gibt's da nichts. Wir nehmen deine Matratze mit. Steh auf. Pack ein paar Sachen ein, ich lade die Matratze auf Nilpferd.«

»Aber auch morgen vormittag habe ich Termine.«

»Verschieb sie.« Und mit der Schärfe eines stärker und schlanker Gewordenen, der gebaut hatte und erbaut worden war: »Ich hab dich schon schwierigere Probleme lösen sehen.«

Sie stand auf, öffnete den Schrank und nahm eine Reisetasche heraus. Ich riß mit ausholenden Bewegungen das Laken von der Matratze, hob sie an, zerrte sie vom Bett und schleifte sie aus dem Zimmer. Wir passierten den Flur, ich stoßend und lenkend, sie abgeschleppt und gestoßen und verärgert, und Lioras sämtliche Zimmer, die für morgens und für abends, für separat und für allein, für Streit und für Treatment und für Schlafen und für Versöhnung, sahen uns durchkommen und sperrten die Türen auf.

Wir verließen die Wohnung und glitten Stufe für Stufe, vorbei an erst erschrockenen, dann verblüfften Überwachungskameras, hinaus auf den Hof und zum Tor und zur Straße. Ich zerrte die Matratze hoch und lud sie auf Nilpferds Beobachtungsdachträger. Band sie mit Riemen und zurrte sie fest, und Liora, die mir schon nachkam – wunderschön, passend zu ihrem leichten hellen Kleid und der Reisetasche in ihrer Hand – blickte mich belustigt an. Ist das Jair? Woher plötzlich dieser Elan? Diese Geschäftigkeit?

Wir ließen Tel Aviv hinter uns und fuhren, badeten in der noch warmen Luft eines Sommers, der um sein Überleben kämpfte, und eines Winter, der immer näher rückte. Wir redeten nicht viel. Meine Hand, die den Spalt zwischen den Sitzen durchstreifte, berührte flüchtig die ihre. Ihre Hand, die meine Hand spürte, hielt sie einen Augenblick fest. Mir schien, wir bewegten uns durch einen riesigen Korridor, vom einen Zimmer der Welt zum anderen, an der einen Wand eine rot sinkende Sonne, an der Gegenwand ein Mond, und dazwischen wir, die Mischung, die keinen Erfolg verhieß.

Die Sonne verschwand. Der Mond stieg höher. Aus dem großen gelben Ball wurde eine bläulich-weiße Scheibe. Nilpferd bog an der Kreuzung ab. Kurvte mit der Straße, beschloß, diesmal nicht auf die Felder abzuweichen. Da schon die Einfahrt zum Dorf. Am Sekretariat rechts ab, die mächtige Kiefer, die Vögel schon zur Nacht darauf, die Zypressen, die dein Herz erfreut hätten, ein vernachlässigter und zwei gepflegte Gärten.

Nilpferd hielt an. Ich stieg aus, eilte auf die andere Seite und öffnete feierlich den Schlag. Ein langes weißes Bein kam zum Vorschein, dann noch eines. Liora stellte sich neben mich. Schaute. Der Mond schien. Nicht hell genug, um ihr die ganze Landschaft zu zeigen, die das Haus umrahmte, aber man ahnte die große Weite dahinter.

»Schade, daß deine Mutter nicht hier ist. Das wäre genau das richtige Haus für sie.«

»Wirklich schade.«

»Wie viele Zimmer hast du hier?«

»Ein sehr großes und ein sehr kleines, und unten gibt es einen Verschlag.«

»Zu wenig.«

Ich hob die Matratze von Nilpferds Beobachtungsdachträger, schleifte sie den rissigen Gehsteig hinunter, wir passierten die Tür, das große Zimmer, traten hinaus auf den Holzbalkon, den meine Gelihiebte mir gebaut hatte.

»Hier?« fragte Liora. »Draußen? Warum nicht drinnen?«

»Komm, leg dich neben mich«, sagte ich, »ich hab eine Überraschung.«

Gemeinsam spannten wir das mitgebrachte Bettlaken über die Matratze. Sie streifte anmutig das Kleid ab, setzte sich, streckte sich in einer fließenden Bewegung neben mir aus.

»Was ist denn die Überraschung?«

Wir lagen so da. Zwei rücklings Hingestreckte. Die eine lang und hell und schön und ruhig in ungewisser Erwartung. Der andere kurz und dunkel und aufgeregt in sicherer Erwartung.

Wir lagen. Unsere Augen gewöhnten sich an den Mondschein, unsere Hände aneinander, bis Liora ungeduldig wurde und fragte: »Na, was ist?« Und ich sagte: »Hab Geduld und warte.«

Wir lagen. Die Zeit verging, gemessen zwischen den hohlen Pfiffen der kleinen Eule, geballt im welken Laubfall der Johannisbrotbäume, hingezogen im Heulen naher Schakale und im Muhen ferner Rinder. Und dann trat Stille ein. Die große Stille. Das Schweigen vor dem sanften Tosen. Von allein begann sich der dunkle Himmel zu füllen und gleichzeitig auch die Körperhöhlen, zuerst langsam, dann rascher, mit hörbarem Wispern und unsichtbarem Wimmeln. Das Wispern wurde zu Rascheln und das Rascheln zu Plappern und das Plappern zu Rede. Die Erde füllte sich mit Silben und Schwingen und die Dunkelheit ließ Töne regnen. Der volle Mond blinkte und winkte, verschwand und erschien hinter den vorbeiziehenden Schatten.

»Mama, Mama«, sagte Liora im klagenden Ton eines Kranichbabys, »wann sind wir denn endlich da?«

Und sie wandte mir das Gesicht zu: »Das sind sie.«

Ein glitzerndes, schmales Rinnsal schlängelte sich über ihre Wange. Ihre Zähne antworteten mit dem Weiß eines Lächelns. Und trotz der Synchronisation, die sie den Kranichen eben verliehen hatte, und obwohl ich mich auch an ihre damalige Antwort erinnerte, an *Daddy crane* und *Mama crane* und an den Jungkranich, der seine erste Reise machte, fragte ich sie wieder, worüber sie redeten.

»Über uns«, antwortete sie, »sie sagen: Erinnert ihr euch, Kinder, an die Geschichte, die unsere Väter von ihren Vätern gehört und wir euch erzählt haben? Von dem Paar, das wir in jener Nacht im Kibbuz auf dem Rasen liegen sahen? Da sind sie wieder. Sie sind es. Schaut.«

Sie stützte sich auf einen Ellbogen. Ihr schöner Kopf kam näher. Ihre Lippen öffneten sich, ich bot meinen Hals ihrem Kuß. Ihre Hand strich mir über Brust und Hüften, und ihre Lenden preßten sich an meine Schenkel.

»Grüß dich«, sagte sie.

Mein Körper antwortete hechelnd.

Ich spürte die Sense ihres Schenkels auf und ab schwingen, bis sie wieder auf meinem Bauch ruhte. Die Kraniche waren schon fern, ihr Flügelrauschen verstummt, aber ihr weiches Krackeln hörte nicht auf, überwand Zeit und Raum. Die Frau, die meine Mutter mir ausersehen hatte, wölbte, spreizte, senkte sich, führte mich in ihr Fleisch zurück.

3

Als ich am Morgen aufwachte, sah ich sie. Ihre lange, helle, barfüßige Gestalt, in Jeans und eine weiße Bluse gehüllt, lehnte am Balkongeländer, trank Kaffee und betrachtete die Landschaft.

Ich setzte mich auf. »Wo hast du den Kaffee her? Hast du den Gasbrenner aus Nilpferd geholt?«

»Wie kommst du denn darauf? Die Nachbarin hat ihn mir gebracht. Eine sehr nette junge Frau. Anscheinend hält sie mich für deine Geliebte und Tirza für deine Frau.«

»Sie sieht gut aus, aber nett ist sie nicht.«

»Was ist das dort neben den Johannisbrotbäumen?«

»Das ist eine Dusche, und das sind keine Johannisbrotbäume, sondern Johannisbrotbäuminnen.«

»Duschst du im Freien?«

»Möchtest du's probieren?«

»Man wird uns sehen.«

»Der Arbeiter, der sie gebaut hat, ist ein Chinese. Die können Duschen so bauen, daß man nichts sieht.«

»Und von wem sind die Hände im Beton? Von Tirza und dir?«

»Von ihm und mir.«

»Ich glaub dir nicht. Das sind Männer- und Frauenhände.«

»Die Chinesen haben kleine Hände.«

Ich stand auf, um ihr die Handabdrücke zu erläutern und die Landschaft zu zeigen. Noch hatten meine Augen den Anblick, der sich ihnen bot, nicht verdaut, als meine deutende Hand schon sank und mein Herz erstarb. Das Gelände um mein Haus war frei und sauber und leer. Die Arbeitsgeräte, die übriggebliebenen Bausteine, Kacheln und Ziegeln, die Reste an Mörtel, Sand, Baueisen und Kies, die Mischformen und Paletten, Kühlschrank und Tisch – alles hatte man aufgeladen und mitgenommen. Das Grundstück war sauber gerecht. Auch die kleine Betonmischmaschine war weg, war uns gestern vermutlich begegnet, in der Kolonne der weißen Lieferwagen von MESCHULLAM FRIED UND TOCHTER LTD. anderswo hingezogen worden.

Tirza hatte wohl ihre Leute von allen Gebäuden, die sie errichtete, allen Kreuzungen, die sie hochlegte, allen Brükken, die sie baute, herbeordert. In den Stunden, in denen ich nach Tel Aviv und zurück gefahren war, hatte man sämtliche Spuren und Indizien beseitigt. Kein Tropfen Beton, kein einziges Sandkorn, keine Zigarettenkippe und kein Flaschenkorken, nur ein Stück Blech, das neben dem Fenster an der Hauswand lehnte, war dageblieben.

Ein vertrautes Tuckern näherte sich. Der Traktorist tauchte auf, seinen leeren Müllanhänger im Schlepptau. Er hielt an, ging zum Zitronenbaum, löste das Eisenrohr, auf das Tirza am ersten Tag geschlagen hatte, aus den Zweigen und warf es auf den Anhänger.

Ein scharfes Klingeln ertönte. Der Traktorist sagte: »Dein Bauleiter ist gegangen«, schwang sich auf seinen Sitz und fuhr davon.

## 4

Ich war ausgezogen, mir ein Haus zu suchen. Wie ein Rückkehrer, nicht wie ein Neuankömmling kam ich zu ihm. Schalom Haus, sagte ich, und das Haus antwortete mir.

Ich baute und wurde erbaut, lihiebte und wurde gelihiebt, habe meiner Seele Dach und Fußboden und Wände geschaffen. Ich habe einen Holzbalkon und eine Dusche im Freien, und Zeit und eine Geschichte und Landschaft, dazu ein Blech, um im nahenden Winter den Regen prasseln zu hören, und zwei Augen, um sie zu beschatten und wartend nach oben zu blicken.

Und vor zwei Wochen bekam ich den ersten Brief an meine neue Anschrift. Einen dicken braunen Umschlag aus Leiden in Holland. Jene knochige alte Holländerin, die im Hula-Tal die Vögel gemalt hatte, schickte mir Fotografien einiger ihrer Aquarelle: ›Vögel des Heiligen Landes‹ und ›Zugvögel‹.

»Mit Dank für die schöne Tour«, schrieb sie mir, und zwischen die Pelikane und Kraniche hatte sie eine Überraschung eingeschoben: ein Porträt von mir, das sie mit ein paar Pinselstrichen gemalt hatte, ohne daß ich es bemerkt hatte. Da bin ich: ein dicker schwarzer Vogel, der nicht fortzieht, sondern heimkehrt, sich dem Schwarm nicht anschließt.

»Ich hoffe, Sie verzeihen mir die Dreistigkeit«, schrieb sie entschuldigend und fuhr fort, sie habe sich schon in ihrer Jugend, als die Briten noch das Land regierten »und Sie sicher noch gar nicht geboren waren«, für Vögel interessiert und sei schon damals auf ihren Spuren ins Heilige Land gereist. »Und hier sind noch vier Bilder, von den Dutzenden, die ich damals gemalt habe, lieber Herr Mendelsohn. Vielleicht finden Sie Interesse daran, denn heute sieht man diese Vögel und Szenen kaum noch bei euch, und das ist schade.«

Da sind sie: Geier drängen sich auf dem Kadaver einer Kuh, ein großer Schwarm Stare pünktelt das Auge der Sonne, ein bunter, jubilierender Trupp Distelfinken auf dürren, hohen Dornsträuchern, und ein Junge, der auf einer

Bank an der Bahnstation sitzt, auf den Knien einen Weidenkorb, einen Taubenkorb mit Deckel und Henkel.

## *Wo sie heute sind*

Professor Jakob Mendelsohn hat seinen Computer, seine Notizbücher, seinen Alarmknopf und seine Bücher mitgenommen und ist aus seiner Wohnung im Jerusalemer Viertel Bet Hakerem ins Haus Fried im Viertel Arnona derselben Stadt übersiedelt. Er und der rumänische Koch kümmern sich gemeinsam um Meschullam, der nach einem Schlaganfall halbseitig gelähmt ist.

Professor Benjamin Mendelsohn ist ausgewandert. Er wohnt in Los Altos Hills in Kalifornien, lehrt und forscht an der nahen Universität Stanford und besucht Israel nur selten.

Zohar Mendelsohn war mit ihm hingefahren, nach einem Jahr aber allein zurückgekommen. Sie hat in Ramat Hascharon ein Café eröffnet und gleich daneben ein gutgehendes Bekleidungsgeschäft für große Größen.

Liora Mendelsohn führt weiterhin höchst erfolgreich ihre Geschäfte.

Jair Mendelsohn ist, rund zwei Jahre nach Abschluß der Bauarbeiten an seinem Haus, bei einem Verkehrsunfall ums Leben gekommen. Er war unterwegs zum Hula-Tal, um Tirza von einer ihrer Baustellen in Untergaliläa abzuholen. Ein Lastwagen, dessen Fahrer am Steuer einnickte, war auf die Gegenfahrbahn gekommen und frontal mit ihm zusammengestoßen. Jair wurde schwer verletzt und starb eine Woche später.

Tirza Fried, die einige Monate nach ihrem Fortgang zu ihm zurückgekehrt war, verließ gleich nach seinem Tod das Haus, das sie ihm gebaut hatte. Sie hatten noch »siebzehn Monate der Liebe und des Glücks und eine Woche des Grauens« gemeinsam darin verbringen dürfen, wie sie sagte. Jetzt hat sie, nach eigenen Angaben, ›eine oberflächliche Affäre‹ mit einem Piloten der Fluggesellschaft El Al, den sie bei einem Singabend kennenlernte.

Joav und Jariv Mendelsohn haben die Zulassung zum Medizinstudium an der Universität Beer Scheva erhalten und studieren unerwartet eifrig. Sie besuchen oft das Haus, das Jair ihnen vererbt hat. Auch Joavs Freundin kommt dorthin, und alle Kinder des Dorfes kennen die Stelle, von der man die drei gemeinsam im Freien duschen sehen kann.

Die letzte Taube des Babys hat den Schlag nicht mehr verlassen. Doktor Laufer sperrte sie zur Fortpflanzung ein, und als sie tot war, stopfte er sie aus und stellte sie auf seinen Tisch. Sie kam abhanden, als der Tel Aviver Zoo in den Safari-Park nach Ramat Gan umzog.

Doktor Laufer selbst verschied in gesegnetem Alter im deutschen Ruhrgebiet, wohin man ihn zu einer Vortragsreise und als Schiedsrichter bei Preisflügen eingeladen hatte.

Mirjam, die Taubenzüchterin, wies mehrere Verehrer aus dem Kibbuz und der Palmach ab, übersiedelte nach dem Unabhängigkeitskrieg nach Jerusalem und arbeitete dort bei der Jewish Agency. Sie heiratete nicht und bekam keine Kinder, schrieb und illustrierte aber wunderbare Kinderbücher, die nur auf deutsch erschienen. Bis zu ihrem letzten Tag offenbarte sie ihre leidenschaftliche Liebe zu Doktor

Laufer weder ihm noch anderen. Sie starb im Sommer 1999 an Lungenkrebs.

Der Onkel und die Tante des Babys wollten den Taubenschlag der Palmach gern weiterführen, brachten es aber nicht fertig, neue Brieftauben aufzuziehen und auszubilden. Als ich im Jahr 2002 dorthin kam, waren nur noch ein Haufen Bretter, ein paar Futterkrippen und Drahtnetze übrig. Eine alte Genossin, die sah, daß ich mir alles gründlich anschaute und Notizen machte, trat zu mir und sagte, früher habe es hier mal einen Brieftaubenschlag der Palmach gegeben und darin habe »ein Junge von uns« gearbeitet, der später als junger Mann im Unabhängigkeitskrieg gefallen sei.

»Er war als Kind von außerhalb bei uns«, sagte sie, »mit anderen Kindern kam er nicht so gut zurecht, aber die Tauben hat er sehr geliebt.«

»Wie hat er geheißen?« fragte ich.

»Er hatte einen Spitznamen. ›Das Kind‹, oder vielleicht ›das Baby.‹«

»Das Kind oder das Baby?«

»Was ändert das heute? Er ist nicht mehr, man hat ihn auch anderswo begraben, und wir erinnern uns, erinnern uns viel, aber wer kann denn alles in Erinnerung behalten?«

Und sie blickte entschuldigend auf: »Viele Jahre sind seither vergangen, und unterdessen sind uns noch andere gefallen, und wieviel kann man denn? Auch die Tauben kommen längst nicht mehr.«

## *Meir Shalev im Diogenes Verlag*

### *Ein Russischer Roman*

Aus dem Hebräischen von Ruth Achlama

Der Waisenjunge Baruch, der bei seinem Großvater aufwuchs, erinnert sich an seine Kindheit im Israel der Gründerjahre und an die ihm überlieferte Familiengeschichte. Die russischen Einwanderer der Zeit zwischen 1904 und 1914, der sogenannten zweiten Alija, versuchten ihre utopisch-sozialistischen Ideale in den Kibbuzim Wirklichkeit werden zu lassen. Selbstironisch und phantasievoll beschreibt Shalev das Zusammenleben und die Geschichte dreier Generationen in einem kleinen Dorf in der Jesreel-Ebene.

»Eine wunderbare, witzige und sehnsüchtige Commedia dell'arte der Gründerjahre von Erez Israel.«
*Peter Mosler / Die Zeit, Hamburg*

### *Esaus Kuß*

Eine Familiensaga
Deutsch von Ruth Achlama

Shalevs zweite packende Familiensaga ist die Geschichte einer sephardischen Bäckersfamilie, die in einem kleinen Dorf östlich von Jerusalem eine Bäckerei gründet. Hier, rund um den Ofen, der das legendäre Brot herstellt, leben drei Generationen, die sich streiten und versöhnen – und am Ende doch auseinanderbrechen.

»Shalev breitet nicht nur sein lokalgeschichtliches Wissen in farbenprächtigen Mosaiksteinchen aus, sondern präsentiert auch seinen hintergründigen Witz. Ein furios erzähltes Riesenmärchen, eine brillante Familiengeschichte, ein bewegender wie gleichermaßen wunderbar unterhaltender Roman.«
*Ilse Leitenberger / Die Presse, Wien*

## *Der Sündenfall – ein Glücksfall?*

Alte Geschichten aus der Bibel neu erzählt
Deutsch von Ruth Melcer

Meir Shalevs Art, die Bibel nachzuerzählen und neu zu deuten, ist hochinteressant und vor allem: ein Lesevergnügen! Seine humorvolle Art, mit dem Stoff umzugehen, bringt an den Tag, daß sich die Bibel ebenso gut liest wie Shakespeares Werke, es gilt sie nur zu entdecken – und dieser Autor ist ein brillanter Expeditionsleiter.

»Ob der Sündenfall ein Glücksfall war – wer weiß. Ein Glücksfall allerdings sind Shalevs neue Deutungen der Bibelgeschichte. Sie sind amüsant und heiter und immer mit einem kleinen Augenzwinkern geschrieben.«
*Walter Flemmer / Bayerisches Fernsehen, München*

## *Judiths Liebe*

Roman. Deutsch von Ruth Achlama

Manche Kinder haben eine Mutter und keinen Vater. Der zwölfjährige Sejde, der mit seiner Mutter in einem kleinen Dorf in der Jesreel-Ebene lebt, aber hat drei Väter. *Judiths Liebe* ist Shalevs dritte Familiensaga, in der es um die wahre Liebe geht und um eine wunderbare, eigenwillige Frau.

»*Judiths Liebe* ist eine Liebesgeschichte voll von jüdischem Humor, jiddischen Legenden, Anekdoten und Weisheiten und deftigem Witz.«
*Vrij Nederland, Amsterdam*

»Meir Shalev ist es gelungen, mindestens zwei Bücher in einem zu schreiben: den warmglühenden Roman über ein Moschaw und seine Menschen und eine verzwickte Parabel über ein gelobtes, aber sprödes Land, dessen Liebhaber an ihrer Liebe scheitern.«
*Süddeutsche Zeitung, München*

## *Im Haus der Großen Frau*

Roman. Deutsch von Ruth Achlama

*Ich bin ohne Vater aufgewachsen, ohne Onkel oder Großvater, in einem Haus mit fünf Frauen – meiner Mutter, meiner Großmutter, meinen beiden Tanten und dir, meiner kleinen Schwester –, fünf weiblichen Wesen, die mich erzogen, liebkosten, päppelten, mir Erinnerungen erzählten und mich vor die Wand im Flur stellten.*
So beginnt die Geschichte von Rafael, der mit fünf Frauen aufwächst, die, so verschieden sie auch sind, von ihm nur ›die Große Frau‹ genannt werden. Nur gut, daß es da noch den Steinmetz Abraham gibt, den sich Rafael als Wahlonkel auserkürt. Mit ihm verbringt er so viel Zeit wie möglich und lernt all die Dinge, die ein Junge eben nur von einem Mann lernen kann. Als Abraham stirbt, bleibt Rafael nur die Wüste als einziger Zufluchtsort vor der Überfürsorge der Großen Frau.

»*Im Haus der Großen Frau* ist ein Vergnügen zu lesen, zu riechen und zu schmecken – zu genießen.«
*Trouw, Amsterdam*

## *Fontanelle*

Roman. Deutsch von Ruth Achlama

Die bizarre Familiengeschichte des Joffe-Clans, erzählt aus der Sicht eines Mannes, dessen Fontanelle auch im Erwachsenenalter noch nicht geschlossen ist und der dadurch mehr wahrnimmt, als ihm manchmal lieb ist.

»Shalev ist ein großer Verführer, der seine Leser mit wunderschönen Sätzen umwirbt, mit Klugheit und lustvollem Fabulieren.«
*Barbara Dobrick / Radio Bremen*

»Es steht ganz außer Zweifel, daß Meir Shalev der größte lebende israelische Romancier ist. Er hätte längst den Nobelpreis verdient.«
*Hannes Stein / Die Welt, Berlin*

## *Der Junge und die Taube*

Roman. Deutsch von Ruth Achlama

Ein Junge namens Baby wächst ohne Eltern in einem Kibbuz auf und interessiert sich brennend für Brieftauben. Er ahnt nicht, daß ihm neun Jahre später das Wissen über diese Brieftauben von großem Nutzen sein wird, um den sehnlichsten Wunsch seiner Geliebten zu erfüllen.

Viele Jahre später: Ein Haus für sich allein will der Touristenführer und Vogelkundler Jair. Denn seit es in Israel nicht mehr viele Touristen durch das Land zu führen gibt, denen man die Schönheiten der Flora und Fauna zeigen kann, steht Jair auf der Lohnliste seiner amerikanischen Frau Liora, die ein Immobiliengeschäft betreibt und ihm jeden Wunsch von den Augen abliest. Und welcher Mann hält das schon aus?

Die Geschichte einer alten Liebe, die eine neue wurde, dann zu verlöschen drohte – und doch siegte.

»Mit Brieftauben in den Kampf ziehen? Ein Paradox? In der Tat produziert die Wirklichkeit oft die erstaunlichsten Paradoxien, mobilisiert etwa das Symbol des Friedens für Kriegszwecke.«

*Ziva Shamir / Haaretz, Tel Aviv*

## *Kinderbücher von Meir Shalev im Diogenes Verlag*

### *Papa nervt*

Mit Bildern von Jossi Abulafja
Aus dem Hebräischen von Naomi Nir-Bleimling, Vera Loos und Angelika Schneider

»Papa ist ein Quälgeist: Beim Fußball fängt er das Leder mit der Hand, vor Westernfilmen hat er Angst, und er backt Kuchen, die so groß und dunkel sind wie Autoreifen. Aber damit erobert Papa das Herz seines Sohnes Jonathan im Sturm. Wie das gelingt, beschreibt Meir Shalev in pfiffigen Reimen. Jossi Abulafja hat den turbulenten Alltag von Vater und Sohn mit zarten Farben kunstfertig umgesetzt.«
*Schweizer Illustrierte, Zürich*

»Meir Shalev sowie der Illustrator Jossi Abulafja mit seinen pfiffigen Bildern wissen, was die Kinder-Phantasie beflügelt.« *Wiesbadener Tagblatt*

### *Hannahs Grübchen*

Mit Bildern von Jossi Abulafja
Deutsch von Naomi Nir-Bleimling und Vera Loos

»Ein strickender Vater, eine lesende Mutter, dazu Hund und Katze in der gemütlichen Wohnung – die kleine Hannah könnte zufrieden sein, wenn nicht ein unerfüllbarer Wunsch geradezu quälend von ihr Besitz ergriffen hätte: ausgerechnet Grübchen möchte sie unbedingt haben. Selbst der Zauberer weiß keinen Trick… Meir Shalev hat zusammen mit dem Maler Jossi Abulafja leichthändig und mit viel Witz einer Alltagsgeschichte eine verschlüsselte Belehrung hinzugefügt. Eine hinreißend komische Bildfolge. Unvergeßlich Hannah, die zwei geschlagene Stunden lang angestrengt versucht, sich mit beiden Zeigefingern Grübchen in die Wangen zu bohren.«
*Frankfurter Allgemeine Zeitung*

## *Luzie, die Laus*

Mit Bildern von Jossi Abulafja
Deutsch von Ruth Melcer

Luzie lebt ein lustiges Läuseleben auf einem Kinderkopf. Aber niemand liebt sie, man verfolgt sie mit allen möglichen Tinkturen, ätzenden Shampoos und weiß der Himmel was noch. So beschließt Luzie wegzuziehen: der Kopf einer Stewardess läßt sie die weite Welt bereisen, der Kopf eines Politikers bietet ihr Einblicke ins Parlament, der Kopf eines Showmasters beschert ihr ihre eigene Fernsehshow – aber all das genügt Luzie nicht: Sie will nicht mehr von Kopf zu Kopf springen müssen, sie will endlich einmal geliebt werden...

»*Luzie, die Laus* ist für jedes Lesealter ein Vergnügen!« *Ma'Ariv, Tel-Aviv*

## *Wie der Neandertaler den Kebab erfand*

Mit Bildern von Jossi Abulafja
Deutsch von Ruth Melcer

Was soll Opa nur machen, wenn Michael schon alle seine Geschichten kennt? Wirklich alle? Nein, da wäre noch die Geschichte vom unglücklichen Neandertaler, der sich sein Leben lang nach etwas sehnte, von dem er nicht einmal genau wußte, wie es aussah. Er wußte nur, daß es Kebab hieß, daß es heiß und lecker war und ganz unwiderstehlich gut roch...

»Meir Shalev hat die Geschichte von der zufälligen Erfindung des Kebab ganz leicht und witzig erzählt, Jossi Abulafja die lebenslange Jagd auf eine fixe Idee in fröhlich-drastische Bilder umgesetzt. Kinder (und Erwachsene) mögen solche Geschichten...«
*Rheinischer Merkur, Bonn*

»Meir Shalev und Jossi Abulafja – ein Gespann, dem noch einige Bilder-Buch-Spitzen gelingen sollten.«
*Buchkultur, München*

*Der Traktor im Sandkasten*

Mit Bildern von Jossi Abulafja
Deutsch von Naomi Nir-Bleimling und Vera Loos

Jahrelang waren Onkel Aron und der große rote Traktor ein unschlagbares Team. Aber eines Tages wurde Onkel Aron pensioniert, und auch dem großen roten Traktor setzte man neue Kollegen vor die Nase, die alles besser konnten. Und schließlich stellte man den Traktor in den Sandkasten des Kindergartens. Die Kindergärtnerin bemalte ihn mit bunten Blümchen, und die Kinder kletterten auf ihm herum. War das vielleicht ein Leben für einen Traktor? Nur gut, daß Onkel Aron abends immer auf ein Schwätzchen vorbeikam, und da hatten die beiden plötzlich eine Idee …

»Dieses Buch dringt bis zum Herzen vor und macht nicht im Kopf oder bei einem Lächeln halt.«
*Yedioth Aharonoth, Tel Aviv*

# *Yael Hedaya im Diogenes Verlag*

## *Liebe pur*

Erzählung. Aus dem Hebräischen von Ruth Melcer

Nach einer ersten Verabredung bringt der Mann die Frau nach Hause. Dabei läuft den beiden ein herrenloser junger Hund über den Weg. Aber wer von beiden könnte gerade jetzt einen Hund gebrauchen? Der Mann darf »nur auf einen Kaffee« mit zu der Frau, und der Welpe soll wenigstens etwas zu fressen bekommen, bevor beide wieder gehen sollten. Doch der Mann übernachtet bei der Frau, und auch der Hund darf bleiben – und wird zum Seismographen der Beziehung.

»Eine echte Entdeckung. Ihre Geschichte ist gnadenlos und gut erzählt, ihre Prosa ist lakonisch, witzig und wahr zugleich.«
*Wieland Freund / Cosmopolitan, München*

»Dieser Coup ist Yael Hedaya wunderbar gelungen. Präzise und eindringlich beschreibt sie den Versuch zweier Singles, das Alleinsein zu überwinden.«
*Susanne Staerk / Die Welt, Berlin*

## *Zusammenstöße*
### *Eine Liebesgeschichte*

Roman. Deutsch von Ruth Melcer

Eine Frau, ein Mann, ein Problem: Jonathan, alleinerziehender Vater einer zehnjährigen Tochter, und Schira, beide Schriftsteller, beide Singles. Sie verlieben sich, scheinen irgendwie füreinander geschaffen, doch eine neue Beziehung anzufangen ist genauso schwierig, wie ein Buch fertig zu schreiben. *Zusammenstöße* ist eine Liebesgeschichte aus dem Tel Aviv der späten neunziger Jahre und zugleich eine feingewobene Studie über das Heranwachsen, Altern, Sterben, Abschiednehmen und den Neubeginn.

»Yael Hedaya gehört zur jungen Generation israelischer Schriftstellerinnen, die bei uns als Spezialistinnen für die Erforschung des Privaten gelten.«
*Gunhild Kübler / Die Weltwoche, Zürich*

»Feinfühlig, ohne Pathos, knapp und klar erzählt.«
*Karin Neumeier / Woman, Wien*

## *Die Sache mit dem Glück*

Erzählung. Deutsch von Ruth Melcer

Alle Menschen wollen glücklich sein und Leid vermeiden – vor allem ihr eigenes. Daß ›Die Sache mit dem Glück‹ aber noch ein bißchen komplizierter ist, beschreibt Hedaya auf faszinierende Weise…
Matti, Ehemann und Vater zweier kleiner Kinder, läßt sich nach monatelangen höllischen Kopfschmerzen endlich untersuchen. Die Ärzte stellen einen nicht operablen Hirntumor fest. Mattis Frau ist mindestens so verzweifelt wie er, denn auf ihr ruht die ganze Last der Pflege – und das Bewußtsein, daß sie als Frau für ihren Mann immer nur die ›zweite Wahl‹ war. Denn Matti ist nie über die fatale Liebe zu einer jungen Frau hinweggekommen, zur fünfzehnjährigen Allona, die ihn nach einem Jahr verließ. Doch dann taucht sie an seinem Krankenbett auf.

»Yael Hedaya ist eine äußerst begabte Autorin, die dabei ist, sich einen angemessenen Platz in der jungen israelischen Prosa zu erobern. Diese Autorin muß man gelesen haben.« *Abraham B. Jehoschua*

»Yael Hedaya ist eine Entdeckung.«
*Simone Buchholz / Marie-Claire, München*